BASTEI
LÜBBE

DAVE DUNCAN IM TASCHENBUCH-PROGRAMM:

DIE PANDEMIA-SAGA
20 263 Band 1 Der Weg nach Kinvale
20 271 Band 2 Die Insel der Elben
20 277 Band 3 Das Meer der Leiden
20 288 Band 4 Die Stadt der Götter

DIE ZWEITEN CHRONIKEN VON PANDEMIA
20 303 Band 1 Der Thron des Zauberers
20 312 Band 2 In Acht und Bann
20 318 Band 3 Das verlassene Schlachtfeld
20 328 Band 4 Der lebende Gott

DAVE DUNCAN

DIE VERFLUCHTEN

ROMAN

Ins Deutsche übertragen
von Michael Krug

BASTEI
LÜBBE

BASTEI LÜBBE TASCHENBUCH
Band 20 336

Erste Auflage: Juli 1998

Deutsche Lizenzausgabe 1998 by
Bastei-Verlag Gustav H. Lübbe GmbH & Co.,
Bergisch Gladbach
Originaltitel: The Cursed
Lektorat: Wolfgang Neuhaus/Stefan Bauer
Titelbild: Jody A. Lee/Agentur Thomas Schlück GmbH
Innenillustrationen: Steve Palmer
Umschlaggestaltung: QuadroGrafik, Bensberg
Satz: Fotosatz Steckstor, Rösrath
Druck und Verarbeitung:
Brodard & Taupin, La Flèche, Frankreich
Printed in France
ISBN 3-404-20336-4

Gewidmet,
mit herzlichem Dank für ihre Hilfe,
Eileen Capes und Cliff Samuels -
Fans, Freunde und kritische Leser

INHALTSVERZEICHNIS

DAS JAHR NULL

Im Jahre 1222 nach eigener Zeitrechnung wurde die Stadt Qol von den Horden der Zarda geplündert. Historiker setzten dieses Datum später dem Untergang des qolischen Imperiums gleich. Tatsächlich jedoch zerbröckelte das Kaiserreich bereits seit mindestens zwei Jahrhunderten, bedingt durch Kriege und Seuchen, wirtschaftlichen Verfall und sich ausbreitende Angriffe der Barbaren.

Nachdem die Hauptstadt in einem vier Tage währenden, feuerschwangeren Blutbad versank, zuckte der gewaltige Leichnam des Imperiums noch einen langen, blutroten Sonnenuntergang weiter. Kriegsherren rissen Stücke aus dem Kadaver, um unabhängige Reiche zu errichten. Stadt kämpfte gegen Stadt, Provinz gegen Provinz. Seit Generationen begrabene Streitigkeiten zwischen den Rassen flammten wieder auf. Barbarenhorden ließen sich nieder, um den Boden zu bestellen; scharenweise entfloh die hungernde Bevölkerung den Stätten ihrer Heimat und verwandelte sich in Wanderstämme. Nur wenige Gebiete blieben nahezu verschont und lebten weiter, als wäre nichts geschehen.

Zunächst beteten die Menschen um einen Erneuerer, der das Kaiserreich und das goldene Zeitalter zu neuem Leben erwecken sollte. Und ihre Gebete fanden reichlich Gehör. Jahr für Jahr stiegen selbsternannte Kaiser auf und verschwanden wieder in der Versenkung. Keiner schuf ein Reich, das länger hielt als ein Paar guter Stiefel.

Im Laufe der Generationen verblaßte der Wunschtraum von einem Imperium. Aus dem gigantischen qolischen Kaiserreich wurde Kuolien, ein Kontinent streitsüchtiger Königreiche.

Die Geschichte setzt keine Meilensteine. Historiker aber brauchen sie, und die Plünderung Qols im Jahre

1222 schien dafür besser geeignet als jedes andere Ereignis. Der Schaden, den die Zarda dem Gefüge der Stadt beibrachten, ließ sich nie beheben. Die Dynastie der Karithier erlosch, als Pantholion seine Truppen zum Platz der Erhabenheit hinaufführte und den Kopf des Knabenkaisers Iskith auf einer Lanzenspitze vor sich hertrug. Die Flammen, die aus dem Tempel des Zwillingsgottes züngelten, legten Zeugnis davon ab, daß die Welt sich unwiderruflich verändert hatte.

Sogar der Kalender des Kaiserreichs schien in dem Gemetzel zu sterben. Die alte qolische Zeitrechnung nach Septilen wurde zugunsten der Wochenzählung der Zarda aufgegeben. Und die Menschen rechneten die Zeit nun vom Untergang des Imperiums an und datierten Ereignisse nach der Plünderung Qols. Es war, als hätte es 1223 niemals gegeben; 1222 galt als Jahr Null einer neuen Epoche.

BUCH EINS,

DAS BUCH SHOOL

die für Zeit steht,
die Langsame,
Räuberin der Jugend,
Hüterin dessen, was war
und was sein wird,
Schöpferin allen Anfangs und Endes

KOLPING
Golmiths
Thorwils
Erdins
Nach TOLAMIN
THARNS
Frasnors
Ignamiths
Gorpins
BREITFURT
Oswins
Ilejoble
Flugoss
Moor
BÖSE-
BUCHT-
DORF
Sumpf-
gebiet
NOBICH
DALING
ELGOVE
SALITS
Trockeninsel
DALING und UMGEBUNG

1

In Daling begann es, als Tibal Frainith in die Phoenix-Straße kam. Gwin half dem Stallburschen Tob, die Weizengarbe über der Tür auszutauschen. Eigentlich brauchte er sie nur, wenn ein Karren die Straße entlangfuhr und die Leiter samt Tob und der Weizengarbe umzufegen drohte, doch Gwins Anwesenheit hielt auch vorbeistreunende Gassenkinder davon ab, dasselbe zu versuchen. In der Zwischenzeit fegte Gwin mit einem Besen die Straße sauber – nicht nur, weil der Eingang dadurch einladender wirkte, sondern auch, weil weniger Dreck ins Haus getragen wurde. Sie das hätte alles einem Dienstmädchen auftragen können, aber dann würde es gut und gern doppelt so lange dauern. Zudem nahm sie jede Gelegenheit wahr, nach draußen zu gehen. In letzter Zeit schien sie die Herberge oft wochenlang nicht zu verlassen.

Unterdes saßen die Bediensteten wahrscheinlich untätig drinnen, aßen und tratschten, wo sie doch eigentlich arbeiten sollten. Morgens gab es immer viel zu tun. Die letzten Gäste waren soeben abgereist. Der Stall war auszumisten, Wasser zu tragen, Betten zu machen, Brot zu backen, Bettwäsche auszulüften; ganz zu schweigen vom fortwährenden Putzen. Das Flamingozimmer mußte noch einmal ausgeräuchert werden, weil es darin immer noch von den Wanzen wimmelte, mit denen ein paar Seeleute vorige Woche die Betten verseucht hatten.

Die Morgensonne ließ die engen Straßen von Daling hell und fröhlich wie ein Kinderlächeln wirken. Mauern erstrahlten in der Farbe von Buchenholz. Die Kopfsteine glichen glänzenden, kleinen Inseln; der dunkle Schlamm in den Ritzen dazwischen grenzte sie voneinander ab und verlieh der Straße das Aussehen von grobem Stoff – ein Flickenteppich, auf dem sich hier und da lästige Pfützen gebildet hatten, doch selbst diese spiegelten die Strahlen der Sonne wider. Zur Straße gerichtete Fenster gab es kaum; dafür funkelten ein paar Bronzegitter im hellen Licht, und sämtliche Türen waren strahlend weiß getüncht.

Fußgänger, Reiter und müßiger Klatsch beherrschten die Phoenix-Straße. Alle paar Minuten rumpelte ein Ochsengespann vorüber, hinter dem für gewöhnlich Kinder herrannten, die mitzufahren versuchten und vom Kutscher lautstark verjagt wurden. Vorbeischlendernde Straßenhändler boten ihre Waren feil und hielten inne, um mit den Frauen an den Türen zu schwatzen.

Die alte Weizengarbe fiel auf das Kopfsteinpflaster und löste sich in eine Staubwolke und ein Gewirr verrotteten Strohs auf, just dort, wo Gwin gerade gekehrt hatte. Verärgert schnaubte sie und reichte Tob hastig die neue Garbe hinauf. Wortlos nahm er sie entgegen. Selbst seine eigene Mutter müßte lügen, wollte sie behaupten, Tob sei schnell von Begriff. Das einzig Gute an Tob schien, daß er zu dumm war, um unehrlich zu sein.

Gwin fegte mit dem Besen das Stroh fort und verteilte es so auf der Straße, daß es von Hufen und Rädern zermahlen würde. Dabei versuchte sie, die Erinnerung daran zu verdrängen, wie diese Garbe aufgehängt worden war – vor sechsunddreißig Wochen, an einem Tag, der so heiß war, wie der heutige zu werden versprach. Auch damals hatte sie dabei geholfen, doch damals stand kein vertrottelter Stallbursche auf der Leiter, sondern Carp. Nun verweste Carps Leichnam in einem namenlosen Grab irgendwo in der Gegend um Tolamin. Kurz nach Carps Tod hielt die Seuche Einzug, und Karn und Naln folgten ihrem Vater ins Grab. Nur sie war noch übrig – Witwe, trauernde Mutter, Herbergswirtin: Gwin Nien Solith.

»Gwin!«

Sie wirbelte herum und blinzelte in die Sonne.

Der Sprecher war groß, hager und glattrasiert. Über

der Schulter trug er ein sperriges Bündel. Weder sein Kittel noch seine Hose war je gefärbt worden; beides präsentierte sich nunmehr in unscheinbarem Grau. Die Kleidung bestand aus gewöhnlichem kuolischem Stoff, wies jedoch einen eigentümlichen Schnitt auf, als läge ein weiter Weg zwischen der Kleidung und dem Webstuhl, auf dem sie entstanden war. Der Mann hatte ruhige, graue Augen und braunes, wirres Haar, kürzer geschoren als das der meisten Männer in Daling. Dicht unter der Haut waren die Sehnen und Knochen zu erkennen. Ja, er war in der Tat groß. Er lächelte Gwin an, als wären sie alte und gute Freunde. Gwin hatte ihn noch nie gesehen.

»Ich weiß nicht ...«

Ein Ruck durchlief den Fremden. »Tut mir leid! Ich bin Tibal Ambor Frainith.« Er verneigte sich.

»Sehr erfreut, Tibal *Saj*. Ich bin Gwin Nien Solith.«

»Ja. Ich meine, es ist mir eine Ehre, Gwin *Saj*.« Er errötete.

Errötete?

Pause.

Der erwartungsvolle Blick verharrte in Tibals Augen. Gwin konnte sich nicht erinnern, in den letzten Jahren dermaßen aus der Fassung gebracht worden zu sein. Sie vergaß keine Gesichter. Der Mann war mindestens ebenso alt wie sie; weshalb leuchteten seine Wangen dann so rot?

Natürlich mußte sich ein Fremder in der Stadt nach einer Herberge umsehen. Carp Solith hatte der Herberge zur Phoenix-Straße einen guten Ruf erworben, den seine Frau bislang zu wahren vermochte. Größtenteils lebte das Geschäft von Stammgästen – Händlern, Bauern, Schiffskapitänen –, aber auch neue Gäste stellten keine Seltenheit dar.

Weshalb also starrte sie diesen Mann an und konnte kein Wort hervorbringen? Und weshalb musterte *er* sie mit geröteten Wangen und wehmütigen, ungläubigen Augen?

Etwas an seinem Blick wirkte seltsam, doch Gwin vermochte es nicht einzuordnen.

»Die Herberge zur Phoenix-Straße«, murmelte er mit diesem fremden Akzent. »Alle Welt wird ... alle Welt hat mir versichert, es sei die beste Herberge der ganzen Stadt, Gwin *Saj*.« Sein Tonfall klang ein wenig zu sanft, und er stand ein wenig zu nah vor ihr.

Ein Paar Leitochsen stapfte aus der Matrosengasse, gefolgt von weiteren Tieren.

»Da hat man dir nur die Wahrheit erzählt, Tibal *Saj*.«

»Ich brauche ein Zimmer, Gwin.« Noch immer wirkte er leicht belustigt darüber, daß sie ihn nicht erkannt hatte. Und er verzichtete ein wenig zu früh auf die förmliche Anrede.

»Zimmer sind mein Geschäft, Tibal *Saj*.« Warum sonst hing wohl eine Weizengarbe über der Tür?

Tob stand immer noch auf der Leiter und befestigte die Garbe am Kragstein. Der Ochsenkarren rollte über die Straße heran. Tibal trat einen Schritt zurück, versperrte den Weg und hob die Hand, um das Gespann aufzuhalten. Er tat das alles, ohne den Blick auch nur ein einziges Mal von Gwin abzuwenden.

»Bist du über Tolamin gereist?« erkundigte sie sich. Um schon so früh am Morgen hier zu sein, mußte er über Tolamin kommen.

Tibal zögerte kurz, dann nickte er. Derweil bedachte der Kutscher ihn lauthals mit Flüchen.

»Wie ist es dort?« fragte Gwin.

Tibal blinzelte und runzelte die Stirn. »Eigentlich wie immer«, erwiderte er vage.

Was mochte das bedeuten? Schließlich waren die Wesnarier im Herbst über Tolamin hergefallen.

Der Kutscher riß an den Zügeln und brachte das Gespann polternd zum Stehen; die dampfenden Nüstern der beiden Leitochsen befanden sich kaum eine Elle von dem dürren Fremden entfernt – der all dem nach wie vor keine Beachtung schenkte und Gwin weiter anstarrte.

Tob rutschte die Leiter hinunter und grinste vor Stolz, weil er eine für ihn ungewöhnliche Aufgabe erfüllt hatte. »Alles erledigt, Gwin *Saj*.«

»Räum die Leiter weg, Tob.«

»Oh. Ja.« Der Rotzlöffel marschierte mit der Leiter davon. Tibal gab den Weg frei, damit das Ochsengespann weiterfahren konnte.

»Du wärst gerade beinahe über den Haufen getrampelt worden«, meinte Gwin.

»Was?« Er warf einen Blick auf den Karren und den wutentbrannten Kutscher, als hätte er beides eben erst bemerkt. Dann zuckte er mit den Schultern. »Nein.«

Tibal Frainith hätte in der Tat etwas Seltsames an sich, doch er wirkte keineswegs beunruhigend auf Gwin. Eher das Gegenteil – seine ganze Art schien Freundschaft zu bekunden; Freundschaft, die er nicht suchte, sondern schlicht als gegeben betrachtete. Eine auf sonderbare Weise beruhigende Ausstrahlung ... weder prunkvoll noch ärmlich gekleidet ... trug sein Bündel selbst. Also kein reicher Mann. Eine sanfte Stimme. Kein Soldat. Auch kein Händler. Womöglich ein wandernder Gelehrter? Zumindest hatte er ihr noch keinen Heiratsantrag gemacht. Jüngst verbrachte Gwin die halbe Zeit damit, Freier abzuwimmeln, die nicht sie, sondern eine Herberge ehelichen wollten; letzten Endes würde Gwin ihnen unterliegen.

Sie öffnete die Tür, wodurch sie die Glocke zum Bimmeln brachte. »Ich zeige dir, welche Zimmer noch frei sind.« In Wahrheit waren alle frei, doch das würde sie ihm unter keinen Umständen verraten.

Er ging an Gwin vorbei. Als sie ihm folgen wollte, sagte eine Stimme: *Es hat begonnen.*

Erschrocken zuckte sie zusammen und blickte sich um. Doch da war niemand. Tob verschwand gerade mit der Leiter in der Seitengasse, um sie nach hinten zu bringen. Der Karren war längst fort. Doch es war nicht Tibal Frainith' Stimme gewesen.

Wer hatte dann gesprochen? Gwin schauderte. Ihre Nerven mußten wirklich zum Zerreißen gespannt sein, wenn sie schon Stimmen hörte. Furchtsam folgte sie ihrem Gast in die Herberge und zog die Tür ein wenig fester zu als nötig.

2

Im Tharn-Tal begann es mit einem schlimmen Zahn. Mit Zahnschmerzen war Bulion Tharn durchaus vertraut. Jeder, der lange genug lebte, um seine Zähne zu überdauern, war von den Schicksalshütern gesegnet – so betrachtete er es gern. Bulion hatte Glück, daß er Glothion hatte. Glothion war der Hufschmied und sein größter Sohn, gebaut wie eine Eiche. Alte Zähne zerbröckelten leicht, wenn man sie mit einer Beißzange packte, Glothion aber vermochte sie mit bloßen Fingern zu ziehen. Es fühlte sich an, als würde jeden Augenblick der Kiefer bersten, und so, wie Glothion den Arm um die Köpfe seiner Opfer schlang, um sie festzuhalten, würde er eines Tages gewiß einem Unglücklichen den Schädel zerquetschten. Aber in neun von zehn Fällen zog er den Zahn sauber heraus.

Diesmal war es einer jener Ausnahmefälle gewesen. Vielleicht hätte Bulion die Schmerzen ein oder zwei Wochen länger ertragen und den fauligen Backenzahn noch ein wenig mehr verfaulen lassen sollen. Doch das hatte er nicht. Er hatte es zu eilig gehabt, und Glothion hatte die Krone abgebrochen.

Das bedeutete, es würde eine blutige Angelegenheit werden. Wosion hatte darauf bestanden, drei Tage zu warten, bis die Sterne günstig standen. Als es soweit war, hatten die Schmerzen Bulion schon fast um den Verstand gebracht. Glothion, Brankion und Zanion mußten ihren

Vater festhalten, während Wosion versuchte, die Wurzeln mit einem Dolch herauszuschneiden.

Offensichtlich hatte er nicht alle Wurzeln gefunden, denn nun, zwei Tage später, war Bulions Gesicht geschwollen wie ein Kürbis und beinahe heiß genug, um seinen Bart in Brand zu setzen. Heftiges Fieber plagte ihn. Die Schmerzen glichen einem unaufhörlich durch seinen Kopf zuckenden Blitz.

Höchstwahrscheinlich würde er daran sterben.

In Daling gab es Ärzte. Doch die Aussichten, daß er den Zweitagesritt in die Stadt überlebte, standen schlecht. Und die Aussichten, daß ihm Blutegel oder Schamanen helfen konnten, standen noch schlechter.

Wie es schien, waren die Schicksalshüter bereit, das Buch Bulion Tharn zuzuschlagen.

3

In Tolamin begann es mit einem außer Kontrolle geratenen Fuhrwerk. Zwei Pferde preschten in panischer Angst die schmale Straße hinab und versuchten, dem schrecklichen, polternden Ungetüm zu entkommen, das hinter ihnen herraste. Die aus Tonkrügen bestehende Ladung klirrte und schepperte; alle paar Sekunden wurde ein Krug vom Karren geschleudert, zerbarst auf den Kopfsteinen und verstreute seinen Inhalt in alle Windrichtungen. Die umstehenden Menschen sprangen durch Türen in Sicherheit oder preßten sich an Hauswände. Vom Kutscher fehlte jede Spur.

Ein Kind stand mitten auf der Straße. Den Daumen im Mund, nur in einen Stoffetzen gehüllt, starrte der kleine Wurm dem heranpreschenden Verhängnis mit ausdruckslosem Blick entgegen.

Die Mutter des Knaben stürzte vor, um ihn zu packen

und in Sicherheit zu bringen, doch sie rutschte aus, und die beiden fielen der Länge nach hin, unmittelbar unter die stampfenden Hufe. Pferde und Fuhrwerk wirbelten über sie hinweg und setzten die halsbrecherischen Fahrt hinunter zum Fluß fort, ins sichere Verderben. Die Frau rappelte sich auf und schlang die Arme um ihr Kind. Offenbar hatte weder sie noch der Kleine etwas Schlimmeres als einen Bluterguß erlitten.

»Da!« kreischte Jasbur. »Hast du das gesehen?«

»Glück«, murmelte Ordur.

»Glück? Das nennst du Glück? Ich sage, das ist unmöglich. Ich behaupte, da ist jemandes *Einfluß* am Werk!«

Ordur kratzte sich am Kopf und überlegte. In letzter Zeit dachte er nicht allzu klar. »Könnte schon sein.«

»Könnte sein? Ha! Du bist noch dümmer, als du aussiehst, weißt du das eigentlich?«

»Du auch!«

»Du siehst aus wie ein Trottel, aber du bist noch viel dämlicher. Ein Salatkopf hat mehr Hirn als du.«

»Du auch!«

Das entsprach in etwa der schlagfertigsten Erwiderung, die Ordur in letzter Zeit zustande brachte. Er wußte, daß er begriffsstutzig war. Doch ihn als häßlich zu bezeichnen, stand Jasbur nun wirklich nicht zu. Jasbur war keinen Deut schöner als er: Er war klein und krumm, fast bucklig. Sein Gesicht wies ein gräuliche, dunkle Färbung auf, als hätte er es vor Jahren zum letzten Mal gewaschen; außerdem war es schreckich runzelig. Und seine Augäpfel waren gelb statt weiß. Ständig lief ihm Geifer aus dem Mund. Der Haarsaum um seinen Kopf schimmerte silbrig, der Ansatz jedoch war dunkel. Auf den Wangen prangten stellenweise schmutziggraue Stoppel, ebenso auf der kahlen Schädelplatte. Seine Zähne standen abscheulich vor, seine Kleidung war zerlumpt und dreckig.

Mittlerweile hatte das Fuhrwerk die Docks erreicht.

Die Pferde stoben nach links und rechts davon; auf wundersame Weise fiel das Geschirr von ihnen ab und gab sie frei. Der Karren sauste alleine weiter, segelte dicht zwischen zwei vertäuten Schleppkähnen hindurch und verschwand im Wasser. Geistlos jauchzte Jasbur über diesen weiteren Beweis eines schicksalhaften Einflusses, der die üblichen Wahrscheinlichkeiten der Welt auf den Kopf stellte.

Doch das Gerede über Salatköpfe hatte Ordur daran erinnert, daß sein Magen knurrte. Er schaute die lange Straße hinauf und hinunter. Viele Leute standen dort herum, die meisten starrten dem Karren nach. Um die Frau und das Kind scharte sich eine Gruppe, die aufgeregt über das wundersame Entrinnen aus der tödlichen Gefahr schnatterte.

»Ich bin hungrig. Hab' den ganzen Tag noch nichts gegessen!«

Höhnisch lachte Jasbur auf.

»Den ganzen Tag? Die Sonne ist doch gerade erst aufgegangen! Du meinst, du hast gestern den ganzen Tag nichts gegessen!«

»Und ich hab' trotzdem Hunger.«

»Wer hat denn Schuld daran? Du solltest einen Bettler spielen, aber du bist so potthäßlich, daß Kinder schreiend vor dir davonrennen. Und die Frauen hetzten uns deiner scheußlichen Fratze wegen ihre Hunde auf den Hals.«

»Du auch!«

»Die Hälfte der Menschen in dieser Stadt hat nichts zu essen. Es war deine Idee, nach Tolamin zu kommen, und es war eine dumme Idee.«

Ordur glaubte weniger, daß sein Einfall schuld an ihrem Kummer war, doch ihm schien heute kein günstiger Tag, Jasbur zu widersprechen. Vielleicht lieber morgen. »Hast *du* heute gegessen?«

»Nein! Und gestern auch nicht!«

»Mag diese Stadt nicht«, erklärte Ordur. »Sie stinkt.«

»Du Spatzenhirn! Das sind all die niedergebrannten Gebäude. Tolamin wurde geplündert, du Hohlkopf.«

Wie um die Aussage zu bekräftigen, stürzte weiter oben am Hügel das zerfallene Gerippe eines Hauses in einem Regen aus Ziegelsteinen und verkohltem Holz auf die Straße. Schwarze Staubwolken wirbelten empor. Menschen schrien.

»Da!« gackerte Jasbur. »Seit Monaten stand es so da, jetzt fällt es in sich zusammen. Ich sage dir, da übt jemand Einfluß aus!«

»Wer?«

»Woher soll ich das wissen?«

Fast unmittelbar über ihren Köpfen zuckte ein Blitz auf, gefolgt von Donnergrollen. Ordur sprang auf. »Wir müssen hier weg!«

»Nein. Donner um diese Tageszeit? Wie oft sieht man so was?«

»Donner *sieht* man nicht, Jasbur. Blitze sieht man. Donner hört man.«

»Pah! Irgendwo hier in der Nähe ist ein Ogoalscath. Suchen wir ihn.« Jasbur setzte die Säbelbeine hügelabwärts in Bewegung.

Ordur watschelte hinter ihm her. »Warum? Und woher weißt du, daß wir da lang müssen?«

»Ich weiß es überhaupt nicht, aber du wirst schon sehen, die Richtung stimmt.«

Gewiß würde ein kluger Mensch sich von einem Ogoalscath entfernen, statt auf ihn zuzumarschieren. Doch wenn Jasbur meinte, es gelte diesen Weg einzuschlagen, mußte Ordur ihm wohl oder übel folgen. Zwar verhielt Jasbur sich ihm gegenüber im Augenblick nicht besonders freundlich, aber er schien eindeutig der Klügere zu sein. Wenigstens behauptete er das, also würde es schon stimmen.

Abermals zuckten Blitze auf, abermals grollte Donner. Dann begannen rosinengroße Regentropfen herabzuprasseln.

4

Nachdem er zwischen den Bäumen auf der Kuppe des Hügels hervorkam, ritt Bulion Tharn an den Wegrand und zügelte Donner, damit er den Blick über das hinter ihm liegende Tal schweifen lassen konnte. Er war sicher, daß ihm diese Aussicht zum letzten Mal vergönnt war, doch das würde er niemals zugeben, nicht einmal sich selbst gegenüber. Bulion fühlte, wie die anderen besorgte Blicke tauschten, während sie den Hügel hinaufritten und zu ihm aufschlossen, doch niemand würde es wagen, ein Wort zu verlieren – sie wußten, daß Bulion sich immer so verhielt. Der Rundblick war üblich; es wäre dem Eingeständnis einer Niederlage gleichgekommen, ohne diesen Halt weiterzureiten.

Die Schmerzen hämmerten heiße Nägel in Bulions Kiefer. Die Morgenluft fühlte sich kühl auf seinem fiebrigen Gesicht an. Einige der Männer hatten bereits die Kittel abgelegt und wirkten nur in Hosen rundum zufrieden, während Bulion sich in einen dicken Wollmantel hüllte und dennoch Mühe hatte, sein Zittern zu verbergen.

Von hier aus konnte er das gesamte Tharn-Tal überschauen – Rinder auf den Hügeln, Heu, Getreide, Obstgärten, den Palisadenzaun. Von genau dieser Stelle aus hatte er zum erstenmal auf das Tal hinuntergeblickt, als Kind an der Seite seines Vaters.

»Das sollte uns genügen«, hatte sein Vater gesagt und ihm das Haar zerzaust. »Meinst du, du kannst diesen Ort für uns erobern, Sohnemann?«

Die Frauen lachten, und wahrscheinlich auch Mogion und Thilion, wenngleich Bulion sich nicht entsinnen konnte, daß seine Brüder nah genug gewesen wären, um ihn zu hören. Bulion wußte noch, wie sehr das Gelächter der Frauen ihn damals erzürnte, also brüllte er auf und stürmte den Hang hinab, die Kinderlanze schwingend. Er war der erste Tharn gewesen, der das Tal betrat. Seit jenem Augenblick lebten Tharns im Tharn-Tal. Letzte Nacht, als die Schmerzen ihn um den Schlaf brachten, hatte er versucht, im Geiste alle um sich zu scharen, doch er konnte sich nicht an alle erinnern. Doch wie zahlreich sie waren, wußte er sehr wohl: Einschließlich der zugewanderten Ehefrauen und -männer bevölkerten dreihundertsechsundzwanzig Tharns das Tal.

Um die Wahrheit zu sagen, sah Bulion das Tal in seiner Erinnerung deutlicher als nun mit den Augen. Der helle Schein der Sommersonne ließ Wolkenschatten über die Hügel und das unreife Getreide treiben. Gleißend spiegelten sich ihre Strahlen im Fluß. Menschen jedoch vermochten Bulions trübe, alte Augen dort unten nicht mehr auszumachen; sogar die Rinder erkannte er nur undeutlich.

Dafür konnte er sich alles ins Gedächtnis rufen: die Scheunen, die Werkstätten, die Mühle, die ordentlichen Häuserkreise, die wenigen noch erhaltenen Steinbauten, deren eingestürzte Ziegeldächer durch Strohdächer ersetzt worden waren. Und seine halbfertige Feste.

Vor einem halben Jahrhundert war alles ganz anders gewesen. Damals war es noch nicht das Tharn-Tal gewesen – es bestand lediglich aus umgefallenen Zäunen, Obstbaumstümpfen, einem zerfallenen Herrensitz aus der Kaiserzeit, ein paar Bauernhäusern jüngeren Ursprungs in noch schlechterem Zustand sowie den verkohlten Überresten einer Burg, die noch aus der Zeit vor dem Kaiserreich stammte. Noch heute fanden die Kinder im hohen Gras rostige Schwerter und Rüstungen. Krieg – Muols Fluch – war über das Land gerollt und hatte die Menschen zerquetscht wie Obst in einer Saftpresse. Das Tal hatte dagelegen und nur auf einen neuen Besitzer gewartet.

Also nahm Gamion Tharn es in Besitz, für sich und seine drei Söhne. Nun spielten dort unten Gamions

Ururenkel unter den wachsamen Augen ihrer Mütter. Was würden sie schreien und entsetzt davonstürzen, sähen sie den längst verstorbenen Zarden auf sich zukommen! Gamion Tharn wurde in Kuolien geboren, wie schon sein Vater vor ihm, dennoch galten sie beide noch als Zarda-Krieger und verstümmelten deshalb beim Eintritt ins Mannesalter ihre Gesichter, um ihren Feinden Furcht einzuflößen.

Gamion Tharn hatte beschlossen, sein wildes Erbe abzulegen und sein Schlachtroß vor einen Pflug zu spannen. Und das tat er gründlich. Im Tharn-Tal war er dazu übergegangen, richtige Kleidung anstatt einer Tierhaut zu tragen. Er verbot seinen Söhnen, sich die Nasen abzuschneiden, sobald sie dem Kindesalter entwuchsen, die Geschlechtsteile von Feinden als Trophäen zu sammeln, die Nachbarn auszuplündern und zu vergewaltigen.

Der letzte dieser Söhne war inzwischen ein fetter, alter Bauer, der bald an einem schlimmen Zahn sterben würde. Er war der Sproß eines Zarda-Kriegers und hatte in seinem ganzen Leben keinen einzigen Menschen getötet. Ob sein Vater, der bekehrte Wilde, dies wohl gern als Bulions Grabinschrift gesehen hätte?

Freilich hatten auch die Schicksalshüter ihr Scherflein dazu beigetragen. Bulions ganzes Leben lang hatten sie das Tharn-Tal vor Krieg, Seuchen und Hungersnöten bewahrt. Doch bald würde ihr Wohlwollen ein Ende finden. Tolamin war gefallen. Unheil braute sich zusammen. Vielleicht ist es besser, überlegte Bulion, rasch zu sterben als noch all die Not und das Elend zu erleben, das uns bevorstehen mag.

Die Kälte trieb ihm Tränen in die Augen. Er drehte sich zu Brankion um, der geduldig neben ihm auf dem Pferd saß; einzig an dessen Farbe erkannte Bulion, daß es Brankion sein mußte.

Mehrmals blinzelte er, bis er die besorgten Züge seines Sohnes ausmachen konnte.

»Sobald das Heu in den Scheunen ist, müßt ihr an der

Festung weiterarbeiten. Sicher, tagsüber ist es heiß, aber ein paar Stunden Arbeit jeden Morgen, und sie wird weiter wachsen.«

Pause. Brankion schien stets bis zehn zu zählen, bevor er eine Antwort gab.

»Wir sind längst zurück, bevor das Heu eingelagert wird, Vater.«

Bulion würde nicht wiederkehren, und sie beide wußten es. »Du kommst nicht mit uns. Ich hab' dir doch gesagt, wer mich begleitet.« Verflucht, seine Stimme war so schwach, daß er gerade ein Murmeln zustande brachte! Wütend blickt er sich um. Fünfzehn Begleiter hatte er auserkoren – mehr als genug, mehr als er mitnehmen sollte. Mindestens ein weiteres Dutzend hatte sich ihnen angeschlossen; allesamt hatten sie Schlafsäcke und Satteltaschen dabei. Hätten ihm die verdammten Schmerzen in seinem Kiefer nicht die Sinne benebelt, wäre es ihm eher aufgefallen. »Glaubst du vielleicht, ich will die Stadt überfallen? Glaubst du, ich brauche eine Armee?«

»Nein, Vater. Aber ...« Brankion war noch nicht Clanführer, und er wußte es. Wieder setzte er an und verzog das massige, wettergegerbte Gesicht, während er verzweifelt versuchte, seine Gedanken in Worte zu fassen. »Vater. Laß die Frauen hier! Ohne sie kommst du schneller voran.«

Brankions Bart war grau meliert, sein Brusthaar weiß. Kräftig gebaut war er schon immer gewesen; im Alter wurde er träge. *Sogar meine Söhne werden schon alt!* Noch war er nicht Clanführer, doch in ein paar Tagen würde er es sein – sofern die anderen ihn anerkannten. Zanion könnte große Unterstützung bekommen. Himion vertrat die Ansicht, die Würde stünde ihm zu, weil er der Älteste war – selbstverständlich nahm Bulion ihn deshalb mit. Vielleicht sollte er einen Nachfolger bestimmen, ehe er die Reise antrat. Doch dadurch würde er mehr eingestehen, als er eines verfluchten Zahnes wegen einzugestehen bereit war. Nein! Er hatte bislang keinen Erben eingesetzt und würde es auch jetzt nicht tun. Nur Narren trafen Entscheidungen, die sie nicht durchzusetzen vermochten.

Aber vielleicht eine kleine taktische Belehrung ... Nein, auch das nicht. Brankion hatte genügend Brüder und Vettern, die bald das Denken für ihn übernehmen würden, falls er solche Dinge nicht selbst erkannte. Die Frauen nahm Bulion einzig und allein deshalb mit, weil die Reise wie ein gewöhnlicher Abstecher der Bewohner des Tharn-Tals in die Stadt aussehen sollte, ein Ausflug, der alle drei oder vier Wochen unternommen würde, diesmal jedoch längere Zeit nicht stattgefunden hatte, weil im Frühling die Sternenkrankheit in Daling gewütet hatte – somit ein längst überfälliges Ereignis. Manchmal trieben sie Vieh auf den Markt, manchmal kauften sie auch nur ein. Würde Bulion Tharn sich still und heimlich zu einem Arzt schleichen, nur von ein paar bewaffneten Männern begleitet, würde sich in der gesamten Gegend Unruhe ausbreiten. Unheil braute sich zusammen, soviel war gewiß. Sein Tod konnte der Funke sein, der das Land in Brand steckte. Daran wollte er nicht einmal denken. Deshalb nahm er die Frauen zur Tarnung mit. Außerdem hätte ihn in seiner derzeitigen Verfassung selbst eine trächtige Kuh abgeschüttelt; jeder Ruck, jede Bewegung verhieß Höllenqualen.

»Sie müssen doch mal wieder Vorräte einkaufen. Vergiß nicht, nachts Wachen aufzustellen.«

Ein weiteres Zeichen für Unheil. Seit Tolamin überfallen wurde, gab es immer wieder Berichte über Plünderer, die das Land durchstreiften. Vor weniger als einem Monat war ein Stück außerhalb von Breitfurt eine Familie im Schlaf ermordet worden.

Bulion schaute sich um und stellte fest, wer sich in Hörweite befand.

Sein Blick verharrte bei einem sehnigen Jungen auf einem scheckigen Pony, das zwei Ellen zu klein für ihn wirkte. Er trug keinen Hut; das dunkle Haar ragte wie junges Getreide auf. Der Flaum auf den Wangen glitzerte in der Sonne; aus den Augen sprach verzweifelte Hoffnung. Er hatte eine Decke und Satteltaschen mitgebracht – und sogar ein Schwert.

»Tja!« brummte Bulion und fühlte, wie eine Empfindung, die der Erheiterung sehr nahe kam, den Schmerz des lodernden Feuers in seinem Kiefer milderte. »Vielleicht sollten wir Polion auch mitnehmen.« Er hätte den Jungen schon früher berücksichtigen müssen.

»Warum ihn?«

»Weil er eine Pflicht zu erfüllen hat.«

Brankion grunzte überrascht und betrachtete seinen Sohn mit gerunzelter Stirn. »Was für eine Pflicht?«

»Mir weitere Urenkel zu zeugen natürlich!«

Polion lief vor Freude rot an. Die umstehenden Tharns brachen in schallendes Gelächter aus. Bulion versuchte zu lächeln, wobei die Schmerzen ihm Schweiß auf die Stirn trieben.

»Wir müssen eine Frau für den Racker finden. Meilim und er kommen sich im Heu allmählich zu nahe. Inzucht ist schlecht für die Sippe; das weißt du.«

Nun johlten die Umstehenden wissend auf. Der junge Polion schrumpfte förmlich in sich zusammen; das schlechte Gewissen stand ihm ins Gesicht geschrieben, als er zu Zanion blickte, Meilims Vater.

»Gib ihm dein Pferd, Sasion«, befahl Bulion. »Dieses Tierchen muß er am Ende noch selbst tragen.« Abermals Gelächter, diesmal eher gezwungen. Es war an der Zeit aufzubrechen. Noch einmal wandte Bulion sich an Brankion. »Arbeitet an den Mauern weiter!«

Wie ein Kind verzog Brankion das ledrige Gesicht. »Sie werden eine Elle höher sein, wenn du zurückkommst, Vater«, erwiderte er heiser.

Ebensogut konnte er drei Ellen oder eine ganze Wegstunde versprechen. Was sagte man in so einer Lage? Du hast die Verantwortung, solange ich weg bin? Oder: Laß dich von Zanion unterstützen? Nein. Dergleichen verhieße ein Lebewohl, und Bulion Tharn würde seine Niederlage erst eingestehen, wenn er tot und begraben war. Er wandte sich von Brankion ab und ließ den Blick ein letztes Mal über das Tal schweifen.

»Ich werde dich beim Wort nehmen. Halte in einer Woche nach uns Ausschau.«

Polion und Sasion tauschten eifrig Pferde und Ausrüstung.

Bulion gab Donner die Sporen und ritt den Pfad entlang davon.

5

Als Jasbur die Küste erreichte, goß es bereits wie aus Eimern; Blitze, Donner und ein kleiner Sturm begleiteten den Schneeregen. Und das alles bei Sonnenaufgang an einem Sommermorgen! Allein ein derart verrücktes Wetter legte die Vermutung nahe, daß ein Ogoalscath Einfluß ausübte. Nahm man das außer Kontrolle geratene Fuhrwerk und das einstürzende Haus hinzu, blieben für Jasbur keine Zweifel mehr. Ogoalscaths waren nervenaufreibend. Wer von Ogoal verflucht war, dem konnte beinahe alles geschehen, denn Ogoal war Hüterin der Geschicke, ob gut oder schlecht. Somit konnte einerseits Gefahr drohen, andererseits aber auch eine günstige Gelegenheit warten.

Darauf vertrauend, daß Ordur noch genug Verstand besaß, um sich dicht hinter Jasbur zu halten – was keineswegs sicher schien –, bahnte Jasbur sich den Weg durch den Regen, wobei er sich mit aller Kraft gegen den Wind stemmen mußte. Wasser strömte ihm in die Augen, und seine Zähne klapperten. Die Lumpen, die er trug, halfen in keiner Weise; ebensogut hätte er nackt in Eiswasser baden können. Das war verrückt! Was er tat, ging weit über jedes Pflichtbewußtsein hinaus. Mühevoll hielt er sich auf den Beinen, als der Wind ihn umwirbelte und versuchte, ihn vom Kai zu schleudern, hinein in die bräunlichen Fluten des Flusses Flugoss. Boote schaukelten und wogten an ihren Liegeplätzen, Taue ächzten. Sehen konnte Jasbur so gut wie nichts.

Plötzlich verebbte der Wind. Jasbur taumelte zurück und prallte gegen Ordur. Der aber fing ihn nicht auf. Schlagartig änderte der Wind die Richtung und ließ Jasbur der Länge nach auf die kalte, schlammige Straße stürzen.

Ordur blinzelte überrascht. »Was machst 'n da unten, Jasbur?«

»Spatzenhirn! Hohlkopf! Hilf mir auf, du häßliche Kröte!«

»Du auch!« Ordur zog ihn auf die Beine.

»Und jetzt sehen wir zu, daß wir aus diesem Sturm kommen, damit ich nachdenken kann!«

Sogleich griff der Wind den beiden unter die Arme, mit der Hilfsbereitschaft eines wutschnaubenden Bullen. Rumpelnd rollte ein leeres Faß aus dem Regenschleier heran. Zielstrebig hielt es auf Ordur zu und riß ihm die Beine unter dem Körper weg, während er immer noch Jasburs Arm hielt. Gleich einem Kiesel, der von einer Steinschleuder abgefeuert wird, wurde Jasbur zur Seite gewirbelt. Plötzlich hatte er keinen Boden mehr unter den Füßen.

Er stürzte etwa eine Spanne tief und landete ausgestreckt auf einem nassen Strohhaufen. Der war zwar alles andere als weich, bremste den Fall aber zumindest sanfter, als der hölzerne Pierboden es vermocht hätte. Das Faß zerschellte ganz in der Nähe in einem wahren Daubenschauer.

Jasbur rang nach Luft; dann blickte er mißtrauisch auf, um nach der nächsten Verrücktheit Ausschau zu halten. Er stellte fest, daß er an Bord eines am Kai vertäuten

Schleppkahns gestürzt war. Hier toste der Wind weit weniger heftig als oben auf der Straße. Folglich schien auch der Regen nachzulassen, obwohl Rinnsale schmutzigen Wassers die Straße herabströmten und sich ausgiebig über Jasbur ergossen.

Flußkähne waren lange, unschöne Fahrzeuge, deren Form eher der einer Kiste als der eines Bootes glich. Die meisten besaßen nur einen einzigen Mast, der sich ziemlich weit vorne befand, damit bei Fahrten flußabwärts genug Manövrierraum blieb. Stromaufwärts wurden sie von Ochsen auf einem Schlepppfad gezogen, deshalb beförderten die Kähne für gewöhnlich eigene Tiere mit. Im Augenblick waren keine zu sehen, doch der Zustand des Decks verriet Jasbur, daß bis vor kurzem welche dagewesen sein mußten. Gewiß war das Stroh für sie bestimmt.

Zu seiner Linken befand sich eine Reling, zu seiner Rechten eine Kabinenwand mit einer Tür. Das Holz wies Schnörkel und Schnitzereien auf, außerdem verblaßte Reste der bunten Farben, die das Boot in seiner Blütezeit geschmückt hatten. Flußkähne dieser Größe waren ausnahmslos sehr alt und stammten noch aus der Kaiserzeit. Sie wurden längst nicht mehr gebaut. Wie fest mochte das Holz nach all den Jahren noch sein? Unter dem Einfluß eines Ogoalscaths galt ohnehin kein Holz der Welt als zuverlässig. Schmerzlich quälte Jasbur sich auf die Knie, in der Absicht, so schnell wie möglich wieder festen Boden unter die Füße zu bekommen. Bestimmt hatte jemand seinen Aufprall gehört; bestimmt würde gleich jemand kommen, um nach dem Rechten zu sehen. Dann überlegte Jasbur, ob es womöglich etwas zu essen an Bord gab ...

Die Kabinentür öffnete sich. Schon der erste flüchtige Blick auf die Frau, die dort stand, steigerte Jasburs Verlangen erheblich, das Boot zu verlassen. Unbehagen verwandelte sich in blankes Entsetzen.

Es war Labranza Lamith höchstpersönlich. Labranza

war ein Ogoalscath, was erklärte, weshalb Jasbur hier gelandet war; zudem war sie die Vorsitzende des Rates von Raragash und mit die Abstand furchteinflößendste Frau, der er je begegnet war. Die meiste Zeit ängstigte sie ihn; die übrige Zeit brachte sie ihn vor Entsetzen fast um den Verstand.

Einen Augenblick fragte er sich, ob sie wohl nach Tolamin gekommen war, um ihn zu überprüfen, verwarf den Gedanken aber sogleich wieder. Jasbur war nicht annähernd bedeutend genug, um Labranza aus Raragash wegzulocken. Sie hatte ihn mit Ordur hierhergeschickt, doch die Aufgabe der beiden war viel zu gewöhnlich, als daß die Vorsitzende sich persönlich damit befassen würde. Es schien am besten, einen großen Bogen um sie zu machen und später zu leugnen, sie je gesehen zu haben.

Jabur erkannte sie, doch sie konnte ihn unmöglich erkennen. Der einzige Vorteil, ein Awailscath zu sein, bestand darin, nicht erkannt zu werden.

»Ich bitte um Vergebung, *Saj*«, sprudelte er weinerlich hervor und mühte sich auf die Beine. »Ich bin nur vom Kai gefallen. Bin schon weg, bin schon weg!«

Labranza runzelte die Stirn. Sie war ausgesprochen groß – größer als er im Augenblick, außerdem auf höchst männliche Weise kräftig gebaut. Ihr Alter ließ sich unmöglich abschätzen, da sich zuvor einerseits kein Grau in dem dichten, schwarzen, hochgesteckten Haar fand, andererseits aber zahlreiche Falten rings um Augen und Mund des harten, kantigen Gesichtes prangten. Sie trug ein knöchellanges, silbriges Kleid, eine nurzische Tracht, die nicht nach Da Lam paßte. Es flatterte kaum, so als könnte der Wind ihr nichts anhaben.

Bevor sie etwas erwidern konnte, spähte Ordur von der Straße herab und rief: »Was machst 'n da unten, Jasbur?«

Labranza zog die buschigen, schwarzen Brauen hoch. »Jasbur?« Angewidert verzog sie die Lippen. Dann schaute sie zu Ordur hinauf und blinzelte ungläubig. »Und ich nehme an, das ist Ordur? Herzliches Beileid! Und jetzt rein hier, alle beide.« Damit wandte Labranza sich um, ohne zu bezweifeln, daß die beiden Awailscaths ihr gehorchen würden.

Donner grollte über ihnen.

Die Kabine erwies sich als groß und niedrig, zudem als düster, denn die Scheiben der Bullaugen zu beiden Seiten waren so schmutzig, daß nur wenig Tageslicht hindurchfiel. Es roch nach Schimmel, Ochsen, Menschen und altem Essen. Der Teppich war schmutzig; zu beiden Seiten stand eine Reihe Kisten. Labranzas sorgfältig frisiertes Haar berührte fast die Decke.

Ordur humpelte herein, und der Wind blies die Tür hinter ihm zu. Dann blieb er schweigend neben Jasbur stehen. Wasser tropfte von den beiden auf den Läufer. Ordur machte eine äußerst schlimme Verwandlung durch. Sein Gesicht war entsetzlich schief. Auf der rechten Seite hing ihm glattes, blondes Haar über ein blaues Auge; auf der anderen Seite besaß er ein dunkles Auge und dicht gelocktes, schwarzes Haar, und seine Nase war krumm und schief.

Labranza bedachte ihn mit einem Blick, aus dem mehr Abscheu als Mitleid sprach. »Ihr beide holt euch noch den Tod, wenn ihr einfach so dasteht. Vielleicht sind in diesen Kästen Handtücher oder sogar Kleider. Zieht diese nassen Lumpen aus.«

Unbehaglich schauten die beiden Männer einander an.

»Verflucht!« brüllte Labranza in ihrem gebieterischsten Tonfall. »Was steht ihr da herum und glotzt? Glaubt ihr, ich habe noch nie einen nackten Mann gesehen? Macht euch nicht lächerlich.« Dennoch stolzierte sie zur flußseitigen Wand, rieb ein Bullauge sauber und spähte hinaus.

Erleichtert schlüpfte Jasbur aus den Kleidern. Behutsam ging er auf die erstbeste Kiste zu. Da in unmittelbarer Nähe ein Ogoalscath am Werk war, vermochte niemand zu sagen, was er darin finden würde – es brauchte ihn keineswegs zu wundern, wäre die Kiste voller giftiger Schlangen. Er riß den Deckel auf und sprang rasch zurück.

»Essen!« rief Ordur und eilte an ihm vorüber. Die Kiste war halb voll mit hartem Zwieback. Die beiden Männer sanken auf die Knie und fielen gierig darüber her. Nässe und Nacktheit waren vergessen.

Donner grollte in der Ferne. Abrupt flaute das Prasseln des Regens auf dem Dach ab.

»Ist dieses Wetter dein Werk, Labranza *Saj*?« fragte Jasbur mit vollem Mund.

»Zum Teil«, erwiderte sie frostig. »Vermutlich habe ich es ausgelöst. Aber du schmeichelst mir, wenn du meinst, ich allein könnte so viel bewirken. Da draußen muß mindestens ein weiterer Ogoalscath sein, wahrscheinlich mehrere. Sie haben meinen Einfluß gespürt und sich eingeschaltet.«

Dies war typisch für Labranza. Sie schien eine Gabe dafür zu besitzen, sich der Fähigkeiten anderer Menschen zu bedienen, um ihre eigenen Ziele zu fördern – das hatte sie in Raragash viele Male bewiesen. Auch anderen war diese Gabe bereits aufgefallen, doch niemand vermochte zu sagen, ob ihre bloße Ausstrahlung dafür verantwortlich war oder eine Art schicksalhafter Macht.

»Wer?« fragte Ordur, geräuschvoll kauend.

»Leute, die ihr finden und denen ihr helfen solltet!«

Jasbur war drauf und dran, gegen diese Ungerechtigkeit Einwand zu erheben, besann sich jedoch eines Besseren. Dennoch, es war ungerecht. Ordur und er waren mit einer unlösbaren Aufgabe betraut worden. Es war unmöglich, einen Ogoalscath zu erkennen. Einen Jaulscath schon, das war leicht. Bei Ordur zeigte sich im Augenblick recht offensichtlich, daß er ein Awailscath war; für gewöhnlich aber verliefen Verwandlungen wesentlich unauffälliger. Andere Verfluchte vermochten ihre Kräfte entweder zu unterdrücken oder so einzusetzen, daß niemand ihren Ursprung entdeckte.

»Was tut ihr überhaupt in Tolamin?« fuhr sie fort. »Ich habe euch doch nach Daling geschickt.«

»Daling hat alle Überlebenden verbannt, ob sie nun verflucht waren oder nicht. Wir dachten, einige könnten hier Zuflucht gesucht haben. Müssen sie sogar.«

»So viele noch übrig sind. Offensichtlich habt ihr in letzter Zeit wenig gegessen. Was ist denn aus all eurem Geld geworden? Nein, spart euch die Erklärung. Ich kann es mir vorstellen.« Sie begann, die Kisten zu durchsuchen und schlug einen Deckel nach dem anderen zu. Nach einer Weile schnaubte sie verächtlich. »Decken. Nun, die werden reichen. Hier, trocknet euch ab.«

Sie warf den beiden Männern ein Bündel zu; dann setzte sie die Überprüfung der Kisten fort. Jasbur entschied, daß er den schlimmsten Hunger gestillt hatte und ohne etwas zu trinken keinen Bissen von dem staubtrockenen Zwieback mehr hinunterbrachte. Er stand auf und rieb sich trocken.

»Berichtet!« befahl Labranza. »Wie viele Verfluchte habt ihr ausfindig gemacht?«

»Drei, *Saj*. Einen Jaulscath, einen Ogoalscath und einen Ivielscath.«

»Als ich abreiste, war aber noch keiner von denen angekommen.«

Der Weg nach Raragash war lang. Als Jasbur den Ivielscath zuletzt gesehen hatte, rannte der arme Teufel mit kaum einem Steinwurf Vorsprung vor einer mordlüsternen Menschenmenge davon.

»Den Rest der Flüchtlinge müssen wir vorerst sich selbst überlassen«, verkündete Labranza, die ihre Suche auf der einen Kabinenseite abgeschlossen hatte und nunmehr zur anderen überging. »Es ist ein Notfall eingetreten, der wichtiger ist.«

Soehr Jasbur auch von der ihm zugewiesenen Aufgabe

erlöst werden wollte, das waren keine guten Neuigkeiten. »Ja, *Saj*?«

»Tibal Frainith. Kennst du ihn? Ah, da sind ja ein paar Sachen!«

»Der Shoolscath? Groß, spindeldürr? Mitte Zwanzig?«

»Das ist er. Er hat Raragash vor etwa einem Monat ohne Erklärung verlassen. Und er reiste in diese Richtung.« Labranza kam zu Jasbur herüber und reichte ihm einen Kittel und eine Hose. »Das müßte dir passen.«

Wortlos ergriff Jasbur die Kleider und ließ die Decke fallen. Dann fiel ihm ein, daß er derzeit ein Mann war, Labranza aber eine Frau. Hastig drehte er sich um.

Weshalb verfolgte Labranza Lamith diesen Tibal? Den Einwohnern von Raragash stand frei zu kommen und zu gehen, wann immer sie wollten – zumindest hatte Jasbur das stets angenommen. Ob Labranza wohl gewillt war, es ihm zu erklären?

»Hab' ihn gesehen«, brummte Ordur. Er trocknete sich immer noch ab.

»Tatsächlich?« Der Ogoalscath musterte ihn bedrohlich.

»Glaub ihm nicht, *Saj*«, sagte Jasbur. »Im Augenblick ist er blöder als ein totes Schwein.«

Labranza richtete den finsteren Blick auf ihn. »Aber es würde erklären, warum mein Einfluß euch zu mir gebracht hat. Wann?«

Ordur fuhr sich durch die dichten Locken, dann wischte er sich das andere Haar aus dem blauen Auge. »Hm. Vor zwei Tagen? Vielleicht auch vor drei.«

»Hast du mit ihm gesprochen?«

»Äh – nein.«

»Warum nicht?«

Er wich einen Schritt zurück. »Na ja, weil er mich nicht erkannt hat, Labranza *Saj*!«

Sie tauschte einen Blick mit Jasbur. »Aber du hättest ihm doch sagen können, wer du bist!«

»Nein, *Saj*. Er war auf einem Boot.«

»Aha! In welche Richtung fuhr er?«

Abermals kratzte Ordur sich mit einer Hand am Kopf, während die Decke in der anderen baumelte. Seine Nacktheit schien ihm völlig gleichgültig. Wahrscheinlich wußte er gar nicht mehr, welches Geschlecht er verkörperte. »Kann mich nicht erinnern.«

Verärgert zuckte Labranza mit den Schultern und ging zurück zu den Kleiderkisten.

»Wurde das Boot geschleppt, Ordur?« fragte Jasbur geduldig. »Haben es Tiere gezogen?«

Während Ordur überlegte, verdrehte er die ungleichen Augen. »Nein.«

»Hatte es ein Segel gesetzt?«

»Ja.«

Also war es flußabwärts unterwegs, doch Labranza war durchaus selbst in der Lage, diesen Schluß zu ziehen.

»Außer Daling gibt es flußabwärts nichts«, meinte sie. »Dorthin will er also.« Sie warf Ordur ein paar Kleider zu. »Schuhe finde ich keine. Wir machen uns auf den Weg nach Daling. Wir müssen Tibal Frainith unbedingt aufstöbern.«

Jasbur, der sich nun selbstsicherer fühlte – vielleicht, weil er trocken und ordentlich angezogen war –, holte tief Luft und fragte: »Wieso, Labranza *Saj*?«

Sie bedachte ihn mit einem Blick, der seine Beine in Gummi verwandelte. »Die Karpana haben den Nildu überquert.«

Das waren zwar zweifellos schlechte Nachrichten, aber weshalb sollten sie so wichtig sein? Zum Glück meinte Ordur, dem es offenbar gelang, gleichzeitig zuzuhören und sich die Hose zuzubinden: »Hä?«

Labranza musterte ihn mit weniger bedrohlicher Miene. Vielleicht war sie trotz allem doch in der Lage, Mitleid zu empfinden. »Das bedeutet Krieg. Die Karpana sind genauso schlimm wie die Zarda, vielleicht sogar schlimmer, ganz besonders für uns.«

Jasbur schauderte. Er hatte von der Einstellung der Karpana gegenüber den Verfluchten gehört. Die Zarda hatten Raragash verschont, als sie das Kaiserreich überrollten, doch die Karpana würden sich weniger rücksichtsvoll zeigen. Aber was hatte das alles mit Tibal Frainith zu tun? »Der Nildu liegt ziemlich weit entfernt.«

Die Bullaugen auf einer Seite erhellten sich. Das Prasselnb des Regens war gänzlich verstummt. Bedeutete dies nun, daß die Ogoalscaths ihre Einflußnahme aufgegeben hatten, oder daß etwas noch Schlimmeres an die Stelle des Sturmes treten würde?

Labranza marschierte auf die Tür zu. Dort angekommen, hielt sie inne und wandte sich um. »Wir haben Grund zu der Annahme«, erklärte sie, »daß Tibal die Ankunft des Erneuerers vorausgesehen hat.«

Jasbur stöhnte. »Unsinn!« Ohne zu überlegen fügte er hinzu: »Solchen Unfug glaubt doch wohl niemand mehr, oder?«

Seine Bemerkung brachte ihm einen weiteren von Labranzas unheilverkündenden Blicken ein.

»Ach nein?« murmelte sie.

»Das Kaiserreich gibt es seit hundert Jahren nicht mehr! Ich meine ... na ja ... Sicher, wenn es stimmt, wären das wunderbare Neuigkeiten!«

»Vielleicht. Vielleicht auch nicht. Auf jeden Fall bedeuten sie Krieg und Aufruhr.«

Labranza sprach, als wären die Prophezeiungen von Shoolscaths zuverlässig, was jedoch nie zutraf. Oder doch? Was wußte sie, das er nicht wußte? »Was sagen die anderen Shoolscaths dazu?«

»Natürlich gar nichts. So wenig wie möglich.« Sie setzte ein reptilartiges Grinsen auf. »Aber wir bearbeiten sie gerade.«

Meinte sie etwa, mit Hilfe von Jaulscaths? Abermals schauderte Jasbur. Es wäre überaus grausam, doch Labranza war es durchaus zuzutrauen. Es war ihre Rücksichtslosigkeit, die sie so furchterregend machte. Die meisten Ogoalscaths übten ihren Einfluß nur zurückhaltend aus, da er ihnen nahezu ebenso leicht schaden wie helfen konnte. Ogoalscaths kamen oft auf merkwürdige Weise ums Leben – beispielsweise indem sie von Blitzen erschlagen wurden oder auf Nimmerwiedersehen in Erdspalten verschwanden. Jede schicksalhafte Macht besaß zwei Seiten. Doch Labranza schien niemals zu zögern. Sie tat, was sie wollte, offenbar ohne jemals einen Gedanken an die möglichen Gefahren zu verschwenden.

Sie öffnete die Kabinentür und spähte hinaus. Als er ihr zornerfülltes Knurren vernahm, eilte Jasbur an ihre Seite.

Die Sonne schien; der Sturm war ebenso plötzlich abgeflaut, wie er eingesetzt hatte. Der Schleppkahn hatte sich vom Liegeplatz losgerissen und trieb querschiffs den mächtigen Strom hinunter. Die verkohlten Überreste von Tolamin verschwanden bereits im frühmorgendlichen Nebelschleier.

»Ich hoffe, Tibal Frainith ist tatsächlich nach Daling gereist«, brummte Labranza mürrisch. »Scheint so, als wären wir unterwegs dorthin, ob wir wollen oder nicht.«

Offenbar war sie selbst daran schuld. Nur ihr Einfluß konnte zu diesem höchst eigenartigen Ergebnis geführt haben. Doch selbst Labranza Lamith konnte nicht für Glück garantieren, also waren sie womöglich in die völlig falsche Richtung unterwegs. Sie trat an die Reling und spähte um die Ecke der Kabine.

Bestürzt dachte Jasbur an den langen, gewundenen Fluß und die trostlose Landschaft, die ihn umgab. Sie würden Daling würden nur erreichen, wenn sie nicht zuvor auf Grund liefen. Mittlerweile durfte Jasbur sich auf ein paar Tage in Gesellschaft der furchterregenden Labranza freuen. Er fragte sich, wem der Schleppkahn wohl gehörte, und wohin die Besatzung verschwunden sein mochte.

»Jasbur«, flüsterte ihm eine sorgenvolle Stimme ins Ohr. »Tut mir leid, daß ich so dumm bin.«

Er zuckte zusammen, drehte sich um und legte seinem verwirrten Freund den Arm um die Schultern. »Du kannst nichts dafür, und ich hätte nicht so grob sein sollen.«

»Liebst du mich noch?«

Im Augenblick hätte Ordurs eigene Mutter ihn nicht lieben können – und ganz gewiß hätte sie ihn nicht erkannt –, dennoch brachte Jasbur die Worte über die Lippen: »Ja, ich liebe dich noch. Und schon bald ist alles wieder in Ordnung.«

Niedergeschlagen nickte Ordur. »Ja, dann ist wieder alles in Ordnung.«

»Jasbur!« rief Labranza. »Du mußt ein Segel setzen und dafür sorgen, daß wir nicht auf Grund laufen. Das ist Männerarbeit.«

»Wir sind keine Seeleute, Labranza *Saj*. Aber wir werden es versuchen.«

»Das wäre ausgesprochen klug von euch.«

»Jasbur?« flüsterte Ordur. »Warum will sie Tibal Frainith finden?«

»Ich weiß es nicht.« In der Akademie gab Shoolscaths zuhauf. Weshalb war Tibal Frainith so wichtig für Labranza, daß sie ihr Heiligtum in Raragash verließ, um ihn zu suchen? Doch Jasbur fehlte der Mut, sie zu fragen.

»Oh.« Mit fragendem Blick zuckte Ordur die Schultern. »Labranza *Saj*? Warum willst du Tibal finden?«

Es hatte auch seine Vorteile, dumm zu sein.

Labranza musterte ihn mit einer Miene, wie sie wohl Kaiser aufgesetzt haben mußten, wenn sie nahe Verwandte zum Tod durch Folter verurteilten. Dennoch antwortete sie ihm, was sie bei Jasbur vermutlich nicht getan hätte. »Ich hege den starken Verdacht, daß er unterwegs ist, um den Erneuerer zu treffen. Und den will ich ebenfalls treffen.«

6

Sasions Schmetterling erwies sich als störrischer, unberechenbarer Wallach, dem ein halbes Ohr fehlte. Unaufhörlich versuchte er, Polion ins Unterholz abzuwerfen oder ihn an tief hängenden Ästen abzustreifen. Für jemanden, dem man soeben öffentlich Reife und Männlichkeit bescheinigt hatte, galt es, eine gewisse Würde zu wahren, also fiel Polion zurück ans Ende der Reihe, um die Nachhut zu übernehmen. Zwar konnte so nah am Tharn-Tal unmöglich Gefahr drohen, doch er brauchte einen Vorwand. Es dauerte eine Stunde, bis Schmetterling der Mätzchen überdrüssig wurde und Polion anderen Dingen und der Welt im allgemeinen ein wenig Aufmerksamkeit schenken konnte.

Doch er fand niemanden, mit dem er reden konnte. Kathim und Aneim ritten unmittelbar vor ihm und plapperten wie Wasserfälle über die Einkaufsmöglichkeiten in Daling. Alle anderen befanden sich außer Sichtweite zwischen den Bäumen.

Vor Jahren, noch als Kind, war Polion schon einmal in Daling gewesen. Der Gedanke, die Stadt neuerlich zu besuchen, schien an sich schon aufregend genug. Doch Daling als Mann zu besuchen ... nur brauchte man an solchen Orten Geld, und das besaß er bedauerlicherweise nicht. Dennoch würde allein der Besuch einer großen Stadt eine willkommene Abwechslung darstellen. Denn das Aufsehenerregendste, das sich im Tal ereignete, war die Rückkehr der Schwalben im Frühling. Daling war keine zardische Barackensiedlung. Daling war noch qolisch, das letzte Überbleibsel des alten Kaiserreichs.

Er freute sich darauf. Es war aufregend!

Doch gleichzeitig ein Eheweib angedroht zu bekommen, war ein bißchen viel auf einmal. Ein Mann brauchte

Zeit, über so etwas nachzudenken. Vater würde in der Sache wohl ein Wörtchen mitreden wollen, und Mutter ganz gewiß, also konnte nichts Endgültiges geschehen. Drüben in Breitfurt lebten ein paar Mädchen, auf die Polion ein Auge geworfen hatte, außerdem Shei Ignamith, obwohl die ihr Herz an ihren bulligen Vetter verloren hatte. Und dann war da noch Meilim.

Warum ausgerechnet ein Mädchen aus der Stadt, aus Daling? Überdies war Polion Tharn nicht ganz sicher, ob er überhaupt schon unter die Haube wollte. Außerhalb des Tharn-Tals erstreckte sich eine riesige Welt. Voller Hochseeschiffe. Voller Kriege. Binnen eines Jahres konnte ein Mann ein Vermögen anhäufen, wenn die Schicksalshüter es gut mit ihm meinten.

Und überhaupt, was war gegen Meilim einzuwenden? Weshalb verabscheute der alte Mann Bande zwischen Vetter und Base so sehr? Bei den Ignamiths war dies gang und gäbe.

Warum reiten wir so langsam? So kommen wir ja nie nach Daling.

Polion war der einzige Junggeselle der Gruppe. Ob Jukion ihm in Daling wohl ein bißchen Geld borgen würde? Eigentlich sollte man das von einem Bruder erwarten dürfen. Dummerweise war Jukion schlau genug, zu erahnen, wofür Polion es brauchte, und zu prüde, um dies zu billigen. Aber Farions Frau hatte erst vor kurzem ihr drittes Kind bekommen; Thalbinions Nachwuchs war unterwegs – beide mußten sich ein wenig vernachlässigt fühlen. Gewiß würden sie sich zumindest in einer Nacht aus Tante Elims gestrenger Obhut davonschleichen. Ob sie Polion wohl mitnehmen würden, nun, da er offiziell als einer von ihnen galt?

Wann lassen wir endlich diese verfluchten Bäume und Mücken hinter uns?

Was für eine Frau war besser? Eine mollige oder eine dünne? Die molligen neigten dazu, sehr bald sehr fett zu werden. Die dünnen starben jung.

Ein Reiter wartete zwischen den Bäumen ...

Innerlich stieß Polion ein verächtliches Schnauben aus.

Wosion war aus der Reihe ausgebrochen und wartete auf jemanden. Wer dieser Jemand sein mußte, war unschwer zu erraten. Von allen Onkeln Polions – von denen zwei um einiges jünger waren als er selbst – mochte er Wosion am wenigsten. Umgekehrt galt Polion nicht gerade als Lieblingsneffe Wosions.

Und tatsächlich trieb Wosion seinen Grauen zurück in die Reihe, als Polion sich auf gleicher Höhe mit ihm befand. Er besaß das mürrischste Lächeln in der Familie. »Hast du dein Pferd jetzt unter Kontrolle?«

»Ja, Onkel.«

»Was dagegen, wenn wir uns unterhalten, während wir reiten?«

»Nein, Onkel.«

Wosion war ein Mann mit verkniffenen Zügen und markanter Nase. Gemessen an der Norm der männlichen Tharns, die im allgemeinen – leider mit Ausnahme eines gewissen Neffen – wie mächtige Schneemänner gebaut waren, wirkte er schmächtig. Polion wartete immer noch darauf, selbst durch einen wundersamen Wintersturm in einen Schneemann verwandelt zu werden, was inzwischen allerdings höchst unwahrscheinlich schien. Vielleicht war es sein Schicksal, ein Eiszapfen zu bleiben. Der Gedanke, womöglich dazu verdammt zu sein, wie Onkel Wosion auszusehen, erwies sich als überaus unangenehm, aber wenigstens war er nicht mit derselben Hakennase gestraft.

Als Kind war Wosion von einem Stier auf die Hörner genommen worden, und seitdem hinkte er. Der alte Mann hatte ihn nach Wesnar zur Ausbildung geschickt; nun waltete er als Familienpriester. Dadurch galt er als offizieller Hüter der Moral, obwohl der alte Mann selbst wesentlich besser für Ordnung zu sorgen verstand, als Wosion es je können würde. Außerdem brachte Wosion dem jungen Gemüse Lesen und Schreiben bei – im Fall eines bestimmten Neffen mit bescheidenem Erfolg. Seine wichtigste Aufgabe bestand darin, die Sterne zu beobachten, günstige und ungünstige Tage vorzuberechnen und die Absichten der Schicksalshüter zu erahnen.

Wosion rasierte sich alle paar Tage das Gesicht, vermutlich, weil man dies von Priestern erwartete. Er war der einzige bartlose Mann im Tal. Niemals ließ er sich in der Öffentlichkeit mit bloßer Brust sehen, so wie die anderen. Niemals riß er Witze. Polion hatte schon vor langer Zeit erkannt, daß man am besten mit Wosion auskam, wenn man all seine Fragen mit einem schlichten Ja oder Nein beantwortete.

Wosion hingegen hatte gelernt, Polion jene Art Fragen zu stellen, die sich nicht mit einem schlichten Ja oder Nein beantworten ließen. »Was hast du Meilim im Heuschuppen angetan?«

Polions Finger schlossen sich fester um die Zügel. Schmetterling schlackerte mit den anderthalb Ohren und tänzelte ein paar Schritte. Polion trat das Pferd. *Angetan?* Nicht *mit ihr getan?*

»Nichts, Onk... Nichts, Wosion.« Schließlich war er nun ein Mann.

»Erwartest du, daß ich das glaube?«

»Ja, Wosion.«

Argwöhnisch musterte ihn der Priester.

»Das ist aber keineswegs das, was dein Großvater angedeutet hat.«

»Nein, Wosion?«

»Er sagte ›Heu‹, nicht ›Heuschuppen‹. Was hast du Meilim im Heu angetan?«

Polion versuchte, eine böse Miene aufzusetzen. Die Antwort lautete *gestreichelt,* doch er würde sich nicht über derlei Dinge unterhalten, zumindest nicht mit einem Priester. Wosion sollte sich lieber danach erkundigen, was Meilim ihm, Polion angetan hatte! Auf grausamste Art hatte sie ihn heiß gemacht und dann abblitzen lassen. So war das gewesen. »Wenn du so erpicht bist, etwas darüber zu erfahren, dann schlage ich vor, du fragst Meilim, Wosion.«

»Ist dir klar, daß du ihre Ehre und ihren guten Ruf befleckt hast?«

»Nein, Wosion. Wenn jemand das getan hat, dann Großvater.«

Vor Zorn lief das Gesicht des Priesters hochrot an. Bevor er in die Luft gehen konnte, fuhr Polion fort: »Und woher wußte es Großvater? Doch nur von den Frauen, oder? Und wer hat es den Frauen erzählt? Ich bestimmt nicht.«

»Ich vermute, ihr wurdet beobachtet.«

»Nein, Wosion!« gab Polion entschieden zurück. Es war stockfinstere Nacht gewesen, beide Male. Polion fächelte sich Fliegen aus dem Gesicht. Meilim mußte mit ihren Erlebnissen geprahlt haben.

Offenbar überzeugte sein Tonfall den älteren Mann, denn dieser verzog mürrisch das Gesicht und änderte die Taktik. »Werd nicht allzu übermütig wegen der Hochzeit, von der er gesprochen hat.«

Polion war versucht zu erwidern, daß er sich ohnehin lieber eine Weile die Hörner abstoßen wollte, beschloß letztlich aber, dies für sich zu behalten. Vielleicht würde er heiraten, vielleicht beschloß er, fortzugehen und sich eine Zeitlang als Söldner zu verdingen. Gewiß, ein eigenes Mädchen, das ihm jede Nacht zur Verfügung stand, war schon eine verlockende Vorstellung, doch auch Söldnern mangelte es gewiß nicht an Frauen. *Warum nicht*? schien eine weitere mögliche Antwort auf Wosions seltsamen Themenwechsel zu sein ... Verflucht!

Schmetterling spürte, wie Polion entsetzt zusammenzuckte und tänzelte einige Schritte seitwärts, auf ein paar tiefhängende Äste zu.

Mit einem brutalen Riß am Zaumzeug und einem Tritt in die Rippen lenkte Polion das Pferd zurück in die Reihe.

»Du meinst ... Großvater? Du meinst ... sein Zahn!«

Der Priester nickte. »Da du nun ein Mann bist, solltest du der Wirklichkeit ins Auge blicken.«

Polion schaute nach vorn. Da die Bäume allmählich lichter wurden, vermochte er fast die gesamte Reihe vor sich zu erkennen. Für gewöhnlich gestalteten sich Ausflüge der Tharn-Familie wesentlich lauter und ausgelassener als dieser düstere Trauermarsch. Eine Welt ohne Bulion Tharn? Unvorstellbar!

Dennoch konnte es geschehen. Er dachte an Joyim, die gleich alt wie er selbst gewesen war, sich in die Hand geschnitten hatte und binnen einer Woche starb ...

»Aber die Sterne stehen doch günstig, oder?« fragte er. »Iviel ... erst heute morgen habe ich die Heilerin gesehen, hell wie den Mond! Obwohl schon fast strahlendes Tageslicht herrschte, war sie immer noch zu sehen.«

Wosion verzog das Gesicht. »Iviel verteilt aber auch Krankheit, und sie steht im Haus der Sorgen! Seine Zahnschmerzen fingen vor zwei Wochen an, als Awail voll am Himmel stand und im Haus der Knochen war. Ein Zahn ist doch auch eine Art Knochen, oder? Vielleicht sehen wir heute abend bei Sonnenuntergang den Neumond. Und wenn nicht heute abend, dann gewiß morgen. Somit haben wir Awail, die Veränderung bringt, und Poul, die Tod bringt, gemeinsam im Haus der Männer, oder im Haus des Vaters, wie die Nosavier es zu bezeichnen pflegen. Selbst du müßtest eigentlich die Bedeutung erkennen.«

Polion starrte zur Sonne empor, die nun, da die Reisenden aus dem Wald hervorbrachen, zwischen den lichten Bäumen zu erkennen war. »Poul spendet doch auch Leben!« Er klammerte sich an Strohhalme. Das bißchen, das er über Sternenkunde wußte, hatte Wosion ihm beigebracht.

»Und Awail, die sich jeden Monat erneuert, kann uns ebenso erneuern, wodurch sie uns Dauerhaftigkeit oder zumindest Fortbestand beschert. Die Zeichen sind niemals eindeutig, das weißt du. Zum Glück hat Awail Poul nicht verfinstert, sonst wäre Vaters Tod so gut wie gewiß. Dennoch stehen sie gemeinsam im Haus der Männer, und Iviel im Haus der Sorgen!«

Eine Welt ohne Bulion?

»Aber allein die Schicksalshüter selbst kennen ihre Absichten«, fügte Wosion überzeugt hinzu. »Weißt du, Shool befindet sich im Haus der Hoffnung, und das hat etwas zu bedeuten. Ich möchte, daß du ... Du mußt etwas für mich tun.«

»Ja, Onkel?«

»Zunächst einmal, bleib fröhlich! Kummer ist eine Männerangelegenheit; wir dürfen die Frauen nicht beunruhigen. Zweitens, halte deine scharfen Augen offen. Ich ernenne dich hiermit zur Nachhut. Farion kann dich später ablösen. Wir leben in unruhigen Zeiten, Polion. Ich brauche keine Sterne, um zu erkennen, daß die Zukunft Kampf und Blutvergießen für uns bereithält.«

»Nein?«

Wosion seufzte, als wären alle Neffen unsäglich begriffsstutzig. »Tolamin ist gefallen! Als nächstes könnte Wesnar über Daling herziehen, oder die Karpana könnten letztlich den Nildu überqueren. Schon jetzt ziehen Landstreicher umher. Also laß stets eine Hand am Schwert.«

»Ja, Wosion! Du kannst dich auf mich verlassen.« Wachsam blickte Polion sich um.

»Ich weiß, andernfalls hätte ich dich nicht gefragt. Und heute abend werden wir uns gemeinsam den Sonnenuntergang anschauen. Ich glaube, du besitzt die besten Augen in der ganzen Familie.«

»Mach' ich gern, Wosion.«

»Wir müssen nach Awail Ausschau halten, aber noch dringender nach Ogoal tief am westlichen Himmel. Sie ist bald überfällig. Wenn Ogoal aufgeht, gibt es noch Hoffnung für meinen Vater.«

7

Anders als die meisten Städte war Daling den Plünderungen und Brandschatzungen beim Untergang des Imperiums entgangen, dennoch glich es nicht mehr dem betriebsamen, bedeutenden Hafen, der es einst gewesen war. Die großen Kaiserfamilien gab es nicht mehr. Ihre Anwesen waren den harten Zeiten zum Opfer gefallen und hatten sich in Miets- und Lagerhäuser oder gar in Schenken verwandelt.

Auch die Herberge zur Phoenix-Straße war einst das Haus eines reichen Mannes gewesen und in spätkaiserlichem Stil rund um einen großen Innenhof erbaut worden, samt Küchen und Scheunen, die sich ein Stück abseits an der Hinterseite befanden. Nach wie vor enthielt das Anwesen einige der schönsten Fresken und Mosaike der Stadt. Der Platz in der Mitte beherrschte die Anlage, und wenn Gwin schlechter Laune war und den Blick über die vielen Plastiken, Steinmöbel und längst nicht mehr sprudelnden Springbrunnen schweifen ließ, mußte sie unwillkürlich an eine Leichenhalle denken. Im Winter erwies sich die Anordnung als höchst unpraktisch, bei warmem Wetter hingegen bewährte sie sich ausgezeichnet; Essen und gesellschaftliches Leben konnten ins Freie verlagert werden. Ein überdachter, rings um das Haus verlaufender Balkon gewährte Zugang zu den oberen Räumlichkeiten und spendete unten Schatten. Gwin gab sich alle Mühe, die Bäume und Blumen nicht verkommen zu lassen, doch dieses Jahr waren gute Gärtner ebenso schwer zu finden wie alle anderen Bediensteten.

Tibal ließ sich an einem der Marmortische nieder und aß das Mahl, das Gwin ihm hinausgeschickt hatte. Danach schrieb er eine Zeitlang in ein Buch und las anschließend darin. Er schien keine dringenden

Geschäfte erledigen zu müssen. Gwin gelangte zu dem Schluß, daß ihre Vermutung, es handle sich um einen wandernden Gelehrten, wahrscheinlich zutraf, und hätte keinen Gedanken mehr an Tibal verschwendet, hätte er nicht weiterhin so offensichtliches Interesse an ihr bekundet. Nachdem Gwin der Köchin erklärt hatte, was zu tun war, verließ sie die Küche, um das Putzen der Gästezimmer zu beaufsichtigen. Während sie von Raum zu Raum lief, beobachtete Tibal sie. Jedesmal, wenn sie aus einer Tür kam, schaute er bereits dorthin, so als hätte er nur darauf gewertet, daß sie auftauchte.

Sein Interesse wurde ihr allmählich lästig. Im Laufschritt durchquerte sie ein Doppelgemach, um an eine Tür zu gelangen, durch die sie nicht hineingegangen war – und wurde von seinem Lächeln vom gegenüberliegenden Ende des Hofes empfangen. Tibal hatte sogar den Stuhl nachgerückt, um besser an der Andentanne vorbeischauen zu können. Gwin verfügte über ein ausgezeichnetes Personengedächtnis und war sicher, ihn noch nie zuvor getroffen zu haben. Sie überlegte, ob er ein Awailscath sein konnte, ein Gestaltwandler. Heutzutage war in Daling alles möglich.

Sie hörte keine Geisterstimmen mehr und redete sich erfolgreich ein, daß sie bloß einem Tagtraum aufgesessen war.

Ein Laufbursche brachte Rosen und ein Gedicht von Sint Hailith. Es war ein jämmerliches Gedicht, obwohl sie Hailith noch als harmlosesten ihrer Peiniger empfand. Sie warf das Gedicht in den Herd; dann trug sie Mai auf, die Blumen in eine Vase zu stellen. Offenbar hatte der tägliche Ansturm der Freier begonnen.

Wenig später schneite Nogan Nibith herein, ein fetter, schmieriger, schleimiger Bursche. Da er eine Taverne höchst fragwürdigen Rufes in der Nähe der Docks besaß, betrachtete er sich als geradezu vorherbestimmt, die Herberge zur Phoenix-Straße samt Besitzerin zu übernehmen. Er nannte sie Gwin, so als wären sie bereits dicke Freunde. Ständig rieb er sich die Hände und lächelte sie mit seinen Fischaugen an; sein Atem erinnerte noch mehr an Fisch. Nogan wurde sie nicht so leicht los wie Hilith' Gedicht, obwohl er dasselbe Schicksal verdiente.

Die Herberge stellte einen für jedermann zugänglichen Ort dar, so daß Gwin diese Nervensägen nicht einfach aussperren konnte. Andererseits wartete stets neue Arbeit auf eine Herbergswirtin. Sie konnte rund um die Uhr behaupten, daß sie viel zu tun hätte, und Einladungen zum Abendessen waren rasch ausgeschlagen.

Nogan folgte Gwin auf dem Fuß, während sie von Zimmer zu Zimmer eilte. Ihren Einwänden, sie wäre zu beschäftigt, um sich zu unterhalten, schenkte er keinerlei Beachtung. Und er klärte sie ausführlich über die rechtlichen Bestimmungen auf.

Gwin wußte alles über die rechtlichen Bestimmungen. Nogan war nicht der erste, der herausfand, daß sie ein Druckmittel darstellten. Gwin nahm sich zusammen und log das Blaue vom Himmel. »Mir wurde mitgeteilt, daß diese Angelegenheit eine unbedeutende Formalität darstellt und sich mühelos bereinigen läßt, Nogan *Saj*. Mach dir bitte keine Gedanken darüber.«

Zwei altbekannte Händler trafen ein und verlangten ihre üblichen Zimmer, was für eine geringfügige Ablenkung sorgte. Gwin rief Golm herbei und trug ihm auf, das Gepäck der Gäste hinaufzutragen. Später kam ein Landbesitzer mit zwei Bediensteten – heute abend würde die Herberge Gewinn abwerfen. Doch Nogan hing immer noch wie eine Klette an ihr.

Sie befand sich mitten auf dem Hof, unterwegs zur Treppe, als sie ein Bersten und einen Schrei aus der Küche vernahm. Der Schrei stammte von Niad.

Ihr Herz setzte aus, als hätte sich eine eisige Hand darum gelegt. Sie rannte los und stellte fest, daß dieser schmierige Blutsauger nach wie vor an ihr klebte. Falls Nogan die Wahrheit über Niad erfuhr, war Gwin am

Ende. Einen Augenblick verharrte sie, vor Panik wie gelähmt.

Dann riß ihr der Geduldsfaden. Heftig rammte sie ihm einen Finger in den Wanst. »Nogan *Saj*, ich habe nicht die Absicht, dich zu heiraten. Niemals! Und wenn du der Erneuerer höchstpersönlich und bereits gekrönt wärst. Das steht endgültig fest. Würdest du bitte in Zukunft davon Abstand nehmen, den Ruf dieser Herberge durch deine Anwesenheit zu schädigen? Und jetzt raus!«

Sein rundliches Antlitz lief rot an. »Wenn das so ist, werde ich Klage einreichen!« verkündete er, zischend wie eine heiße Bratpfanne.

»Nur zu! Da sind dir schon andere zuvorgekommen. Raus jetzt, und laß dich nicht mehr blicken!«

Weiterhin Drohungen ausstoßend, zog er von dannen. Mit pochendem Herzen schaute Gwin ihm nach, bis er die Tür erreicht hatte. Dann wandte sie sich um und rannte zwischen trockenen Springbrunnen, Marmorungetümen und Bäumen in großen Blumentöpfen hindurch zum Verbindungsgang. Die Händler, Tibal und die beiden Landknechte hatten alles gesehen und gehört. Nun beobachteten sie Gwin.

Sie stürmte den Flur entlang in die Küche. Verglichen mit dem Innenhof wirkte diese düster und heiß, erfüllt von Fleischgerüchen und schwirrenden Fliegen. Obwohl es sich um einen riesigen Raum handelte, war zwischen all den Tischen kaum genug Platz, sich zu bewegen. An jeder Wand erstreckten sich Regale voller Teller, Schüsseln und Töpfe.

Niad kauerte in der Ecke neben dem Herd. Ihr Antlitz war kalkweiß, die Augen weit aufgerissen. Die alte Shuma stand schützend einen Schritt vor ihr, den Besen wie eine Streitaxt erhoben. Die drohende Gefahr ging von Golm, dem Gepäckträger aus. Er rieb sich gerade den Kopf, als hätte er Schmerzen. Also hatte Shuma vermutlich bereits einen Hieb ausgeteilt. Zerbrochenes Tongeschirr lag zu ihren Füßen. Mai, Tob und Pauna standen wie erstarrt im Hintergrund und beobachteten das Schauspiel.

Die Köchin war eine alte, knochige Frau, die so kantig wirkte, als hätte man sie aus alten Schiffsplanken zusammengezimmert. Es brauchte schon einiges, um Shuma Furcht zu machen, doch im Augenblick wirkte sie unverkennbar verängstigt.

Golm war ein riesiger, griesgrämiger Zeitgenosse mit kahlem Schädel und buschigem Schnurrbart und somit durchaus in der Lage, höchst bedrohlich auf ein junges Mädchen und sogar eine ältere Köchin mit Haaren auf den Zähnen zu wirken; zudem hatte er bereits in der Vergangenheit Anzeichen eines unberechenbaren Wesens erkennen lassen. Seit dem Krieg war die Auswahl an kräftigen Männern beträchtlich geschrumpft. Golm war noch der Beste gewesen, der zur Verfügung gestanden hatte.

»Was ist passiert?« rief Gwin, obwohl die Antwort ziemlich offensichtlich schien.

Alle plapperten gleichzeitig drauflos. Gwin schlängelte sich an Golm und Shuma vorbei zu Niad. Zitternd und wimmernd fiel Niad ihr in die Arme.

Über die Schulter des Mädchens hinweg funkelte sie Golm wütend an. Als sähe sie ihn plötzlich mit Niads Augen, erkannte sie, wie groß und abstoßend er tatsächlich wirkte. Verständnislos starrte Golm mit finsterer Miene zurück. Gwin hatte ihn erst vor weniger als einem Monat eingestellt. Er wußte nichts von Niads Fluch.

Mai und Pauna hingegen wußten beide darüber Bescheid, und ihre Gesichter waren weiß wie die Wand. Der junge Tob dagegen glotzte bloß mit offenem Mund vor sich hin. Anscheinend hatte er den Lärm gehört und war von der Scheune herübergerannt, um nachzusehen, was vor sich ging. Tob besaß sogar noch weniger Verstand als Golm.

»Nur einen Kuß«, brummte Golm.

»Er hat sich von hinten an Niad rangemacht«, knurrte

Shuma. »Dann hat er sie herumgerissen. Dabei hat sie die Teller fallen gelassen.«

»Alles in Ordnung?« murmelte Gwin und umarmte Niad noch inniger.

Krampfartiges Schluchzen beutelte Niad, doch das Mädchen nickte. »Ich glaub' schon«, flüsterte sie.

Hoffentlich – noch stand und atmete Golm.

»Geh und warte in der Scheune«, befahl Gwin ihm frostig. »Ich schicke Tob mit deinem Lohn hinaus. Du bist entlassen!«

Der ungepflegte, pockennarbige, fettleibige Bär von einem Mann knurrte: »Nur einen klitzekleinen Kuß! Da ist doch nichts dabei!«

Du Flegel weißt ja gar nicht, wieviel dabei ist! »Du hast ihr Angst eingejagt. Und mein Geschirr zerbrochen. Du bist gefeuert!« Dem Zwillingsgott sei Dank für das zerbrochene Geschirr. »Geh! Sofort!«

Golm schien um Worte zu ringen, als wollte er Widerspruch gegen diese unverständliche Ungerechtigkeit erheben. Gwin fühlte, wie Niad sich in ihren Armen versteifte und ihre Angst zurückkehrte.

»*Verschwinde*!« brüllte sie.

Langsam schlurfte Golm davon. Tob trat einen Schritt zur Seite, um ihn vorbeizulassen.

Der Tag gestaltete sich zunehmend interessanter. Binnen drei Minuten hatte sie Nogan zur Vordertür, Golm zur Hintertür hinausgeworfen.

»Komm mit!« Gwin drängte Niad zur anderen Tür. Keifend befahl sie Mai und Pauna, sich wieder an die Arbeit zu machen. Shuma zuckte mit den Schultern und begann, die klirrenden Scherben mit dem Besen aufzukehren.

Gwin schob Niad ins Geschäftszimmer und setzte sie auf einen Stuhl.

»Nichts passiert!« meinte sie beschwichtigend.

»Woher sollen wir das wissen?« wimmerte Niad.

»Ach, mach dir keine Sorgen. Den sind wir ein für

allemal los. Ich habe ohnehin nach einem Grund gesucht, ihn zu entlassen. Tut mir nur leid, daß er dir Angst eingejagt hat.« *Und mir!* Sie schenkte Niad einen Schluck Schnaps ein und forderte sie auf, ihn zu trinken. Kurz überlegte sie, sich selbst auch einen einzugießen. Statt dessen ergriff sie aus der Geldtruhe ein paar Kupfermünzen und ging damit zurück in die Küche.

Nachdem sie Tob mit den Münzen hinausgeschickt, Shuma beruhigt und dafür gesorgt hatte, daß der Vorfall das Abendessen nicht in Gefahr brachte, lief sie zurück, um nach Niad zu sehen. Der Schnaps hatte wieder ein wenig Farbe in das Gesicht des Mädchens gebracht. Zufrieden schloß Gwin die Tür, ließ sich am Schreibtisch nieder und gab vor, ein paar Rechnungen durchzuschauen.

Wie lange konnte sie das Mädchen noch beschützen? Wie lange würde es noch dauern, bis Mai, Pauna oder einem der anderen ein unbedachtes Wort herausrutschte?

Ein Teil des Problems bestand darin, daß Niad außergewöhnlich hübsch war – zu einer wahren Schönheit fehlten ihr lediglich Selbstvertrauen und Selbstachtung. Das flachsfarbene Haar trug sie in zwei kurzen, von Gummibändern gehaltenen Zöpfen über den Ohren, was in Daling einen ziemlich ungewöhnlichen Stil darstellte. Sie besaß große, blaue Augen, rosenblütenrote Lippen und pfirsichfarbene, glatte Wangen. Selbst die derbe Schlichtheit eines Hauskleides vermochte nicht, die Wölbungen ihrer wohlgeformten Hüften und Brüste sowie die erstaunlich schmale Taille zu verbergen. Mit ihren fünfzehn Jahren verkörperte Niad Vollkommenheit im Kleinformat, ein Puppenmädchen. Auch verstellte sie sich in keiner Weise; sie war tatsächlich das süße, unschuldige, ziemlich schlichte Mädel, das sie zu sein schien.

Der übrige, weit schlimmere Ärger rührte daher, daß Niad im Frühling von der Sternenkrankheit befallen wurde. Der Rest ihrer Familie war daran gestorben. Nicht jeder, der überlebte, war verflucht, doch aus Niad war ein Ivielscath geworden. Noch immer hatte sie keine Ahnung, wo die Grenzen ihrer Macht lagen oder wieviel Kontrolle sie darüber besaß. Schließlich war sie kein Ungetüm, das umherrannte und übte, wie man tötete – woher sollte sie es also wissen? Doch in ihrer Panik hätten ihre Kräfte ungewollt auflodern können.

Golm hatte in tödlicher Gefahr geschwebt. Zwar war er nicht tot zu ihren Füßen zusammengebrochen; dennoch konnte er dazu verurteilt sein, zu erkranken und zu sterben. Ivielscaths waren todbringend.

»Ich muß fort«, flüsterte Niad.

Gwin drehte sich auf dem Stuhl um. »Fort wohin?«

»Irgendwohin! Hier kann ich nicht bleiben. Ich bringe entsetzliches Unheil.«

»Unsinn! Du mußt nirgendwohin gehen. Das haben wir doch alles schon besprochen. Es ist nichts Schlimmes passiert. Ich werde dich keinesfalls vor die Tür setzen.«

»Du brauchst mich nicht vor die Tür zu setzen, Gwin *Saj*. Ich gehe freiwillig . . .«

»Nein, wirst du nicht!«

Die großen, blauen Augen füllten sich mit Tränen. »Aber das Gesetz!«

»Pfeif auf das Gesetz! Glaubst du, die Wachen des Statthalters würden es wagen, vor dir die Schwerter zu zücken? Droh einfach, ihre Eingeweide mit Würmern zu füllen, und sie werden davonrennen wie geprügelte Hunde!«

Das mochte bis zu einem gewissen Grad stimmen, doch mehrere Leute, denen man zur Last gelegt hatte, Ivielscaths zu sein, waren bereits von aufgebrachten Menschenmengen gesteinigt worden. Wahrscheinlich wurde die Herberge bei dieser Gelegenheit auch bis auf die Grundmauern niedergebrannt. Diese schauerliche Möglichkeit verschwieg Gwin. »Beim Zwillingsgott, Kind, glaubst du, Golm ist der schlimmste aller Kerle, die da draußen lauern? Du würdest angepöbelt, bevor du auch nur eine Wegstunde zurückgelegt hättest – und überhaupt, wohin willst du denn gehen? Jetzt trink aus, und dann hilfst du Shuma mit dem Gemüse!«

Gwin beobachtete, wie die unglückliche Niad gehorchte. Dabei fiel ihr ein, daß sie selbst noch Arbeit hatte. Sie schien ständig Arbeit zu haben.

Gwin ergriff eine Schiefertafel und marschierte zielbewußt hinaus auf den Innenhof. Pauna fegte gerade den Balkon. Alle anderen waren verschwunden.

Nur Tibal hatte sich an einen Tisch gesetzt, der besser vor der Nachmittagssonne geschützt war als der, an dem er zuvor gesessen hatte. Zufällig hatte er von dem neuen Tisch aus auch eine bessere Sicht auf Gwin, als sie herauskam. Das Buch hielt er aufgeschlagen in der Hand, seine Aufmerksamkeit jedoch galt Gwin. Sie war durch den Küchengang ins Haus gelaufen. Wie konnte Tibal wissen, daß sie bei einem Dutzend Türen ausgerechnet aus dieser herauskommen würde? Er lächelte, als sie sich ihm näherte. Sein Lächeln ließ darauf schließen, daß er mehr sah, als er zeigte, oder mehr wußte, als er wissen konnte, oder ... Abermals fiel Gwin der seltsame Blick seiner Augen auf. Sie hatte das Gefühl, daß er durch sie hindurchschaute, statt sie anzusehen. Aber wahrscheinlich bildete sie sich schon wieder etwas ein. Ihre Nerven ließen sie im Stich.

Sie setzte sich auf einen Stuhl ihm gegenüber. »Die Gesetze, Tibal *Saj*. Laut Gesetz muß ich jeden Fremden in der Stadt melden – Name, Geburtsort, Grund der Anwesenheit.«

Er zuckte mit den Schultern und spähte nachdenklich zur Eingangstür. »Tibal Frainith. Aus Raragash.« Er schloß das Buch und ließ es in der Kitteltasche verschwinden.

Raragash? Jäh schaute sie auf.

Lächelnd schüttelte er den Kopf. »Nein, ich bin kein Verfluchter.«

Sie lachte, um ihre Verlegenheit zu überspielen. »Tut mir leid. Ich wollte nicht ...«

Er wirkte belustigt. »Eine allzu verständliche Annahme. Heutzutage ist Raragash nur eine von vielen verfallenen Städten – ein paar Häuser inmitten zahlreicher Ruinen, wie an so vielen Orten. Glaub bloß nicht, daß es bei uns mehr Verfluchte gibt als anderswo.«

»Wahrscheinlich nicht so viele, wie derzeit in Daling. Eigentlich hätten alle wegziehen müssen, aber ich nehme an, daß sich immer noch irgendwo ein paar verstecken.« Wie Niad. »Ich fürchte, ich muß dich nach dem Grund deines Besuchs fragen. Ich hab' mir das nicht ausgedacht.«

»Natürlich nicht. Ich kam hierher, um jemanden zu treffen.« Wiederum schielte er zur Eingangstür.

»Dann schreibe ich einfach ›Privatangelegenheiten‹.« Sie kritzelte. Die Kreide quietschte, daß es ihr durch Mark und Bein ging.

»Ein ziemlich ruhiger Tag heute?« erkundigte sich Tibal.

»Was? Oh. Schätze schon.«

Es war eine Einladung, sitzenzubleiben und zu tratschen. Zwar mußte sie bis zum Abend noch viel erledigen, doch ein kurzes Schwätzchen konnte sie sich schon erlauben.

Es würde ihren Nerven guttun. Außerdem machte der Mann sie neugierig.

»Ein eher durchschnittlicher Tag«, meinte sie. »Vielleicht kommen später noch ein paar Gäste. Der Krieg hat uns schwer getroffen, die ganze Stadt. Und dann die Sternenkrankheit. Ich fürchte, die Schicksalshüter halten noch Schlimmeres für uns bereit.«

Doch im Fall von Gwin Solith war das doch kaum möglich, oder? Zuerst den Ehemann, dann die Kinder? Sie hatte nur noch die Herberge zu verlieren – und natürlich ihr Leben.

Kampf bis zum bitteren Ende!

»Schicksalshüter?« fragte Tibal. »Du bist doch keine Zardin!«

Ihr wurde bewußt, daß sie Zarda gesprochen hatte, ebenso wie Tibal, wenngleich er einen seltsamen Akzent aufwies. Sogleich wechselte sie wieder zu Qolisch. »Tut mir leid! Wenn du die Sprache meinst ... Jeder in Daling ist zweisprachig. Hab' nicht daran gedacht. Wenn du aber die Religion meinst, muß ich gestehen, daß ich weder da noch dort so recht zu Hause bin. Das Imperium hat die Schicksalshüter anerkannt und sie lediglich dem Zwillingsgott unterstellt. Offiziell huldigt Daling immer noch den Schicksalshütern *und* dem Zwillingsgott.«

Er lächelte.

»Letzten Endes haben die Schicksalshüter die Oberhand behalten.«

»So ist es. Und so wird es immer sein, nehme ich an. In und um Daling leben sehr viele Menschen zardischer Herkunft. Mit der Zeit nimmt man ihre Redeweise an.«

Tibal nickte. Seine stille Belustigung schien anzuhalten, wenngleich Gwin ihn abermals dabei ertappte, wie er die Aufmerksamkeit der Tür zuwandte. Wen auch immer er hier treffen wollte, er mußte wohl bald kommen.

»Morgen wirst du viel mehr zu tun haben«, bemerkte er zuversichtlich.

»*Wie*?«

»Ich meine, du mußt doch gute und schlechte Tage haben, wie jeder andere auch, oder?« Die grauen Augen funkelten, dennoch blieb der Blick merkwürdig verschwommen, als schaute er durch Gwin hindurch oder an ihr vorbei ...

Anerkennend grinste sie über die schlagfertige Antwort. »Bist du sicher, daß du kein Shoolscath bist?«

Er schüttelte den Kopf. »Ich wollte dich nur ein bißchen necken.«

»Ich glaube, ich möchte die Zukunft gar nicht kennen.« Sie hatte fünf wunderbare Jahre mit Carp verlebt, die sie unmöglich hätte genießen können, wenn sie gewußt hätte, was ihn erwartete.

»Ich auch nicht. Na ja, einen Teil davon vielleicht schon.«

»Es hätte seine guten und schlechten Seiten, wie alle Flüche.«

»Ja. Hast du schon viele Verfluchte gesehen?«

»Ein paar. Die meisten wurden aus der Stadt verjagt ...«

Die Eingangstür öffnete sich. Liam Gurshith stolzierte herein, gefolgt von zwei weiteren Männern, die ihn sogar noch überragten.

»Lächle mich an«, forderte Tibal Gwin sogleich auf. »Bevor er dich sieht. Leuten seines Schlages begegnet man am besten, indem man ihnen überhaupt keine Beachtung schenkt. Unterhalten wir uns.«

Von plötzlicher Wut und Bestürzung erfüllt, drehte sie sich zu ihm um. Steckte er etwa mit Liam unter einer Decke?

Tibal grinste breit und entblößte weiße Zähne. »Du kannst mir vertrauen, Gwin. Ich bin dein Freund, glaub mir. Tu so, als würden wir eine nette Unterhaltung führen. Je liebenswerter du dreinschaust, desto weniger wird es dieser Schlange gefallen.«

Sie antwortete mit einem matten Lächeln. »Was hast du mit ihm zu tun?«

Tibal ließ die Hand auf den Tisch niedersausen, als hätte sie soeben den Witz des Jahrhunderts erzählt. »Überhaupt nichts! Glaub mir! Aber ich kenne ihn. Und ich mag ihn nicht. Jetzt rede du. Rede über das Gesetz.«

»Über das Gesetz?« fragte sie und warf fröhlich das Haar zurück. »Mein Mann starb im Krieg.«

»Ich weiß. Weiter.«

Beobachtete Liam sie? Gwin schaute nicht hin, um sich zu vergewissern. Was immer Tibal im Schilde führte, es fühlte sich wunderbar an, in diesem endlosen Kampf der Freier einen Kameraden an der Seite zu haben. »Carp war Hundertschaftführer in der Bürgerwehr. Daling war immer ein Verbündeter von Tolamin. Als die Wesnarier angriffen, schickten wir Hilfe. Bevor Carp loszog, setzte er ein Testament auf und hinterließ mir die Herberge. Es steht außer Frage, daß dieses Testament gültig und echt ist, aber es gibt ein altes kaiserliches Gesetz, das Frauen verbietet, Land zu besitzen, und ein Gebäude kann nun mal unmöglich von dem Grund und Boden getrennt werden, auf dem es steht.«

Herzlich und höchst überzeugend lachte Tibal auf. »Wie ist es möglich, daß ein solches Gesetz noch gültig ist? Ein Jahrhundert, nachdem Qol in Flammen aufging?«

Sie lächelte. »In Daling wurde es nie aufgehoben.«

Tibal strahlte übers ganze Gesicht. »Und wenn in deinem Fall jemand auf dieses Gesetz pocht?«

»Dann verliere ich alles«, erwiderte sie heiter. Mit einem Seitenblick stellte sie fest, daß Liam in ihre Richtung schritt, seine beiden abgerichteten Bären im Schlepptau. Heftig gestikulierend überlegte Gwin, was sie noch sagen sollte. »Wenn du den ganzen Weg von Raragash zurückgelegt hast, um jemanden zu treffen, dann muß dieser Jemand wohl sehr bedeutend sein?« Nachdem er die Nase in ihre Privatangelegenheiten steckte, durfte sie das wohl auch.

»Unermeßlich bedeutend!« antwortete Tibal lachend. »Was du brauchst, ist ein vertrauenswürdiger, männlicher Bürger, der das Besitzrecht an dem Land erwirbt und dich in Ruhe deinen Lebensunterhalt verdienen läßt.«

»Wenn es um Grundbesitz geht, gibt es keinen Mann in Daling, dem man vertrauen könnte!« rief sie.

Tibal schaute auf. »Ganz besonders nicht diesem. Verschwinde, Liam *Saj*.«

Wäre Liam Gurshith selbst einer der Freier gewesen, hätte Gwin sich unter Umständen mit ihm abfinden können. Er war viel älter als sie, aber immer noch ein großer, außergewöhnlicher Mann. Seine Züge waren ausdrucksstark und überheblich, das schwarze Haar gepflegt und mit Pomade eingerieben. Der Rosenwasserduft, den er verströmte, war wesentlich angenehmer als Nogans Fischgeruch. Liam verschmähte die mittlerweile in ganz Kuolien, selbst in diesem letzten Bollwerk des Kaiserreichs verbreitete barbarische Kleidung, die aus Kittel und Hose bestand. Er stolzierte wie einer der späten Kaiser umher, in einem reich mit Juwelen und Stickereien verzierten Kasack – heute in einem scharlachroten, der wie immer ausgezeichnet geschneidert war. Oberhalb des edelsteinbesetzen Gürtels betonte er die mächtige Brust sowie den noch immer flachen Bauch; darunter hing das Kleidungsstück in kunstvoll gearbeiteten Falten bis zu den Knien herunter. Seine behaarten Unterarme ragten aus Schlitzen in Ärmeln, die bis an die Fußknöchel reichten. Seine Stiefel waren mit Gold geschmückt.

Ein Mann, der so großen Wert auf sein Äußeres legte, hätte sich auch Gedanken über den Aufzug seiner Gefolgsleute machen sollen. Die beiden haarigen Ungetüme hinter ihm steckten nur in Stiefeln und Hosen, wodurch sie Narben und eindrucksvolle Muskelberge zur Schau stellten.

Sie waren gebaut wie Eichen. Jeder hielt einen schweren Knüppel.

Verächtlich musterte Liam den hageren Tibal. »Ich kenne dich nicht.«

»Und wir wollen dich nicht kennen. Verschwinde.«

Warnend versetzte Gwin ihm unter dem Tisch einen Tritt.

Liam schnippte mit den Fingern. Einer der Schläger stapfte vor. »Wenn dieser Mann noch ein einziges Wort von sich gibt, bringst du ihn zum Schweigen.«

Grinsend hob sein Handlanger den Prügel. Tibal zuckte nur mit den Schultern.

Liam holte einen Zettel hervor. »Gwin Solith, so geht

das nicht. Ich habe dich gewarnt.« Er zerriß den Zettel und ließ ihn fallen. Es handelte sich um den Brief, den sie am Tag zuvor verfaßt hatte.

Angespannt faltete sie die Hände im Schoß und zwang sich, ihm in die grausamen Augen zu blicken. Sie hatte einen widerlichen Geschmack im Mund. »Ich habe es dir doch erklärt, Liam *Saj*. Deine Bedingungen sind überaus großzügig.« Und das waren sie tatsächlich. »Es wäre eine Ehre für mich, Mitglied deiner edlen Familie zu werden.« Das entsprach zwar weniger der Wahrheit, schien in praktischer Hinsicht aber nicht allzu falsch zu sein. »Würdest du selbst um meine Hand anhalten, ich würde mit Freuden zusagen.«

Selbst *das* war nicht so sehr gelogen. Liams Alter bereitete Gwin kaum Sorge. Carp war zehn Jahre älter als sie gewesen. Liam Gurshith galt in der Stadt als wohlhabender und immens mächtiger Mann. Seine Methoden waren zwar rücksichtslos, doch das traf auch auf die seiner Gegner zu. Damit konnte Gwin leben. Wenn es sein mußte, konnte sie vermutlich sogar mit Liam Gurshith leben.

»Ich bin aber nicht zu haben, gute Frau. Mein Sohn hingegen sehr wohl.«

Sein Sohn war ein entartetes Scheusal.

Gwin schauderte. »Du hast doch noch einen anderen Sohn!«

Tibal bekam plötzlich einen Hustenanfall.

Liam schenkte ihm keine Beachtung. »Er ist erst fünfzehn. Eine acht Jahre ältere Frau wäre unpassend. Außerdem habe ich ohnehin andere Pläne für ihn. Du wirst Kolo heiraten, oder ... Schau!«

Gwin drehte sich in die Richtung, in die er deutete. Bedienstete strömten aus dem Durchgang. Hinter ihnen tauchten weitere Schläger auf, sechs oder sieben an der Zahl, jeder mindestens so riesig und bedrohlich wie Liams Leibwächter. Wo zog er solche Ungetüme nur an Land?

»Hausangestellte sind heutzutage schwer zu finden, nicht wahr, Gwin Solith?«

Ungläubig blickte sie zu ihm auf. Wieso war ihr nie der Gedanke gekommen, daß er seine Gewalttätigkeit auch gegen sie richten könnte? Er lächelte. Dann trat er vor und rammte Tibal die Faust ins Gesicht. Tibal kippte rücklings aus dem Stuhl und landete ausgestreckt auf dem gekachelten Boden. Der Stuhl fiel neben ihn. Das Monster, das ihn bewachte, brachte den Knüppel in Anschlag und blickte hoffnungsvoll zu seinem Herrn und Meister.

Liam leckte sich über die Knöchel. »Weißt du, ich könnte ihn jetzt zu Tode prügeln lassen. Ich will den guten Ruf dieser Herberge nicht dadurch ruinieren, daß ich die Gäste zusammenschlage, aber ich werde es tun, wenn du weiterhin so stur bleibst. Ich erwarte eine Antwort. Andernfalls lasse ich meine Leute auf deine Bediensteten los. Entscheide dich!«

Oben wurden Türen zugeworfen, als die anderen Gäste Reißaus nahmen. Gwin starrte quer über den Hof, wo die Wölfe die Schafe in eine Ecke trieben. Zufällig handelte es sich um die hellste Ecke. Sonnenlicht gleißte auf Niads Haar.

Das durfte nicht geschehen! Ihr Personal sollte am hellichten Tage in ihrem eigenen Haus, vor ihren Augen zusammengeschlagen, vielleicht sogar ermordet oder vergewaltigt werden! Was, wenn Niad Vergeltung übte, so daß Liam und seine Schläger noch vor Sonnenuntergang krank wurden? Selbst wenn keine aufgebrachte Menschenmenge die Herberge niederbrennen sollte, würde Gwin zur Strafe dafür, einer Verfluchten Unterschlupf gewährt zu haben, alles verlieren.

Sie leckte sich über die Lippen. »Du hast gewonnen.«

Tibal räusperte sich und setzte sich behutsam auf.

Liam Gurshith ergriff Gwins Hand und hob sie an seine Lippen. »Ausgesprochen klug, Schwiegertochter! Ich lasse die Verlobung unverzüglich vom Ausrufer verkünden. Kolo wird sich in Kürze bei dir melden, damit ihr die Hochzeitsvorbereitungen besprechen könnt – und damit ihr einander besser kennenlernt. Kommt, Jungs.«

Er gab dem Rest der Bande ein Zeichen und steuerte auf die Tür zu.

Verheiratet mit Kolo Gurshith? Wie lange würde er brauchen, um sich zu Tode zu saufen? Mit welchen Krankheiten würde er Gwin anstecken?

Mit einer Hand auf dem rechten Auge quälte Tibal sich auf die Beine. »Was für ein netter Mensch!«

Mühevoll kämpfte Gwin gegen einen Zitterkrampf an, ging zu Tibal hinüber und schob die Hand beiseite. Ein wunderschönes Veilchen war ihm sicher.

»Nichts Ernstes!« Er grinste.

»Ich hole ein wenig Rindfleisch.« Sie fragte sich, ob die Bediensteten nun wohl geschlossen kündigen würden. »Es tut mir entsetzlich leid, daß du da hineingezogen worden bist.«

Tibal begann zu lachen.

Erschrocken starrte sie ihn an.

Er lachte noch lauter; dann schlang er plötzlich die Arme um Gwin und drückte sie. »Oh, Gwin Solith! Hör auf, dir Sorgen zu machen! Liam *Saj* hat keine Ahnung, daß ... Morgen wird ein *wunderbarer* Tag!«

8

Donner war einst ein schnelles Pferd gewesen und erwies sich immer noch als lauffreudig, doch sanft hatte er sich noch nie geritten. Nun erschütterte er bei jedem Schritt den Kiefer seines Reiters. Bulion stützte sich ab, indem er mit einer Hand den Sattelknauf umklammerte. Er fragte sich, wie lange er noch durchhalten würde, ohne die Besinnung zu verlieren. Sollte dies geschehen, würden die anderen ihn nach Hause oder zum nächstgelegenen Bauernhof bringen. Das wäre sein Ende.

Mit im Wind flatterndem Mantel biß er schwitzend und zitternd die Zähne zusammen. Er folgte dem Pfad, der ihn unweigerlich an den vielen Siedlungen in der Nähe vorüberführte. Winkend trottete Bulion daran vorbei, ohne innezuhalten. Sein Gefolge brüllte Grüße und hielt sich dicht hinter ihm. Gewiß wunderten sich die Leute, weshalb die Tharns nicht für ein kurzes Schwätzchen anhielten, wie sie es sonst zu tun pflegten. Ja, sagte sich Bulion, du solltest anhalten. Du solltest die Leute einladen, an dem Ausflug teilzunehmen, wie die Tharns es für gewöhnlich tun. Besonders derzeit, bei all den Gerüchten über Diebesbanden, würde man es als willkommene Geste empfinden. Er sollte Männer anwerben, die Brankion beim Bau der Festung helfen konnten. Doch er wollte nicht, daß jemand von seiner Krankheit erfuhr. War das Umsicht oder nur die närrische Eitelkeit eines alten Mannes?

Seltsame Erinnerungsbrocken stürzten auf ihn ein. Ständig mußte er an Nadim denken und stellte sich vor, was sie dazu gemeint hätte. »Dummer alter Narr«, wahrscheinlich. Die große, stämmige Nadim – eine starke Frau und im Bett eine leidenschaftliche Liebhaberin. Sieben Söhne und vier Töchter hatte sie ihm geschenkt. Ordim war hübscher, jedoch weniger widerstandsfähig. Nie war sie in der Lage gewesen, den Clan so zu führen, wie Nadim es in ihren letzten Jahren vermocht hatte. Außerdem fürchtete sich Ordim davor, Kinder zu gebären.

Sie gab sich der körperlichen Liebe stets nur zögerlich hin, selbst dann, wenn sie bereits schwanger war, als hätte sie gewußt, was die Schicksalshüter mit ihr vorhatten.

Drei Söhne und zwei Töchter waren alles, was sie vor ihrer tödlichen Fehlgeburt zustande brachte. Nun, Kinder waren Pflicht und Bestimmung einer Frau. Mogions

Nimim hatte in zwanzig Jahren vierzehn Kinder geboren und zehn davon großgezogen.

Bis vor wenigen Tagen hatte Bulion ernsthaft überlegt, sich eine dritte Frau zu nehmen. Er war immer noch ein kräftiger Mann und hätte für das Tal noch einige Tharns zeugen können. Und das würde er auch, sofern er diesen entzündeten Zahn überlebte. Wie immer lag die Entscheidung bei den Schicksalshütern.

Bulion würde sich nicht beklagen. Andere Völker versuchten, ihre Götter durch Opfer zu beeinflussen. Die Zarda hatten stets hingenommen, was ihnen zugedacht wurde, Gutes wie Schlechtes. Ihm, Bulion, war mehr vergönnt gewesen als den meisten Männern. Sechzehn Kinder, von denen noch vierzehn lebten. Damit durfte er sich ausgesprochen glücklich schätzen.

Poul stieg höher, trocknete den Tau und ließ die Hügel in einem Hitzeschleier verschwimmen. Falken zogen am blauen Himmel ihre Kreise und stürzten gelegentlich auf die Wiesen hinab, um die Krallen in irgend etwas zu bohren. Poul spendete Leben, aber auch Tod.

Bulions Mantel fiel ihm von den Schultern, doch er ritt unbeirrt weiter. Einer der anderen würde ihn schon aufheben. Ununterbrochen spuckte er Blut und Eiter. Der Geschmack in seinem Mund erinnerte ihn an einen Schweinestall. Er entschied sich für die Hügelstraße, um das Anwesen der Ignamiths zu umgehen. Wenn jemand in der Gegend in Versuchung kommen könnte, über die Bewohner des Tharn-Tals herzufallen, während der Clanführer geschwächt war, dann Alkin Ignamith. Dabei sollte gerade er Bulions stärkster Verbündeter sein – und würde es vielleicht auch eines Tages, nachdem er gründlich über alles nachgedacht hatte. In diesem Augenblick sollte ein Dutzend kräftiger Ignamiths beim Aufbau der Festung im Tharn-Tal mithelfen.

Die Festung. Sein Vater hatte diese Tradition ins Leben gerufen. Obwohl er sich in einen Bauern verwandelte, blieb Gamion doch Zarda genug, um an Verteidigung zu denken, sobald er etwas besaß, das zu verteidigen sich lohnte. Zunächst befestigte er einen Teil des alten Herrensitzes. Bulion erinnerte sich noch daran, im ersten Jahr Dornenbüsche geschleppt zu haben, im zweiten Jahr Holzpfähle.

Er schien seine halbe Kindheit damit verbracht zu haben, Wälle und Zäune zu errichten.

Die schlimmsten Feinde, die je angegriffen hatten, waren Füchse gewesen.

Mit dem Bau des Palisadenzauns hatte Mogion begonnen. Bulion hatte ihn fertiggestellt und zweimal erweitert. Auch hier drohte niemals Gefahr durch einen Feind.

Nun verfügte er über die Arbeitskraft, die es brauchte, um die alten Ruinen freizulegen, sowie über einen Brennofen, um Mörtel herzustellen und vor allem über einen triftigen Grund für die Errichtung einer Festung. Krieg lag in der Luft. Jeder Narr konnte ihn riechen. Er brauchte ein Bollwerk, um die Ernte zu schützen. Sobald eine Armee erkannte, daß sie um die Beute kämpfen müßte, würde sie eine andere Richtung einschlagen oder einfach an der Festung vorüberziehen. Es hatte keinen Sinn, das Getreide zu schützen, solange die Rinder frei umherliefen. Es hatte keinen Sinn, die Rinder zu schützen, wenn man nicht gleichzeitig die Menschen schützte …

Narren wie Brankion behaupteten, daß selbst sechzig Krieger zu wenig wären, um eine Festung dieser Größe zu bemannen. Sie begriffen einfach nicht, daß es nicht nur um die Tharns ging. Das gesamte Gebiet sollte miteinbezogen werden, sowohl die Ignamiths als auch die kleineren Familien. Bulion hatte beharrlich auf sie eingeredet: Helft uns, die Festung zu bauen, und wir gewähren euch Schutz, wenn es soweit ist. Allmählich kamen sie zur Vernunft. Er hatte ein Leben damit zugebracht, sich den Ruf eines Mannes zu erwerben, der zu seinem Wort stand. Allmählich sahen sie es ein. Sie haßten die Vorstellung, daß die Tharns dadurch die Kontrolle über die gesamte Gegend erlangen würden, dennoch kamen sie allmählich zur Vernunft.

Oh, dieser verfluchte Zahn! Noch fünf Jahre, Schicksalshüter! Ich brauche noch fünf Jahre!

»Alles in Ordnung, Vater?«

Bulion blinzelte sich wach und blickte den Sprecher an. Er war im Reiten halb eingeschlafen. Sein Mund fühlte sich an, als würde darin ein Scheffel Schnecken verwesen. Das rot lodernde Feuer der Qualen raubte ihm beinahe das Sehvermögen.

Es war Elim, seine älteste Tochter, mittlerweile Großmutter mit Silbersträhnen im Haar. Mutter von neun Kindern, mit guten Aussichten auf ein weiteres ... Die Sorge auf ihrem Gesicht war ein gräßlicher Anblick.

Bulion schüttelte den Kopf, da er nicht sicher war, ob er den Kiefer bewegen konnte, um zu sprechen. Statt ein Lächeln zu versuchen, blinzelte er.

»Wosion meint, es sei an der Zeit, den Pferden ein wenig Erholung zu gönnen, Vater.«

Da erkannte er die Moorlandschaft – sie hatten schon fast den Weiher erreicht. Und die Sonne stand noch nicht einmal ganz im Zenit. Also kamen sie gut voran, was darauf zurückzuführen war, daß sie nicht angehalten hatten, um zu tratschen. Diesmal nickte Bulion; gleichzeitig fragte er sich, ob er nach der Rast in der Lage sein würde, wieder auf das Pferd zu steigen.

Der Weiher hatte keinen Namen, doch er stellte einen beliebten Rastplatz dar. Bäume und eine Mulde boten Schutz, wenn der Wind blies. Bulion fand, daß es in gefährlichen Zeiten wie diesen ein ausgesprochen ungünstiger Ort für eine Pause war. Jeder konnte sich durch dieses Unterholz anschleichen. Was hatte er nur für Dummköpfe großgezogen? Konnte denn keiner von ihnen *denken,* nur weil die Gegend ihr ganzes Leben lang friedlich gewesen war?

Er versuchte gar nicht erst, sie darauf aufmerksam zu machen. Statt dessen ließ er sich auf einem Heidekrautbüschel nieder und lehnte sich zitternd und zu Tode erschöpft an einen Felsbrocken. Er trank einen ausgiebigen Schluck von dem nach Torf schmeckenden Wasser, das Wosion ihm brachte. Jegliches Essen jedoch lehnte er ab, sogar die prallen Weintrauben, die Elim ihm zuwarf. Mit großer Wahrscheinlichkeit würde er nie wieder essen. Alle anderen speisten genüßlich und plapperten und schnatterten voll gezwungener Heiterkeit. Wosion zeigte sich ungewohnt überschwenglich. Ebenso der junge Polion.

Ein guter Junge! Ganz im Gegensatz zu seinem Vater besaß er jenes gewisse Feuer. Er war der geborene Rebell. Seit er laufen konnte, steckte er ständig in Schwierigkeiten. Wie konnte man solche jungen Lichtblicke im Tal halten? Eines nahen Tages würde dieser Grünschnabel zu dem Schluß kommen, daß die Welt aufregendere Beschäftigungen zu bieten hatte, als Schafe zu züchten und Feuerholz zu hacken. Die Familie brauchte Heißsporne wie ihn, denn ohne sie würde der Clan in ein oder zwei Generationen nur noch aus geistig abgestumpften Langweilern bestehen.

Polion schaute in seine Richtung. Bulion winkte ihn herbei und sah, wie der Junge zusammenzuckte. Sein ganzes Leben lang hatte es stets eine bevorstehende Strafe angekündigt, wenn jemand ihn zu sich rief. Frösche in Betten, faule Eier, die durch Fenster flogen, Seile, die sich auf rätselhafte Weise um Plumpsklos wickelten – jeder derartige Vorfall im Tal hatte eine Jagd nach Polion zur Folge. Seine Mutter pflegte fluchend zu erklären, daß er jeden Tag etwas anstellte; erst in letzter Zeit riß er sich am Riemen. Leider jedoch hatte er eine Generation jüngerer Unruhestifter ausgebildet, die in seine Fußstapfen treten sollten.

Nun wartete Polion einen Augenblick, ehe er sich erhob und herüberkam, wobei er scheinbar völlig sorglos wirkte. Dann hockte er sich neben Bulion nieder, spindeldürr, sonnengebräunt, mit einem falschen Lächeln auf den Lippen.

»Dein Gesicht ist nicht mehr so arg geschwollen, Großvater.«

Doch, das war es, aber ein wenig konnte Bulion den Kiefer noch bewegen. »Du lügst.«

Polions Blick verfinsterte sich, das Lächeln verblaßte.

»Und dafür bin ich dir dankbar.« Bulion kramte in seiner Tasche. »Ich weiß, daß es gut gemeint war. Bist du bereit, dir in Daling ein Eheweib zu suchen?«

»Nein. Höchstens ein, zwei Mädel.«

Unverschämter Lümmel!

Ohne die Schwellungen im Gesicht hätte Bulion vermutlich nur mühevoll ein Grinsen unterdrücken können. »Meilim ist ein Klatschweib. Halt dich in Zukunft fern von solchen Gören.«

Ernst nickte der Junge. »Das nächst Mal weiß ich's besser.«

»Hoffen wir nur, daß du keinen richtigen Ärger angezettelt hast! Hier.« Bulion reichte ihm eine Goldmünze, einen Taler.

Der Knabe ergriff sie, betastete sie und starrte sie an, als witterte er eine Falle. »Danke. Wofür ist die?«

»Eine Art Entschuldigung, weil ich mich lustig über dich gemacht habe. Dafür bekommst du eine Nacht mit der Besten des Hauses. Gib dich bloß nicht mit weniger zufrieden.«

Unter dem flaumigen Schnurrbart verzog Polion die Lippen zu einem zügellos freudigen Grinsen . . . *Beischlaf! Nackte Körper! Ein Mädchen auf einem Bett und ich auf ihr! Schweiß!* Die lüsternen Gedanken schallten wie ein Fanfarendonner durch den Kopf des alten Mannes. Dann folgte ein weiterer Schwall: *Schmerz! Hunger! Lodernde Qualen in seinem Kiefer!*

Das Gelächter und Geplapper verstummte. Jemand schrie.

Ein weiterer Gedankenhagel: *Hunger! Dort ist Essen. Magenkrämpfe! Sie essen. Will auch was, will auch was. Lodernde Qualen in seinem Kiefer. Aneim auf einem Bett, mit weit gespreizten Beinen ...*

»Ein Jaulscath!« brüllte Farion. Er sprang auf die Beine und zückte das Schwert. »Töten wir ihn!«

Die anderen Männer taten es ihm gleich – alle außer Bulion, der sich zurück an den Felsbrocken lehnte.

Verflucht! Verfluchter Jaulscath! Die Frauen kreischten und schrien und hielten sich die Hände über die Ohren, doch weder Hände noch Lärm konnten die Gedankenflut dämpfen: *Von Jaul verflucht! Jagt ihn fort. Tötet ihn. Hunger. Er wird uns in den Wahnsinn treiben. Sie haben Essen. Er muß dort zwischen den Bäumen sein. Warum halten diese blöden Weiber nicht endlich die Klappe, damit wir hören, wo er steckt? Bauch schmerzt vor Hunger.*

Ein vereinzeltes Flüstern, das sich nach Elim anfühlte: *Oh, der arme Teufel.*

Irgendeiner der Männer hatte vor, mit Aneim zu schlafen, sobald sie nach Daling kamen, und es konnte unmöglich Kilbion sein, der ja zu Hause im Tal geblieben war. Wenn man den verbotenen Geheimnissen anderer Menschen lauschte, mußte man unwillkürlich an die eigenen denken. Belanglose Eifersüchteleien brachen wie Eiterbeulen auf, Erinnerungen an närrische Taten oder Bemerkungen, lang zurückliegende, unfeine Gedanken, die in schlaflosen Nächten durch den Kopf spukten, Kränkungen, die alle anderen längst vergessen hatten – jeder Versuch, nicht mehr daran zu denken, machte alles nur noch schlimmer. Verborgene Haßgefühle und Gelüste drangen an die Oberfläche; Angst und Scham hallten immer lauter von Verstand zu Verstand. Bulion selbst übergoß die anderen mit Gedanken voller Qual und Reue eines Todgeweihten.

Er versuchte, den Mund zu öffnen und erkannte, daß

er nicht imstande war, den gewaltigen Lärm zu übertönen. Drüben am Weiher traten die Pferde des Krachs wegen um sich und bäumten sich auf. Bulion streckte die Hand aus und ergriff Polions knochiges Bein. Der Junge fuchtelte gefährlich mit dem Schwert herum; dennoch blickte er auf die Finger hinunter, die sich in sein Fleisch bohrten. Mit Bulions Griff war anscheinend noch alles in Ordnung.

Er brauchte nicht zu sprechen – seine Gedanken hallten von dem Jaulscath zurück. *Er verhungert. Bring ihm etwas zu essen. Nimm diese Tasche. Und bitte ihn, wegzugehen.* Seine Gedanken vermischten sich mit jenen des Jaulscath, die von Tagen ohne Nahrung, ohne Unterschlupf erzählten und davon, wie er immer wieder verjagt worden war. Ebenso verhielt es sich mit den Gedanken der anderen: Haß, Entsetzen, Schuld, völlige Verwirrung. Dennoch verstand ihn Polion.

Seine Antwort sprudelte geradezu hervor. *In den Wald gehen? Zu einem Jaulscath, der meine Gedanken liest? Der weiß, was ich denke? Und es jedem sagt? Angst. Zweifel. Bin noch kein richtiger Mann.*

Bulion: *Hilf mir auf, dann tue ich es selbst. Ich habe auch Angst. Wir alle haben Angst.*

Polion ergriff den Sack. *Männlichkeit beweisen. Nimm den Beutel. Kopf hoch.* Während er mit der anderen Hand noch immer wichtigtuerisch das Schwert schwenkte, rannte er um die von Panik erfüllte Gruppe herum. Wie Dreschflegel schwang er die Beine, als er auf die Bäume zulief. Die Männer schickten sich an, ihm zu folgen und dachten: *Blut! Ein von Jaul Verfluchter! Schneiden wir ihm den verlogenen Kopf ab.*

Doch Wosion trat vor sie hin und breitete die Arme aus, um ihnen Einhalt zu gebieten. Trotz seiner geringen Größe besaß Wosion seit jeher kräftige Lungen, mit denen er sich nunmehr in all dem Trubel rings um ihn herum Gehör verschaffte. »Niemand wird getötet! Zarda tun so etwas nicht!« Er trat einen Schritt vor. Die Schwerter vor ihm senkten sich. »Nur Qolier töten die Verfluchten.«

Bisweilen führst du dich auf wie ein zimperliches, altes Weib, dachte Bulion, *aber ich bewundere deinen Mut. Das habe ich schon immer getan.* Er wußte nicht, ob Wosion diese Anerkennung wahrnahm oder erkannte, von wem sie ausgegangen war.

Farion versuchte, an ihm vorbeizuhasten; Wosion humpelte ihm in den Weg, wodurch er Gefahr lief, Farions blankes Schwert zu spüren zu bekommen. Wie lange würde der Krüppel den Deckel noch auf dem Kessel halten können? Zwar half Wosion die Ehrfurcht, die sie alle vor einem Priester hatten – außerdem handelte es sich um seine Neffen und Vetter –, doch sie waren drauf und dran, dem Wahnsinn zu verfallen. Er mußte in der Tat entschlossen sein, sich lieber aufspießen als sie vorbei zu lassen, denn im Augenblick vermochte niemand, den anderen zu täuschen. Genau darin bestand das Problem. Jede Gemeinschaft, sogar eine Familie, war durch Täuschung zusammengeschweißt, und nun lag die Seele jedes einzelnen offen.

Siebzehn Tharns mußten ihre geheimsten Gedanken preisgeben und wanden sich voll Scham angesichts dessen, was sie offenbarten, voll Entsetzen angesichts dessen, was sie erfuhren; Wut, Neid, Lust und jede noch so kleine Gehässigkeit, die seit Jahren unausgesprochen geblieben war, hallte zwischen ihnen hin und her. Schicht für Schicht fiel die Haut ihrer Seelen ab. *Aufhören! Aufhören! Aufhören!* Wenn sie den Jaulscath nicht bald in die Hände bekämen, würden sie übereinander herfallen.

Stammte dieser schwärende Zorn vom alten Himion? Von welcher der verheirateten Frauen ging jenes heftige Verlangen nach dem drahtigen Körper des jungen Polion aus?

Glücklicherweise schien Polion selbst dies nicht bemerkt zu haben; während er sich durch das Unterholz kämpfte, beschwerte er sich in Gedanken flüchtig über Dornen und Gestrüpp. Viel deutlicher aber sandte er aus, was ihn antrieb. *Kann mir nichts tun. Habe ein Schwert. Zeige ihnen allen, daß ich keine Angst habe. Zeige ihnen, daß ich ein Mann bin. Hoffe nur, ich mache mir nicht in die Hose. Zeige Meilim, daß ich ein Mann bin. Nächstes Mal mache ich ernst. Zeige es den Huren in Daling. Söldner, keine Furcht.*

Der Jaulscath: *Er hat ein Schwert. Aber er bringt Essen. Der alte Mann hat Schmerzen. Er weiß, daß er stirbt. Ja, stirbt. Wird nie wieder seine Heimat sehen.*

Damit war es heraus. Eine Flutwelle der Entrüstung und der Sorge brach von der Familie los und überschwemmte die Gedanken Polions und des Jaulscaths, abgesehen von einem *Verdammt, bist du aber dürr!*, als die beiden einander trafen. *Ein Junge! Eine Frau?*

Tja, das hat euch abgelenkt, wie? Unbeirrt hielt Bulion den auf ihn gerichteten, bestürzten Blicken stand. *Natürlich glaube ich, daß ich sterbe, ihr Esel! So wie ihr alle glaubt, daß ich sterbe!* Hinter dem lauthals verkündeten Widerspruch vernahm er widerwillige Zustimmung. *Ich lüge; du lügst. Wir haben einander andauernd belogen. Aber das müssen die Menschen. Niemand ist vollkommen. Wir alle schämen uns manchmal. Wir müssen mit uns selbst und mit anderen leben. Noch bin ich nicht tot. Ich bin tief bewegt, daß ihr euch alle solche Sorgen macht. Und ich habe schreckliche Angst davor, hier und jetzt vor euch in Tränen auszubrechen. Ich wünschte, ich würdet damit aufhören, wie die Raben zu kreischen und mich statt dessen zu einem Arzt bringen.*

In der Nähe eines Jaulscaths gab es keine Geheimnisse.

Wieder Polion: *Hab's getan! Bin ein richtiger Mann! Zurück jetzt.* Er kam zurück. *Hoffe, sie werden es alle gebührend anerkennen. Familienheld. Das werd' ich Wosion ins Gesicht schleudern.* Nach wie vor gingen auch unverkennbar lüsterne Gedanken von dem geilen, jungen Teufel aus! *Morgen krieg' ich eine Hure. Söldner. O Kacke! Ob sie das hören können?*

Jählings brach der geistige Tumult ab. Der Wahnsinn

verblaßte. Der Verfluchte hatte sich mit seiner – nein, *die* Verfluchte hatte sich mit *ihrer* Beute außer Reichweite begeben. Polion war auf eine Frau gestoßen.

Die Hälfte der Frauen weinte. Die Hälfte der Männer schien bereit, den erstbesten zu meucheln, der den Mund zu öffnen wagte. Keiner tröstete den anderen. Keiner konnte dem anderen in die Augen blicken. Als wie dauerhaft würde der Schaden sich erweisen?

Vielleicht hatten junge Menschen weniger Geheimnisse, oder vielleicht war Polion zu beschäftigt gewesen und hatte nichts von alledem mitbekommen, denn er wirkte recht fröhlich, als er mit geschwellter Brust mitten durch die Gruppe hindurchstolzierte, um Bulion Bericht zu erstatten. Seine Augen leuchteten vor Erregung.

»Es ist eine Frau!« rief er. »Ich meine, sie ist eine Frau. Sogar ziemlich jung. Und spindeldürr!«

»Zweifellos aus Daling.« Wosion wirkte ebenso verhärmt und betroffen wie alle anderen. Auch Priester waren nur Menschen und somit fehlbar. »Dort ist im Frühling die Sternenkrankheit ausgebrochen. Zur Kaiserzeit wurden Verfluchte üblicherweise verbannt, deshalb handelte Daling genauso.« In seinem Bemühen, ruhig zu sprechen, klang er noch aufgeblasener als sonst.

»Wer könnte es schon ertragen, sie um sich zu haben?« murmelte Elim.

Bulions Stimme glich einem heiseren Flüstern. »Gehst du zurück und redest mit ihr?«

Polion leckte sich die Lippen. »Zurückgehen?«

»Nimm noch einen Beutel mit. Sag ihr, sie soll warten, bis wir in ein paar Tagen zurückkommen. Sie kann mit uns kommen. Wir nehmen sie bei uns auf, geben ihr zu essen und gewähren ihr Zuflucht.«

Der empörte Aufschrei des Widerspruchs, der sich erhob, ließ Bulion verstummen. Er war unfähig zu schreien; außerdem fühlte er sich ohnehin zu ausgezehrt für Erklärungen. Statt dessen warf er Polion einen Blick zu, der besagte: *Bitte, Junge, tu es.*

Der Junge blickte sich um, streckte stolz die magere Brust vor und marschierte auf das Wäldchen zu. Schweigen senkte sich über die Gruppe, während sie beobachtete, wie er davonzog. Stirnrunzelnd, tuschelnd, gingen die Männer zu den Pferden. Vielleicht vertraten sie die Meinung, ihr allseits geschätzter Clanführer hätte nicht mehr alle Sinne beisammen. Nun, dem war keineswegs so. Und er wollte sich die Mühe sparen, es ihnen mitzuteilen. Sollten sie es doch selbst herausfinden.

Mittlerweile mußte er versuchen, irgendwie wieder auf Donners Rücken zu gelangen. Er fühlte sich besser als zuvor. Die Erregung half. Und er brauchte niemandem mehr etwas vorzuspielen. Auch das half. Darüber hinaus hatten ihm die Schicksalshüter soeben vor Augen geführt, daß das Leben immer noch lebenswert war, bis zum letzten Tropfen. Nie zuvor war er einem Jaulscath oder überhaupt einem Verfluchten begegnet. Es stellte zwar keine angenehme Erfahrung dar, dafür regte sie zum Nachdenken an. Daling hatte vermutlich viele weitere Verfluchte vertrieben, und wahrscheinlich waren einige schlimmer als Jaulscaths.

Das Imperium hatte die Verfluchten nie besonders gut behandelt. Die Zarda galten in dieser Hinsicht zwar als duldsamer, doch Bulion konnte sich kaum jemanden vorstellen, der Jaulscaths bei sich aufnehmen würde, die binnen kürzester Zeit jedermann in den Wahnsinn treiben würden, einschließlich sich selbst. Jaulscaths schienen von den Schicksalshütern dazu verdammt, ein Leben als Einsiedler zu führen. Dennoch gab es Legenden über Könige und Eroberer, die Jaulscaths als Verhörführer oder Torwächter beschäftigten. Kein Spion oder Mörder konnte sich unentdeckt an einem Jaulscath vorbeischleichen. Alles, was man brauchte, war ein Palast von ausreichender Größe, um sie von allen anderen fernzuhalten. Das Tharn-Tal erfüllte diese Anforderung allemal. Wenn sie der unglücklichen Frau in der Nähe der Straße eine Hütte bauten, würde sie jeden herannahenden Feind entdecken. Er mußte sich ein Signal einfallen lassen ... eine Trompete? Ein Pferd? Ein Leuchtfeuer? Über die Einzelheiten konnte er sich später den Kopf zerbrechen ... der Junge hatte sich wacker geschlagen ... er mußte ihm noch einen Taler geben ... die Freudenhäuser von Daling ein wenig unterstützen ... Söldner?

9

Kurz vor Sonnenuntergang ließ Wosion die Gruppe anhalten. Zwar würde das Tageslicht noch eine Weile andauern, doch die Pferde zeigten sich bereits entsetzlich erschöpft. Insgeheim billigte Polion die Wahl des Priesters, ein abgeschiedenes Plätzchen mit einem kleinen Bach und ein paar dünnen Bäumen. Zudem bot es eine hervorragende Sicht auf den westlichen Himmel. Das Moorland wich allmählich besiedeltem Gebiet; ein fernes Glitzern verriet, wo sich der mächtige Strom Flugoss befand. Weiter voraus würden sie ringsum von Grundbesitzern umgeben sein, die für ein paar Ellen Land, auf dem sie rasten konnten, Pacht verlangen würden.

Der alte Mann war in schrecklicher Verfassung. Polion beobachtete, wie Wosion und Farion ihn aus dem Sattel hoben, was ihm auf niederschmetternde Weise das Gefühl vermittelte zu erleben, wie eine Leiche zu Grabe getragen wurde. Die Frauen entfachten ein Feuer.

Um sich nützlich zu machen, kümmerte Polion sich um Donner, der sogar zu müde war, um nach Schmetterling zu schnappen, den er ebensowenig leiden konnte wie Polion. Der Junge erlöste beide Pferde von ihrem Sattel, rieb sie mit dem besten Gras ab, das er finden konnte, und legte ihnen Fußfesseln an. Morgen in Daling würden sie Hafer bekommen.

Nichts im Vergleich zu dem, was Polion morgen in

Daling bekommen würde! Den Großteil des Nachmittags hatte er damit verbracht, die beiden Taler, die der alte Mann ihm geschenkt hatte, in den Fingern herumzudrehen und sich auszumalen, welche Freuden sie ihm verschaffen würden. Allein der erste Taler hatte eine Überraschung dargestellt – wenn der ihm schon die beste Hure des Hauses kaufen konnte, was würde er dann erst für den zweiten bekommen? Ansonsten hatte es wenig zu tun gegeben, außer nach Unheil Ausschau zu halten, das jedoch ausgeblieben war.

Die Familie war nicht in der Stimmung für Unterhaltungen gewesen. Statt dessen war sie in tristem Schweigen dahingeritten, gleich einem Trauerzug. Anscheinend hatte der Jaulscath so manch peinliches Geheimnis aufgedeckt – Polion jedoch hatte sich so sehr auf den Jaulscath selbst konzentriert, daß er den größten Spaß verpaßt hatte. Daß Aneim Vardion derart offensichtlich mied, ließ darauf schließen, daß ihr kleines Geheimnis kein Geheimnis mehr war. Wer würde Kilbion die traurige Neuigkeit überbringen, wenn sie nach Hause kamen? Irgend jemand *würde* es tun – und dann würde Kilbion Vardion jeden Knochen im Leib brechen.

Die Sonne verschwand in den Nebelschwaden am Horizont. Polion suchte sich einen Aussichtspunkt und ließ sich mit dem Rücken an einem Baum nieder, dem Sonnenuntergang abgewandt. Wosion meinte, der Junge besäße die besten Augen der ganzen Familie. Der Himmel präsentierte sich klar. Heute nacht sollte es möglich sein, ein paar deutliche Omen aus den Sternen zu lesen. Polion gähnte und streckte sich. Verflucht, es war ein langer Tag gewesen! Polion fragte sich, wie die Älteren ihn so gut überstanden hatten.

Ein Zweig knackte. Er sah sich um und erblickte Farion, der sich anschickte, einen Kittel über den wabbeligen Leib zu streifen.

Ein Grinsen trat in Farions unscheinbare, fröhliche Züge. »Wie geht's?«

»Ich hab' Blasen von den Knien bis zum Bauch. Wie steht's mit dir?«

»Den Teufel hast du! Du bist doch dürr wie eine Peitschenschnur!« Der beleibte Mann streifte sich den Kittel über den Kopf. Als sein Gesicht wieder auftauchte, zwinkerte er Polion zu. »Hast du Lust, das Nachtleben ein wenig kennenzulernen, wenn wir in die große Stadt kommen?«

»Hört sich gut an.«

Abermals zwinkerte Farion ihm zu. »Erzähl bloß den Mädels nichts davon, ja? Du weißt doch, wie die tratschen. Aber wenn wir es schaffen, uns davonzuschleichen, kann ich dir vielleicht einige interessante Dinge zeigen.«

»Braucht man dafür nicht Geld, Onkel?«

»Oh, das laß nur meine Sorge sein. Jeder Falke muß mal seine erste Beute schlagen. Eigentlich sollte sich dein Bruder darum kümmern, aber du weißt ja, wie Jukion ist. Nur nicht morgen – schließlich müssen wir uns vorher frisch machen, nicht wahr? In der nächsten Nacht. Wir sehen uns dann, in Ordnung?«

»Das ist sehr nett von dir, Onkel. Ich kann's kaum erwarten.«

»Bist jetzt ein richtiger Mann, wie?« Nach einem weiteren Augenzwinkern wandte Farion sich um und stapfte davon.

Höchst interessant! Schon die dritte Einladung. Gedankenverloren klimperte Polion mit den Münzen in seiner Tasche ...

Elim hatte den ganzen Nachmittag mit niemandem gesprochen. Kurz bevor Wosion den Zug anhalten ließ, hatte sie ihr Pferd zu Schmetterling hinübergelenkt. Doch selbst danach ritt sie noch eine ganze Weile in entmutigender Stille neben ihm her und starrte mürrisch vor sich hin, während ihr das silbrige Haar wirr um den Kopf wirbelte. Ihr Kittel war fleckig von Schweiß und Straßenstaub. Polion begnügte sich damit zu beobachten, wie ihr Busen im Takt der Schritte des Pferdes auf und ab wogte; er stellte Vermutungen darüber an, wieviel diese gewaltigen Brüste wohl wiegen mochten. In ihrer Jugend mußte sie den Männern reihenweise die Köpfe verdreht haben.

»Du hast dich bei dem Jaulscath tapfer geschlagen, Polion.« Sie preßte die Worte geradezu hervor. Was war los mit ihr? War es nur die Sorge um den alten Mann, oder hatte Polion unwissentlich etwas angestellt? Das kam selten vor; für gewöhnlich tat er es absichtlich. Das Problem war nur, daß man ihm oft auch die Streiche anderer in die Schuhe schob.

»Das war doch gar nichts, Tante.« Verdammt! Er hatte vergessen, daß er nun einen Rang aufgestiegen war. »Bist du müde, Elim?«

»Sehe ich denn so erschöpft aus?«

»Eigentlich nicht. Ich meine, natürlich nicht! Nur solltest du in deinem Zustand vorsichtig sein.«

Sie zog eine Augenbraue hoch. »Tja, jetzt bist du ein richtiger Mann, nicht wahr?«

»Hast du das denn nicht bemerkt?« meinte er keck und legte sich schon eine Antwort auf ihre Verneinung zurecht.

Doch die gute, dralle Tante Elim wandte das Gesicht ab, um die Moorlandschaft zu betrachten und zu beobachten, wie ein Vogel mit irgend etwas in den Klauen auf sein Nest zuflog ... dann räusperte sie sich heiser. »Ja, das habe ich. Deshalb wollte ich mit dir reden. Ich muß mich bei dir entschuldigen.«

Polion konnte sich nicht entsinnen, je eine Entschuldigung *erhalten* zu haben. Daß man ihm zu Leibe rückte, bis er eine Entschuldigung aussprach – das kam fast täglich vor. »Du, Elim? Wofür, um alles in der Welt?«

»Vaters Bemerkung heute morgen über dich und Meilim im Heu ... sie hat mich an meine eigene Jugend erinnert.«

»Wirklich?« Langsam wurde die Sache interessant.

»Ich fürchte, ich habe mich gefragt, wie ... Nun, ich weiß, daß ich mich offenbart habe, als der Jaulscath ...« Ihr mütterliches Antlitz war so rot wie der Sonnenuntergang. Sogar noch leuchtender. Verblüfft starrte Polion sie an. Dann fühlte er, wie auch seine Wangen rot anliefen. *Verflucht!*

Was, um alles in der Welt, sollte ein Mann darauf erwidern? Erwachsen zu sein, schien wesentlich schwieriger, als Polion es sich vorgestellt hatte. Humor? Nein, Humor schien durch und durch fehl am Platz.

»Du brauchst dich doch nicht zu entschuldigen. Zwar habe ich es nicht mitbekommen, aber ich finde es höchst schmeichelhaft. Und mir geht es die ganze Zeit so. Ich meine, ich kann keine Frau ansehen, ohne mir vorzustellen ... wirklich keine Frau!«

Sie lächelte. »Danke. Eine ausgesprochen liebenswürdige Antwort.«

»Gerade eben habe ich deinen Busen bewundert und mir ausgemalt, wie du wohl ausgesehen hast und, äh, dich angefühlt hast ...«

Sie rang nach Luft. »Ich glaube, wir wechseln jetzt besser das Thema.«

»Warum? Ich hätte durchaus nichts einzuwenden gegen einen schnellen ...«

»*Polion*!«

Er zuckte mit den Schultern. *Sie* hatte ja damit angefangen.

»Hör zu!« fuhr sie rasch fort. »Wie du weißt, geht es Vater nicht gut. Ich bin sicher, er hätte sich sonst selbst darum gekümmert. Da er es aber nicht kann ... na ja, ich dachte, ich nehme mich statt seiner der Sache an. Hier.«

Sie streckte ihm die Hand entgegen und ließ vier Silbermünzen auf seine Handfläche fallen.

»Oh, danke, Tante Elim! Für mich?«

»Ja. Es ist eine Art Familientradition, daß ein Junge, der zum ersten Mal ... Ich will damit sagen, du solltest in der Stadt ein wenig Geld ausgeben. Vielleicht willst du ja Meilim ein Geschenk kaufen oder sonstwas damit tun.«

Sonstwas? Polion wußte, wofür er das Geld ausgeben würde. Abermals bedankte er sich bei Elim, dann ritt sie ohne weitere Ratschläge davon. Er fügte die Münzen seiner Sammlung hinzu. Polion überlegte, was genau ihr durch den Kopf gegangen sein mußte. Die alte Tante Elim mit einem schlechten Gewissen – ein lustiger Gedanke. Noch lustiger war, sich auszumalen, wie sie ihm auf dem Heufeld auflauerte. Gegen ein, zwei Lehrstunden von einer erfahrenen Frau, die ihn in die Kunst der Liebe einführt, hätte er durchaus nichts einzuwenden gehabt.

Und dann noch Farion! Höchst eigenartig! Die ganze Familie schien bestrebt, ihm zu helfen, so rasch wie möglich seine Jungfräulichkeit loszuwerden. Nun, er würde sich keineswegs dagegen sträuben. Wenn er es endlich getan hatte, würde er vielleicht in der Lage sein, gelegentlich an etwas anderes zu denken.

Inzwischen war die Sonne untergegangen – Poul, Herrscherin über Leben und Tod, stand jetzt im Haus der Männer. Polion setzte sich auf, hockte sich in den Schneidersitz und betrachtete den Himmel. Es war immer noch viel zu hell, um Awails schmale Sichel auszumachen. Der Junge drehte sich und spähte ostwärts, der hereinbrechenden Nacht entgegen – geradewegs auf die rote Muol, die Leidenschaftliche, Herrscherin über Liebe und Krieg. Es standen nicht genug Sterne am Himmel um festzustellen, in welchem Haus sie sich befand, vermutlich aber immer noch im Haus der Kinder. Muol war im Gegenschein zu Poul, was gewiß etwas zu bedeuten hatte – nur schienen im Augenblick weder Leidenschaft noch Kinder für Großvater von Bedeutung.

Heute früh hatte er den Morgenstern im Haus der Sorgen gesehen. Ein unverkennbar schlechtes Omen, und ein schlechtes Omen bedeutete für gewöhnlich, daß auch die anderen Zeichen auf diese Weise gedeutet werden sollten. Jaul, die Strahlende, war entweder im Haus der Führer oder der Liebenden gewesen, was stets schwierig zu lesen war. Jaul als Herrscherin über Recht und Wahrheit erklärte natürlich den Jaulscath, denn sie machte jede Lüge unmöglich. In einigen seiner Geschichten über die alten Zeiten hatte Großvater erwähnt, daß die Zarda Jaulscaths einsetzten, um Beweise zu beurteilen und Streitigkeiten zu schlichten. Recht und Ordnung schienen für das Problem der Familie unbedeutend, doch Jaul verhieß auch Chaos, das Gegenteil von Ordnung. Auch das paßte zu dem Jaulscath, denn sie hatte die Familie in Verwirrung gestürzt.

»Schon Glück gehabt?« Wosion humpelte den Hügel zu ihm herauf.

»Noch nicht. In welchem Haus steht Jaul?«

Mit einem Seufzer der Erschöpfung sank Wosion auf den Boden. »Im Haus der Führer.«

»Oh!« Chaos? Das waren keine guten Neuigkeiten für Großvater.

»Aber Jaul nimmt ab. Eine rückläufige Bewegung bedeutet, daß die Bedeutung des Hauses sich umkehrt.«

Der Junge überlegte. »Das könnte aber immer noch gute oder schlechte Nachrichten verheißen!«

Zu Polions Erstaunen kicherte sein Onkel. »Junge, hast du schon mal daran gedacht, Priester zu werden?«

»*Ich*?« Kurz starrte er auf Wosions verkrüppeltes Bein; dann wandte er rasch den Blick ab.

»Warum nicht? Du besitzt hervorragende Augen und einen wachen Verstand.«

Oh, verflucht! »Priester sollen die Menschen dazu anhalten, sich zu benehmen. Mein Talent weist in die entgegengesetzte Richtung.«

Wosion rieb sich die lange Nase. »Es schadet nichts, wenn man über Fehlverhalten Bescheid weiß. Auch ich empfinde Lust und Neid, Junge. Der Jaulscath hat mich heute ebenso beschämt wie alle anderen. Ein Großteil der Arbeit eines Priesters besteht darin, die Stimmung der

Menschen zu heben, und das kannst du gut. Du treibst die Leute zwar in den Wahnsinn, bringst sie aber auch zugleich zum Lachen. Das ist eine unschätzbare Gabe.«

Für Polion hörte sich das nach Pferdemist an! »Dich, lieber Onkel, bringe ich höchstens zum Lachen, wenn du mich wieder mal zu einer Woche am Holzstoß verurteilst!«

Der Priester lachte schallend. »Du unterschätzt dich. Dein Streich mit der Grasschlange in der Wäscherei letztes Jahr ... ich habe mich die ganze Nacht ausgeschüttet vor Lachen! Die Männer waren alle ganz aus dem Häuschen. Wir haben uns monatelang köstlich darüber amüsiert.«

»Was?« jaulte Polion. »Du hast mich dafür mit *zwei* Wochen am Holzstoß bestraft! *Und* zuvor hast du mir den Hintern mit der Gerte versohlt!«

»Ja, habe ich. Das war meine Pflicht. Und du hattest es verdient – schließlich hättest du ein halbes Dutzend Fehlgeburten verursachen können. Aber wir alle lieben dich dafür.«

Verbittert grunzte Polion. Eine merkwürdige Art, seine Liebe zu zeigen!

»Doch jetzt zu deiner Frage«, meinte Wosion, nun wieder ernst. »Die anderen werden die Zeichen von heute nacht hören wollen. Ich werde ihnen sagen, daß die Herrscherin über Recht und Ordnung im Haus der Führer steht, und daß daraus das Haus der Gefolgsleute wird, weil sie abnimmt. Das wird die Familie ermutigen. Aber?«

»Aber sie kann ebensogut Chaos bringen!«

»Genau!« seufzte Wosion. »Die Zeichen sind fast immer doppeldeutig. Für gewöhnlich gibt es einen Hinweis – einen Hinweis, der uns sagt, wie wir die Zeichen deuten sollten. Aber dieser Hinweis ist bisweilen sehr schwer zu finden. Oft ist ein Priester auf sein eigenes Urteilsvermögen angewiesen.«

»Die Herrscherin über Krankheit im Haus der Sorgen

muß ... *Da*! Sieh nur! Unter dem Zweig!« Ein winziges, kaum erkennbares Funkeln leuchtete aus dem Zwielicht von Pouls verblassenden Strahlen hervor.

»Wo?« fragte Wosion und verengte die Augen. »Ich sehe nichts ... Ja!« rief er. »Du hast recht! Das ist Ogoal!«

Die Blasse war zurückgekehrt, die Flinke, die Herrscherin über die Geschicke.

»Ist das gut oder schlecht?« wollte Polion ungeduldig wissen.

»Ich glaube, es ist gut. Natürlich kann sie beides verheißen, doch sie steht immer für das Unerwartete, ganz besonders, wenn sie erstmals erscheint, so wie jetzt. Wir müssen das Unerwartete erwarten!«

»Also wird Großvater weiterleben. So ist es doch, Wosion, oder?«

»Ich glaube schon, Polion. Ja, das glaube ich wirklich. Das muß der Hinweis sein! Lauf und sag es den anderen, damit sie es alle sehen und sich daran erfreuen.«

BUCH ZWEI,

DAS BUCH IVIEL

die für Gesundheit steht,
der Abendstern,
Herrscherin über Leid und Krankheit,
der Morgenstern,
die Heilerin,
die Trösterin

nach Hahnen-
kampfsenke
Nach Raragash
Gebirgskette von Carmine
TOLAMIN
JITHAM
NOSPIL
Flugoss
DA LAM
KOLPIG
THARN-TAL
PERMIN
BREITFURT
Flugoss
DALING

10

Gwin Nien Solith hatte den Tag auf eine Weise verbracht, die Carp als Tigerjagd bezeichnet hätte. Als junger Bursche hatte er sich einst überreden lassen, an einer solchen Jagd teilzunehmen. Wenn er die Geschichte später erzählte, betonte er jedesmal, das schlimmste sei das Warten gewesen, bis die Treiber den Tiger zu den Jägern scheuchten. Zuerst brach allerlei anderes Getier aus dem Dickicht hervor: Kaninchen, Wildschweine und Dschungelhühner, die allesamt weit mehr Tumult veranstalteten als der Tiger, wenn er letztlich erschien. Gut zehnmal blieb Carp das Herz wegen der Kaninchen stehen, zwanzigmal wegen der Hühner, und so weiter. Das eigentliche Aufeinandertreffen mit dem Tiger war so schnell vorüber, daß er sich kaum daran erinnern konnte. Das wirklich Schlimme waren all die Kaninchen gewesen.

Gwin hatte den ganzen Tag auf ihren künftigen Gemahl gewartet, den widerlichen Kolo Gurshith, und sie war bei jedem Kaninchen zusammengezuckt.

Bald nach dem Morgengrauen hatte der Ausrufer ihre Verlobung verkündet. Ein paar Nachbarn schauten vorbei und gratulierten Gwin zu ihrer ach so vortrefflichen Wahl; sofern sie Kolo kannten, waren sie zu höflich, es zuzugeben. Der dichterisch beschlagene Sint Hailith sandte Gwin einen herzzerreißenden Abschiedsbrief, für den sie sich in einer kurzen Nachricht bedankte; ansonsten jedoch ließ keiner der anderen Freier etwas von sich hören. Vermutlich wußten sie es besser, als das Wagnis einzugehen, sich die Feindschaft der Gurshiths einzuhandeln.

Abgesehen von Tibal Frainith waren alle Gäste des vorangegangenen Tages abgereist, nachdem sie Zeugen des unerfreulichen Zwischenfalls geworden waren. An jenem Abend war niemand mehr gekommen, auch heute nicht. Gwin fragte sich, ob die Herberge zur Phoenix-Straße – nun, da sie dem Einfluß der Gurshiths unterstand – wohl von all den politischen und wirtschaftlichen Gegnern der Familie gemieden wurde.

Gwin hatte dem Ausrufer einen Vierteltaler gegeben, damit er verkündete, daß die Herberge einen arbeitswilligen, kräftigen Mann als Träger benötigte. Mit vierzehn Bewerbern hatte sie bereits gesprochen. Keiner war ihr annehmbar erschienen – allesamt Trunkenbolde, Krüppel oder zwielichtige Gestalten, denen Verbrechertum nachgerade ins Gesicht geschrieben stand. Zum Glück gab es keine Pferde zu versorgen; deshalb hatte sie Tob vorübergehend befördert, doch die Arbeit überstieg sein geistiges Leistungsvermögen. Der Träger mußte Wasser vom Brunnen holen, Mai auf dem Weg zum Markt und wieder zurück begleiten, Holz für den Küchenofen hacken sowie ein gutes Dutzend anderer, niedriger Arbeiten verrichten. Tob eine Aufgabe zu erklären dauerte länger, als sie selbst zu erledigen.

Shuma berichtete viel zu spät, daß der Metzger seit mehreren Tagen nicht mehr geliefert hatte und die Fleischvorräte erschöpft waren.

Und so weiter. Kaninchen, alles nur Kaninchen, doch jedesmal, wenn die Türglocke läutete, machte Gwins Herz einen Satz.

Der geheimnisvolle Tibal ging den ganzen Tag ein und aus. Er behauptete, die Sehenswürdigkeiten der Stadt zu besuchen. Wenn dem so war, bestand seine Stadtbesichtigung darin, einen bemerkenswerten Tempel oder eine berühmte Statue zu betrachten, zur Herberge zurückzukehren, um Notizen ins Tagebuch zu schreiben und danach wieder loszumarschieren, um eine weitere Sehenswürdigkeit in Augenschein zu nehmen. Tibal weigerte sich, zu seinen rätselhaften Vorhersagen des vergangenen Tages Stellung zu nehmen – tatsächlich bedachte er Gwin sogar mit einem verständnislosen Blick, als sie darauf zu sprechen kam. Womöglich war er doch ein Shoolscath, denn Shools Fluch – die Fähigkeit, in die Zukunft sehen zu können – trieb ihre Opfer für gewöhnlich sehr schnell in den Wahnsinn. Vielleicht war Tibal auch schlicht und einfach verrückt. Gwin gelangte zu dem Schluß, daß er zwar ein recht angenehmer Zeitgenosse war, daß ihm aber irgendwann ein paar Möbel aus dem Oberstübchen abhanden gekommen sein mußten.

Als Poul hinter den Dächern versank und sich Schatten auf dem Hof ausbreiteten, ließ Gwin sich auf eine Bank sinken und betrachtete die gästeleere Herberge in einer Stimmung, die Verzweiflung sehr nahe kam. Seit dem Krieg liefen die Geschäfte schlecht, aber sie war davon ausgegangen, daß bald wieder alles besser würde. Allmählich schwanden ihre Ersparnisse. Zumindest verkörperte dieser widerliche Kolo Geld, jede Menge Geld – nur, wie lange würde sein Vater ein Verlustgeschäft stützen? Liam hatte ihr versprochen, sie dürfe die Herberge weiter betreiben, doch Liams Versprechen durfte man keinesfalls trauen. Es waren schon Menschen gestorben, weil sie diesen Fehler begangen hatten. Gwin hegte den Verdacht, daß er lediglich an dem Gebäude selbst interessiert war und die Absicht hatte, es wieder in ein Eigenheim – sein Eigenheim – zu verwandeln, sobald es von Rechts wegen ihm gehörte. Er machte keinen Hehl aus seiner nostalgischen Liebe für Dinge aus der Kaiserzeit, und nur wenige der großen, alten Herrensitze galten als so gut erhalten wie dieser.

Hier lebte Gwin seit ihrer Hochzeit. Hier hatte sie ihren Mann und ihre beiden Kinder geliebt. Das Bauwerk barg all ihre glücklichen Erinnerungen. Natürlich auch unglückliche, insbesondere Erinnerungen an die Monate, während der die Seuche gewütet hatte. Der Tag, an dem sie den sternenförmigen, blauen Ausschlag an Karns Körper entdeckt hatte, war der schlimmste ihres Lebens gewesen. Unweigerlich war auch Naln gefolgt. Die beiden starben binnen einer Stunde. Gwin flüchtete sich daraufhin in Arbeit und verwandelte das Haus in ein Nothospital für die gesamte Nachbarschaft. Sogar zu jener Zeit hatte das alte Gemäuer ihr Leben beherrscht. Er war ihr Zuhause. Ohne die Herberge blieb ihr überhaupt nichts.

»Es ist fast soweit!« verkündete eine Stimme hinter ihr.

»Was ist fast soweit?«

Tibal Frainith grinste breit. »Tiger! Keine Kaninchen mehr.« Er setzte sich auf einen Stuhl und streckte die langen Beine aus.

Gwin starrte ihn mit offenem Mund an. Eine weitere seiner Wundertaten. »Woher, um alles in der Welt, kannst du wissen . . .«

Die Türglocke klingelte. Eine Gruppe zardischer Landbewohner strömte herein, neun oder zehn Leute, Männer und Frauen, alt und jung. Allesamt nahmen sie breitkrempige Hüte ab und drehten sie verlegen in den Händen, während sie das ungewohnte Stadthaus begutachteten. Die Männer hatten buschige Bärte, die Frauen trugen das Haar in langen Zöpfen. Gwin kannte diesen Menschenschlag gut – aufrechte, grundehrliche Bauern auf Stadtbesuch, um Vieh oder Handwerkszeug auf dem Markt feilzubieten. Dann erkannte sie die beleibte Frauengestalt in der vordersten Reihe, und Gwin schöpfte neue Hoffnung. Elim Panank, Bulion Tharns älteste Tochter! Die Tharns waren alte Freunde, anständig und unerschütterlich wie Felsen. Schon lange, bevor Gwin Carp kennenlernte, galten sie als regelmäßige Gäste der Herberge. Kein Tiger, aber höchst willkommene Kaninchen! Gwin sprang auf und eilte ihnen entgegen, um sie zu begrüßen.

Sechs Frauen und nur vier Männer? Es mußten noch ein paar von ihnen kommen.

»Elim *Saj*! Wie schön, dich zu sehen!« Ein Blick verriet Gwin, daß Elim dem Tharn-Clan noch vor dem Winter einen weiteren Panank hinzufügen würde, obwohl sie bereits weit über Vierzig sein mußte. Ihr Kittel und ihre

Reithose waren schmutzig von der Reise; Staub klebte in den Fältchen um die Augen und im zunehmend grauen Haar, doch diese zähen Bauersfrauen ließen sich von einer Schwangerschaft nicht aus der Ruhe bringen. Sie waren daran gewöhnt.

»Gwin *Saj*!« Kummervoll runzelte Elim das füllige Gesicht. »Wir haben gerade Ogmith *Saj* getroffen und von deinem entsetzlichen Verlust erfahren! Zuerst Carp und dann ... Oh, Gwin Solith!« Elim zog Gwin in eine Umarmung, die ihr beinahe den Atem raubte.

Gwin murmelte eine nichtssagende Erwiderung und kämpfte sich frei. Sie verabscheute Mitgefühl. Ihr Schmerz war zu persönlich, um ihn mit anderen zu teilen, selbst mit jemandem, der so aufrichtig und herzlich war wie Elim Panank.

Hinter ihr humpelte ein Krüppel mit herabhängenden Schultern herein. Auch ihn kannte Gwin, wenngleich weniger gut. Er trug keinen Bart wie die anderen, wirkte für einen Tharn auffällig klein und besaß die längste Nase, die Gwin außerhalb eines Pferdestalls je gesehen hatte.

Sie mochte ihn nicht, doch Carp hatte stets behauptet, daß sich hinter dem befremdlichen Gehabe ein scharfsinniger und warmherziger Mensch verbarg.

»Und da ist auch Wosion *Saj*! Ihre seid alle herzlich willkommen! Wie viele Zimmer ... Ist etwas nicht in Ordnung?«

Ja, es war in der Tat etwas nicht in Ordnung.

Bei dieser Jagd gab es zwei Tiger.

Draußen auf der Straße banden die übrigen Tharns eine Trage los, die sie offenbar aus Seil, zwei jungen Bäumen und ein paar Mänteln zusammengebastelt hatten. Gwin erkannte den Kranken kaum. Der Mann war bewußtlos, sein Gesicht gräßlich verschwollen, die Haut schweißnaß und vom Fieber entzündet. Trotz seiner Ohnmacht keuchte er, als wäre er eine lange Strecke gerannt. Eine Krankheit in diesem Stadium war tödlich.

Von *Ärzten* faselten die Tharns, und von *Heilkundlern*, doch Gwin wußte es besser. Kein Arzt vermochte etwas Derartiges zu behandeln. Sie selbst wußten es auch. Ihr Clanführer würde keinen weiteren Sonnenaufgang erleben, und deshalb stand ihnen Angst in die Gesichter geschrieben.

»Männer wie er sind wie Regen in der Wüste«, hatte Carp einst nach einem Besuch Bulions gemeint.

»Ich habe keinen Träger«, stammelte Gwin. »Aber gewiß wollt ihr ihn ohnehin lieber selber tragen, nicht wahr? Ins Pfauenzimmer. Dort drüben. Da entlang.«

Kräftige Arme hoben die Bahre von den Pferden und trugen sie ins Gebäude.

Niad?

Die Wahrscheinlichkeit, daß Niads Kraft dem Mann helfen konnte, war ebenso groß wie die, daß sie ihn tötete – Niad verfügte über keinerlei Erfahrung im Umgang mit ihrer Macht. Konnte selbst ein Ivielscath den alten Mann überhaupt noch den Klauen des Todes entreißen? Ein dahingehender Versuch barg die Gefahr, verraten zu werden, denn mittlerweile hatten sich mehr als ein Dutzend Tharns über die Herberge verteilt. Sollte der Versuch gelingen, würden sie darüber reden. Sollte er fehlschlagen, würden sie erst recht darüber reden. Einem Verfluchten Unterschlupf zu gewähren, war ein schweres Verbrechen. Es handelte sich also keinesfalls um einen alltäglichen Gefallen, den Gwin in Erwägung zog. Er brächte sie selbst in ernsthafte Gefahr – und Niad in noch schlimmere.

Sie beobachtete, wie der Kranke im hellen, geräumigen Pfauenzimmer untergebracht wurde, das als bestes Zimmer des Hauses galt. Das riesige Federbett stand in der Mitte, so daß man rundum die prächtigen Fresken betrachten konnte, denen der Raum seinen Namen verdankte. Gwin ließ Elim und die anderen Frauen bei dem alten Mann und ging hinaus, um sich um weitere Zimmer, Mahlzeiten und die Pferde zu kümmern. Shuma war völlig aus dem Häuschen, binnen so kurzer Zeit so viel Essen auf den Tisch bringen zu müssen. Shuma genoß kaum etwas so sehr wie eine ordentliche Krisensituation.

Soll ich es wagen, von Niad zu erzählen? Zurück auf dem Hof ... Tibal entspannte sich auf seinem Lieblingsstuhl. Fröhlich winkte er ihr zu. Allem Anschein nach entwickelte sich alles zu seiner Zufriedenheit.

»Polion!« rief Wosion. »Der Stallknecht wird Hilfe bei den Pferden brauchen.«

Der Junge, an den er sich wandte, war ein schlaksiger Halbwüchsiger, der nur aus Armen, Beinen und einem schmutzigen Gesicht zu bestehen schien – nein, kein Schmutz, das sollte ein Schnurrbart sein. Er warf Tob einen unwilligen Blick zu und murmelte etwas, das nach einer halbherzigen Zustimmung klang.

»Gwin *Saj*«, begann Wosion ernst. »Wir wollen den besten Arzt der Stadt. Wir besitzen Gold. Wir werden bezahlen, und zwar jeden Betrag.« Die lange Nase zuckte wie eine Hundeschnauze. »Vater ist uns allen außerordentlich lieb und teuer. Kannst du bitte auf der Stelle einen Boten losschicken?«

Der Augenblick der Entscheidung ... Iviel, Herrscherin über Gesundheit und Krankheit ... Einer der Stadtpriester wäre gewiß bereit, sich für Gwin beim Zwillingsgott zu verwenden, auf daß er Iviel in der Maske der Heilerin sandte. Doch die Zarda hielten nichts von Göttern, und Gwin dachte insgeheim genauso. Die Schicksalshüterin würden die Menschen nach ihrem Gutdünken vernichten oder segnen, und kein Gott konnte sie davon abhalten.

Doch Gwin war keineswegs gefühllos geworden. Sie brachte es nicht übers Herz, einen anständigen Mann sterben zu lassen, ohne zumindest versucht zu haben, ihn zu retten.

»Wosion *Saj,* da ist etwas, daß ich dir erzählen möchte. Aber zuerst muß ich dich bitten, es streng geheim zu ...«

Seine Augen schienen im Zwielicht aufzuleuchten. »*Ein Ivielscath*?«

»Äh, ja ...«

Aufgeregt packte er sie am Arm. »Wir haben letzte Nacht Ogoal gesehen! Es war ein Zeichen, ein Omen. Sie wollte uns damit sagen, daß wir das Unerwartete erwarten sollen! Bitte, bitte, wo ist dieser Mann?«

Gwin befreite sich von seinen Fingern, bevor er ihr die Knochen brechen konnte. Sie wich einen Schritt zurück. Wosion war keine besonders einnehmende Persönlichkeit, außerdem roch er nach Pferd. »Nicht so schnell! Weißt du eigentlich, daß alle von der Krankheit Befallenen unter Todesandrohung aus der Stadt verbannt wurden? Und jeden, der ihnen Unterschlupf gewährt, erwarten grausame Strafen.«

»Über unsere Lippen dringt kein Wort! Ich bleue jedem ein, nichts davon zu erzählen. Wenn du willst, verlassen wir bei Morgengrauen die Stadt. Wir tun alles, Gwin *Saj,* wirklich alles.«

Wirklich alles? Das klang wie die Lösung für Niads Problem. Natürlich!

»Aha! Ich nehme dich beim Wort«, erwiderte sie. »Der Ivielscath braucht eine Zuflucht, und sie kann nirgends hin.«

Schrill lachte Wosion auf. »Im Tharn-Tal wird sie willkommener sein als der Frühling, gute Frau. Gestern haben wir einen anderen Verfluchten getroffen, einen Jaulscath, und auch ihr hat Vater versprochen, sie mit nach Hause zu nehmen und für sie zu sorgen. Wenn er sogar einen Jaulscath aufnimmt – kannst du dir vorstellen, wie willkommen erst ein Heiler sein wird? Heiler sind wertvoller als alles Gold der Welt.«

»Aber ...«

»Ihr hier in Daling seid Qolier, Gwin *Saj*!« unterbrach Wosion sie ungeduldig. »Zarda verbannen Verfluchte nicht wie Leprakranke, so wie es die Kaiser zu tun pflegten. Wir schätzen die Verfluchten und betrachten sie als gesegnet.«

Daran hätte sie vorher denken sollen. Diese friedliebenden Bauern hatten wenig gemein mit ihren wilden, barbarischen Vorfahren, die das Kaiserreich gestürzt hatten. Dennoch fühlten sie sich noch zahlreichen Traditionen verbunden. Bei ihnen würde Niad Zuflucht, vielleicht sogar Anerkennung finden.

»Trotzdem ist es gefährlich«, beharrte Gwin. »Das Mädchen hat weder Übung noch Erfahrung. Die Krankheit hat ihre gesamte Familie dahingerafft. Nur sie hat sich wieder erholt. Bis zu dem Tag, an dem die Köchin sich in den Finger schnitt, haben wir keinerlei Anzeichen ihrer Gabe bemerkt. Niad sollte die Hand verbinden. Statt dessen berührte sie den Finger nur – und die Wunde schloß sich.«

»Natürlich schloß sich die Wunde!« rief Wosion überzeugt. Dennoch klang er nun ein wenig verunsichert. »Mein Vater steht bereits mit einem Bein im Grab. Ich glaube kaum, daß er zögern würde, das Wagnis einzugehen. Was für eine Frau ist dieser Ivielscath? Ist sie verbittert, zornig? Ist sie wegen ihres Fluches wütend auf die Schicksalshüter?«

»Nein. Sie ist ... na ja, ›niedlich‹ klingt furchtbar, aber das ist die beste Beschreibung, die mir einfällt. Freundlich. Ängstlich.« Gwin spielte mit dem Gedanken, »dankbar« hinzuzufügen, ließ es aber bleiben.

»Dann glaube ich kaum, daß es sehr gefährlich ist. Es gibt zwar Ivielscaths, die unfähig sind, ihre Macht in die richtige Bahn zu lenken – die Krankheit verbreiten, wenn sie eigentlich heilen wollen –, aber dabei handelt es sich zumeist um ausgesprochen verhärmte Menschen.«

»Du kennst dich mit Verfluchten aus?«

»Ich bin Priester. Wir halten die alten Überlieferungen in Ehren. Bitte, Gwin *Saj*! Wir dürfen keine Zeit mehr verlieren!«

Sie nickte zustimmend. »Dann will ich Niad fragen. Aber ich kann nichts versprechen. Auf keinen Fall werde ich versuchen, sie zu zwingen, wenn sie nicht will.«

Spöttisch kicherte er. »Nein, einen Ivielscath sollte man sich nicht zum Feind machen. Biete ihr alles, was wir zu bieten haben.«

Gwin wandte sich um und ging neuerlich auf die Küche zu.

Erleichtert stellte sie fest, daß Tibal sich vorübergehend als Träger betätigte und ringsum die Fackeln entzündete.

Kerzenlicht schimmerte durch die Fenster der Zimmer, in denen die Zarda sich niederließen.

In der Küche brannten helle Lampen. Der Raum präsentierte sich erstickend heiß und unglaublich laut. Brüllend, mit Geschirr klappernd, schien Shuma alles gleichzeitig zu machen und trotzdem noch irgendwie acht weitere Menschen zu beaufsichtigen. Niad schnitt Zwiebeln auf einer Ecke des Fleischerklotzes. Gwin wartete, bis sie zu ihr herüberschaute; dann gab sie ihr ein Zeichen. Sie führte das Mädchen in die kühle Abendluft hinaus auf den Hof.

»Der alte Mann ist sehr krank«, meinte Niad leise.

»Du weißt es?«

»Mai hat es mir erzählt, *Saj*.«

Mai wußte alles und jedes, doch das hatte herzlich wenig mit Zauberei zu tun. Sie steckte einfach die Nase überall hinein; so war sie schon immer gewesen.

»Sein Name ist Bulion Tharn. Ich kenne ihn seit langer Zeit. Er ist ein anständiger Mann. Wenn du versuchst, ihm zu helfen, gewähren diese Leute dir Zuflucht. Sie sind zwar zahlreich, aber sie besitzen viel Land, und ich glaube, sie leben recht gut. Bei ihnen wärst du sicherer als überall sonst.«

»Und auch du wärst sicherer, wenn ich fort bin, Gwin *Saj*.«

»So habe ich das nicht gemeint!«

»Aber mir liegt sehr viel daran«, flüsterte das Mädchen. »Also werde ich es versuchen.« Sie schauderte.

Beruhigend legte Gwin ihr den Arm um die Schultern und führte sie zum Pfauenzimmer. Dabei gingen sie an Tibal vorbei, der eine Fackel trug. Er zwinkerte den beiden zu. Fast mochte man meinen, er hätte diese ganze Notlage geplant.

An der Tür kamen ihnen andere Familienmitglieder entgegen, die der Priester fortgeschickt hatte. Nur Elim harrte am Bett ihres Vaters aus.

»Wosion *Saj*, das ist Niad.«

Linkisch verneigte sich der Priester vor dem Hausmädchen. »Ich bewundere dich, Niad *Saj*. Du trägst eine schwere Bürde.« Sein Bemühen, wohlwollend zu erscheinen, war gewiß gut gemeint, doch es wirkte schwülstig und geheuchelt.

»Gwin Solith!« brüllte eine Stimme hinter ihr. »Wo ist meine wunderschöne Liebesfee, meine Blume der Leidenschaft, meine reiche Braut, die so viel Land besitzt?«

Entsetzt wirbelte sie herum und stöhnte auf. Natürlich war es Kolo – Kolo Gurshith, der einem Alptraum gleich aus den Schatten hervortaumelte. Kolo Gurshith, so betrunken, daß er kaum noch stehen konnte. Kolo Gurshith in einem aufwendig geschneiderten, cremefarbenen Kasack, bestickt mit allerlei Blumen und Schmetterlingen, aber durchnäßt und verdreckt. Sein Haar war völlig zerzaust, und er trug nur einen Schuh. Die fleischigen Arme weit ausgestreckt, ein dümmliches Grinsen im Mondgesicht, wankte er auf Gwin zu. Er war groß, er war fett, er war unaussprechlich abstoßend.

Der Tiger.

Die Heilung? Ein Ivielscath? Kolo Gurshith! Gwins Verstand schien in Tausende kleiner Brocken zu zerfallen. Warum mußte er ausgerechnet jetzt auftauchen? Wie konnte sie ihr Geheimnis bewahren? Wie sollte sie diesem Flegel begegnen?

Der Flegel nahm Gwin die Entscheidung ab. Bevor sie

etwas sagen oder auch nur mit der Wimper zucken konnte, zog er sie in eine innige Umarmung und tauchte ihre Nase in einen übelkeiterregenden Weindunst. Dann drückte er ihr einen ekelhaft nassen Kuß auf die Lippen. Sie würgte, warf den Kopf hin und her und versuchte aus Leibeskräften, sich zu befreien. Die beiden verloren das Gleichgewicht. Angewidert schrie sie auf.

Ein junger Tharn – ein selbst für die ohnehin schon hochgewachsenen Männer des Tharn-Clans außergewöhnlich großer Bursche – zog ihren Peiniger mit einer kräftigen Hand von ihr weg. Mit der anderen versetzte er ihm einen Schlag, den man vermutlich bis hinaus auf die Straße hörte. Kolo Gurshith hob vom Mosaikfußboden ab, segelte durch die Luft und landete – schwer, hart, der Länge nach ausgestreckt.

»Das ist doch hoffentlich kein Freund von dir, oder?« erkundigte sich ihr Retter mit der dem Bauernvolk eigenen, rauhen Stimme. »Oh, ich bin Jukion Tharn, Gwin *Saj* – Brankions ältester Sohn.«

»Danke, Jukion *Saj*. Kein enger Freund, nein.«

»Soll ich ihm noch mehr Benehmen beibringen oder ihn einfach für dich auf die Straße werfen, *Saj*?«

Gwin starrte auf ihren am Boden liegenden Freier hinab, der mitleiderregend stöhnte, jedoch keinen ernsthaften Versuch unternahm, sich aufzurichten. Sie hatte nicht die leiseste Ahnung, wie sie es erklären sollte. Ihr Verlobter? Bei seiner Berührung war ihr schlecht geworden; sie fühlte, wie sein gräßlicher Gestank an ihr haftete. Konnte ein Leben neben diesem Abschaum überhaupt lebenswert sein?

Wirf ihn auf Nimmerwiedersehen raus!

Sie wirbelte herum, um zu sehen, wer da gesprochen hatte.

»Dein Wunsch ist mir Befehl«, meinte der Riese vergnügt. »Farion, hilf mir mal, diesen Schmutz dort wegzuräumen.«

»Wer?« fragte Gwin. »Ich meine ...« Die beiden

Tharns schleppten Kolo bereits an den Fußknöcheln hinaus. »Wartet!« Doch sie hörten Gwin nicht. Abermals öffnete sie den Mund, dann schloß sie ihn unvermittelt. Was sollte es? Sie hatte dringendere Probleme als Kolo Gurshith. Er würde ein Stündchen in der Gosse schon überleben.

»Ausgezeichnet!« rief Tibal aus den Schatten hervor.

Ah! Gwin warf ihm einen wütenden Blick zu. »Hast du gesagt, daß sie ihn hinauswerfen sollen?« Die Stimme hatte genauso geklungen wie die geheimnisvolle, geisterhafte Stimme, die sie am Vortag gehört hatte, als Tibal eingetroffen war. Es war zwar nicht Tibals gewöhnliche Stimme, aber offensichtlich hatte Jukion sie genauso deutlich vernommen. Daher konnte sie diesmal sicher sein, daß es keine Einbildung gewesen war.

»Nein.«

Da Gwin seinem verwirrten, unschuldigen Gesichtsausdruck mißtraute, merkte sie sich im Geiste vor, daß Tibal Frainith womöglich ein begabter Bauchredner mit einem höchst seltsamen Sinn für Humor war. Doch vorerst ... die Heilung. Rasch lief sie ins Pfauenzimmer und schloß die Tür hinter sich. Über die Gurshiths würde sie sich morgen den Kopf zerbrechen.

Im sanften Schein einer einzigen Laterne lag Bulion Tharn reglos da, tief ins Federbett versunken. Niad kauerte mit ausgestrecktem Arm auf einem Stuhl an seiner Seite und hatte ihm die Hand auf das verschwollene Gesicht gelegt. Elim und Wosion standen hinter Niad und beobachteten sie aufmerksam. Auf Zehenspitzen schlich Gwin hinüber und versuchte krampfhaft, ihr rasendes Herz zu beruhigen. Noch bemerkte sie keine Veränderung.

Mit verängstigter Miene schaute Niad zu ihr auf. Gwin lächelte ihr ermutigend zu.

»Nichts?« flüsterte sie.

Wosion schüttelte den Kopf. »Noch nicht«, flüsterte er zurück. »Aber der Schmerz sitzt sehr tief. Vielleicht ...«

Sein Gesichtsausdruck veränderte sich. Gwin blickte auf den Kranken hinunter. Bulion Tharn hatte die Augen aufgeschlagen. Ein tiefer Seufzer entrang sich seiner Kehle.

11

Polin zeigte sich außerordentlich beeindruckt von den Ställen. Nie zuvor in seinem Leben hatte er ein derart riesiges Gebäude betreten. Die Wände und der Boden bestanden aus Marmor. Wie hoch über seinem Kopf sich die Decke befand, vermochte er nicht festzustellen, denn der Schein der Laterne reichte nicht so weit. Er hoffte, Schmetterling und seine Freunde würden ihre Unterkunft zu schätzen wissen.

Von Tob, dem Stallburschen hingegen war er ganz und gar nicht beeindruckt. Die meiste Arbeit verrichtete Polion selbst, um dafür zu sorgen, daß sie auch anständig erledigt wurde.

Wenn Daling eine typische Stadt darstellte, hielt Polion wenig von Städten. Auf den Straßen tummelten sich zu viele Menschen, obwohl alle Familienmitglieder ihm versichert hatten, daß es weniger als gewöhnlich waren. Außerdem säumten zu viele verfallende Bauwerke wie riesige Totenschädel die Straße. Und es gab zu wenig Gras. Und die Luft stank.

Daling hatte nur eine einzige Sache zu bieten, die Polion interessierte, doch so wie es aussah, würde diese Sache noch bis morgen nacht warten müssen. Sein Hintern fühlte sich wund von dem langen Ritt an; er hatte einen Bärenhunger und er roch nach Stall. Bis er gegessen und sich gewaschen hätte, würden die lasterhaften Läden gewiß schon geschlossen sein.

Der dicke Tob zeigte ihm den Weg zurück in die

eigentliche Herberge, der durch die Küche führte. Als Polion den Innenhof betrat, vernahm er höchst erstaunt grölendes Gelächter der anderen Tharns. Am gegenüberliegenden Ende war eine ausgelassene Feier im Gange, was nur bedeuten konnte, daß es dem alten Mann besser ging. Besser! Und zwar entscheidend besser! Alle saßen sie im Fackellicht beisammen, aßen, tranken Wein und feierten.

Polion lief das Wasser im Munde zusammen. Doch er konnte sich erst zu den anderen gesellen, nachdem er sich gewaschen hatte, und er wußte nicht genau, welches Zimmer ihm gehörte.

Dann hatte er plötzlich das Gefühl, eine Scheune hätte sich ihm in den Weg gestellt. Es war der größte aller Tharns, sein älterer Bruder Jukion.

»Hallo!« begrüßte Jukion ihn ein wenig schwankend. »Warst du die ganze Zeit draußen im Stall, Kleiner?«

»Jetzt wo du's erwähnst, ja. Geht's dem alten Mann besser?«

»Dem alten Mann geht's mehr als nur besser! Großvater ist geheilt! Er stolziert herum wie ein junger Hengst.« Jukion blickte sich um; dann zog er Polion mit kräftiger Hand in den Schatten einer Statue. Im Flüsterton erklärte er: »Hier gibt's einen Ivielscath!«

Polion vermochte nicht zu sagen, was ihn mehr überraschte – daß ein Ivielscath just in dem Augenblick aufgetaucht war, als sie so dringend einen benötigten, oder daß sein Bruder so offensichtlich betrunken war. Allein sein Atem warf Polion fast um. Für gewöhnlich galt Jukion als Inbegriff der Besonnenheit. All die Muskelkraft und Tugend der Familie schienen in ihm vereint. Seit seiner Geburt litt Polion darunter, daß man ihm seinen großen Bruder fortwährend als Beispiel vorhielt.

Doch er verschwieg seine Gedanken. »Das ist großartig! Natürlich wußten wir aufgrund der Omen, daß etwas in der Art passieren würde.«

Jukion hickste leise. »Schon möglich. Die andere Neuigkeit ist, daß wir bei Tagesanbruch zurück nach Hause reiten!«

Polion entfuhr ein Wort, das Jukion vermutlich nicht kannte.

Jukion aber kicherte, als würde er es doch kennen. »Hattest wohl bestimmte Pläne, wie, Kleiner?«

»Warum reisen wir ab? Und warum alle? Ich meine, wenn einer von uns ein paar Tage bleiben möchte ...«

»Alle reisen ab! Gut möglich, daß sich Unheil zusammenbraut.«

»Was für Unheil?«

Der große Ochse krümmte sich und sah sich unbehaglich um. »Tja, heute abend wurde hier ein Mann verprügelt, und wie sich herausstellte, hat das Wort seines Vaters in der Stadt großes Gewicht. Das könnte Ärger geben.«

»Wer hat ihn verprügelt?«

»Äh ... ich.«

Polion mußte sich an der Statue festhalten. Die Welt fiel aus den Angeln. Und wenn nicht gleich, so doch zumindest bald. »*Du*?«

Er konnte sich nicht erinnern, daß Jukion je etwas Derartiges getan hatte.

»Ja.«

»Gratuliere. Zwei Wochen am Holzhaufen!«

»Ach, du weißt doch, wie gern ich Holz hacke, Polion.«

Ja, das stimmte. Außerdem würde der Priester keine solche Strafe über einen erwachsenen Mann verhängen, und einen erwachseneren Mann als Jukion gab es nicht.

»Hör zu«, meinte der Ochse plötzlich ernst. »Willst du ein Freudenhaus besuchen?«

Polion schluckte. Ein weiterer Meilenstein! »Das wär' schon was.«

»Dann komm mit. Es muß heute nacht sein, und bevor Tante Elim dir 'ne Kette anlegt.«

Es schien besser, Tante Elim aus der Angelegenheit

herauszuhalten. »Aber ich muß mich doch erst waschen!«

»Warum?« fragte Jukion und packte Polion unvermittelt an der Schulter. »Komm mit, ich bring' dich hin.« Unsicheren Schrittes wankte er auf den Gang zu.

»Aber ...«, setzte Polion an, während seine Füße versuchten, den restlichen Leib einzuholen. Wenn Jukion meinte, man sollte mitkommen, dann *kam* man auch mit. »Aber ich bin doch ganz ...«

»Egal!« Jukion warf eine Tür auf und zerrte seinen Bruder hinaus in die Dunkelheit – und weiter. »Ist nur ein kurzes Stück. Du mußt eine Heißwannensonderbehandlung verlangen.« Raschen Schrittes lief er die dunkle Straße entlang, wobei er den Weg blind zu finden schien und Polion mehr oder weniger trug. Weit hinter ihnen schlug jemand die Tür zu.

»Eine *was*?«

»Dort gibt es große Wannen, mit Feuer darunter, damit das Wasser heiß bleibt. Die Mädchen waschen dich, während sie bei dir im Wasser sind. Mit Duftseife.«

»*Und das hast du gemacht*?«

»Na ja, ich hab' dabei zugesehen. Mir waren die Betten lieber. Natürlich bevor ich geheiratet habe!«

Verdammt!

Polion war stets ein wenig überrascht, wenn sein durch und durch biederer Bruder wieder einmal Nachwuchs in die Welt setzte, was ihm mit erstaunlicher Regelmäßigkeit gelang. Sich vorzustellen, wie er in seiner Jugend Orgien frönte, ging nahezu über Polions Verstand; eine völlige neue Seite Jukions. Zudem fühlte Polion so erregende Visionen in sich aufsteigen, daß sie alles in den Schatten stellten, was er sich je zuvor ausgemalt hatte.

Hätte ihm jemand anders von den Wannen erzählt, hätte Polion es vermutlich für einen Scherz gehalten. Ständig zog man ihn auf und spielte ihm dumme Streiche, doch Jukion käme so etwas nie in den Sinn. Derartige Talente waren in ein anderes Familienmitglied geflossen.

»Natürlich begleite ich dich nur bis zur Tür. Ich meine, Shupyim stellt vielleicht Fragen, und ich könnte sie niemals belügen.«

Das klang schon eher nach Jukion! »Wie viele Mädchen?« erkundigte Polion sich atemlos. Sein Herz hämmerte bereits wie ein Specht.

»So viele du schaffst.«

»Was kostet diese Heißwannensonderbehandlung?«

»Zerbrich dir darüber nicht den Kopf. Ich zahle. Für mich hat Vater das erste Mal bezahlt.«

»*Vater* war auch dort?«

»Hm. Aber erzähl's niemandem. Da!«

Die beiden waren um eine Ecke gebogen. Der durchdringende Gestank des Flusses stieg ihnen in die Nase. Weiter vorn erblickten sie Lichter und ein paar Leute, die vor Türen standen.

Der Große hielt inne und löste den schmerzlichen Griff von Polions Schulter. Leises Klimpern ertönte. »Siehst du die Tür mit den zwei Laternen übereinander? Das ist ein ziemlich gutes Haus. Das auf der anderen Straßenseite ist größer, falls du Abwechslung willst. Hier, nimm. Zwei Taler sollten allemal reichen, sogar für dich.«

Polion nahm das Geld. Es abzulehnen, wäre unhöflich gewesen. Er war zu verblüfft, um mehr als ein leises Danke zu murmeln.

Jukion wandte sich zum Gehen; dann zögerte er. »Sei morgen früh bei Sonnenaufgang zurück, Kleiner! Glaubst du, du findest den Weg?«

Waren das leichte Zweifel, die Polion in sich aufkeimen spürte? Er wünschte, er hätte sein Schwert oder wenigstens ein Messer mitgenommen. Schließlich befand er sich fern seiner gewohnten Umgebung in einer Stadt ... Der große Ochse wäre auf jeden Fall ein beruhigender Begleiter. Aber nein, es wäre unfreundlich, ihn zu einer Ungehörigkeit anzustiften. Jukions Gewissen würde ihn nie wieder ruhig schlafen lassen. Und sollte Shupyim es je herausfinden, würde sie ihn umbringen, soviel stand fest.

»Das schaff' ich schon.«

Jukion kicherte. »Davon bin ich überzeugt. Ich geh' zurück zur Feier. Viel Glück, Brüderchen! Und viel Spaß.« Nach einem nachgerade umwerfenden Klaps auf Polions Schulter verschwand er.

Tja! Polion schlenderte die Straße allein hinunter. All die Jahre hatte er den Großen falsch eingeschätzt! Unglaublich! Ob an solchen Orten auch Essen serviert wurde? Getränke auf jeden Fall, das hatte er bereits gehört. Die Heißwannensonderbehandlung hingegen hatte noch nie jemand erwähnt.

Er mußte etwa fünf Taler in der Tasche haben. O Mann!

Mitten auf der Straße blieb er stehen. Das Mädchen unter den beiden Lampen wackelte aufreizend mit dem Hintern. Mann, o Mann!

Das Mädchen auf der gegenüberliegenden Straßenseite streckte verschlafen die Arme über dem Kopf aus, wodurch ihr restlicher Körper auf höchst interessante Weise zur Geltung kam. Mann, o Mann, o Mann! Das hauchdünne Nichts von einem Kleid erwies sich als nahezu durchsichtig. Am ganzen Leib bebend, steuerte Polion auf sie zu.

Das Mädchen lächelte. Er lächelte zurück, ohne ihr Gesicht wirklich wahrzunehmen.

»Lust auf ein bißchen Spaß, Hübscher?«

Er nickte eifrig.

»Dann komm mit.« Sie trat in die dunkle Öffnung und verschwand.

Sofort preschte Polion hinterher. »Machst du auch eine Heißwannen. . .«

Eine Keule sauste auf seinen Hinterkopf nieder, und all die Sterne und Planeten explodierten in der Nacht.

12

Obwohl es bereits spät war, dauerte die Feier unvermindert an. Unaufhörlich floß der Wein. Bulion hatte keineswegs die Absicht, aufzuhören – er hatte mehr zu feiern als jeder andere. Er würde ihnen schon zeigen, daß immer noch Leben in dem alten Bullen steckte! Er fühlte sich durchaus in der Lage, die übrigen unter den Tisch zu saufen und zu tanzen. Die Musik stammte lediglich von einer Fiedel, die Farion irgendwo aufgetrieben hatte. Außerdem war es keine richtige Musik, denn Farion war kein richtiger Fiedler, aber es reichte.

Ab und an ertappte Bulion sich dabei, wie er sich den Kiefer betastete. Mittlerweile wütete dort kein Schmerz mehr, und keine Schwellung ließ sich mehr spüren. Die Kluft in seinem Zahnfleisch war verheilt. Der einzige Wert des Todes besteht darin, daß er uns vor Augen führt, wie wertvoll das Leben ist ... wer hatte diesen Ausspruch doch ersonnen?

Zufrieden stellte er fest, daß niemand sich zu einem privaten Abenteuer davongeschlichen hatte. Er mißbilligte Untreue, doch manche Männer schienen sie zu brauchen. Daling bot sicherere Gelegenheiten für einen Partnerwechsel als das Tharn-Tal, und besonders die Unverheirateten meinten, ihnen stünde dieses Recht zu. In diesem Fall verkörperte der junge Polion den einzigen Junggesellen. Bulion hatte Jukion losgeschickt, um seine Bruderpflicht zu erfüllen und dem Falken das Fliegen beizubringen. Als Jukion zurückkam, hatte er seinem Großvater vielsagend zugezwinkert, um ihm zu bedeuten, daß er sich um die Angelegenheit gekümmert hatte.

Bulion merkte sich im Geiste vor, daß ein Mann für Meilim gefunden werden mußte, sobald sie ins Tal zurückgekehrt waren.

Vorerst aber wollte er mit den Frauen tanzen, mit den

Männern trinken und sich des Lebens und der Gesundheit freuen. Er war tief berührt von der offensichtlichen Euphorie der Familie angesichts seiner Genesung. Mit so gnädigen Schicksalshütern durfte er beim nächsten Mal nicht rechnen. Während er am Tisch saß, versuchte er gerade, wieder zu Atem zu kommen ...

»Wie fühlt es sich an?« fragte eine leise Stimme. Gwin Solith ließ sich auf einem Stuhl neben ihm nieder und betrachtete ihn mit einem fragenden Lächeln auf den Lippen.

»Von den Toten wiederauferstanden zu sein?«

Sie nickte, als wäre seine Antwort wahrhaft bedeutend.

»Sehr gut! Aber auch merkwürdig«, gestand er. »Erinnert mich an eine Unterhaltung, die ich einst mit deinem Mann geführt habe, Gwin *Saj*.« Er griff nach seinem Kelch und überlegte, ob er sich mit dieser Äußerung auf gefährlichen Boden begeben hatte.

»Bitte, erzähl mir davon.«

»Ich habe ihn gefragt, warum er einen Gott brauchte. Wir haben uns über die Schicksalshüter unterhalten und waren uns darin einig, daß jeder Mann – und natürlich auch jede Frau – ihrem Gutdünken unterliegen. Die Tugendhaften leiden ebenso wie die Sünder. Jeder kann blühen und gedeihen. Jeder muß sterben. Ich meinte, ich könnte keinen Beweis dafür erkennen, daß Beten und Opfern einen Unterschied herbeiführen. Weshalb also braucht man Götter?«

»Ich nehme an, Carp hat dir gesagt, er bräuchte jemanden, dem er dankbar sein kann, wenn die Dinge sich gut entwickeln.«

»Ja. Ich hab' das nicht verstanden, jedenfalls damals nicht. Ich glaube, jetzt verstehe ich es.«

Sie lächelte und wandte den Kopf ab, um die Tänzer zu beobachten. Eine brave Frau, diese Gwin Solith. Sie war Carp stets ein gutes Weib gewesen, und nun führte sie die Herberge anscheinend auch ohne seine Hilfe ausgezeichnet. Weder regte sie sich auf, noch wurde sie laut, dennoch hatte sie die Angestellten hervorragend unter Kontrolle, und die Mahlzeit war vollkommen bis zur kleinsten Kleinigkeit. Schon als Bulion sie das erste Mal traf, vor fünf Jahren – nein, es mußten fast sechs sein –, hatte sie ihn beeindruckt. Damals war sie wenig mehr als ein Kind gewesen, aus dessen Augen die Liebe zu ihrem Mann sprach. Bulion hatte seine Meinung seither nicht geändert.

»Ja, Dankbarkeit«, fuhr er fort. »Aber während du trauerst, freue ich mich, Gwin Solith. Wem gibst du die Schuld, wenn die Dinge sich schlecht entwickeln?«

»Man gibt niemandem die Schuld. Man richtet sich auf und kämpft weiter.«

»Wenn man den Mut dazu hat.«

Sie wirkte überrascht. »Mut? Nein, nicht Mut. Alles, was man dafür braucht, ist eine gewisse Sturheit. Widerspenstigkeit! Wenn wir zulassen, daß die Schicksalshüter uns zerbrechen, haben sie einen weiteren Sieg errungen. Letzten Endes werden sie das Spiel zwar gewinnen, aber bis dahin müssen wir ihnen so viele kleine Siege wie möglich abringen. Zufrieden mit unserem Leben zu sterben, kommt für uns letztendlich einem großen Sieg gleich.« Sie ergriff die Flasche und füllte Bulions Kelch nach. Dann schenkte sie sich selbst einen Becher voll, den jemand stehengelassen hatte, und hob ihn. »Auf das Leben!«

»Auf ein langes, erfülltes Leben!«

Eine bemerkenswerte Frau! Sie trug ein schlichtes, weißes Trauerkleid, ohne jede Verzierung. Das dunkle Haar wies den für Daling typischen, kurzen Schnitt auf und bedeckte nicht einmal die Ohren. Der Schein der Fackeln schmeichelte allen Frauen, doch Gwins fein geschnittene Züge bedurften keiner Schmeicheleien. Ihre nackten Arme waren schlank, die Rundungen ihrer Brüste unter dem Kleid wohlproportioniert.

Bulion fühlte, wie sich ein bestimmter Teil seiner selbst

regte, was wohl mit dem Wein und der Freude zu tun haben mußte, daß er dem Tod so knapp entronnen war. Nüchtern überlegte er, was der Ivielscath außer seinem Zahn noch geheilt haben mochte, und er entsann sich seines bislang halbherzigen Vorhabens, eine dritte Frau zu ehelichen. Leider stand Gwin Solith nicht zur Auswahl. Zum einen war sie noch nicht lange genug Witwe, um an eine neuerliche Heirat zu denken, zum anderen besaß sie in Daling ein blühendes Geschäft, um das sie sich kümmern mußte. Darüber hinaus würde sie einen Mann seines Alters ohnehin nicht in Erwägung ziehen.

»Ich mache mir immer noch Sorgen, daß Jukions gut gemeintes Einschreiten dir Ärger bringen könnte, Gwin *Saj*. Normalerweise ist er alles andere als ein Unruhestifter.«

Sie lachte scheinbar aufrichtig belustigt. »Dann hat er sich mit Kolo Gurshith genau den Richtigen ausgesucht, um damit zu beginnen. Keiner hätte es mehr verdient. Außerdem hat sein Vater mit der Gewalt angefangen. Zerbrich dir nicht länger den Kopf darüber.«

»Ich komme mir wie ein böser Junge vor, der davonrennt, nachdem er ein Fenster eingeschlagen hat.« Unwillkürlich dachte er an Polion.

»Das haben wir doch alles schon durchgesprochen!« entgegnete Gwin mit ernster Miene. »Es scheint mir höchst unwahrscheinlich, daß Kolo sich überhaupt an etwas erinnert, wenn er zu sich kommt. Und selbst wenn, kann er mir nicht die Schuld geben für das, was passiert ist. Wenn ihr dann schon weg seid, kann er niemandem die Schuld geben.«

Bulion wünschte, ihr glauben zu können. »Bist du sicher, daß dir keine Gefahr droht?«

Sie seufzte. »Nicht mehr als zuvor. Ich empfände es als höchst schmeichelhaft, von so vielen Freiern umworben zu werden, wenn ich nicht genau wüßte, daß sie in mir lediglich den Grund und Boden sehen, den ich besitze.«

Ihre mißliche Lage erzürnte Bulion. Keine Frau sollte

so kurz nach dem Tod ihres Mannes zu einer Heirat gezwungen werden. »Hast du denn nie in Erwägung gezogen, eine Scheinehe einzugehen, um diese Blutsauger loszuwerden?«

Einen Augenblick schwieg sie nachdenklich. Das gefiel ihm. Er mochte Menschen, die überlegten, bevor sie redeten. Während er das Spiel von Licht und Schatten auf ihrem Hals beobachtete, erwog er, sich selbst für diese Rolle anzubieten.

»Das ist keine brauchbare Lösung«, meinte sie schließlich. »Mein Scheingemahl hätte uneingeschränkte Kontrolle über den Besitz. Wem könnte ich so sehr vertrauen? Stell dir nur vor, er fordert seine ehelichen Rechte ein. Und was ist, wenn ich später einen Mann treffe, den ich tatsächlich heiraten möchte?«

Bulion verspürte Erleichterung. Hätte sie eine andere Antwort gegeben, hätte er sich verpflichtet gefühlt, seinen Vorschlag zu unterbreiten. Doch auch für sich selbst schwebte ihm etwas anderes als eine Scheinehe vor. »Natürlich! Wie dumm von mir.«

Gwin musterte ihn mit einem langen, durchdringenden Blick. »Damit das klar ist: Du schuldest mir gar nichts. Wenn du jemandem etwas schuldest, dann Niad, und diese Schuld wirst du begleichen, indem du ihr Zuflucht gewährst.«

»Begleichen? Das hat mit begleichen nichts zu tun, Gwin *Saj*! Das ist alles andere als eine Belastung! Wie oft habe ich mich schon nach einem Heiler für das Tharn-Tal gesehnt! Wir alle werden sie schätzen und willkommen heißen. Wenn sie möchte, kann sie den lieben langen Tag nur herumsitzen und Erdbeeren essen. Wir Tharns sind zwar nicht bekannt für unser gutes Aussehen, doch wenn sie den Wunsch danach verspürt, soll sie den hübschesten Ehemann bekommen, den wir auftreiben können.«

Gwin kicherte und trank einen Schluck. »Das müßte aber ein tapferer Mann sein, um einen Ivielscath zu heiraten. Bei jedem Ehekrach wäre er in Gefahr, ein Geschwür oder noch Schlimmeres zu bekommen.«

Verächtlich schnaubend griff Bulion nach seinem Kelch. »Diese liebreizende Schönheit? Die Männer werden Schlange stehen. Stünde ihr der Sinn nach mir, würde ich sie selbst heiraten!« Mit dem Kelchrand vor den Lippen hielt er inne. »Ich denke ernsthaft darüber nach, wieder zu heiraten.« Dann trank er und fragte sich, warum er diese höchst unnötige Bemerkung angebracht hatte.

Gwin legte den Kopf schief und musterte Bulion. »Warum nicht? Jede Frau dürfte sich glücklich schätzen, dich zu bekommen, Bulion *Saj*. Aber ... darf ich dir den gut gemeinten Rat einer Frau anbieten, solange noch Zeit dafür ist?«

Lächelnd erwiderte er: »Wenn ich so an meine Frauen zurückdenke, dann bin ich überzeugt, es ist ein guter, aber nicht unbedingt willkommener Rat.«

»Beurteilst du eine Medizin nach ihrem Geschmack?«

»Immer!«

»Ach, Bulion Tharn! Schäm dich! Ich schlage lediglich vor, daß du dir jemanden suchst, der ein wenig älter als Niad ist. Selbst wenn deine jugendliche Braut Versuchungen widerstehen könnte, so wärt ihr euch doch beide der Versuchungen bewußt. So tugendhaft sie auch sein mag – sobald sie auch nur mit dem Schatten eines jungen Mannes in Berührung käme, müßtest du daran denken. Setz dir etwas niedrigere Ziele, Bulion *Saj*. Der gemäßigte Weg ist stets der weiseste.«

»Nett gesagt! Ich will an deine Worte denken.«

Kurz schaute er ihr in die Augen, und es war Gwin, die unvermittelt das Gesicht abwandte.

»Und du denk an meine.«

Überrascht blickte sie ihn wieder an. Kein Wunder! Verdammt! Der Wein umnebelte seinen Verstand. »Aber eine Scheinehe erscheint mir ebenso wenig erstrebenswert wie dir.« Er mußte vollkommen betrunken sein!

Gerade wollte er noch etwas aussprechen – vermutlich eine Entschuldigung –, als er bemerkte, daß sie ihn beharrlich musterte. Bulion fühlte, wie ihm plötzlich heiß wurde, als hätte soeben in der Nähe ein Schmiedlehrling den Blasebalg angeworfen.

»Bulion?«

»Gwin?«

Sie zögerte. »In diesem Vierteljahr habe ich bislang neun Heiratsanträge bekommen, und jeder einzelne Freier ist ausschließlich hinter der Mitgift her. Ich weiß, daß die Herberge für dich völlig belanglos ist. Danke, daß du mir zeigst, daß ich auch als Mensch noch einen Wert besitze.«

Polternd stellte er den Kelch so heftig auf den Tisch zurück, daß ihm Wein auf die Hand spritzte. »Gwin Solith, das soll keine Beleidigung sein, aber ich würde deine Herberge nicht einmal geschenkt wollen. Meine Heimat ist das Tharn-Tal. Und was dich betrifft – ich wäre der glücklichste Mann auf Erden, könnte ich dich als Braut mit nach Hause nehmen. Zwar weiß ich nicht genau, wie alt ich bin, aber gewiß schon über sechzig. Nur wenige Männer erleben vier Jahrzehnte, ich habe sechs überdauert. Viele Jahre bleiben mir bestimmt nicht mehr. Wenn du sie mit mir teilen willst, gehören sie dir. Ich glaube, ich stehe noch immer in allen wichtigen Bereichen meinen Mann. Sollte dem eines Tages nicht mehr so sein, würde ich dich keinesfalls an eine freudlose Ehe binden. Als meine Frau wärst du die ungekrönte Herrin des gesamten Clans, der über dreihundert Tharns zählt. Ich kann mir niemanden vorstellen, der dieser Aufgabe besser gerecht würde. Sag, daß du mich heiratest, und alles, was ich besitze, gehört dir.«

Die beiden starrten einander an, als wären sie gleichermaßen verblüfft über den unerwarteten Abgrund, der sich aufgetan hatte. Dann faßte Gwin über den Tisch und ergriff Bulions Hand. »Du hast dich der Herausforderung gestellt! Ich hätte es wissen müssen.« Gwin versuchte, die Spannung durch ein Lächeln aufzulockern, doch es wirkte gezwungen. »Dennoch könntest du bereuen, so voreilig gewesen zu sein.«

»Ich nehme kein einziges Wort zurück. Allein, daß du mir Aufmerksamkeit schenkst, schmeichelt mir ungemein. Ich hatte schon Angst, ich wäre zu alt, um noch irgend jemanden außer einer dankbaren, armen Seele zu interessieren. Ebenso wie du habe ich meinen Wert nur noch in meinem Besitz gesehen.«

Sie schüttelte den Kopf. »Für Frauen spielt äußerliche Schönheit keine Rolle, Bulion. Macht und Reichtum hingegen schon, denn sie verheißen Schutz und Sicherheit in einer unruhigen Welt. Aber ein Mann, der Macht und Reichtum aus eigener Kraft erlangt hat, ist ein verdienstvoller Mann. Jede Frau würde dich als begehrenswerten Freier betrachten.«

Schweigend saß er da und lauschte seinem pochenden Herzen.

Gwin holte tief Luft. »Laß uns davon träumen, Bulion Tharn. Im nüchternen Licht der Morgensonne sehen wir beide das Leben vielleicht klarer.«

»Mein Angebot wird auch dann noch gelten, Gwin Solith. Ich meine es ernst.«

»Das weiß ich, und ich fühle mich geehrt. Laß uns zum Abschluß darauf tanzen!«

Die beiden erhoben sich. Bulion nahm sie an der Hand, doch die beiden hatten kaum zwei Schritte getan, da versperrte eine große Silhouette den Weg, die sich gegen das Fackellicht abzeichnete. »Tut mir leid, wenn ich störe, Gwin *Saj*.«

»Tibal *Saj*? Brauchst du etwas? Kennst du Bulion Tharn schon?«

»Aber ja! Ich habe ihm zu seiner wundersamen Genesung gratuliert und ihm dafür gedankt, daß sein Enkel mein blaues Auge gerächt hat.«

Bulion lächelte höflich. Dem schlaksigen, jungen Kuolier haftete etwas Seltsames an, das Bulion nicht einzuordnen vermochte und über das er sich gewiß nicht den Kopf zerbrechen wollte, während er Gwin Solith umwarb.

»Vielleicht kann Niad dein Auge behandeln«, meinte Gwin vorsichtig.

Er trat einen Schritt zur Seite, so daß Licht auf sein Lächeln fiel; abgesehen von dem geschwollenen blauen Auge wirkte sein Antlitz teils kantig, teils flach. »Das ist unwichtig. Und hab keine Angst, daß ich deine geheime Heilerin verrate. Reichen fünf Taler, um meine Rechnung zu bezahlen, Frau Wirtin? Ich fürchte, ich muß unverzüglich abreisen.«

»Jetzt? Aber es ist doch mitten in der Nacht!«

»Ich weiß.«

»Schlechte Neuigkeiten?«

Noch immer lächelnd, schüttelte er den Kopf und hielt ihr das Geld hin. »Ich hätte es dir früher sagen sollen. Richte Labranza Lamith bitte aus, daß ich sie zu Hause in Raragash treffe, ja?«

»Wem?«

»Einer Freundin, die in Kürze eintreffen wird. Eigentlich keine richtige Freundin. Richtest du es ihr aus?«

»Sicher. Und zwei Taler genügen vollauf, wenn du nicht über Nacht bleibst.«

»Bitte, nimm alles. Feiert mit dem Rest.« Sein Lächeln verwandelte sich in Traurigkeit.

»Was sollen wir feiern?«

»Leben und Glück. Ich wünsche dir beides im Überfluß. Auch dir, Bulion *Saj*. Wenn ihr mich jetzt bitte entschuldigt?«

Tibal Frainith verneigte sich, machte auf dem Absatz kehrt und stapfte davon.

»Hat dieses Schlitzohr uns etwa belauscht?« brummte Bulion.

Gwin starrte dem Kuolier mit höchst verwirrter Miene nach. »Nein. Bis vor kurzem hat er mit Aneim getanzt. Er hat schon früher ähnlich geheimnisvolle Bemerkungen gemacht. Ich habe mich sogar schon gefragt, ob er vielleicht ein Shoolscath ist.«

»Er hat uns Glück gewünscht, nicht vorhergesagt.«

»Nein«, sagte sie. »Das hat er nicht, oder?«

13

Jasbur stand an Deck und starrte mißmutig in die Nacht. Seit sie Tolamin verlassen hatten, waren ihm keine Anzeichen von Menschen mehr untergekommen, abgesehen von ein paar Lastkähnen, die in der Ferne von Ochsen auf dem Schlepppfad flußaufwärts gezogen wurden.

Nun verrieten ihm funkelnde Lichter, daß sie sich in Daling befanden, doch der Lastkahn war auf Grund gelaufen – schon wieder. Zweimal war das bereits geschehen. Beide Male mußte Labranza ihre Macht eingesetzt haben, den Kahn loszubekommen, wenngleich sie sich kein einziges Mal dazu herabließ, eine Warnung auszusprechen. Einmal wehte eine plötzliche Bö das Boot frei. Beim zweiten Mal dauerte es länger. Etwa eine Million Möwen flog herbei und schwirrte umher, bis die Vögel sich schließlich in der Vertäuung, auf den Relings, einfach überall niederließen, sogar auf Labranza selbst. Ein derart sinnloses, merkwürdiges Ereignis galt als typische Folge der Macht eines Ogoalscath, doch in diesem Fall fragte Jasbur sich furchtsam, ob der schmutzige, lärmende Schwarm den Kahn in die Luft heben und damit davonfliegen würde. Dem war nicht so gewesen. Nach etwa einer halben Stunde waren die Vögel wieder verschwunden. Ein wenig später war der Lastkahn, anscheinend von selbst, von der Sandbank weggetrieben.

Nun steckte er neuerlich fest. Die Kais mußten sich weiter flußabwärts befinden, denn Jasbur hatte sie nicht gesehen. An der Küste, kaum drei Spannen vom Bug entfernt, stand eine Häuserzeile. Jasbur erkannte die dunkleren Umrisse von Fenstern und ein paar Türen mit Stufen, die zum Fluß hinabführten; im Augenblick erwiesen sie sich für ihn als derart nutzlos, daß sie ebenso gut hundert Wegstunden weit weg hätten sein können. Er steckte mit Labranza und Ordur auf diesem häßlichen Holzklotz fest. Ordur ging es heute besser. Sein Verstand war zwar noch genauso umwölkt wie zuvor, doch sein Erscheinungsbild hatte sich verändert. Mittlerweile war sein gesamtes Haar blond, und beide Augen waren blau. Er war um eine Fingerlänge gewachsen und nunmehr ein großer, ziemlich schwammigen Mann.

Jasbur vermutete, daß er selbst hingegen geschrumpft war, obwohl das durchaus nur Einbildung sein konnte, die mit Labranzas Anwesenheit zu tun hatte. Die Krümmung seines Rückgrats fühlte sich weder mehr noch weniger ausgeprägt an und verursachte noch genau so starke Schmerzen wie zuvor. Wenn er sein Affenantlitz im Spiegel betrachtete, drehte sich ihm der Magen um; deshalb war es vermutlich ganz gut, daß Ordur männlich geblieben war. Als sie Raragash verlassen hatten, waren sie beide Männer gewesen. Sie hatten sich gleichzeitig in Frauen verwandelt und zwei Monate später wieder in Männer. Inzwischen schien ein wenig Glück längst überfällig.

Die Kabinentür öffnete sich. Jasbur vernahm Ordurs schlurfende Schritte hinter sich.

»Es ist dunkel«, stellte Ordur fest.

»Aber nein! Es ist heller Tag. Du hast die Augen zu, du Dummkopf!«

Nach einer Weile: »Nein, unmöglich. Ich sehe die Sterne! Was geht hier vor?«

»Gar nichts.« Wie lange würde dieser Zustand wohl noch anhalten?

Schwere Schritte, die sich wie die eines Mannes anhörten, stapften über das Deck. »Und? Tut sich nichts?«

»Nein, Labranza *Saj.*«

»Pah! Wir dürfen nicht riskieren, morgen früh noch immer hier festzusitzen. Ihr werdet ein Floß bauen müssen.«

Die Bemerkung bestärkte Jasburs Verdacht, daß ihr der Lastkahn gar nicht gehörte. Wahrscheinlich hatte sie auf dem Kahn nur Zuflucht vor dem Regen gesucht. Man würde sie alle wegen Piraterie hängen.

»Ich habe hier nirgendwo Werkzeug gesehen, *Saj.*«

Labranza ließ einen knurrenden Laut vernehmen, der Jasbur an eine Katze erinnerte. »Da sind Seile. Laßt euch gefälligst etwas einfallen!«

Ordur meldete sich mit stockendem Gemurmel zu Wort. »Labranza *Saj,* kannst du nicht deinen Einfluß benutzen?«

»Was, glaubst du, habe ich während der letzten Stunde getan? Aber da nichts geschieht, mache ich die Dinge wahrscheinlich nur noch schlimmer.«

Eine Türangel knarrte. »Pst!« zischte Jasbur.

Zwar zeigte sich kein Licht, doch sie hörten tuschelnde Stimmen. Mit angehaltenem Atem starrten die drei in die dunkle Nacht. Dann klatschte etwas etwas geräuschvoll in den Fluß. Die Tür wurde zugeworfen.

»Ob da jemand Müll ins Wasser geworfen hat?« meinte Jasbur hoffnungsvoll.

»Unsinn! In der Dunkelheit? Das war ein Mensch. Rettet ihn!«

»Was? Warum? Bestimmt ist er schon tot. Das geht uns nichts an.«

»Vielleicht doch. Schnell! Ordur, rette diesen Mann – siehst du? Er rudert mit den Armen!«

Zwar erkannte Jasbur keine rudernden Arme, doch er vermeinte, etwas auf dem dunklen Wasser treiben zu sehen.

In seiner derzeitigen Verfassung war Ordur zu allem bereit. »Ja, *Saj*!« Hastig erklomm er die Reling.

»Warte!« rief Jasbur. Ordur war ein ausgezeichneter

Schwimmer. Als anmutige Maid hatte Ordur berauschend schöne Sprünge in den Grün-See gezeigt.

Zu spät. Als großer, schwammiger Mann zeigte Ordur einen berauschend schönen Sprung in den Flugoss. Das Wasser schlug über ihm zusammen, blubberte und wurde durch den aufgewirbelten Schlamm heller. Ordur tauchte auf und rieb sich den Kopf; er war über und über mit widerwärtigem Matsch bedeckt. An dieser Stelle war der Fluß kaum hüfttief.

»Da kommt er!« brüllte Labranza. »Fang ihn!«

Nur ein paar Ellen entfernt trieb der Körper mit dem Gesicht nach unten vorbei. Ordur mußte lediglich ein paar Schritte nach vorn waten, um ihn zu packen. Mit erstaunlicher Kraft schwang er ihn sich auf die Schulter.

Jasbur seufzte und wünschte, er wäre zuversichtlicher, mit all dem fertig zu werden. Unheil braute sich zusammen.

Labranza bestand darauf, in der Kabine eine Laterne anzuzünden, um genau festzustellen, was sie erwischt hatten.

Es handelte sich um einen Jungen von etwa sechzehn Jahren. Über der Oberlippe prangte ein flaumiger Schnurrbart, am Hinterkopf eine blutige Beule, und er besaß keine Kleider, um den entsetzlich dürren Leib zu verhüllen. Jasbur legte eine Decke über ihn, als er sich würgend, stöhnend und hustend aufsetzte. Sowohl der Junge als auch Ordur stanken fürchterlich nach dem abwasserverseuchten Flugoss.

»Was ist passiert? Wo bin ich? Wer seid ihr?« Abermals hustete und würgte der junge Bursche.

»Wir haben dich aus dem Fluß gezogen«, erklärte Labranza gebieterisch. »Du verdankst uns dein Leben. Wie heißt du?«

»Polion.« Er schauderte und zog sich die Decke enger um den Leib.

»Polion – und weiter?«

»Polion Tharn. Wer bist du?« Mit verschwommenem Blick schaute er zu ihr auf.

»Das ist unwichtig. Kennst du Tibal Frainith?«

»Wie? Nein. Mein Geld! Man hat mich ausgeraubt!«

»Offensichtlich. Ich will wissen, was für eine Bedeutung du hast. Bist du sicher, daß du Tibal Frainith nie getroffen hast?«

Der Junge nickte und stöhnte. Dann streckte er einen knochigen Arm unter der Decke hervor und betastete die Beule am Hinterkopf. »Muß zurück in die Herberge!« Er schien kaum bei Bewußtsein.

»Warum?« fragte Labranza.

»Dort ist ein Ivielscath. Der soll meinen Kopf heilen.«

»Aha!« Triumphierend wandte sie sich zu Jasbur um. »Es hat funktioniert!«

»Tatsächlich?«

»Wie man sieht. Ordur, zieh dir einen trockenen Kittel über. Du mußt mich an Land tragen.«

14

Polion fühlte sich hundeelend. Wieviel das Abwasser dazu beitrug, das er geschluckt hatte, und wieviel das verfluchte Pochen in seinem Kopf, vermochte er nicht zu sagen, und es kümmerte ihn auch wenig. Die Übelkeit und der unaufhörlich pulsierende Schmerz machten jegliches Denken unmöglich. Polion wußte nur, daß er barfuß und in geborgter Hose eine dunkle Straße entlangtorkelte. Ständig stieß er sich die Zehen an den Kopfsteinen. Oftmals taumelte er, und ohne die Hilfe des großen, hellhaarigen Mannes hätte er überhaupt nicht laufen können.

Seine Stiefel, die ein Geburtstagsgeschenk gewesen

waren, hatte er verloren. Auch seine Kleidung und sein Geld waren fort. Am schlimmsten aber war, daß er seine Würde verloren hatte. Er war losgezogen, um zu beweisen, daß er ein Mann war und hatte sich überrumpeln lassen wie ein Hosenmatz. Das würde ihm die Familie nie verzeihen. Niemals wieder würde er seiner Familie in die Augen blicken können. Er sollte fortziehen und sich als Söldner anwerben lassen, nur würde ihn seiner derzeitigen Verfassung wegen kein Heer der Welt haben wollen. Oder seiner Vergangenheit wegen. Mit klimpernden Taschen hatte er sich in die älteste Falle der Welt locken lassen, nämlich einen dunklen Durchgang – noch dazu mit dem ältesten aller Köder. Dummkopf! Trottel! Idiot!

Niemals würde er nach Hause zurückkehren können. Niemals würde er Jukion, Hosion, Merion, Tholion und all den anderen in die Augen blicken können ...

»Weißt du überhaupt, wohin du gehst?« erkundigte sich der kleine, dunkelhaarige Mann.

Polion glaubte, sich übergeben zu müssen, falls er zu antworten versuchte, also ließ er es bleiben. Nein, er wußte keineswegs, wohin er ging. Er ging einfach. Dachten diese Leute, er führte sie? Polion war der Meinung, *sie* brächten ihn irgendwo hin. Er hatte keine Ahnung, wer sie waren.

Er konnte sich kaum daran erinnern, wie sie auf dem Boot ausgesehen hatten. Ein schwammiger, dümmlicher Mann. Ein kleiner, affenähnlicher, häßlicher Mann. Eine große, herrische Frau, die Alpträume aus seiner Kindheit mit Großmutter Nadim wachrief.

Die Phoenix-Straße finden? Die Herberge zur Phoenix-Straße. Aber er würde die Phoenix-Straße in der Dunkelheit nicht erkennen. Er hatte die Herberge mit Jukion durch die Hintertür verlassen, an einer anderen Straße. Sie waren um ... eine Ecke gebogen? Zwei? Und die letzte Zeit war er bewußtlos gewesen. Nein, er hatte keine Ahnung, wohin er ging. Er fragte sich, ob diese

Leute ihn den Rest der Nacht weiterlaufen lassen würden. Barfuß.

Oh, sein Kopf!

Er hätte ihnen nicht von dem Ivielscath erzählen dürfen! Jukion hatte geflüstert, als er ihn erwähnte. Er, der dumme Junge aber zieht los und plaudert ein Geheimnis aus. Der dumme Junge kriegt einen Schlag auf den Kopf. Der dumme Junge wird von Fremden aus dem Fluß gefischt. Wahrscheinlich erwarteten sie eine Belohnung. Sie würden überrascht sein, wie wenig er seiner Familie nun wert sein würde – nämlich gar nichts. Er taugte wirklich zu überhaupt nichts! Selbst mit den Taschen voller Gold schaffte er es nicht, eine Frau ins Bett zu bekommen.

Weiter vorn klingelte eine Glocke; eine Tür flog auf und krachte gegen die Wand; ein Lichtstrahl drang heraus. Ein Mann polterte über die Stufen hinab, als wäre er an die Tür geschleudert worden und diese deshalb aufgeschwungen. Irgend etwas Metallisches landete klirrend neben ihm auf dem Boden. Reglos blieb der Mann liegen. Entferntes Geschrei und ... Krachen waren zu vernehmen.

»Das sieht vielversprechend aus!« rief die Frau. »Kommt mit!«

Sie rannte los, mit schwerfälligen, x-beinigen Schritten. Keine Hexerei für sie – schließlich trug sie Schuhe. Hastig zerrte der große Mann den vor sich hin stolpernden Polion weiter.

»Vielversprechend!« keuchte der kleine Mann hinter ihnen. »Vielversprechend meint sie!«

Der Mann vor der Tür mühte sich auf die Knie. Dann rappelte er sich auf, nahm ein im Lichtschein funkelndes Schwert vom Boden auf und wankte rückwärts hinein. Mittlerweile war Polion nah genug, um Großvaters Bullengebrüll aus dem Lärm herauszuhören.

Sogleich riß er sich von seinem Gefährten los und verfiel in einen unsteten Galopp. Jeder Schritt tat an den

Füßen weh und jagte ihm stechende Lanzen aus Schmerz durch den Schädel.

Das Geschrei wurde lauter. Was war bloß los?

Die große Frau hatte die Tür erreicht und spähte hinein. Ihr silbriges Kleid erstrahlte im Licht. Als Polion kam, trat sie beiseite und hielt sich am Türpfosten fest. Er starrte in den Innenhof der Herberge zur Phoenix-Straße.

Immer noch brannten und rauchten überall Fackeln, wie zuvor, als Polion hier einen Blick auf eine Feier erhascht hatte ... wie lange mochte das her sein? Nun war eine andere Feier im Gange, ein Kampf, ein wüstes Handgemenge, zwischen den Statuen, den Bäumen, den Möbeln und den Säulen, eine wilde Keilerei schemenhafter Gestalten. Einige der Kämpfer erwiesen sich als Tharns. Die anderen kannte Polion nicht. Überwiegend kehrten sie ihm den Rücken zu und drängten die Verteidiger mit Knüppeln und Schwertern in die Enge. Die Tharns zogen sich zurück, wichen hinter Bäume und Brunnen aus und verwendeten hauptsächlich Stühle als Waffen.

Wo, um alles in der Welt, hatten sie ihre Schwerter? Wahrscheinlich in Wosions Zimmer. Am Stadttor hatte der Priester sämtliche Waffen eingesammelt. War schon jemand unterwegs, um sie zu holen?

Eine Statue fiel um und zerbarst. Der Lärm schmerzte in Polions brennenden Augen und ließ seine Fußsohlen erzittern. Der Junge vergaß seinen verletzten Kopf und taumelte los, um sich ins Geschehen zu mischen. Er würde die Bastarde von hinten angreifen. Auch Frauen beteiligten sich an dem Gerangel, und zwar nicht nur die der Tharns, sondern auch andere, vermutlich die Bediensteten der Herberge. Nein, so ging das nicht! Kämpfen galt als Männerangelegenheit. Am nächsten befand sich Aneim, die kreischend eine Flasche schwang. Polion lief zu ihr.

Ihr Gegner erwies sich als riesiges, haariges Scheusal, fast doppelt so groß wie sie. Sie schlug mit der Flasche zu. Er fing sie ab und drehte sie ihr verächtlich aus der Hand, dann zog er sie in eine brutale Umklammerung. Sie kreischte. Die beiden wankten kurz, bevor sie das Gleichgewicht wiederfanden. Polion kam hinter dem Mann zum Stehen. Er ergriff einen Stuhl und holte so schwungvoll wie möglich über Kopf damit aus, wie mit einer Axt beim Holzhacken. Der Aufprall verursachte ein Geräusch, das durch Mark und Bein ging. Der Mann sackte zu Boden und riß Aneim mit sich. Da sie aus Leibeskräften fluchte, mußte sie wohl ungeschoren davongekommen sein. Noch während Polion sich fragte, ob er gerade jemanden getötet hatte und beschloß, sich später darüber den Kopf zu zerbrechen, sah er sich nach einem weiteren Opfer um.

Wenn das Gebrüll doch nur verstummt wäre! Dann hätte er vielleicht nachdenken können. Zwei Männer brachen aus der Meute aus und rannten in seine Richtung, auf die Tür zu. Einer der beiden trug eine Frau über der Schulter. Kreischend setzte sie sich zur Wehr, was den riesigen Kerl jedoch in keiner Weise beeindruckte. Entführung! Polion stürmte los, um einzuschreiten. Er rannte um einen Baum herum, der in einem Topf stand; dann an einem Tisch vorbei. Das weiße Kleid des Opfers ließ darauf schließen, daß es sich um die Besitzerin der Herberge handelte, Gwin *Saj*. Der Mann vor ihm zückte ein Schwert. Auch dieser Kerl war ausgesprochen groß, und diesmal schlich Polion sich nicht von hinten an.

Der Junge drehte den Stuhl um. Er hielt ihn vor sich und stürmte mit aller Kraft los, gleich einem dreihörnigen Stier. Der Mann hob das Schwert. Polion streckte die Arme aus und rannte weiter. Der Stuhl diente gleichermaßen als Waffe und als Schild. Der Mann versuchte auszuweichen, stieß rücklings an eine Säule und wehrte den Stuhl mit einem Schwerthieb ab. Dennoch fuhr ihm ein Stuhlbein in den Bauch. Er klappte zusammen und sank auf die Knie. Der Stuhl zerbrach, doch der Aufprall erschütterte auch Polion. Er taumelte seitwärts gegen einen Marmortisch. Sein Gegner wollte sich aufrichten. Mit ausgestrecktem Fuß trat Polion zu. Gerade noch rechtzeitig fiel ihm ein, daß er keine Stiefel trug; schnell zog er die Zehen ein. Als der Mann den Kopf hob, traf ihn ein höchst schlammverschmierter Fuß am Kinn und schleuderte seinen Schädel zurück, so daß er hart gegen die Säule krachte. Kraftlos brach das Ungetüm zusammen.

Von einem plötzlichen Schwindelgefühl erfaßt, klammerte Polion sich an dem Tisch hinter ihm fest; alles wogte hin und her wie ein Spiegelbild in dunklem Wasser.

Der andere Mann stürmte auf der anderen Tischseite vorbei. Zwar bremste ihn seine Last, dennoch rannte er zügig auf die Tür zu. Gwin *Saj* strampelte aus Leibeskräften, brüllte »Nein!« und trommelte auf den Rücken des Mannes ein, doch abgesehen davon konnte sie mit dem Kopf nach unten wenig ausrichten. Polion stieß sich vom Tisch ab und nahm wankend die Verfolgung auf. Gleichzeitig schaute er sich nach einer Waffe um. Seine Beine zitterten und wackelten; es wurde immer schwieriger, den hämmernden Kopfschmerzen keine Beachtung zu schenken. Wo war die Familie? Wo waren all die anderen? Er brauchte eine Waffe.

Mittlerweile hatte der Mann fast die Tür zur Straße erreicht. Polion sprang los und packte Gwin Solith, worauf alle drei zu Boden gingen. Polion rollte sich ab und schlug mit dem Kopf auf den gekachelten Boden. Mit einem entsetzlichen Knall drehte sich die Welt; dann versank er in Dunkelheit.

15

Gwin kämpfte sich von ihrem Entführer und ihrem Möchtegernretter los. Dann half ihr jemand auf die Beine, und sie stellte fest, daß ein ganzer Schutztrupp mit Schwertern bewaffneter Tharns sie umringte. Bulion persönlich führte sie an. Sein Gesicht war vor Zorn gerötet. »So also benehmen sich die Männer in deiner Stadt?«

»Die Nachtwache ist nie in der Nähe, wenn man sie braucht«, erwiderte Gwin, als würde es sich dabei um eine uralte Weisheit handeln. Närrin! Sie zitterte wie ein verängstigtes Kind.

Wutentbrannt zischte der alte Mann: »Die haben versucht, dich zu entführen!«

Zu diesem Schluß war Gwin bereits gekommen. Die Eindringlinge waren schnurstracks auf sie zugesteuert, wobei sie sich vermutlich an Gwins weißem Trauerkleid orientieren.

Sie hatten versucht, Gwin fortzuschleppen. War das Liam Gurshiths Werk? Oder Kolos? Oder steckte jemand anderes dahinter? Warum konnte man sie nicht endlich in Ruhe lassen?

Nun, da die Tharns bewaffnet waren, nahm der Kampf den Verlauf, den er eigentlich nehmen sollte. Die überlebenden Schläger wurden flugs in Richtung Küche getrieben, flohen hinaus in die Nacht und nahmen jene Verwundeten mit, die noch gehen konnten.

Bald hatte Gwin ihr kleines Reich wieder unter Kontrolle, doch rings um sie scharten sich zeternde, völlig verstörte Bedienstete. Unter ihnen befand sich Niad. Die blauen Augen waren weit aufgerissen, ihr cremefarbenes Antlitz wirkte im Schein der Fackeln fahl. Einer ihrer Zöpfe hatte sich gelöst, wodurch sie seltsam schief wirkte, wie ein Vogel mit einem verletzten Flügel, doch sie schien erstaunlich ruhig. Offenbar war ihr nicht bewußt, was sie – zumindest Gwins Vermutung nach – getan hatte.

»Alles in Ordnung?«

Niad nickte. Dann griff sie sich an den Kopf, löste auch das zweite Band und schüttelte das Haar, so daß es offen herabhing. Das Mädchen rang sich ein mattes Lächeln ab. »Ja, *Saj*.«

»Gut! Dann laß uns nachsehen, wo wir helfen können, ja?« Gwin schritt wieder auf die Tür zu. Die anderen folgten ihr wie eine Gänseschar. Sie würden erleben, was gleich geschehen würde ... was Gwin *hoffte*, daß es geschehen würde. Ihr Angreifer und ihr Retter lagen ausgestreckt Seite an Seite. Polion stöhnte zwar, aber er war bewußtlos.

Elim Panank musterte die beiden. Als Gwin näherkam, mühte sie sich auf die Beine – dick, vierzig Jahre alt, schwanger, und doch wirkte sie wesentlich gelassener, als Gwin sich fühlte. Dennoch lag ein seltsamer Ausdruck in ihrem Blick, was nur allzu verständlich schien.

»Anscheinend hat Polion sich den Kopf angeschlagen. So wie er riecht, war er wohl im Fluß. Der andere Mann ... für den kommt jede Hilfe zu spät, Gwin *Saj*!«

»Dann vergiß ihn. Wir kümmern uns ohnehin zuerst um Freunde. Niad, dieser junge Mann hat mich gerettet. Ohne ihn wäre ich verschleppt worden. Kannst du seinen Kopf heilen?«

»Ich versuch's.« Der Ivielscath kniete sich nieder, um seine Magie anzuwenden.

Gwin schenkte Elims fragendem Blick keine Beachtung. Elim hatte bemerkt, daß der Tote keine sichtbaren Wunden aufwies. Sollte sie eine Erklärung verlangen, so würde sie keine bekommen. Wahrscheinlich würde jede Vermutung, die Elim sich zurechtstrickte, besser als eine Erklärung sein. Gwin selbst konnte sich an jene hektischen Augenblicke kaum noch erinnern. Der junge Polion hatte sich an sie geklammert und versucht, sie dem Entführer zu entreißen. Alle drei waren sie zu

Boden gegangen – doch Gwin war fast sicher, daß der Mann schon gewankt hatte, bevor Polion einschritt. Sie hegte den Verdacht, daß er noch im Stehen gestorben war.

Der Ivielscath kniete immer noch neben dem Jungen. Vorsichtig legte Niad ihm die Hand auf das nasse, verfilzte Haar. Gwin hielt den Atem an.

Nichts geschah. Furchtsam blickte Niad auf. »Es geht nicht!«

»Hab Geduld! Laß dir Zeit. Entspann dich!«

»Aber ich tue doch gar nichts! Ich *fühle* nichts.«

»Woher weißt du denn, daß du überhaupt etwas fühlen müßtest? Mehr hast du doch auch bei Bulion nicht getan. Und bei ihm hat es funktioniert.«

Es funktionierte auch diesmal. Polion schlug die Augen auf. Zunächst blinzelte er, dann starrte er angestrengt das Mädchen mit dem goldenen Haar an, das sich über ihn beugte. Ein paarmal öffnete und schloß er lautlos den Mund.

»Alles in Ordnung?« erkundigte Niad sich aufgeregt.

Polion strahlte übers ganze Gesicht. »Bestens! Ich heiße Polion Tharn.«

»Ich bin Niad Kodi Bilith.«

Sie zog die Hand weg. Polion ergriff sie und hielt sie fest.

»Das ist ein *wundervoller* Name!«

Erleichtert schnaubte Elim auf. »Es geht ihm gut! Steh auf, Polion!«

Ohne Niads Hand loszulassen, setzte der Junge sich auf.

»Du hast mich geheilt! Ich bin dir so dankbar! Und du bist so wunderschön!«

»Polion!« keifte seine Tante. »Nicht jetzt!«

Niad erhob sich. Bis sie sich ganz aufgerichtet hatte, war auch Polion längst auf den Beinen. Immer noch hielt er ihre Hand fest.

»Entschuldige uns«, sagte Gwin und löste ihn behutsam von ihr. »Niad muß sich noch um andere Verwundete kümmern.«

»Sie ist wunderschön!« rief Polion, ohne die Augen von ihr abzuwenden.

Niad lächelte ihn an. Farion Tharn, der gerade mit aufgeschlitztem, blutüberströmtem Arm an sie herantrat, schien sie kaum zu bemerken.

»Niad?« meinte Gwin geduldig. »Kannst du es noch einmal versuchen?«

Niad zuckte zusammen; dann legte sie die Hand auf die Wunde. Ihre Augen wanderten zurück zu Polion. Er lächelte. Sie lächelte. Ihr schien völlig zu entgehen, daß kein Blut mehr zwischen ihren Fingern hindurchrann.

»Danke!« rief Farion.

Sie schreckte hoch. »Wie?«

»Es tut nicht mehr weh. Ich glaube, das warst du.«

»Oh!« Hastig zog sie die Hand weg.

Farion rieb sich über den Arm und betrachtete ihn. »Ich glaube, da bleibt wohl eine kleine Narbe zurück. Aber das ist egal. Danke!«

Niad errötete und schaute abermals zu Polion, der wiederum seine Bewunderung bekundete, woraufhin sie übers ganze Gesicht strahlte.

Bulion brachte den Rest der Verletzten herbei: zwei gebrochene Arme, zwei gräßliche Schnittwunden, ein paar blaue Flecken und Kratzer. Niad strotzte mittlerweile vor Selbstvertrauen. Sie würdigte die Wunden kaum eines Blickes, während sie heilte; statt dessen schien sie Polion eine Privatvorstellung ihres Wunderwirkens zu geben. Er legte den Arm um sie. Sofern Niad den Flußgestank überhaupt wahrnahm, den er verströmte, störte er sie nicht.

Gwin schaute zu Elim, und beide verdrehten die Augen.

Inzwischen war die Nacht fast vorüber. Die Luft war erfüllt vom feuchten Duft des Morgengrauens. Iviel leuchtete grell über dem Ostdach. Plötzlich machte sich die durchstandene Aufregung bemerkbar und traf Gwin wie ein Schlag. Sie taumelte zu einer Bank und ließ sich darauf fallen.

Die Nacht schien ewig gedauert zu haben, und noch war längst nicht alles überstanden. In der Herberge befanden sich Tote. Die Behörden würden Fragen stellen. Wie sollte sie den Ivielscath nun noch verbergen? Und wer hatte die Unholde geschickt? Liam? Weshalb?

»Alles erledigt, Gwin *Saj*!« Soeben hatte Niad das letzte verrenkte Knie geheilt.

»Wir alle danken dir, Niad *Saj*!« brummte Bulion. »Jetzt stehen wir noch tiefer in deiner Schuld als zuvor.«

Niad war derartigen Respekt nicht gewöhnt. Vor Freude errötete sie.

»Sie ist einfach wunderbar!« rief Polion.

»Polion!«

Mühsam wandte der Junge die Augen von Niad ab. »Großvater?«

»Wer immer diese Kerle waren, fünf von ihnen sind zurückgeblieben. Einer mit einem gebrochenen Bein, einer mit einem Schädelbruch, einer mit einer Bauchverletzung. Zwei sind tot. Soweit ich das mitbekommen habe, hast du dem einen den Schädel gebrochen, als du Aneim gerettet hast.«

»Äh . . . ja, Großvater.«

»Dann hast du einem anderen Mann mit einem Tritt das Genick gebrochen. Das habe ich selbst gesehen. Und du hast den Kerl niedergestreckt, der Gwin *Saj* fortschleppen wollte. Sein Kopf muß auf den Steinplatten zerschellt sein. Du hast einen Mann außer Gefecht gesetzt und zwei weitere getötet!«

Der Junge zuckte zusammen. »Ich hab' das getan? Ich?«

»Ja, du. Du hast uns alle übertrumpft! Du bist eine richtige Ein-Mann-Armee! Du bist ein wahrer Zarde! Du bist ein *Held*!«

Polion grinste, während alle anderen vor Lachen brüllten. Er verschwand in einer Schar Verwandter, die ihm auf dem Rücken klopften und ihm grölend gratulierten.

Niad seufzte und wandte sich an Gwin. »Er ist wundervoll, nicht wahr?« meinte sie wehmütig.

Gwin holte tief Luft und ließ den Blick über die grinsenden Tharns und die Bediensteten schweifen. Dann schaute sie wieder in Niads verträumt lächelndes Gesicht. »Bist du bereit, die verwundeten Feinde zu heilen? Wir können sie ja zuerst fesseln.«

»Sicher, Gwin *Saj*.«

»Dann fang mit dem da an.« Gwin deutete auf den Mann mit dem gebrochenen Bein. Er saß auf dem Boden, von offensichtlichem Schmerz gepeinigt. Wosion, mit einem Schwert bewaffnet und finster dreinblickend, bewachte ihn.

»Das halte ich für keine gute Idee!« hallte eine volltönende Stimme aus den Schatten. Eine große, in silbrige Gewänder gekleidete Gestalt trat daraus hervor.

Gwin erschrak. »Wer bist du?« Und woher war die Gestalt gekommen? Wieviel hatte sie gesehen?

»Labranza Lamith.« Die Frau stellte eine imposante, wenngleich auf seltsame Weise männliche Erscheinung dar, war gut gekleidet und trug das Haar sorgfältig zu einem Dutt hochgesteckt. Sie konnte dreißig sein, aber auch doppelt so alt. Weder nannte sie der alten, kaiserlichen Tradition gemäß drei Namen, noch hörte sie sich wie eine Dalingerin an.

Zittrig erhob sich Gwin. »Ach? Ich bin Gwin Nien Solith.«

Gleichgültig zuckte Labranza mit den Schultern. »Offenbar weißt du nichts über schicksalhafte Kräfte.«

»Nein. Du?«

»Sehr viel. Hat dieser Ivielscath eine ordentliche Ausbildung erhalten?«

»Natürlich nicht! Wer könnte denn ...«

»Dann schlage ich vor, daß sie nicht versucht, einen Feind zu heilen. Dafür ist ein hohes Maß an Kontrolle erforderlich.« Die Frau sprach in scharfem Tonfall, doch ihr Auftreten verlieh ihr Glaubwürdigkeit.

»Könnte sie den Mann verletzen?«

»Sie würde ihn höchstwahrscheinlich töten.«

»Du meinst, ohne es zu wollen?«

»Genau das.«

Die umstehenden Tharn begannen zu tuscheln. Niad rückte dichter zu Polion, der wieder den Arm um sie legte.

Labranza? Warum klang der Name so vertraut? Ah! »Kommst du aus Raragash, Labranza *Saj*?«

Die große Frau runzelte die Stirn. Ihre dunklen Augenbrauen waren buschig wie die eines Mannes. Sie nickte.

»Dann habe ich eine Botschaft für dich. Tibal Frainith hat mir gesagt, er würde dich dort treffen.«

Labranza entblößte die kleinen, weißen Zähne in ihrem Unterkiefer. »Wann ist er abgereist?«

»Ich weiß es nicht genau. Bevor dieser Tumult begann. Ist er ein Shoolscath?«

»Selbstverständlich.«

Also hatte Tibal gelogen. Gwin verspürte ein seltsames Bedauern. »Dann hat er das hier vorausgesehen und ist gegangen, bevor ...«

»Nein, hat er nicht. Begreifst du denn das Wesen eines Shoolscaths nicht? Er ist nicht hier, also kann er nicht vorausgesehen haben, was geschehen ist. Er könnte höchstens vorausgesehen haben, daß er davon erfahren würde.« Die große Frau setzte ein unangenehmes Lächeln auf. »Glaub niemals einem Shoolscath, Gwin *Saj*. Seher lügen immer. Das müssen sie. Ich nehme an, er hat nicht gesagt, wann er mich treffen würde?«

»Nein. Hätte es denn eine Rolle gespielt, wenn er doch sowieso immer lügt?«

»Wahrscheinlich nicht. Es ist fast schon Tag. Meine Gefährten und ich brauchen eine Unterkunft.«

Hinter der Frau standen zwei Männer – ein großer blonder Kerl und ein kleiner, dunkelhaariger, häßlicher

Wicht mit einem Buckel. Woher waren die drei um diese nachtschlafene Zeit nur gekommen?

Gwin versuchte, ihre sieben Sinne zu sammeln, doch sie weigerten sich beharrlich, in die gewohnte Ordnung zurückzukehren. Bald würde die Nachtwache auf ihrem Rundgang vorüberkommen und zweifellos der offenen Tür wegen mißtrauisch werden. Dann könnte sie das Problem den Behörden übergeben und würde vielleicht erfahren, wer versucht hatte, sie zu überfallen. Gwin wußte nicht, was die Gurshiths dadurch zu gewinnen gehabt hätten.

»Wir haben nur noch ein Zimmer frei. Eines mit zwei großen Betten.«

»Ich nehme das Zimmer. Hast du etwas dagegen, wenn Jasbur und Ordur es sich auf Bänken gemütlich machen? Es dämmert ohnehin bald.«

Die beiden Männer tauschten einen vielsagenden Blick, meldeten jedoch keine Einwände an.

Gwin wies mit dem Finger die Richtung. »Da drüben ist das Zimmer, das mit dem Einhorn auf der Tür. Aber ich will nicht, daß deine Freunde hier herumlungern. Die Nachtwache würde ihnen Fragen stellen, und wir haben auch so schon genug Scherereien. Entweder zieht ihr euch alle zurück, oder ihr geht.«

Labranza versteifte sich und bedachte Gwin mit einem düsteren Blick.

»Entscheide dich!« herrschte Gwin sie an.

»Gut, dann teilen wir uns das Zimmer. Und vergiß nicht, was ich dir über die Heilerin gesagt habe.«

Labranza wirbelte herum und steuerte auf das Zimmer zu. Wortlos folgten ihr die beiden Männer. Aus den Namen zu schließen, mußte es sich um Tringier handeln. So viele Fremde! Nun würde das Geheimnis über den Ivielscath bestimmt nach draußen dringen. Ebenso gut hätte Gwin den Ausrufer damit beauftragen können, es in der ganzen Stadt zu verbreiten.

Warum wies die Leiche keine Verletzung auf? Ein

plötzlicher Herzanfall wegen Überanstrengung wäre eine passende Erklärung – zu passend. Zwar wehrte Polion sich in keiner Weise gegen die Lorbeeren, doch er hatte nichts getan, außer Gwin zu packen. Vielleicht erinnerte er sich nur noch ungenau an die Einzelheiten.

Einen Augenblick später bemerkte die Nachtwache die offene Tür und kam herein, um der Sache auf den Grund zu gehen.

Nachdem die Nachtwache zu dem Schluß kam, daß die Angelegenheit ihre Zuständigkeit überschritt, rief sie die Stadtwache hinzu. Kurz darauf füllte der Hof sich mit Männern in glänzenden Helmen und Kettenhemden, Männern mit Schwertern, unrasierten Männern, die sich wütend darüber zeigten, daß sie aus dem Bett geholt worden waren. Dann begannen die Fragen, Tausende von Fragen; wer die Eindringlinge waren, wer die Tharns waren, warum nur die Angreifer, nicht aber die Verteidiger verletzt worden waren, warum sie überhaupt angegriffen hatten, wer für die drei Toten verantwortlich zeichnete – und wie derjenige gestorben war, der keine Verletzung aufwies.

Zum Glück war der Truppführer ein Freund von Carp – Oriol Oginith, ein barscher Mann mittleren Alters. Abgesehen von einer besorgt gerunzelten Stirn und einem dichten, braunen Schnurrbart war unter dem Helm wenig von seinem Gesicht zu erkennen. Zwar zeigte er sich durchaus mitfühlend, doch er hatte eine Pflicht zu erfüllen, und Gwin war äußerst dankbar für Bulion Tharns Beistand. Der alte Mann blieb an ihrer Seite und beantwortete für sie so viele Fragen, wie er konnte.

Das eigentliche Problem stellten der unverletzte Tote und die merkwürdigerweise ebenso unverletzten Tharns dar. Sofern Oriol vermutete, daß ein Ivielscath am Werk gewesen war, sprach er es nicht aus. Niad war aus Polions Umklammerung befreit und wie der Rest der Bediensteten ins Bett geschickt worden. In Daling mußten schon überaus handfeste Beweise vorliegen, daß ein Bürger ein schweres Verbrechen begangenen hatte, damit man sich dazu herabließ, einfache Hausdiener zu befragen.

»Ich lasse Wachen an der Tür«, meinte Oriol schließlich. »Keiner darf das Haus verlassen. Morgen folgen zwangsläufig weitere Fragen.«

»Ich bin sicher, daß alle nur noch ins Bett wollen«, erwiderte Gwin müde. Die Nacht schien sich über Monate erstreckt zu haben.

»Dann geht zu Bett. Und laßt niemanden herein«, erklärte Oriol grimmig.

Gwin erhob sich, um ihn hinauszubegleiten und ihn kurz unter vier Augen zu sprechen. »Weißt *du*, wer diese Männer waren?«

»Bezahlte Schläger. Ihr Auftraggeber?« Der Truppenführer hielt auf der Türschwelle inne. »Ich glaube, ich habe da so eine Ahnung. Natürlich darf ich sie dir nicht verraten.« Erwartungsvoll verstummte er.

»Ich verstehe. Liam Gurshith?«

Oriol schüttelte den Kopf.

»Ran Gosilbaith?«

Ein weiteres Kopfschütteln.

»Vinal Esoterith?«

Ein Nicken. »Ich will dir nichts vormachen, Gwin. Du steckst tief in Schwierigkeiten. Mögen die Schicksalshüter dir bald wieder gewogen sein.« Damit marschierte er hinaus, um seinen Männern Befehle zu erteilen.

Gwin schloß die Tür hinter ihm und ging zurück in den Hof. Also war der Überfall kein Racheakt von Kolo Gurshith. Ran und Vinal waren zwei von Liams Gegnern, beides Anführer verfeindeter Gruppen. Ziel des Überfalls war gewesen, Gwin zu entführen, doch weshalb? Ungeachtet der tapferen Bemühungen des jungen Polion wäre der Versuch geglückt, wenn der Mann, der sie geschleppt hatte, nicht tot zusammengebrochen wäre. Bisher hatten die Esoteriths keinerlei Interesse an ihr oder der Herberge bekundet; also wollten sie Liam Schaden zufügen. Gwin war zu einer unbedeutenden Schachfigur im übelriechenden Sumpf dalingischer Politik geworden.

Der Hof lag verlassen da. Fackeln tropften und rauchten. Die Tharns hatten sich allesamt ins Bett begeben. Durch einige Fenster war das schwache Flackern brennender Kerzen zu erkennen, die eine nach der anderen erloschen, als die Zimmerbewohner sich hinlegten, um dem spärlichen Rest der Nacht noch ein wenig Schlaf abzuringen. Am östlichen Himmel zeigte sich das erste Blau; leuchtend kündigte Iviel die Dämmerung an und funkelte so hell, daß die anderen Sterne neben ihr verblaßten.

Gwin spürte zwar jeden Knochen im Leib, dennoch konnte sie an Schlaf nicht einmal denken. Bei Tageslicht erwarteten sie weitere Probleme, viele weitere Probleme.

Sie setzte sich auf eine Bank und betrachtete die vertraute Umgebung voller Verbitterung und Zorn. Die Herberge war ein wundervolles Bauwerk, vielleicht das besterhaltene Beispiel heimischer Architektur der Kaiserzeit in ganz Kuolien. Es war Gwins Zuhause – und dennoch kam es ihr im Augenblick ganz und gar nicht wie ein Zuhause vor. Bewaffnete Unholde hatten es entweiht. Gwin fühlte sich vergewaltigt. Nie wieder würde sie sich hier in Sicherheit wähnen. Sogar *das* nahm man ihr weg.

Sie lehnte sich an den Tisch zurück, lauschte in die Stille und betrachtete im Sternenlicht die Statuen. Solche Gedanken schienen Carps Andenken unwürdig. Doch Carp war von ihr gegangen und kehrte niemals zurück. Ihre Kinder waren von ihr gegangen. Gwin hatte niemanden, an den sie sich wenden konnte – Herbergswirten blieb so gut wie keine Zeit für gesellschaftlichen Umgang, deshalb hatten Carp und Gwin nur wenige enge Freunde besessen. Einen Teil jenes kleinen Kreises hatten der Krieg und die Sternenkrankheit hinweggerafft; die Verbindung mit den Gurshiths würde ein paar weitere verschrecken, und ein Gerücht über eine Fehde mit Vinal Esoterith den letzten Rest.

Allein! dachte Gwin. *Ich bin mutterseelenallein.*

Eine Zeile aus einem Gedicht fiel ihr ein ... ein Satz, den Carp gelegentlich zitiert hatte: *Ein Leben nur ist uns gegeben, und das allein ist schaler Wein.* Vermutlich ›Quirmoith über das Leben‹, denn das war eines von Carps Lieblingsgedichten gewesen. Nun verstand Gwin es besser als je zuvor: Ein Leben sollte mehr beinhalten als nur das eigene Dasein. Wofür rackerte sie sich hier ab? Nur um ein Gebäude zu besitzen? Ein Geschäft? Weder das eine noch das andere würde Gwin für ihre Mühe danken.

Krachend ließ sie die Faust auf die kalte Marmortischplatte niedersausen. *Ich brauche einen Lebensinhalt*!

Keine Verwandten und kaum Freunde ... dachte sie.

Irgend etwas bewegte sich, und Gwin erkannte eine Gestalt, die in den Schatten stand und sie beobachtete. Es war Bulion – groß, kahlköpfig, alt, mit schlohweißem Bart, und dennoch: Regen in der Wüste. Vielleicht hatte sie doch noch einen Freund. Heute nacht hatte er sich als ihr Verbündeter erwiesen und sich während der gesamten Befragung keine Elle von ihrer Seite bewegt. Offenbar lag ihm tatsächlich etwas an ihr.

Auf jeden Fall genug, um zu warten und sich zu vergewissern, daß es ihr gutging. Es würde ihm vermutlich nicht viel ausmachen, wenn sie ihm in dieser grauenhaften Nacht noch ein bißchen mehr zumutete.

Gwin erhob sich und ging zu ihm hinüber. Er sprach kein Wort. Sie trat dicht an ihn heran und legte den Kopf auf seine Schulter. Schweigend schlang er die Arme um sie. Sein Bart kitzelte sie an der Wange.

»Du mußt versuchen, ein wenig zu schlafen, Gwin *Saj*«, brummte er. »Morgen wartet ein weiterer harter Tag.«

Bulion erinnerte Gwin an ihren längst verstorbenen Vater. Doch früher hatte Bulion Tharn sich für eine andere Rolle erboten. Sie brauchte seine Stärke, und der Preis dafür schien durchaus willkommen.

»Du hast heute nacht in einer bestimmten Hinsicht ganz schön große Töne gespuckt, alter Mann.«

Er schwieg längere Zeit. Wahrscheinlich hatte sie seine ländliche Seele zutiefst erschüttert, und fortan würde er sie fortan als unmoralische Frau, als Stadtschlampe betrachten.

»Nein«, sagte er schließlich.

»Kannst du das beweisen? Es muß keine Verpflichtung daraus entstehen. Nur heute nacht.«

»Heute nacht oder für immer, Gwin Solith. Wie du willst.«

Den starken Bauernarm um sie gelegt, führte Bulion sie zum Pfauenzimmer. Zwar brannte keine Kerze, doch Iviels Schein spiegelte sich auf dem Blattgold der Fresken wider und spendete genug Licht, um das große Bett inmitten des Raumes erkennen zu lassen. Leise schloß Bulion die Tür hinter ihnen.

Gwin knöpfte ihr Kleid auf und ließ es zu Boden gleiten. »Bist du Rechts- oder Linkshänder?«

Er kicherte verschämt. »Wenn's drauf ankommt – beides.«

Nackt schlüpfte sie unter die Decke und rutschte beiseite, um Platz für ihn zu machen. Gemeinsam sanken sie in die daunengefüllte Matratze. Er erwies sich als groß, stämmig, behaart. Außerdem fühlte er sich warm an und verströmte einen männlichen Geruch. Schwere, starke Arme schlossen sich um Gwin. Dicht zog er sie an sich.

Dann hielt er sie fest, ganz fest, ohne ein Wort zu sprechen oder sonst etwas zu tun. Gwin ergab sich der verführerischen Geborgenheit, die aus der Berührung ihrer beider Körper entstand und spürte, wie sie sich nach und nach in der Sicherheit entspannte, die seine Stärke ihr vermittelte. Gwin stellte fest, daß die Umarmung eines geliebten Menschen mehr Sicherheit verhieß als jedes

Gebäude. Sie war lange genug alleine gewesen. Viel zu lange. Carp würde ihr dies keinesfalls mißgönnen. »Wenn du nicht bald anfängst, schlafe ich noch ein«, flüsterte sie schließlich.

»Schlaf ruhig. Ich bin alt genug, um zu warten.«

Aufreizend stupste sie ihn mit der Hüfte. »Du hast doch nicht bloß nur geprahlt, oder?«

»Nein, aber es kann warten. Eine liebevolle Umarmung ist alles, was du heute brauchst.«

»Ich finde, das ist dir gegenüber ungerecht«, murmelte Gwin.

»Ich bin mehr als zufrieden. Schlaf jetzt, schlaf.«

Oh, er wußte es, oder? »Wie haben deine Frauen dich genannt?« murmelte sie schläfrig.

»Bulle.«

»Beweis es.«

»Ein anderes Mal.«

Damit schlief sie in seinen Armen ein.

16

Es war Morgen. Umgeben von einer Eskorte Soldaten in klirrenden Kettenhemden, stapfte Bulion Tharn eine Treppe empor, die breit genug für ein vollbeladenes Heufuhrwerk war. Der Palast des Statthalters war errichtet worden, um die Bürger eines gewaltigen Imperiums mit dem Ruhm längst verstorbener Kaiser zu beeindrucken. Da mußte er einen alten, fetten Bauern doch erst recht beeindrucken, oder?

Kaum. Die derzeitigen Bewohner des Palastes waren ihrer Vorväter unwürdig. In den Ritzen der gemeißelten Marmorbalustrade erspähte Bulion Ruß. Die verblichenen Teppiche an den hohen Wänden waren von Motten zernagt. An den Seilen, von denen die großen Kronleuchter hingen, prangten Spinnweben bis hinauf zu den Klampen. *Meine Ahnen haben vornehmere Häuser als dieses geplündert.*

Doch Bulion war kein schreckensverbreitender Barbar. Er war nur ein alter Bauer. Sechzehn Angehörige seiner Familie wurden in der Herberge zur Phoenix-Straße festgehalten und stellten somit mögliche Geiseln dar. Ebenso Gwin Nien Solith. Sie verkörperte eine unerwartete Neuerung in Bulions Leben, vielleicht sogar eine sehr bedeutende. Bisher hatte er noch keine Zeit gehabt, sich eingehender den Kopf darüber zu zerbrechen. Nun wurde er zum Statthalter gerufen. Warum er und nicht Gwin? Und warum so eilig? Was konnte an einem alten Bauern so wichtig sein, daß der oberste Beamte von Daling ihn so kurz nach Sonnenaufgang sehen wollte?

Die Stufen nahmen kein Ende. Die jungen Männer, die Bulion umringten, waren schwer in Stahl gerüstet, dennoch ließen sie keine Müdigkeit erkennen. Bulion Tharn hingegen, der mehr als jeder einzelne von ihnen auf die Waage brachte, schwitzte. Das Schlimmste am alt werden war die Ungerechtigkeit. Er *fühlte* sich keineswegs alt. Ganz gleich, was ein Blick in den Spiegel ihm zeigte – den Bulion in der Regel tunlichst mied –, tief in seinem Herzen fühlte er sich wie der Mann, der er immer gewesen war. Nur ganz selten, so wie jetzt, mußte er sich die Jahre eingestehen, die er bereits auf dem Buckel hatte. Er hörte, wie sein Atem rasselte, und die Eskorte hörte es zweifellos ebenfalls. Doch eher ließe er sich von allen Schicksalshütern verfluchen, als die Männer bitten, langsamer zu gehen.

Schließlich gelangte er doch noch lebend bis nach oben. Die Truppe marschierte weiter, einen breiten Flur entlang bis in einen Saal, in dem überall Gold und Kristall glitzerte. Auf den ersten Blick wirkte der Saal nahezu leer, wie eine riesige Ebene, doch bald erkannte Bulion, daß hier genügend Möbel standen, um sein Haus ein gutes Dutzendmal zu füllen. Den hellen Fußboden zierten prunkvolle Mosaikmuster und -bilder. Wände und Decke waren vermutlich einst noch heller gewesen, zeigten sich nun aber verblichen und staubig. Am gegenüberliegenden Ende des Raumes saß ein Mann an einem Tisch und schrieb. Der Trupp steuerte auf ihn zu.

Das alles nur, um einen Bauern zu beeindrucken?

Bulion entging das Zeichen zum Stehenbleiben, weshalb er fast mit dem Truppführer zusammenstieß. Dann verharrten die Männer schweigend etwa ein Dutzend Schritte vom Schreibtisch entfernt. Schweiß rann Bulion über die Rippen. Als weitere Demütigung würde man ihn nun vermutlich warten lassen.

Die Wand, die vor ihm aufragte, glich einem Spielplatz für Riesen, auf dem in einem verwirrenden Mosaikreigen Männer und Jungen zu sehen waren. Zunächst ergab das Bild für Bulion keinen Sinn, dann aber erinnerte er sich, daß die Qolier die Schicksalshüter für männlich hielten. Bulion zählte nach und stellte fest, daß es sich tatsächlich um vierzehn Hauptfiguren handelte. Im Hintergrund tummelten sich winzige, sterbliche Opfer und Pfründner.

Selbstverständlich beherrschte Poul das Gesamtbild. Einmal erstrahlte er als junger Herrscher des Tages auf seinem Thron, dann wieder schlich er als dunkler, alter König des Todes durch die Nacht. Die Darstellung war annehmbar. Ogoal, Hüter des Glücks, war einmal als Junge dargestellt, der einen Goldregen herniederprasseln ließ, einmal als Mann, der Blitze um sich schleuderte. Auch das war akzeptabel. Die übrigen Phantasiebilder des Künstlers hingegen wirkten ziemlich weit hergeholt. Zwar hatte er sich größte Mühe gegeben, den Hüter der Veränderung als männlich darzustellen – als Mann mit Vollmond, als Junge mit Sichel –; dennoch wären eine Mutter und ein Kind ein besseres Sinnbild für Awail gewesen. Muol verkörperte die Leidenschaft als rasender Krieger und hingebungsvoller Liebhaber, was Bulion als zu unzüchtig empfand. Ein ehrwürdiger Weiser, der in ein Buch schrieb, schien durchaus passend für Jaul als Hüter über Recht und Wahrheit. Das unanständige Kind hingegen, das eine Stadt zerstörte, wirkte lächerlich und grenzte an Gotteslästerung. Iviel als Spender von Gesundheit war übertrieben muskelbepackt dargestellt, und in der Verkörperung seiner Schattenseite wirkte er wie sein schlimmstes eigenes Opfer. Das Kleinkind mit der Sanduhr mußte Shool sein, vermutlich auch der überaus betagte Mann mit der Krücke, wenngleich diese Ecke des Bildes feucht geworden und ein Großteil des Putzes abgeblättert war.

Bulion war nicht beeindruckt. Zu Hause würde er ein solches Gemälde keinesfalls haben wollen. Seine Ahnen hätten wahrscheinlich ohne zu zögern zu Zunder und Feuerstein gegriffen. Nicht nur, weil die Figuren durchweg das falsche Geschlecht aufwiesen, sondern auch, weil die Verachtung der Zarda gegenüber jedweder Form der Kunst ganz besonders Abbildungen der sieben Schicksalshüter galt. Leben, Veränderung, Glück, Gesundheit, Leidenschaft, Vernunft und Zeit regierten die Welt – was brauchte man mehr, als diesen festen und schlichten Glauben? Jeder Versuch, ihn bildlich darzustellen, setzte nur seinen Wert herab.

An der Decke waren Mythen über den Zwillingsgott zu sehen, doch Bulion hatte nicht vor, nach oben zu starren, um diesen Unsinn zu betrachten. Ihr Gott hatte den Qoliern wenig geholfen, als die Zarda kamen. Die vergleichsweise winzige Stadt Daling war vermutlich der einzige Ort auf der Welt, an dem dieser doppelwertigen Gottheit nach wie vor gehuldigt wurde.

Der Statthalter steckte den Federkiel ins Tintenfaß zurück und blickte fragend auf. Der Truppführer salutierte.

»Bulion Tharn, Exzellenz.« Er trat beiseite, um den Blick auf den Gefangenen freizugeben, sofern Bulion als Gefangener galt.

»Ah.« Imquin Strevith erhob sich. Der Statthalter von

Daling erwies sich als großer, leicht gebeugter Mann. Obwohl das spärliche Haar silbrig schimmerte und seine Züge die Beschaffenheit von zerbröckeltem Kalk aufwiesen, wirkten die dunklen Augen selbst auf diese Entfernung stechend. Sein altmodischer Kasack war weiß, aufwendig bestickt und mit allerlei Ehrenabzeichen und Orden eines längst vergangenen Zeitalters geschmückt. Außerhalb von Daling hatte die Welt derlei Flitterkram längst vergessen. Imquin kam um das Schreibpult herum und blieb erwartungsvoll stehen.

Was genau erwartete er?

Bulion zügelte seinen Zynismus und trat vor. Als er nah genug war, daß sie normal miteinander sprechen konnten, hielt er inne und verneigte sich vor dem glitzernden Herrscher, ein alter Bauer in Kittel und Hose, unter denen behaarte Arme und Schienbeine hervorlugten.

Mit der Handfläche nach unten streckte Imquin eine schlaffe Hand aus. Ringe funkelten an den Fingern. Erwartete der Mann etwa, daß Bulion sie küßte?

Der alte Bauer trat zwei weitere Schritte vor, ergriff die Hand und schüttelte sie kräftig.

»Es ist mir eine Ehre, Euch kennenzulernen, Exzellenz. Ein schöner Morgen.«

Die dunklen Augen des Statthalters leuchteten unergründlich. »Wir heißen dich willkommen, Bulion *Saj*. Wir haben schon viel von dir gehört. Komm, machen wir es uns bequem.« Mit einer Geste entließ er die Wache; dann führte er seinen Gast zu mehreren Diwans, die neben einem Tisch aus Gold und Kristall standen.

»Nimm Platz, *Saj*. Wie wir gehört haben, war dein Besuch in unserer bescheidenen Stadt bislang höchst ereignisreich.« Sein verbindliches Lächeln ließ die Bedrohung erahnen, die in den Worten lag.

Bulion setzte sich. Der Diwan war weicher als das Federbett letzte Nacht, das zu genießen er wenig Zeit gehabt hatte. Sollte diese Befragung länger dauern, bestand die Gefahr, daß er einschlief – und in einem Kerker aufwachte. Er überkreuzte die Beine und versuchte, einen zufriedenen Eindruck zu machen. »Nicht allzu aufregend, Exzellenz.«

Imquin zog die rauhreifgrauen Augenbrauen hoch und strich sich mit einem langen Finger über die aristokratische Adlernase. »Ihr hattet Glück, daß niemand von euch verletzt wurde.«

»Die Schicksalshüter waren uns wohlgesonnen.«

»Ganz besonders einem gewissen Mann, der auf einer Bahre ankam.«

Eine weitere Drohung – doch es war Gwin gewesen, die eine Verfluchte beschützt hatte, nicht Bulion. Warum bedrohte der Statthalter ihn und nicht sie? Zwar hatte sich die beiläufige Freundschaft unerwarteterweise in etwas ungleich Bedeutenderes verwandelt, doch das war erst vor wenigen Stunden geschehen. Bulion konnte es selbst noch kaum glauben. Und die Spione des Statthalters galten zwar als überaus tüchtig, doch über diese schier unbegreifliche Entwicklung konnte er unmöglich schon Bescheid wissen.

»Ich war erschöpft von der Reise.«

»Hm?« Imquin lächelte höflich und ungläubig zugleich. Zwei Lakaien kamen herein, stellten kristallene Pokale vor den beiden Männern ab und zogen sich zurück – das alles, ohne das leiseste Geräusch zu verursachen.

Der Statthalter hob das Glas zu einem Trinkspruch: »Mögen die Schicksalshüter auf dich und die Deinen herablächeln.«

»Und auch auf Euch, Exzellenz.« Der Wein schmeckte gräßlich süß, besaß aber dennoch eine gewisse Würze. So es sich um einen hervorragenden Jahrgang handelte, kam es einer Verschwendung gleich, ihn einem biersaufenden Bauern aufzutischen. Die ganze Vorgehensweise des Statthalters kam einer Verschwendung gleich. Bulion konnte sich beim besten Willen nicht vorstellen, weshalb ihn der Alleinherrscher der Stadt zu dieser Audienz gerufen hatte.

Höflich erkundigte der Statthalter sich über die Ernteaussichten. Dann fragte er, ob die Tharns von umherstreunenden Flüchtlingen aus Tolamin oder den aus Daling vertriebenen Verfluchten belästigt worden seien. Im Anschluß daran bekräftigte er zu wissen, daß die Sternenkrankheit auf dem Land nicht ausgebrochen war, und ohne den Tonfall zu ändern, fügte er hinzu: »Wie ich höre, baust du in deinem Tal eine Festung.«

Ah! Endlich ließ er die Katze aus dem Sack. Bulion hätte es vorhersehen müssen.

»Eigentlich keine richtige Festung, Exzellenz. Wir verstärken nur unsere Verteidigungslinie.«

»Warum?« Die dunklen Augen musterten Bulion aufmerksam.

Der alte Mann zuckte mit den Schultern. »Wir sind Zarda. Mein Vater hat sich in dem Tal niedergelassen und als erstes einen Palisadenzaun errichtet. Man könnte es als Kriegerinstinkt bezeichnen.«

»Du bist doch kein barbarischer Stammesangehöriger, Bulion *Saj*.«

»Aber im Tal leben viele Frauen und Kinder, für die ich verantwortlich bin. Wir haben Vieh und Getreide. Es schadet nicht, vorbereitet zu sein. Wie Ihr wißt, leben wir in unruhigen Zeiten.« Er redete zuviel. Der durchdringende Blick Imquins beunruhigte ihn. Bulion hatte keinen Grund, diesem Mann irgend etwas zu erklären – abgesehen von sechzehn oder siebzehn Geiseln. Sollte Imquin Strevith danach zumute sein, sie alle in den Kerker zu werfen und bei lebendigem Leibe an die Ratten zu verfüttern, würde niemand auch nur einen Finger rühren, um ihn daran zu hindern. Betrachtete der Statthalter die Festung der Tharns etwa als Bedrohung?

»Weißt du eigentlich, *wie* unruhig? Die Karpana haben den Nildu überquert.«

»Der Nildu ist doch ziemlich weit weg.«

»Aber jetzt sind wir verwundbar!«

»Meine Kenntnisse sind ziemlich dürftig, Exzellenz, was die Lage von Städten und Entfernungen und dergleichen betrifft.«

»Dann will ich es dir zeigen.« Mit beneidenswerter Leichtigkeit erhob sich Imquin. Bulion mühte sich aus dem tiefen, weichen Diwan und folgte seinem hageren Gastgeber quer durch den Saal.

Unvermittelt hielt Imquin inne und klopfte mit einem eleganten Schuh auf den Boden. »Wir befinden uns hier.«

Eindeutig. Doch er meinte damit, daß den Fußboden ein Mosaik in Form einer Landkarte zierte. Bulion brauchte einen Augenblick, um sich zurechtzufinden.

»Natürlich ist die Karte sehr alt«, sagte der Statthalter. »Deshalb reicht sie auch nicht bis zum Nildu. Sie zeigt nur die alte Kaiserprovinz Da Lam. Hier liegt Daling. Da der Flugoss und da Tolamin.« Er ging ein paar Schritte weiter. »Das hier war Excham, eine blühende Stadt, als diese Karte entworfen wurde. Heute gibt es dort nichts mehr. Ich glaube, entlang der Küste haben sich ein paar Fischerdörfer gebildet.«

»Wie beeindruckend, Exzellenz! Ich fühle mich wie die Sonne.«

Imquin lächelte ein wenig freudlos. »Die vom Himmel herabblickt und das Schicksal der Menschheit beeinflußt? Diese Karte hat keine solche Wirkung auf mich, aber da drüben ist eine andere, ein genauer Stadtplan von Daling. Wenn ich den betrachte, komme ich mir wie Poul vor. Ich glaube, dein Tal muß ungefähr hier liegen.« Er beugte sich vor und spähte hinab. »Der alte Name dafür lautete Byzmhoth.«

Auf sich allein gestellt, hätte Bulion ziemlich lange gebraucht, um dies herauszufinden. Die Städtenamen verwirrten ihn, denn mittlerweile existierten diese Städte allesamt nicht mehr. Ihm war nie bewußt gewesen, wie viele es in den alten Zeiten gegeben hatte. Die Flüsse waren noch dieselben, doch die Moore schienen sich dichter nebeneinander zu befinden, als er erwartet hätte. Entfernungen konnte Bulion nur nach der Zeit beurteilen, die er benötigte, um sie zu überwinden.

Imquin stellte sich auf Daling und verschränkte die Arme vor der Brust. »Sind es strategische Überlegungen, Bulion *Saj*, die dich dazu bewegen, eine Festung zu bauen?«

Die Drohung wurde immer deutlicher. Die Festung, von Bulion als Schutzmaßnahme gedacht, brachte ihn bereits in ernste Gefahr.

»Ich versichere Euch, Exzellenz, es ist keine richtige Festung. Nur eine Palisade. Für eine Festung braucht man Männer, um sie zu verteidigen, sonst wird aus einem Abschreckungsmittel eine mögliche Versuchung.«

»Also denkst du doch strategisch! Wir alle leben innerhalb einer Palisade, Bulion. Das wollte ich dir ja zeigen. Sieh nur, wie die Schicksalshüter unser kleines Kuolien geschützt haben, das einstige Da Lam. Da das Meer. Im Osten die Gebirgskette von Carmine. Der Flugoss. Ab Tolamin ist er flußabwärts nicht zu überqueren; deshalb hat er uns über die Jahre hinweg Hunderte von Armeen vom Hals gehalten. Weißt du, warum Daling als einzige von Tausenden Städten den Untergang des Kaiserreichs überlebt hat?«

»Ehrlich gesagt, Exzellenz, habe ich noch nie darüber nachgedacht.«

»Dann tu es jetzt! Schau her, nur zwei Wege führen herein. Einer davon ist dort drüben, die Küstenstraße, die um die Gebirgskette von Carmine herumführt. Das ist ein gefährlicher Weg, der viele Möglichkeiten für einen Hinterhalt bietet und im Laufe der Zeit reichlich mit Blut besudelt wurde. Dort hat Kaiser Zargpe im Jahre 918 die Illifini vernichtet. Aber für einen Hinterhalt benötigt man eine Armee, und wir besitzen keine, also steht diese Tür offen. Der zweite Weg herein ist Tolamin.«

»War Tolamin?«

Mit einem grimmigen Lächeln tat Imquin seine Zustimmung kund. »War Tolamin. Tolamin besetzte die Schmalstellen zwischen den Bergen und dem Fluß. Deshalb waren Daling und Tolamin stets Verbündete. Wir waren Tolamins Hafen, Tolamin unser Tor zum Kaiserreich. Der Handel über den Fluß hat uns verbunden. Wann immer Tolamin in Gefahr schwebte, sandte Daling Hilfe. Tolamin blieb stets Sieger; deshalb geriet Daling nie in Gefahr.«

»Bis letztes Jahr, als Wesnar ...«

»König Hexzion ist ein *Narr*!« unterbrach ihn der Statthalter. Leichte Zornesröte trat auf die milchigen Wangen. »Er hat einen hohen Preis für eine unbedeutende Errungenschaft gezahlt. Und er wird noch bereuen, so viele starke, junge Männer aus boshafter Laune heraus in den Tod geschickt zu haben. Aber was geschehen ist, ist geschehen. Tolamin bewacht das Tor nicht mehr. Die Karpana fallen über Kuolien her. Bei allem gebotenen Respekt für deine zardischen Ahnen, Bulion *Saj*, die Karpana werden sich als mindestens ebenso blutrünstig erweisen.«

Das heiße Zarda-Blut war längst verwässert und durch die feuchtkalte Umklammerung der Zivilisation abgekühlt. »Erwartet Ihr, daß die Karpana nach Süden kommen?«

»Ich erwarte, daß sie überall sein werden! Es spielt keine Rolle, ob sie nach Süden ziehen oder nicht. Sie werden ganze Völker vor sich hertreiben. Wesnar könnte kommen. *Irgend jemand* kommt auf jeden Fall!«

Ein weiteres Zeitalter des Aufruhrs stand bevor. Der Statthalter und Bulion waren beide alte Männer. Keiner von ihnen würde miterleben, wie in Kuolien wieder Frieden einkehrte – sofern Frieden in Kuolien überhaupt möglich war. »Dies ist der Krieg meiner Enkelsöhne!«

»Und deren Söhne. Zum Glück habe ich keine Kinder, nur die Stadt. Komm mit.« Imquin wandte sich um und ging zurück zu den Diwans. »Wir können uns nicht mehr darauf verlassen, daß Tolamin uns verteidigt. Verstehst du jetzt, weshalb deine Festung mich interessiert, Bulion *Saj*?«

Bulion ließ sich niedersinken und schlug die nackten Beine übereinander. »Ehrlich gesagt ... nein, Exzellenz. Ich bin nur ein einfacher Bauer.«

Ein verärgertes Zucken blitzte über die aristokratische Stirn. »Ich glaube keinen Augenblick, daß du der Landtölpel bist, den du mir vorzugaukeln versuchst, Bulion *Saj*. Und ich verlasse mich nicht nur darauf, was ein paar Shoolscaths ... Was halten eigentlich deine Nachbarn von dem Vorhaben?«

Warum hatte er Shoolscaths erwähnt? Die wurden doch immer verrückt, oder? Imquin Strevith war kein Mann, dem etwas herausrutschte, das nicht herausrutschen sollte. Früher hatte er Anspielungen auf den Ivielscath gemacht. Er suchte nach etwas, doch Bulion hatte keine Ahnung, worum es sich handeln mochte. Weshalb sollte eine zwei Tagesritte entfernte, rohe Steinfestung den Statthalter von Daling interessieren? Was lauerte *hinter* all diesen Fragen? Bulion überlegte, ob es möglich war, daß zwei Gedankenwelten durch ein derart gewaltiges und grundlegendes Mißverständnis voneinander getrennt wurden, daß keiner der beiden es erkannte.

»Im großen und ganzen komme ich mit meinen Nachbarn gut aus. Zwar sind sie nicht gerade begeistert von der Festung, die ich bauen möchte, trotzdem glaube ich, daß ich sie überreden kann, uns zu unterstützen. Die Neuigkeiten über die Karpana, die Ihr mir erzählt habt, dürften mir dabei helfen. Ich habe schon versucht, ihnen zu erklären, daß ich einen gemeinsamen Stützpunkt für die gesamte Gegend plane, nicht nur für die Tharns.«

Argwöhnisch musterte der Statthalter ihn über den Pokalrand hinweg. »Aber mit einer Festung wärst du ihr Herrscher. Deine Nachkommen könnten danach trachten, Grafen oder Herzöge zu werden.«

Natürlich. »Na, dabei wünsche ich ihnen viel Glück!«

Bulion trank einen herzhaften Schluck Wein. Was sich als Fehler erwies, da er sich am Wein verschluckte und husten mußte.

»Wie kann Daling dir helfen, die Arbeit an der Festung voranzutreiben?« erkundigte sich der Statthalter.

Bulion blinzelte die Tränen fort, die ihm in die Augen getreten waren. Immer noch hustend, stotterte er: »Helfen, Exzellenz?«

»Drücke ich mich zu undeutlich aus? Verstehst du denn nicht? Ich versuche, einen Verteidigungskreis aufzubauen, eine äußere Verteidigungslinie für die Stadt. Ohne Tolamin besteht keine Hoffnung, daß wir ganz Da Lam, oder was einst Da Lam war, halten können. Das konnte schon das Kaiserreich nicht, und damals war die Bevölkerung zehnmal so zahlreich wie heute. Deine Festung und ein halbes Dutzend weiterer in Ballungsgebieten ... ganz besonders deine, denn sie ist der Schlüssel zur Küstenstraße. Wenn ich dir einen Militärberater zur Seite stelle, der dir beim Aufbau hilft – wirst du befolgen, was er dir sagt? Wenn ich dir zweihundert Steinmetze schicke, kannst du sie gebrauchen? Kannst du sie versorgen? Wie lange? Dreihundert? Wäre dir Gold eine Hilfe? Und wenn ja, wieviel ...«

»Und natürlich würde eine Garnison folgen, oder?«

Zum ersten Mal zeigte der Statthalter die Zähne. Sie waren gelb und verkümmert. Nach einer Weile erwiderte er: »Ich müßte dich bitten, eine Scheintruppe dort zu belassen. Man kann wohl kaum von den Steuerzahlern Dalings erwarten, daß sie zu den Baukosten einer Festung beitragen und später nicht den geringsten Einfluß darauf haben, wie sie verwendet wird.«

Der alte Gamion Tharn pflegte gern ein altes Zarda-Sprichwort zu zitieren: *In jedem freien Wurm steckt ein Haken.*

»Exzellenz, wenn Ihr denkt, ich könnte meine Nachbarn dazu überreden, überschätzt Ihr meinen Einfluß gewaltig. Ich würde sie zwar vereinen, aber ich würde sie gegen *mich* vereinen, und damit auch gegen Euch. Es würde *niemals* funktionieren!« Bulion hob das Glas. »Auf die Freiheit!«

Damit trank er den letzten Schluck. Der frostige, finstere Blick des Statthalters weckte in ihm das Gefühl, bereits das Kerkertor knarren zu hören.

»Du schlägst mein freundschaftliches Angebot aus?«

»Exzellenz, ich bin nicht der Herr der östlichen Täler! Ich bin nur ein Bauer. Awail und Poul haben mich mit zahlreichen Kindern gesegnet, und meine Kinder ebenso. Wir sind die größte Familie der Gegend, aber das ist auch schon alles. Ihr schlagt eine Hochzeit zwischen einer Maus und einem Ochsen vor. Und selbst wenn ich Graf von Hie oder Dort wäre, der Preis wäre zu hoch.«

»Dalings Feindschaft könnte dich noch teurer zu stehen kommen.«

»Ich hege keinen Groll gegen Daling, und selbst wenn es so wäre, könnte ich der Stadt nichts anhaben.«

Daling hingegen konnte Bulion sowie sechzehn Mitglieder seiner Familie mit einem einzigen Befehl auslöschen. Lange Zeit starrte der Statthalter Bulion eindringlich an, bevor auch er das Glas hob. »Auf die Freiheit.« Ohne die Augen von seinem Gast abzuwenden, trank er.

»Ich hoffe, ich habe Euch nicht beleidigt, Exzellenz.«

»Ich lebe schon zu lange, um mich zu Zorn hinreißen zu lassen, Bulion Tharn.« Der alte Mann schien durch irgend etwas verblüfft. »Wirst du mir wenigstens diesen Gefallen tun? Unser militärischer Nachrichtendienst ist bemitleidenswert spärlich besetzt. Wir müssen viel mehr über die gegenwärtige Lage auf dem Land erfahren. Zwar könnte ich eine Patrouille in dein Gebiet schicken, um Informationen einzuholen, doch das könnte als feindselige Handlung verstanden werden. Ich will mir auf keinen Fall die Feindschaft der Bauern einhandeln. Verzeihung, der Landbevölkerung. Wenn ich einen Mann auswähle, um dich zu begleiten, erweist du ihm

Gastfreundschaft? Stellst du ihn deinen Nachbarn vor und gestattest ihm, Informationen zu sammeln?«

Es war alles andere als ein willkommener Vorschlag, doch den Statthalter noch weiter zu verärgern, wäre zweifellos dumm gewesen. »Mit Vergnügen.«

Imquin zeigte ein kaltes Lächeln. »Und jetzt erzähl mir von Labranza Lamith.«

»Von wem?«

»Ach, hör auf! Ich bin kein Narr. Bevor du angekommen bist, wohnte in der Herberge ein Mann aus Raragash. In dem Bericht der Wache über den Angriff letzte Nacht steht unter den Gästen auch der Name Labranza Lamith. Was hat sie mit dir zu schaffen, Bulion *Saj*?«

»Exzellenz, ich habe keine Ahnung, wovon Ihr redet! Ja, in der Herberge wohnt eine Frau, die so heißt. Sie tauchte *nach* dem Angriff auf, aber wer sie ist oder woher sie kam ... das weiß ich wirklich nicht, bei meiner Ehre. Ich schwöre, ich habe kein Wort mit der Frau gesprochen. Sollte ich von Labranza Lamith gehört haben?«

Der Statthalter runzelte die Stirn, als würde Bulions Erstaunen ihn beinahe überzeugen – aber nicht ganz. »Wenn du wirklich nur das bist, was du zu sein vorgibst, hast du wahrscheinlich nicht von ihr gehört. Sie ist so etwas wie eine Legende, wie du herausfinden wirst ... Sei auf der Hut vor ihr. Wann wollt ihr nach Hause zurückkehren?«

Der plötzliche Themenwechsel war beunruhigend. »Meines Wissens stehen wir doch augenblicklich unter Hausarrest.«

»Ihr könnt gehen, wann immer ihr wollt.«

»Dann reisen wir ab. Noch heute.«

»Das ist ausgesprochen klug, wenn ich mir die Bemerkung erlauben darf. Du hast einen bestimmten, überaus mächtigen Bürger dieser Stadt als Narren hingestellt, als unfähigen Stümper, den ein Haufen Landtölpel besiegt hat. Du bist kein Landtölpel, und er ist kein Stümper. Aber für solche Menschen spielt der Eindruck, den sie erwecken, eine entscheidende Rolle. Ich wünsche dir eine sichere Reise.«

»Ist das eine Warnung, Exzellenz?«

Der alte Mann zuckte mit den Schultern. Die dunklen Augen bildeten einen merkwürdigen Kontrast zu seinen blassen Zügen und dem weißen Gewand. »Ich glaube, eine Warnung ist nicht nötig, solange ihr nicht zu lange hier verweilt. Mein Abgesandter wird bereitstehen, dich zu begleiten.«

Während Bulion zustimmend nickte, überlegte er, ob an der Sache ein Haken war, den er übersehen hatte, oder ob die Anwesenheit des geheimnisvollen Abgesandten dazu dienen sollte, Übeltäter abzuschrecken. Der Verstand des Statthalters schien glitschig wie ein Sack voll Aale. Der Adelige aus der Stadt und der Bauer vom Lande ... vielleicht konnten die beiden einander nie verstehen. Der einzig klare Schluß war, daß Imquin Bulions Einfluß in seiner Gegend gewaltig überschätzt hatte. Der angebotene Abgesandte – Spion – würde dies klarstellen, wenn er seinen Bericht abgab.

»Ich stehe tief in deiner Schuld«, meinte Imquin. »Gibt es irgend etwas, das ich als Gegenleistung für dich tun kann? Frag ruhig – ich habe unsere kleine Unterhaltung genossen.«

Diese Befragung war so, als würde man durch den Mühlteich des Tharn-Tals schwimmen, dort, wo sich die gefährliche Unterströmung befand. Aber es konnte nichts schaden, einfach mal zu fragen.

»Ihr seid sehr großzügig, Exzellenz. Gwin Solith ist eine alte Freundin von mir und hat kürzlich einen schweren Verlust erlitten. Ich habe erfahren, daß sie von Möchtegernehemännern bedrängt wird, die nur an ihren Besitz herankommen wollen. Habt Ihr eine Möglichkeit, Euren Einfluß geltend zu machen, damit diese ständige Belästigung ein Ende nimmt?«

Der Statthalter zeigte sich überrascht von der Wahl des Wunsches, vielleicht sogar enttäuscht.

Was hatte er denn erwartet? »Fragst du aus reiner Freundschaft?«

»So ist es. Ich kannte ihren Gemahl recht gut. Wir haben immer in seiner Herberge gewohnt, wenn wir nach Daling kamen. Gwin glaubt, daß der unverschämte Angriff letzte Nacht mit dem Buhlen um ihren Besitz zu tun hatte, daß verfeindete Gruppen . . .«

Der Statthalter hob eine dünne, von blauen Venen durchzogene Hand. Zufrieden lehnte er sich zurück. »Wie der Zufall es will, habe ich vor, heute nachmittag etwas zu unternehmen, das einem solchen Treiben ganz gewiß ein für allemal ein Ende bereitet.«

»Das sind gute Neuigkeiten«, entgegnete Bulion zurückhaltend, denn er war alles andere als überzeugt, daß dem tatsächlich so war. Der verschlagene Ausdruck in den dunklen Augen des alten Mannes weckte sein Mißtrauen.

»Die Lage ist ganz einfach. In Wahrheit viel einfacher, als gewisse Leute glauben. Bislang hat es mir Vergnügen bereitet, all die Ränke zu beobachten, aber letzte Nacht gingen sie zu weit. Liam Gurshith brennt darauf, das Gebäude in der Phoenix-Straße zu besitzen. Deshalb will Vinal Esoterith unbedingt verhindern, daß er es bekommt. Am Rande mischen noch ein paar andere mit, die sich einen Vorteil davon erhoffen. Für heute mittag ist eine Sitzung des Rates anberaumt. Dann werde ich versuchen, die Angelegenheit zu schlichten.«

»Dann kann Gwin *Saj* ihr Eigentum also endlich in Ruhe und Sicherheit genießen?«

»Leider nein. Es gehört ihr nicht und hat ihr nie gehört.«

Vor Überraschung zuckte Bulion zusammen. »Was?! Das verstehe ich nicht!«

Der Statthalter setzte sein gestelztes Lächeln auf. »Liam Gurshith wird es nicht bekommen. Es gehört mir.«

»Euch! Aber . . .«

»Genauer gesagt, gehört es der Stadt. Eine Frau darf in Daling kein Land besitzen. Das ist ein zwar altes, aber immer noch gültiges Gesetz.«

Verflucht! Kannte Gwin dieses Gesetz? Bestimmt. Sie war zu schlau, um nicht davon erfahren zu haben. Sie hatte Bulion verschwiegen, wie ernst die Lage tatsächlich war – und warum auch nicht?

»Du wirst verstehen«, fuhr Imquin fort, »daß ihres Gatten Vermächtnis ungültig ist, da sie nun mal kein Land besitzen darf. Und sie kann das Anrecht darauf nicht durch eine Heirat weitergeben, da es ihr niemals gehörte. Entweder wissen ihre Freier das nicht, oder sie glauben, sie könnten sich irgendwie an den rechtlichen Feinheiten vorbeiwinden. Nach dem Gesetz hat ihr Sohn alles geerbt, doch der starb wenige Monate nach dem Vater an der Sternenkrankheit. Da das Kind natürlich keine männlichen Nachkommen hinterließ, fiel laut Gesetz alles dem Kaiser zu. In Daling gilt der Statthalter nach wie vor als Stellvertreter des Kaisers. Wir beide wissen, daß es seit hundert Jahren keinen rechtmäßigen Kaiser mehr gibt, aber das ist in dem Gesetz nicht berücksichtigt. Also gehört das Land, auf dem das Bauwerk steht, der Stadt – mir.«

Bulion war von der ekelerregenden Selbstgefälligkeit des Mannes zu angewidert, um auch nur ein Wort hervorzubringen.

»Das wird eine interessante Sitzung«, meinte Imquin hämisch. »Früher wurden Statthalter vom Kaiser ernannt. Die meisten Statthalter gaben vor, gemeinsam mit einem Rat zu herrschen, doch diese Räte bestanden nur aus harmlosen Bürgervertretern, die den Menschen als Hörrohr für die Befehle des Kaisers dienten. Als das Imperium zerfiel, blieb in Daling alles beim Alten. Der damalige Statthalter war ein junger Mann und eine starke Persönlichkeit, und er herrschte bis zu seinem Tode. Er hatte seinen Sohn zu seinem Stellvertreter erzogen, und nach dem Tod des Vaters rutschte der Sohn unumstritten auf dessen Sessel. Somit wurde das Amt erblich. Da ich keine Kinder habe, stirbt es mit mir.« Seufzend fügte er hinzu: »Ich hoffte auf meinen Neffen, doch anscheinend haben die Schicksalshüter anders entschieden.«

Bulion dachte an das Tharn-Tal und an seine Urgroßenkel, die auf den Wiesen spielten. Er fragte sich, was den alten Imquin wohl antrieb, so beharrlich politische Ränke zu schmieden und sogar die Verteidigung der Stadt gegen einen Feind zu planen, dessen Ankunft er vermutlich gar nicht mehr erleben würde. Wahrscheinlich wurde Herrschertum zu einer Gewohnheit und die Ausübung von Macht zu einer unwiderstehlichen Sucht.

Der Statthalter kicherte. Mittlerweile schien er sich kaum noch mit seinem Gast zu unterhalten, sondern mehr mit sich selbst zu reden. »Über die Jahre hinweg wurde der Rat immer mächtiger. Insgeheim regieren ein paar wenige, wohlhabende Familien die Stadt. Sie kontrollieren den Rat, und der Rat läßt den Statthalter nur deshalb gewähren, weil ohne ihn Chaos und Bürgerkrieg ausbrechen würden. Im Laufe meiner Amtszeit wurde ich zurechtgeschnitzt, Span für Span, Schnitt für Schnitt. Inzwischen bin ich wenig mehr als eine Galionsfigur. Zwar führe ich den Vorsitz bei den Versammlungen des Rates, aber das ist auch schon alles, was man mir an Befehlsgewalt gestattet. Wenn sie sich gegen mich vereinen, bin ich machtlos. Ah, aber heute! Heute werde ich meinen Spaß mit ihnen haben! Das Gesetz ist eindeutig. Der Rechtsanspruch auf die Herberge ist mein, und ich kann damit tun, was immer ich will! Es dürfte ein höchst vergnüglicher Nachmittag werden!«

Für Bulion hörte sich das nach einer Schlacht mehrerer Skorpione an, und er konnte sich kaum etwas vorstellen, was ihm weniger Vergnügen bereiten würde. Jedem das seine.

Imquin seufzte dramatisch. »Selbstverständlich bedauere ich die Probleme der guten Frau Solith, aber ich kann nichts dafür. Sie lebt seit mehreren Monaten pachtfrei auf Land, das ihr nicht gehört. Das zählt doch schließlich auch etwas. Bislang habe ich mich vor allem ihretwegen zurückgehalten, weil ich warten wollte, bis sie einen Mann findet. Gestern hat der Ausrufer ihre Verlobung mit Kolo Gurshith verlautbart.«

»Diese Verlobung wurde ihr aufgezwungen! Sie hat nur zugestimmt, um Zeit zu gewinnen, und weil sie hoffte, dadurch die anderen Freier zu entmutigen.«

Der Statthalter zuckte mit den schmalen Schultern. Juwelenbesetzte Orden blitzten an seinem Kasack. »Sie kann es sich ja noch einmal überlegen.«

Bestürzt fragte Bulion: »Selbst wenn sie das tut – würde dieser Kolo sie ohne den Landbesitz überhaupt heiraten?«

»Das vermag ich nun wirklich nicht zu sagen. Liam könnte zu dem Schluß gelangen, daß die Gurshiths ihr Gesicht verlieren, wenn sie ihr Angebot zurückziehen. Aber man wird so oder so über sie lachen. Für Liam ist das eine peinliche Lage. Er ist durchaus fähig, für jemanden, der ihn in Verlegenheit gebracht hat, einen bedauerlichen Unfall zu inszenieren. Vinal Esoterith hat natürlich seine helle Freude an Liams Schwierigkeiten.«

Nur mühsam gelang es Bulion, seinen Zorn zu zügeln, als er sagte: »Irgendwie finde ich es erschreckend, daß die Behörden von Daling nicht in der Lage sind, die Sicherheit einer achtbaren Bürgerin wie Gwin Solith zu gewährleisten.«

Der alte Aristokrat erhob und streckte sich, als schmerzte sein Rücken. Die dunklen Augen funkelten kalt. »Wir leben in traurigen Zeiten. Mein Rat an sie entspricht meinem Rat an dich, Bulion *Saj* – verlaß die Stadt, und zwar bald.«

17

Das erste erschütternde Ereignis des Tages war Bulions unerwartete Vorladung in den Palast des Statthalters. Das zweite war eine regelrechte Meuterei. Außer Niad und der alten Shuma kündigten sämtliche Bedienstete. Die Herberge zur Phoenix-Straße hätte sich in einen gefährlichen Ort verwandelt, meinten sie. Gwin hatte vollstes Verständnis für sie, denn sie empfand ebenso. Sie zahlte jedem einen Wochenlohn und wünschte allen viel Glück. Die Wachen an der Tür weigerten sich, die Leute gehen zu lassen.

Daraufhin redete Shuma ihnen ins Gewissen, bis sie bereit waren, die Arbeit wiederaufzunehmen, doch in der Zwischenzeit hatten Elim und die anderen Tharn-Frauen die Küche übernommen. Es entstand ein Durcheinander, das Jaul zur Ehre gereicht hätte.

Nachdem die Angelegenheit endlich bereinigt war, stellte Gwin fest, daß die Wachen nicht einmal Händlern erlaubten, ihre Tageslieferungen zu bringen. Sie ging hinaus und verlangte den schriftlichen Befehl zu sehen, nach dem sie und ihre Gäste verhungern sollten. Letztlich behielt sie die Oberhand und marschierte wieder in die Herberge, um den nächsten Sturm zu erwarten.

Poul schien bereits warm auf den Innenhof. An das Gefecht der vergangenen Nacht erinnerte nur noch ein auffallend leerer Sockel. Ogoal als Witzbold – Gwins Lieblingsstatue war das ohnehin nicht gewesen, obwohl Carp behauptet hatte, sie wäre eine der wertvollsten. Tja, jetzt war sie nur noch ein Haufen zerschmetterter Jaspis an einer Ecke des Stalles. Tharns beiden Geschlechts und jeder Größe tummelten sich auf dem Hof – die Frauen tratschten miteinander, die Männer scharten sich größtenteils um einen Tisch und spielten Würfel. Die Tharns hatten schon immer als äußerst anspruchslose Gäste gegolten. Sie erwarteten gar keine Bedienung, nur anständiges Essen.

»Weil du einfach zu dumm zum Würfelspielen bist!« schimpfte eine zornige Stimme über Gwin.

»Du auch!« Der fremdartige Akzent, der vom Balkon herabdrang, gehörte eindeutig keinem Tharn.

»So haben wir unser ganzes Geld verloren und mußten betteln gehen!«

»Aber das warst doch du, Jasbur.«

»Na ja, und du warst zu dumm, mich davon abzuhalten.«

»Ich hab' geschlafen.«

»Außerdem haben wir kein Geld mehr, also kannst du ohnehin nicht spielen.«

»Du auch«, brummte die andere Stimme.

Gwin geriet außer Hörweite.

»Besorgt, Gwin *Saj*?« Die dickliche Elim mit dem silbrigen Haar saß an einem schattigen Fleckchen und strickte eifrig Säuglingskleidung.

»Nur erschöpft.« Gwin ließ sich auf einem Stuhl neben ihr nieder. Sie genoß Elims Gesellschaft. »Das Leben ist aufreibender als gewöhnlich.«

Doch sie war besorgt. Sie war besorgt um Bulion und überlegte ständig, warum ausgerechnet er vorgeladen worden war und was für eine Befragung er über sich ergehen lassen mußte. Sie war besorgt, weil jeden Augenblick ein Vertreter der Behörden hereinmarschieren konnte, um die Todesfälle der letzten Nacht zu untersuchen. Sie war besorgt wegen der Gurshiths und ihrem Versprechen, Kolo zu heiraten. Und der Gedanke, daß ihr Ivielscath vermutlich demnächst kein Geheimnis mehr sein würde, jagte ihr eine Heidenangst ein.

Sie brauchte Carp – oder irgend jemanden. Jemanden, mit dem sie ihre Sorgen teilen konnte.

»Ich finde Daling sehr erholsam!« verkündete Elim, während die Nadeln fachmännisch weiterklirrten. »Zu Hause gibt es andauernd etwas zu füttern, zu pökeln, zu waschen, zu reparieren, zu räuchern, zu schlachten, zu melken, zu schüren, zu gießen, zu backen oder zu putzen.«

»Du solltest mal versuchen, eine Herberge zu leiten!«

»Ich bin sicher, das könnte ich mit einer Hand, selbst wenn sie mir auf den Rücken gebunden wäre!«

Zwar zwinkerte Elim bei diesen Worten, doch sie hatte wahrscheinlich recht. Gwin versuchte sich vorzustellen, welche Antwort Liam Gurshith von der verwegenen Elim Panank erhielte, würde er seine Gemeinheiten bei ihr versuchen.

Elim legte die Stirn in Falten. »Eigentlich wird es mir ziemlich schnell langweilig! Ich brauche noch Tausende Dinge vom Markt. Wenn diese Wachen nicht bald abrücken, borge ich mir von einem der Männer ein Schwert und kämpfe mir den Weg hinaus frei!«

»Wenn du willst, kann ich dich durch das Dachfenster hinausschmuggeln. Du mußt zwar in die Gasse hinunterspringen, aber das ist nicht allzu tief.«

»Ich glaube, ich ziehe den Kampf mit dem Schwert vor.« Elim starrte über den Hof und schürzte die Lippen. »Diese Niad ... Bist du ... für sie verantwortlich? Als eine Art Muttterersatz, meine ich?«

Gwin schaute hinüber. Niad saß an einem der Steintische, der abgeschieden zwischen zwei Bäumen stand. Mit ernster Miene unterhielt der junge Polion sich mit ihr, hielt ihre Hand und blickte ihr aus nächster Nähe in die Augen.

»Sprießt da etwa eine Liebelei?«

»Irgendwas sprießt da auf jeden Fall!«

»Glaubst du, ihre Heilkraft hat ihn verhext? Eine Art Nebenwirkung?«

Elim stieß einen zweifelnden Laut aus. »Ich bin überzeugt, daß der Zauber, der in diesem Fall eine Rolle spielt, eher zu Muols vielfältiger Magie gehört. Sie ist jung und weiblich. Daß sie blaue Augen, blondes Haar und große Titten hat, macht wahrscheinlich kaum einen

Unterschied. Sei gewarnt, Gwin! Der Junge ist noch nicht zugeritten.«

Niad war ihrer Familie beraubt, von Iviel verflucht und seit Monaten in der Herberge eingesperrt – eine Liebschaft war genau das, was sie brauchte, um die Gedanken von all dem Elend wegzubekommen und ein wenig Selbstachtung zu erlangen.

»Sie scheint ziemlich glücklich zu sein. Und er ist ein netter Junge. Schließlich ist er euer Familienheld. Einen wahren Zarden hat ihn dein Vater genannt.«

»Du weißt doch, wofür die Zarda berühmt waren! Wäre ich Niads Mutter, würde ich in diesem Augenblick Gitterstäbe vor all ihren Fenstern anbringen.«

»Sie ist nicht so unschuldig, wie sie aussieht«, meinte Gwin. »Das ist ganz und gar unmöglich! Aber ich werde ihr deine Warnung ausrichten. Oho!«

Jäh schreckten die beiden Liebenden aus ihrer Traumwelt hoch, als Labranza um einen Baum herumschritt und bedrohlich über ihnen aufragte. Immer noch trug sie das silbrige Kleid, in dem sie angekommen war. Das Haar hatte sie ordentlich hochgesteckt. Sie wirkte eindrucksvoll und hätte in diesem Aufzug ohne weiteres einem kaiserlichen Empfang beiwohnen können. Die Frau nahm an der gegenüberliegenden Seite des Tisches Platz.

Gwin war bereits auf den Beinen und lief eilig über den Hof, setzte sich neben Labranza und kam sich im Vergleich zu ihr jämmerlich gekleidet vor. Gwins Verstand beharrte zwar, daß die Frau für diese Stadt, ganz besonders für diese Tageszeit allzu aufgetakelt sei, doch Labranzas Persönlichkeit zerstreute solche Gedanken rasch.

Die große Frau warf ihr einen finsteren Blick zu. »Ich möchte mich mit dem Mädchen unterhalten.«

»Nur zu.«

»Unter vier Augen.«

Gwin schüttelte den Kopf. »Vielleicht ist es dir nicht

bekannt, Labranza *Saj*, aber diese Stadt hat alle von der Sternenkrankheit Befallenen geächtet – natürlich jene, die wieder gesund wurden, denn der Großteil starb. Indem ich Niad Unterschlupf gewährte, wurde ich zur Verbrecherin. Deshalb werde ich eurer Unterhaltung lauschen – als interessierte Dritte.«

Zornig zuckte die große Frau mit den Schultern. »Dieser junge Mann aber nicht.«

Polion warf Gwin einen bestürzten Blick zu.

»Laß ihn bleiben«, meinte sie. »Ich stehe tief in seiner Schuld. Wenn er gern zuhören möchte und Niad nichts dagegen hat – mich stört es ganz gewiß nicht. Er hat mich davor bewahrt, entführt zu werden.«

»Das hat er nicht. Der Mann, der dich verschleppen wollte, wurde von Niad Bilith getötet.«

Niad schnappte nach Luft. Polion erblaßte unter seinem flaumigen Schnurrbart.

»Ich hab' ihn doch gar nicht berührt!« jammerte Niad mit vor Entsetzen geweiteten Augen. »Ich war noch nicht einmal in seiner Nähe!«

Labranza lächelte frostig. »Das war auch nicht nötig. Zugegeben, einen Mann aus einer gewissen Entfernung zu töten, ist eine höchst unübliche Form der Machtausübung eines Ivielscath, aber es ist durchaus möglich. Du hast gesehen, was vor sich ging, oder? Und du wolltest, daß es aufhört, nicht wahr? Du hast dir gewünscht, du könntest es beenden, stimmt's?«

Stumm nickte Niad.

»Das hat schon gereicht. Du besitzt die Macht zu heilen und Krankheit zu verursachen. Beides gehört zusammen. Jeder, der von nun an dein Mißfallen erregt, schwebt in Lebensgefahr.«

Unwillkürlich rutschte Polion von Niad weg.

»Erklär uns das«, forderte Gwin sie auf. »Erklär uns, weshalb du soviel über diese Dinge weißt, Labranza *Saj*.«

»Ich stamme aus Raragash.«

»Und?«

»Zu Zeiten des Kaiserreichs wurde jeder, den die Sternenkrankheit befiel, nach Raragash verbannt – sogar die harmlosesten Fälle, denn der Grad der Krankheit hat keinerlei Auswirkung darauf, ob ein Fluch folgt oder nicht. Raragash galt als eine Art Leprakolonie.«

»Die Verbannten müssen doch vor Jahren ausgestorben sein.«

Auf merkwürdig männliche Weise verschränkte die große Frau die kräftigen Arme vor der Brust. »Die Tradition lebt weiter. Viele Verfluchte finden auch heute noch den Weg nach Raragash.« Sie wandte sich an Niad. »Ich lege dir wärmstens ans Herz, dich so rasch wie möglich dorthin zu begeben, damit man dir beibringen kann, wie du deine Macht beherrschen kannst. Tust du es nicht, wirst du weitere Menschen töten. Wann immer jemand erkrankt oder stirbt, wird man dir die Schuld daran geben, auch wenn du nicht dafür verantwortlich bist. Früher oder später wird man dich als Hexe anprangern. Dann wird man dich jagen und töten.«

Niad war zu einem Häufchen Elend zusammengeschrumpft.

Polion legte den Arm um sie, wodurch er in Gwins Wertschätzung einige Stufen emporkletterte.

»Wer soll sie denn unterrichten?« fragte er verwegen.

»Andere Ivielscaths. Vor Jahrhunderten ließ Kaiser Losso Lomith in Raragash eine Akademie errichten, in der die verschiedenen Formen der Sternenkrankheit untersucht werden sollten. Verbannte, die den Behörden glaubhaft machen konnten, daß sie nicht verflucht waren, erhielten eine kaiserliche Begnadigung und durften Raragash verlassen. Die Akademie lebt weiter, wenngleich nicht in ihrer ursprünglichen Form.«

Für Gwin war dies eine überraschende und gute Neuigkeit. Wütend dachte sie an die Dutzende von Menschen, die im Frühling aus Daling vertrieben worden waren und denen man dies alles hätte mitteilen sollen.

Eine Zeitlang musterte sie die große, mannhafte Labranza. »Wer leitet diese Akademie? Wer ist dafür verantwortlich?«

»Ich.«

Aus irgendeinem Grund kam diese Antwort für Gwin gar nicht einmal so überraschend.

»Und was führt dich hierher nach Daling?«

»Eine wichtige Angelegenheit.«

»Außerhalb von Daling haben nur wenige Gebiete des einstigen Kaiserreichs überlebt«, meinte Gwin gedankenverloren. »Wurde Raragash in all den Wirren denn nie überfallen?«

Ungeduldig schüttelte Labranza den Kopf. Sie ließ unmißverständlich erkennen, daß sie die Unterhaltung zu beenden wünschte. »Die Zarda achten die Verfluchten höher, als die Qolier es je taten. Sie sind an Raragash vorbeigezogen.«

»Aber an den darauffolgenden Kriegen waren nicht immer die Zarda beteiligt.«

»Nein, und die kleinen Königreiche sind unberechenbar. Raragash hat gelernt, sich ruhig zu verhalten. Nur wenn wir von einem Ausbruch der Sternenkrankheit erfahren, entsenden wir Leute, um die Verfluchten zu suchen. Aus diesem Grund kamen meine beiden Gefährten nach Daling.«

Demnach war der Grund für ihre eigene Anwesenheit ein anderer.

»Auf dem Weg hierher haben wir einen Jaulscath getroffen«, erklärte Polion.

Abermals betrachtete Labranza ihn mit einschüchterndem Blick. »Jaulscaths sind besonders arm, weil sie sich nicht verbergen können. Wenn du Jasbur oder Ordur sagst, wo sie ihn finden, ziehen sie los, um ihn zu suchen.«

»Sie. Eine Frau. Großvater hat ihr bereits Zuflucht angeboten.«

»Das ist zwar höchst lobenswert, dennoch sollte sie

zuerst nach Raragash gehen. Wir können sogar Jaulscaths helfen.«

Niad schaute Gwin mit kläglichen Blicken an. Es schien unmöglich, sich vorzustellen, daß dieses unbeschwerte, niedliche Kind Menschen tötete, und doch war letzte Nacht ein Mann aus heiterem Himmel tot zusammengebrochen. Labranza hatte Gwins Befürchtungen lediglich bestätigt.

»Vorerst ist keine übertriebene Eile geboten«, meinte sie. »Im Augenblick darf ohnehin niemand das Gebäude verlassen. Und selbst wenn dem so wäre, könnte Niad eine solche Reise wohl kaum allein antreten. Sie braucht Begleiter.«

»Ach ja?« fragte Polion. »Wie weit ist dieses Raragash denn entfernt?« Offenbar hatte der romantische Junge soeben ein Abenteuer gewittert.

»Auf der gegenüberliegenden Seite der Hahnenkampfsenke«, erwiderte Labranza. »Zwei Wochen mit einem guten Pferd, selbst wenn die Reise ruhig verläuft. Und durch eine oder gar zwei Kriegsgebiete dauert es gewiß noch länger. Die Karpana sind in Nimbudia einmarschiert. Und die Karpana haben den Ruf, Verfluchte hinzumetzeln, ohne mit der Wimper zu zucken.«

Polion drückte Niad an sich. »Siehst du? Es könnte schlimmer sein!«

Sie kicherte und stupste ihn mit dem Ellbogen in die Rippen. Die Romanze schien rasch zu gedeihen.

»Ich werde dich beschützen!« rief Polion und brachte nun auch den anderen Arm ins Spiel.

»Wenn er dir lästig wird«, schlug Gwin vor, »dann verpaß ihm Bauchschmerzen.«

»Das ist ganz und gar nicht witzig!« meldete Labranza sich in scharfem Tonfall zu Wort. »Du spielst mit dem Feuer, junger Mann!« Damit erhob sie sich zum Gehen.

Trotzig starrte Polion zu ihr auf. »Ich spiele *gern* mit dem Feuer!« Dann wandte er sich an Niad. »Bin ich dir lästig?«

»Nein, aber ...«

Der Satz blieb unvollendet, denn Polion hatte andere Verwendung für ihre Lippen. Überrascht riß sie die Augen weit auf; dann schloß sie die Lider und erwiderte den Kuß.

Gwin gelangte zu dem Schluß, daß die Ereignisse sich ihrer Kontrolle entzogen hatten und überließ die beiden sich selbst. Mit Niad wollte sie sich später unterhalten. Und Polion war bereits gewarnt worden.

Bald holte sie Labranza ein, die zur Treppe schritt. »Hast du vor, selbst nach Raragash zurückzukehren, Labranza *Saj*?«

Die große Frau blieb stehen. »Wahrscheinlich. Erzähl mir von Tibal Frainith.«

»Ich weiß nur sehr wenig über ihn. Er kam eines Morgens hier an, blieb zwei Tage und reiste ab, kurz bevor du eintrafst.«

»Hat er jemand besonderen aufgesucht, während er hier war?« Ihre beherrschende Ausstrahlung war verblüffend. Gwin kämpfte dagegen an, konnte sie jedoch nicht verleugnen.

»Nicht, daß ich wüßte. Ich schnüffle meinen Gästen nicht hinterher, *Saj*.«

»Ein unerträglicher Kerl! Andererseits ist ein Shoolscath eigentlich kaum verantwortlich für seine Taten, also sollte ich ihn nicht so verteufeln. Ja, ich glaube, die Neuigkeiten über die Karpana sind Grund genug für mich, ziemlich bald nach Raragash zurückzukehren.«

»Ich dachte, aus allen Shoolscaths würden sabbernde Hohlköpfe.« Auf jene aus Daling traf das jedenfalls zu.

»Nicht, wenn man sie ordentlich ausbildet. Kennst du die Natur von Shools Fluchs, Gwin *Saj*?« Labranza schaute wie eine Schulmeisterin auf die kleinere Frau hinunter.

»Shoolscaths können die Zukunft vorhersehen.«

»In gewisser Weise. Das Gedächtnis eines Shoolscath kann sich nur in Richtung Zukunft bewegen. Inzwischen kann Tibal Frainith sich längst nicht mehr an dich erinnern, es sei denn, ihm ist vorherbestimmt, dich irgendwann noch einmal zu treffen. Ist dir aufgefallen, daß er viel geschrieben hat? Shoolscaths führen allesamt unermüdlich Tagebücher. Die Vergangenheit geht für sie verloren, so wie die Zukunft für uns ein Geheimnis darstellt. Du erinnerst dich an die Vergangenheit – an all das, was du erfahren hast oder was man dir beigebracht hat –, Shoolscaths hingegen *vor*innern sich an die Zukunft, so wie sie sich ihnen darbieten wird.«

»Also steht ihre Zukunft fest und kann ebensowenig verändert werden, wie unsere Vergangenheit?«

»Ganz und gar nicht! Ein Shoolscath kann die Zukunft verändern. Wenn er vorhersieht, daß er sich heißes Wasser auf den Fuß schütten wird, kann er sich vom Herd fernhalten.«

Liam Gurshith hatte Tibal Frainith fast genau an der Stelle niedergeschlagen, an der Gwin jetzt stand. Wenn Tibal den Hieb vorausgesehen hatte ...

Die Glocke klingelte, als die Eingangstür sich öffnete. Eine Wache kam herein, erkannte Gwin und marschierte auf sie zu. Zackig blieb der Soldat vor ihr stehen und salutierte.

»Gwin *Saj*?« Es handelte sich um einen jungen Mann, den sie nie zuvor gesehen hatte. Was man in dem Helm von seinem Gesicht erkannte, wirkte gerötet und verschwitzt. Zudem keuchte er. Bei diesem Wetter mußten Kettenhemden entsetzlich unbequem sein, und wahrscheinlich war er auch noch gerannt. »Ich wurde losgeschickt, um Labranza Lamith zu suchen.«

Gwin deutete auf die große Frau neben ihr.

Abermals verschränkte Labranza die Arme vor der Brust.

Der junge Soldat musterte sie, als hätte er einen menschlichen Belagerungsturm vor sich. Sie überragte ihn und war trotz des Kettenhemdes zweifellos schwerer als er.

»Seine Exzellenz wünscht dich zu sehen, *Saj*.«

»Tatsächlich? Und wenn ich nicht mitkommen möchte?«

Hoffnungsvoll lächelte er sie an. »Ich muß dich darum bitten.«

»So, eine Einladung ist das also? Nun, vielleicht sollte ich ein paar Worte mit Statthalter Imquin wechseln. Geh voraus, Sonnenschein.«

Gwin beobachtete, wie die beiden davonzogen; dann ließ sie den Blick noch einmal über den Hof schweifen. Ihr fiel auf, daß die Männer der Tharns allesamt beim Würfelspielen Schwerter trugen. Ein zweites Mal würden sie sich nicht unvorbereitet überrumpeln lassen. Niad und Polion saßen nach wie vor im Schutz der Bäume, plauderten angeregt und hielten Händchen, wobei sie einander mit der Stirn fast berührten. Am Fuße der Statue, die Shool als Historikerin zeigte, hatte sich rings um Elim eine tratschende Frauenrunde gebildet. Die steinerne Schicksalshüterin schien aufzuschreiben, was die um ihre Schienbeine hockenden Menschen zu sagen hatten.

Letzte Nacht hatte eine Schlägertruppe diesen Hof heimgesucht. Liam Gurshith begehrte diesen Ort so sehr, daß er bereit war, seinen Sohn dafür zu verheiraten – obschon Kolo auf dem allgemeinen Markt für Heiratswillige wenig Wert besaß. Vinal Esoterith hatte versucht, Gwin zu entführen, und es wäre ihm gelungen, hätte er nicht das Pech gehabt, auf eine Horde Tharns zu stoßen. Er würde nur schwer zu entmutigen sein; er würde auf Vergeltung sinnen.

Das Anwesen war ein wunderschönes Zuhause, doch es war nicht ihr Leben wert. Es war auch keine Ehe mit Kolo Gurshith wert. Müßte Gwin ihr Dasein bis zum bitteren Ende als Kuli, Bettlerin oder Hure fristen, wäre das immer noch besser als Kolo – in einer Ehe mit ihm wäre sie das alles auf einmal. Zu den Schicksalshütern damit! Das Bauwerk war eine Falle! Das hätte sie schon früher erkennen müssen. Ein Zuhause sollte Schutz verheißen; die Herberge hingegen brachte sie nur in ernste Gefahr.

Du warst schon zu lange hier eingekerkert.

»Was?« Gwin zuckte zusammen und schaute sich um, obwohl sie bereits wußte, was sie vorfinden würde.

Geh hinaus in die Welt und bewirke etwas.

»Wer bist du?« fragte sie in die Luft hinein.

Keine Antwort. Diesmal stand außer Zweifel, daß sie sich etwas eingebildet hatte, denn diesmal befand sich keine Menschenseele in ihrer Nähe.

Kraftlos sank sie auf eine Marmorbank. Niemand versteckte sich unter den Tischen. Es war kein Bauchredner. Tibal Frainith war längst abgereist. Verzweifelt faltete sie die Hände ineinander, auf daß sie zu zittern aufhörten. Verlor sie den Verstand? Wurde sie verrückt? Aber letzte Nacht hatte Jukion Tharn sich so verhalten, als hätte auch er die Stimme gehört. Sie sollte ihn fragen.

Doch Gwin konnte sich vorstellen, wie diese Frage sich anhören würde. Nein, sie würde den Mund halten.

Diese Stimme ... war sie männlich oder weiblich? Hörte sie sich nach Stadt oder Land an? Gwin vermochte es nicht zu sagen. Es war bloß eine Stimme. Doch ihre Aussagen ergaben einen Sinn: »Es hat begonnen – Wirf ihn auf Nimmerwiedersehen raus – Du warst schon zu lange hier eingekerkert – Geh hinaus in die Welt und bewirke etwas ...«

Ließe die Stimme sich dazu herab, mit ihr zu reden, könnte Gwin darauf hinweisen, daß Tibals Ankunft keinen großartigen Wendepunkt darstellte. Der trat erst ein, als Liam wenige Stunden später sein Ultimatum stellte. Doch Kolo hinauszuwerfen, hielt Gwin für das Klügste, das sie je im Leben getan hatte, und jetzt erklärte ihr die Stimme, was Gwin sich selbst klarzumachen versuchte: Die Herberge war verloren.

Nun, es gab immer noch einen Ausweg. Zwar durfte sie das Land nicht besitzen, aber sämtliche Rechtsfachmänner, die sie aufgesucht hatte, waren sich darin einig, daß sie sehr wohl das Gebäude samt Inhalt besaß. Das konnte sie verkaufen und dem neuen Eigentümer die Probleme überlassen, die sich daraus ergaben. Allein die Kunstwerke waren ein Vermögen wert.

Rasch lief sie zum Arbeitszimmer.

18

In ausgesprochen schlechter Stimmung stapfte Bulion Tharn zurück durch die Straßen von Daling. Diesmal begleitete ihn keine Eskorte, sondern der Gesandte des Statthalters, Wraxal Raddaith, ein junger, hagerer Mann, der sich seinem Gefährten gegenüber völlig gleichgültig zeigte. Er war zivil in Kittel und Hose gekleidet – ein fein geschneidertes Gewand, dunkelgrün gebleicht und gewiß noch nicht oft gewaschen. Wahrscheinlich sogar brandneu. Seine Stiefel und sein Schwert hingegen erinnerten an die Stiefel und Schwerter der Wachen. Seine Arme und Schienbeine wirkten blasser als die der meisten Menschen, also war er vermutlich ein Soldat, der für gewöhnlich eine Rüstung trug. Entsprechend der gegenwärtigen Mode von Daling bedeckte das dunkle Haar die Ohren, und er war ordentlich rasiert. Er trug einen kleinen Beutel bei sich.

So schritt Wraxal schweigend neben Bulion einher, dem sich dadurch Gelegenheit bot, über die eigenen Probleme nachzudenken – die keineswegs unbedeutend schienen.

Bulion haßte Probleme, die er nicht verstand. Der Statthalter hatte ihn wie einen heimgekehrten Bruder behandelt – weshalb? Er hatte über den verbotenen Ivielscath Bescheid gewußt oder zumindest etwas geahnt, doch offenbar kümmerte es ihn kaum. Er hatte Männer und Gold angeboten, um das Tharn-Tal zu befestigen, aber keinen Widerspruch erhoben, als Bulion beides ablehnte. Im Grunde war er geradezu vor Bulion gekrochen. Es ergab keinen Sinn.

Er hatte sich nach dieser Labranza erkundigt, als wären Bulion und sie in eine Art Verschwörung verwickelt. Der Überfall war ein politischer Anschlag gewesen, für den man den Tharns keine Schuld gab – und das gut. Aber der Statthalter hatte Andeutungen über einen möglichen Vergeltungsschlag gemacht und Bulion nahegelegt, die Stadt zu verlassen. Die Straße nach Hause bot Tausende günstige Gelegenheiten für einen Hinterhalt. Gehörte Wraxal Raddaith zu irgendeiner Intrige oder hatte der Statthalter ihn bloß aus Sicherheitsgründen mitgeschickt, als menschlichen Gewährleistungsschein?

Das allein waren schon Sorgen genug. Gwin Solith' Problem war noch schlimmer und dringlicher. Sie hatte Bulion nicht in das ganze Ausmaß ihres Kummers mit der Herberge eingeweiht. Was verständlich schien. Es war ihre Angelegenheit, nicht Bulions. Oder doch? Zeigte sie nur deshalb Interesse an einer Heirat mit ihm, weil sie demnächst ihren Besitz verlieren würde?

Bulion wußte, daß er unlogisch dachte. Eine junge Witwe, die Schutz für sich und vielleicht ihre kleinen Kinder brauchte – diese Art Braut hatte er sich vorgestellt. In seinem Alter konnte er keine Romantik mehr bieten, nur noch Sicherheit und Zärtlichkeit; auch ein wenig Leidenschaft, aber nicht so viel wie ein junger Mann. Eigentlich *suchte* er jemanden wie Gwin Solith. Beide hatten sie Witze darüber gerissen, daß sie nur noch heiratbaren Landbesitz verkörperten, was in seinem Fall der Wahrheit wesentlich näher kam als in ihrem ... zumindest *vorher*.

Schlimmer noch, die Schicksalshüter hatten ihm die grausame Bürde auferlegt, Gwin die Neuigkeit zu bringen. Er mußte ihr erklären, daß sie überhaupt keinen Anspruch auf die Herberge hatte. Sie war völlig mittellos.

Also heirate mich, du hast keine andere Wahl.

An diesem Punkt ergab sich die Unlogik. Unter *diesen* Voraussetzungen wollte er Gwin Solith nicht. Er war ein romantischer alter Narr. Er wollte, daß Gwin ihn um seiner selbst willen nahm. Bulion wollte glauben, was sie ihm in jener Nacht gesagt hatte.

Wieviel wußte sie? Inwieweit hatte sie ihn belogen?

Aber was spielte es für eine Rolle? Sein Verstand riet ihm, die Gelegenheit zu ergreifen, dankbar zu sein und sich nicht den Kopf darüber zu zerbrechen, ob sie den Mann oder das Tal heiratete. Gwin verkörperte mehr, als er sich je erhoffen durfte, und nun konnte er sie fast sicher bekommen. Aber er mußte ihr die schlechte Nachricht überbringen, und wie sollte sie ihm das je verzeihen? Oder kannte sie vielleicht die Wahrheit und wartete nur, bis das Fallbeil herabsauste? Sie hatte Kolo Gurshith das Jawort versprochen; dann aber hatte sich unvermittelt ein Ausweg aufgetan. Verschätzte Bulion Tharn sich, indem er sich für besser hielt als Kolo Gurshith?

Als er mit Wraxal an seiner Seite in die Phoenix-Straße bog, hatte er keine Antworten gefunden. Die Türglocke bimmelte, als sie die Herberge betraten.

Die Familie scharte sich um ihn wie Hennen um einen Hahn, und sogar die Frauen rannten auf ihn zu. Er sah sich nach einem bestimmten Gesicht um und bemerkte, daß offenbar keine Bediensteten mehr da waren. Dann erblickte er Gwin im Schatten unter einem Balkon, wie sie ihn beobachtete. Sie wirkte ebenso erleichtert und erfreut wie die anderen.

»Wir reisen ab!« verkündete Bulion und stellte fest, daß er damit großen Anklang fand. »Wosion, kümmere dich um die Pferde. Überprüf alles doppelt – die Sattelgurte müssen fest sitzen, die Steigbügel kurz sein. Unterwegs könnte uns Ärger erwarten. Das ist Wraxal Raddaith. Er wird uns begleiten. Seid höflich zu ihm. Und wenn er euch noch so viele Fragen stellt, beantwortet sie.«

Niemand erhob Widerspruch. Alle stoben durcheinander, um ihre Sachen zu packen. Zutiefst bekümmert ging Bulion zu seiner Gastgeberin hinüber. Ungeachtet des Blitzes, den er gleich auf sie losschleudern würde, lächelte sie fröhlich.

»Gwin *Saj*, kann ich dich kurz sprechen?«

»Natürlich. Wer ist dieser Mann? Er kommt mir bekannt vor.«

»Wraxal Raddaith.«

Bei dem Namen schüttelte Gwin den Kopf. Dann ging sie voraus, in einen kleinen, ziemlich schäbigen Raum. Bulion warf die Tür hinter ihnen fester zu, als nötig gewesen wäre. Staub wirbelte auf, Papier raschelte auf dem Schreibtisch.

Sie drehte sich ihm zu. »Bitte entschuldige die Unordnung! Hier drin darf niemand außer mir saubermachen, also ist es allein meine Schuld.«

Immer noch lächelte Gwin. Zwar war sie keine Schönheit, um die sich Legenden ranken würden, aber sie war ausgesprochen lieblich – hübscher als Nadim und Ordim. Bulim wollte sie – o ja, und wie er sie wollte! Sie war voll und ganz seiner Gnade ausgeliefert. Gwin Solith verfügte weder über Besitz noch über einen Gatten, noch über Zukunftsaussichten. Alles, was sie hatte, waren Feinde. Er konnte ihr jetzt erklären, daß sie mittellos war und der Statthalter sie dringend davor gewarnt hatte, die Stadt zu verlassen. Dann blieb ihr noch, Bulions Angebot anzunehmen, was immer Bulion ihr anbot.

Nur wirkte Gwin keineswegs wie eine in die Ecke gedrängte Frau, sondern machte vielmehr den Eindruck, als hätte sie soeben eine ausgesprochen gute Nachricht erhalten. Womit sollte er beginnen? Was sollte er zuerst sagen?

»Ist dir die Tür aufgefallen?« fragte sie grinsend.

»Nein.«

»Wir haben die Weizengarbe abgenommen! Die Herberge zur Phoenix-Straße ist jetzt geschlossen.«

Sie wußte es also! Warum grinste sie dann?

»Der Ausrufer sollte die Neuigkeit schon sehr bald verkünden«, erklärte sie. »Weißt du, ich habe nicht nur Heiratsanträge erhalten, sondern auch mehrere Kaufangebote für das Haus. Und heute morgen habe ich beschlossen zu verkaufen. Angebote sind meinem Vermittler zu unterbreiten! Sollen sie sich doch darum streiten! Liam kann es ruhig haben, wenn er es will – zu einem angemessenen Marktpreis! Ist das nicht wunderbar?«

Bulion begann zu stammeln. Sie hatte doch nichts zu verkaufen! »Aber die Herberge ist doch dein Leben!«

»Nein. Sie war Carps Leben. Als er starb, schwor ich, sie für ihn und die Kinder weiterzuführen. Als auch sie starben, habe ich nicht erkannt, daß es zu Ende war. Ganz ehrlich, Bulion, ich will die Herberge nicht. Es gibt Wichtigeres im Leben.« Sie wandte sich um und ergriff einen Papierstapel. »Sieh dir das an! Rechnungen von Händlern. Steuern. Behördenkram. Probleme mit Bediensteten. Erinnerungen, ja. Aber die Erinnerungen kann ich mitnehmen, zumindest die guten. Den Rest lasse ich hier.« Sie warf die Zettel in die Luft, auf daß sie auseinanderwirbelten. »Sollen sich doch die anderen darum zanken. Besser noch – warum brennen wir nicht einfach alles nieder, wenn wir abreisen, wie es sich für einen anständigen Zarden gehört?« Sie lachte.

Dann blickte sie Bulion mit leuchtenden Augen und geröteten Wangen erwartungsvoll an.

Krampfhaft drehte er den Hut in den Händen und rang nach den richtigen Worten. »Der Statthalter meinte, es wäre gut, wenn du die Stadt verließest, Gwin.«

Das Lächeln verblaßte. »Ja?« flüsterte sie.

Ungläubig schüttelte Bulion den Kopf. »Du bist mehr als willkommen, wenn du uns begleiten möchtest. Im Tal hast du ...«

»Zuflucht? Letzte Nacht hast du mir mehr als Zuflucht geboten.«

Die beiden starrten einander an.
Sein Herz hämmerte wie wild. Es schien unmöglich, daß sie ihm etwas vorgaukelte! Sie hielt sich tatsächlich für eine reiche Frau. Er fühlte, wie er rot wurde. »Du hast noch genug Zeit, um darüber nachzudenken. Du mußt dich nicht jetzt gleich entscheiden.«
»Ich will nicht als Flüchtige mitkommen, Bulion! Ich will, daß du zu Ende bringst, was ich letzte Nacht begonnen habe.«
Aber weshalb hatte sie sich so bereitwillig zu ihm ins Bett gelegt? Er wandte sich ab, um seine Zweifel zu verbergen. »Übereile nichts. Ich bin ein fetter, alter Kerl. Ein Urgroßvater. Letzte Nacht war ein wunderschöner Traum. Heute herrscht wieder die Wirklichkeit.«
»Ich will keine Wirklichkeit. Ich will den Traum.«
»Es gibt mehr als genug jüngere Männer, die . . .«
»Ich will keine jüngeren Männer!« kreischte sie. »Ich will überhaupt keinen jüngeren Mann.«
Bulion schaute auf und sah die Bestürzung und den Schmerz auf ihrem Antlitz. »Weib, du bist verrückt!«
»Du hast gesagt, daß du mich willst!«
»Daß ich dich will? Natürlich will ich dich, aber . . .«
»Aber ich muß dich warnen. Ich bin keine deiner unterwürfigen Tharn-Frauen, die genau das tun, was man ihnen sagt. In Daling erwarten die Frauen, daß ihre Männer ihnen zuhören und . . .«
»Unterwürfig?« grollte Bulion. »Du weißt doch gar nicht, wovon du redest! In der Öffentlichkeit widerspricht eine Zarda-Frau ihrem Mann nicht, das stimmt schon. Genausowenig, wie Männer ihren Frauen in der Öffentlichkeit widersprechen – das ist ein Gebot des Anstands. Aber glaub mir, zu Hause im stillen Kämmerlein gehen sie zähnefletschend aufeinander los! Wenn du denkst, meine Frauen haben mir stets wortlos gehorcht, bist du nicht ganz bei Sinnen.«
»Tut mir leid!« Sie lächelte versöhnlich. »Verzeih mir – ich bin ein wenig aufgekratzt. Küßt du mich?«

Wie konnte er sie küssen, bevor er ihr die Neuigkeit überbracht hatte?

Wie sollte er diesen verletzten, verwirrten Gesichtsausdruck ertragen – und wie sollte er es übers Herz bringen, alles noch schlimmer zu machen? Verflucht! Was spielte es für eine Rolle, was sie wußte? Sie hatte ihm etwas vorenthalten – warum also sollte ihm dieses Recht nicht auch zustehen?

»Willst du mich heiraten, Nien?« fragte er mit belegter Stimme.

Sie fiel ihm in die Arme.

BUCH DREI,

DAS BUCH MUOL

die für Leidenschaft steht,
die Rote,
Herrscherin über Liebe und Haß,
Erschafferin und Zerstörerin

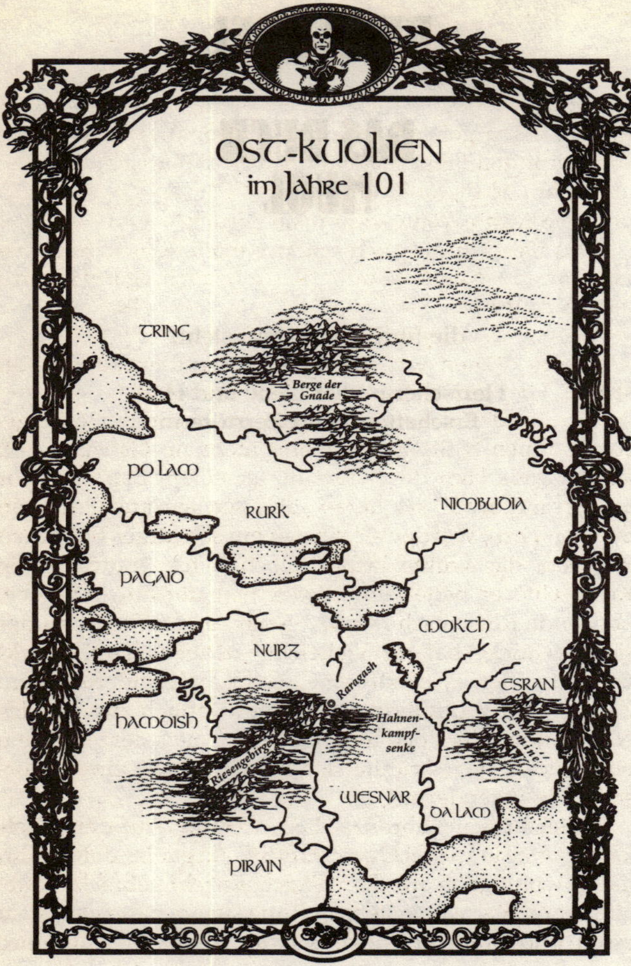
OST-KUOLIEN
im Jahre 101
TRING
Berge der Gnade
PO LAM
RURK
NIMBUDIA
PAGAID
MOKTH
NURZ
Raragash
ESRAN
HAMDISH
Hahnenkampfsenke
Casmine
Riesengebirge
WESNAR
DA LAM
PIRAIN

19

»Wir müssen gehen!« brummte Ordur und kratzte zerstreut mit den Fingernägeln über die Steintischplatte.

»Wohin denn, du Dummkopf?«

»Weiß nicht. Wann kommt sie zurück?«

»Das hab' ich dir doch schon x-mal erklärt«, fuhr Jasbur ihn an. »Keine Ahnung! Ist mir auch egal. Hast du 'ne Münze?«

»Nein.«

»Dann können wir auch nichts zu essen kaufen, du Trottel. Hier gibt es Essen für viele Wochen.«

Seit Stunden saßen sie bereits im Hof der Herberge. Außer ihnen hielt sich niemand mehr im Gebäude auf. Mittlerweile kam die Sonne hinter einem Baum hervor und brannte auf sie herab. Besäßen sie auch nur ein bißchen Hirn, würden sie sich an ein schattiges Plätzchen begeben, das wußte Jasbur. Doch dafür bräuchten sie Kraft. Und er hatte keine Kraft. Er hatte nur gräßliche, pochende Rückenschmerzen, genau an der Stelle, an der sich der Buckel befand. Vielleicht hatte er sich unbemerkt verletzt, oder es setzte eine weitere Veränderung ein. Zwar traten Veränderungen für gewöhnlich zur Zeit des Neumondes ein, doch möglich waren sie jederzeit. Seine Haut juckte. Ja, es fühlte sich eindeutig wie eine bevorstehende Veränderung an.

Vielleicht war Labranza daran schuld. Auf dem Lastkahn hatte sie so viel Ogoal-Einfluß ausgeübt, daß sie ihn damit womöglich aus dem Gleichgewicht gebracht hatte. Hier konnte er wenigstens in Ruhe sitzen, hatte genug zu essen und brauchte nichts zu tun. Es hätte schlimmer kommen können.

Eine Glocke bimmelte, eine Tür fiel zu.

Es wurde schlimmer. Labranza war zurück. Sie lief quer über den Hof genau auf die beiden Männer zu.

Selbst im Sonnenlicht waren winzige Zornesflammen rings um sie zu erkennen. Na ja, jedenfalls beinahe.

»Du bist zurück, *Saj*«, meinte Ordur – eine seiner klügsten Beobachtungen an diesem Tag.

Labranza überging die Bemerkung. »Wo sind denn alle?«

»Fort«, antwortete Jasbur. »Alle sind fort.«

Diesmal war er sicher, daß Blitze aus Labranzas Augen schossen.

»Bulion Tharn?«

»Der alte Mann? Auch er ist fortgegangen. Gwin *Saj* ebenfalls. Hat uns die Schlüssel gegeben und gesagt, wir sollen uns ruhig bedienen.«

Leise stieß Labranza einen höchst undamenhaften Fluch aus. Sie war eindeutig erbost über irgend etwas – eine Feststellung, die Jasbur ein wenig aufmunterte.

»Wie war der Statthalter?«

»Modrig, dekadent, falsch, verzweifelt und übertrieben langatmig. Er hatte einige ausgesprochen merkwürdige Vorstellungen, was Raragash betrifft.«

»Hab's doch gesagt«, jammerte Ordur. »Keinem einzigen Verfluchten wurde erklärt ...«

»Ich kann mich daran erinnern.« Gleichermaßen verwirrt und erzürnt blickte Labranza sich um. »Seid ihr sicher, daß der alte Mann die Stadt verlassen hat?«

»Jau«, erwiderte Jasbur. »Was ist denn so besonderes an ihm?« Unvermittelt sprang er auf und vergaß für einen Augenblick sogar das Pochen in seinem Rücken. »Glaubst du etwa, *er* ist ...«

»Keine Ahnung!« herrschte sie ihn an. Daß Labranza eingestand, etwas nicht zu wissen, kam einem Jahrhundertereignis gleich. »Aber Seine Redseligkeit gab zu, daß unter den Verfluchten von Daling einige Shoolscaths waren. Er weiß etwas oder glaubt etwas zu wissen, und er ist *überaus* interessiert an Bulion Tharn. An dieser Stelle kommt Tibal Frainith ins Spiel. Er traf kurz vor den Tharns hier ein.«

»Bulion Tharn – der Erneuerer? Aber er ist *alt*! Es wird viele, viele Jahre dauern, das Imperium wiederherzustellen. Und Bulion ist nur ein Bauer! Vielleicht einer seiner Söhne oder ...«

Unter Labranzas bösem Blick verstummte Jasbur.

»Ich habe etwas in Erfahrung gebracht«, fuhr Labranza fort. »Der Statthalter behauptet, daß einige Verfluchte in einem kleinen Fischernest namens Bösebuchtdorf Zuflucht gesucht haben, östlich von hier. Ihr zwei geht dorthin und seht nach.«

Jasbur stöhnte. »Aber nicht auf einem Pferd!« In seinem augenblicklichen Zustand würde ihm selbst das Gehen Schmerzen bereiten. Schon vom Sitzen hatte er einen Hitzeausschlag bekommen. Er fuhr mit der Hand unter den Kittel und kratzte sich die Brust.

»Könnte ich euch denn Pferde anvertrauen?« fragte Labranza. »Als ihr losgezogen seid, habe ich euch genug Geld mitgegeben, um eine Armee aus dem Boden zu stampfen, und wo ist das Geld jetzt?«

»Na ja, uns beide überkam gleichzeitig eine schlimme Verwandlung. Du weißt, daß so etwas passieren kann.«

Labranza verdrehte die Augen. »Es wäre schön, wenn zumindest einen von euch gelegentlich auch eine Verwandlung zum Guten überkommen würde.«

»Ja, das stimmt.«

Schwerfällig setzte Labranza sich hin, starrte eine Weile ins Leere und trommelte mit den Fingern auf den Tisch. »Ich gehe zurück nach Norden. Unterwegs will ich versuchen, Tibal Frainith einzuholen, aber da er sagte, wir würden uns in Raragash treffen, wird es wohl auch so sein. Außerdem muß ich weiterhin ein Auge darauf haben, was die Karpana anstellen.«

Jasbur kratzte sich am Kinn. »Vergewaltigung, Mord, Plünderung ...«

»Sicher. Die Frage ist nur wo. Und in welche Richtung marschieren sie? Sobald ihr die Verfluchten in Bösebuchtdorf ausfindig gemacht habt – sofern noch welche leben –, schickt ihr sie nach Raragash. Ihr zwei begebt euch ins Tharn-Tal.«

»Wo liegt das denn?«

»Das wissen die Schicksalshüter! Findet es heraus. Fühlt Bulion Tharn auf den Zahn. Alles scheint auf ihn hinzuweisen.«

Ordur hatte gar nicht erst versucht, dem Gespräch zu folgen. Plötzlich meinte er: »Hä?« und streckte den Arm über den Tisch aus. Er fuhr mit den Fingernägeln über Jasburs Wange und musterte ihn eingehend.

Dann grinste er.

Jasbur stellte fest, daß es im Gesicht besonders schlimm juckte. Er kratzte sich, woraufhin Bartstoppeln an seinen Fingerspitzen haften blieben.

Das also geschah – letztlich sollte ihnen doch noch Glück beschieden sein. Besorgt lächelte er über Ordurs raubtiergleiches Grinsen.

20

Östlich von Daling war die alte, kaiserliche Straße immer noch mit Pferden passierbar, wenngleich sie sich voller Furchen und Schlaglöcher und allgemein in erbärmlichem Zustand präsentierte. Zuerst führte sie an fruchtbaren Feldern vorbei, doch schon bald wich das Ackerland ausgedehnten Weidegründen. Schließlich er-streckten sich wild wuchernde Wälder von den Hügeln in die Täler herab; immer häufiger waren zerfallene Reste von Bauwerken zu sehen. Als das Imperium zerbrach, war die Stadt Daling der Zerstörung entgangen, die umliegenden Gebiete jedoch waren verlassen worden und würden wohl noch einige Jahrhunderte brauchen, um sich zu erholen.

Gwin hatte sich seit Jahren nicht mehr außer Sichtweite der Stadtmauern gewagt, dennoch verspürte sie mehr als nur Erregung angesichts der ungewohnten Landschaft. Immer noch war sie ungemein aufgekratzt. Sie empfand eine unerklärliche Erleichterung und hatte das Gefühl, am Beginn eines großen Abenteuers zu stehen. Gwin wünschte, sie könnte all das allein der Liebe zuschreiben, doch diese Ebene hatten ihre Empfindungen für Bulion noch nicht erreicht. Vielleicht würde es bald der Fall sein, doch vorerst wußte Gwin, daß es eher die Freiheit als die Romantik war, die sie bewegte.

Sie wollte neben Bulion reiten, damit sie sich ungestört unterhalten konnten – um über Vorlieben und Abneigungen zu sprechen, den Sinn für Humor des anderen zu ergründen, sich allgemein besser kennenzulernen; eine höchst rückständige Vorgehensweise für zwei reife Menschen, die aus freiem Willen beschlossen hatten, einander zu heiraten; eine Art gegenseitiges Erkunden, das besser zu zwei Halbwüchsigen gepaßt hätte, deren Ehe von den Eltern bestimmt worden war.

Auf der Straße aber wurde ihr Vorhaben von den Vorsichtsmaßnahmen vereitelt, auf denen Bulion beharrte. Da er einen möglichen Hinterhalt befürchtete, ließ er Männer in der Vorhut und in der Nachhut reiten, wohingegen die Frauen die Mitte des Zuges bildeten. Natürlich übernahm er die Spitze und legte eine beachtliche Geschwindigkeit vor.

Gwin trabte neben Aneim her, der Frau von Wosions ältestem Sohn Kilbion, somit eine eingeheiratete Tharn. Aneim galt als kleines Biest, doch hinter ihrem Übermut und ihrer Ausgelassenheit verbarg sie eine überaus scharfsinnige Menschenkenntnis. Natürlich zeigte sie sich neugierig angesichts der Frau aus der Stadt, die sich so unerwartet mit dem Clanführer verlobt hatte. Doch Neugier war eine Straße mit Gegenverkehr, und so offenbarte Aneim ebensoviel, wie sie erfuhr. Es war Bulion, erklärte sie, der die Tharns zur angesehensten Familie der Gegend gemacht hatte. Andere Familien verloren

Söhne oder Töchter, wenn diese heirateten, die Tharns hingegen fast nie. Gatten und Gattinen der Tharns wollten lieber im Tal als sonstwo leben. Gewiß spielte auch die bemerkenswerte Fruchtbarkeit der Tharns eine Rolle. Ein Großteil der Ehre aber gebührte Bulions Führung.

»Und jetzt, Gwin *Saj*«, meinte sie mit hintergründig funkelnden Augen, »bist auch du seinem Zauber verfallen? Du hast dein gesamtes Leben in Daling aus Liebe zu unserem alten Mann aufgegeben? Ist das einem unverhofften Segen Muols zuzuschreiben?«

»Ja und nein«, erwiderte Gwin kichernd. »Ich glaube, es ist ein wenig verfrüht, unsere Gefühle füreinander als ›Liebe‹ zu bezeichnen. Ich bewundere ihn zutiefst und mag ihn, und das schon seit langer Zeit. Ich glaube, er empfindet für mich dasselbe. Meiner Meinung nach ist eine Frau außerstande, allein für ihre Anliegen einzutreten, und deshalb brauche ich einen Mann. Bulion sucht eine Frau, also überschneiden sich unsere Wünsche. Wir wissen beide, was wir tun – liebestolle Halbwüchsige sind wir ja nicht gerade! Aber wir wollen einander, und damit ist die halbe Schlacht schon gewonnen. Ich bin überzeugt, daß ich mich in ihn verliebe, und ich erwarte, daß auch er mich lieben wird. Sich zu verlieben ist aufregend. Ich freue mich auf diese Erfahrung! Beantwortet das deine Frage?«

Zu Gwins Überraschung seufzte Aneim. »Ich wünschte, die Liebe wäre immer so klar und überschaubar.«

»Ich weiß, das ist sie nicht«, stimmte Gwin ihr vorsichtig zu. »Muols Segen kann in zwei Richtungen ausschlagen.«

»Das ist nur allzu wahr!« Aneim lachte freudlos auf. »Und für Jauls Segen triff das um so mehr zu. Wenn man dich erst in die vertraulichsten Familiengerüchte eingeweiht, Gwin Solith, wirst du einige der düsteren Geheimnisse erfahren, die ans Licht traten, als wir unterwegs in die Stadt auf den Jaulscath stießen.«

Verblüfft fragte Gwin: »Wirklich?«

»Ganz sicher! Schlagen Ehemänner in Daling ihre Frauen?« Gwin beschloß, daß es an der Zeit war, das Thema zu wechseln.

Bald darauf bog die Gruppe von der Straße auf einen schmäleren Pfad ab, der sich durch bewaldetes Land schlängelte und sich als so eng erwies, daß höchstens zwei Pferde nebeneinander traben konnten. Die Anspannung ließ nach, denn es handelte sich um einen selten benutzten Umweg, und niemand konnte vorhergesehen haben, daß die Tharns ihn einschlagen würden. Zwar bestand nach wie vor die Möglichkeit, daß sich von hinten Feinde näherten, doch einen Hinterhalt brauchten sie nicht mehr zu befürchten. Bulion schickte Himion mit den Frauen voran und bildete mit dem Rest der Männer die Nachhut.

Somit bekam Gwin wieder keine Gelegenheit, unter vier Augen mit Bulion zu reden. Schlimmer noch, plötzlich ritt sie ausgerechnet neben Wosion. Sie vermutete, daß der Priester es so eingefädelt hatte. Bald fand sie heraus, daß er der Meinung war, sein Amt verleihe ihm das Recht, sehr persönliche Fragen zu stellen. Vielleicht stimmte das; dennoch hatte Gwin das Gefühl, daß Wosion seine außergewöhnlich lange Nase in ihre Privatangelegenheiten steckte.

»Ich verstehe dich nicht, Gwin *Saj*. In Daling bist du doch eine reiche Dame, oder? Du hattest ein gutgehendes Geschäft, Bedienstete, Ansehen in der Gemeinde. Obwohl mein Vater unser anerkannter Führer ist, macht ihn das längst noch nicht zum König. Erwartest du, im Tal wie eine Königin behandelt zu werden?«

»Natürlich nicht.«

»Ist dir bewußt, daß die anderen Frauen von dir erwarten werden, daß du genauso hart arbeitest wie sie? Von Sonnenaufgang bis spät abends wird dein Leben nur aus Putzen bestehen, aus Waschen, Kinder- und Viehhüten, aus Mithelfen bei der Ernte und . . .«

»Ich scheue mich keineswegs vor harter Arbeit!«

»Deine Hände sind weich, deine Wangen glatt. Die Sommersonne und der Winterwind ...«

»Ich hoffe, ich muß meine feinen Stadtschühchen nicht ausziehen, wenn es Zeit zum Weintraubentreten ist.«

Zwar verfinsterte Wosions Miene sich angesichts ihres Spotts, doch er ließ nicht locker. Dieser widerliche, kleine Krüppel! Und ungepflegt war er auch noch. Wenn er sich schon keinen Bart wachsen lassen wollte, dann sollte er sich öfter rasieren.

»Wie alt bist du, Gwin?«

»Nenn mich einfach Stiefmutter. Ich bin dreiundzwanzig.«

»Jukion ist vierundzwanzig.«

Sie würde sich in kürzester Zeit sehr viele Namen und Gesichter einprägen müssen, doch Jukion würde sie nie vergessen, diesen großen Kerl, der mit Kolo Gurshith so kurzen Prozeß gemacht hatte.

»Willst du mir damit vor Augen führen, daß ich einen Enkel haben werde, der älter ist als ich?« Gwin lachte. »Warum sollte das eine Rolle spielen?«

»Insgesamt wirst du mehr als siebzig Enkel haben; sieben davon sind bereits verheiratet. Außerdem ein Dutzend Urenkel – weitere sind unterwegs. Die Fruchtbarkeit meines Vaters ist legendär. Sofern er sich auch nur einen Teil davon bewahrt hat, wirst auch du bald schwanger sein.«

»Darauf freue ich mich! Ich liebe Kinder. Ich liebe es, Mutter zu sein. Mein Herz weint immer noch um Karn und Naln. Nichts und niemand kann sie je ersetzen, aber ich hoffe, daß ich wieder Kinder haben und sie in gesunder Landluft aufziehen werde, nicht in der Stadt. Mach dir um mich keine Sorgen, Priester. Ich bin eine erwachsene Frau und weiß, was ich tue.« Sie hatte nicht vor zu erwähnen, daß sie Ratschläge von körperlosen Stimmen entgegennahm.

»Wenn es Kinder sind, die du willst, Gwin *Saj* ...«

»Unverheiratete Frauen verhungern für gewöhnlich,

Priester. Verheiratete Frauen bekommen Kinder – oder gibt es in den Überlieferungen der Zarda ein Mittel, um die Früchte der Liebe zu verhüten?«

»Natürlich nicht. Aber warum wählst du einen Mann jenseits der Sechzig? Das Tharn-Tal hat dir bessere Kerle zu bieten, ebenso Daling.«

»Jetzt wirst du beleidigend!«

»Mir liegt nur dein Wohl am Herzen. Außerdem liebe ich meinen Vater sehr und möchte nicht, daß man ihn verletzt.«

»Wenn du damit andeuten willst ...«

»Nein, will ich nicht.« So widerwärtig Wosion auch sein mochte, er war schnell von Begriff. »Ich stelle weder deine Moral noch deine guten Absichten in Frage. Meine Zweifel betreffen Vater, nicht dich.«

»Dann verstehe ich den Zweck dieser Unterhaltung nicht. Warum fragst du nicht ihn?«

Der Priester ließ sich einfach nicht ablenken. »Weil ich fürchte, daß er hofft, seine verlorene Jugend zurückzuerlangen und dadurch zwangsläufig sowohl dich als auch sich selbst enttäuschen wird!«

Gwins Zorn gewann die Überhand; deshalb ließ sie sich zu einer unbesonnenen Äußerung hinreißen, die sie sich unter normalen Umständen verkniffen hätte. »Wenn du damit meinst, er sei nicht Mann genug, um mich im Bett zu lieben, Wosion *Saj*, dann sei versichert, daß er in dieser Hinsicht bereits uns beide vollauf befriedigt hat.«

Der kleine Mann zuckte so heftig zusammen, daß sein Pferd aufgeschreckt die Ohren anlegte. Gwin hatte ihm einen Schlag versetzt, doch er war nicht hart genug, Wosion endlich zum Schweigen zu bringen.

»Reife Frauen«, herrschte er sie an, »geben weder Reichtum noch Ansehen aus einer Laune heraus auf, so wie du es getan hast. Und ganz gewiß raubt dir keine ungezügelte Lust die Sinne, denn Bulion ist alt und alles andere als ein Inbegriff der Schönheit. Sei aufrichtig zu mir, Gwin, ich bitte dich. Wichtiger noch, sei aufrichtig zu dir selbst. Warum wählst du Plackerei und Schweinefutter anstatt Wohlstand und Bequemlichkeit?«

Einen Augenblick ritt sie weiter, ohne zu antworten. So wie er die Frage stellte, gab es keine vernünftige Antwort darauf. Der Erlös aus dem Verkauf der Herberge würde ihr in Daling zweifellos ein Leben voll Müßiggang und Luxus ermöglichen, sofern sie das wollte. Warum also? Es schien unmöglich, das Gefühl der Erleichterung, die Abenteuerlust zu erklären, die sie durchfluteten. Gatte, Kinder, Besitz, alles war ihr genommen worden, doch sie hatte Freiheit gefunden. Konnte ein Priester vom Lande das begreifen?

Konnte ein Mann, der in einer Familie wie den Tharns aufgewachsen war, überhaupt begreifen, was Einsamkeit bedeutete, oder wie es war, niemanden zu haben, der wirklich zählte? Würde er verstehen, daß ein solches Leben völlig sinnlos erschien? Sie mußte ihre Empfindungen zurechtstutzen und ihrem Zuhörer anpassen.

»Als ich ein Kind war«, begann sie, »las ich Märchen von fernen Ländern, in denen Mädchen heranwuchsen, um später als Königinnen zu herrschen. Damals wollte ich unbedingt Königin oder Kaiserin werden – ich glaube, ich hätte eine wahrhaft blutrünstige Tyrannin abgegeben, wäre es je so weit gekommen. Eines Tages fand ich heraus, daß in Kuolien niemals Frauen herrschen. Ich erfuhr, daß ich nie eine Königin, Soldatin oder sonst etwas Aufregendes werden konnte. Jetzt stelle ich fest, daß ich allein noch nicht einmal ein Geschäft führen kann. Bleiben also nur noch Kinder. Ist man mit einem wahrlich bewundernswerten Mann verheiratet, bedeutet es eine Herausforderung, zu einer bewundernswerten Gattin zu werden – und natürlich Mutter. Das mag vielleicht ein bescheidenes Ziel sein, doch für mich ist es höchst befriedigend.«

Wosion nickte, scheinbar zutiefst beeindruckt. Das sollte er auch sein.

»Ich habe genug gelitten«, fuhr Gwin fort. »Ich hoffe, die Schicksalshüter lassen mich von nun an in Ruhe. Möge *das* mein Schicksal sein!«

»Mach dich nicht über das Schicksal lustig!«

»Was meinst du damit?«

»Das Schicksal wird von Poul entschieden, der Herrscherin über Leben und Tod. Ich mißtraue den Omen – Jaul steht im Haus der Gefolgsleute, Muol im Haus der Erwachsenen, und beide im Gegenschein zu Poul. Iviel ist im Haus der Sorgen, Ogoal im Haus der Erschaffung.«

Da Gwin sich an Carps Ansichten erinnerte, was Omen betraf, meinte sie: »Für mich hört sich das sehr vielversprechend an. Was ist mit Shool und Awail?«

Der Priester warf ihr einen gleichermaßen wütenden wie mißtrauischen Blick zu. »Hoffnung und Überfluß.«

»Poul muß sich um diese Jahreszeit doch im Haus der Männer befinden, oder? Also stehen dem Tod von Männern Leidenschaft unter Erwachsenen und Hoffnung im Alter gegenüber – das gilt dann wohl für deinen Vater. Deutlicher könnten die Zeichen ja kaum sein. Wir dürfen Veränderung im Überfluß erwarten, nicht wahr? Wahrscheinlich bedeutet das, ich werde auf Anhieb Zwillinge gebären. Glück im Haus der Erschaffung klingt ausgesprochen günstig. Was habe ich vergessen?«

»Iviel im Haus der Sorgen«, knurrte Wosion.

»Ah.« Sie streckte die Waffen. »Das kann ich nicht erklären – du?«

»Normalerweise verheißt das eine schlimme Krankheit, eine Seuche.«

Oder daß große Sorgen verschwinden? »Nun, dann sollten wir das besser nicht erwähnen. Und vielleicht sollte ich auch über den Rest schweigen, bis ich sicher bin.« Fragend zog sie eine Augenbraue hoch.

»Ja. Ich glaube, das solltest du.«

An jener Stelle verengte Gestrüpp die Straße. Wosion ritt voran, Gwin folgte ihm. Sie hoffte, er hatte ihr unausgesprochenes Friedensangebot erkannt. Sie durfte sich den Priester keinesfalls zum Feind machen; andererseits würde sie sich auch nicht von ihm einschüchtern lassen – und schon gar nicht durch Omen. Omen konnte man immer auf zwei Arten deuten.

Als die Straße wieder breiter wurde, war Wosion bereits vorangeritten, um mit Elim zu sprechen. Gwin war nicht sicher, ob sie erleichtert darüber war, ihn los zu sein, oder verärgert, weil er sie plötzlich mied.

Sie ließ den Blick umherschweifen, um festzustellen, wer womöglich etwas gehört hatte und kam zu dem Schluß, daß sie sich um Lauscher keine Sorgen machen mußte. Als nächste folgten Niad und Polion, doch erst ein gutes Stück hinter ihr; außerdem kümmerten sich die beiden ausschließlich umeinander. Niad hielt sich sehr gut, wenn man bedachte, daß sie nie zuvor auf einem Pferd gesessen war. Gwin zügelte ihr Pferd und wartete. Die beiden ritten vorbei, ohne sie überhaupt zu bemerken. War Liebe nicht wunderbar?

Der nächste Reiter, in seiner dunkelgrünen Kleidung unübersehbar, war der Gesandte des Statthalters, Wraxal Raddaith. Er kauerte merkwürdig zusammengesunken im Sattel, obwohl er sich zuvor als äußerst fähiger Reiter erwiesen hatte. Sein Kopf war auf die Brust gesunken, als würde er angestrengt nachdenken.

Gwin fand, daß er sich für einen Spion höchst eigenartig verhielt. Wenn er geschickt worden war, um etwas über die Tharn-Familie herauszufinden, weshalb ritt er dann ganz allein statt in einer Gruppe, wo er sich mit anderen unterhalten und Fragen stellen konnte? Wenn er das Land selbst auskundschaften sollte – und sie war überzeugt, daß er ein Soldat war –, warum zeigte er dann so wenig Interesse daran?

Sie trieb ihr Pferd neben das seine. »Verzeih meine Neugierde, Wraxal *Saj*. Ich glaube, wir haben uns noch nie getroffen. Trotzdem werde ich das Gefühl nicht los, dich schon einmal gesehen zu haben.«

Flüchtig blickte er sie an, dann schaute er wieder weg. »Möglich.«

»Ja? Wo?«

»Kommst du oft in den Palast?«

»Nie.«

Er zuckte mit den Schultern und betrachtete seine Hände an den Zügeln. »Besuchst du oft feierliche Anlässe? Zum Beispiel das Erntedankfest nach der Sternenkrankheit?«

»Ja. Da war ich.«

»Wahrscheinlich hast du mich dort gesehen.«

Vielleicht, obwohl das ihre Frage eigentlich nicht beantwortete. Sie versuchte es auf andere Weise. »Warum?«

»Warum was?«

»Warum hätte ich dort ausgerechnet dich bemerken sollen, wenn fast die ganze Stadt zugegen war?«

Er schwieg so lange, daß sie schon dachte, sie bekäme keine Antwort. »Ich bin Imquins Neffe.«

»Was? Dann lautet dein Name nicht ...«

»Nein. Aber Raddaith tut's auch.«

Leiter der Wache ... »Und sein Erbe!«

Seufzend schüttelte Wraxal den Kopf. »Nein.«

Neugierig geworden, fragte Gwin: »Warum? Was ist denn so wichtig am Tharn-Tal, daß Seine Exzellenz den eigenen Neffen schickt, um es auszukundschaften?«

»Wenig, schätze ich. Mein Onkel hat mir so gut wie nichts verraten, aber er glaubt anscheinend, daß Bulion *Saj* schon bald eine sehr einflußreiche Persönlichkeit wird.«

»In welcher Hinsicht?«

»Das weiß ich nicht.«

Sie glaubte ihm nicht. Gut möglich, daß der offensichtliche Erbfolger sich mit dem Herrscher der Stadt zerstritten hatte und nun entrechtet worden war. Doch wenn er in Ungnade gefallen war und in ein unbedeutendes, ländliches Exil verbannt wurde, weshalb zeigte er dann keine Gefühle? Gwin entdeckte weder Zorn noch Ärger, nicht einmal Hoffnungslosigkeit in seiner Miene. Alles, was er ausstrahlte, war Gleichgültigkeit.

Gwin Solith rühmte sich damit, eine ausgesprochen gute Menschenkennerin zu sein. Die Feststellung, daß sich ein Mann derart unergründlich zeigen konnte, ärgerte sie. Sie gelangte zu dem Schluß, daß Wraxal Raddaith entweder der perfekteste Lügner war, den sie je getroffen hatte, oder daß er sie für blöd hielt. Oder beides.

»Ich nehme an, die Zeit wird uns das beantworten«, meinte sie honigsüß und zügelte ihr Pferd, um auf jemanden zu warten, der sich als aufgeschlossener erweisen würde.

21

Die Reihe der Reiter erstreckte sich über die Moorlandschaft. Bislang waren sie auf keinen einzigen Feind gestoßen, und selbst Bulion sah endlich ein, daß sie sich inzwischen weit genug von Daling entfernt hatten, um die strengen Sicherheitsmaßnahmen zu lockern.

Erschöpfte Pferde quälten sich einen langgezogenen, von Heidekraut und Gestrüpp überwucherten Hang hinauf. Die Sonne färbte den westlichen Himmel rot. Gwin spürte von den Knien aufwärts jeden Knochen im Leib.

»Gleich hinter diesem Rücken ist ein guter Lagerplatz«, erklärte Bulion. »Warum lachst du?«

Gwin war nicht bewußt gewesen, daß sie lachte. »Erinnerst du dich, was Carp gesagt hat? Man braucht einen Gott, dem man dankbar sein kann? Ich bin noch nie im Leben so weit geritten. Wenn ich von diesem Gaul herunterkomme, bin ich unendlich dankbar.«

Mitfühlend lächelte Bulion. »Vielleicht kann der Ivielscath deine Schmerzen lindern.«

»Das könnte sie wohl. Aber es wäre unklug, sie darum zu bitten, oder? Ich meine, nur wegen einem wundgerittenen Hintern.«

»Du hast wohl recht.«

»Und sofern dein Lagerplatz ein lauschiges Plätzchen zu bieten hat, großer Bulle, wird mein Hintern mich heute nacht kaum behindern.«

Der alte Mann zwinkerte ihr zu, wobei es ihm gelang, gleichermaßen mißbilligend und erfreut auszusehen.

Schließlich hatte Gwin doch noch Gelegenheit bekommen, sich ungestört mit ihm zu unterhalten. Stundenlang redeten sie miteinander; niemand belästigte sie dabei. Sie konnte sich an kaum ein Wort erinnern, das gefallen war, und doch hatte sie jeden Augenblick genossen. Bulion war alt, und er war häßlich. Er kauerte wie ein riesiger Mehlsack im Sattel. Sein Gesicht war von über fünf Jahrzehnten vernarbt, in denen es Wind und Wetter ausgesetzt gewesen war. Sogar die Augenbrauen schimmerten silbrig. Dennoch glich er Regen in der Wüste. Ähnlich wie Wein, schienen einige Menschen vor dem nagenden Zahn der Zeit gefeit zu sein.

Unglücklicherweise traf das auf Gwin nicht zu. Schon von diesem einen Nachmittag in sengender Hitze fühlte sie sich ausgetrocknet und erschöpft.

»Auch ich, Nien«, sagte er sanft, »habe viel, wofür ich dankbar bin. War das vorhin dein Ernst? Von wegen heute nacht? In den Büschen, wie unanständige Kinder? Du weißt, daß wir gleich nach unserer Ankunft im Tal heiraten können.«

»Wie du meinst«, erwiderte sie schelmisch. »Aber in deinem Alter solltest du jede Gelegenheit ergreifen, die sich dir bietet.«

Er zeigte sich keineswegs beleidigt, sondern lachte grölend, wie sie es geahnt hatte. Die beiden empfanden bereits eine angenehme Vertrautheit, als würden sie einander schon seit Jahren kennen. Gwin wußte, daß Bulion nach wie vor Zweifel hegte. Sie mußte ihn so rasch wie möglich beruhigen. Zumindest schien dies ein recht guter Vorwand zu sein. Vielleicht hegte sie auch selbst noch Zweifel. Was immer der wahre Grund sein mochte, sie war sicher, daß sie nicht erst die Förmlichkeiten der Eheschließung abwarten wollte. Sie mußten ihre unwahrscheinliche Romanze so bald wie möglich besiegeln.

»Da wir schon von unanständigen Kindern reden«, unterbrach Bulion ihren Gedankengang, »glaubst du, ein Ivielscath kann den eigenen wundgerittenen Hintern heilen?«

Polion und Niad ritten noch immer Seite an Seite, hatten nur Augen für einander und schwelgten in ihrer eigenen Welt, ohne irgend etwas um sie herum wahrzunehmen.

»Keine Ahnung, ob Selbstheilung möglich ist. Aber diese Art Schmerz stellt nicht das Problem dar, nicht wahr? Ihre Gefühlswelt ist sehr zerbrechlich. Wenn dein Enkel so raffiniert ist, wie er zu sein scheint, wird er wohl bekommen, was er will.«

»Ich werde Wosion beauftragen, heute nacht ein strenges Auge auf ihn zu haben.«

»Kein allzu strenges«, entgegnete Gwin, während sie über die wahrscheinlich verwandtschaftsbedingt ähnlichen Fähigkeiten von Bulion und Polion Tharn nachgrübelte, unentdeckt durch Büsche zu kriechen. »Wir wollen doch nicht, daß die Wachen den Falschen ertappen, oder?« Eine Zeitlang ritt sie schweigend weiter. »Was geschieht danach?«

Bulion schaute mit fragendem Blick unter der Hutkrempe hervor. »Wonach?«

»Tut mir leid! Ich habe gerade über Raragash nachgedacht. Es wäre bestimmt eine gute Idee, Labranza Lamith' Rat zu befolgen und Niad dorthin zu schicken – und deinen Jaulscath, so er sich morgen zeigt.«

»Pah! Wir wissen doch gar nicht, ob diese Labranza die Wahrheit sagt«, gab Bulion zurück.

»Weshalb sollte sie lügen? Und ein geschulter Heiler hört sich wesentlich sicherer an als ein ungeschulter.«

»Vielleicht kommt sie nie zurück.«

»Verheirate sie mit Polion. Der bringt sie schon zurück.«

»Vielleicht kommt auch Polion nicht zurück. Die Ernte steht vor der Tür. Außerdem müssen wir die Festung bauen. Wie viele Männer kann ich für ihre Begleitung abstellen? Das ist das Problem!«

»Es ist deine Entscheidung«, erwiderte Gwin. »Laß mich dir nur noch eines sagen, dann höre ich auf, dich zu quälen. Verteidigung bedeutet doch nicht nur Mauern, oder?«

Bulions Züge verhärteten sich und nahmen einen Ausdruck an, den Gwin bereits nach kurzer Zeit zu deuten vermochte: Er verhieß, daß Gwin in Bereiche vordrang, in denen sie nichts zu suchen hatte. Bulions Kiefer wirkten wie aus Mahagoni geschnitzt, der Bart wie gestärkt. In Daling jedenfalls galt Verteidigung als Männerangelegenheit; vermutlich war es überall so. Sie sollte sich besser um ihren eigenen Kram kümmern. Andererseits steckte in Bulion Tharn ebenso wenig von einem Soldaten wie in ihr, und jedesmal, wenn er seine glorreiche Festung erwähnte, wuchsen Gwins Zweifel hinsichtlich der Voraussetzungen, von denen er ausging. Natürlich konnte sie ihm das alles schwer begreiflich machen. Vielleicht würde er nie einen Rat von ihr annehmen. Eine Ehe erforderte von beiden Seiten eine gewisse Anpassung, und in Bulions Alter würde es ihm bestimmt schwerfallen, sich anzupassen.

»Verteidigung bedeutet auch Männer und Strategie«, fuhr sie fort. »Ich habe mir durch den Kopf gehen lassen, was Labranza über die Karpana und eine möglicherweise bevorstehende Krise sagte. In Daling haben wir nicht die leiseste Ahnung, was im restlichen Kuolien vor sich geht. Kriege entflammen, und wir erfahren erst Jahre später davon. Bei allem Respekt, Liebster, im Tharn-Tal könnt ihr auch nicht mehr wissen. Eine Gruppe von vier oder fünf Leuten, die nach Raragash und zurück reisten, könnten mehr Einblick in die Welt erlangen. Sie würden bestimmt eine Menge wertvoller Informationen und Erfahrungen mitbringen.«

Bulion nickte. »Ein guter Gedanke.« Doch er hörte sich wenig überzeugt an. Bulion Tharn zog es vor, seine Küken im Nest zu behalten.

Der versprochene Lagerplatz erwies sich als kleines, bewaldetes Tal mit einem Tümpel und allerlei vielversprechend aussehendem Buschwerk. Das Tal war unbesiedelt. Erleichtert stieg Gwin ab, wobei sie versuchte, sich nicht anmerken zu lassen, wie steif ihre Glieder waren. Die Männer kümmerten sich um die Pferde. Da sie dies eindeutig als Männerarbeit betrachteten, wäre ein Angebot, ihnen zu helfen, zweifellos unangebracht gewesen. Aneim und Kathim, die in geradezu magisch kurzer Zeit ein Feuer entfacht hatten, begannen mit der Zubereitung eines Mahls. Dort konnte Gwin ebenfalls nicht helfen, da sie die Küchengeheimnisse der Zarda nicht kannte. Auch Zelte wurden keine aufgestellt.

Gwin kam sich schrecklich nutzlos vor. Während sie sich umsah, erblickte sie den rätselhaften Wraxal, der ganz allein mit dem Kopf in den Händen dasaß und der Welt um sich herum nach wie vor keinerlei Beachtung schenkte. Seine Anwesenheit schien unerklärlich. Unter seinem wahren Namen, Wraxal Strevith, war er in der Stadt wohlbekannt, da er sich bei der verhängnisvollen Schlacht um Tolamin ausgezeichnet geschlagen hatte. Er war jung, von edler Geburt und einigermaßen gutaussehend. War er, so wie sie, ein Opfer politischer Ränke, oder spielte er ihnen allen etwas vor?

Gwin ging zu ihm hinüber und hockte sich neben ihn.

»Ich begreife immer noch nicht, warum einem so bedeutenden Mann wie dir die Aufgabe zugewiesen wurde, einen alten Bauern zu überwachen.«

Er drehte ihr den Kopf zu musterte sie eine Weile, ohne dabei Entrüstung über ihre Neugierde oder überhaupt irgendeine Gefühlsregung zu zeigen.

Sein starrender Blick beunruhigte sie. »Ich weiß nicht, weshalb du hier bist«, erklärte sie.

»Und ich weiß nicht, warum ich dir überhaupt etwas gesagt habe.«

»Ich bitte um Verzeihung! Ich werde ...«

»Aber es macht mir nichts aus, dir auch noch den Rest zu erzählen, wenn du ihn unbedingt erfahren willst.«

Gwin stammelte ein paar unzusammenhängende Silben. Wraxal Raddaith brachte sie auf teuflische Weise durcheinander.

»Es ist ganz einfach«, fuhr er im selben, nüchternen Tonfall fort. »Für meinen Onkel stelle ich derzeit eine politische Verbindlichkeit dar. Er mußte mich aus der Stadt bekommen und hoffte, ich könnte ihm von Nutzen sein, indem ich mich eines rein geistigen Problems annehme. Ich war anderer Meinung, aber er weigerte sich, mir zuzuhören. Ich hatte recht, er hatte unrecht. Aber davon sollte ich dir nun wirklich nichts erzählen«

»Dann ... ich meine, du mußt mir nichts erzählen, wenn du nicht willst.«

»Mir ist das ziemlich gleichgültig.« Er runzelte die Stirn. »Nein, wahrscheinlich möchte ich es dir doch lieber anvertrauen.«

Völlig verwirrt, forderte Gwin ihn auf: »Dann rede bitte weiter! Ich habe keine Ahnung, worin dein Problem besteht. Wenn ich etwas tun kann, will ich dir gern helfen. Im Herzen bin ich immer noch Dalingerin, und ich war dem Statthalter stets treu ergeben. Als sein Erbe kannst du jederzeit auf meine Unterstützung zählen.«

»Ich bin nicht mehr sein Erbe, Gwin *Saj*. Meine Aussichten, ihm nachzufolgen, standen nie besonders gut. Er ist eine gerissene, alte Kröte, die sich weit länger über dem Sumpf gehalten hat, als irgend jemand geahnt hätte. Andauernd verschwören sich die großen Familien gegen ihn, aber er spielt sie gegeneinander aus, Clan gegen Clan. Es ist unvermeidlich, daß sie ihn bald verdrängen und eine Oligarchie errichten. Wahrscheinlich wird viel Blut fließen, aber mein Onkel ist zweifellos der letzte unseres Geschlechts. Ja, er hat davon geträumt, einst mir das Zepter zu übergeben, doch außer ihm hat das nie jemand für möglich gehalten. Ich ganz gewiß nicht. Und selbst wenn es geschehen wäre, hätte ich das Zepter nicht lange zu halten vermocht. Trotzdem hätte ich es wohl versucht.«

»Und jetzt?«

Seine Züge verrieten leichtes Erstaunen. »Merkst du das denn nicht? Ich bekam die Sternenkrankheit.«

»O nein!«

»O ja! Kein schlimmer Fall. Nur ein paar bläuliche Flecken auf dem Oberschenkel. Fast hätte ich sie nicht bemerkt – ich habe mich nicht einmal unwohl gefühlt.«

Gwin erinnerte sich an die Grausamkeiten und das Elend, die sie miterlebt hatte und versuchte erst gar nicht, ihren Zorn zu verbergen. »Und natürlich galten die Verbannungsbestimmungen nicht für den Neffen des Statthalters, richtig?«

»Natürlich nicht. Aber ich mußte erkennen, daß ich verflucht worden war, und dagegen ist selbst der Stellvertreter eines nicht vorhandenen Kaisers machtlos.« Die Worte an sich hätten durchaus ironisch gemeint sein können, was jedoch nicht zutraf. Nach den Gefühlsregungen, die Wraxal zeigte, hätte er ebenso gut über einen völlig Fremden reden können.

Verärgert stellte Gwin fest, daß sie unwillkürlich von ihm weggerutscht war, was sie wieder ausglich, indem sie ihm die Hand auf die Schulter legte. Er schien es kaum zu bemerken. »Verflucht von wem?«

»Von der Leidenschaftlichen.«

»Das tut mir sehr leid, Wraxal *Saj*. Eigentlich hätte ich dahinterkommen müssen, aber ich habe noch nie einen Muolscath getroffen. Ich dachte ...«

»Du dachtest, wir würden alle durch eigene Hand sterben? Das ist ein weit verbreiteter Glaube – Muolscaths begehen Selbstmord, so wie Shoolscaths verrückt werden, Jaulscaths jeden in den Wahnsinn treiben, Ogoalscaths bei merkwürdigen Unfällen ums Leben kommen, Ivielscaths umherlaufen und Menschen vernichten und von aufgebrachten Menschenmengen getötet werden, und Awailscaths einfach verschwinden.«

»Das habe ich gehört, aber ich glaube es nicht.« Als Gwin an die Begegnung der Tharns mit dem Jaulscaths und an den Mann dachte, der tot umgefallen war, als er sie letzte Nacht verschleppen wollte, fügte sie hinzu: »Zumindest nicht alles.«

»Ich fühle mich keineswegs selbstmordgefährdet«, meinte Wraxal ungerührt. »Jemanden zu töten, sogar sich selbst, erfordert eine gewisse Hingabe, nicht wahr? Ich empfinde gar nichts, weder Niedergeschlagenheit noch Ärger, noch Zorn, noch Hoffnungslosigkeit. Wahrscheinlich wird mich irgendwann Langeweile überkommen, aber im Augenblick bin ich nicht einmal gelangweilt.«

»Es tut mir leid. Wirklich.«

»Du hast Glück! Aber du brauchst mich nicht zu bemitleiden. Ich schätze, man könnte mich sogar beneiden. Nichts berührt mich, Gwin *Saj*. Ich leide nicht. Ich verspüre keine Angst. Zwar erinnere ich mich daran, solche Empfindungen erfahren zu haben, aber ich weiß nicht mehr, wie sie sich anfühlten. Im Augenblick bin ich körperlich erschöpft von dem langen Ritt, aber das bereitet mir weder Kummer, noch befriedigt es mich. Mir ist bewußt, daß mein Magen leer ist, also werde ich essen, sobald etwas bereitsteht. Doch ob ich gebratene Lerchen am Tisch meines Onkels speise oder Abwasser aus der Gosse saufe, ist mir einerlei.«

Die Abendluft schien sehr rasch abzukühlen, obwohl die Sonne noch nicht ganz untergegangen war.

»Es gibt auch andere Geschichten über Muolscaths«, sagte Gwin.

Wraxal zuckte mit den Schultern. »Ich nehme an, die werden wahr sein. Aber ich hatte keine Lust, Versuche anzustellen, obwohl mein Onkel mich wiederholt dazu gedrängt hat.«

»Er hat dich dazu *gedrängt*?«

Er schaute Gwin an, als hielte er sie für ausgesprochen dumm.

»Wir haben den Ruf, die Fähigkeit zu besitzen, in anderen die Gefühle zu erwecken, die wir selbst nicht empfinden können. Hast du nicht davon gehört?«

»Doch! Aber warum ...«

»Weil das eine Gabe ist, über die er nur allzu gern verfügen würde. In gewisser Weise tut er das auch – besser gesagt, war es früher so. Man sagt, in jüngeren Jahren sei er ein großartiger Redner gewesen. Als er von meinem Fluch erfuhr, sah er darin zunächst die Lösung des Nachfolgeproblems.«

Gwin wurde bewußt, daß ihre Hand immer noch auf seiner Schulter ruhte. Sie nahm sie weg. »Ein Herrscher, der keine Gefühle hat, wäre unbestechlich!«

»Das war es nicht, was meinen Onkel am meisten beeindruckte. Er stellte sich eher vor, ganze Menschenmassen zu blinder Unterwürfigkeit zu bewegen. Er sah schon vor sich, wie der Rat aufsprang, um ihm zu huldigen – oder nach ihm mir. Er dachte, in Zukunft würde nur noch Einstimmigkeit in seinem Sinne herrschen.«

»Das könntest du bewirken?« fragte sie ungläubig.

»Angeblich. Aber warum sollte ich?«

Bürgerpflicht, Familienzusammenhalt, Idealismus ... Gwin gingen mehrere Antworten durch den Kopf, doch sie verwarf sie alle. Dann sandte sie ein Stoßgebet zum Zwillingsgott. »Ich bin wirklich froh, daß du so empfindest, Wraxal *Saj*.«

Er zuckte mit den Schultern, als wäre die Angelegenheit völlig bedeutungslos. »Ich empfinde gar nichts. Du brauchst mich nicht zu bemitleiden. Ich jedenfalls bemitleide mich nicht.«

Kochgeruch wehte vom Feuer herüber. Gwin stellte fest, daß sie einen Bärenhunger hatte; der Gedanke rief Schuldgefühle in ihr hervor. Sie war hungrig, Wraxal verflucht. Eine Handvoll Weizen vermochte ihr Problem zu lösen; sein Leben aber war unwiederbringlich zerstört.

»Hast du schon einmal von Raragash gehört?«

»Ja.«

»Man hat mir erzählt, daß dort immer noch viele Verfluchte leben, und daß man dort den neu... Menschen wie dir helfen kann.«

»Ich will eigentlich gar keine Hilfe.«

»Was willst du dann?« fragte sie entsetzt.

»Gar nichts.«

»Warum gehst du dann ins Tharn-Tal?«

»Weil man es mir befohlen hat. Die Gehorsamkeit hat immer noch eine gewisse Macht über mich – aber nicht allzu viel, wie du siehst, sonst hätte ich dir das alles nicht anvertraut. Ich wasche mich noch, ich rasiere mich noch, ich ziehe mich noch an – alles aus Gewohnheit. Mir wurde gesagt, das würde sich bald legen.«

»Du solltest nach Raragash gehen!«

Abermals zuckte Wraxal Raddaith mit den Schultern. »Warum? Ich leide doch nicht.«

22

Es war einfach lächerlich! Bulion Tharn war über sechzig Jahre alt. Er war Urgroßvater. Er sollte nicht auf Händen und Knien durch stacheliges Buschwerk kriechen und dabei versuchen, kein Geräusch zu verursachen ... *Knack!*

Pst!

Awails schmale Sichel ging gerade auf. Zwar spendete sie kein brauchbares Licht, doch Bulion konnte sich an ihr orientieren. Für den bisher so hoch angesehenen Clanführer der Tharns würde es sich wohl kaum schicken, einen großen Kreis zu beschreiben und dann beispielsweise mit dem schlafenden Wosion oder Himion zusammenzustoßen – oder schlimmer noch, mit einer der Frauen! Und ... Bulion wagte gar nicht, sich die Folgen auszumalen.

Autsch! Im düsteren Licht der Sterne wirkte alles verschwommen. Alles war scharfkantig, alles knisterte, alles raschelte. Andauernd schoben Zweige seinen Hut hin und her. Der durchdringende Geruch feuchter Blätter hing ihm in der Nase. Spitze Zweige und Steine bohrten sich in seine Knie und Handflächen. *Autsch!* Wenn er sich den Rücken verrenkte, so daß er sich nicht mehr bewegen konnte und um Hilfe rufen müßte ...

Was taten Männer nicht alles für Frauen! Gwin wollte, daß sie sich in den Büschen liebten. Jetzt. Heute nacht. Obwohl ihnen morgen im Tal bequeme Betten zur Verfügung stünden – zugegeben, dann würden auch sechshundert neugierige Augen mehr anwesend sein als hier. Obwohl Bulion nichts von außerehelichem Verkehr hielt. Obwohl durchaus die Wahrscheinlichkeit bestand, daß der Rest der Gruppe wußte, was er vorhatte – oder zumindest einer, der es den anderen morgen früh erzählen würde, so daß sein Ruf ruiniert wäre und sein geistiger Gesundheitszustand in Frage gestellt würde.

Frauen!

Hätte Bulion geglaubt, daß Gwin nur eine Bestätigung seiner Männlichkeit wollte, würde er das alles nicht auf sich nehmen, denn seine Männlichkeit hatte er vergangene Nacht hinlänglich unter Beweis gestellt.

Vermutlich kannte Gwin die Gründe für ihren Wunsch

selbst nicht genau. Der Clanführer der Tharns rühmte sich einer ziemlich guten Menschenkenntnis. Er vermeinte, ihre Gründe zu – *Autsch!* – kennen. Nach der Hochzeit würde er Gwin in *sein* Bett geleiten, in *seinem* Haus, in *seinem* Tal. Gwin Solith verkörperte keine schamhafte Jungfrau, keine kindliche Tochter verarmter Bauern, die sie als Braut feilboten, weil sie sich Tag für Tag abplagen mußten, um einen zweistelligen Nachwuchs durchzubringen. In Daling war Gwin eine bedeutende Frau gewesen. Vielleicht wußte sie, daß sie nunmehr mittellos war, vielleicht auch nicht. Wenn dem so war, konnte sie sich unmöglich schon an den Gedanken gewöhnt haben. Sie wollte, daß sie und Bulion ihre erste Liebesnacht als gleichwertige Partner auf neutralem Boden erlebten.

Das entsprach zwar nicht unbedingt den Gepflogenheiten der Zarda, doch es schien auch nicht zu viel verlangt. Seit gut vierzig Jahren war Bulion nicht mehr durch Büsche gekrochen, seit Himion alt genug war, ihm das Schafehüten abzunehmen. Gut möglich, daß Bulion drauf und dran war, einen fürchterlichen Narren aus sich zu machen. Dennoch konnte er seine Erregung nicht verleugnen. Er zitterte und keuchte, doch nicht allein aufgrund der ungewohnten Anstrengung, sondern vor allem aus Vorfreude. Verflucht! Er spürte die Vorfreude sogar schon zwischen den Beinen.

Wo, um alles in der Welt, steckte Gwin nur? Mittlerweile müßte er den vereinbarten Baum eigentlich erreicht haben. Was, wenn er an ihr vorbeigerobbt war und geradewegs auf das Moor zusteuerte? Er hielt inne, um zu Atem zu kommen und die Sterne zu betrachten.

»Psst!« zischte ganz in der Nähe eine Stimme.

»Gwin?« flüsterte er zurück.

Ein leises Kichern ... »Nein, Elim«, neckte sie ihn.

Bulion hockte sich unter einen Ast, und seine Finger berührten eine Decke. Ein Bein. Er rutschte neben sie. Zweige knackten, trockene Blätter raschelten.

»Du bist aber ganz schön außer Atem«, meinte sie leise.

»Das ist nur die Vorfreude!«

»Gut.«

Ein Kuß. Ein langer, wunderschöner Kuß.

Gezappel, Stellungswechsel. Zwei ineinander verschlungene Körper auf einer Decke, darüber der Sternenhimmel. Bulions Herz hämmerte in der Brust. Er war viel zu lange allein gewesen.

Ein leises Rascheln in der Nähe. Geflüster?

»Was ist das?«

»Ich nehme an, das ist Polion«, erwiderte die sanfte Stimme neben ihm. »Dir ist doch bewußt, daß sich jeden Augenblick jemand auf die Suche nach den beiden begeben und hier durchstapfen könnte ...«

»Hör bloß auf!«

Beidseitiges Gekicher.

Ein weiterer Kuß. Rastlose Hände bewegen sich in der Dunkelheit ...

»Ich liebe dich, Nien!«

»Ich liebe dich auch, Bull! Verflucht!« murmelte Gwin, während sie sich an seiner Hüfte zu schaffen machte. »Was ist denn das für ein Knoten? Reiß bloß nicht diese Knöpfe aus! Ach, ist das aufregend!«

»O ja!«

»Weißt du eigentlich, daß ich seit meiner Hochzeitsreise Daling nicht mehr verlassen habe?«

»Deiner was?« Grunzend versuchte er, ihr die Stiefel auszuziehen. Unromantische Dinger, solche Stiefel. Eine Reithose hätte eine würdigere Herausforderung dargestellt. Wie bekam man eine Frau aus einem solchen Kleidungsstück heraus?

»Ein alter qolischer Brauch. Nach der Hochzeit treten Braut und Bräutigam ganz allein eine Reise an. Irgendwohin. Dalinger bevorzugen für gewöhnlich das Meer. Carp brachte mich nach Tolamin. Im Grunde geht es darum, sich noch einmal richtig auszutoben, bevor die

Braut bis zu den Ellbogen in schmutzigen Windeln steckt.«

Bulion schauderte. »Was für eine widerliche Beschreibung!« Aber natürlich durchaus treffend.

Sie hatte ihm bereits den Kittel ausgezogen, er hingegen hatte noch kaum angefangen. Ihre kühlen Finger streichelten seine Brust. »Mach dir darüber keine Gedanken. Das Tharn-Tal zu ergründen, reicht mir als Hochzeitsreise. Uns. Du mußt mir alles zeigen!«

»Bin gerade dabei«, gab er zurück.

Sie umarmte ihn und kicherte in seinen Bart.

23

Tief am südlichen Himmel leuchtete Muol rot im Haus der Kinder. Ihr rückwärtiger Kurs ließ daraus jedoch das Haus der Erwachsenen werden, und Leidenschaft jeder Art war Erwachsenen vorbehalten. Deutete Muol damit nicht an, daß Kinder ins Erwachsenendasein übergingen, indem sie die Leidenschaft kennenlernten? Polion hätte gern Wosions Meinung zu dieser Auslegung gehört, doch er hatte keinesfalls vor, ihn zu fragen.

Die Männer hatten die Decken auf einer Seite des Lagerfeuers ausgebreitet, die Frauen auf der anderen. Erstaunlicherweise hatte niemand bemerkt, daß Polions Decke fehlte, ebenso wie die von Niad. Noch erstaunlicher war, daß niemand die beiden vermißte, nachdem sie sich in die Büsche davongestohlen hatten. Bisher war kein Zeter und Mordio losgebrochen. Das war nun *wirklich* schier unfaßbar.

Polion rutschte mit der Hand ein wenig höher, so daß sein Zeigefinger Niads Busen leicht berührte. Sie saß mit dem Rücken zu ihm; die beiden schienen vollkommen ineinander verschmolzen.

»Nein!« flüsterte sie, wehrte sich aber in keiner Weise, also beließ Polion die Hand, wo sie war. Vorerst jedenfalls.

»Hast du je zuvor unter freiem Sternenhimmel geschlafen?« fragte er leise, die Lippen dicht an ihrem Ohr.

»Nein, noch nie. Ich finde es aufregend!«

»Normalerweise ist es nicht so aufregend wie diesmal.«

Sie kicherte. »Noch aufregender wird es nicht.«

Nein?

Er hatte eine wunderbare kleine Mulde entdeckt, in der die beiden auf einem Bett aus trockenen Kiefernnadeln lagen. Über ihnen prangten dicke Äste, die den Tau abhalten würden; deshalb konnten sie die Sterne nicht richtig sehen. Aber das spielte keine Rolle. Obwohl Niad ihn vollkommen in ihren Bann zog, hatte Polion sie zuvor schon betrachtet. Nein, eigentlich gerade deshalb.

»Kannst du die Sterne deuten, Polion?«

»O ja. Es ist sehr wichtig, die Zeichen zu verstehen. Wosion will, daß ich Priester werde. Er meint, ich hätte eine Begabung dafür. Der rote Stern da ist Muol. Sie steht im Haus der Kinder. Und der helle dort ist Jaul im Haus der Liebenden.« Wosion hatte zwar behauptet, Jaul befände sich immer noch im Haus der Führer, doch selbst der weise Priester konnte sich dessen nicht sicher sein. »Deshalb ist die Gelegenheit äußerst günstig.«

»Günstig wofür?« murmelte Niad und schmiegte sich ein wenig dichter an ihn.

»Na, um etwas über die Liebe zu lernen.« Polion ließ die Hand noch höher wandern und legte sie auf Niads Busen.

»Du hast es versprochen!« beschwerte sie sich, leistete aber immer noch keinen Widerstand.

»Du bist wunderschön, Niad. Es ist wunderschön, dich anzusehen, und es ist wunderschön, dich zu berühren.« Warm, glatt. Weich und straff zugleich.

Mädchen waren einfach umwerfend! Geheimnisvoll, unverzichtbar, unwiderstehlich. Er hatte das Problem von wegen mollig oder dünn gelöst. Niad war üppig, wo sie es sein sollte, und dünn, wo es gut aussah. Einfach herzallerliebst!

»Du hast es versprochen!«

»Was?«

»Daß du keine Liebe mit mir machen würdest.«

»Ich habe versprochen, daß ich nichts tue, das du nicht willst. Ich halte dich nur fest.«

»Dann halt mich einfach. Fester. Und wage ja nicht ... Uuf! Nicht so fest!«

»Warum nicht?« flüsterte er ihr ins Ohr.

»Du tust mir weh. Du bist so stark!«

Er ließ ein wenig locker. Nicht allzu viel. Da Niad keine Einwände mehr erhob, mußte sie es wohl ebenso sehr genießen wie er. Als nächstes würde er mit dem Daumen ihren Nippel streicheln, aber damit wollte er noch ein, zwei Augenblicke warten.

»Sie werden uns hören«, murmelte Niad.

Das klang nach einer Ermutigung. »Nein, werden sie nicht.«

Doch Polion vernahm tatsächlich ganz in der Nähe einen Laut, der sich wie das Rascheln von trockenem Gras oder brüchiger Blätter anhörte. Vielleicht war er heute nacht nicht der einzige Mann, der mit einer Frau in den Büschen kauerte. Und falls sich wirklich noch ein zweites Paar in den Sträuchern befand, mußte es sich um den alten Mann und Gwin *Saj* handeln. Unglaublich! Sie war natürlich zu alt für Polion, aber trotzdem alles andere als unansehnlich, wohingegen Großvater *alt* war! Was, um alles in der Welt, konnte eine Frau nur an ihm finden?

»Polion?«

»Hm?«

»Du kannst mich Kodi nennen, wenn du willst.«

»Eigentlich gefällt mir Niad ganz gut.«

Ups! Er hatte etwas Falsches gesagt. Er fühlte die Veränderung, noch bevor sie seine Hand wegschob.

Das war das Ärgerliche an Mädchen – nie sagten sie, was sie wirklich meinten. Männer hingegen gaben oft Dinge von sich, die sie gar nicht sagen wollten. Das wußte er. Außerdem wußte er, daß man etwas ganz Bestimmtes nur dann sagen sollte, wenn man es auch von ganzem Herzen meinte. Es war die schlimmste Lüge überhaupt, wenn man es als Lüge aussprach. Polion überlegte, ob er es reinen Gewissens sagen konnte und gelangte zu dem Schluß, daß dem so war.

Mittlerweile hatte Niad den Kittel wieder heruntergezogen.

Einen Schritt zurück, zwei nach vorn.

Er holte tief Luft. »Niad? Ich liebe dich.«

So! Jetzt war es heraus. Und er meinte es auch so, aus tiefster Seele.

»Das hast du bestimmt schon vielen Mädchen gesagt.«

»Nein, habe ich nicht! Und diesmal meine ich es ehrlich. Ich bin unglaublich, wahnsinnig in dich verliebt.«

»Wie vielen?«

»Keiner!«

Das stimmte voll und ganz. Meilim hatte ihn danach gefragt, und er hatte bejaht, aber ausgesprochen hatte er das Wort nicht, also zählte es auch nicht. Was sonst hätte er auf eine so unverblümte Frage antworten sollen? Wahrscheinlich hatte er damals tatsächlich in gewisser Weise geglaubt, Meilim zu lieben. Doch was er für sie empfunden hatte, kam in keiner Weise dem gleich, was er für Niad empfand. Also schien es durchaus in Ordnung. Verflucht, er wollte sie, *liebte* sie! Nie zuvor in seinem Leben hatte er etwas Vergleichbares gefühlt, nie zuvor etwas so sehr begehrt. Er platzte beinahe vor Begierde.

»Polion?« flüsterte sie.

»Liebling?«

»Als du noch klein warst, hatte deine Mutter da einen

besonderen, geheimen Namen für dich? Einen Namen, den nur sie kannte und sonst niemand?«

»Hm?« Was jetzt? Er versuchte, die Hand neuerlich auf ihren Busen zu legen, doch sie hielt seine Hand fest. »Vielleicht.«

»Verrate ihn mir.«

»Lieber nicht.«

»Vertraust du mir nicht?«

»Also ... Versprichst du mir, niemandem davon zu erzählen?«

»Ich versprech's.«

»Manchmal nannte sie mich ... Fröschlein.« Er spürte, wie sie kicherte. »Sie meinte, ich wäre zappelig wie ein Frosch! Aber wenn du auch nur ein Sterbenswörtchen davon ...«

»Ich sag's niemandem. Kodi ist mein Mittelname.«

»Das ist auch ein schöner Name«, meinte Polion vorsichtig. Jetzt fiel ihm ein, daß es in Daling mit Mittelnamen eine besondere Bewandtnis hatte; irgendein alter, kaiserlicher Brauch.

Niad drehte sich, ohne seine Hand loszulassen. »Wenn deine Freunde plötzlich Fröschlein zu dir sagen würden, was würdest du tun?«

»Wenn es nicht mehr als vier wären, müßten sie alle sterben.«

Die Geräusche in den Büschen drangen nun deutlicher an ihre Ohren. Jemand tat *es*! Der Gedanke trieb Polion fast in den Wahnsinn. Auch für ihn bestand die Möglichkeit! Nimm dich zusammen, Mann! »Kodi?« versuchte er. Er spürte eine Regung, spürte, wie sie sich ein wenig entspannte. »Kodi, Liebling.«

Sie seufzte. »In Daling nennen wir zwar immer unseren Mutternamen, aber niemand verwendet ihn. Niemals! Es ist die schlimmste Beleidigung, jemanden mit seinem Mittelnamen anzusprechen.«

Aha! Verstanden. »Du darfst mich Fröschlein nennen, Kodi. Ich hätte gern, daß du mich Fröschlein nennst.«

Das war die richtige Antwort. Sie gab seine Hand frei. Er legte sie wieder dorthin zurück, wohin sie gehörte. Dann streichelte er ihren Nippel. Polion fühlte, wie lustvolle Schauder durch ihren Körper liefen.

»Kodi, Kodi, Kodi!« flüsterte er ihr ins Ohr.

Sie wand sich um, so daß sie einander von Angesicht zu Angesicht gegenüberlagen. »Fröschlein?« Ihr Atem roch süß. Sie küßte ihn.

»Kodi, Liebling. Ich liebe dich, liebe dich, liebe dich, Kodi!«

Es war wie ein Zauber. Sie *schmolz* geradezu in seinen Armen. Er drückte sie, küßte sie, streichelte sie, küßte sie. Tastende, forschende Finger ... Die anderen Geräusche waren mittlerweile verstummt, und Polion gebärdete sich lauter, als er sollte, aber es war ihm egal. Das würde *die* Nacht werden! Gemeinsam wanden sie sich, küßten sich, streichelten sich ...

»Nicht so laut!« zischte er.

»Ich schreie gleich!«

»Was?« Er begriff, daß sie nicht bloß spielte. Wehrte sie sich tatsächlich? Gleichermaßen entsetzt und außer sich vor Erregung ließ er von ihr ab. »Aber ich liebe dich doch, Kodi!«

Niad rollte sich weg und wandte ihm den Rücken zu. »Du hast es versprochen!«

Er legte die Arme um sie. Sie schluchzte.

»Es tut mir leid, Kodi. Ehrlich. Ich bin's wohl zu wild angegangen.«

Nach einer Weile fand sie die Stimme wieder. »Mir tut es auch leid, Polion. Ich hätte dich früher aufhalten sollen. Gute Nacht.«

»Kodi! Du kannst mich doch nicht einfach so liegen lassen! Ich bin heiß wie eine Herdplatte, Kodi!«

Keine Antwort.

Polion ließ sich auf den Rücken plumpsen und wischte sich mit der freien Hand über die Stirn. Verflucht! Diesmal würde es *wirklich* weht tun! Ob ein Ivielscath einen übererregten Unterleib zu heilen vermochte? Wie konnte ein Mann sie das überhaupt fragen?

Bald stellte er fest, daß sie auf seinem Arm eingeschlafen war und ihn dadurch auf dem Boden festnagelte. Noch lange lag er wach und biß sich auf die Lippen, während er den gräßlichen Schmerz aus den Lenden schwitzte. Niad schlief tief und fest neben ihm. Gelegentlich erhaschte er zwischen den Zweigen einen Blick auf Muols roten Schimmer und vernahm irgendwo in den Büschen ein beharrliches Rascheln.

24

Bulion zügelte Donner, als sie die Kuppe des Hügels erreichten. Sanft fiel der Hang zu den Wäldern hin ab – vereinzelte Eichen und dichter Ginster, eine tiefgrüne Oase inmitten der tristen, steinigen Moorlandschaft. Dahinter befand sich der Weiher. Sie hatten den Wind im Rücken, so daß die Pferde das Wasser nicht riechen konnten. Abgesehen von seinen Gefährten war weit und breit kein Anzeichen von Leben zu erkennen. Eine kühle Brise strich durch das Gestrüpp und das rauhe Gras rings um die Hufe der Rösser.

»Wir machen jetzt Rast«, verkündete er, »dann suchen wir den Jaulscath.« Gwin nickte und glitt gleichzeitig mit ihm aus dem Sattel. Als die anderen eintrafen, folgten sie ihrem Beispiel.

Zwar freute Bulion sich keineswegs auf die bevorstehende Begegnung, doch er galt als Anführer und mußte sich selbst darum kümmern. Die Einladung mußte von ihm ausgesprochen werden. Natürlich würde er alleine gehen. Er würde unter keinen Umständen zulassen, daß jemand anders seine Gedanken erfuhr, denn sie würden unter anderem all die intimen Dinge offenbaren, die in der vorigen Nacht geschehen waren, und die gräßlichen, nagenden Zweifel, die Bulion hegte: das Gefühl, einer starken, jungen Schönheit wie Gwin unwürdig zu sein; seine Angst, sie könnte ihn belogen haben; sein geheimes Wissen, daß sie mittellos war. Da – er fing schon damit an!

Gwin hatte sich auf einen Felsblock gesetzt. Bulion nahm Donner den Sattel ab und legte ihn auf den Boden. Als er sich wieder aufrichtete, stellte er fest, daß Polion neben ihm stand und sich sonst niemand in Hörweite befand. Eine unwiderstehliche Gelegenheit, ihn zu hänseln.

»Ich hoffe, du hältst Ausschau nach Gefahr.«

Mißtrauen trat in die scharfen Augen. »Was für Gefahr, Großvater?«

»Wilde Tiere. Letzte Nacht hatte ich den Eindruck, in den Büschen rings um das Lager ein Rascheln zu hören.«

Der Junge lief rot an und wußte nicht recht, was er darauf erwidern sollte, doch er hielt dem Blick seines Großvaters unbeirrt stand. »Den Eindruck hatte ich auch.«

Unverschämter Lümmel! Gut für ihn! Er würde nie auch nur annähernd Jukions Größe erreichen, selbst Nondion überragte ihn bereits, doch Polion war der einzige aus Brankions Linie, in dem echtes Feuer loderte. Schade nur, daß er so häufig das Ziel seiner Begierde wechselte. War eine so unglaubliche Gabe bewundernswert, obwohl sie sich auf einen so niederen Trieb beschränkte? Oder empfand er nur den Neid eines alten Mannes?

»Nun, wir werden uns wohl kaum beide geirrt haben, oder?« meinte Bulion. »Du verbringst viel Zeit mit Niad Bilith. Seid ihr schon verlobt?«

Polion zuckte zusammen. »Wir kennen uns noch nicht besonders . . .«

Bulion setzte seine finsterste, ehrfurchtgebietendste Miene auf. Er konnte sich kaum vorstellen, daß sein

Enkel sich letzte Nacht damit zufrieden gab, mit dem Mädchen die Sterne zu zählen. Gemäß den Regeln der Tharns ging ein Mann eine Verpflichtung ein, wenn er mit einer Frau schlief. »Manche Menschen entscheiden ziemlich schnell, was sie wollen.«

»Äh ... ich bin nicht sicher, ob sie mich will.«

Polions Zögern schien verständlich. Er war zu jung, viel zu jung. Bulion erinnerte sich noch, wie sehr er sich geärgert hatte, als man ihn mit sechzehn verheiratete. Doch seine erste Ehe war eine gute Ehe gewesen, und in der Folge ließ er sowohl seinen eigenen Kindern als auch dem übrigen Nachwuchs dieselbe Behandlung angedeihen – so früh wie möglich binden, damit sie so früh wie möglich anfingen, sich zu vermehren. Das mochte vielleicht gefühllos wirken, aber an erster Stelle kam die Familie, und Bulion hatte dafür gesorgt, daß sie rasch gewachsen war. Die Menge war entscheidend, denn in der Menge lag Sicherheit. Unter den solchermaßen früh Vermählten waren erstaunlich wenige Ehen in die Brüche gegangen.

»Sie ist ein nettes Mädchen, Enkelsohn, und noch dazu eine echte Schönheit. Ich bezweifle, daß du je eine bessere Frau findest. Und wegen ihrer Fähigkeit zu heilen ist sie uns allen lieb und teuer. Gwin und ich heiraten in ein oder zwei Tagen. Warum machst du mit deiner entzückenden Braut nicht eine Doppelhochzeit daraus?«

Polion leckte sich die Lippen und ließ deutliche Anzeichen von Panik erkennen, als die Schlucht der Ehe sich vor ihm auftat. »Ich muß erst Niad fragen.«

»Das ist die rechte Antwort! Sprich mit ihr darüber und laß sie entscheiden.«

Bulion gab Donner frei, damit das Pferd sich ausruhen konnte. Er überließ es dem Rest der Männer, sich um die Pferde zu kümmern und ging hinüber zu Gwin, um sich neben ihr auf den Felsblock zu setzen. Was war er müde! Seit Wochen hatte er keine Nacht mehr durchgeschlafen.

Die Frauen hatten sich auf dem Gras niedergelassen, so daß Gwin wie eine von ihrem Gefolge umgebene Königin auf dem Thron wirkte. Ein treffender Vergleich! Elim und Aneim öffneten soeben die Proviantbeutel und verteilten den Inhalt.

»Bulion?«

»Ja, Liebes?«

»Laß mich mit dem Jaulscath reden.« Als er Einwände erheben wollte, schüttelte sie den Kopf. »Um eine Frau sollte sich lieber eine Frau kümmern. Außerdem muß sie aus Daling stammen, so wie ich. Vielleicht kenne ich sie sogar! Weiß jemand, wie sie heißt?«

Zunächst verspürte Bulion Erleichterung, gleich darauf eben deshalb Schuldgefühle. »Bist du sicher?« Eine unwillkürliche Frage, und bestimmt wußte sie das. Er war überzeugt davon, daß er kaum etwas vor seiner aufmerksamen, betörenden Braut kaum etwas verbergen konnte.

»Ganz sicher.« Ihre dunklen Augen wirkten ernst. Sofern sie sich fürchtete, verschleierte sie dies so vollkommen, daß Bulion fast vermeinte, sie hätte tatsächlich keine Angst.

»Das ist sehr tapfer von dir! Natürlich besteht die Möglichkeit, daß sie gar nicht mehr da ist. Aber wenn du ein gutes Stück vor uns reitest, kannst du uns ein Zeichen geben, sobald du in ihre Reichweite gelangst. Wir halten dann an und warten.«

Gwin ließ sich von Kathim ein Brötchen und ein paar Früchte geben. »Danke! Soll ich eines der Ersatzpferde mitnehmen?«

»Ja. Und wenn sie uns folgen will, gibst du es ihr. Aber bind es fest. Sag ihr, sie soll ein gutes Stück zurückbleiben! Wir sorgen dafür, daß sie einen Unterschlupf bekommt, genug zu essen hat und so weiter – bei uns im Tal, aber so weit von den Häusern entfernt, daß sie außerhalb ihrer Reichweite sind. Es gibt da eine Quelle, die mir günstig gelegen scheint.«

»Ich sag's ihr. Und ich werde ihr auch von Raragash erzählen.«

Ein Schatten legte sich über die beiden. »Bulion, warum läßt du dich mit dem Jaulscath ein?«

Das angriffslustige Knurren konnte nur von Himion stammen. Weitere Schatten gesellten sich zu dem ersten. Bulion schaute sich um und stellte fest, daß sich fast alle eingefunden hatten, um zuzuhören. Himion präsentierte sich mit der üblichen finsteren Miene, doch auch die Gesichter hinter ihm zeigten sich stirnrunzelnd.

Bulion drehte sich zu der Gruppe um, obwohl ihn dadurch die Sonne blendete. Er saß, alle anderen standen. Sogleich erkannte er, daß er es mit einer kleinen Meuterei zu tun hatte.

Ärger in der Familie ging so gut wie immer von Himion aus. Ein Glück, denn Himion galt als geistig träge und wenig beliebt. Nach Bulion war er der Älteste, Mogions erstgeborener Sohn. Mitunter schien er es für sein Geburtsrecht zu halten, den Clan anzuführen. Hätte er mehr Hirn und vielleicht sogar ein wenig Ausstrahlung besessen, wäre es ihm vielleicht schon gelungen, einige der anderen zu überzeugen. Doch es war ihm gelungen, eine Gefolgschaft um sich zu scharen. Bis jetzt jedenfalls.

Die wenigsten Tharns galten als hübsch, doch Himion vereinte die schlimmsten Eigenschaften der Familie in sich, und das im Überfluß – sein Kopf war zu groß, Augenbrauen, Nase und Kiefer beherrschten das Antlitz, Schultern und Brust wirkten zu dick. Seine Arme waren eine Idee zu lang geraten, die Beine hingegen zu kurz. Sein Bart wucherte seit kurzem weiß, der Schnurrbart aber war schwarz geblieben und wand sich wie ein ewiger Schmollmund zum Kinn hinab.

Bulion kam zu dem Schluß, daß er es ihnen ausführlicher hätte erklären sollen.

»Sie kann überaus wertvoll für uns sein. Wir siedeln sie in einer Hütte nahe der Straße an, so daß sie uns als

Wachposten dient. Kein Feind kann sich an einem Jaulscath vorbeischleichen!«

»Warum sollte es jemand versuchen?« knurrte Himion.

»Wir leben in unruhigen Zeiten. Seit wir in das Tal gekommen sind, hat man uns in Ruhe gelassen, aber das wird nicht mehr lange so bleiben.«

Die affenähnlichen Augenbrauen seines Neffen krümmten sich noch mehr. »Und was kann ein Gedankenleser daran ändern? Sie wird uns nichts als Ärger bringen! Du hast doch miterlebt, was hier vor zwei Tagen geschehen ist.«

»Solange wir nicht in ihre Reichweite geraten, wird es keinen Ärger geben. Wir können ihr ausweichen. Aber Fremde, die hineinwollen ...«

Wosions rauhe Stimme unterbrach ihn. »Vater, das ist doch Unsinn! Wenn wir sie dauernd umgehen, trampeln wir nur einen neuen Pfad, den Eindringlinge dann benutzen können. Wenn eine große Streitmacht auf uns zumarschiert, kann sie sich von überall her anschleichen. Handelt es sich um eine kleine Gruppe, die sich als friedliche Besucher ausgibt, mag der Jaulscath sie vielleicht durchschauen, aber solche Leute werden den Jaulscath ebenso bemerken wie der Jaulscath sie – und außerdem, was haben wir vor einer kleinen Bande schon zu befürchten? Das ist unsinnig!«

Mehrere Köpfe nickten zustimmend.

Tja! Widerspruch von Wosion war wesentlich ernster zu nehmen als jeder von Himions sauertöpfischen Einwänden. Ein offener Aufruhr bahnte sich an, und der Priester hatte bereits einen guten Grund vorgebracht.

»Du bist doch der Fachmann für alte Bräuche«, meinte Bulion, »also sag du es uns. Die Zarda hielten die Verfluchten in Ehren. Sie setzten Jaulscaths als Schiedsrichter in Streitfällen ein und ...«

»Was für Streitfälle? Wir sind nur eine Familie, kein Stamm. Willst du wirklich, daß ein Jaulscath sich bei uns einmischt? Eine Frau verdächtigt ihren Gatten des Ehebruchs und schleift ihn zum Gedankenleser? Das brauchen wir nicht, Vater!«

Bulion Gefühl verriet ihm, daß er einen Fehler begangen hatte und sich schleunigst zurückziehen sollte. Bisher war das erst selten nötig gewesen, doch gelegentlich schien es die klügste Vorgehensweise. Nun, da seine neue Braut neben ihm saß, fühlte er, wie eine Woge der Sturheit die Vernunft fortspülte.

Nacheinander musterte er die griesgrämigen Gesichter, um festzustellen, wer ihm in die Augen sehen konnte und wer nicht. In diesem Streit ging es um mehr als nur den Jaulscath. Wosion wirkte höchst selbstsicher. Er und Himion mußten dies unterwegs ausgeheckt haben, während ihr tatteriger Clanführer zu sehr damit beschäftigt gewesen war, seiner Braut den Hof zu machen, als daß er es bemerkt hätte.

»Ihr hört euch schon wie Qolier an! Diese arme Frau wurde wie ein tollwütiger Hund vertrieben. Wir Zarda haben die Verfluchten immer geschätzt.«

Zorn zuckte über Wosions frettchenartiges Antlitz. »Wir haben aber auch immer gewußt, daß sie gefährlich sind! Und es ist ja nicht nur ein Jaulscath. Da ist noch ein Ivielscath . . .«

»Das Mädchen, das mir das Leben gerettet hat? Willst du damit andeuten, wir sollen sie ebenfalls in die Wüste schicken?«

»Laß ihn ausreden, Onkel!« knurrte Himion. »Es kommt noch dicker.«

»Ach, tatsächlich?« Bulion war versucht, sich zu erheben. Dann aber gelangte er zu der Einsicht, daß es klüger sei, auf dem Stein sitzen zu bleiben wie ein König auf dem Thron. Schließlich waren sie die Bittsteller.

»O ja«, fuhr Wosion fort. »Dieser Wraxal ist ein Muolscath!«

Alle schauten zu Wraxal Raddaith, der ganz allein und ein gutes Stück abseits auf einem moosbewachsenen

Felsblock kauerte und mit leerem Blick zum Horizont starrte. Die freiwillige Einsamkeit, der er frönte, schien unmenschlich, eigenartig.

»Wie kommst du darauf?«

»Ich habe ihn gefragt. Er hat es mir erzählt. Außerdem behauptet er, daß Gwin Solith es ebenfalls wüßte. Hat sie es dir denn nicht anvertraut?«

Hatte sie es ihm verschwiegen, galt sie als nicht vertrauenswürdig. Hatte sie es ihm mitgeteilt, dann hatte Bulion es seinem Sohn verschwiegen. Das also erzürnte den Priester so sehr. Mittlerweile hatte auch Gwin sich umgedreht, so daß sie den anderen genau wie Bulion von Angesicht zu Angesicht gegenübersaß. Er legte einen Arm um sie.

»Doch, sie hat es mir gesagt.«

Die Umstehenden tauschten wütende Blicke.

Wosions Augen funkelten. »Und warum hast du uns nicht gewarnt? Ein Muolscath ist tödlich. Wenn er will, kann er uns in einen Blutrausch stürzen, so daß wir alle übereinander herfallen! Er könnte alles mögliche bewirken.«

»Warum sollte er?« Kaum hatte Bulion die Frage gestellt, wußte er auch schon, daß er einen weiteren Fehler begangen hatte.

»Zufällig ist er der Neffe des Statthalters von Daling! Wenn du in diesen ach so unruhigen Zeiten schon vor Feinden auf der Hut sein willst, warum lädst du dann ausgerechnet einen Muolscath ins Tal ein?«

»Die Zarda . . .«

»Hör auf, von unseren Vorfahren zu schwafeln! Damals lebten die Menschen in vereinzelten Stämmen. Brach die Sternenkrankheit aus, so war sie rasch eingedämmt und unter Kontrolle gebracht. Deshalb stieß man nur sehr selten auf Verfluchte. Daling hingegen ist eine große Stadt. Hunderte wurden angesteckt, und mindestens drei davon haben wir jetzt am Hals. Wer tut uns das an? Wer steckt hinter alledem?«

Eine leichte Unruhe in der Gruppe ließ Bulion erkennen, daß der Streit zunehmend gefährliche Ausmaße annahm, doch er wußte nicht genau, was ihm bevorstand. Auf jeden Fall wollte er lieber selbst verflucht sein, als vor Gwins Augen klein beizugeben.

»Weshalb fragst du ›wer‹? Die Schicksalshüter bestimmen den Lauf unseres Lebens.«

»Die Schicksalshüter können sich menschlicher Handlanger bedienen.«

»Und wieso sagst du *mindestens* drei?«

»Wer ist der Ivielscath?« fragte der Priester leise.

»Wer?« Bulion sah sich nach Niad Bilith um und erblickte sie am Rande der Gruppe, wo sie das Geschehen mit großen, verängstigten Augen verfolgte. Polion hatte den Arm um sie gelegt. Die beiden konnten unmöglich etwas mit dieser Verschwörung zu tun haben. »Was willst du damit andeuten, Sohn?«

»Gwin Solith hat durch die Sternenkrankheit ihre Kinder verloren«, erwiderte Wosion. »Hunderte Menschen starben, in der Stadt herrschte Panik. Trotzdem verwandelte Gwin Solith ihre Herberge in ein Krankenhaus für die Opfer und pflegte sie. Eine etwas unüberlegte Handlungsweise, meinst du nicht?«

»Sie ist nun mal eine tapfere und mitfühlende Frau.«

»Mitfühlend, ja. Aber vielleicht mußte sie gar nicht tapfer sein? Wäre es nicht möglich, daß auch sie, gleichzeitig mit ihren Kindern, die Sternenkrankheit bekam und sich davon erholte, im Gegensatz zu den Kindern?«

Bulion fühlte, wie Gwin sich anschickte, das Wort zu ergreifen. »Warte!« rief er. »Laß den Wurm erst ganz aus dem Loch kriechen, bevor wir ihn packen. Was willst du damit andeuten?«

Wosion drehte sich um und gab Niad ein Zeichen. »Komm her, Kind.«

Furchtsam tat sie, wie ihr geheißen, während Polion angriffslustig neben ihr herschritt, den Arm nach wie vor um sie geschlungen. Die Umstehenden traten beiseite, um die beiden durchzulassen. Der Priester lächelte sie an, doch es war kein Lächeln, das eine verschreckte Halbwüchsige zu beruhigen vermocht hätte.

»Wenn du Menschen heilst, *fühlst* du dann etwas, Niad?«

»Fühlen, *Saj*?«

»Fühlen!« wiederholte er barsch. »Spürst du, wie deine Magie wirkt?«

Sie schüttelte den Kopf, daß ihr die goldenen Zöpfe wie riesige Ohren um den Kopf schlackerten.

»Woher weißt du dann, daß du ein Ivielscath bist?«

Die großen, verängstigten blauen Augen schauten zu Gwin, doch es war Polion, der antwortete.

»Die Köchin der Herberge hat sich in die Hand geschnitten, und Niad ...«

»Ich will es von ihr hören!« fuhr Wosion ihn an. »Als du diese Schnittwunde geheilt hast, war Gwin *Saj* da anwesend?«

Stumm nickte Niad.

»War sie auch dabei, als du meinen Vater geheilt hast? Und die anderen, die bei dem Kampf verletzt wurden? Kind, hast du je einen Menschen geheilt, wenn Gwin Solith *nicht* dabei war?«

»Ach, das ist doch lächerlich!« herrschte Bulion ihn an.

Mit verzerrtem Gesicht funkelte sein Sohn ihn an; verblüfft stellte Bulion fest, daß sich hinter dem Toben und Schreien des Priesters blankes Entsetzen verbarg. Wenn Wosion schon derart besorgt schien, was mußten dann erst die anderen empfinden?

»Wirklich, Vater? Als der Mann, der Gwin Solith verschleppen wollte, tot umfiel, wer war ihm da am nächsten?«

Natürlich Gwin selbst. »Aber wenn sie die Heilerin ist, dann ...« Nein, es konnte nicht wahr sein. Andererseits: Wenn Niad ihre Wunder unbewußt vollbrachte, gab es keinen Grund, weshalb Gwin sie nicht an ihrer Statt vollbringen sollte, ebenso unbewußt. Vielleicht wußte sie es aber auch und belog sie alle. Bulion würde das nie und nimmer von Gwin annehmen, die anderen womöglich schon.

»Darf ich jetzt antworten?« meldete Gwin sich leise zu Wort.

Er warf ihr einen Seitenblick zu. Ihre Züge wirkten grimmig, jedoch keineswegs eingeschüchtert. »Wie du willst. Aber du mußt nicht.«

Sie wandte sich an Himion. »Du willst wissen, ob ich verflucht bin?«

»Ja! Hattest du die Sternenkrankheit?«

»Ich glaube nicht. Auf jeden Fall bekam ich nie den Ausschlag. In der Nacht, als meine Kinder starben, fühlte ich mich hundeelend, aber ich dachte, das wären nur der Kummer und der Schock.«

Himion wand sich unter ihrem Blick und schaute verlegen, hilfesuchend zu Wosion. Dann meinte er spöttisch: »Du hast dich um Opfer der Sternenkrankheit gekümmert, obwohl du nie selbst angesteckt wurdest? Das ist doch Wahnsinn!«

Bulion fühlte, wie Gwin schauderte. »Ja, das stimmte. Weißt du, eigentlich *wollte* ich die Krankheit bekommen. Zuerst mein Mann, dann meine Kinder. Damals war ich ausgesprochen wütend auf die Schicksalshüter. Ich habe sie herausgefordert, die Sache zu Ende zu bringen und auch mich zu holen.«

Betretenes Schweigen breitete sich aus, das Bulion schließlich brach. »Aber du hast die Krankheit nie bekommen?«

An Himion gewandt, fuhr Gwin fort. »Ich bin sicher, mich nie angesteckt zu haben. Natürlich kann ich es nicht beweisen. Für gewöhnlich sind die Anzeichen der Sternenkrankheit unübersehbar – Niad war vom Kopf bis zu den Zehen mit blauen Pünktchen übersät. Ihre gesamte Familie starb daran. Viele Menschen sind aus der Stadt geflohen, als die Seuche wütete. Haben Flüchtlinge versucht, in das Tal zu gelangen, Himion *Saj*?«

»Ein paar«, murmelte er.

»Und was habt ihr getan?«

»Wir haben sie weggeschickt«, antwortete Wosion. »Die alten Gebote der Gastfreundschaft sind ungültig, solange die Sternenkrankheit tobt.«

»Wie? Wie habt ihr sie weggeschickt?« Sie sprach immer noch mit dem älteren Mann, und Bulion glaubte zu wissen weshalb. Ein gerissenes Frauenzimmer, diese Gwin Solith!

Himion setzte eine finstere Miene auf, wodurch sein Antlitz einen furchterregenden Anblick bot. »Wir haben eine Gruppe bewaffneter Männer entsandt, sie aufgehalten und ihnen für alle Fälle Essen und Decken zurückgelassen. Und wir haben ihnen den guten Rat gegeben, binnen zweier Tage zu verschwinden.«

»Warst auch du einer dieser bewaffneten Männer?«

»Ja.«

»Dann mußt du einigen von ihnen ziemlich nahe gekommen sein. Du könntest dich ebenfalls angesteckt haben.«

»Unmöglich!« rief er, doch in seiner Stimme lag Unsicherheit. Einige andere murmelten zustimmend – natürlich nur jene, die nie einer dieser Vertreibungsgruppen angehört hatten.

Unerwartet lachte Gwin auf. »Aber sicher! Wenn ich mich angesteckt haben könnte, ohne es zu wissen, könnte es dir genauso ergangen sein! Ich gebe zu, die Wahrscheinlichkeit ist sehr gering. Du hättest wieder andere angesteckt, und zumindest einige davon hätten auch den Ausschlag bekommen. Ich wollte dir nur zeigen, wohin derartige Wortwechsel führen können.«

»Mach keine Witze darüber!« brüllte Wosion.

»Ich mache keine Witze. Ebenso wenig wie Himion *Saj*.«

Gerissen, gerissen! Beharrlich rückte Gwin den alten Himion in den Mittelpunkt der Meuterei. Sie hatte bereits erkannt, daß Himion ungleich weniger Gefolge um sich zu scharen vermochte als Wosion. Und sie räumte Wosion die Gelegenheit ein, sich von dem Aufstand loszusagen.

»Ich glaube schon, daß es möglich wäre«, meinte Bulion vergnügt. »Vermutlich kann jemand ein Ivielscath sein, ohne es zu merken. Sobald wir nach Hause kommen, können wir leicht feststellen, welche dieser beiden schönen Damen unsere Heilerin ist.«

Wosion schien noch nicht bereit, die Waffen zu strecken. Er ließ den Blick in die Runde schweifen, um sich zu vergewissern, daß seine Gefolgschaft ihm noch die Stange hielt. »Aber du gibst zu, daß auch Gwin Solith sich mit der Sternenkrankheit angesteckt haben und von Iviel verflucht worden sein könnte?«

Bulion zog Gwin noch fester an sich. »Eine winzige Möglichkeit besteht.«

»Aber dann wäre ebensogut möglich, daß Niad der Ivielscath ist und Solith von einem der anderen Schicksalshüter verflucht wurde!«

Darum ging es also – um Muol! Sie dachten, Gwin wäre von der Leidenschaftlichen verflucht worden. Ihr einst so hoch geschätzter Clanführer machte sich für eine vierzig Jahre jüngere Frau zum Narren. Letzte Nacht hatte er mit ihr in den Büschen herumgealbert, und sie vermuteten, daß sie ihn verhext hatte. War das denn schlimmer, als ein seniler Greis zu sein? Während er den Ring besorgter Gesichter vor sich betrachtete, erfüllte ihn die Gewißheit, daß nicht Himion diesen Aufstand angezettelt hatte. Nur Wosion konnte darauf gekommen sein, und seine Begründung war schier unwiderlegbar.

»Was willst du uns nun damit sagen, Sohn?«

»Daß wir zumindest drei Verfluchte am Hals haben, vielleicht sogar vier. Wir sind nur eine große Familie, Vater, kein Stamm oder Volk. Mit einem Verfluchten kämen wir vermutlich zurecht. Einen könnten wir aufnehmen und ehren, wie die Tradition der Zarda es verlangt. Aber vier sind zuviel!«

Bulion erhob sich. Er hatte genug.

»Du hast einige gute Treffer gelandet, Sohn. Vielleicht war es übereilt von mir, dem Jaulscath Schutz anzubieten, und ich hatte gewiß keine Ahnung, daß dieser Wraxal verflucht ist, als ich zustimmte, ihn mitzunehmen. Sobald wir zu Hause sind, soll Niad Bilith versuchen, den Knoten in Sojims Brust zu heilen – ohne Gwin Solith natürlich. Gelingt es ihr nicht, bitte ich Gwin, es zu versuchen, wenn Niad nicht dabei ist. Ganz einfach, oder?«

»Aber . . .«, setzte Wosion an.

»Aber vorerst tun wir, was ich gesagt habe! Wir nehmen Niad, Gwin und Wraxal mit nach Hause. Der Jaulscath darf uns in sicherem Abstand folgen. Bestimmt habt ihr alle gehört, was diese Labranza über eine Akademie in Raragash erzählt hat. Wir schicken Niad, Wraxal und den Jaulscath nach Raragash. In Ordnung?«

Himion knurrte: »Und . . .«, und verstummte.

Bulion richtete den Blick auf Wosion. Nun stand der Priester im Mittelpunkt der Meuterei. Himion spielte keine Rolle mehr.

»Und Gwin Solith?« fragte Wosion.

Die Lage war klar. Konnte Bulion diesen Aufstand nicht hier und jetzt niederschlagen, mußte er alle Hoffnung fahren lassen, weiterhin Clanführer zu bleiben, wenn sie morgen das Tal erreichten. Er würde nur noch ein seniler, alter Bauerntölpel sein. Offenbar war Gwin zu einem ähnlichen Schluß gekommen, denn sie stand auf und stellte sich neben ihn. Abermals legte Bulion den Arm um sie und zog sie fest an sich.

»Hier ist mein Plan!« rief er. »Ich wollte ihn beim Essen erzählen.« Das war gelogen – mittlerweile redete er nur noch aus dem Stegreif. »Gwin Solith und ich wollen heiraten, sobald die Zeichen dafür günstig sind. *Danach* bringen wir die Verfluchten nach Raragash. Ich hoffe, daß wenigstens einige von ihnen mit uns zurückkommen, weil . . .«

Gwin zuckte überrascht zusammen, schwieg aber.

»Du?« stieß Wosion hervor.

»Stimmt damit etwas nicht?« fragte Bulion. »Willst du mir weismachen, ich sei zu alt, um ein Pferd zu reiten, Sohn?«

»Nun ... Nein, Vater.«

»Gut. Wahrscheinlich habt ihr noch nie von einer ›Hochzeitsreise‹ gehört, aber das ist ein alter qolischer Brauch, und ich kann nichts Schlechtes daran finden. Es ist eine Reise, die zwei Menschen unmittelbar nach der Hochzeit unternehmen. Gwin und ich gehen nach Raragash! Die drei Verfluchten nehmen wir mit, und noch ein paar andere. Danach kommen wir zurück. *Haben wir deine Erlaubnis?*«

Wosion wand sich unter dem zornigen Blick seines Vaters. »Natürlich. Nein. Ich meine, du brauchst keine Erlaubnis von ...«

»Nein, brauche ich nicht!« brüllte Bulion. »Du magst vielleicht glauben, daß Verteidigung nur Mauern bedeutet, aber dem ist nicht so! Verteidigung bedeutet auch Männer, Strategie und Wissen! Die Karpana haben den Nildu überquert und fallen in Nimbudia ein. Hier in Da Lam haben wir keine Ahnung, was im restlichen Kuolien vor sich geht! Also ziehe ich los, um es herauszufinden! Ich habe vor, ein paar unserer vielversprechenden jungen Männer mitzunehmen, damit sie Feldzugerfahrung sammeln können. Es ist an der Zeit, daß wir auch Krieger heranziehen, nicht nur Bauernjungen! Also, gibt es irgendwelche Einwände – von irgend jemandem?«

Wosion schaute zu Himion. Himion schaute zu Wosion. Dann wich jeder dem Blick des anderen aus, und die Meuterei zerschmolz wie Rauhreif an einem Frühlingsmorgen. Bulion nahm Platz und griff wieder zu seinem Mittagessen. Das Herz des alten Mannes pochte heftig in der Brust, seine Hände zitterten.

»War es das, was du schon die ganze Zeit wolltest?« murmelte er.

Gwin, die neben ihm saß, ließ den Blick über die

Gruppe schweifen und kaute mit ernster Miene an ihrem Roggenbrötchen. »Genau!« Ohne die Augen abzuwenden, meinte sie: »Ach, beim Zwillingsgott, ich liebe dich, Bulion Tharn!«

Am liebsten hätte er geschnurrt wie ein Kätzchen. »Tja, das ist gut!« erwiderte er. »Denn ich liebe dich auch.«

Sie hustete. Dann lachten beide los.

25

»Das da sind die Kuhställe«, erklärte Bulion. »Die Werkstätten sind dort drüben – ein Brennofen, eine Schmiede, eine Töpferei und so weiter. Natürlich befinden sie sich ein gutes Stück von den Häusern entfernt.«

Sie ritten hinab ins üppige Tharn-Tal. Sogar die waldbewachsenen Hügel ringsum wirkten so fruchtbar, als könnten sie die Bäume schneller nachwachsen lassen, als sie gefällt wurden. Die untergehende Sonne breitete einen rosenfarbenen Schleier über Felder und Weiden und ein Dorf, das viel größer war, als Gwin es sich vorgestellt hatte. Der Anblick machte ihr bewußt, wie groß eine aus dreihundert Menschen bestehende Familie tatsächlich war. Schon kamen Männer, Frauen und Kinder herbeigerannt, die Ankömmlinge in Empfang zu nehmen. Vor und neben ihnen liefen kläffende Hunde.

Aber die Häuser! Gwin war entsetzt. Sie hätte es ahnen müssen – warum hatte sie sich dagegen gewehrt?

Unterdessen fuhr Bulion überschwenglich mit seinen Ausführungen fort und platzte beinahe vor Stolz, während er seiner wesentlich jüngeren Braut sein Lebenswerk präsentierte. O Bulion! Sie durfte nicht zulassen, daß er das Tal durch ihre Augen sah – *niemals*. Er sah eine lebendige, blühende Siedlung an einem Ort, den er vor langer Zeit noch völlig menschenleer erlebt hatte. Gwin hingegen sah ... nein, sie wollte es nicht einmal denken – Verwahrlosung.

Gwin fühlte sich unsagbar erschöpft. Der Tagesritt hatte sie körperlich ausgezehrt, und die Begegnung mit dem Jaulscath hatte ihre Gefühlswelt gründlich durcheinandergewirbelt. Jojo Kawith, diese arme, arme Frau! Sie hatte in der Bach-Straße gelebt, nur ein paar Gassen von der Herberge entfernt. Jojo verlor ihre gesamte Familie durch die Krankheit – Ehemann, Kinder, Eltern. Seit Monaten hatte sie mit niemandem mehr gesprochen und sich dankbar auf das dürftige Angebot gestürzt, das Gwin ihr überbrachte – eine Schwelle, auf der sie schlafen konnte, ein Mindestmaß an menschlicher Gesellschaft und Freunde, die sie zwar ständig sehen, denen sie sich aber niemals nähern, die sie niemals ansprechen durfte. Den ganzen Nachmittag war Jojos dürre, einsame Gestalt hinter dem Zug hergetrottet, ein ständiges Mahnmal in weiter Entfernung.

Bis zu dieser Begegnung hatte Gwin Solith nicht gewußt, was Einsamkeit wirklich bedeutete.

»... die ursprüngliche Burg sogar noch älter«, erklärte Bulion soeben. »Älter als das Kaiserreich. Vorher war es nur ein Haufen Geröll. Die Steine waren unter Schutt begraben. Wir legen die Grundmauern frei, bauen sie wieder auf und errichteten eine Festung. Zwar keine allzu große, aber immerhin größer als alle anderen in unserem Landkreis. Feinde werden sie meiden und sich leichtere Beute suchen.«

Trotz ihrer geistigen Benommenheit überlegte Gwin, ob das auch stimmte. Eine durch die Lande ziehende Horde von Plünderern und Brandschatzern könnte in einer von Bauern bemannten, gut bevorrateten Festung durchaus einen erstrebenswerten Zufluchtsort sehen, eine begehrenswerte Beute. Morgen wollte sie Wraxals Meinung dazu einholen; schließlich war er Soldat.

Die Vorhut des Begrüßungstrupps kam immer näher.

Schon hörte man ihre Freudenschreie. Ein paar junge Heißsporne auf ungesattelten Pferden überholten die Läufer, um die ersten zu sein, die ihren Anführer willkommen hießen, der wohlbehalten zurückkehrte.

Doch sie würden auch einige Überraschungen erleben. Nicht nur, daß ihr Clanführer sich wieder bester Gesundheit erfreute. Nicht nur Gwin, eine unerwartete Verlobte, eine menschliche Vogelscheuche, die sich nach zwei Tagesritten unter heißer Sommersonne ausgetrocknet und zerschunden fühlte. Vor allem die Verfluchten würden für Aufregung sorgen – Jojo, Wraxal und Niad.

Auch Gwin mußte sich auf Überraschungen gefaßt machen. Konnte es eine noch schlimmere Heimstatt als die Häuser geben? Zarda-Häuser. Sie hätte ahnen müssen, daß die Tharns in Zarda-Häusern lebten. Neunundvierzig an der Zahl, hatte Bulion ihr gesagt. Sobald Polion und Niad heirateten, würden sich alle zusammentun, um ein fünfzigstes Haus zu errichten.

Runde Häuser. Hütten – kreisförmig angeordnete Holzverschläge mit weiß getünchten Weidenwänden und kegelförmigen Reetdächern. Die Böden bestanden vermutlich aus festgetretener Erde oder flachen Steinen. So hatten die Zarda ihre Häuser seit jeher gebaut, mit nur einem Raum. Fünfzig Häuser bei etwa dreihundert Menschen ergab einen Schnitt von sechs oder sieben Bewohnern pro Haus. In einigen würden weniger leben, in anderen wesentlich mehr; und alle in nur einem Zimmer.

Drei Jahre waren vergangen, seit Bulions zweite Frau gestorben war. Wie viele Kinder mochten noch zu Hause leben? Wahrscheinlich hatte er es ihr bereits gesagt, also durfte sie ihn keinesfalls fragen.

Warum hatte sie den Umstand, daß die Tharns in Hütten lebten, aus ihrem Bewußtsein verdrängt? Wosion hatte versucht, sie zu warnen, doch sie wollte nicht hören. Gwin war doch nicht dumm. Liebe konnte zwar blind machen, aber *so* wahnsinnig verliebt in Bulion fühlte sie sich nun doch nicht. Hätte sie früher gewußt, was eine Ehe mit ihm verhieß, sie hätte wohl dennoch dieselbe Entscheidung getroffen. Deshalb hatte sie keineswegs vor, ihr Versprechen zu widerrufen, als sie die Hütten nun vor sich sah. Was sie so sehr störte, war das Gefühl, daß jemand sich *eingemischt* hatte – daß sie getäuscht worden war. Wer oder was hatte sie hinters Licht geführt? Und weshalb?

In letzter Zeit hatte sie keine geheimnisvollen Stimmen mehr gehört, überlegte Gwin argwöhnisch.

Mit donnernden Hufen kamen die Reiter heran. Es handelte sich ausschließlich um halbwüchsige Jungen, die weder Bulion noch Gwin viel Beachtung schenkten. Statt dessen scharten sie sich um Polion und seine blonde Gefährtin. Polion plusterte sich auf wie ein Pfau, als er den anderen Niad vorstellte.

Auch die Gruppe der Läufer näherte sich. Wiederum beherrschte die Jugend die vordersten Reihen. Zwar jubelten und lachten sie, dennoch erinnerten sie Gwin an die mörderischen Menschenmassen in Daling, die den Verfluchten hinterherhetzten. Die Pferde wurden gezügelt. Bulion schlug vor, Gwin möge absteigen. Die Menge verschluckte sie. Einer nach dem anderen wurde ihr vorgestellt. Namen, Namen und noch mal Namen. Tharns im Überfluß – kräftige, stämmige dunkelhaarige Menschen. Natürlich befanden sich auch angeheiratete Verwandte darunter – die meisten waren ebenfalls Zarda, doch es gab auch ein paar Kuolier und sogar einige Blonde. Erklärungen. Lächelnde Gesichter. Namen. Vertraute Gesichter. Namen. Fremde Gesichter. Namen. Starke Arme, die Gwin umarmten. Schwielige Bauernhände, die sich um die ihren schlossen. Linkisch stapfte sie in Reitstiefeln auf einer Welle von Gelächter und Glückwünschen die zerfurchte Straße entlang. Junge, alte, große Männer, große Frauen, vielen davon mit Säuglingen. Vor allem aber Kinder. Gwin watete hüfttief durch ein Meer schreiender Kinder. Dies war nun ihre Familie.

Gwin befand sich auf dem Hauptplatz, den ein Wirrwarr runder Häuser umstand. Sie fühlte sich schmutzig, verschwitzt und wund, doch sie durfte keine Schwäche zeigen – um Bulions und ihres Stolzes willen. Schweine und Hühner wuselten auf dem Boden umher. Hunde kläfften lauthals. Bulion war verschwunden. Rings um Gwin scharten sich Fremde.

Dann meinte eine beruhigend nach Daling klingende Stimme: »Wir kennen uns noch von früher, Gwin *Saj*.«

Eine Frau trat aus dem Menschengewimmel hervor. Sie war etwa so alt wie Gwin, klein und zierlich, trug einen schlafenden Säugling im Arm und hielt ein Kleinkind an der Hand, das neben ihr herzottelte. Ihr Gesicht wirkte ansatzweise vertraut; ein sonderbar rundliches Gesicht für einen derart zarten Körperbau, aber immerhin ein Gesicht mit einem freundlichen Lächeln, das Klugheit und Leidenschaft erahnen ließ.

»Wirklich? Tut mir leid, ich ...«

»Mein Name war Shupy. Hier nennt man mich Shupyim. Ich glaube, du wirst schon bald Gwinim heißen. Früher habe ich in der Herberge zur Phoenix-Straße gearbeitet.«

Gwin gab sich alle Mühe, ihr Gedächtnis wachzurütteln und versagte völlig. »Tut mir leid. Ich kann mich nicht erinn...«

Shupyim lachte. »O nein! Wir haben uns nie richtig kennengelernt. Das war damals, als Carp *Saj* um dich warb. Ich habe dich ein paarmal gesehen. Du hast mich gar nicht bemerkt. Es tut mir sehr leid wegen ... aber daran willst du gewiß nicht erinnert werden. Erweist du mir die Ehre, heute nacht in meinem Haus zu bleiben?«

Gwin fühlte sich wie der sprichwörtliche Ertrinkende, der sich an den berühmten Strohhalm klammert. Hier stand jemand, der dachte wie sie, oder der es zumindest konnte, falls nötig.

»Aber Bulion ...«

Abermals lachte Shupyim und verlagerte das Gewicht

des Säuglings auf ihrem Arm. »Ihr seid doch noch nicht verheiratet, oder? Bis dahin darfst du keinesfalls unter seinem Dach schlafen, Gwin *Saj*. Oh, was wäre das für ein Skandal! Wir haben zwar ein Gästehaus, aber darin wohnt gerade ein Besucher. Du bist in meinem Haus mehr als willkommen.«

Die dicht gedrängte Schar der Umstehenden lächelte und nickte zustimmend.

»Das ist sehr nett von dir, Shupyim. Aber was wird dein Mann dazu . . .«

»Den kennst du auch schon. Er ging nach Daling, an diesen gottlosen Ort! Ein Glück, daß ich ihm vertraue, was?«

»Du jagst ihm eine Höllenangst ein, wolltest du wohl sagen!« rief ein Mann, und alle lachten.

»Ich werde ihm erzählen, daß du mich belästigt hast, Konion.«

Konion heulte vor gespieltem Entsetzen auf. Abermals ertönte schallendes Gelächter. Es handelte sich unverkennbar um familieneigenen Humor. In ein paar Jahren würde Gwin richtig zu ihnen gehören und derlei Hänseleien verstehen.

»Komm mit!« forderte Shupyim sie auf, drehte sich um und ging voraus. »Mein Mann ist Jukion Tharn, Gwin *Saj*. Kennst du ihn?«

»Aber ja! Der Große!«

Die kleine Frau strahlte vor Stolz übers ganze Gesicht. »Der größte Tharn von allen!«

Während Gwin ihr durch die Menschenmenge folgte, sagte sie: »Er hat mich gerettet. Ein Mann hat mich angepöbelt, und Jukion hat ihn niedergeschlagen!«

Shupyim runzelte die Stirn. »Das hat er getan?«

»Ich war ihm überaus dankbar dafür!«

»Dann ist es in Ordnung.« Doch Shupyim hörte sich keineswegs so an, als wäre es in Ordnung. Vielmehr machte sie den Eindruck, daß sie es bedauerte, ihren riesenhaftem Gemahl nicht besser unter Kontrolle zu haben. Allmählich verliefen sich die Leute. Sogar die Hunde, die an Gwins Füßen schnupperten, verloren nach und nach das Interesse, nur die Kinder starrten sie immer noch an. In Gwins Kopf wüteten pochende Schmerzen, und sie spürte jeden Knochen im Leib. Rechts an diesem Haus vorbei, links an jenem ... warum gab es hier keine richtigen Straßen? Küchengerüche, Hühner und Kinder. Würde Gwin in ein paar Jahren so wie diese Frauen sein? Derb, mit selbstgenähtem Kleid, einem Säugling an der Brust und einem Kleinkind am Rockzipfel? Nach Gwin Solith hörte sich das nicht an, aber in ein paar Tagen würde sie sich ja in Gwinim Tharn verwandeln. Gwinim würde anders sein als Gwin.

Nun erkannte sie, daß die Häuser doch eine gewisse Anordnung aufwiesen. Sie standen in Gruppen zu je fünf oder sechs, wobei die Türen auf eine Art Gemeinschaftshof aus matschigem Rasen wiesen. Shupyim steuerte auf eine dunkle Öffnung in einer rauhen, weiß getünchten Wand zu. Links und rechts davon befand sich je eine Bank. Lauthals gackernd flüchtete eine Schar aufgeschreckter Hühner aus der Hütte.

Das Haus erwies sich als angenehm kühl, aber düster und erfüllt vom Geruch nach Essen, Holzrauch und Menschen. Gwins Nase verriet ihr, daß hier sowohl Erwachsene als auch Kleinkinder lebten. Wahrscheinlich auch die Hühner. Über ihr schwirrten Insekten. Fenster gab es keine. Licht fiel nur durch die Tür und unterhalb der Traufen ins Innere, denn die Wände reichten nicht ganz bis zur Decke hinauf. In der Mitte stand ein offener Herd. An den Wänden reihten sich Betten und ein Webstuhl aneinander. Ansonsten erblickte Gwin keine Möbel. Zum Essen mußten sie sich wohl auf den Boden setzen. Töpfe und Pfannen, Kleidersäcke, Gemüsenetze, Kräuterbündel – alles hing von den Dachsparren, außer Reichweite jedweden Ungeziefers. Diese Schlichtheit schien zwar rückständig, dennoch besaß sie etwas eigenartig Heimeliges. Ein Leben in einer solchen Hütte läge fernab der verschlungenen Intrigen Dalings. Essen, Schlaf und Liebe waren alles, was hier zählte.

Nein, da war noch etwas – ein Wassereimer, über dem ein Stoffetzen hing. Er fesselte Gwins ganze Aufmerksamkeit und wirkte einladender als ein siebengängiger Festschmaus.

»Zieh dich aus und wasch dich, Gwin *Saj*«, schlug Shupyim vor, während sie den Säugling behutsam auf eines der Betten legte. »Inzwischen suche ich frische Kleider für dich.«

»Ich habe welche dabei, aber ich weiß nicht, wo man die Pferde hingebracht hat.« Und hatte irgend jemand an Jojo gedacht, den Jaulscath?

»Die wären hier wohl fehl am Platz. Mach dir keine Sorgen wegen des alten Mannes ... ich meine, wegen Bulion *Saj*. Er findet dich schon früh genug. Du mußt von der Reise völlig erschöpft sein.«

Ungeachtet der offenen Tür und der neugierigen Blicke der beiden Kleinkinder schlüpfte Gwin aus den schmutzigen, verschwitzten Kleidern. Sie kniete sich neben den Eimer und ergriff den Waschlappen. Das Wasser erwies sich als kalt, aber angenehm. Einfache Freuden konnten ungemein befriedigend sein. Jede Berührung mit dem kühlen Lappen schien ebenso viel Staub wie Sorgen zu entfernen. Gwin beugte den Kopf hinab, um sich die Haare zu waschen. Die Kinder beobachteten sie aufmerksam und schweigend. Sie überlegte, wann Jukion wohl nach Hause kommen würde.

Shupyim bediente sich eines langen Stocks mit einem Haken, um einen Sack von den Dachsparren zu holen. Fröhlich vor sich hersummend, begann sie darin zu wühlen. Dann kicherte sie. »Um dich wurde anscheinend noch kürzere Zeit geworben als um mich, Gwin *Saj*.«

»Nenn mich einfach Gwin. Oder Gwinim? Ich muß mich ja daran gewöhnen! Ja, es kam alles ziemlich überraschend.«

»Bei mir auch. Er war so groß, so gutaussehend – und so unschuldig! Ich glaube, wir beide haben uns binnen Minuten entschieden. Und ich habe es nie bereut, Gwin. Ich werde geliebt, wie eine Frau es sich nur wünschen kann.«

»Danke. Deine Worte sind mir ein großer Trost.«

»Es sind einfache Leute. Wenn Güte in dir steckt, nehmen sie dich auf, als wärst du eine von ihnen.«

Ein merkwürdiger Ausdruck! Gwin fragte sich, woher man wissen konnte, daß jemand Güte in sich trug. Irgend etwas hatte sie hierher gebracht, aber war es Güte gewesen?

»Manchmal ist das Leben ziemlich hart.« Shupyim warf einen Kittel und einen Rock neben Gwin und hing den Sack zurück. »Aber gerade das macht es so befriedigend, nicht wahr? Ein anständiges Leben zu führen und neues Leben zu schaffen – das schreiben die Schicksalshüter vor. Man muß sich mit dem bescheiden, was einem gegeben wird und das Beste daraus machen.«

»Du bist ja eine richtige Philosophin!« Gwin zog die Kleider an und genoß, wie rauh und frisch sie sich auf der Haut anfühlten.

Jukions Frau lachte. »Nur eine Liebhaberin und Mutter! Für mehr bleibt mir keine Zeit.«

»Das reicht ja auch.«

Gedankenverloren musterte Shupyim ihren Gast von Kopf bis Fuß. »Mir schon. Daß du damit zufrieden bist, hätte ich weniger erwartet. Du brauchst einen Kamm ... warte, ich helfe dir.« Sie begann, Wasser aus Gwins Haar zu wringen; dann versuchte sie, es in der Art der Zarda zu flechten, doch es war zu kurz. Verärgert schnaubte sie.

»Warum sollte ich mehr wollen als du?« fragte Gwin.

»Ich weiß nicht. Du bist gebildet.«

»Stehe ich deshalb unter dir?«

»In gewisser Hinsicht vielleicht schon. Und in anderer Hinsicht natürlich über mir. Die Sonne geht unter. Ich bringe dich zum Haus des alten Mannes. Bestimmt erwartet er, daß du mit ihm ißt.« Shupyim kicherte. »Aber glaub bloß nicht, daß keine Anstandsdamen dabei sind!«

Das hörte sich auf unheilvolle Weise nach einer Warnung an. Die älteren Söhne und Neffen würden die Neuerwerbung begutachten wollen. Und wenn sie es nicht taten, dann gewiß ihre Frauen.

»Wer führt ihm den Haushalt?«

»Seit Gaylim im Frühling geheiratet hat, ist das Herims Aufgabe. Aber weil sie erst vierzehn ist, helfen ihr die Nachbarn. Was sie natürlich nie und nimmer zugeben würde.«

Ein Seufzer entrang sich Gwins Kehle, bevor sie ihn unterdrücken konnte. »Und wie viele Leute leben sonst noch in seinem Haus?«

»Zwei. Jilion und Nosion. Die beiden sind jünger als Herim.« Tröstend klopfte Shupyim Gwin auf die Schulter. »Aber die Kinder eines Zarden sind äußerst gut erzogen – sie wissen, wann sie schlafen müssen.« Das war ein unverkennbarer Wink, daß auch Gwin in diesem, Jukions Haus tief und fest zu schlafen hatte. »Komm mit! Ich bringe dich hin.«

»Ich kenne den Weg«, meinte eine neue Stimme. Gwin zuckte zusammen. Eine dunkle Gestalt stand in der Tür und hob sich als Silhouette gegen das Zwielicht ab. »Ich führe sie«, schlug der Mann fröhlich vor.

»Tibal Frainith! Wie kommst du denn hierher?«

»Zu Fuß, glaube ich. Meine Beine fühlen sich jedenfalls ziemlich wund an.«

»Aber ...?« Gwin schielte zu Shupyim. Soweit sie es beurteilen konnte, war ihre Gastgeberin ebenso überrascht wie sie selbst. »Was tust du hier?«

»Aha!« rief der Shoolscath. »Ich bin natürlich hier, um auf deiner Hochzeit zu tanzen.«

26

Von plötzlicher Wut erfüllt, stürmte Gwin vor, schob Tibal mit beiden Händen rückwärts aus dem Haus und folgte ihm. Auch draußen war es schon ziemlich finster. Sie erkannte ein blaues Auge und ein verlegenes Grinsen. Abgesehen davon glich er demselben schlaksigen, unscheinbaren jungen Mann, den sie aus Daling kannte; er strahlte dieselbe Mischung aus Unschuld und geheimem Wissen aus, die einen Menschen zur Weißglut treiben konnte.

Ein gutes Dutzend Kinder beobachtete die beiden aus einiger Entfernung. Shupyim befand sich auf jeden Fall in Hörweite, und vermutlich verbargen sich hinter den dunklen Eingängen der übrigen Häuser noch weitere Erwachsenenaugen und -ohren. Von nun an würde es in Gwins Leben keine Ungestörtheit mehr geben. Sie würde lernen müssen, damit zurechtzukommen, und dies schien ein guter Zeitpunkt, um damit zu beginnen.

»Labranza Lamith hat mir alles über dich erzählt!«

»Es gefällt ihnen nicht, was sie zu hören bekamen.«

Gefällt ihnen nicht? Hatten sie es denn schon erfahren?

»Ich werde es niemandem erzählen«, sagte Gwin.

»Aber ich. Komm mit, gehen wir. Wir unterhalten uns unterwegs.«

Nicht *wir werden uns unterhalten*. Nur *wir unterhalten uns*.

Zögernd verfiel sie neben ihm in Gleichschritt. »Kennst du die Zukunft?«

Er seufzte und verkürzte die Schritte, um sie den ihren anzupassen. »So gut wie du die Vergangenheit.«

»Also wußtest du, daß Liam dir aufs Auge schlagen würde?«

»Wer? Das also war's? Auf jeden Fall schmerzt es entsetzlich, wer immer es getan hat.«

Gwin fühlte, wie ihr Verstand sich den Folgerungen verschloß, die sich daraus ergaben. Sie schaute zu ihm auf, doch sein Gesicht zeichnete sich nur als dunkler Umriß gegen die untergehende Sonne ab. Awails schmale Sichel hing über ihm.

»Wie bist du so schnell hierher gekommen, wenn du zu Fuß gelaufen bist?«

»Keine Ahnung.« Mit so leiser Stimme, daß sie kaum noch das Knirschen ihrer Schritte auf dem trockenen Gras übertönte, sprach er weiter. »Du weißt, daß ich ein Shoolscath bin. Ich *vor*innere mich an die Zukunft. Über die Vergangenheit weiß ich gar nichts. So wie du wahrscheinlich eine leise Ahnung hast, was sich in den nächsten paar Minuten ereignen wird, erinnere ich mich vage daran, was gerade geschehen ist. Ich weiß noch, daß ich vorhin zu Jukions Haus kam, um dich abzuholen. Aber ich bin nicht sicher, wo ich zuvor war – vermutlich im Gästehaus. Das verblaßt sehr schnell.«

Shoolscaths wurden allesamt verrückt. Kein Wunder.

»Und meine Füße schmerzen noch schlimmer als mein Auge, also nehme ich an, daß ich zu Fuß von irgendwo hierher gelaufen bin.«

Er hatte ausgesprochen lange Beine und einen halben Tag Vorsprung. Ein flotter Wanderer vermochte durchaus, einem Reiter das Wasser zu reichen, wenn dem Reiter nur ein Pferd zur Verfügung stand. Seine Geschichte klang zumindest einigermaßen glaubwürdig. Aber er konnte erst vor kurzem eingetroffen sein, und daß er sich nicht mehr daran erinnern konnte, schien unvorstellbar.

»Dann erzähl mir von der Zukunft.«

»Ich bringe dich zu Bulions Haus. Dort wirst du mit ihm und einigen anderen essen.«

»Darauf wäre ich selbst gekommen!«

»Deshalb darf ich es dir ja erzählen.«

»Wie?«

Jählings hielt er inne. Sie drehte sich ihm zu. Nun erkannte sie seine Züge besser; Licht funkelte auf den glatten Flächen seines Kiefers, seiner Nase und seiner Wange. Sofern es sich um keine durch das düstere Licht hervorgerufene Täuschung handelte, sprach eine beunruhigende Traurigkeit aus seinem Antlitz; der Himmel spiegelte sich in seinen Augen wider. Es war zu finster, um den ihm eigenen, seltsam verschwommenen Blick tatsächlich auszumachen, dennoch war Gwin überzeugt, daß er da war. Nun ergab dieser Blick einen Sinn – ein Shoolscath war nicht fähig, Menschen so zu sehen, wie sie waren. Er sah sie so, wie sie sein würden; er sah über die Gegenwart hinaus.

»Ich erkläre dir alles morgen, Gwin Solith. Jetzt haben wir keine Zeit dafür. Ich kenne die Zukunft, darf sie aber unter keinen Umständen offenbaren.«

»Warum nicht?« fragte Gwin verärgert.

»Genau das versuche ich dir zu erklären. Letzten Endes verstehst du es. Natürlich bist du nicht damit zufrieden.« Langsam ging er weiter.

»Nein, bin ich nicht! Weshalb interessierst du dich für mich? Warum bist du nach Daling gekommen?«

»Bin ich das? O ja, es muß so sein. Du erzählst mir irgendwann davon.«

»Was meinst du damit – irgendwann?«

»Du weißt doch auch nicht immer, wann genau etwas geschehen ist, oder? Dasselbe gilt für mich – nur vorwärts statt rückwärts.«

»Also werden wir noch länger miteinander zu tun haben?«

Schweigend ging er ein paar Schritte, runzelte die Stirn. Schließlich antwortete er: »Mm. Ja.«

»Bist du nicht sicher?«

»Ich bin nicht sicher, ob es gut war, dir das zu sagen.«

Das war einfach lächerlich! Er konnte sagen, was immer er wollte, denn es bestand keine Möglichkeit, seine Aussagen zu überprüfen. »Labranza Lamith hat mir erzählt, daß Shoolscaths andauernd lügen.«

»Einige«, stimmte Tibal ihr traurig zu. »Ich versuche,

Lügen zu vermeiden. Aber das bedeutet, daß ich oft gar nichts sagen darf. Ich vorinnere mich nur an eine einzige Lüge dir gegenüber. Aber bitte hör auf, mich mit Fragen zu überhäufen! Was die Vergangenheit angeht, verfüge ich über kein Gedächtnis, und ich scheue mich, über die Zukunft zu reden. Ich kann behaupten, daß ich mich sehr freue, dich zu sehen, und das stimmt. Hingegen hätte es keinen Sinn zu sagen, ich würde mich freuen, daß du sicher angekommen bist, denn ich muß ja gewußt haben, daß du sicher ankommen wirst. Da lang.«

Er folgte den äußeren Pfaden und mied die kleinen Höfe mit all den hell erleuchteten Türen. Gwin war froh, daß Tibal den Weg kannte, denn sie selbst hätte sich längst hoffnungslos verirrt. Soweit sie es zu beurteilen vermochte, konnte er sie ebensogut im Kreis herumführen – sowohl im wörtlichen Sinn als auch im übertragenen. Aber mittlerweile war sie überzeugt davon, daß Tibal Frainith viele Dinge über sie wußte, die sie gern erfahren würde.

Immer mehr Lichter wurden in den Häusern angezündet und leuchteten unter den Traufen hervor. Kinder sangen, Erwachsene lachten.

»Warum, Tibal? Ich meine, warum verfolgst du mich? Wußtest du, daß ich hierher komme?«

»Zu viele Fragen. Du kriegst die Antworten. Das verspreche ich dir. Du kriegst die Antworten.«

Ein Hund knurrte in den Schatten. Tibal schenkte ihm keinerlei Beachtung. Doch Gwin wußte, das hatte nichts zu bedeuten – schließlich hatte er ebenso wenig versucht, Liams Schlag auszuweichen.

»Da wären wir«, sagte er schließlich. »Das ist dein Haus. Ich meine, ess wird dein Haus sein. Du nimmst jetzt eine Mahlzeit zu dir, und ich unterhalte mich mit Wraxal Raddaith. Er ist ein Muolscath. Ein interessanter Bursche.«

»Du kennst ihn?«

»Noch nicht.«

»Woher weißt du dann, daß du ihn nicht kennst?«

»Weil *er* mich nicht kennt. Er wird sich mir vorstellen.« Tibal hielt inne; dann fügte er traurig hinzu: »Du gewöhnst dich daran, Gwin Solith. Eines kann ich dir verraten: Es ist von größter Bedeutung, daß du hierher gekommen bist. Es ist wichtig. Sehr wichtig. Nicht nur für dich. Für viele Leute.«

Waren Seher ebenso zweideutig wie Omen? »Wichtig? Heißt das gut oder schlecht?«

»Oh, gut natürlich!«

Unvermittelt ergriff Gwin seine Hand und drückte sie. »Danke! Kannst du mir sagen, warum du mir das verraten hast?«

Als sie Tibals Hand loslassen wollte, hielt er die ihre fest. »Weil es nichts verändern wird. Du wirst tun, was du tun mußt, ob du es nun weißt oder nicht. Also habe ich keine Veränderung bewirkt, sondern dir lediglich eine kleine Sorge erspart. Und Sorgen werden dich nicht schrecken.«

Ganz kurz hob er ihre Finger an seine Lippen.

Dann wandte er sich um und stapfte in die Nacht davon.

27

Bösebuchtdorf ist ein treffender Name, dachte Jasbur. Ein anheimlender Ort konnte es nie gewesen sein, nur eine erbärmliche Ansammlung aus Treibholz errichteter Baracken zwischen windgepeitschten Sanddünen. Ein faulig stinkender, halb von Schilf verstopfter Bach ergoß sich in die See, und eine küstennahe Landzunge bot ungewissen Schutz für Schiffe. Jeder Sturm mittlerer Stärke konnte die Anliegeplätze leerfegen, und im Augenblick lag kein einziges Boot vor Anker. Es gab keine Bäume, eigentlich überhaupt kein Zeichen von Leben, abgesehen von Seetang am Strand und ein paar aufgeschreckten, weißen Möwen. Selbst die milchige Blässe des Himmels wirkte unnatürlich.

In Bösebuchtdorf war die Sternenkrankheit vor etwa dreißig Jahren ausgebrochen. Damals waren die Einwohner geflohen, und nie waren neue gekommen – bis letzten Frühling, als einige der Verfluchten aus Daling hier Zuflucht suchten. Das hatte Labranza ihnen erzählt, und die Bewohner des Nachbardorfes hatten es ihnen bestätigt. Wie viele Verfluchte hier lebten, wußten sie nicht. Sie wollten es auch gar nicht wissen, und am allerwenigsten wollten sie mit den Flüchtlingen etwas zu tun haben.

Trinkwasser gab es zwar, doch was fanden die Verfluchten in dieser Einöde zu essen? Sofern es hier je eine Mole gegeben hatte, war sie längst verschwunden. Keine Boote, keine Netze, kein Vieh. Die Baracken waren völlig zerfallen. Habt Erbarmen, o Schicksalshüter!

Labranza hatte ihnen Pferde und ein klein wenig Geld zur Verfügung gestellt. Nun folgte Jasbur seinem Gefährten Ordur. Die beiden trabten die Küste entlang auf Bösebuchtdorf zu. Zu ihrer Linken toste unermüdlich die See, zu ihrer Rechten tollte der Wind durch das zähe Gras der Dünen; salziger Gestank erfüllte die Luft. Ein Frau kam ihnen entgegen.

Vor Monaten hatte Labranza Jasbur und Ordur losgeschickt, um Überlebende der Sternenkrankheit in Daling zu retten. Drei hatten sie gefunden, nur drei. Dann war Labranza persönlich gekommen und hatte an einem einzigen Morgen erfahren, wohin der Rest verschwunden war. Einfach demütigend. Und charakteristisch für Labranza. Dutzende konnten sich in diesen baufälligen Hütten verborgen halten – doch sie hatten nur eine Frau gesandt, um die Besucher in Empfang zu nehmen, was darauf schließen ließ, daß es keine männlichen Anführer gab. Somit würde die Gruppe sich vermutlich als recht klein erweisen. Außerdem ließ es darauf schließen, daß Ordur womöglich alles vermasselte. Nun hielt Ordur sich selbst für den Verantwortlichen, und im Augenblick besaß er weniger Verstand als eine Kellerassel.

Noch vor einem Jahr hatte er einige der herzzerreißendsten Gedichte geschrieben, die Jasbur je gelesen hatte.

Mittlerweile befanden sie sich in Rufweite der Frau, die angehalten hatte, um sie zu erwarten. Hinter ihr erstreckte sich eine lange Reihe ihrer Fußabdrücke im feuchten Sand. Die Frau war groß und kräftig gebaut. Das dunkle Haar trug sie kurz geschoren, Arme und Beine wirkten fleischig. Sie trug einen gräulichen Kittel und eine ziemlich zerlumpte Hose, die nach der eines Mannes aussah. Ihre Füße waren bloß.

»Geht weg!« rief sie und schwenkte die Arme. »Ich bin verflucht!«

Erschrocken zuckten die Pferde angesichts ihrer Geste zusammen. Den Schicksalshütern sei Dank, Ordur erwies sich als schlau genug, um anzuhalten und abzusteigen. Jasbur tat es ihm gleich. Mit den Pferden im Schlepptau gingen sie näher auf die Frau zu. Als sie zurückzuweichen begann, hielten Odur und Jasbur inne.

»Geht weg! Hier wütet die Sternenkrankheit!« Aus den Augen der Frau schien Wahnsinn zu sprechen. Ihr Alter ließ sich schwer schätzen – sie konnte erst Mitte Zwanzig, aber auch schon um die Vierzig sein. Je nachdem, wie viele Kinder sie geboren hatte.

»Oh, ich bin sicher, inzwischen geht es euch allen besser«, meinte Ordur fröhlich. So groß die Frau auch war, er überragte sie, ein blonder Fleischberg, der keine einzige gesunde Gehirnzelle besaß. Zum Denken stand ihm ausschließlich Fett zur Verfügung. »Ihr kommt aus Daling, nicht wahr? Du und die anderen.«

Mißtrauisch musterte sie ihn. »Was willst du?«

»Wir haben gehört, daß sich hier Verfluchte aufhalten. Wir sind gekommen, um euch zu helfen.«

Mürrisch mußte Jasbur sich eingestehen, daß Ordur seine Sache bislang recht gut machte.

»Uns helfen?« gellte sie. »Wie könnt ihr jemandem helfen, den die Schicksalshüter verflucht haben?«

»In vielerlei Hinsicht.« Kurz schaute Ordur zu Jasbur und suchte nach einem zustimmenden Blick, dann fuhr er auf eigene Faust fort. »Wir kommen aus Raragash. In Raragash leben viele Verfluchte.«

Eine Zeitlang betrachtete die Frau Ordur, danach Jasbur, die ihr eher geheuer schien.

Schließlich wandte sie die Aufmerksamkeit wieder Ordur zu, den sie natürlich für den Anführer hielt. »Ich glaube dir nicht! Weißt du, was ich bin? Ein Awailscath!«

»Das ist hart.«

»Hart?« kreischte sie. »Du hast ja überhaupt keine Ahnung! Bevor dies geschah, war ich ein *Mann*! Ich hatte eine Frau und Söhne! Und sieh mich jetzt an!«

»So häßlich bist du nicht«, erwiderte Ordur unbekümmert. Jasbur hätte ihn am liebsten umgebracht, schwieg aber.

Die Frau bleckte die Zähne. »Bist wohl auf eine kleine Vergewaltigung aus, wie?«

»Nö. Ich weiß, wie du dich fühlst.«

»Du kannst nicht wissen, wie ich mich fühle!« brüllte sie. »Ich hab' dir doch gesagt, ich war ein Mann! Jetzt bin ich eine Frau! Bei uns hier lebt ein Mann namens Mandasil, und ich ertappe mich dabei, daß ich ... egal. Es ist schrecklich!«

»Das ist ganz normal«, widersprach Ordur. »Ich bin genauso wie du.«

»Du?«

»Ich war schon oft eine Frau. Stimmt's, Jasbur?«

Jasbur nickte. Es war an der Zeit einzuschreiten. »Ja«, bestätigte sie der Frau. »Und noch vor ein paar Tagen war ich ein Mann. Mein Name ist Jasbur. Er heißt Ordur. Wir sind beide Awailscaths, so wie du.«

Die Frau wurde aschfahl und starrte vom einen zur anderen.

»Man gewöhnt sich daran«, sagte Jasbur. Behutsam ging sie ein paar Schritte vor, immer noch mit dem Pferd an der Hand, als würde sie dadurch weniger bedrohlich erscheinen. »Irgendwann verwandelst du dich wieder in einen Mann. Manchmal bist du klug, manchmal dumm. Manchmal wunderschön, manchmal häßlich wie ein Wasserspeier, so wie ich jetzt. Manchmal hast du das Verlangen nach fleischlicher Liebe, manchmal nicht. Awailscaths verkörpern nie lange ein und denselben Menschen.«

Schützend schlang die Frau die dicken Arme um ihren Leib. »Du lügst!«

»Nein, tut sie nicht«, widersprach Ordur mit gebieterischer, tiefer Stimme. »Wie heiß du, Süße?«

Sie krümmte sich und warf ihm einen haßerfüllten Blick zu. »Wenn du je eine Frau gewesen wärst, würdest du mich nicht so nennen!«

Jasbur ergriff das Wort. »Im Augenblick ist er nicht besonders helle, *Saj*, aber er war schon oft eine Frau. Wir sind beide Awailscaths, so wie du. Ich bin Jasbur, er ist Ordur. Wir stammen beide aus Tring, deshalb sind wir arm und besitzen nur einen Namen.« Jasbur lächelte, wenngleich sie wußte, daß ihr Lächeln derzeit alles andere als beruhigend war.

Die Frau wirkte nach wie vor mißtrauisch. »Ich bin Vaslar Nomith. Zumindest war ich das.«

»Was mein Freund gesagt hat, stimmt, Vaslar. Manchmal ist er eine Frau, manchmal bin ich ein Mann. Manchmal sind wir einfach nur Freunde. Wir sind schon lange zusammen.«

Angewidert musterte die Frau Ordur. »Wie kann so einer dein Freund sein?«

»Er ist nicht immer so wie jetzt. Das gilt auch für mich – man verändert sich nicht nur äußerlich. Du klammerst dich noch an den alten Glauben, daß du immer dieselbe

Person bist, aber das legt sich nach ein paar Verwandlungen. Jeder Awailscath findet letzten Endes einen Gefährten. Und dann schafft man sich gemeinsam ein neues Leben.«

»Ein Leben? Was für ein Leben kann ein Awailscath haben?«

»Ein abwechslungsreiches. Ordur und ich bleiben zusammen, auch wenn wir mal nicht zusammenpassen. Denn wir wissen, daß wir *irgendwann* wieder zusammenpassen werden und uns sonst niemand jemals wirklich verstehen könnte. Egal, was kommt, wir trennen uns nie, weil wir uns beim nächsten Aufeinandertreffen gar nicht erkennen würden. Im Augenblick verkörpert Ordur nur einen hirnlosen Fleischberg, und das einzige, woran er denken kann, ist ...«

»Du auch!« schrie Ordur.

Jasbur zuckte mit den Schultern. »Jetzt ist er der Stärkere, ein anderes Mal bin ich es. Es kann gut oder weniger gut sein, so oder so. Wir verstehen einander, Vaslar.«

Plötzlich füllten sich die Augen der Frau mit Tränen, ihre Schultern sackten herab. »Du sagst das nicht einfach nur so daher?«

»Nein. So wahr mir Jaul helfe. Ordur, halt dich da raus.«

Jasbur ließ die Zügel fallen und trat vor, um Vaslar in die Arme zu nehmen. »Es gibt Hoffnung für dich.«

»Meine Frau? Meine Kinder?«

»Nein. Du darfst nicht erwarten, daß sie das verstehen. Sie sollen sich so an dich erinnern, wie du warst. Aber in Raragash gibt es Hoffnung für dich. Komm mit uns. Dort leben Menschen, die dir helfen können. Wir haben andere Awailscaths. Du kannst einen Gefährten finden und wieder Teil eines Paares werden.«

Vaslar rieb sich die Augen und schaute über Jasburs Schulter zu Ordur. »Immer zu zweit?«

Jasbur fühlte eine Woge des Zorns über sich hinwegspülen. Wahrscheinlich machte der muskelbepackte Rüpel Vaslar hinter Jasburs Rücken schöne Augen. »Es ist am besten so. Glaub mir, meine Liebe, drei Awailscaths zusammen ist nicht nur zuviel – es ist mörderisch!« Zwar gab es in Raragash noch andere Möglichkeiten, aber Vaslar würde genug Zeit haben, alles darüber zu erfahren, wenn sie erst dort war. »Also, wer lebt hier sonst noch? Und wie viele seid ihr?« Sie drängte die größere Frau zum Gehen. Die Arme umeinander gelegt, schritten sie auf den Weiler zu.

Vaslar schniefte. »Sechs.«

Nur sechs! »Was ist mit den anderen geschehen?«

Das platschende Geräusch von Hufen auf feuchtem Sand verriet Jasbur, daß Ordur ihnen mit den Pferden folgte. Schlau von ihm, daran zu denken, ohne von Jasbur dazu aufgefordert worden zu sein.

»Keine Ahnung. Viele starben durch eigene Hand.« Mit gerunzelter Stirn blickte Vaslar zu Jasbur hinab und betrachtete die affenähnlichen, häßlichen Züge. »Was bist du wirklich?«

»Im Augenblick bin ich das, was du siehst. Vor drei Tagen war ich ein buckliger Mann. Nächsten Monat bin ich das, was du dann siehst.« Jasbur wußte, daß dies am schwierigsten hinzunehmen war, diese Unvorhersehbarkeit der Zukunft, die Unfähigkeit, irgend etwas zu planen. Das war sogar schlimmer als die Geschlechterwechsel.

»Und ursprünglich?«

»Ursprünglich war ich ein Kind. Als ich die Sternenkrankheit bekam, war ich erst zehn.«

»Mädchen oder Junge?«

»Was spielt das jetzt noch für eine Rolle? Du findest es schwer, dich anzupassen. Kannst du dir vorstellen, wie meine Jugend war? Ich war mal zwölf, mal neunzehn, dann wieder umgekehrt, und das wohl ein Dutzend Mal. Im einen Monat wuchs mir ein Bart, im nächsten bekam ich die Regel. Dann wurde ich wieder ein Kind.«

Eine Bewegung erregte Jasburs Aufmerksamkeit.

Jemand war aus einer der baufälligen Hütten gekommen und starrte der über den Strand herannahenden Gruppe entgegen. Der Wind brachte Jasburs Augen zum Tränen, so daß die Gestalt völlig verschwommen wirkte.

»Erzähl mir von den anderen fünf.«

»Da ist zunächst Mandasil, ein Ivielscath. Dann zwei Jaulscaths – Ephi und Kinimim. Die beiden sind noch Kinder. Sie halten sich von uns anderen fern, aber wenigstens haben sie einander. Ich glaube, sie haben mehr Angst vor unseren Gedanken als wir vor ihren.«

Jasbur schauderte. Das stimmte gewiß. »Und wer noch?«

»Tigon – er ist etwa fünfzehn. Und Shard. Er ist älter, so um die fünfzig, und er nimmt es sehr schwer. Beide sind Ogoalscaths. Seltsame Dinge geschehen rings um die zwei.«

»Erspar mir die Einzelheiten«, meinte Jasbur. Ungeschulte Ogoalscaths waren eine Katastrophe.

»Es gab noch jemanden, aber sie wurde krank und starb. Wir ... ich frage mich, ob Mandasil dafür verantwortlich ist. Er begehrte sie, aber sie hat ihn zurückgewiesen. Und dann wurde sie ganz plötzlich krank.« Zwar stellte die große Frau keine eindeutige Frage, doch sie wollte zweifellos hören, daß sie sich irrte – was Jasbur jedoch nicht sagen konnte.

»Vielleicht war es nur Zufall.« Vielleicht aber auch nicht.

»Und jetzt hat Mandasil ein Auge auf mich geworfen.« Vaslar zitterte. »Ich wage nicht, mich ihm zu verweigern. Dabei war ich ein Mann! Ein Vater!«

»Du wirst wieder ein Mann sein. Eigentlich ist es gar nicht so schlimm, eine Frau zu sein, wenn man sich erst daran gewöhnt hat. Manchmal ist es sogar sehr schön.«

»Ich bin zu groß!«

»Aber du wirst nicht immer groß sein. Alles ändert sich.«

»Es gibt gar nichts dagegen einzuwenden, groß zu

sein!« warf Ordur ein, der dicht hinter ihnen folgte. Jasbur spielte mit dem Gedanken, ihn zu erdrosseln.

»Wenn ich das nächste Mal ein Mann bin«, meinte Vaslar, »bringe ich Mandasil um, diesen jungen Bastard.« Ihre Züge nahmen einen höchst unweiblichen Ausdruck an.

»Wenn er wirklich ein Ivielscath ist, rate ich dir davon ab. Oder du solltest es sehr schnell tun.«

»Glaub mir, das werde ich.«

Jasbur ließ sich das Problem durch den Kopf gehen. »Wie alt sind die Kinder?«

»Kinimim ist sieben, Ephi zwölf. Tigon ist etwa fünfzehn.«

Fünfzehn klang gut, aber die anderen beiden waren zu jung zum Laufen. Sechs Verfluchte. Nur ein junger Mann. Eine Mann-Frau. Drei Kinder. Keiner davon hatte Kontrolle über seine Macht, alle waren gefühlsmäßig völlig am Boden zerstört. Ein Ivielscath, der Krankheit verströmte, Ogoalscaths, die Bäume umfallen oder Häuser in Flammen aufgehen ließen, zwei junge Jaulscaths, die Schritt für Schritt von den Gedanken Erwachsener in den Wahnsinn getrieben wurden ... Wie sollte Jasbur eine solche Gruppe jemals nach Raragash bringen? Ordur war vorerst praktisch nutzlos. Nächsten Monat würde es ihm vielleicht besser gehen, aber so wie Vaslar sich anhörte, konnte dieser traurige Haufen nicht so lange warten.

Jasbur mußte irgendwo Hilfe finden.

28

In Daling wurde jede Verlobung zweier Menschen zuerst vom Stadtausrufer verkündet. Wenn dabei auch Besitztümer eine Rolle spielten, war ein schriftlicher Vertrag erforderlich, der von der Stadtverwaltung begutachtet und gegengezeichnet werden mußte. Die Hochzeit selbst stellte eine pompöse Angelegenheit dar, bei der die beiden zu vermählenden Familien wochenlang über der Gästeliste brüteten. Schließlich schworen Braut und Bräutigam bei einer feierlichen Zeremonie im Tempel vor dem Zwillingsgott einen Eid.

Im Dorf waren derlei Förmlichkeiten nicht erforderlich. Jeder wußte bereits über die Verlobung Bescheid. Jeder würde an dem Fest teilnehmen. Götter wurden weder angerufen noch eingeladen, denn die Tharns klammerten sich an die Vorstellung, so wie ihre Zarda-Vorfahren zu leben – und schienen dabei zu übersehen, mit welcher Verachtung diese wilden Krieger sie gestraft hätten. Eine Zarda-Heirat stellte lediglich die feierliche Verpflichtung zweier Menschen und deren Familien dar. Zu gegebener Zeit würden die Schicksalshüter entscheiden, ob sie miteinander aufblühten, und das war es auch schon.

Da Gwin das alles wußte, war ihr unbegreiflich, weshalb Bulion und sie nicht unverzüglich heiraten sollten. Man erinnerte sie an die Bedeutung der Zeichen. Zwar ließen sich die Schicksalshüter weder durch Opfer noch durch Anbetung milde stimmen, doch für gewöhnlich offenbarten sie den Scharfsichtigen ihre Absichten. Die Vermählung mußte auf einen günstigen Tag warten.

Wosion machte sich noch am selben Abend, an dem sie ankamen, an die Arbeit. Bei Morgengrauen sprach bereits die ganze Familie darüber, daß in drei Tagen ein hervorragender Zeitpunkt sei. Bis dahin würde Poul das Haus der Männer verlassen und ins Haus der Erschaffung eintreten, eine außergewöhnlich vielversprechende Stellung für die Herrscherin über Leben und Tod und das Schicksal, die Urmutter aller Schicksalshüter. Zudem würde Awail viertelvoll und ihre Scheibe im Gleichgewicht zwischen Licht und Schatten sein – und dies im Haus der Feierlichkeiten, was ebenfalls überaus glückverheißend war. Als Hüterin der Veränderung mit besonderem Augenmerk auf die Geburt, galt Awail als fast ebenso bedeutsam wie Poul. Eine Ehe, die an einem Tag geschlossen wurde, der sowohl seitens der Sonne als auch seitens des Mondes günstig schien, sollte mit zahlreichen Kindern gesegnet werden, und genau darin bestand der Zweck einer Ehe.

Einzig Brankions sechstes Kind und zweiter Sohn, Polion, leistete Widerspruch. Die Allgemeinheit ging davon aus, daß er Niad Bilith anläßlich derselben Feier ehelichen würde, wenngleich niemand gehört hatte, daß Polion dahingehende Absichten hegte. Der Junge schlich umher und übte heftige Kritik an der Stellung von Muol, Ogoal und Jaul. Er vertrat die Meinung, daß es wesentlich günstiger wäre, noch einige Zeit zu warten. Alle hörten ihm höflich zu, grinsten aber hinter seinem Rücken und schenkten ihm keine weitere Beachtung. Mehr als nur eine Mutter würde erleichtert sein, Polion Tharn an der Kette der Ehe zu wissen.

Und so blieben nur drei Tage für die Vorbereitungen. Bulion bestand darauf, daß es die größte Feier werden mußte, die das Tal je erlebt hatte. Mit freudiger Begeisterung stürzte sich die ganze Familie in die Arbeit.

Tharns arbeiteten stets in Gruppen, die sich für gewöhnlich aus vier bis fünf Erwachsenen und ebenso vielen Kindern zusammensetzten. Erst spät am ersten Tag gelang es Gwin, ein paar kostbare Augenblick mit Bulion allein zu erhaschen. Die beiden stahlen sich von ihren Gefährten fort, in den Schatten einiger Pappeln ein Stück außerhalb des Dorfes. Seite an Seite lagen sie an einer farnbewachsenen Böschung und gaben sich Zärtlichkeiten und dem belanglosen Gerede hin, dem Liebende an einem trägen, heißen Sommernachmittag gern frönten. Gwin betrachtete die bunten Blätter vor dem Hintergrund des blauen Himmels über ihr und staunte, wie zufrieden sie sich fühlte. In der Ferne vernahm sie die aufgeregten Rufe von Kindern, das Klirren von Hämmern in den Werkstätten und das beständige Krachen von Äxten, das davon kündete, daß ein neues Haus gebaut wurde. Stadt und Herberge waren bereits in der Vergangenheit verblaßt, und Gwin verspürte keinerlei Bedauern.

Aber noch war sie nicht völlig frei. Erst mußte sie noch ein Angebot für die Herberge annehmen und entsprechende Dokumente unterzeichnen. Zwar hatte sie ihren Vermittler beauftragt, ihr die erforderlichen Unterlagen ins Tharn-Tal zu schicken; dennoch hegte sie die unangenehme Befürchtung, daß sie zurück nach Daling mußte, um vor Notaren zu unterschreiben. Dann stand noch die Entscheidung an, was mit dem Geld geschehen sollte. Den Tharns jedenfalls schien es an nichts zu mangeln, das sie mit Geld kaufen konnten.

»Diese Hochzeitsreise«, murmelte Bulion, während er Gwin mit einem Arm festhielt und mit dem Hut in der anderen Fliegen verscheuchte. »Was meinst du, wie lange wir fort sein werden?«

»Labranza sagte, zwei Wochen zu Pferd für eine Strecke. Vielleicht werden wir auch eine Zeitlang bleiben. Auf jeden Fall sollten wir rechtzeitig zur Ernte zurück sein.«

Es schien immer noch unvorstellbar, daß der Clanführer bereit war, sein geliebtes Tal so lange zu verlassen. Zum Teil beglich er damit natürlich seine Schuld bei Niad. Dies bedingte, daß er einige seiner Schäfchen hinaus in die große, weite Welt schickte. Selbstverständlich würde er niemandem außer sich selbst die Aufgabe anvertrauten, dafür zu sorgen, daß sie wohlbehalten zurückkehrten. Zum Teil wollte er mit der Reise aber auch beweisen, daß er nach wie vor ein richtiger Mann war, ein verdienter Führer – dies wollte er Gwin, seiner Familie und sich selbst beweisen. Aber zum Teil tat er es nur, um Gwin eine Freude zu bereiten, und Gwin fühlte sich gleichermaßen geschmeichelt und dankbar.

»Sechs Mann?« fragte er. »Oder sieben. Ich und natürlich Polion. Wosion will auch mitkommen. Zanion zum Denken, Jukion, um Angreifer allein durch seine Größe abzuschrecken. Noch ein paar junge Kerle?«

»Du bist der einzige, der das entscheiden kann, Liebster.« Sie wußte, daß jeder Bursche über zehn Jahre darauf brannte, mitzukommen. Außerdem wußte sie, daß der Clan eines Tages einen neuen Führer brauchen würde, und Bulions Entscheidung konnte bedeutsame Auswirkungen darauf haben, wer ihm einst nachfolgen würde. Und das wußte Bulion sehr wohl.

Er gähnte. »Wir lassen Brankion im Sattel und warten, wer ihn abwirft.«

Schläfrig kicherte Gwin. »Mitunter bist du hinterlistiger, als du zu sein vorgibst, du großer Bulle.«

»Ich? Hinterlistig? Ich bin nur ein alter, fetter Bauer. Meinst du, Wraxal begleitet uns? Würde er sich überhaupt die Mühe machen, sich zu verteidigen, falls wir Ärger bekommen?«

»Ich glaube kaum, daß er uns auf andere Weise nützlich sein würde.«

»Und wann brechen wir auf? Das ist auch noch zu klären.«

Eine heikle Frage. Gwin konnte es kaum erwarten. Würde die Reise zu lange hinausgeschoben, bestand die Gefahr, daß sie in einem Sumpf des Zauderns und Zögerns versank. Andererseits galt es noch, die Angelegenheit mit der Herberge zu regeln. Sie mußte ...

Geh so bald wie möglich.

Bulion spürte, wie sie überrascht zusammenzuckte. Er schreckte hoch. »Alles in Ordnung?«

»Äh ... eine Bremse hat mich gebissen.« Verdammt! Gwin stieß einen leisen Fluch aus. Zwar wollte sie ihn *keineswegs* anlügen, doch sie würde *unter keinen Umständen* zugeben, daß sie Dinge hörte. Letztlich war es ihr gelungen, sich einzureden, daß die körperlose Stimme nur ein Zeichen von Kummer war, von überspannten Nerven. Sie hatte nicht erwartet, daß die Stimme ihr hierher folgen würde. Wahrscheinlich brauchte Gwin mehr Zeit. Vielleicht würde sie nach der Hochzeit in der Lage sein, Ruhe zu finden und wieder die gesunde, bodenständige, ausgeglichene Frau zu werden, die sie eigentlich war.

»Ich glaube, wir sollten so bald wie möglich aufbrechen«, sagte sie. Ihr geisterhafter Berater schien stets gute Vorschläge zu unterbreiten. Diesmal hatte er lediglich einen Schluß vorweggenommen, zu dem Gwin auch allein gekommen wäre, also konnte sie getrost vergessen, die Stimme überhaupt gehört zu haben. »Sobald ich den Verkauf der Herberge geregelt und den Erlös unter dem Bett verstaut habe.«

Bulion grunzte. »Hm. Gwin, Liebling?«

»Ja, Liebster?«

»Ich ... ach, nichts! Laß uns zurückgehen und einen Blick auf die Festung werfen.«

Die Festung befand sich ein paar Gehminuten hügelaufwärts, einen Steinwurf vom Fluß entfernt. Drei Mauerseiten ragten bereits hüfthoch auf, die vierte jedoch bestand nur aus einem Erdwall, Baumstümpfen und zerfallenen Steinen. An einigen Stellen lugten die Überreste des ursprünglichen, uralten Bauwerks hervor. Ein Dutzend muskelbepackter Männer mühte sich schwitzend mit Schaufeln, Schubkarren und gewaltigen Steinen ab. Bulion führte Gwin ins Innere und strahlte vor Stolz über das ganze Gesicht.

»Als ich jung war, stand dieser Turm noch. Er stürzte beim Erdbeben im Jahre Zweiundsechzig ein. Vielleicht waren es auch Erdbeben, die den Rest des Gebäudes zerstörten. Und die Bäume. Damals wucherte hier ringsum ein Dschungel.«

Mit einem gezwungenen Lächeln auf den Lippen schaute Gwin sich um. Das Bauwerk glich eher einem Schafstall als einer Festung. Natürlich würde es beeindruckender wirken, sobald die Mauern höher wären. Sie mußte sich eine kluge Bemerkung einfallen lassen, die ihre Zweifel verbarg.

»Wie lange wird es noch dauern?«

»So wie wir derzeit vorankommen, ungefähr zwei Jahre.«

Aber sie würden nicht mehr so schnell vorankommen, wenn die Mauern erst höher waren.

Wie wollten sie die Gerüste bauen, die sie brauchen würden, um diese riesigen Steinblöcke emporzuhieven? Ob sie schon über Flaschenzüge und Kräne nachgedacht hatten?

»Diese Steine müssen wohl schon Tausende von Jahren unter der Erde vergraben liegen«, meinte sie geistlos.

Bulion gluckste. »Mindestens! Weißt du, wir haben beschlossen, die Festung kleiner zu errichten, als sie früher war.«

Ja, Gwin sah es. Und sie sah auch, daß einige der neuen Mauern über kein richtiges Fundament verfügten. Sie sah, daß die Arbeiter bald alte Mauern niederreißen würden, um neue zu errichten. Gwin fand, daß all der Schweiß und all die Mühe bei Bogenschießübungen sinnvoller eingesetzt wären. Eine von fünfzig, sechzig guten Bogenschützen bemannte Holzpalisade wäre ein wesentlich zuverlässigeres Bollwerk, und eine berittene Bogenschützentruppe könnte einen Feind vielleicht gänzlich vom Tal fernhalten. Doch leider war die Festung Bulions ganzer Stolz. Mißbilligte Gwin sie, würde sie seine Gefühle verletzen, und der altbekannte leere, störrische Ausdruck würde in seine Züge treten.

Verzweifelt überlegte sie weitere Fragen. »Wie sieht's mit Wasser aus?«

Er strahlte. »Wir haben den alten Brunnen freigelegt. Siehst du ihn? Da drüben.«

Er führte sie in eine Ecke und deutete auf ein Rund aus zerfallenem Mauerwerk, ebenerdig gefüllt mit Schutt.

Brankion legte die Schaufel beiseite und kam zu ihnen.

Dabei wischte er sich die Hände an der mindestens ebenso schmutzigen Hose ab.

»Ihr wißt gar nicht, wie tief der Brunnen ist?« fragte Gwin.

Brankion gesellte sich zu ihnen. Er war Gwins ältester zukünftiger Stiefsohn, zwanzig Jahre älter als sie selbst. An Größe stand er seinem Vater in keiner Weise nach, und auch bei ihm quoll ein mächtiger Bauch über den Gürtel. Sein Bart war grau, die Brusthaare überwiegend weiß, wenngleich er im Augenblick durch den Staub und Schweiß am ganzen Körper gräulich wirkte. Eine Weile stand er da und lächelte mit Jukions gutmütigem Grinsen unter der Hutkrempe hervor.

»Hallo, Sohn!« begrüßte Gwin ihn. »Bewundernswert, was für einen Tatendrang du an einem solchen Tag zeigst. Ihr leistet hier großartige Arbeit.«

Pause. »Äh. Danke, Mutter.« Brankion wartete stets einen Augenblick, bevor er sprach, als verlegte er ständig die Stimme und müßte sie jedesmal erst suchen, wenn er sie brauchte. Gwin mochte Brankion wesentlich lieber als seinen Bruder Wosion.

Verlegen grinste er. »Ich möchte dir für die prächtige Schwiegertochter danken, die du zu uns geführt hast. Dieses Mädel bringt endlich mal ein wenig Schönheit in die Familie!« Seine Augen glichen denen Polions.

»Ist Niad mit der Heirat einverstanden?«

Pause. »O ja, sie ist einverstanden! Sie ist verrückt nach dem Jungen, obwohl weder seine Mutter noch ich uns vorstellen können, was sie in ihm sieht – außer Ärger.«

»Er ist ein guter Junge!« widersprach Gwin. »Und er war der Held des Tages bei dem Kampf in der Herberge. Ich nehme an, er freut sich ebenfalls auf die Hochzeit?«

Brankion ließ sich die Frage durch den Kopf gehen, als hätte sie ihn überrascht. »Polion wird tun, was man ihm sagt«, meinte er schließlich.

Gwin spielte mit dem Gedanken, Einwand zu erheben,

beschloß aber, sich nicht einzumischen. Abgesprochene Ehen galten als alte zardische Tradition.

»Gwin hat sich gerade erkundigt«, mischte Bulion sich barsch ins Gespräch, »warum wir den alten Brunnen noch nicht ausgegraben haben. Sie hat mich darauf hingewiesen, daß die Quelle gewandert sein könnte, seit die alte Burg errichtet wurde, und eine Festung ohne Wasser kann keiner Belagerung standhalten. Gwin meinte, es wäre sinnvoller, zuerst den Brunnen auszugraben, als gleich die Mauern zu errichten und später festzustellen, daß wir einen Fehler begangen haben.«

»Das habe ich doch gar nicht gesagt!« rief sie. »Ich habe nur ... Das ist vielleicht eine gute Idee, aber keinesfalls meine!«

Brankion musterte die beiden lange Zeit. Dann nahm er den Hut ab, wischte sich Dreck vom Arm auf den kahlen Schädel und setzte den Hut wieder auf.

»Versuchst du, ein bißchen Verstand in die Familie zu bringen, Vater?«

»Ich glaube, es ist höchste Zeit.« Bulion schäumte vor Wut.

»Hm. Besser spät als nie. Ich fange mal an.« Damit stapfte Brankion davon, um die Schaufel zu holen.

»Ich habe das nicht gesagt!« rief Gwin ihm hinterher.

»Du widersprichst mir in der Öffentlichkeit!« grollte Bulion.

»Aber ich habe das nicht gesagt!«

»Aber gedacht! Und ich hätte auch daran denken sollen – schon längst! Keiner von uns hat daran gedacht!«

»Ich habe das nicht gesagt.«

»Du hättest es sagen sollen. Bitte, tu es nächstes Mal, ja? Und wenn ich dir nicht zuhören will, dann flüsterst du's mir ins taube alte Ohr! Gehen wir nach Hause.«

»Ich liebe dich, Bulion.«

»Ich liebe dich auch, Nien. Keine Ahnung, was du an einem dämlichen alten Kerl wie mir findest.«

29

Eines von ein paar Dutzend neuen Wörtern, die Gwin an jenem Tag bereits gelernt hatte, war *Astran*, der zardische Begriff für »einen Platz, zu dem mehrere Häuser hinweisen.« Nicht zu verwechseln mit *Ustran*, was für »einen Platz hinter Häusern« stand. Ein *Astran* sollte nicht ohne Grund betreten werden; ihn einfach als Abkürzung zu benützen, zeugte von schlechten Manieren.

Als Bulion und Gwin zu seinem *Astran* zurückkehrten, stellte sie überrascht fest, daß er von Leuten wimmelte. Noch mehr überraschte es sie, als sie von Jubel begrüßt wurde. Doch der Jubel galt weder ihr noch Bulion, sondern Tibal Frainith, der in der Mitte des Platzes stand und sich zum Dank für den Beifall verbeugte.

Wie die anderen Männer im Tal präsentierte Tibal sich mit bloßer Brust und ohne Hut, nur mit einer Hose bekleidet. Außerdem war er im Augenblick barfuß. Zudem mangelte es ihm an den Muskeln und der Körperbehaarung, über die der Großteil der anderen Männer verfügte. Im gleißenden Sonnenlicht, das die getünchten Wände grell zurückwarfen, wirkte er wie ein hoch aufgeschossenes, mit Haut umwickeltes Knochengestell. In gewisser Weise ähnelte er einem jüngeren Abbild von Carp.

Ringsum bevölkerten Erwachsene den Platz, saßen auf den Bänken neben den Türen der Häuser oder hockten auf dem Boden. Jeder einzelne schien von Kindern umzingelt, von denen es nur so wimmelte. Einige Jungen waren auf die Reetdächer geklettert, um einen besseren Ausblick auf den seltsamen, possenreißenden Fremden zu haben.

»Was geht hier vor?« grollte Bulion.

»Prophezeiungen, Großvater.« Selbstverständlich hatte Polion den Arm um Niad gelegt, doch in seinen Augen lag ein unbehagliches Funkeln. »Tibal *Saj* hat gerade vorhergesagt, daß ihr beide durch diese Lücke treten würdet.«

»Danke, danke, danke!« rief Tibal. »Als nächstes Wunder sage ich voraus, daß Zanion Tharn nun aus dieser Tür kommen wird.« Er wies mit der Hand darauf.

»Was, um alles in der Welt, ist hier draußen los?« wollte Zanion wissen und trat aus dem Haus. Abermals Jubel.

Was war *wirklich* los? Gwin ließ den Blick über die Menge schweifen. Unter den Erwachsenen entdeckte sie Wraxal Raddaith, der lustlos im Hintergrund stand, außerdem Wosion und sogar Jukion und Shupyim.

Bulion begann, sich wie ein Ochsenfrosch aufzublähen ...

»Ruhig!« flüsterte Gwin, bevor er in die Luft ging. »Ich glaube, das könnte wichtig sein.« Jeder, den Bulion als möglichen Teilnehmer an der Reise nach Raragash genannt hatte, war anwesend. Über den halben *Astran* hinweg blickte Tibal Gwin in die Augen. Er lächelte ihr einen Gruß zu. Dann wandte er sich wieder an seine Zuhörerschaft.

»Ihr habt euch vielleicht gefragt, warum ich diese Versammlung einberufen habe. Nun, ich wollte euch hinsichtlich der Verfluchten beruhigen.«

Plötzliches, betretenes Schweigen senkte sich über den *Astran*, nur durchbrochen vom Quengeln der kleinsten Kinder. Langsam drehte Tibal sich im Kreis und lächelte jeden an.

»Ihr habt Angst vor uns? Ja, einige Verfluchte können gefährlich sein. Selten sind sie es absichtlich, und zumeist stellen sie für sich selbst eine viel größere Gefahr dar als für andere. Für gewöhnlich sind wir zu sehr mit unseren eigenen Problemen beschäftigt, um den Gesegneten Ärger zu bereiten. So nennen wir euch in Raragash – die Gesegneten. Wer nicht verflucht ist, ist gesegnet. Nehmt zum Beispiel den Jaulscath, der weiter oben am

Pfad ausharrt. Jojo Kawith. Ihr könnt herausfinden, was sie im Schilde führt, indem ihr sie einfach besucht. Sogleich wißt ihr, was sie denkt. Und sie weiß, was ihr denkt. Also verbannt böse Gedanken lieber aus den Köpfen. Laßt ihr sie in Ruhe, wird sie euch in Ruhe lassen. Sie kann sich euch nicht nähern, ohne daß ihr es merkt.«

Er hielt inne und drehte sich neuerlich um. *Ich erkläre es dir morgen,* hatte er gesagt. Also mußte er dies hier geplant oder vorhergesehen haben.

»Und dann haben wir dort drüben Wraxal *Saj.* Redet mit ihm, wenn ihr wissen wollt, wie es ist, ein Muolscath zu sein. Vielleicht macht er sich gar nicht die Mühe, es euch zu erklären. Es ist ihm egal, ob ihr es wißt oder nicht. Ihm ist *alles* egal. In seinem Leben gibt es weder Leidenschaft noch Gefühle. Keinen Sinn. Armer Wraxal? Nein, nicht armer Wraxal. Habt kein Mitleid mit ihm. Es ist ihm *egal*!«

Gwins Augen suchten Niad. Sie biß sich auf die Lippe und klammerte sich an Polion, während sie darauf wartete, bis sie an die Reihe kam.

Doch Tibal überging den Ivielscath.

»Und dann bin da noch ich. Oder *werde* noch ich sein. Oder war noch ich. Ich bin ein Shoolscath. Mein Gedächtnis funktioniert vorwärts, nicht rückwärts, wie das eure. Ihr erinnert euch an diesen Morgen, an gestern, an letztes Jahr. Ich vorinnere mich an diesen Abend, morgen, nächstes Jahr. Euer Leben entfaltet sich ständig vor euch und wird länger. Meines schwindet. Ich kenne nur ein paar Minuten der Vergangenheit. Ich weiß nicht mehr, wie ich hierherkam. Ich wüßte nicht einmal, wie lange ich schon hier bin oder wann ich ankam . . .«

»Gestern!« rief einer der Jungen.

». . . sähe ich nicht voraus, daß es mir jemand erzählen wird!« Tibal grinste, wodurch er seiner Zuhörerschaft nervöses Gekicher entlockte. Dann richtete er sich zu voller Größe auf und verschränkte die dürren Arme vor der Brust. Er runzelte die Stirn. »Aber die Zukunft zu kennen, ist kein Segen! Die ganze Zeit – jeden Tag, jede Minute – schwebe ich in entsetzlicher Gefahr! Wollt ihr wissen weshalb?«

»Ja!« brüllte das junge Volk.

»Nun, dann will ich es euch verraten. Ich weiß, daß ich es euch verraten werde. Ich werde euch sagen, weshalb ein Shoolscath niemals etwas voraussagt.«

Sogleich wiesen ihn junge Stimmen darauf hin, daß er sehr wohl etwas vorausgesagt hatte. Er hatte vorausgesagt, daß Gwin *Saj* und der alte ... Großvater ... auf den Platz kommen und Zanion aus dem Haus treten würden ...

Tibal wirkte verblüfft. »Das habe ich getan? Wirklich?« Gwin konnte nicht feststellen, ob er ihnen etwas vorspielte.

»Ja! Ja!«

»Tja, wenn ich das getan habe, dann deshalb, weil es äußerst zuverlässige Prophezeiungen waren. Davon gibt es nur sehr wenige. Aber mir fällt noch eine ein. Wollt ihr noch eine Prophezeiung hören?«

»Ja! Ja!«

»Also gut!« Er wirbelte herum und deutete auf eine massige Frau, die auf einer Bank vor Brankions Haus saß. »Arthim! Du wirst wieder ein Kind gebären!«

Das Publikum brach in Gelächter aus und gab zu bedenken, daß man keinen Shoolscath benötigte, um *das* vorherzusehen. Arthims wabbeliger Leib bebte vor Lachen. Sie war Brankions Frau und sogar noch größer als er, ein menschlicher Teigberg.

Tibal hob die Hand.

»Ihr vierzehntes Kind wird ein Sohn sein!«

Jubel. Arthim strahlte. Die Leute riefen ihr Glückwünsche zu.

»Vierzehn Kinder, davon elf Jungen!« Bulion lächelte zufrieden. »Damit zieht sie mit dem Familienrekord der alten Nimim gleich!«

Als der Lärm ein wenig nachließ, brüllte Tibal: »Dasselbe gilt für ihr fünfzehntes Kind – Arthim erwartet Zwillinge!«

Im darauffolgenden Tumult, während sogar Bulion sich durch die Menge drängte, um Arthim zu umarmen, überlegte Gwin schweigend, woher Tibal das wußte, sofern es denn stimmte. Ihrer Schätzung nach würde zumindest noch eine Jahreszeit verstreichen, ehe Arthim Kinder bekam. Würde Tibal Frainith dann immer noch im Tal weilen oder war ihm vorherbestimmt, später hierher zurückzukehren? Vorinnerung stellte doch eine höchst persönliche Angelegenheit dar, oder? Soviel hatte Labranza angedeutet. Mittlerweile verlangten mehrere andere Frauen, das Geschlecht ihrer ungeborenen Leibesfrüchte zu erfahren. Tibal aber schüttelte den Kopf und weigerte sich, etwas vorherzusagen.

»Das war eine Ausnahme!« erklärte er, als die Aufmerksamkeit der Menge wieder ihm galt. »Und jetzt hört mir ganz genau zu, denn jetzt kommt der schwierige Teil. Ihr fragt euch vielleicht, warum ich euch das alles erzähle. Tja, ich kann es euch nicht sagen. Ich weiß es nicht! Ein Shoolscath tut Dinge aus anderen Gründen als ihr. Er tut sie, weil er weiß, daß er sie tun wird. Wenn ich mich mit jemandem unterhalte, weiß ich mehr oder weniger, was er sagen wird und was ich sagen werde – aber ich muß es ohnehin sagen. Zwar kenne ich im vorhinein nicht den genauen Wortlaut, ebensowenig wie ihr euch nach einer Unterhaltung an den genauen Wortlaut erinnert. Aber ich muß mir die Zeit nehmen, das zu tun, was ich weiß, daß ich tun werde.«

Er wandte sich um und schaute zu Wosion, unmittelbar bevor der Priester das Wort ergriff.

»Willst du damit sagen, daß deine Zukunft feststeht?« fragte Wosion. »Daß jeder Augenblick deines Lebens von den Schicksalshütern vorherbestimmt ist?«

Tibal schüttelte den Kopf. »Nein! Ich kenne die Zukunft so, wie sie sich mir präsentieren wird, aber sie steht für mich keineswegs fest. Wenn ich will, kann ich sie verändern. Dieses blaue Auge hier – ich hätte dem Schlag ausweichen können.«

Er wartete eine Weile, um die Menge darüber nachdenken zu lassen. Gwin schaute er nicht an.

»Du, Zanion. Wer hat dir das Sprechen beigebracht?«

Zanion grinste. »Ich rede nicht viel.«

»Das weiß ich! Deshalb werde ich deine Gesellschaft so sehr genießen. Aber wer hat es dir beigebracht?«

»Arthim, nehme ich an. Mutter.«

»Genau. Deine Mutter hat dir deine Muttersprache beigebracht. Du weißt, wie man spricht, weil du es als Kind gelernt hast. Wie kann ich dann reden?« Tibal ließ den Blick über stumme Gesichter schweifen. »Ihr Gesegneten erinnert euch an eure Kindheit. Ihr wißt, wie man spricht, wie man sich benimmt, wie man ein Mensch ist; ihr erkennt eure Freunde und Familien. All das wißt ihr, all das kennt ihr, weil ihr ein Gedächtnis besitzt. Ich besitze keines. Ich kann mich überhaupt nicht an meine Eltern erinnern. Ich kenne nicht einmal ihren Namen. Ich erinnere mich nicht an den Beginn dieses Treffens! Wie kann ich also sprechen? Woher weiß ich, was Worte bedeuten und wie man sie aneinanderfügt?«

Niemand antwortete. Selbst die Kinder schienen die Kälte zu spüren, die plötzlich in der Luft lag.

»Ich bin abhängig von meiner Vorinnerung. Ich bin abhängig von der Zukunft, so wie ihr von der Vergangenheit. Shoolscaths werden oft gefragt, ob sie den eigenen Tod vorhersehen – aber das können sie nicht. Das Ende ist für uns verloren, so wie für euch der Beginn. Keiner von euch erinnert sich an seine Geburt. Ich kann mich nicht an meinen Tod vorinnern, weil meine Vorinnerung immer kleiner und kleiner wird, bis schließlich alles verlorengeht. Die letzten paar Jahre verschwinden einfach. Ihr wart einst hilflose Säugling. Shoolscaths sind dazu verdammt, hilflose Dummköpfe zu werden, bevor sie sterben.«

In der beklommenen Stille, die eintrat, drehte Tibal

sich um und starrte über das Meer der Köpfe hinweg zu Gwin. Sein Blick blieb auf ihr ruhen, obwohl er selbst auf diese Entfernung eher durch sie hindurchzuschauen als sie anzuschauen schien.

»Versteht ihr mich jetzt? Ich darf die Zukunft in keiner Weise verändern. Ich darf keinem Schlag ausweichen und nichts sagen, das irgend jemandes Handlungen beeinflussen könnte. Tue ich es, verändert sich die Zukunft, und meine gesamte Vorinnerung verlöscht. Ich werde ein Nichts! Ich würde mich sofort in einen menschlichen Pudding verwandeln.«

Gwin nickte, um Tibal zu zeigen, daß sie verstanden hatte. Das also war mit den Shoolscaths aus Daling geschehen. Sie hatten die Zukunft gesehen und versucht, sie zu verändern, woraufhin ihr Verstand sich schlagartig auflöste.

»Ich hatte Glück«, fuhr Tibal fort. »Mir war vorherbestimmt, in Raragash Rat zu finden, deshalb wußte ich es besser.«

Immer noch sprach er, an Gwin gewandt. Er kannte ihre Zukunft. Sie war bedeutsam, hatte er ihr verraten, doch nun erklärte er ihr, daß er ihr nicht sagen konnte, weshalb oder inwiefern.

»Dieser Wissensverlust«, meldete Wosion sich zu Wort. »Ist das ein dauerhafter Zustand, oder paßt ihr euch der veränderten Zukunft an?«

»Der Verstand kehrt nur selten zurück«, antwortete Tibal, ohne ihn anzuschauen. »Hat der Shoolscath nur wenig verändert, erholt er sich unter Umständen. Aber nur selten, da selbst geringfügige Veränderungen oft zu größeren führen. Ich kann keine Fragen beantworten, auch wenn die Antworten harmlos wirken würden. Seht es einmal so: Nehmen wir an, ein Mann fragt mich, ob er lange leben wird. Nehmen wir weiter an, ich weiß, daß dem so ist und sage es ihm. Dann fragt mich ein weiterer und ich antworte wieder. Irgendwann kommt jemand, der Tags darauf sterben wird. Und da ich es weiß, weigere ich mich zu antworten. Nun weiß *er*, was mein Schweigen bedeutet! Womöglich ergreift er die Flucht und entzieht sich so seinem Schicksal. Die Zukunft ist verändert, und ich verliere all mein Wissen über die künftige Welt. Mein einziger Schutz besteht darin, überhaupt keine Fragen zu beantworten!«

Traurig lächelte er Gwin an, ohne den anderen Beachtung zu schenken. »Ich tue, was ich tun muß. Ihr kennt die Vergangenheit, Gutes wie Schlechtes, aber für euch steht die Vergangenheit fest. Ich sehe die Zukunft, doch ich kann weder Gutes unterstützen noch versuchen, Schlechtes abzuwenden. Ich muß alles über mich ergehen lassen. Das ist Shools Fluch.«

30

Wosion war immer noch fest entschlossen herauszufinden, ob Niad oder Gwin den wahren Ivielscath verkörperte. An jenem Morgen hatte er Niad zu Sojim gebracht, Thilions Witwe und neben Bulion die einzige, die von den ursprünglichen Siedlern noch lebte. Im Laufe der Jahre hatte Sojim dreizehn Kinder geboren, von denen noch vier Söhne und vier Töchter lebten. Nun war die alte Frau bettlägrig und darbte in gräßlichen Schmerzen vor sich hin.

Niads Bemühungen bewirkten kein Wunder. Bis zum Abend war Sojim in tiefe Bewußtlosigkeit versunken. Wosion führte Gwin zu ihr, doch auch Gwin gelang keine Veränderung. Am nächsten Tag schien offensichtlich, daß Sojim sterben würde. Sollte sie vor der Hochzeit verscheiden, mußte diese verschoben werden.

Hatte Niad diese plötzliche Verschlechterung ausgelöst? Ivielscaths konnten ebenso schaden wie heilen. Andererseits galt Bewußtlosigkeit mitunter als Segen.

Niad versuchte es wieder. Gwin versuchte es wieder. Sojim ging es immer schlechter.

»Vielleicht sind wir doch beide verflucht!« meinte Gwin zu Bulion. »Vielleicht sind wir beide Ivielscaths und bewähren uns gemeinsam am besten.« Sie suchte Niad und nahm sie mit zu Sojims Haus. Dann setzte sich jede an eine Bettseite und hielt eine Hand der alten Frau.

Nach einer Weile schien Sojim sich zu erholen. Sie lächelte, sprach ein paar Worte und nahm sogar ein wenig Nahrung zu sich. Außerdem behauptete sie, die Schmerzen hätten erheblich nachgelassen.

Gwin fand dieses Ergebnis recht bestürzend. Auf jeden Fall widerstrebte ihr die selbstgefällige Zufriedenheit des Priesters, als sie ihn später traf.

»Ich nehme an, du glaubst jetzt, auch ich sei ein Heiler?« fragte sie, verärgert darüber, daß er der erste gewesen war, dem eine solche Möglichkeit in den Sinn kam. »Sind wir denn nun beide Heiler?«

»Vielleicht, vielleicht.« Wosion lächelte geheimnisvoll. »Aber es könnte auch eine andere Erklärung geben.«

»Welche?«

Bedauernd schüttelte er den Kopf. »Ich erinnere mich nur flüchtig an etwas, das meine Lehrmeister während meiner Zeit als Novize in Veriow erwähnten. Aber ich bin mir noch zu unsicher, um klare Schlüsse daraus zu ziehen, Gwin *Saj*.«

»Wenn ich tatsächlich ein Ivielscath bin«, warnte Gwin ihn, »dann schwebst du in ernster Gefahr, Nierensteine, Rosenadern und Würmer im Bauch zu bekommen.«

Wosion lachte grölend und hinkte wortlos davon.

31

Die Hochzeitsfeier war mitten im Gange und würde zweifellos noch Stunden dauern. Von Freudenfeuern stoben Funken in die Sommernacht empor. Mehrere kleine Gruppen von Tharns sorgten abwechselnd für Musik, während Dutzende andere wie Flöhe auf dem Dreschboden umherhüpften. Für diejenigen, die verschnaufen oder eine Erfrischung zu sich nehmen wollten, standen in den Schatten Stühle und Bänke bereit. Lange Tische waren vollbeladen mit Speisen: Schinken, Körbe voller Früchte, Berge von Brötchen, Gläser voller weicher Butter, Kekse und Kuchen, Gewürzgurken, Karpfen aus dem Fischteich und manch andere Leckerbissen, die zu begutachten Wraxal Raddaith zu mühevoll erschien.

Er hatte ein Plätzchen in einer unauffälligen, nach Äpfeln duftenden Ecke in der Nähe der Mostfässer entdeckt und beobachtete das Geschehen mit träger Verachtung. Wahrscheinlich verspürte er auch ein wenig Enttäuschung, obwohl er hätte wissen sollen, daß die Feier keinerlei Interesse in ihm wecken würde. Nichts interessierte ihn mehr.

Er hätte es wissen müssen. Er empfand lediglich ein leichtes Bedauern, keinen abgeschiedeneren Sitzplatz gewählt zu haben, doch es reichte nicht aus, ihn zum Aufstehen und Weggehen zu bewegen. Versuchsweise hatte er den Most gekostet, um festzustellen, ob er sich damit erfolgreicher betrinken konnte als mit Wein. Doch er bekam lediglich Kopfschmerzen. Trunkenheit stellte eine Form von Empfindung dar, und Muolscaths waren gefeit gegen jedwede Empfindung. Auch wenn er einen Vollrausch bekäme, würde es ihm keinerlei Freude bereiten, keinerlei Ablenkung

Die Rudel schreiender Kinder betrachtete er als weiteres Ärgernis, doch er vermochte nicht einmal genug

Zorn aufzubringen, um nach ihnen zu schlagen, wenn sie vorüberrannten.

Erwachsene, die sich Getränke holten, blieben pausenlos stehen, um mit ihm zu reden – rotgesichtige, verschwitzte, nach Luft japsende, affengleich grinsende Leute, die ihn drängten, mitzukommen und an dem Spaß teilzuhaben. Beharrlich lehnte Wraxal ab. Hätten sie auch nur die leiseste Ahnung davon, wie lächerlich sie da draußen auf dem Tanzboden wirkten, gäbe sich wohl keiner von ihnen solchen Albernheiten hin. Die Musik störte ihn nicht, erfreute ihn, aber auch kein bißchen. Dabei hatte Musik ihm einst gefallen. Bevor er die Sternenkrankheit bekam, hatte er oft erlebt, wie seine Seele bei den Klängen von Musik zum Himmel aufstieg oder wie er bis ins Mark erschüttert wurde, wenn ein Sänger einen falschen Ton anschlug. Wraxal verfügte immer noch über ein vollkommenes Gehör und wußte, daß die meisten Noten, die in die Nacht hallten, nur eine grobe Annäherung dessen darstellten, was sie eigentlich sein sollten. Doch es ließ ihn gänzlich kalt. Er hörte nur den Lärm von Holz, das auf straff gespannte Kuhhaut trommelte und von Pferdehaar, das über Katzendarm kratzte.

Auch galt er dereinst als guter Tänzer. Wie unsinnig dieses Herumgehopse nun wirkte! Frauen waren gleichermaßen bedeutungslos geworden. Dabei hatte er durchaus Erfolg bei Frauen gehabt. Seine Frau, seine Tochter, seine Geliebte – sie alle waren durch die Sternenkrankheit umgekommen. Doch zu der Zeit war er bereits verflucht gewesen; deshalb hatte er keinen Kummer empfunden. Die Begräbnisse hatten ihn lediglich gelangweilt.

Nun forderten ihn ununterbrochen dralle Landmädchen zum Tanz auf. Die meisten Tharn-Frauen glichen übergroßen Lumpensäcken, aber einige der jüngeren besaßen Körper, die Wraxal früher durchaus interessiert hätten. Sie hatten leuchtend schwarze Augen und weiches, dunkles Haar. In ihrem gegenwärtigen Zustand – glücklich, gerötet, erregt – hätten sie den alten Wraxal mit einem einzigen Lächeln wie Zunder entfacht. Nun aber empfahl er ihnen, weiterzugehen und sich einen anderen Trottel zu suchen.

Hätte er ihnen gestattet, sich ihm zu nähern, wäre ihr Interesse an ihm wohl von ganz allein verpufft. Seit zwei Tagen hatte er sich weder rasiert noch gewaschen. Seine Kleider begannen zu riechen, selbst für seine Nase. Aber wen kümmerte das? Man hatte ihn gewarnt, daß lebenslange Gewohnheiten wie Körperpflege allmählich verblassen würden, und dieser Vorgang hatte eingesetzt. Na und?

Sein Onkel erwartete einen Bericht über diese Leute. Er würde keinen bekommen. Vielleicht entsprachen die Prophezeiungen ja der Wahrheit, und der langersehnte Erneuerer würde aus dieser höchst unwahrscheinlichen, ländlichen Gegend emporsteigen. Wraxal Raddaith war es einerlei. Das Kaiserreich war vor über hundert Jahren gestorben. Warum sollte man die Toten zum Leben erwecken?

Die einzig wichtige Frage drehte sich um Selbstmord. Gab es einen Grund weiterzuleben? Letztlich würde er ja doch sterben, weshalb also das Unvermeidliche hinauszögern? Das Leben kam ihm wie eine sinnlose Zeitverschwendung vor. Schmerz galt zwar als unangenehm, aber wahrscheinlich wäre ein kurzer, scharfer Schmerz besser als ein ausgedehntes Leiden. Immer noch versuchte er, sich zu entscheiden. Ein Vorteil des Daseins als Muolscath bestand darin, daß Selbstmord sich ausgesprochen einfach gestaltete. Davon hatte er sich vorigen Abend überzeugt.

»Hallo!« rief eine vertraute Stimme. »Warum bist du nicht da draußen und machst bei dem Spaß mit?«

Es handelte sich um den zweiten Bräutigam, den Jungen. Er trug mehrere Bierhumpen, schwitzte heftig und grinste von einem Ohr zum anderen. Zudem war er so betrunken, daß er im Feuerschein leicht verschwommen wirkte.

»Weil ich nicht will.«

Polion blinzelte. Er wischte sich mit dem Arm über die Stirn. Sein Haar war feucht und glatt, das Gesicht leuchtendrot. »Du weißt gar nicht, was du verpaßt.«

»Doch, weiß ich. Ich weiß auch, worauf du dich schon freust, aber es ist die Arbeit nicht wert, glaub mir.«

Angewidert verzog der Junge das Gesicht. »So redet kein richtiger Mann!«

»So redet ein vernünftiger Mann. Ich nehme an, du hast beschlossen, doch nicht wegzulaufen, um Söldner zu werden?«

Unbehaglich sah Polion sich nach möglichen, in den Schatten hockenden Lauschern um. »Du hast es mir doch ausgeredet.«

»Ich habe dir lediglich Tatsachen vor Augen geführt. Hinsichtlich der zweiten Möglichkeit hast du mich ja nichts gefragt. Es ist eine verworrene, schweißtreibende, vergängliche Angelegenheit, und du mußt dein ganzes Leben dafür aufgeben.«

Widersprüchliche Gefühle zuckten über das flaumbewachsene Antlitz des Jungen – Zweifel, Furcht, Lüsternheit. »So habe ich es noch nie empfunden.« Mit vorsichtigen Schritten stapfte er davon, um die Humpen zu füllen.

Es schien merkwürdig, daß dieser Polion Tharn einen Ruf als Herzensbrecher erlangt hatte. Seine bäuerlichen Verwandten mochte der Junge wohl täuschen, Wraxal hingegen nicht. Zum einen verfügte er selbst über wesentlich tiefschürfendere Erfahrung, was Lüsternheit anging, zum anderen betrachtete er die Welt mit den klaren, ungetrübten Augen eines Muolscath. Er hatte soeben einen Jungen gesehen, der entsetzliche Angst davor hatte, beim Vollziehen seiner Ehe zu versagen. Der starke Most würde seine Erfolgsaussichten gewiß nicht verbessern. Auch wenn Polion sich dessen nicht bewußt war, seine Freunde wußten es bestimmt. Einst hätte Wraxal Raddaith diesen Gedanken wohl als belustigend empfunden, wenngleich er sich im Augenblick einfach nicht vorstellen konnte weshalb – oder wie Belustigung sich überhaupt angefühlt hatte.

»Du bist Wraxal!« verkündete eine andere Stimme. »Ein Besucher!«

Diese Stimme erkannte Wraxal nicht. Der Sprecher war älter als Polion und wesentlich größer. Das Antlitz des Mannes erwies sich als gräßlich geschwollen; außerdem fehlte ihm ein Zahn. Er schien noch betrunkener zu sein als der Junge.

»Na und?«

»Solltest an dem Spaß teilhaben!« meinte Polion nachdrücklich und wankte endgültig zu den Fässern davon.

»Das war dein Werk, nicht wahr?« fragte Tibal Frainith und ließ sich am Rand von Wraxals Bank nieder.

Wraxal musterte ihn aufmerksam.

Noch hatte er nicht durchschaut, wie ein Mann die Zukunft kennen und bei klarem Verstand bleiben konnte. »Was?«

Tibal trank einen Schluck aus seinem Humpen und wischte sich mit dem Handrücken über den Mund. »Balion und Philion sind letzte Nacht wie tollwütige Hunde aufeinander losgegangen. Die beiden verhielten sich noch nie feindselig und können sich nicht erklären, woher der plötzliche Haß aufeinander stammt. Jedenfalls sieht Balion heute wie ein Stück gut durchgeklopftes Fleisch aus, und Philion kann kaum gehen, obwohl der Ivielscath sein Möglichstes für ihn getan hat.«

»Das war doch gestern. Wie kannst du überhaupt etwas darüber wissen?«

»Weil Gwin *Saj* in ein paar Minuten meine Meinung dazu hören möchte. Also beantworte meine Frage – ich werde mich ohnehin nicht an die Antwort erinnern.«

»Warum fragst du dann?«

Tibal seufzte. »Frag einen Shoolscath niemals, *warum*

er etwas tut. Du hast den Haß in den beiden geschürt, oder?«

»Ja.«

Der hagere Mann bedachte ihn mit einem merkwürdigen Blick. »Hast du nur versucht, ob du in anderen Leidenschaft entfachen kannst, wie man es von Muolscaths behauptet? Hast du diese sinnlose Wut in ihnen ausgelöst und dann beobachtet, was passieren würde?«

Zustimmend zuckte Wraxal mit den Schultern.

»Warum? Hast du gehofft, du würdest selbst etwas davon spüren?«

»Das habe ich nicht gehofft, falls es dich interessiert.«

Tibal trank einen weiteren Schluck. »Willst du eigentlich wieder Gefühle empfinden, oder bist du so glücklicher? Als menschlicher Eiszapfen?«

»Gefühle scheinen mir eine unnötige Last, die Ursache unzähliger Probleme. Weshalb also sollte ich den Wunsch haben, Gefühle empfinden zu können?«

»Dennoch hast du diesen Wunsch. Nun, weißt du, es gibt eine Möglichkeit. In Raragash ... gibt es eine Möglichkeit.«

Einen Lidschlag lang verspürte Wraxal ein seltsames Interesse – natürlich nur rein geistige Neugier. Worum sonst könnte es sich handeln? »Und wie sieht diese Möglichkeit aus?«

»Aha!« Tibal grinste und trank einen weiteren Schluck. »Warte ab. Du denkst an Selbstmord. Weißt du, wie Muolscaths sich umbringen? Sie suchen sich einen bewaffneten Mann und entfachen zügellose Wut in ihm. Für den anderen ist das natürlich hart, denn er muß mit der Erinnerung leben. O verdammt!«

»Was ist?«

Schweigend schüttelte der Shoolscath den Kopf. Er hatte das Gesicht zu einer Miene verzogen, die Mißfallen, Abscheu oder Schmerz zum Ausdruck brachte, soweit Wraxal es beurteilen konnte. Er war nicht sicher, welches dieser Gefühle.

Ein lauter Schluckauf näherte sich aus den Schatten, gefolgt von Polion, der nun zwei volle Humpen trug. »Hallo, Shoolskath!«

»Hallo, Bräutigam.«

Polion verschüttete Most, als er stehenblieb. Unsicher schielte er zu Tibal. »Sagste mir, wie viele Söhne ich zeugen kann?«

»Nein.«

»Dann wie – *hick* – lange ich verheiratet sein werde?«

»Ich habe dir doch erklärt, daß ich niemals etwas vorhersage.«

Polion setzte eine finstere Miene auf und trank einen Schluck. »Bist 'n Scharlatan!« rief er. Damit taumelte er in die Dunkelheit davon.

Das Gesicht in den Händen vergraben, krümmte sich Tibal vornüber.

»Bekümmert dich etwas?« erkundigte Wraxal sich.

Tibal antwortete nicht.

»Hast du zuviel getrunken?«

»Sei still!« Die Stimme des hageren Mannes kippte.

Was lediglich bestätigte, daß Shoolscaths wirklich allesamt verrückt wurden. Tibal Frainith verstand es nur, seinen Wahnsinn besser als die meisten zu verbergen, das war alles.

Nach ein paar Minuten seufzte Tibal und richtete sich auf.

»Warum wolltest du seine Fragen nicht beantworten?« wollte Wraxal wissen.

»Welche Fragen? Wessen Fragen? Ah!« Tibal sprang auf.

»Wraxal *Saj*!« Gwin Tharn schwebte aus der Dunkelheit auf ihn zu. Sie schenkte dem Muolscath ein Lächeln; dann betrachtete sie seinen Gefährten eingehender. »Hast du geweint?«

Tibal rieb sich die Augen. »Ist nur der Rauch.«

»Oh.« In ihrem schlichten, weißen Hochzeitskleid wies Gwin eine verblüffende Ähnlichkeit zu einigen der klassischen Fresken im Palast von Daling auf. Wraxal überlegte, ob die Zarda diese Mode dem Kaiserreich gestohlen hatten, so wie sie fast alles geraubt hatten, das nicht niet- und nagelfest war. Wenn dem so war, dann waren sie einem Irrtum aufgesessen, denn für die Qolier bedeutete Weiß Trauer.

In Gwins Hand baumelte ein kleiner Korb. Das dunkle Haar hatte sie hochgesteckt und mit weißen Rosenblüten verziert. Sie strahlte eine tiefe Zufriedenheit aus, die in krassem Gegensatz zur schweißbegleiteten Erregung der anderen Frauen stand, die Wraxal beobachtet hatte. Zwar verkörperte sie keine knochige Jungfrau, doch sie besaß auch keine polsterähnlichen Ausbuchtungen wie die Tharn-Frauen. Er erkannte Schönheit ebenso, wie er Musik erkannte, und ebenso wenig berührte sie ihn. Da er Tibals hingebungsvollen Gesichtsausdruck erblickte, erahnte er die Wirkung, die Schönheit einst auch auf ihn gehabt hätte; nun spürte er gar nichts.

Fast gar nichts. Denn von Gwin ging eine eigenartige Befehlsgewalt aus, die er nicht recht einzuordnen vermochte. Vielleicht, weil sie als ungekrönte Königin des Tals galt? Oder weil dies ihre Nacht war? Weil dieses derbe Fest ihr zu Ehren stattfand? Vermutlich gefiel es ihr und gab ihr Selbstvertrauen.

Sie wandte ihm ihr lächelndes Antlitz zu. »Kommst du mit und tanzt mit mir?«

»Nein.«

Sie zog einen Schmollmund. »Willst *du* noch mal mit mir tanzen, Tibal?«

»Klar will ich! Wunderbar! Und ich trete dir nur einmal auf den Fuß.«

Sie lachte. »Das ist mal eine Prophezeiung! Ich glaube dir kein Wort. Du bist der beste Tänzer, den ich je getroffen habe. Und da wir bereits miteinander getanzt haben, sind in deiner Vorinnerung gerade ebenso glückliche Augenblicke wie in meiner Erinnerung, oder? Wraxal, du hockst hier wie eine warzige Kröte und verdirbst allen anderen die Freude. Offensichtlich hast du wenig Spaß, also kannst du mir ebensogut eine kleine Besorgung abnehmen.«

Wraxal begriff nicht, worauf sie hinauswollte. Er schwieg.

Gwin streckte ihm den Korb entgegen. »Die arme Jojo sitzt bestimmt da draußen im Wald in ihrem Zelt, hört all den Frohsinn und weint sich die Seele aus dem Leib. Wir können sie zumindest am Festessen teilhaben lassen. Ich fürchte, das ist alles, was wir tun können. Hier sind ein paar Köstlichkeiten für sie.«

Unglaublicherweise umklammerte Wraxal den Rand der Bank mit beiden Händen. »Du willst, daß ich losgehe, um dem Jaulscath einen Besuch abzustatten?«

Schelmisch zog Gwin die Brauen hoch, doch ihre Augen funkelten. »Warum nicht? Du brauchst doch keine Angst vor ihr zu haben, so wie wir anderen. Sie kann keine geheimen Begierden in dir bloßlegen und sie dir ins Gesicht schleudern, weil du keine hast. Und selbst wenn sie es tun würde – du würdest keine Scham empfinden.«

»Ich will aber nicht. Warum sollte ich?«

»Wenn du es nicht tust«, erwiderte Gwin zuckersüß, »fordere ich meinen Mann, meine neun Söhne und neununddreißig Enkelsöhne – ganz zu schweigen von meinen unzähligen Neffen – dazu auf, dich mit Peitschenhieben aus dem Tal zu jagen.« Zunächst betrachtete sie ihn mit schiefgelegtem Kopf, als plane sie ihre nächste Drohung. Dann lächelte sie, also mußte es sich um einen Scherz gehandelt haben. »Du mußt ja nicht allzu nahe an sie herangehen. Sobald du in ihre Reichweite gerätst, weiß sie, wer du bist und warum du kommst. Dann kannst du den Korb einfach abstellen und wegrennen, so schnell deine Beine dich tragen.«

Wraxal ließ sich die ganze Sache durch den Kopf gehen. Es gefiel ihm nicht, doch er wußte nicht weshalb. Angst vor dem Jaulscath? Wut, weil er herumkommandiert wurde? Gegen solche Schwächen war er gefeit. Dennoch hielt er es für gefährlich, seine innersten Gedanken zu offenbaren, und sein Verstand war immer noch in der Lage, logisch zu denken.

Ihm fiel auf, daß Tibal von einem Ohr zum anderen grinste, doch vermutlich handelte es sich dabei nur um ein Zeichen männlicher Begierde, ausgelöst durch die Nähe einer wohlgeformten Frau.

Wraxal mußte keinesfalls tun, was sie von ihm verlangte. Er war ein Muolscath. Ohne auch nur einen Finger zu krümmen, konnte er in ihr so viel Leidenschaft entfachen, daß sie sich auf Tibal Frainith stürzen und versuchen würde, ihn zu vergewaltigen. Ebenso konnte er sie mit Schrecken erfüllen, auf daß sie kreischend in die Wälder rannte. Aber wozu die Mühe? Schließlich konnte er ja auch einfach tun, worum sie ihn bat.

Ein wenig Bewegung würde ihm vielleicht beim Einschlafen helfen. In letzter Zeit schlief er selten gut. Er träumte viel – kalte, empfindungslose Bilder aus seiner Jugend, seiner Kindheit und seiner Ehe, der Schlacht um Tolamin und von Menschen, die er gekannt hatte, bevor der Fluch ihn ereilte. Zwar bewegten ihn die Träume nie, dennoch erwachte er stets in Pfützen kalten Schweißes. Was ihm keineswegs gefiel.

Wraxal erhob sich und nahm den Korb unbeholfen an sich. Ein Spaziergang in den Wald konnte kaum weniger unterhaltsam sein als die Hochzeitsfeier. Er stapfte auf die Bäume zu.

Dann fiel ihm ein, daß der Shoolscath vorausgesagt hatte, er und Gwin würden sich jetzt über ihn, Wraxal, unterhalten. Er zögerte und überlegte, ob er zurückschleichen und lauschen sollte. Aber weshalb? Neugier war auch nur eine Empfindung. Ihm war gleichgültig, was sie sagten, dachten oder taten. Ihm war alles gleichgültig.

Er trottete den Pfad entlang. Seine Augen gewöhnten sich rasch an die Dunkelheit. Der Weg war leicht zu finden; obwohl Awail bereits unterging, spendete sie noch genug Licht. Muols rote Scheibe funkelte grell im Süden – die Leidenschaftliche, die ihn verflucht, gleichzeitig aber gesegnet hatte, da sie sein Leben von jeglichen Gefühlsverwirrungen befreit hatte. Wäre er in der Lage gewesen, überhaupt etwas zu empfinden, wäre es Dankbarkeit gewesen.

Selbstmord war die einzige Frage, die ihn beschäftigte. Weshalb weiterleben? Andererseits – weshalb sich die Mühe machen zu sterben? Wenn er auf sein früheres Dasein zurückblickte, erkannte er, daß es ein fortwährendes Durcheinander verschiedenster Sorgen gewesen war: Ängste, Gelüste, Kummer, Sehnsüchte, ehrgeizige Ziele. Dank Muol war er nun von all dem befreit. Natürlich hatte er auch Freuden erfahren, wenngleich er sich nur ungenau daran erinnern konnte, wie sie sich angefühlt hatten; außerdem wirkten sie im nachhinein vergleichsweise rar und flüchtig. Das Leben stellte eine unumgängliche Niederlage dar, einen langsamen Verfall, auf den der Tod folgte. Worin lag der Sinn?

Wraxal verbrachte immer weniger Zeit mit anderen Menschen. Sie schienen so sprunghaft und unberechenbar. Auf eine eigenartige Weise, die er nicht recht zu ergründen vermochte, entglitt er der Menschheit. Daß es ihm zu dumm war, sich zu rasieren, war ein Teil dieses Vorgangs. Sofern die Berichte zutrafen, die sein Onkel in der Palastbibliothek ausgegraben hatte, würde er bald in die Einsamkeit gehen und sich in einen Einsiedler verwandeln, in einen behaarten, nackten Geist, der durch die Wälder streifte. Sobald ihn Hunger plagte, würde er einfach zu einem Haus schlurfen und in den Bewohnern Mitleid entfachen, auf daß sie ihm Essen zuwarfen. Dann würde er wieder von dannen ziehen. Gemäß den alten Dokumenten aus der Kaiserzeit entsprach dies dem üblichen Muster. Hunde und wilde Tiere verkörperten die einzigen Gefahren, die ein Muolscath zu fürchten hatte. Menschen konnten ihm nichts anhaben.

Wer ist das?

Der Gedanke ließ Wraxal unvermittelt innehalten. Die Frage war weder von ihm ausgegangen, noch an ihn gerichtet gewesen. Er war in die Reichweite des Jaulscaths geraten.

Ein Mann? Allein? Was kann er wollen? Vergewaltigung? Die Bedeutung der Worte wirkte seltsam verzerrt.

»Ich bringe dir Essen vom Fest«, sprach er laut, während er sich darauf vorbereitete, den Korb fallenzulassen und wegzulaufen.

Warum sollte ein Mann allein hierherkommen?

Verwirrt zögerte Wraxal. Offenbar hörte er ihre Gedanken, sie jedoch nicht die seinen. Die merkwürdige Verzerrung, die er bemerkt hatte, war eine Empfindung – Angst. Wie ausgesprochen unangenehm! Nun, vielleicht würde sie seine Gedanken lesen, wenn er näher ging; anderenfalls könnte er in Worten zu ihr sprechen. Wraxal marschierte weiter.

Die Gedanken stürzten wie ein Wasserfall auf ihn ein: *Vergewaltigung-Schmerz-Pein-nackte Körper-Erniedrigung-Pein-Scham ...*

Verflucht! »Ich bringe dir Essen!« schrie er in die Nacht. »Ich will dir nicht weh tun! Du brauchst keine Angst zu haben!«

Haß! Er haßt mich, weil ich ihm angst mache!

Plötzlich bemerkte Wraxal, daß er zitterte. Ja, es war tatsächlich Angst, die er empfand! Angst! Er hatte tatsächlich Angst!

Da fiel ihm Tibals geheimnisvolle Bemerkung ein: »Es gibt eine Möglichkeit.« Zwar besaß ein Muolscath keine eigenen Gefühle, aber natürlich er konnte die Gefühle eines Jaulscath empfinden. Wie unglaublich einfach!

Es funktionierte in beide Richtungen – sie sah seine eiskalte Nüchternheit, empfand sie als fremdartig, verfiel in Panik und riß Wraxal mit sich. Auf jeden Fall mißfiel ihm dieses beklemmende, blanke Entsetzen in höchstem Maße. Es rief Erinnerungen an die Schlacht um Tolamin wach, wo viele seiner Freunde aus Kindertagen rings um ihn gestorben waren. Diese unerträgliche Einsamkeit, die der Jaulscath ausstrahlte, war fast noch schlimmer, war fast noch vertrauter, obwohl Wraxal keine Ahnung hatte weshalb.

Fürchte dich nicht! Hör auf damit!

Hektisch versuchte sie, sich aus ihren Decken und dem Zelt zu befreien. Sie war im Begriff, hinaus in die Wälder zu flüchten, um ihm zu entkommen, und in der Dunkelheit würde sie sich gewiß verletzen. Das durfte nicht geschehen.

Wraxal grub sich tief in ihren Verstand, dorthin, wo die Empfindungen hausten. Gleich einem Musiker, der eine Saite zart berührt und die Spannung anpaßt, bis die gewünschte Note erklingt, tastete er sich vor, bis er fand, wonach er suchte – Ruhe, Gelassenheit. Diese Saite schlug er an. Ihr Entsetzen verblaßte, ebenso das seine.

Statt dessen hielten Erleichterung und Verwunderung Einzug. *Was? Wer bist du? Was hast du mit mir gemacht?*

Mein Name ist Wraxal Omrath Raddaith. Ich bin ein Muolscath. Langsam ging er näher und bahnte sich den Weg durch das Unterholz.

Dabei ließ er weiter jenen Ton des Friedens in ihrem Verstand erklingen und genoß den Widerhall, den dies in seinen Geist erzeugte.

Das ist wundervoll! Ich bin Jojo Halla Kawith. Du hast mir meine Angst genommen!

Inzwischen sprach Wraxal laut, da er den Umriß ihres Zeltes vor sich erblickte, doch die Gedanken überholten die Worte. *Deine Angst hat mich gestört. Du hast von mir nichts zu befürchten. Willst du, daß ich aufhöre?*

Nein! Nein! Ich bin dir so dankbar! Die Menschen scheuen mich, und ich scheue sie. Das ist wundervoll.

Versuchsweise änderte er die Note ein wenig, wodurch er ihre Gefühle noch weiter anheizte. Er hörte, wie sie vor Überraschung und Freude aufstöhnte.

Das ist noch besser!

Es fühlte sich tatsächlich gut an. Vergessene Sehnsüchte regten sich in ihm – und auch in ihr.

Wraxal kicherte. Er spürte die Versuchung und wußte, daß auch Jojo sie spüren mußte. *Das wäre eine Art Vergewaltigung.*

Aber keine, gegen die ich etwas hätte.

Bist du sicher?

Ich glaube schon. Versuch ein bißchen mehr.

Wie ist das? Besser?

O ja! Warte – komm ins Zelt. Ich zünde die Kerze an.

Nein! So ist es schöner. Er kniete sich nieder und machte sich mit heftig bebenden Händen an der Zeltklappe zu schaffen, während er gegenseitiges Verlangen zu Leidenschaft steigerte.

Muols rote Scheibe leuchtete zwischen den Sternen; die Leidenschaftliche vergoß ihren Segen über das Tal und begann in jenem einsamen Zelt zwischen den Bäumen. Später, nachdem die Feierlichkeiten im Tal dem Ende zugingen, besuchte sie die Pärchen in ihren Häusern – ganz besonders in einem der ältesten Häuser überhaupt, in das Bulion Tharn seine neue Braut unter dem Jubel der riesigen Familie geführt hatte. Danach meinte so manche Frau wehmütig, was für eine wunderschöne Hochzeit es doch gewesen sei; so mancher Mann erkannte darin eine Gelegenheit, die er sich keinesfalls entgehen lassen wollte.

Doch im jüngsten der Häuser, einem, das noch nach frisch geschlagenem Holz und Blumensträußen roch, lieferte eine Gruppe junger Männer einen bestimmten Bräutigam ab und zog unter schallendem Gelächter von dannen. Leider hatte Polion Tharn sich zu oft überreden lassen, von dem starken Most zu trinken, weshalb er nun schnarchend und pflichtvergessen auf dem Bett lag. Seine Frischangetraute, die trotz heftiger Bemühungen feststellen mußte, daß die Heilkraft eines Ivielscaths gegen einen Vollrausch machtlos war, schlief traurig neben ihm ein.

BUCH VIER,

DAS BUCH AWAIL

die für Veränderung steht,
die Unstete,
die Launenhafte,
Herrscherin der Nacht

HAHNENKAMPF-
SENKE
Osmir-See
CASIRKA
MOKTH
Nizwan
CHILPAN
NIN THAR
SASSIKA
NURZ
Große
Schlamm-
senke
MORTUNG
ILLINKA
CHANSAN
JARINFARKA
Farka
OM BALK
RARAGASH
Wulwich
Psomb
Traphz
Flugoss
Riesengebirge
WESNAR
Veriov
Udil
Woonir
TOLAMIN

32

Die beiden Bräute trafen sich früh am nächsten Morgen. Mittlerweile sahen sie drei-, viermal täglich nach Sojim, und stets gemeinsam. Niad war zweifellos ein Ivielscath; sie hatte ihre Macht an Balion und Philion nach deren Faustkampf bewiesen. Dennoch schien sie nicht fähig zu sein, Sojim ohne Gwin zu helfen. Der alten Dame ging es zunehmend besser. Sie fühlte sich munter und schmerzfrei. Der Knoten in ihrer Brust war soweit geschrumpft, daß man ihn kaum noch erkannte. Es war undenkbar, diese Fortschritte durch weitere Versuche zu gefährden. Daher wußte Gwin immer noch nicht, ob auch sie ein Ivielscath war, oder ob ihre Anwesenheit Niad lediglich mit Zuversicht erfüllte.

Sojim ähnelte einem Bündel dürrer Zweige, wie sie so vor ihren Besucherinnen saß und ihre Hände hielt, aufgeregt vor sich hin schnatterte und immerzu bekräftigte, daß die Doppelhochzeit die schönste gewesen sei, der sie je beigewohnt hatte. Niad strahlte übers ganze Gesicht und erinnerte mehr denn je an eine Porzellanpuppe. Ihr langer Alptraum aus Angst und Gefangenschaft war endlich vorüber; sie war verliebt. Offensichtlich behagte ihr die Ehe.

Die Hochzeitsfeierlichkeiten gingen unmittelbar nach der Heilsitzung weiter, indem Gwin und Bulion sich zu dem neuen Haus begaben, um Niad und Polion in aller Form zu gratulieren. Dabei waren sie beladen mit Geschenken – verschiedenen Gerätschaften und einem Gewürzkästchen, allesamt von auswärts eingeführte Kostbarkeiten, die im Tal nicht hergestellt werden konnten.

Polion wirkte weit weniger überschwenglich als seine Gemahlin. Seine blutunterlaufenen Augen schmeichelten der grünlichen Blässe seiner Haut in keiner Weise. Sooft er mit Sonnenlicht in Berührung kam, zuckte er zusammen. Vielleicht behagte ihm die Ehe nicht so sehr. Viel wahrscheinlicher aber schien, daß die Hochzeitsfeier die Wurzel des Übels gewesen war.

Danach kehrten Gwin und Bulion zu ihrem eigenen Haus zurück und setzten sich vor die Tür, um Geschenke von all den anderen Ehepaaren entgegenzunehmen. Der *Astran* präsentierte sich geradezu schmerzlich grell, da die weißen Wände ringsum die Sonne gleißend widerspiegelten. Außerdem standen auf dem Platz eigens herbeigeschaffte Sitzgelegenheiten sowie Tische voller Erfrischungen. Unnötig zu erwähnen, daß es von aufgeregten Kindern nur so wimmelte. Obwohl Gwin die Folgen eines beträchtlichen Mangels an Schlaf spürte, fand sie diese künstlichen Formalitäten belustigend. Die ersten Besucher waren Niad und Polion, das zweite frischvermählte Paar des Clans.

Niedergeschlagen und schweigend beobachtete Polion, wie Niad Gwin ein Glas eingemachter Pfirsiche überreichte. Schaudernd verneinte er, als ihm zu essen und zu trinken angeboten wurde. Bis er und seine Braut aufgefordert wurden, aus den verfügbaren Dingen ein Gegengeschenk zu wählen, und Niad sich mit hochrotem Kopf für eine kleine Holzschüssel entschied, sprach Polion kaum ein Wort. Erst dann meinte er barsch, sie solle doch nicht dumm sein; es würde von ihnen erwartet, daß sie das Beste nähmen. Schließlich zogen die beiden vollbeladen mit Töpferwaren ab.

Ein Paar weniger, noch achtundvierzig. Als nächste trafen Bulions Tochter Gaylim und ihr Gatte ein, die erst vor kurzem geheiratet hatten. Gaylim bedachte ihren Vater zweifellos mit dem schönsten Geschenk des Tages, als sie ihm mitteilte, daß er schon wieder Großvater würde.

Und so ging es weiter. Bald begleitete die eintreffenden Paare das Geschnatter frisch geschniegelter und gestriegelter Kinder. Schließlich gingen die Kostbarkeiten zur Neige, die Bulion bereitgestellt hatte, und die Besucher mußten sich mit den geringwertigeren Gütern begnügen, die andere Gäste vor ihnen überbracht hatten, doch das war vorauszusehen gewesen. Der ganze Vorgang würde mit dem alten Himion und seiner langjährigen Gattin enden, für die vermutlich nur noch Niads eingemachte Pfirsiche übrigbleiben würden. Es handelte sich um eine berechenbare Neuverteilung des Reichtums innerhalb des Clans.

Irgendwann bemerkte Bulion, wie seine Frau ein Gähnen unterdrückte. Er runzelte die Stirn.

»Das ist ganz allein deine Schuld«, murmelte sie gerade so laut, daß er sie hörte. »Du hättest unsere Ehe nicht mit derart überschwenglicher Hingabe besiegeln dürfen.«

Bulion blähte die beachtliche Brust und runzelte die Stirn noch mehr.

Der große Jukion kam etwa zur Hälfte der Zeremonie, begleitet von der zierlichen Shupyim, zwei Kleinkindern und einem Säugling. Unmittelbar nach den Gratulationen erklärte er:

»Vater, da sind ein paar Besucher. Sie behaupten, ihr Anliegen sei dringend.«

»Meines ebenfalls. Jemand, den ich kenne oder nur Hausierer?«

»Einen davon kennst du, Vater. Diesen Ordur, der damals in die Herberge kam. Er hat eine Frau bei sich.«

»Sorg dafür, daß ihnen Gastfreundschaft erwiesen wird«, befahl Bulion schroff. »Das hier ist wichtiger.«

Zwar hörte Gwin im Augenblick keine körperlose Stimme, dennoch brachte derzeit alles, was mit Raragash zu tun hatte, die Alarmglocken in ihrem Kopf zum Bimmeln. »Liebling, laß doch Wosion mit ihnen reden, um herauszufinden, wie dringend dieses ›dringend‹ wirklich ist.«

Bulions Miene verfinsterte sich. Die Familie war ihm heilig.

Sie zog die Augenbrauen so hoch es ging. »Na . . .?«

Er verzog das Gesicht, wodurch es einen greulichen Anblick bot. »Oh, schon gut. Sag Wosion Bescheid, wenn du gehst, Juk. Falls es wirklich wichtig ist, machen wir ein paar Minuten Pause.«

Jukion und Shupyim zogen von dannen. Als nächster kam Thiswion samt Familie. Doch gleich, nachdem sie gegangen waren, drängte Wosion die Fremden auf den *Astran*. Außerdem brachte er Tibal, Wraxal, Zanion, Jukion, Polion, Niad, Thiswion und Ulpion mit – alle, die für die Reise nach Raragash ausgewählt worden waren.

Wraxal Raddaith' Anblick war eine Überraschung. Er präsentierte sich durchwegs gepflegt und in sauberen Kleidern, wodurch er sich deutlich von dem schmutzigen, unrasierten Schandfleck unterschied, dem er noch vorigen Abend geglichen hatte. Insgesamt wirkte er wie ausgewechselt. Was Gwin nicht verstand.

Auch mit Polion hatte sich binnen weniger Stunden ein nahezu ebenso auffälliger Wandel vollzogen. Seine Augen leuchteten wieder, und er zeigte sich hingebungsvoll und aufmerksam gegenüber Niad. Also war nicht die Ehe das Problem; nur die Hochzeitsfeierlichkeiten hatten ihm zugesetzt.

Inzwischen wußte Gwin, daß Familienräte keine Tradition der Tharns waren – der alte Mann traf die Entscheidungen allein. Nur etwas wirklich Bedeutendes konnte Wosion veranlaßt haben, diese Gruppe zusammenzutreiben. Bulion wünschte ihnen zunächst samt und sonders den Fluch Pouls auf den Hals; danach führte er sie ins Haus.

Drinnen war es düster und nur um weniges kühler als auf dem *Astran*. Zwar würde hier keine wirklich vertrauliche Unterhaltung möglich sein, aber Vertraulichkeit galt im ganzen Tal als Seltenheit. Sitzgelegenheiten fanden sich zuhauf. Die zahlreichen Betten entlang der Wand boten ohne weiteres Platz für zwölf Leute. Sechzehn Kinder hatte Bulion Tharn hier gezeugt. Zwei waren gestorben; drei wohnten noch zu Hause; elf hatte er in die Welt hinausgeschickt. Bulion hatte all ihre Betten aufgehoben. Gwin nahm am, daß er nun von ihr erwartete, sie neuerlich zu füllen.

Nachdem alle Platz genommen hatten, brummte er: »Fremde, ihr seid willkommen, aber ihr unterbrecht meine Hochzeitsfeier. Bitte tragt euer Anliegen rasch vor.«

Beide Neuankömmlinge waren staubbedeckt und ausgezehrt, als hätten sie einen langen Ritt hinter sich. Den Mann kannte Gwin – Ordur, der große, linkische, schwermütige Tringier, der mit Labranza Lamith in die Herberge gekommen war. Er vereinte einen ausgesprochen trägen Verstand und eine unangenehme Griesgrämigkeit in sich. Seine Gefährtin war eine häßliche, dunkelhäutige, etwa dreißigjährige Frau.Sie kam Gwin zwar bekannt vor, doch konnte sie die Frau nicht einordnen. Dabei sollte man sich ein derart bedauernswertes Antlitz leicht einprägen können.

Nur Wosion blieb stehen und lehnte sich freudlos lächelnd an den Türpfosten. Er schien keineswegs besorgt darüber zu sein, das Geschenkeverteilen wegen etwas Unbedeutendem unterbrochen zu haben. Niemand sonst wußte, worum es sich bei dem Anliegen der Fremden handelte – abgesehen von Tibal Frainith natürlich, und sein Grinsen wirkte etwa so beruhigend wie ein wutschnaubend angreifender Stier.

Ordur begann mit einem verworrenen Bericht über einen Ort namens Bösebuchtdorf. Gwin hatte davon gehört, wußte aber nur, daß er sich irgendwo an der Küste im Süden befand. Die Tharns hingegen schienen diese Ortschaft nicht zu kennen. Offenbar steckten in Bösebuchtdorf mehrere Verfluchte in Schwierigkeiten. Was hatte das alles mit dem Tharn-Tal zu tun?

Schließlich fuhr die Frau Ordur an: »Ach, halt die Klappe, Ordur! Laß mich es ihnen erzählen.«

Die männlichen Tharns runzelten in der Düsternis die

Stirn. Der große Mann zog einen Schmollmund und verstummte.

Die Frau musterte Gwin mit den berechnenden, schwarzen Augen einer Krähe. »Wir haben uns vor ein paar Tagen getroffen, Gwin *Saj*. Damals war ich ein Mann. Mein Name ist Jasbur.«

Der Bucklige? Erschrocken zuckte Gwin vor ihr zurück und spürte, wie Bulion sich an ihrer Seite regte. Die Gurtbänder sämtlicher Betten knarrten gleichzeitig, und mehrere Stimmen riefen: »Verflucht!«

Der Frau schien die Wirkung ihrer Worte eine eigenartige Befriedigung zu verschaffen. »Verflucht im wahrsten Sinne des Wortes! Ordur und ich sind Awailscaths.«

»Sagt, was führt euch hierher?« Wosions frettchenartiges Antlitz lag im Schatten der Tür, doch Gwin vermutete, daß sein bedrohliches Grinsen nur eine Maske war, hinter der er seine Angst verbarg. Nie zuvor hatten sich Verfluchte im Tal aufgehalten, und nun waren es gleich sechs.

Jasburs Stimme nahm einen mitleiderregend weinerlichen Tonfall an. »Ordur und ich wurden von Raragash losgeschickt, um Überlebende der Sternenkrankheit zu suchen. Bis vor zwei Tagen, als wir Bösebuchtdorf erreichten, hatten wir wenig Erfolg. Dort leben sechs Verfluchte, und sie stecken in schlimmen Schwierigkeiten.«

»Komm zur Sache«, forderte Bulion ihn auf. »Was hat das alles mit uns zu tun?«

Falten traten in Jasburs unansehnliche Züge und verzerrten sie zu einer Art Lächeln. »Ihr habt doch bereits einen Ivielscath, oder? In Daling habt ihr außerdem davon gesprochen, einen Jaulscath bei euch aufzunehmen. Und ist das da drüben nicht Tibal Frainith?«

»Tibal, kennst du diese beiden?«

»Ich kann mich noch nicht einmal an meine eigene Mutter erinnern, Bulion *Saj*, und kein Mensch wäre in der Lage, einen Awailscath wiederzuerkennen.« Der

Shoolscath wandte sich Jasbur zu. »Wer hat den siebten Sitz inne?«

»Der Tod.«

»Sie kommt aus Raragash«, bestätigte Tibal. »Eindeutig.«

Bulion setzte eine finstere Miene auf, so wie immer, wenn er etwas nicht verstand. »Und was erwartet ihr nun von uns?«

Jasbur rang die Hände. »Zumindest, *Saj*, etwas zu essen und Kleidung für die Kinder. Ich weiß, die Zarda huldigen keinem Gott, aber ihr pflegt die Tradition der Nächstenliebe gegenüber Bedürftigen, nicht wahr?«

»So ist es«, bestätigte Bulion und nickte feierlich.

»Auch über das nackte Überleben hinaus? Wir haben sechs verzweifelte Menschen gefunden. Verflucht zu sein, ist ein schwerer Schlag! Es dauert Monate oder Jahre, bis man sich daran gewöhnt, sofern man es überhaupt je schafft. Diese armen Teufel sind hungrig und ganz allein. Ich dachte immer, die Zarda schätzen die Verfluchten.«

»Das tun wir auch«, erwiderte Bulion.

»Wir haben ein bißchen Geld«, mischte Ordur sich hoffnungsvoll ins Gespräch.

»Ach, halt doch die Klappe, du großer Tölpel!« knurrte Jasbur. »Überlaß das mir. Bulion *Saj*, ich nehme an, du wirst deine Verfluchten nach Raragash schicken, auf daß man ihnen dort hilft. Ist es denn so viel verlangt, wenn wir dich bitten, diese Unglückseligen mit dir reisen zu lassen?«

Eine gekonnte Vorstellung, schloß Gwin. Sie schaute Tibal in die Augen und erblickte darin das Spiegelbild ihrer eigenen zynischen Belustigung. Alles wartete auf die Antwort des Clanführers.

»Hmpf!« machte er und fuhr sich mit den Fingern durch den Bart. »Nun, es stimmt, daß meine Frau und ich daran dachten, für unsere ... wie heißt es doch gleich ... Hochzeitsreise diese Richtung einzuschlagen. Unter der Voraussetzung, daß es mit einem guten Pferd nur ein paar Wochen bis Raragash sind.«

»Oh, wenn überhaupt, *Saj*.«

»Tja, ich schätze, ein paar Anhängsel mehr könnten wir schon verschmerzen.«

Jasbur setzte ein gräßliches Lächeln der Erleichterung auf und erging sich in Dankesbezeugungen.

Überraschend meldete sich eine neue Stimme zu Wort. »Verzeih, *Saj*«, meinte Wraxal Raddaith, »aber ein paar Leute mehr machen sehr wohl einen Unterschied. Du, deine Frau und vier Verfluchte . . .«

»Und ich!« rief Polion dazwischen.

»Ergeben sieben. Wie viele Begleiter gedenkst du mitzunehmen?«

»Fünf.«

»Das sind insgesamt zwölf. Sechs aus Bösebuchtdorf und diese zwei Awailscaths erhöhen die Anzahl auf zwanzig.«

»In der Menge liegt Sicherheit!« entgegnete Bulion störrisch.

Gwin bemerkte, daß so mancher verstohlen grinste – Bulion Tharn glaubte tatsächlich fest daran, daß in der Menge Sicherheit lag.

Wraxal zuckte mit den Schultern. »Nur kommt dadurch eine ziemlich große Reisegruppe zusammen. Die Behörden in Wesnar und Nurz könnten einen solchen Trupp mit Argwohn betrachten. Außerdem sind Kinder dabei, die uns aufhalten werden. Einem oder zwei Reisenden gewährt man vielleicht ein Bett und ein Mahl, eine große Gruppe aber muß sich selbst versorgen. Sie muß eigene Vorräte bei sich führen, oder zumindest Gold, um welche zu kaufen, wodurch sie die Aufmerksamkeit Gesetzloser auf sich ziehen könnte. Ordur sieht zwar aus, als verstünde er, mit dem Schwert umzugehen, aber wie viele von den sechs Leuten sind kräftige Männer?«

Jasbur warf ihm einen entsetzlich bösen Blick zu.

»Mandasil ist ein stämmiger junger Bursche und Vaslar Nomith war Soldat.«

»Vaslar? Den kenne ich! Ja, der ist ein wahrer Kämpfer.«

Ordur kicherte. »Im Augenblick ist er eine Frau.«

»Wirst du wohl *endlich* die Klappe halten!« kreischte Jasbur.

Diesmal zupfte Bulion mit beiden Händen an seinem Bart.

»Wenn die Kinder in einem Karren reisen«, warf Gwin ein, »sieht es so aus, als wären wir nur achtzehn. Fünf Frauen ... aber wenn wir Männerhüte tragen, dürften wir aus der Ferne wie Männer wirken. Und mit einer Gruppe von achtzehn Männern würde sich wohl kaum jemand anlegen.«

Einen Augenblick trat jener hölzerne Du-misch-dich-ein-Ausdruck in Bulions Züge; dann aber strahlte er übers ganze Gesicht. »Wie ich schon sagte – in der Menge liegt Sicherheit!« Mit gerunzelter Stirn beäugte er Wraxal. »Du willst also mitkommen?«

»Jojo Kawith will gehen, und ich habe zugesagt, sie zu begleiten.«

Aha! Abermals schaute Gwin zu Tibal. Er zwinkerte ihr zu. Allmählich ergab die rätselhafte Wandlung des Muolscath Sinn. Gwin selbst hatte ihn letzte Nacht zu Jojo geschickt. Wie dachte Jojo über die Folgen, die sich daraus ergeben hatten?

»Würdest du sie im Ernstfall verteidigen?« erkundigte Bulion sich.

Wraxal ließ sich die Frage einen Augenblick durch den Kopf gehen. »Wahrscheinlich.«

Jasbur hatte die Unterhaltung aufmerksam verfolgt. Nun stellte sie ein anzügliches Grinsen zur Schau. »Das ist eines der Verfahren, die man in Raragash entdeckt hat – einem Jaulscath wird stets ein Muolscath zugewiesen.«

In diesem Fall hatte sich das zwar zufällig so ergeben, doch wenn es in Raragash beiden Seiten half, würde es

Jojo vermutlich ebenso guttun, und Gwin mußte sich keine allzu großen Sorgen machen. Dennoch würde sie all ihren Mut zusammennehmen und den Jaulscath besuchen, um dafür zu sorgen, daß Wraxal sie nicht belästigte.

Bulion wirkte immer noch nachdenklich. »Wie lange werdet ihr brauchen, um nach Bösebuchtdorf zurückzukehren und sie zu holen?«

»Wenn ihr uns genug Essen und Kleidung gebt«, erwiderte Jasbur rasch, »Pferde und einen Karren für die Kinder, dann können wir in drei Tagen zurück sein.«

»Ich will keine weiteren Verfluchten im Tal! Wir werden euch davor treffen und gemeinsam aufbrechen. Und ich werde euch auf keinen Fall meine kostbaren Pferde anvertrauen. Zanion, wie schnell kannst du einen Rettungstrupp für diese Leute zusammenstellen – du und ein paar andere, einschließlich eines Karrens und Ersatzgäule?«

Zanion war Bulions vierter Sohn, nach Brankion, Wosion und Glothion. Da er nur mittelgroß war, galt er innerhalb der Familie als geradezu klein. Ihm haftete der Ruf an, ein Denker zu sein, wenngleich Gwin vermutete, daß er sich diesen Ruf nur dadurch erworben hatte, daß er wenig sprach. Nun strich er sich eine Zeitlang mit den Fingern über den Bart.

»In einer halben Stunde«, antwortete er schließlich.

»Und bis ihr zurückkommt, ist der Rest von uns auch fertig. Treffen wir uns doch bei Kaltfurt.«

»Das ist wunderbar!« rief Jasbur. »Mögen die Schicksalshüter auf dich und die Deinen herablächeln, Bulion *Saj*!«

»Augenblick mal!« mischte Wosion sich ein. »Wir planen hier doch keinen kurzen Jagdausflug. Wir traben nicht bloß nach Daling, um ein wenig Leder zu verkaufen. Um sicherzugehen, sollten wir Vorräte für mindestens drei Wochen einpacken – und etwas für die Rückreise, weil wir ja nicht wissen, wie man uns in Raragash aufnehmen und behandeln wird. Wir brauchen Zelte, Gold, Waffen, Lebensmittel und Futter für die Tiere. Irgendwann stellen wir bestimmt fest, daß wir etwas vergessen haben, oder daß einige der Pferde in schlechter Verfassung sind.«

»Das stimmt«, meinte sein Vater. »Was schlägst du also vor?«

»Gehen wir doch alle. Betrachten wir Bösebuchtdorf als Übung. Bis wir wieder hier vorbeikommen, haben wir herausgefunden, was uns noch fehlt.«

Erstaunlicherweise lachte Bulion laut auf. »Eine ausgezeichnete Idee!«

»Dann sollten wir uns für die Vorbereitungen lieber zwei Stunden Zeit lassen«, empfahl Zanion.

In Gwins Kopf begannen Alarmglocken zu läuten. Die Reise nach Raragash schien aus den Fugen zu geraten. Sie hatte nicht erwartet, daß diese vorsichtigen, wortkargen Bauern zu einem derart überstürzten Aufbruch ins Ungewisse bereit wären. Das Zardablut in ihren Adern mußte wohl dafür verantwortlich sein. Gwins körperloser Berater hatte ihr nahegelegt, so bald wie möglich abzureisen, doch sie sah zumindest zwei Gründe, die dagegen sprachen. Sie wartete, ob Bulion allein darauf käme.

Doch auch ihn hatte die Begeisterung erfaßt. Er grinste wie ein Kind und wirkte ebenso überschwenglich wie die anderen. Fröhlich klopfte er ihr mit der kräftigen Hand auf das Knie. »Nun? Bist du bereit, deine Hochzeitsreise gleich nach der Geschenkeverteilung anzutreten?«

»Äh, ich bin nicht sicher. Was ist mit Sojim? Zwar erholt sie sich sehr gut, aber ich glaube kaum, daß Niad und ich sie jetzt schon allein lassen sollten. Sie könnte einen Rückfall erleiden.«

Bulions Züge sackten zusammen, als hätte sie von ihm die Scheidung verlangt.

Dann aber strahlte er wieder.

»Aber in drei Tagen sollte es ihr doch besser gehen, oder?«

»Wenn sie weiter solche Fortschritte macht wie jetzt, dann vielleicht schon.«

»Gut, dann bleibst du mit Niad hier. Wir schicken jemand anders! An Freiwilligen wird es wohl kaum mangeln. Und ich bin sicher, Kilbion oder sonst jemand kann an meiner Stelle Donner reiten, weil auch ich noch einiges mit Brankion zu bereden habe. Wir drei schließen uns den anderen an, wenn sie aus Bösebuchtdorf zurückkommen.« Fragend schaute er Gwin an. »Sonst noch etwas?«

»Die Herberge«, gestand sie. »Ich muß noch den Verkauf der Herberge regeln.«

»Oh.« Unbehaglich legte Bulion die Stirn in Falten. Er ließ den Blick durch den überfüllten Raum schweifen. »Darüber können wir uns später unterhalten.«

So oft Gwin die Herberge erwähnte, verhielt Bulion sich sonderbar.

Mißfiel ihm der Gedanke, daß seine Frau aus eigener Kraft zu Reichtum kam? Das hätte sie nicht von ihm erwartet. Schließlich hatte sie ihm gesagt, daß sie ihr Vermögen mit der Familie teilen wolle.

»Dann ist ja alles geklärt«, sagte er. »Gwin, Niad und ich bleiben hier, bis ihr zurückkehrt. Ihr anderen brecht nach Bösebuchtdorf auf, sobald ihr bereit seid.«

Er erhob sich. Alle anderen taten es ihm gleich ...

»He!« rief Polion.

Überall im Raum trat ein Grinsen in überraschte Gesichter. Jemand kicherte.

»Willst du doch nicht mitkommen?« fragte Bulion scheinheilig.

Polion war hochrot angelaufen, und die schwarzen Haare schienen ihm zu Berge zu stehen. »Natürlich will ich mit nach Raragash! Aber erwartest du von mir, daß ich in dieses Bösebuchtdorf reite und meine Frau zurücklasse, wo wir doch gerade erst geheiratet haben ...«

»Ist es möglich, daß du letzte Nacht ein bißchen zu viel Most getrunken hast, Polion?« erkundigte sich Thiswion.

»Ach, das sind doch nur ein paar Nächte«, beschwichtigte Jukion den Jungen. »Das holst du schon wieder auf, Kleiner.«

Aus dem Gekicher wurde grölendes Gelächter. Unzusammenhängend vor sich hin stotternd, wurde Polion aus dem Haus gedrängt, umringt von männlichen Verwandten, die ihm allesamt fröhlich Ratschläge unterbreiteten: »Die körperliche Ertüchtigung wird dir ungemein guttun!« »Das wird dich so richtig aufmöbeln!« »Weißt du, am Anfang soll man es ohnehin langsam angehen!« Je weiter sie in der Ferne verschwanden, desto anzüglicher wurden die Bemerkungen.

Gwin blieb allein mit ihrem Gatten zurück, dessen Antlitz hochrot leuchtete, während er sich vor Lachen ausschüttete.

»Das tust du ihm doch nicht wirklich an, oder, Liebster?«

Allmählich kam Bulion wieder zu Atem. »Ich mische mich da nicht ein! Polion hat den Leuten schon immer Streiche gespielt, und in den letzten Jahren hat er sich zu einem röckejagenden Herzensbrecher gemausert. Zanion ist nicht der einzige, der noch eine Rechnung mit ihm offen hat!« Immer noch kichernd, ging er auf den *Astran* hinaus.

Männer!

Gwin bemerkte, daß doch noch ein Besucher geblieben war – Tibal saß auf einem Bett und starrte mit traurigen, schmerzerfüllten Zügen auf den verlassenen Eingang. Da fiel ihr auf, daß sie ihn bisher fast immer nur lächeln gesehen hatte.

»Tibal?«

Er schauderte und schien sich mühevoll zurück in die Gegenwart zu schleppen.

Als er aufstand, öffnete er sich wie eine Rosenblüte. »Gwin?«

»Du siehst aus, als wärst du einem Gespenst begegnet!«

»O nein! Alles in Ordnung! Nur ein kleiner Katzenjammer von letzter Nacht. Alles in bester Ordnung.«

Mißtrauisch musterte sie ihn. »Bist du sicher? Also, was hatte das mit dem Tod zu bedeuten, der den siebten Sitz innehat?«

Sogleich blühte er auf. »Um den Versammlungstisch des Rates in Raragash stehen sieben Stühle. Einer ist stets leer. Es gibt sieben Schicksalshüter, aber nur sechs davon verteilen im Zuge der Sternenkrankheit einen Fluch, richtig?«

»Darüber habe ich mir auch schon den Kopf zerbrochen! Gibt es denn keine Poulscaths?«

Grinsend schüttelte Tibal den Kopf. »Falsch! Auch Poul verflucht. Aber Poul ist Herrscherin über Tod und Leben. Diejenigen, die Poul verflucht, sind jene, die nicht überleben. Der leere Stuhl dient uns als Mahnmal, falls wir je Selbstmitleid verspüren sollten.«

33

Hufeisen klapperten auf dem Kopfsteinpflaster des Hofes. Der Mond zeichnete sich als silbrige Blase über der samtenen Schwärze der Bäume ab. Hie und da fingen seine Strahlen sich an uralten Dächern und verfallenen Wänden. Labranza Lamith hatte Polion Tharn zwar gesagt, Raragash läge nur zwei Wochen zu Pferd von Daling entfernt, doch sie hatte keinesfalls vorgehabt, selbst zu versuchen, die Strecke in dieser Zeitspanne zurückzulegen. Allein durch die Umstände hatte es sich so ergeben. Natürlich hatte sie auch Glück gehabt. Die Hahnenkampfsenke stand kurz davor, ihrem Namen alle Ehre zu machen, doch Labranza war gerade noch unbescholten durch die Fänge des Krieges geschlüpft, ehe sie sich schlossen.

Mühsam glitt sie aus dem Sattel und grunzte, als sie mit den Stiefeln auf dem Boden auftraf. Alles tat ihr weh, zudem stank sie. Labranza haßte Pferde, hatte sie schon immer gehaßt.

Helleres Licht flackerte auf, als eine Tür sich öffnete. Nostor, der Stallmeister humpelte heraus und schwenkte eine Laterne vor sich her. »Dachte mir schon, daß Ihr es seid, edle Dame!« Seine schnarrende Stimme erinnerte an einen betrunkenen Gockel. »Jemand muß wohl etwas vorausgesagt haben, oder? Ja, sicher!«

»Wer hat etwas vorausgesagt?« Labranza rieb sich die Augen.

»Tja, schätze, das würde wohl keiner zugeben, oder?« Mit einem keuchenden, nach Knoblauch riechenden Kichern nahm der alte Narr die Zügel entgegen. »Nein, niemals.«

Wortlos löste Labranza ihre Tasche vom Sattel.

»Hattet Ihr 'ne gute Reise, edle Dame? Nein, hattet Ihr nicht. Ich sehe, Ihr seid müde. Ob wohl dank Ching *Saj* heißes Wasser im Haus wartet? Ja, sicher!«

»Gib mir die Laterne«, forderte Labranza ihn auf. Sie nahm sie ihm aus der Hand und hielt sie von dem dummen Pferd weg, das bereits die Augen verdrehte und mit den Füßen stampfte. »Gib dem Gaul eine Portion Steine zu fressen, dann reitet er sich vielleicht ein bißchen angenehmer.« Damit wandte sie sich um und schritt davon, während Nostors widerwärtiges Lachen die Stille der Nacht befleckte. Labranzas Beine und ihr Hinterteil schmerzten von zu vielen Tagen im Sattel.

Der alte Narr hatte Unsinn geredet. Sofern Ching Chilith tatsächlich Labranzas Haus für sie vorbereitet hatte, dann gewiß nicht deshalb, weil ihm ein Shoolscath berichtet hatte, daß sie heute nacht zurückkehren würde. Shoolscaths gaben ausgesprochen selten ihr Wissen um die Zukunft weiter, was selbst für derart belanglose Neuigkeiten galt. Warum auch? Erhoffen konnten sie sich davon gar nichts, denn jede Belohnung käme einer Veränderung der Zukunft gleich. Labranza hielt sich nicht für beliebt genug, als daß jemand eine solche Gefahr für sie auf sich genommen hätte. Und für Ching erst recht nicht. So ziemlich jeder in Raragash verabscheute ihn.

Vermutlich erhielt er die Nachricht von einem der Beobachtungsposten auf dem Paß. Zwar hatte Labranza ihnen befohlen, ihre Ankunft nicht anzukündigen, und sie hätte die Flaggen gesehen, wenn dies geschehen wäre, doch Ching hätte durchaus jemanden bestechen können, der ihn warnen sollte.

Auf dem Weg herein hatte sie angehalten, um sich bei normalerweise zuverlässigen Quellen nach Neuigkeiten zu erkundigen; währenddessen hätte ein Bote sie mühelos überholen können. Ching war ungemein gerissen; genau das machte ihn so nützlich. Labranzas normalerweise zuverlässige Quellen hatten ihr von einigen seiner Handlungen berichtet, die er während ihrer Abwesenheit vorgenommen hatte.

Am interessantesten erschien Labranza, daß Ching immer noch am Leben und in Freiheit war. Während sie den Pfad entlangwanderte und im Lichtkreis der Laterne einen Fuß vor den anderen setzte, überlegte sie, was das bedeuten mochte. Links und rechts neben ihr rauschte der Wind durch vereinzeltes Buschwerk und grüne Farnwedel, die kurz in der tiefschwarzen Nacht aufleuchteten und wieder darin verschwanden. Zwar hätte sie den Weg auch blind gefunden, doch die Laterne stellte eine Hilfe dar. Die Luft war erfüllt vom Geruch der Bäume, dem vertrauten Duft von Raragash. Es fühlte sich gut an, wieder zu Hause zu sein.

Ching lebte noch. Was wahrscheinlich bedeutete, daß er die Aufgabe nicht erfüllt hatte, die Labranza ihm vor ihrer Abreise übertragen hatte – oder er hatte es gar nicht erst versucht. Eigentlich hatte sie auch nicht ernsthaft erwartet, daß Ching es versuchen würde. Sollte er Erfolg gehabt und überlebt haben, würde sie das sehr verblüffen.

Sie trat aus dem Wald auf die weitflächige Wiese, die ihr Haus umgab. Im Mondschein glich sie einem grauen Teppich. Licht schimmerte unter der Traufe hervor, silbrige Rauchranken wanden sich in die Höhe.

Labranza schob den schweren Ledervorhang auf und schielte hinein, ehe sie eintrat und ihn zurückfallen ließ. Dann erhob sie sich auf Zehenspitzen und spähte über den Wandschirm aus Papier und Bambus, um sicherzugehen, daß sich dahinter nichts und niemand verbarg. Die meisten Ogoalscaths verwandelten sich in überaus vorsichtige Menschen. Die übrigen starben. Eines Nachts vor zwei Jahren fand sie unter ihrem Bett einen Wildschweinkeiler. Nie zuvor war in Raragash über Wildschweinkeiler berichtet worden.

Die Luft war erfüllt von beißendem Rauch, was für ein Zarda-Haus als gewöhnlich galt. Zwar empfand Labranza die Nacht als warm genug, so daß kein Feuer erforderlich gewesen wäre, doch der große Kupferbottich über dem Kamin dampfte verlockend. Flammen tänzelten auf den Köpfen dünner Kerzen. Drei schwere Silberhauben auf dem Tisch verrieten ihr, daß Essen bereitstand, und im tönernen Kühleimer wartete eine vielversprechend aussehende Flasche. Wunderbar! Sie ließ die stinkende Satteltasche an der Tür zu Boden fallen und zog sich aus, wobei sie auf das Wasser zuging. Behutsam fühlte sie die Temperatur. Zu heißes Wasser war gefährlich, doch es erwies sich als gerade richtig. Wunderbar!

Ein schönes Gefühl, zurück zu sein. Während Labranza sich mit einem Schwamm den Straßendreck von der Haut wusch, überlegte sie, ob sie Chings Vorkehrungen durch ihren Ogoalscath-Einfluß bewirkt hatte. Hatte er nur auf einen plötzlichen Anstoß hin gehandelt? Nein. Er mußte das Feuer vor gut einer Stunde entfacht haben. Zu der Zeit befand er sich noch außerhalb ihrer Reichweite.

Mit einer Mischung aus Zuneigung und Abscheu ließ sie den Blick durch ihr Heim schweifen. Auf dicken Brücken standen erlesene alte Möbel aus der Kaiserzeit. Seidenteppiche, so zart, verblaßt und alt, daß sie bereits gegen Ende des Imperiums unbezahlbar gewesen sein mußten, zierten die Wände. Nun galten sie als unersetzlich und wahrscheinlich einzigartig in ganz Kuolien. Dann zählte sie die Porzellanschmuckstücke, die Skulpturen und die Kristallvasen – in jeder einzelnen steckten frische Schnittblumen, die unverkennbar Ching persönlich mit sicherer Hand zusammengestellt hatte. Nichts fehlte, nichts war während ihrer Abwesenheit abhanden gekommen. Labranza Lamith genoß Luxus und wertvolle Dinge – die sie allesamt aus der Akademie entliehen hatte.

Der Inhalt des Hauses war erlesen, das Gebäude selbst eher ein Viehstall. Labranza haßte es. Hätte sie gewollt, sie hätte in der Akademie wohnen können, in einer palastähnlichen Zimmerflucht, die vor Hunderten von Jahren für den persönlichen Gebrauch des Vorsitzenden bestimmt wurde. Raragash galt als anfällig für Erdbeben. Ogoalscaths wiederum galten als anfällig dafür, unter einstürzenden Decken zu sterben, in plötzlich aufflammenden Feuersbrünsten, oder indem sie durch verrottete Fußböden fielen. Labranza betrat die Akademie ausschließlich dann, wenn die Pflicht es unumgänglich machte.

Da Zarda-Häuser aus Holz bestanden, waren sie nahezu völlig erdbebensicher. Reetdächer konnten sich zwar leicht entzünden oder von unberechenbaren Winden davongetragen werden, doch Labranza schlief gleich neben der Tür, hinter einem dünnen Wandschirm, den sie mit einem Finger umzustoßen vermochte. Inzwischen schlichen sich zunehmend Mäuse und Eichhörnchen herein, um an den Brücken und Wandteppichen zu nagen; Schwalben versuchten, in den Dachsparren zu nisten, mitunter sogar Fledermäuse. Sie haßte das Haus.

Sie hatte sich bereits abgetrocknet und rieb gerade ein letztes Mal mit dem Handtuch über die Haare, als Fingerknöchel über den Türpfosten schabten. »Wer ist da?«

»Sekretär Chilith, Frau Vorsitzende.«

»Warte.« Sie ging zu dem antiken tringischen Zedernholzschrank, in dem sie ihre Freizeitkleider aufbewahrte. Bei dieser schwülen Hitze brauchte sie nichts Warmes. Nach reiflicher Überlegung entschied sie sich für ein schlichtes, blaßblaues Umhangtuch aus pirainischer Seide, verziert mit Staubperlen, die zu einem Gardenienmuster angeordneten waren. Sie band die Schärpe locker zusammen, kämmte sich das Haar, trug Parfum auf und schlüpfte in silbrige Sandalen. Danach räumte sie die schmutzige Reitbekleidung, die Handtücher und die Satteltasche fort.

Nach etwa zehn Minuten rief sie: »Komm rein.«

Ching Chilith trat mit einem Lederaktendeckel in den Händen ein. Wie sein Name schon erahnen ließ, floß in seinen Adern sowohl nurzisches als auch qolisches Blut. Sein Vater hatte ihm hohe Wangenknochen und krauses Haar vererbt, doch die Farbe war heller als bei einem echten Nurzier – ein blasser, haselnußbrauner Ton, wobei Haut- und Haarfarbe einander sehr ähnelten. Sogar der honigfarbene Hauch der arglosen Augen paßte zum Rest. Ching war schlank und zart und eine Fingerlänge kleiner als Labranza. Bereits zweimal hatte sie mit Ching derart die Geduld verloren, daß sie ihn schlug, und beide Male hatte sie ihn dabei umgeworfen. Zum erstenmal war sie vor zehn Jahren auf ihn und seine Fähigkeiten aufmerksam geworden. Damals war Ching siebzehn Jahre und Labranza doppelt so alt. Äußerlich hatte er sich kaum verändert. Man konnte ihn nach wie vor ohne weiteres für einen siebzehnjährigen Jungen halten. Absichtlich hatte sie ihm das nicht angetan. Es war einfach so geschehen.

Er trug einen schlichten Kittel und eine gebleichte Leinenhose. Beides hatte er eigens für sie angelegt. Wenn er in der Öffentlichkeit als ihr Sprecher auftrat, kleidete er sich stets wie ein alter Kaiser, schlüpfte in edle Gewänder und behing sich mit Juwelen. Außerdem ritt er einen Schimmel, dessen Sattel- und Zaumzeug vor Rheinkieseln und Silberschnallen nur so funkelte.

Weder lächelte er, noch verneigte er sich. Er stand einfach nur an der Tür und wartete, welche Rolle Labranza ihm zudachte.

»Schenk mir etwas zu trinken ein.« Sie trottete zum Diwan hinüber und setzte sich schwerfällig. Das Umhangtuch glitt auf und entblößte den Großteil eines Beins; sie ließ es so.

Behutsam legte Ching den Aktendeckel auf den Tisch und wandte sich der Weinflasche zu. Er füllte einen Kelch und brachte ihn Labranza. Dann stand er wieder stocksteif und wartete. Die Augen hielt er auf ihr Gesicht gerichtet und schenkte weder dem Bein noch dem großzügigen Einblick in ihr Dekolleté Aufmerksamkeit.

Sie trank. Der Wein schmeckte herb und erwies sich als wohltuend kühl.

»Wer hat dir gesagt, daß ich heute nacht zurückkomme?«

»Ich habe versprochen, es nicht zu verraten, Frau Vorsitzende.«

Sie wartete.

»Gos a'Noig.«

A'Noig war zwar ein Shoolscath, aber ein alter Krüppel, der wenig herumkam. Erstaunlicherweise errötete Ching nicht, wie es für gewöhnlich der Fall war, wenn er sie zu belügen versuchte. Dies hielt Labranza für nur eines seiner zahlreichen Talente. Also hatte er tatsächlich einem Shoolscath eine Prophezeiung abgeluchst!

»Wie nett von ihm. Richte ihm meinen Dank aus.« Labranza verlor weder über das Feuer noch über den Wein, noch über die Blumen ein Wort. Ching wußte, daß sie eine nahezu vollkommene Bedienung erwartete. »Was gibt es Neues?«

»Die Wesnarier haben Mokth vom Seehandel abgeschnitten, indem sie Tolamin zerstörten.« Ching war zwar mit einer hohen Tenorstimme gestraft, dennoch sprach er voller Selbstvertrauen. »Der König von Mokth marschiert nach Süden und plant als Vergeltung einen Überraschungsangriff auf Wesnar.«

»Das dachte ich mir. Der König von Wesnar führt seine Armee nach Norden. Bei Veriow entging ich nur knapp den Patrouillen. Ich nehme an, er hofft darauf, daß ihm ein Hinterhalt gelingt.«

Ching nickte. Halb nahm er die Auskunft in sich auf, halb bestätigte er sie. »Jeder glaubt, der andere wüßte nicht, was er tut. Beide wissen es. Hexzion wird den von Euch verlangten Preis für einen Muolscath bezahlen, hat aber noch nicht zugesagt. Der König von Pagaid stürzte vom Pferd, und ich habe einen Ivielscath entsandt ...«

»Auf wessen Befehl?«

Ching zog die kaum sichtbaren Augenbrauen hoch. »Auf Euren natürlich.«

»Ich vermute, du hast meine Unterschrift gefälscht?«

»Das habe ich. Wenn Por a'Win stirbt, reißen seine Söhne das Königreich in Stücke. Wenn er lebt, könnte er ...«

»Das weiß ich alles.« Sie billigte sein Vorgehen. Er hatte eine kluge Entscheidung getroffen. »Erzähl weiter.« Sie hielt ihm den Kelch zum Nachschenken hin.

Ching nahm ihn und fuhr mit dem Bericht fort, während er zum Tisch hinüberging: ein paar Tote unter den Verfluchten, eine Mißernte in Hamdish, ein Ausbruch der Sternenkrankheit in Rurk. Ching hatte eine Rettungsmannschaft entsandt – wiederum indem er sich Labranzas Befehlsgewalt geliehen hatte.

Das war das Geheimnis ihrer Macht über ihn: Ching selbst war kein Verfluchter, sein Vater aber war ein Ogoalscath gewesen, und zwar ein höchst gefährlicher, der zu Wutanfällen neigte und dadurch Katastrophen verursachte. Als Ching zwölf Jahre alt war, mußte er mitansehen, wie sein Vater bei strahlendem Sonnenschein von einem Blitz erschlagen wurde. Vielleicht noch wichtiger schien, daß Chings Mutter ein Jaulscath gewesen war. Aus Kindern, die ihre Mütter nicht belügen konnten, wurden ausgesprochen schrullige Erwachsene.

Als Sohn eines furchteinflößenden Vaters, sehnte Ching sich nach Macht. Er verging sich danach, Geheimnisse zu erfahren, so wie seine Mutter. Da er die Armut eines Waisenkindes durchgemacht hatte, ergötzte er sich an pompösem Prunk. Dennoch wirkte er höchst unscheinbar; ein Niemand. Ein paar Frauen fühlten sich durch Mitleid zu ihm hingezogen, vor Männern aber wand er sich wie ein Wurm.

Als persönlicher Sekretär der Vorsitzenden des Rates erlangte er sowohl Macht als auch Reichtum. Nach außen hin war er ein bedeutender Mann. Er kannte Geheimnisse und gab Befehle weiter; er durfte herumstolzieren, schikanieren und unterdrücken. Er würde alles für Labranza tun. Er brauchte ihre Befehlsgewalt wie die Luft zum Atmen, und nun brauchte er auch ihren Schutz, denn seit er in ihren Diensten stand, hatte er sich zahlreiche Feinde geschaffen. Ohne Labranza würde er einem Hund gleichen, den keiner will. Er war falsch, gehässig, peinlich genau, gewissenlos und völlig unfähig, Labranza zu belügen. Sie hatte großes Glück gehabt, einen solchen Helfer zu finden – aber schließlich galten Ogoalscaths nicht umsonst als Schoßkinder des Glücks.

»Das reicht«, unterbrach sie ihn. »Was habe ich sonst noch unterschrieben, während ich fort war?«

Er zählte ein weiteres Dutzend Fälschungen auf. Was war sie doch fleißig gewesen! Labranza mußte all seine Entscheidungen gutheißen, wenngleich Ching offensichtlich auch ein paar persönliche Rechnungen beglichen hatte. Nun, das hatte er sich verdient.

»Was ist mit der anderen Sache, die ich erwähnt habe?«

Zum erstenmal trat der Ansatz eines Lächelns in die jugendlichen Züge. »Ich kann mich nicht entsinnen, daß Ihr mir irgendwelche Aufträge erteilt hättet, Frau Vorsitzende.«

»Nein, das habe ich auch nicht.«

Aber sie hatte einen Hinweis fallenlassen – einen ausgesprochen leisen Hinweis, den nur ein so scharfer und auf sie eingestellter Verstand wie der von Ching zu deuten vermochte. Was sie vorgeschlagen hatte, betraf sowohl Shoolscaths als auch Jaulscaths. Schon seit ewigen Zeiten war bekannt, daß ein Seher in Reichweite eines Gedankenlesers in tödlicher Gefahr schwebte, die Zukunft zu offenbaren. Einen Shoolscath in eine derartige Lage zu bringen, galt in Raragash als abscheulichstes Verbrechen überhaupt. Die Shoolscaths stellten die größte Gruppe der Verfluchten dar, und sie würden einen solchen Übeltäter in Stücke reißen. Brächte man Labranza unmittelbar damit in Verbindung, konnten weder Rang noch Name sie vor den Folgen bewahren. Und vor einer Gemeinschaft, die mehr als fünfzig Jaulscaths umfaßte, wäre Leugnen zwecklos.

Labranza hatte kaum zu hoffen gewagt, daß Chings Treue ihn dazu treiben würde, sich einer derartigen Gefahr auszusetzen. Keinesfalls hatte sie erwartet, daß er einen Versuch überleben würde.

»Ich habe mit einem bestimmten Shoolscath gesprochen, Frau Vorsitzende. Er hat bestätigt, daß der langersehnte Erneuerer im Anzug ist. Ein neues Kaiserreich wird entstehen.«

Siebenmal verflucht! Also stimmte es. Labranzas Welt fiel vor ihren Augen in sich zusammen. Mit einem Zug trank sie den Kelch leer, was mit einem Hustenanfall bestraft wurde.

Ching nahm ihr das Glas ab und ging, um es neuerlich zu füllen. Dabei fuhr er mit sanfter Stimme fort: »Der Shoolscath hat nicht gelogen. Bisher zeigt er noch keine Verfallserscheinungen.«

»War ein ... ein Zeuge anwesend?«

»Ich sage Euch doch, daß er nicht gelogen hat.«

»War es dieser a'Noig, den du vorhin erwähnt hast?«

»Ja, Frau Vorsitzende. Zwar hat er nur noch wenige Jahre vor sich, aber er scheint immer noch bei klarem Verstand. Er freut sich sehr darüber, daß er den Anbruch der neuen Ordnung noch miterleben darf.«

Labranza starrte zu ihm empor. Er konnte sie unmöglich belügen! Wie war es möglich, daß ein Mann seines Alters keine einzige Falte auf der Stirn zeigte? Aber er log nicht. »Und der ... äh, Zeuge ist verschwiegen?« Darin bestand die größte Gefahr – Jaulscaths konnten keine Geheimnisse für sich behalten. Trotz all der Schulung, die ihnen die Akademie angedeihen ließ, waren sie außerstande, Geheimnisse lange in Raragash zu behalten.

»Ich habe sie mit auf die Reise nach Nimbudia geschickt, Frau Vorsitzende – natürlich auf Euren Befehl hin.«

Ching hatte ihre gewagtesten Hoffnungen noch übertroffen. In der nun einsetzenden Stille vermeinte sie, einen eigenartigen Blick in Chings Augen zu erkennen – einen beinahe flehenden Blick. Mittlerweile sollte er wissen, daß er vergeblich auf Zuspruch oder Lob wartete.

»Hast du den Namen des neuen Kaisers erfahren?«

»Ein zardischer Name, Frau Vorsitzende. Bulion Tharn.«

Für ihn barg der Name natürlich keine Bedeutung, Labranza hingegen ließ diese Erwähnung kraftlos auf die Kissen zurücksinken. Erschöpfung und Wein sorgten dafür, daß sich in ihrem Kopf alles drehte. Und nun noch diese unglaubliche Neuigkeit über einen alten, fetten Bauern ... möge Poul ihn verfluchten!

Noch nie hatte sie einen Mord in Auftrag gegeben, obwohl sie den starken Verdacht hegte, daß viele ihre Vorgänger in dieser Hinsicht weniger zimperlich gewesen waren. Es schien zu verlockend einfach. Ein merkwürdiger Unfall, eine plötzliche Krankheit, ein unerklärlicher Angriff eines engen Freundes ... wer würde je die Akademie damit in Verbindung bringen? Kaum jemand wußte überhaupt, daß sie existierte! Labranza fiel auf Anhieb ein Dutzend Verfluchter ein, die sie ins Tharn-Tal schicken konnte, um diese Flamme zu löschen, bevor sie die Welt der Vorsitzenden in Brand stecken würde. Im selben Augenblick, in dem Tharn starb, würde der Shoolscath a'Noig sich in einen sabbernden Idioten verwandeln. Wunderbar!

Sie wollte sich morgen den Kopf darüber zerbrechen. Vorerst sank sie zurück auf die Kissen und zog die Beine auf den Diwan, wobei sie gedankenverloren zu Ching hinaufstarrte. Er errötete unter ihrem Blick; rosa Flecken schlichen sich auf die honigfarbene Haut über den vorstehenden Wangenknochen. Haar und Haut – er wies rundum dieselbe Farbe auf, gleichmäßig und weich. Seine honigfarbenen Augen wirkten so unschuldig wie die eines Kindes.

Er wandte sich ab und schritt zum Tisch. »Etwas zu essen, Frau Vorsitzende?«

»Später vielleicht. Genug gearbeitet für heute.«

Ching schluckte und ergriff den Aktendeckel, den er gar nie öffnen mußte. »Also dann, gute Nacht, Frau Vorsitzende. Ich darf mich jetzt verabschieden.« Er wartete.

»Nein.«

Er drehte sich um und musterte sie aufmerksam, um sicherzugehen, daß er die Andeutung auch richtig verstand. »Nein?«

»Du bist noch nicht fertig.«

Sein Gesichtsausdruck veränderte sich in keiner Weise. Behutsam legte er den Aktendeckel zurück auf den Tisch und begann sich zu entkleiden.

Als Liebhaber war Ching ebenso sorgfältig und tüchtig wie in allem, was er tat.

Weder brabbelte er romantischen Unfug, noch gab er sich dem Irrglauben hin, etwas anderes als ihr Diener zu sein, auch nicht im Bett. Labranza war es gleich, ob er Spaß daran hatte – er war hier, um ihr Freude zu bereiten. Und das konnte er gut.

34

Sieben Tage nach seiner Hochzeit bereitete Bulion Tharn sich darauf vor, den Flugoss zu überqueren und Wesnar zu betreten. Poul stieg in einen klaren, blauen Himmel auf. Die gestrigen Regenfälle gab es nur noch in Bulions Erinnerung. Er hoffte, daß sich dies als gutes Omen erweisen würde.

Die Reisegruppe lagerte auf einer der zahlreichen Inseln, die den Kanal oberhalb von Tolamin teilten. Ein Hain dürrer Bäume bot ausreichenden Schutz, der Boden aber war feucht, und Bulions Rücken schmerzte entsetzlich. Doch abgesehen von diesem lästigen Mahnmal seines Alters war die Reise bisher erstaunlich gut verlaufen.

Sein erster und einziger Ausflug in diese Gefilde lag dreißig Jahre zurück. Damals brauchte er den Fluß nicht zu durchqueren. Statt dessen benützte er die aus der Kaiserzeit stammende Bogenbrücke bei Tolamin – ein unangenehmer Ritt über behelfsmäßige Holzplanken, zwischen denen breite Löcher gähnten, doch er war trockenen Hufes auf der anderen Seite angekommen. Seit damals war die Welt verfallen.

Er stand inmitten der Bäume und starrte auf den Fluß – breit und funkelnd, wies er glücklicherweise den mittsommerlichen Tiefstand auf. Bulion hatte Ulpion und Thiswion vorausgeschickt, um das gegenüberliegende Ufer zu erkunden. Zwar gelang es ihnen, den Fluß zu überqueren, ohne daß die Pferde schwimmen mußten, aber danach verschwanden sie in den Wäldern und waren längst überfällig. Doch wenn es sich lediglich um eine weitere Insel handelte, mußten sie natürlich erst feststellen, ob auch der nächste Kanal überquert werden konnte. Vielleicht waren sie sogar auf mehrere Kanäle gestoßen, die allesamt in Augenschein genommen werden mußten. Gewiß dauerte es deshalb so lange.

Beide waren sie gute Jungen – Thiswion war einer von Mogions Enkeln, Ulpion einer von Thilions. Bulions eigene Nachkommenschaft stellte die größte der drei dar und umfaßte die meisten Söhne. Er hatte darauf geachtet, auch Vertreter der beiden anderen Linien mitzunehmen, denn Himion fand stets einen Grund, sich wegen der bevorzugten Behandlung bestimmter Familienmitglieder zu beschweren. Wahrscheinlich brütete der alte Schurke bereits eine Verschwörung gegen Brankion aus. Wenn der Clan sich weiter mit der gegenwärtigen Geschwindigkeit vergrößerte, würde es Himion vielleicht gelingen, ihn zu spalten, und das wäre eine Tragödie.

Thiswion Harbo war zwanzig Jahre alt, schlaksig und Vater zweier Mädchen. Zudem galt er als bester Bogenschütze der Familie und kam einem Rotschopf ziemlich nahe. In beiderlei Hinsicht geriet er nach seinem Vater, Bogir Harbo, der noch vor seinem dreißigsten Geburtstag starb, ein wahrer Verlust. Bulion war es nie gelungen, Tilim zu überreden, wieder zu heiraten – ein weiterer Verlust. Ulpion zählte zu den besten Reitern des Tals, hatte aber mit seinen fünfundzwanzig Jahren erst drei Kinder gezeugt, zwei davon Fehlgeburten. Seine Frau war einfach zu nervös.

Die beiden waren gute Jungen und ihre Frauen waren schwanger; deshalb bedeutete weder Thiswions noch Ulpions Abwesenheit eine verlorene Empfängnis. Doch weshalb, um alles in der Welt, brauchten sie so lange?

In den Bäumen hinter Bulion sattelten andere Mitglieder der Gruppe die Pferde, brachen Zelte ab und bereiteten sich auf den Weitermarsch vor. Die unbedarften Bauern entwickelten bereits militärische Disziplin. Seltsamerweise war dies überwiegend der stämmigen Frau aus Bösebuchtdorf zu verdanken, dem Awailscath Vaslar Nomith. Wraxal Raddaith verkörperte zweifellos einen weit besseren Soldaten, doch dem Muolscath fehlte der Antrieb, seinen Gefährten etwas beizubringen. Vaslar hingegen ließ ihr inneres Feuer schon erkennen, bevor sie überhaupt im Tharn-Tal eintraf. Da sie sich durch eine Bemerkung Jukions beleidigt gefühlt hatte, ergriff sie einen Stock und forderte ihn auf, das Schwert zu ziehen. Binnen Sekunden entwaffnete sie den großen Ochsen und verpaßte ihm eine gehörige Tracht Prügel. Seither baten die Männer Vaslar in jeder freien Minute um Schwertkampfunterricht. Der eine oder andere ließ tatsächlich Fortschritte erkennen – Ulpion zum Beispiel, und ganz besonders Polion. Vaslar brachte allen die Grundlagen der Kriegskunst bei, angefangen vom richtigen Auswählen eines Lagerplatzes bis hin zum ordnungsgemäßen Beladen der Pferde. Die Familie würde bei dieser Reise auf jeden Fall wieder etwas dazulernen.

Eine Reise, die Gwins Idee gewesen war, rief Bulion sich ins Gedächtnis.

Seit sie das Tal verlassen hatten, waren sie keiner Menschenseele begegnet. Am Vortag beschrieben sie einen weiten Bogen um Tolamins Überreste, da sie wußten, daß die Wesnarier die Brücke zerstört hatten. Jasbur und Ordur berichteten, daß immer noch Menschen in den Ruinen der Stadt lebten, doch sie erzählten auch von Hungersnot und kriegerischen Banden. Die meisten der umliegenden Gehöfte und Weiler waren im Zuge des Krieges geplündert worden und wirkten verlassen. Die Bewohner, sofern es noch welche gab, hatten sich vor den Fremden versteckt, und die Fremden hatten nicht innegehalten, nach ihnen zu suchen.

Das Westufer hingegen sollte sich eigentlich noch in voller Blüte präsentieren. Die Wesnarier galten als umgänglich und gastfreundlich, wie es sich für Nachkommen von Zarda geziemte; zumindest war es noch vor dreißig Jahren so gewesen. Andererseits nannte man das Land zwischen der Gebirgskette von Carmine und dem Riesengebirge nicht umsonst die Hahnenkampfsenke. Mokth, Nurz und Wesnar grenzten dort aneinander und trugen ihre Kämpfe aus. Die vorherrschende Macht änderte sich, die Namen der Königreiche änderten sich, aber die blutige Geschichte blieb stets dieselbe und hatte sich schon Hunderte Male wiederholt – vor, während und nach der Kaiserzeit.

Bulion verlagerte das Gewicht, woraufhin eine Lanze des Schmerzes seinen Rücken durchbohrte. Verdammt! Er hatte angenommen, es würde sich legen, sobald er aus dem Bett war und sich bewegte, statt dessen wurde es immer schlimmer. Ein Mahnmal des Alters – genau das waren diese Schmerzen. Eine Warnung, daß er zu alt für un-Tharn-gemäße Albernheiten wie Hochzeitsreisen war. Und er trieb tatsächlich jede Menge Unsinn: Liebe auf dem Boden, Waschen mit kaltem Wasser, Schlafen in feuchten Decken. Er sollte seine Braut nach Hause in ein warmes Bett bringen. Wenn die anderen mitbekämen, woran er kränkelte, würde er Gekicher ernten, und zwar reichlich.

Pferdegeschirr klirrte, Büsche raschelten, Hufe klapperten. Wosion humpelte mit Stern an der Hand herüber. Mit fragendem Blick schaute er zu seinem Vater auf, unterließ jedoch geistlose Bemerkungen wie: »Die brauchen aber lange, was?«

Statt dessen meinte er: »Es ist lange her, seit du und ich diese Reise gemacht haben, nicht wahr?« Er lächelte halbherzig.

Unauffällig brachte Bulion den Rücken in eine bequeme Stellung und brummte zustimmend. »Damals war ich wesentlich jünger als du heute.«

»Und ich war jünger als Polion.« Wosion lehnte sich mit einem Arm auf Sterns Sattel, um das verkrüppelte Bein zu entlasten. »Ich kann mich nicht erinnern, dir je gedankt zu haben! Ich habe lange gebraucht, um zu erkennen, daß du recht hattest, und heute bin ich dir dankbar. Dachte nur, es wäre ein günstiger Zeitpunkt, dir das zu sagen.«

»Überflüssig. Ich danke dir, daß du ein so guter Priester geworden bist. Solche Dinge btauchen wir einander nicht zu sagen.«

Bulion wandte sich ab und blickte neuerlich über den Fluß. Vor dreißig Jahren hatte er einen am Boden zerstörten und widerspenstigen Halbwüchsigen zur Ausbildung nach Veriow geschleift. Wosion hatte mit seinem Schicksal gehadert. Bulion erklärte ihm, daß er Priester werden könne, auch wenn er als Bauer ungeeignet sei. Steif und fest beharrte er darauf und redete es dem Jungen ein – mit wesentlich größerer Zuversicht, als er empfand. Danach ging er fort und ließ seinen verkrüppelten Sohn bei Fremden zurück. Es dauerte Jahre, bis Bulion sich diese Gefühllosigkeit verziehen hatte. Jetzt war es viel zu spät für Dank. Die Zeit für Dankesbekundigungen war längst vorüber, ebenso die Zeit, Vergebung zu erbitten. Es war vorbei, und die Dinge hatten sich zum Besten entwickelt. Dank den Schicksalshütern verhielt es sich oft so.

»Können wir Veriow heute noch erreichen?« fragte Bulion, um das Thema zu wechseln.

»Das glaube ich kaum. Der Karren hält uns auf.«

Und danach noch mindestens vier Tage bis Raragash? »Wie lange brauchst du dort, um deine Kalenderzählung zu überprüfen?«

Wosion kicherte. »Etwa zwei Minuten.«

Was spielte es überhaupt für eine Rolle?

Nur Wosion selbst kümmerte es, ob die Familienaufzeichnungen genau stimmten. Wenn das Jahr 99 zweiundfünfzig Wochen hatte und das Jahr 100 dreiundfünfzig, obwohl es eigentlich genau anders herum sein sollte – für wen, außer für Wosion und seine Omen, war das denn wichtig? Omen geben erbärmliche Grabinschriften ab, pflegte Gamion stets zu sagen. Ob ein Tag günstig oder ungünstig war, konnte ein Priester auslegen, wie es ihm gefiel.

Doch nun war nicht die rechte Gelegenheit, ihm das zu sagen. Wosion wollte um der alten Zeiten willen mit, und er war mehr als willkommen. Außerdem: Wie hätte sein Vater ihm den Wunsch eingedenk der damaligen Reise abschlagen können?

Wosion brach das Schweigen. »Ich habe gehört, mit den Jaulscaths könnten wir uns in Nurz Ärger einhandeln.«

»Was für Ärger? Das ist eine dumme Frage, nicht wahr? Ich meine, warum gerade in Nurz?«

»Jasbur behauptet, Nurz sei bevölkerungsreicher als Wesnar und Da Lam. Womöglich können wir nicht allen Städten und Dörfern ausweichen. Andererseits hat sie mir auch erklärt, daß Raragash eine Art Abkommen mit den Behörden geschlossen hat, so daß wir vielleicht sogar einen besonderen Begleitschutz bekommen. Sie behauptet, Nurz wisse darüber Bescheid, daß Verfluchte nach Raragash fliehen – schließlich befindet sich Raragash ja geographisch betrachtet innerhalb der Grenzen des Königreiches.«

Hm? Bevor Bulion diese Auskunft verdauen konnte, brach Ulpion auf dem gegenüberliegenden Ufer aus den Bäumen hervor. Er schwenkte ein weißes Tuch.

»Da ist er! Alles klar!« Bulion bewegte sich zu ruckartig; sogleich ließen ihn abermals heftige Schmerzen nach Luft schnappen.

Sein Sohn warf ihm einen mißtrauischen Blick zu und rümpfte die lange Nase. »Geht es dir gut?«

Bulion kam wieder zu Atem. »Ja, mir geht's gut! Bring die Gruppe hinüber.«

»Vielleicht solltest du mit einem der Ivielscaths reden.«

»Ich sagte, mir geht's gut!«

Wosion zuckte mit den Schultern. »Ja, Vater.« Er wandte sich um und gab den anderen ein Zeichen.

Bulion beobachtete, wie Wosion über den Kieselstrand ins Wasser ritt und den ersten Trupp anführte, der mit den beiden Ogoalscaths aus Bösebuchtdorf begann – dem älteren Shard und dem jungen Tigon. Als sie an Bulion vorüberzogen, machte er sich auf Unheil gefaßt, das jedoch ausblieb. Letzte Nacht hatten sich die züngelnden Flammen des Lagerfeuers urplötzlich in kalte Asche verwandelt. Die Nacht davor brach unvermittelt, in pechschwarzer Dunkelheit, Vogelgezwitscher in den Bäumen los. Als Zanion Bösebuchtdorf erreichte, wurde er dort Zeuge, wie sich die angeblich hungernden Verfluchten an einer Walherde labten, die am Ufer gestrandet war. Rings um Ogoalscaths ereigneten sich höchst merkwürdige Dinge.

Als nächste folgten Niad und Polion. Die goldenen Zöpfe des Mädchens ragten unter dem Männerhut hervor und hüpften bei jedem Schritt des Pferdes auf und ab – irgendwie albern, aber bezaubernd. Freudig erregt grinste Polion seinen Großvater an. Zwar fehlte ihm Wosions lange Nase, doch abgesehen davon erinnerte er auf geradezu beängstigende Weise an jenen anderen Halbwüchsigen von damals. Der aber hatte nicht gegrinst. Bulion widerstand der Versuchung, seinen Enkel zu fragen, ob er sich auf diese Reise mehr freute als auf den Ausflug nach Bösebuchtdorf.

Gleich darauf kamen die beiden Awailscaths aus Raragash. Sie veränderten sich. Dieser Ordur wirkte weniger vertrottelt und schwammig, die Frau dünner und jünger. Ihr Gesicht schien glatter, das Haar dunkler und beinahe glänzend.

Bulion blickte den Fluß hinauf und hinunter. Flußaufwärts erspähte er zwar einige verfallene, offenbar längst verlassene Hütten, aber kein Zeichen von Leben. Niad hatte Schwierigkeiten mit ihrem Pferd. Polion half ihr. Bald hatte sie es wieder unter Kontrolle. Kurz darauf watete die Gruppe aus dem Strom und verschwand zwischen den Bäumen. Bulion drehte sich um und stellte fest, daß Wraxal ihn beobachtete. Er nickte, woraufhin der Soldat herüberschritt.

»Willst du die Nachhut bilden oder lieber flußabwärts nach einer anderen Furt suchen?«

»Der Wasserstand ist niedrig. Wenn wir den Fluß hier überqueren können, sollte es weiter unten ebenso möglich sein.« Wie immer gab der Muolscath sich nüchtern und sachlich. Bulion hatte Wraxal die Verantwortung für die drei Jaulscaths übertragen, da er der einzige war, der es ertragen konnte, sich ihnen zu nähern. Was in jener Nacht zwischen ihm und dieser Jojo vorgefallen war, vermochte niemand mit Gewißheit zu sagen, aber ohne ihn hätten die Gedankenleser ein unlösbares Problem dargestellt. Sie mußten sich mindestens hundert Schritte von den übrigen entfernt halten – besonders von Tibal Frainith, der panische Angst vor ihnen hatte.

Wraxal wandte sich zum Gehen. Aus einem plötzlichen Antrieb heraus rief Bulion: »Warte!«

Der Soldat hielt inne und blickte ihn gleichmütig an. Seine Züge verrieten keinerlei Anzeichen von Neugier.

»Meine Frau hat erwähnt, daß du ihr beim Verkauf der Herberge geholfen hast.«

»Das stimmt.«

Bulion knirschte mit den Zähnen.

Es beschämte ihn, darüber zu sprechen, doch etwas anderes, das ihn noch mehr beschämte, zwang ihn dazu. »Wie?«

Jemand anders hätte sich wohl überrascht über die Frage gezeigt – nicht so Wraxal. »Sie hatte ihrem Vermittler aufgetragen, das höchste Angebot anzunehmen und ihr die Dokumente nachzuschicken, die unterschrieben werden müssen. Das wäre jedoch zu wenig gewesen – sie hätte nach Daling zurückkehren und vor Notaren unterzeichnen müssen. Ich habe Gwin geraten, die Anweisungen noch einmal zu verfassen und das Schriftstück für sie gegengezeichnet. Da ich immer noch als hochrangiger Offizier der Palastwache gelte, wurde somit ein offizielles Dokument daraus. Das Geld wird im Tempel verwahrt, bis sie darüber verfügt.«

Mögen die Schicksalshüter die Dalinger samt ihrer verfluchten, lächerlichen Gesetze holen! »Dein Onkel hat mir gesagt, sie könnte die Herberge gar nicht verkaufen.«

Wraxal zuckte mit den Schultern. »Dann wäre der Vertragsabschluß ungültig. Aber sie scheint zu glauben, daß er gilt.« Offenbar war es ihm einerlei. Es wäre ihm auch einerlei, ginge es um sein eigenes Vermögen.

»Wie kann ein Mann wie du beurteilen, was Menschen glauben?«

»Mein Urteil wird von keinerlei Gefühlen getrübt. Im Augenblick bist du verlegen und schämst dich wahrscheinlich. Was angesichts der Neuigkeit über die finanzielle Absicherung deiner Frau widersprüchlich erscheint. Also hast du wohl meinem Onkel geglaubt und gedacht, deine Frau hätte dich belogen. Vielleicht fürchtest du ja auch, daß sie bald genug von dir hat und möchtest deshalb lieber, daß sie arm bleibt, damit sie dir ausgeliefert ist.«

Bulion ließ sich zu einer unvorsichtigen Bewegung hinreißen; neuerlich zuckten Schmerzen durch seinen Rücken, die ihn davon abhielten zu sagen, was er gerade sagen wollte. Statt dessen holte er tief Luft. »Danke.«

»Wofür?«

»Oh ... dafür, daß du es mir erklärt hast. Warum bringst du jetzt nicht die Jaulscaths über den Fluß?«

»Das wollte ich gerade. Du sagtest aber, ich sollte warten.« Wraxal wandte sich um und stapfte davon. Der Muolscath war etwa so liebenswert wie ein mehrere Wochen alter Fisch.

Tibal Frainith stand an einen Baum gelehnt und blätterte in einem Buch. Schamlos lächelnd, schloß er es und steckte es in eine Tasche des Kittels. »Ja, ich habe gelauscht. Du weißt doch, wie unruhig ich werde, wenn es um Jaulscaths geht.«

Hatte er nur deswegen zugehört? Warum sollte ein Shoolscath sich überhaupt die Mühe machen, seine Neugier zu befriedigen? Er würde ja doch gleich wieder vergessen, was er erfahren hatte. Allein der Versuch zu verstehen, wie ein derartiger Verstand arbeitete, bereitete Bulion Kopfschmerzen.

Gerade trottete der Gepäckzug zwischen den beiden hindurch, den Zanion, Jukion und Vaslar Nomith begleiteten. Irgend etwas an der großen Frau wirkte verändert, doch bevor Bulion feststellen konnte, um was es sich handelte, war sie vorüber. Vielleicht machte sie eine Verwandlung durch, so wie die anderen beiden Awailscaths. Wenn sie dadurch wieder zu einem Mann wurde, dann würde sie ... würde er ... Ach, zur Hölle damit!

Bulion beobachtete, wie sie den Fluß überquerten. Die Dinge entwickelten sich besser, als er zu hoffen gewagt hatte. Er wandte die Aufmerksamkeit wieder dem schlaksigen Shoolscath zu.

»Du bist nach Daling gekommen, danach ins Tal, jetzt gehst du mit uns zurück nach Raragash. Wem folgst du – mir oder meiner Frau?«

Tibal seufzte. »Du weißt, daß ich keine Fragen beantworten kann, Bulion *Saj*. Schau, jetzt macht sich Wraxal auf den Weg.«

Ein paar hundert Schritte flußabwärts lenkte der Muolscath den Karren ins Wasser. Ephi und Kinimim, die sonst darin reisten, folgten ihm auf Pferden und quietschen vor Aufregung. Jojo Kawith bildete das Schlußlicht.

»Gelangen sie sicher ans andere Ufer?«

Tibal zögerte; dann sagte er: »Das Mädchen fällt kurz davor zwar fast vom Pferd, aber ... ja, sie gelangen sicher hinüber.«

Bulion schaute zu ihm auf und verspürte eine widersinnige Abneigung gegen die Gewißheit, die den Worten anhaftete.

Warum schien der Shoolscath stets an jedem vorbeizuschauen? »Was passiert, wen ich sie zurückrufe und deine Zukunft zerstöre?«

Tibal machte schmale Augen. »Dann sollte ich alles versuchen, dich davon abzuhalten. Aber du tust es nicht.«

»Aber ich könnte!«

»Wahrscheinlich würden sie dich nicht hören. Trotzdem könntest du es versuchen. Deshalb beantworte ich für gewöhnlich keine Fragen. Weshalb solltest du mich vernichten wollen?«

»Ich schätze, das will ich gar nicht. Reiten wir.«

Gwin und Mandasil kamen mit den letzten Pferden zu ihnen herüber.

Vor weniger als einem Monat war Bulion Tharn des Nachts durch einen schlimmen Zahn aufgewacht. Er hatte den Atem des Todes gespürt. Er hatte diese wunderbare Frau gefunden, die er liebte. Er hatte sie geheiratet. Nun ließ er sich auf ein ungewisses Abenteuer in einem fremden Land ein, und so wie sie derzeit vorankamen, würde er nicht rechtzeitig zur Ernte zu Hause sein. Er war ein dummer, alter Narr! Weshalb erfüllte ihn dann eine solche Freude?

Bulion lächelte Gwin an, nahm Donners Zügel entgegen und – *verflucht!* Der schlimmste Anfall bis jetzt. Er keuchte.

»Was ist denn los?« fragte Gwin.

»Mein Rücken ist ein bißchen steif.«

»Du Dummerchen! Was quälst du dich denn so? Mandasil?«

»Ach, ist schon gut.« Argwöhnisch musterte Bulion den Ivielscath, einen dunkelhäutigen, untersetzten jungen Mann, der als Steinmetz gearbeitet hatte, bevor ihn die Sternenkrankheit befiel. Er hatte den Schicksalshütern sein schweres Los noch nicht verziehen und machte keinen Hehl aus seinem Zorn. Niemand mochte ihn besonders. Vaslar haßte ihn sogar.

»Sei kein Narr«, forderte Gwin ihn sanft auf. »Ich habe

ein persönliches Interesse daran, daß es deinem Rücken gutgeht! Wahrscheinlich brauchst du nur ein bißchen mehr Bewegung, aber trotzdem. Mandasil, sieh zu, was du für ihn tun kannst. Komm, Tibal, wir lassen die beiden dabei allein.«

Elegant schwang der Shoolscath sich auf das Pferd. Begleitet von Hufgeklapper ritten er und Gwin zum Wasser hinunter.

Mandasil stellte eine finstere Miene zur Schau. »Ich habe noch wenig Übung. Wo tut es weh?«

»Da.«

»Ich glaube, ich muß dich berühren, oder?«

Widerwillig drehte Bulion ihm den Rücken zu, zog die Hose ein wenig runter und den Kittel ein wenig hoch. Mit raspelrauher Hand rieb der frühere Steinmetz über das Kreuz des alten Mannes.

»Schon besser?«

Autsch! »Noch nicht.«

»Tja, mehr kann ich nicht für dich tun. Soll's doch dieses kleine, blonde Frauenzimmer versuchen.« Mandasil schwang sich in den Sattel und trieb sein Pferd mit unnötiger Gewalt voran.

Klagend wieherte Donner auf, als das andere Roß davonstob. Nunmehr allein auf der Insel, zog Bulion die Hose wieder hoch. Das Aufsteigen dauerte länger, als es dauern sollte. Zudem hatte er Schmerzen dabei. Gwin und Tibal waren fast über dem Fluß.

Bulion Tharn wischte sich Schweiß von der Stirn und ritt auf dem Weg zur Hahnenkampfsenke hinab ins Wasser.

35

Als die Pferde sich spritzend aus dem Wasser kämpften und mit klappernden Hufen den Kieselstrand hinauftrabten, fragte Gwin: »Dieses Tagebuch – warum liest du ständig darin, wenn du in wenigen Augenblicken ja doch wieder alles vergißt?«

Tibal grinste. »Aber ich lese es auch morgen, und übermorgen, jeden Tag. Ich vorinnere mich, was ich darin lesen werde. Mein derzeitiges Wissen darüber, was ich in Zukunft lesen werde, gewährt mir einen Einblick in die Geschehnisse der Vergangenheit.«

Allein der Versuch, das zu begreifen, beschwor am hellichten Tag Alpträume hervor. »Ich sah dich darin schreiben, während du die Sehenswürdigkeiten von Daling besichtigt hast, Tibal. Hast du dir Aufzeichnungen über alles gemacht, was du gerade gesehen hattest?«

»Ganz und gar nicht. Ich habe alles niedergeschrieben, was ich sehen würde, kurz zuvor, während ich es am deutlichsten in Vorinnerung hatte. Ich warte immer, bis die Ereignisse schon so dicht bevorstehen, daß niemand mehr das Buch in die Hand bekommen und lesen kann, was ich geschrieben habe.«

Gwin stöhnte. »Wie gelingt es dir nur, die ganze Sache auch noch einleuchtend klingen zu lassen?«

Die beiden folgten einem Trampelpfad durch das Unterholz und fanden den Rest der Gruppe bei einer Unterredung. Alle saßen noch auf den Pferden. Hinter einer lichten Baumreihe glitzerte ein weiterer, schmälerer Kanal, in dem Enten schwammen, dahinter wiederum eine weitere Insel aus Kiesel und Gras. Dann folgte etwas, das nach dem eigentlichen Westufer aussah.

»Was ist denn los?« wollte Gwin wissen.

Wosion befand sich ihr am nächsten. Träge, als hätte er dieselbe Antwort schon mehrmals gegeben, erwiderte er:

»Dort drüben liegt ein Dorf. Wir müssen es auskundschaften, um sicherzugehen, daß es keine Gefahr verheißt.«

Gwin hielt dies für eine unnötige Zeitverschwendung. Weshalb sollte es Gefahr verheißen? Keineswegs überrascht, vernahm sie ein geisterhaftes Flüstern im Ohr: *Ihr müßt so schnell und so bald wie möglich weiter, sonst seid ihr gefangen. Dieses Dorf ist verlassen. Dort lebt niemand, der euch beobachten könnte.*

Gefangen von wem? Gwin wußte, daß es keinen Sinn hatte, ihrem geheimnisvollen Berater Fragen zu stellen. »Der Ort ist verlassen«, sagte sie laut. »Dort lebt niemand, der uns beobachten könnte.«

Die gemurmelten Streitgespräche verstummten. Dann meinte Zanion: »Sie hat recht! Keine Boote, kein Rauch, kein Vieh. Die Felder sind auch nicht bepflanzt. Und wir haben keinen Hahn krähen gehört.«

Vaslar Nomith stieß einen alles andere als damenhaften Soldatenfluch aus. »Verdammt richtig«, fügte sie etwas gemäßigter hinzu. »Das hätte mir auffallen müssen. Gratuliere, Gwin *Saj*! Die Tolaminer führten im Laufe des Krieges ja einige Gegenangriffe durch – das hatte ich vergessen.«

»Folgt mir, meine Lieben!« rief Gwin und trieb Morgenstern voran. Der Gruppe blieb keine andere Wahl, als ihr zu folgen.

Zum Gepäckzug zu zählen, galt als Zeichen der Hochachtung – es bedeutete, daß man als wertvoll betrachtet wurde. Das hatte Bulion zu Beginn der Reise erklärt, als er die Marschreihenfolge festlegte: vier kampftaugliche Männer an der Spitze, dann der Gepäckzug und die Frauen in der Mitte, der Rest der Männer am Schluß. Wraxal und die Jaulscaths sollten zweihundert Schritte dahinter im Karren folgen. Um zu vermeiden, daß die Frauen Aufmerksamkeit erregten, wollten die Männer die ganze Zeit über die Kittel anbehalten. Gwin hegte zwar Zweifel, ob die selbsternannten Krieger sie gegen etwas Schlimmeres als wütende Karnickel verteidigen konnten, doch sie behielt ihre Zweifel für sich.

Die praktische Umsetzung des Planes hatte ohnehin fehlgeschlagen. Die Geschwindigkeit des Karrens bestimmte die Geschwindigkeit der gesamten Truppe. Wenn er am hinteren Ende fuhr, neigte der Troß dazu, sich zunehmend in die Länge zu ziehen, so daß den Vordersten immer wieder zugebrüllt werden mußte, langsamer zu reiten. Egal wohin man Tibal schickte, er hielt sich immer so weit wie möglich von den Jaulscaths fern. Vaslar beharrte darauf, zu den Männern zu zählen, und die Tharns ließen alle Disziplin fahren, so oft jemand sich mit jemand Bestimmten unterhalten wollte. Zumeist ritten sie einfach in Zweier- oder Dreiergruppen und bewegten sich innerhalb der Reihe nach Lust und Laune vor und zurück. Sobald es heiß wurde, zogen die Männer ihre Kittel aus.

Von entscheidender Bedeutung war nur, daß der Karren ein gutes Stück von den Reitern entfernt blieb. Ihn voranfahren zu lassen, erwies sich als angenehmer. Sowohl Vaslar als auch Bulion beschwerten sich darüber, daß eine Frau, ein zwölfjähriger Junge und ein siebenjähriges Mädchen die gefährlichste Position übernahmen, aber in diesem Fall ergab die Anordnung durchaus Sinn. Mögliche Angreifer, die ihnen auflauerten, würden von den Jaulscaths rechtzeitig entdeckt und durch einen Wirbelsturm der Gedanken in Angst und Verwirrung gestürzt werden. Deshalb fuhr der Karren die meiste Zeit voraus, und die Reiter folgten ihm.

Nachdem sie den nunmehr offensichtlich verlassenen Weiler hinter sich gelassen und einen Pfad gefunden hatten, der annähernd in die richtige Richtung führte, zogen die Abenteurer über die Flußebene. Hecken und vereinzelt wuchernde, hohe Sträucher boten ein wenig Schutz. Es versprach, ein heißer Tag zu werden. Schon jetzt verschwamm die Gebirgskette von Carmine hinter einem Hitzeschleier. Die schneebestäubten Gipfel des Riesengebirges waren fast überhaupt nicht zu erkennen.

Wraxal übernahm mit dem Karren die Führung. Gwin reihte sich ganz vorn bei den Reitern ein. Zunächst trabte sie schweigend vor sich hin und zerbrach sich den Kopf über die letzte Äußerung ihres übernatürlichen Beraters. Die Warnung über eine Gefangennahme war neu. Er – oder sie – wurde ungeduldiger. Er oder sie hatte recht damit gehabt, daß der Weiler verlassen war. Eigentlich war es offensichtlich gewesen, doch es war niemandem aufgefallen, bevor Gwin ihre Eingebung laut wiederholte. Sie mußte davon ausgehen, daß die Stimme von einem übernatürlichen Wesen stammte – aber von wem oder was? Sie hatte noch nie davon gehört, daß die Schicksalshüter mit Sterblichen sprachen. Und sich des Zwillingsgottes als persönlichen Berater zu rühmen, schien geradezu gefährlich vermessen. Gwin wünschte, unter ihren Gefährten befände sich jemand, der ihr Auskunft darüber geben konnte. Wosion bot sich dafür am ehesten an, doch die Möglichkeit, daß Gott selbst Gwin als Berater diente, würde er nicht einmal in Betracht ziehen. Tibal würde sich gewiß weigern, überhaupt eine Meinung dazu kundzutun.

Eine weitere Anwärterin stellte Jasbur dar, die zu dem Tehma unter Umständen Weisheiten aus Raragash anzubieten hatte. Durch Zufall oder Glück ritt Jasbur gerade neben ihr, doch Gwin fiel es schwer, Vertrauen zu dem Awailscath zu fassen – jedenfalls im Augenblick. Vielleicht würde Jasbur nächste Woche oder nächsten Monat, wenn es zu spät war, eine vertrauenswürdigere Person verkörpern.

Allmählich wurde die Stille unbehaglich. Nach ein paar verstohlenen Blicken meinte Gwin: »Verzeih meine Unverschämtheit, aber bist du nicht ein bißchen jünger geworden?«

Jasbur lächelte, und ihr Lächeln wirkte weniger abstoßend als früher. Sie verschob den Hut auf dem Kopf, so daß er verwegener wirkte. »Schon möglich. Ich glaube, die Ogoalscaths bringen unser Gleichgewicht durcheinander.«

»*Unser* Gleichgewicht? Verwandeln die anderen sich auch?«

Diesmal schien das Lächeln zweideutig. »Sind dir heute morgen Ordurs Muskeln aufgefallen?«

»Kann ich nicht behaupten«, erwiderte Gwin hastig.

Jasbur seufzte. »Oder sein Lächeln?«

»Wie alt bist du?«

Der Awailscath zuckte mit den Schultern. »In Jahren? Neununddreißig. Fast vierzig. Praktisch gesehen, bin ich im Augenblick so um die dreißig, würde ich schätzen. Aber das ändert sich ständig. Ich bin nicht immer ein häßliches, altes Weib.«

»Du bist kein . . .«

»Doch, bin ich. Zumindest war ich das, als ich ins Tal kam. Vor ein paar Monaten war ich der schönste, kräftigste junge Kerl, den du dir vorstellen kannst. Mein Anblick hätte dich glatt umgeworfen!« Jasburs Augen leuchteten. Wenn die Verwandlung sich weiterhin so rasch vollzog, würde sie in ein paar Tagen eine gutaussehende Frau sein. »Ich war schon größer als Jukion, hübscher als Niad und älter als Bulion. Ordur sagt oft, ein Awailscath zu sein ist so, als wäre man das Wetter.«

»Ich nehme an, diese Frage bekommt ihr oft zu hören, aber welches Geschlecht ist besser?«

Jasbur kicherte. »Kommt ganz darauf an, was Ordur ist.«

»Seid ihr schon lange ein Liebespaar?«

»Ein Liebespaar oder Freunde. Seit mehr als zwanzig Jahren. Manchmal verabscheuen wir einander, aber wir haben auch schon viele gute Zeiten erlebt. Ich glaube, deshalb bleiben wir auch zusammen, wer immer wir auch gerade sind. Weil wir ein Gedächtnis besitzen.«

Gwin ließ sich Jasburs Worte durch den Kopf gehen.

»Du hast gesagt *wer immer*, nicht *was immer*. Also verändert sich nicht nur die äußere Gestalt? Auch euer Fühlen und Denken?«

»O ja. Vorlieben, Geschmäcker, Neigungen ... Es gibt sogar glaubwürdige Beweise, daß Awailscaths sich in Doppelgänger echter Menschen verwandeln. In Raragash gibt es geschichtliche Aufzeichnungen darüber. Ein Awailscath wandelte einen Monat als der damalige Kaiser umher.«

»Verflucht! Du meinst, eines Tages könnte man sich selbst von Angesicht zu Angesicht gegenüberstehen?«

»Theoretisch ja, wenngleich die Wahrscheinlichkeit äußerst gering ist und noch nie darüber berichtet wurde, daß so etwas geschehen wäre. Natürlich würde mein Gedächtnis in keiner Weise dem seinen oder ihren gleichen. Der Awailscath, der sich in den Kaiser verwandelte, hielt sich nicht für den Kaiser – er sah nur so aus und benahm sich wie er. Der Gute muß wohl jede Menge Spaß auf der Akademie gehabt haben.«

Vor Verwunderung stumm, ritt Gwin nachdenklich weiter, während sie versuchte, eine so unvorhersehbare Daseinsform zu begreifen.

»Es wäre schön, wenn man sich aussuchen könnte, in wen man sich verwandelt«, meinte Jasbur wehmütig.

Vor ihnen lag ein Bauernhof, eine kleine Gruppe Zarda-Häuser, rund und mit Reetdächern. Ein Weg würde immer zu einem Bauernhof oder einem Weiler führen. Noch war er zu weit entfernt, um Bewohner auszumachen, sofern noch welche dort lebten. Die nähere Umgebung wirkte jedenfalls nach wie vor verlassen. Hinter dem Bauernhof stieg das Land sanft an. Sobald die Reisenden jene Hügel und Senken hinter sich hätten, würden sie wesentlich unauffälliger vorankommen.

»Was ist dieses Veriow, das wir besuchen?« erkundigte sich Jasbur.

»Das solltest du lieber Wosion fragen.«

»Ich mag Wosion nicht.«

»Oh, in der Tiefe seines Herzens ist er gar kein so übler Kerl. Er wurde in Veriow zum Priester ausgebildet.« Gwin hielt sich zwar für keineswegs bewandert, was die örtliche Geschichte anging, eine Tringierin wie Jasbur aber würde noch weniger wissen. »Wesnar ist ein Zarda-Königreich, wahrscheinlich das reinste Zarda-Reich überhaupt. Dort gibt es sogar eine Elitetruppe aus Kriegern, die immer noch den alten Barbareien wie Tätowierungen und Verstümmelungen frönen ...« Und Greueltaten. Über viele der Geschichten, die sich um die Plünderung Tolamins rankten, dachte man besser nicht nach. »Nachdem die Zarda Qol erobert hatten, teilten sie sich. Pantholion ging zurück nach Osten und ließ sich hier in Wesnar nieder.« Ihr fiel auf, daß »niederlassen« ein unangemessener Begriff für einen Zarda zu sein schien. »Jedenfalls hat er die letzten Jahre seines Lebens in diesen Gefilden verbracht. Er ernannte sich zum Oberherrn. Nicht einmal eine feste Hauptstadt besaß er, und selbst heute noch zieht der König von Wesnar samt Hof umher. Aber Veriow galt als Pantholions Hauptquartier. Dort liegt er auch begraben.«

»Die Zarda waren schon schlimm genug«, meinte Jasbur bedrückt, »aber weißt du, weshalb sie überhaupt in das Kaiserreich einfielen?«

»Wegen der Beute, nehme ich an. Oder zum Vergnügen?«

»Nein. Auf der Flucht vor den Karpana. Die Karpana sind noch schlimmer.«

Und nun standen auch die Karpana vor den Toren und fielen in Nimbudia ein. Die geballte Macht des Kaiserreichs war vor den Zarda in die Knie gegangen. Die launischen, kleinen Königreiche Kuoliens würden für eine Horde Barbaren eine leichte Beute darstellen.

»Danke für die gute Nachricht!«

Jasbur zuckte mit den Schultern. »Vielleicht kommen sie ja nicht nach Süden. Wahrscheinlich marschieren sie nach Rurk. Weshalb besuchen wir Veriow überhaupt?«

»Weil es auf dem Weg nach Raragash liegt. Die zardischen Priester haben dort eine Hochschule für das Studium der Sterne und ihre Bedeutung eingerichtet. Wosion möchte Aufzeichnungen vergleichen, um sicherzustellen, daß ihm beim Erstellen seines Kalenders kein Fehler unterlaufen ist.«

Jasbur rümpfte die Nase. »Für mich hört sich das nach einer ziemlich müden Ausrede an.«

»Für mich auch. Ich glaube, in Wahrheit wollte er mitkommen, um mit seiner langen Nase in Raragash herumzuschnüffeln. Erzähl mir von Raragash.«

»Da gibt es nicht viel zu erzählen.« Jasbur deutete mit der Hand auf die Landschaft. »Auf diesen Feldern ist ja etwas angepflanzt!«

Das stimmte, und Gwin ärgerte sich, weil sie es nicht selbst bemerkt hatte. Beiderseits des Pfades reifte Getreide. Weizen blühte kopfhoch, Bohnen rankten sich an Stangen empor. Sie erblickte Heu, das ihrer Meinung nach längst hätte geschnitten werden müssen. Das Dorf am Fluß wurde wohl während der Schlacht um Tolamin verlassen, doch hier in der Nähe mußte in letzter Zeit jemand gelebt haben, obwohl die Gegend immer noch menschenleer wirkte und weit und breit kein Vieh zu sehen war.

Gwin schaute zurück, um festzustellen, ob sich irgend jemand aus ihrer bäuerlichen Familie in Hörweite befand, doch hinter ihr folgten Tigon und Shard, die beiden Ogoalscaths.

Der nächste Tharn ritt zu weit entfernt, um seine Meinung einzuholen.

»Also dürften wir bald auf Ortsansässige stoßen. Erzähl mir von Raragash.«

»Da gibt es nicht viel zu erzählen. Ich glaube, zur Kaiserzeit glich der gesamte Krater so etwas wie einem riesigen Park, aber jetzt gibt es niemanden mehr, der ihn pflegt; deshalb hat der Wald sich wieder ausgebreitet. Die großen Herrenhäuser stehen noch, und die meisten sind bewohnt. Abgesehen von der Akademie gibt es keine Verwaltung.«

Jasbur gab sich absichtlich vage.

»Und was hat es mit dieser Akademie auf sich?«

»Eigentlich stellt die Akademie mehr einen Gedanken als eine Tatsache dar – eine Menge alter Bücher und ein paar Leute, die immer noch weiterzugeben versuchen, was man ihnen beigebracht hat. Das ist alles. Und eine prächtige Statue des Kaisers Losso Lomith. Meinst du, Wraxal könnte mit dem Karren schneller fahren, wenn wir einen Teil der Ladung auf die Pferde packen?«

»Wohl kaum. Was eßt ihr dort?«

»Wir haben Bauernhöfe. Wir betreiben Handel. In den Bächen kann man hervorragend fischen. Wir essen ziemlich viel Fisch.«

»Woher habt ihr Geld zum Handeln?«

Jasbur verzog unsicher das Gesicht. »Ich nehme an, das Krankenhaus bringt Geld ein. Warum fragst du nicht Tibal Frainith?«

Das hatte Gwin versucht, schon ein paarmal.

»Weil seine Lippen noch versiegelter sind als deine. Erzähl mir von ihm.«

»Über Tibal weiß ich wirklich nicht viel«, gestand Jasbur und ließ ihr nunmehr etwas ansehnlicheres Lächeln aufblitzen. »Zwar kannte ich ihn in Raragash vom Sehen, aber gesprochen haben wir nie miteinander. Er ist der Shoolscath im Rat – und das bedeutet, daß man große Stücke auf ihn hält.«

»Wer hält große Stücke auf ihn?«

»Die anderen Shoolscaths. Wahrscheinlich deshalb, weil er noch der am wenigsten Verrückte von ihnen ist. Ich weiß, daß der Fluch ihn sehr jung ereilte. Junge Menschen passen sich besser an.«

»Und weshalb kam er nach Daling?«

Jasbur lachte heiser. »Ich wünschte, ich wüßte es – und Labranza Lamith wüßte es auch nur allzu gern! Aber *weshalb* bedeutet für einen Shoolscath wenig. Du und ich tun Dinge, weil wir versuchen, die Zukunft zu verbessern. Er kennt die Zukunft und tut, was er tun muß, weil alles andere praktisch Selbstmord gleichkäme.«

»Tibal behauptet, es sei wichtig – worum *es* sich auch drehen mag.«

»Das wird wohl stimmen, und Labranza glaubt es auch. Aber sie hat keine Ahnung, weshalb es wichtig ist. Wenn du Shoolscaths wirklich verstehen willst, Gwin *Saj*, dann frag Tibal folgendes: Ein mit ihm befreundeter Shoolscath, Ogiln, sah etwas Schlimmes voraus. Ich weiß nicht was. Auf jeden Fall versuchte er, es abzuwenden. Er veränderte die Zukunft, wodurch er den Verstand verlor. Als das damals geschah – konnte Tibal da beobachten, wie die Zukunft sich veränderte? Oder wußte er es schon im voraus?«

Selbstverständlich stellte dies nur einen weiteren Ablenkungsversuch dar. Bevor Gwin sich eine Antwort überlegen konnte, brüllte jemand von weiter hinten in der Reihe etwas nach vorn. Die hintersten Reiter hatten innegehalten und stiegen von den Rössern. Man rief nach Gwin. Irgend etwas stimmte nicht. Gwin wendete Morgenstern und galoppierte los, um nachzusehen.

36

»Was ist passiert?« brüllte sie und sprang, von panischer Angst erfüllt, aus dem Sattel, wodurch sie beinahe der Länge nach hinstürzte. Sie erblickte Donner, dessen Zügel Zanion hielt. Die Menge teilte sich, um sie zu Bulion durchzulassen, der mit dem Gesicht nach unten auf dem Gras lag, offenbar bewußtlos. Als Gwin sich neben ihm niederkniete, schloß sich der Kreis aus Menschen und Pferden wieder rings um sie.

»Er ist einfach zur Seite gekippt«, erklärte Jukion. »Ich

konnte ihn gerade noch aufgefangen, bevor er vom Pferd fiel.«

»Bulion!« rief Gwin. »Liebster?«

Er stöhnte kaum vernehmbar. Sein Gesicht war grau, seine Haut feuchtkalt. Sein Atem ging rasselnd und stoßweise.

»Wo ist Niad?« fragte jemand. »Holt den Ivielscath!«

An Bulions Kittel prangten Blut- und Eiterflecken. Der Stoff klebte auf der Haut, als Gwin ihn behutsam hochzog, um nachzusehen. Der untere Teil seines Rückens glich einem Sumpf aus Eiterblasen, von denen schon viele aufgebrochen waren und bluteten. Der Ausschlag schien vor ihren Augen weiterzuwuchern.

Stimmen riefen: »Der Heiler!« »Holt den Heiler!« »Holt Niad!«

»Nein!« Gwin sprang auf und bebte plötzlich vor Zorn. Sie erspähte Mandasil. »Du warst das!«

Mit dem breiten Zarda-Hut und einem mehrere Tage alten, schwarzen Stoppelbart war der zweite Ivielscath kaum noch als Dalinger erkennbar. Zwar war er ein durchaus kräftiger junger Mann, im Vergleich zu den meisten Tharns jedoch wirkte er geradezu schwächlich. Er zog einen Schmollmund; Wut und Ärger funkelten in den pechschwarzen Augen. »Das wollte ich nicht. Ich habe keinen Einfluß darauf, was passiert.«

»O doch, hast du! Und du kannst es wieder in Ordnung bringen!«

»Nein, kann ich nicht!« Mißtrauisch blickte er sich um. »Und du kannst mich nicht dazu zwingen! Ich bin ein Ivielscath. Jeder, der mich auch nur anfaßt . . .«

Gwin zielte mit dem Stiefel auf sein Knie und legte all ihr Gewicht in den Tritt. Mandasil brüllte auf und stolperte.

»Tu es!« gellte sie.

Widerspruch erhob sich, am lautesten von Wosion. Gwin schenkte all dem keine Beachtung. Als ihr bewußt wurde, daß sie die Reitgerte noch in der Hand hielt, versetzte sie dem Steinmetz damit einen Hieb. Er kreischte auf, sprang zurück und griff nach dem Schwert; über der Brust zeichnete sich bereits ein roter Striemen ab. Jukion und Zanion packten seine Arme, bevor er die Waffe ziehen konnte.

Gwin schlug neuerlich zu. »Tu es!« schrie sie. »Knie dich nieder und heile ihn, oder . . .« Sie wandte sich an Polion. »Gib mir dein Schwert.«

Der leichenblasse Polion zog das Schwert; dann zögerte er und schaute unbehaglich zum Priester.

»Ich werde dich vernichten!« brüllte Mandasil und wand sich im Griff seiner Bewacher. »Ich werde euch alle vernichten!«

Gwin hob die Gerte. »Du wirst Bulion heilen, oder ich schneide dich in kleinen Stücke! Das schwöre ich«

Sein Gesicht zuckte wie das eines Kindes. »Ich kann nicht! Ich bin verflucht! Das ist nicht meine Schuld. Ich habe nie darum gebeten, ein Ivielscath zu werden!« Verzweifelt wehrte er sich, obwohl ihm bereits Tränen über die Wangen rollten. Völlig verstört, aber gehorsam gegenüber Gwin, hielten die beiden Tharns ihn fest. »Ich werde dich verfaulen lassen!«

»Nein, wirst du nicht. Dreht ihn um!« knurrte sie. »Wollen doch mal sehen, wie ihm eine ordentliche Tracht Prügel bekommt.«

Gwin wußte nicht, ob sie wirklich dazu in der Lage war, doch Jukion und Zanion gehorchten und drehten ihr Opfer um, so daß es Gwin den Rücken zukehrte. Mandasil war in der Tat kräftig; alle drei taumelten, als er dagegen ankämpfte.

»Letzte Gelegenheit!« fauchte sie.

»Ich versuch's! Ich versuch's!«

»Laßt ihn los.« Sie trat zurück und fragte sich, ob er nach dem Schwert greifen würde, doch statt dessen sank er neben Bulion auf die Knie.

Sie klopfte ihm mit dem Griff der Peitsche auf die Schulter. »Tu es!«

Mit ausdruckslosem Blick starrte Mandasil auf die gräßliche, klebrige Wunde an Bulions Rücken. Er wischte sich die Hände an den Hüften ab. Mittlerweile weinte er hemmungslos. »Ich weiß nicht wie! Vielleicht töte ich ihn. Es ist nicht meine Schuld. Ich werde es nur noch schlimmer machen.«

Sollte es tatsächlich noch schlimmer werden, würde Bulion sterben.

»Tu es!« Aus dem Augenwinkel sah Gwin, daß man Niad inzwischen herbeigeschafft hatte. Wahrscheinlich war Niad in der Lage, Bulion zu helfen, doch Mandasil stieß fortwährend wüste Drohungen aus. Um ihrer aller willen mußte er irgendwie dazu gebracht werden, seine Heilkräfte einzusetzen. Noch hatte er sich nicht bewegt.

Gwin schlug mit der Gerte zu, so fest sie konnte, wodurch sie auf dem Rücken des Ivielscaths eine scharlachrote Wunde aufriß. Er kreischte, blieb aber hocken und unternahm keinen Versuch, nach dem Schwert zu greifen. Gwin spürte, daß Abscheu und Aufruhr in der Familie brodelten, die sich mittlerweile von ihrem ersten, lähmenden Schock erholt hatte.

»Hör auf damit! Das ist Wahnsinn!« rief Wosion.

»Stimme?« dachte Gwin. *»Was soll ich tun?«*

Schlag noch mal zu.

»Heile ihn!« brüllte sie. Abermals drosch sie auf ihn ein, angewidert von dem schnalzenden Geräusch und den Schmerzen, die sie dadurch verursachte. Mandasil streckte die Hände aus und legte sie auf Bulions gräßlichen Ausschlag. Dann lehnte er sich heulend darauf.

»Und jetzt konzentrier dich, Mandasil. Denk ganz fest daran, es besser zu machen. Heil ihn oder stirb.« Gwin berührte ihn mit der Gerte am Genick. Sie ließ den Blick in die Runde der barbrüstigen Umstehenden schweifen, in die entsetzten, bärtigen Gesichter unter den großen Hüten ... auf die Pferde dahinter. Schweiß rann ihr in die Augen. Sie überlegte, ob sie ernst meinte, was sie sagte, ob die Familie sie aufhalten würde, falls sie es versuchte.

Bislang hatten sie ihr bewundernswert die Stange gehalten. Aber würden sie tatenlos zusehen, wenn sie einen Mann kaltblütig hinzumetzelte?

Ein Gefühl der Unwirklichkeit umfing sie gleich einem Wirbelwind.

»Zwecklos!« keuchte der Ivielscath. »Ich weiß nicht, was ich tun muß.« Er nahm die Hände weg. Ein erstickter Laut entrang sich seiner Kehle. Die Umstehenden schnappten nach Luft. Wo er die Hände auf Bulion gelegt hatte, war die Haut wieder heil. Jeder Finger zeichnete sich so deutlich ab, als hätte er die Hand in feuchten Sand gepreßt – gesundes rosa Fleisch inmitten der feuerroten Eiterlandschaft.

»Na also!« krächzte Gwin heiser. »War doch nicht so schwer, oder? Und jetzt mach weiter und kümmere dich um den Rest.«

Voller Triumph sah sie sich um. Sie erwartete, Freude und Bewunderung zu sehen. Statt dessen erblickte sie nur Furcht.

Der Geschmack von Erbrochenem stieg ihr in die Kehle. Ihre Hände zitterten heftig. »Man muß einfach streng mit ihnen umspringen«, meinte sie, erntete aber kein einziges Lächeln.

Bulion stöhnte. Gwin kniete nieder und wischte ihm über die Stirn. Der Ausschlag auf seinem Rücken war auf eine leichte Entzündung zusammengeschrumpft.

»Bulion?«

Er schlug die Augen auf und leckte sich über die Lippen. »Fühlt sich gut an«, murmelte er. »Tut nicht mehr weh.«

»Du bist ein alter Narr! Warum hast du nicht früher angehalten? Warum hast du es niemandem gesagt?«

Mandasil nahm die Hände weg und setzte sich ins Gras. »Ich glaube, ich bin fertig.«

Verstört starrte er Gwin an.

Seine Lider wirkten verschwollen. Tränenreste glitzerten zwischen den Bartstoppeln. Er rieb sich das wunde

Knie; dann betastete er den blutigen Striemen auf seiner Brust.

»Ich glaube auch. Danke.«

Er versuchte, etwas zu erwidern, verstummte aber mit bebenden Lippen.

»Es ist nicht nur schlecht«, meinte Gwin. »Natürlich würde niemand sich wünschen, verflucht zu sein, aber es ist nicht *nur* schlecht. Von jetzt an kannst du viel Gutes tun, Mandasil. Wahrscheinlich wirst du sogar reich.«

Mandasil war etwa gleich alt wie Gwin, vielleicht ein wenig jünger. Doch entweder war er immer schon unreif gewesen, oder es handelte sich um eine Folge des Fluches. War er Steinmetz geworden, weil schon sein Vater Steinmetz gewesen war, oder weil er nur Muskeln besaß, aber kein Hirn?

»Aber nutze deine Gabe auf keinen Fall, um Macht zu erlangen, Mandasil. Nutze sie, um Menschen zu helfen, nicht um sie zu bedrohen und einzuschüchtern. Das würde sich rächen.«

Unsicher nickte er. Gwin fragte sich, woher sie diese abgedroschene kleine Predigt hatte. Sie wußte nicht genau, ob sie selbst an die Worte glaubte, aber sie war überzeugt davon, es würde Mandasil helfen, sie zu glauben. Vielleicht trafen sie ja sogar zu.

Die roten Striemen auf seiner Haut verursachten ihr Gewissensbisse. »Niad?« sagte sie. »Ich habe ihn verletzt. Bitte hilf ihm.«

Stöhnend rollte Bulion sich auf den Rücken und setzte sich auf. Zunächst musterte er die rings um ihn Stehenden, dann Gwin.

Seine Augen weiteten sich, als er Mandasils Wunden erblickte. »Was geht hier vor?«

»Du hast uns allen einen Mordsschrecken eingejagt. Geht's dir jetzt wieder gut?«

Er hob den Hut auf, klopfte ihn am Knie ab und setzte ihn auf den kahlen Schädel. »Bestens.« Er kratzte sich am Bart. »Wosion? Was ist passiert?«

37

Der Bauernhof war allen gegenteiligen Anzeichen zum Trotz verlassen, aber noch nicht lange. Auf dem Hof rannten noch Hühner umher, und ein paar dürre Hunde kläfften die Eindringlinge aufgeregt an. Die Tharns begannen, lang und breit über die Anzahl der Eier in den Nestern zu diskutieren, über den Zustand des Gemüses, das in den Speisekammern hing und über das Alter der Kuhfladen.

»Schluß jetzt!« grollte Bulion schließlich. »Ob vier oder fünf Tage spielt keine Rolle. Auf jeden Fall sind sie nicht vor dem Krieg geflohen. Kommt schon, Leute! Fällt denn niemandem ein Grund ein, *warum* diese Menschen allesamt vor weniger als einer Woche verschwunden sein könnten?«

»Keine Anzeichen von Gewalt«, meinte Zanion.

»Die Sternenkrankheit?« schlug Wosion sichtlich beunruhigt vor.

Schweigen.

»Sie haben gehört, daß ich im Anzug bin und sind aus Angst geflohen.« Die Bemerkung kam natürlich von Polion. Sein Großvater setzte zu einem Klaps an, dem der Junge geschickt auswich.

Was war mit diesem Ort geschehen? Gwin mißfielen die möglichen Folgen. Die Stimme weigerte sich zu antworten. Sich Hals über Kopf in eine unbekannte Gefahr zu stürzen, schien tollkühn, doch was sollten sie mit den Verfluchten tun, wenn sie nun umkehrten, um ins Tal zurückzureisen? Gwin spürte, daß die anderen annähernd dasselbe dachten wie sie. Und ebenso wie Gwin wollte niemand der erste sein, der eine Umkehr zur Sprache brachte – die Möglichkeit weiterzureiten. Letzten Endes traf der Anführer die Entscheidung. Dafür waren Anführer schließlich da.

»Wir wissen es also nicht?« fragte Bulion. »Wir können nicht den ganzen Tag hier herumhocken und uns die Köpfe kratzen. Wir ziehen weiter. Vielleicht finden wir es ja eines Tages heraus.«

Jenseits des Gehöfts lagen die Hügel. Sie erwiesen sich als ausgesprochen sanft und größtenteils bepflanzt, boten aber einen willkommenen Schutz vor neugierigen Blicken. Die Pfade verliefen überwiegend in den Tälern, wo die Bäume Schatten spendeten, was alle als noch willkommener empfanden. Häuser sahen sie nur selten, und alle waren verlassen.

Einmal, als die Straße sich über eine Anhöhe wand, ließ Gwin den Blick über die Flugoss-Ebene schweifen und erspähte in der Ferne die Trümmer Tolamins. Vor fünf Jahren hatte ihre Hochzeitsreise sie dorthin geführt. Damals war es eine lebendige, betriebsame Stadt gewesen. Nun glich Tolamin einer Ruine, und Carp ruhte in einem Gemeinschaftsgrab irgendwo vor den Stadtmauern. Gwin flüsterte seinem Gott ein Gebet zu, doch sie hatte nicht das Gefühl, gehört zu werden. Wahrscheinlich lauschte der Zwillingsgott nur jenen, die wirklich an ihn glaubten.

»Stimme, hörst du mich?«

Keine Antwort, und doch hatte die Stimme ihre Frage während der Auseinandersetzung mit Mandasil beantwortet. Sie schien merkwürdig widersprüchlich – für gewöhnlich vermochte nur Gwin, sie zu hören, und doch hatte einmal auch Jukion ihr gehorcht. Worum oder um wen auch immer es sich handelte, mittlerweile glaubte sie an die Stimme. Vielleicht war es Gott. Gwin wandte das Gesicht von der Vergangenheit ab und trieb Morgenstern weiter.

Etwa eine Stunde, nachdem sie von dem verlassenen Gehöft aufgebrochen waren, erreichten die Abenteurer ein gleichermaßen menschenleeres Dorf. Spät am Nachmittag stießen sie auf ein drittes. Obwohl der Krieg sich nie so weit ausgebreitet hatte, präsentierte die Gegend sich hier ebenso verlassen wie jene um Tolamin. Niemandem fiel eine bessere Erklärung als Wosions Sternenkrankheit ein, obwohl Jasbur und Ordur darauf hinwiesen, daß keine Berichte über eine Seuche in dieser Provinz vorlagen, als sie vor zwei Wochen in Tolamin weilten.

Was immer der Grund sein mochte, es gestaltete die Reise einfacher und möglicherweise sicherer, daß weit und breit keine Menschen waren.

Kurz darauf begann Shards Pferd zu lahmen – es hatte ein Hufeisen verloren. An sich kein bemerkenswerter Vorfall, nur war Shard das schon dreimal passiert, seit sie Bösebuchtdorf verlassen hatten, und immer um dieselbe Tageszeit. Alles deutete darauf hin, daß Shard selbst dafür verantwortlich war. Den Tränen nahe, leugnete er es beharrlich.

Shard war erst mittleren Alters, gebarte sich aber wie ein Greis; er bewegte sich schlurfenden Schrittes und mit stets zu Boden geschlagenen Augen fort. In Daling hatte er eine Frau und drei erwachsene Töchter, die er niemals wiedersehen würde. Noch im Frühling war er ein erfolgreicher Händler gewesen. Nun war er ein heimat- und mittelloser Aussätziger.

Ulpion besah sich den Schaden. »Das ist doch verrückt! Vor kaum zwei Stunden habe ich diese Hufe überprüft! Da war mit den Eisen noch alles in Ordnung.«

Gwin schaltete sich schlichtend ein. »Und Shard saß seither ununterbrochen im Sattel, richtig?«

»Er ist ein Ogoalscath!« betonte Thiswion.

»Aber das ist nicht seine Schuld, oder? Und ich persönlich bin sehr froh, daß für heute Schluß ist. Wahrscheinlich tut er es unbewußt, aber er wählt ausgesprochen gute Lagerplätze!«

Bulion, der sich mit finsterer Miene im Hintergrund gehalten hatte, verstand den Wink und pflichtete Gwin bei; auch er meinte, er hielte dies für einen hervorragenden Lagerplatz. Der Pfad wand sich durch ein enges Tal und folgte einem murmelnden Bach. Ein Wäldchen silbriger Birken bot Schutz und gerade genug gestrüppreiches Unterholz, um ein wenig Abgeschiedenheit zu gewährleisten, aber zu wenig, als daß daraus Schwierigkeiten erwachsen konnten. Die zu beiden Seiten aufragenden Hügel waren kahl, so daß kein Feind sich ungesehen zu nähern vermochte. Mehr konnte man kaum verlangen.

»Das ist unser letztes Ersatzhufeisen!« brummte Ulpion und rief Jukion, damit dieser sich als Hufschmied betätigte.

Gwin und Jasbur entfachten ein Feuer. Die Männer kümmerten sich um die Pferde und schlugen die Zelte auf. Shard trottete mutterseelenallein davon, weil er wußte, daß man jedes Hilfsangebot seinerseits danklos ablehnen würde.

Später am Abend zeigte sich neuerlich Ogoalscath-Einfluß. Das junge Volk – Niad, Polion und Tigon – hatte sein Abendmahl gegessen, sich zurückgezogen und hockte im Zwielicht zusammen, zweifellos um über das unverständliche Verhalten älterer Leute wie Thiswion zu reden, der gerade mal zwanzig war.

Tigon behauptete, fünfzehn zu sein, somit ein wenig jünger als die beiden anderen, aber er war klein und hatte Sommersprossen, eine Stupsnase sowie den zerbrechlichen Körperbau eines Knaben. In seinem Alter kam ein Jahr einer Ewigkeit gleich. Da ihn sein Mißgeschick seiner Heimat, seiner Familie und seiner Freunde beraubt hatte, erkor er Polion zu seinem Helden. Schließlich besaß Polion einen Bart, zumindest mehr oder weniger, und eine Frau. Und Polion hatte im Kampf einen Mann getötet. Tigon schwänzelte wie ein anhänglicher Welpe hinter Polion her, so oft der es ihm gestattete. Polion duldete ihn als seinen hingebungsvollen Sklaven.

Niad ereilte ein schlimmer Schluckauf; fast gleichzeitig

stimmte Polion mit ein. Tigon wollte sich sogleich nützlich machen und lief los, um Wasser für die beiden zu holen. Der Schluckauf verschwand. Mit Tigon kam er wieder. Nicht jeder hätte darin die Gelegenheit für einen Streich entdeckt, doch Polion war nun mal Polion. Er schickte Tigon los und trug ihm auf, sich hinter Großvater Bulion zu stellen, der inmitten des Kreises rings um das Lagerfeuer in belehrendem Tonfall einen Vortrag hielt.

Ein heftiger Schluckauf unterbrach Bulions Predigt. Gwin, zu seiner Rechten, blieb verschont, dafür breitete sich das Hicksen rasch nach links hin aus, zu Wosion; dann zu Zanion, Jasbur ... Tigon rannte zurück zu Polion. Das Hicksen verstummte.

Danach entsandte Polion seine Geheimwaffe zur gegenüberliegenden Seite des Feuers; die nächsten Opfer waren Tibal, Mandasil und Ordur. Sogleich steckten sich auch andere an. Bald hickste die eine Hälfte der Gruppe, die andere Hälfte prustete vor unterdrücktem Gelächter. Jukion und Zanion bekamen heraus, daß Polion hinter all dem steckte. Sie jagten und ergriffen ihn und drohten ihm, ihn mit Tigon Rücken an Rücken an einen Baum zu fesseln, bis er an einem Schluckauf starb. Vielleicht hätten sie es sogar getan, wäre der Einfluß nicht ebenso plötzlich verebbt, wie er eingesetzt hatte. Die Ordnung war wiederhergestellt, das Essen wurde fortgesetzt.

Gwin war erschöpft. Die seltsam anmutende Abwesenheit jedweder Wesnarier beunruhigte sie, dennoch verspürte sie eine überraschende Zufriedenheit. Und nicht nur sie – die gesamte Gruppe schien guter Dinge. Das Abenteuer entwickelte sich durchaus vielversprechend.

Offenbar steckten alle drei Awailscath mitten in einer Verwandlung. Die Tharns wirkten eher neugierig als besorgt, was Gwin als ermutigendes Zeichen betrachtete. Sie verkörperten einen praktisch denkenden, vernünftigen Menschenschlag und hatten begriffen, daß die Verfluchten vielmehr zu bemitleiden denn zu fürchten waren. Jasbur und Ordur beantworteten ihre Fragen geduldig und gutgelaunt. Wäre Vaslar ihres derzeitigen Geschlechts wegen nicht so empfindlich gewesen, gewiß wäre so mancher Witze über das Thema gerissen worden.

Wosion erkundigte sich, wieviel Kontrolle man den Verfluchten in der Akademie beibringen konnte.

»Awailscaths überhaupt keine«, erklärte Jasbur, »aber es hilft, wenn man Gesellschaft hat. Einigen der anderen kann ziemlich viel vermittelt werden. Ogoalscaths können lernen, ihren Einfluß zu unterdrücken, wenn auch nicht völlig.« Sie blickte in die Runde, um sicherzugehen, daß Shard sich außer Hörweite befand. »Besonders, wenn sie jung sind.«

»Und dann können sie nur noch nützliche Auswirkungen erzielen?« fragte Gwin.

»Nicht immer. Was wirklich geschehen wird, läßt sich unmöglich vorhersagen. Und selbst Labranza kann nie sicher sein, ob ihr Einfluß mehr Schaden oder Gutes bewirkt.«

Jasbur hatte soeben bemerkt, daß Vaslar Nomith sich angeregt mit Ordur unterhielt. Vermutlich war ihr deshalb entgangen, daß ihr soeben eine interessante Auskunft über die Vorsitzende der Akademie herausgerutscht war.

Schnell breitete sich die Dunkelheit aus. Bulion ließ eindeutige Bemerkungen fallen, daß es an der Zeit war, sich zur Ruhe zu begeben. Jukion kicherte und erkundigte sich, ob mit seinem Rücken wieder alles in Ordnung wäre. Zanion machte sich daran, die Nachtwache einzuteilen. Sicherheit sollte hier kein Problem darstellen, meinte Vaslar. Der Wald war voll von trockenem Gras und Laub; außerdem blies kein Wind, also konnte sich niemand ungehört anschleichen. Eine Wache würde genügen.

Gwin beschloß, Jasburs Enthüllung über die geheimnisvolle Labranza eingehender zu ergründen. Sie sah sich nach Tibal um.

Der Shoolscath war verschwunden. Schließlich fand sie ihn zusammengekauert, ganz allein in der Dunkelheit auf dem Boden hocken, den Kopf auf die Knie gestützt.

»Tibal? Alles in Ordnung?«

Er grunzte. »Ja. Alles in Ordnung.«

Erschrocken setzte ihr Herzschlag einen Augenblick aus. »Unheil? Droht uns Gefahr?«

»Geh weg, Gwin. Bitte!« Er schaute auf. In der Finsternis glich sein Antlitz einem fahlen Schemen. »Stell mir keine, keine, *keine* ...« Seine Stimme versagte. »Stell mir keine Fragen!«

»O verdammt!« Grabeskälte umfing sie. Noch nie hatte sie Tibal so verstört erlebt. Hatten die Dinge sich *zu* gut entwickelt? Sie setzte sich neben ihn und legte ihm einen Arm um die Schultern. »Kann ich dich jetzt trösten, und du tröstet mich morgen?«

Er ergriff ihre Hand und saß eine Weile schweigend da. Seine Finger fühlten sich eiskalt an. Er zitterte.

»Wenn ich könnte ...«, murmelte er. »Aber es würde mich zerstören, und ich bin sicher, es würde nichts ändern. Es könnte sogar ... schlimmer werden, viel schlimmer. Bitte, geh weg.«

Wer? Wie viele? Das Verlangen, ihm weitere Fragen zu stellen, war fast unerträglich. Doch sie durfte der Versuchung nicht nachgeben.

»Ich darf auch keine Schlußfolgerungen ziehen, oder? Was wäre, wenn ich zum Beispiel mehr Wachen aufstellen ließe?«

»Dann hätte ich die Zukunft verändert, obwohl ich es nicht wollte. Es ist nicht deine Schuld, Gwin«, stammelte er. »Es ist nicht deine Schuld.«

Nun erinnerte sie sich, dem Shoolscath einmal gesagt zu haben, er sähe aus, als wäre er einem Gespenst begegnet. Alle anderen hatten grölend gelacht. Da wußte sie, wessen Schicksal es war, in dieser Nacht zu sterben.

38

Muol befand sich im Haus der Knochen. Knochen verhießen eher leidenschaftliche Gefühle des Hasses denn des Verlangens, obwohl Polion eindeutig vor Verlangen strotzte. Heute war die Nacht der Nächte!

Zanion ... möge Iviel seine Eingeweide verrotten lassen! Zanion hatte ihm die erste Wache zugeteilt. Wahrscheinlich aus Gehässigkeit. Immer noch rächte er sich an Polion für die Märchen, die Meilim erzählt hatte. Er ging wohl davon aus, daß Niad bereits schlafen würde, wenn Polions Wache endete. Nun, Polion mußte Niad versprechen, sie zu wecken, sollte sie tatsächlich dösen. Er hatte es ihr versprochen. Dazu hatte es keiner großen Überredungskunst bedurft.

Poul stand ihm Haus der Erschaffung. Kinder, die im Frühling geboren wurden, entwickelten sich für gewöhnlich prächtig. Und Jaul befand sich im Haus der Liebenden, obwohl ihre rückwärtige Bewegung eher auf Wahnsinn als auf Vernunft schließen ließ. Es schien besser, das Haus umzukehren; *Verwirrung den Feinden* klang nach einem guten Omen.

Der Wald war dunkel und vollkommen geräuschlos. Polion konnte sich keiner windstilleren Nacht entsinnen. Auf jeden Fall gestaltete die Ruhe Polions Wache recht einfach; jedesmal, wenn sich im Lager jemand umdrehte, vernahm er das Rascheln des Laubs unter den Decken. Er hörte das Schnarchen der anderen. Früher hatte er sogar die Kinder drüben im Lager der Jaulscaths reden gehört. Sonst nichts. Ein- oder zweimal hatte eine Eule geheult, aber das war schon alles. Nicht einmal eine Maus konnte sich ungehört an ihn heranschleichen.

Er lehnte sich an einen Baum und versuchte, nicht allzu erregt zu werden, wenn er an Niad dachte. Heute war die Nacht der Nächte. Endlich! Schon seit einer

Woche war er verheiratet, ohne daß auch nur einmal etwas geschehen wäre.

Bald würde Awail aufgehen, die gerade erst abzunehmen begann. Heute nacht würde sie im Haus der Reisenden stehen. Das konnte sich als bedeutsam erweisen. Tatsächlich hatte sich während ihrer Reise bereits eine Veränderung vollzogen. Nachdem sie den Flugoss überquert hatten, gelangten sie nach Wesnar – ein rätselhaft verlassenes Wesnar. Das Fehlen von Menschen wirkte seltsam, obwohl es – nüchtern betrachtet – bedeutete, daß ihnen keine Feinde auflauern konnten. Es schien einfach irgendwie ... falsch. Sobald Awail drei Finger über dem Hügel thronte, durfte er Jukion wecken, damit dieser ihn ablöste.

Danach würde er Niad wecken, sofern sie schlief.

Ein erwachsener Mann mit Schnurrbart und immer noch Jungfrau! Eine ganze Woche verheiratet und immer noch Jungfrau! Geradezu widerwärtig.

Die Hochzeitsnacht war sein Fehler gewesen. Er allein war schuld, daß er zuviel getrunken hatte und umgekippt war. Aber danach beschloß diese Horde hohlköpfiger Affen, ihn nach Bösebuchtdorf zu verschleppen. Zanion hatte wegen Meilim bei dem Spaß mitgemacht. Er hatte den anderen erlaubt, Polion am Pferd festzubinden. Den ganzen Weg über hatten sie sich ausgeschüttet vor Lachen. Was für ein toller, *toller* Witz!

Und dann, als er wieder mit seiner Frau vereint war, teilte sie ihm traurig mit, daß es im Augenblick denkbar ungünstig wäre. Er würde ein paar Tage warten müssen. Zu dem Zeitpunkt hatte Polion dicht davor gestanden, verrückt zu werden.

Er hatte ernsthaft überlegt, ob es sein Schicksal war, als Jungfrau zu sterben.

Ein goldener Schimmer am östlichen Himmel verkündete den bevorstehenden Aufgang des Mondes.

Niad hatte ihm gesagt, daß heute nacht alles gut werden würde, doch Zanion teilte ihm die erste Wache zu.

Nun, es würde mehr als gut werden. Er würde genug Laub zum Rascheln und genug Zweige zum Knacken bringen, um das ganze Lager zu wecken. Von heute an dreimal jede Nacht! Zuletzt würde *Polion* lachen – schließlich hatte er seine Frau dabei, diese Witzbolde hingegen nicht. Tagsüber würde er ihnen ins Gesicht gähnen, und in der Nacht neben ihnen das Laub zum Rascheln bringen. Die Rache würde ausgesprochen süß schmecken.

Auch Niad würde überaus süß und höchst zufrieden mit ihrem Gatten sein.

Schließlich galt er als Held der Familie. Ein wahrer Zarde – das hatte der alte Mann gesagt! Neben Wraxal und Vaslar war er der einzige der Gruppe, der schon jemanden getötet hatte. Polion hatte keinen Grund, an seiner Männlichkeit zu zweifeln ...

Starke Hände schlossen sich um seine Gelenke, drückten ihm die Arme auf den Rücken und zogen ihn gegen den Baum. Er öffnete den Mund, um zu schreien, worauf ihm ein Stück Stoff hineingestopft wurde. Er spürte die eiskalte Klinge eines Messers an der Kehle. Ein fahles Antlitz schimmerte in der Finsternis vor ihm – leere Höhlen anstatt Augen, ein Loch, wo sich eine Nase befinden sollte, weiße Zähne – ein Totenschädel, der ihn triumphierend angrinste. Polion hatte keinen Laut vernommen.

39

Die Armee von Wesnar lagerte unweit des Dorfes Veriow. Der König vergnügte sich in seinem Zelt – einem geräumigen, luxuriös ausgestatteten Pavillon mit seidenen Wänden, der neben dem Schlafgemach mehrere andere Kammern umfaßte. Die Einrichtung war teuer und geschmackvoll; Kerzen brannten in goldenen Kandelabern und warfen ihren Schein auf Kristallkelche und bunte Teppiche.

Hexzion Garab, der auf einem gepolsterten Diwan lag, glich einer Wurst kurz vor der Fertigstellung, wenn der Schweinsdarm bereits mit Fleisch und Fett vollgestopft ist und gerade abgebunden wird. Unsichtbare Schnüre spannten sich um die Hand- und Fußgelenke, Ellbogen und Knie des Königs. Überall sonst wurde die Haut bis an die Grenzen ihrer Dehnbarkeit beansprucht. Es schien unvermeidlich, daß er im nächsten Augenblick platzen würde.

Hexzion beobachtete Arbim, die für ihn tanzte. Inzwischen trug sie nur noch einen letzten Fetzen Stoff. Schweiß glitzerte auf Gliedmaßen und Rumpf, ihr Atem ging keuchend; zuckend drehte und krümmte sie sich. Leider hatte sie bislang noch kein königliches Interesse geweckt.

Hexzion hatte das gewaltige Stehvermögen verloren, für das er in seiner Jugend berüchtigt gewesen war; dennoch sollte er inzwischen erregt sein. Wahrscheinlich wäre dies auch der Fall gewesen, hätte die Vorführung in einem seiner Paläste stattgefunden, wo hinter einem Wandschirm Musiker gespielt hätten. Bedauerlicherweise galt es als unangebracht, aus dem königlichen Zelt mitten während eines militärischen Feldzuges Musik erklingen zu hören. Die Truppen, die das Licht im Zelt sahen, sollten glauben, daß ihr geliebter Herrscher über taktischen und strategischen Überlegungen brütete. Musik würde es für ihre schlichten Seelen ungleich schwieriger gestalten, sich treu ergeben an diese Vorstellung zu klammern.

Ja, die fehlende Musik zerstörte die Wirkung. In der Stille, die einzig Arbims lautes Keuchen und ihre Schritte durchbrachen, konnte man ihren Tanz leicht mit einem epileptischen Anfall verwechseln.

Mit wogenden Brüsten und sanft sich abzeichnenden

Unterleibsmuskeln blätterte sie den letzten Schleier ab. Immer noch nichts! Nun, Hexzion hatte das alles schon öfter gesehen. Er hatte einen langen, anstrengenden Tag damit verbracht, sich in seinem Streitwagen durch die Gegend kutschieren zu lassen. Trotz Sonnenschirm und kühler Getränke empfand er Streitwagen als anstrengend.

Die stumme Musik schwoll zu einem unhörbaren Crescendo an. Arbim vollführte wirbelnd ihre letzten Verrenkungen und sank in einer verzweifelten, flehentlichen Geste neben ihm zu Boden. Während sie schnaufend nach Luft rang, lächelte er anerkennend über das leidenschaftliche Wogen ihrer Brüste. Gleichzeitig betrachtete er angewidert die Schweißtropfen, die dazwischen hinabrannen.

Er steckte einen gezuckerten Happen in den Mund. »Gut gemacht, mein Liebesküken. Gönn dir eine Verschnaufpause und zeig mir dann den Feuerkatzentanz. Und schenk mir Wein nach.«

Das eigentliche Problem waren weder die staubigen Straßen noch die Musik. Das eigentliche Problem war vielmehr, daß er einen Gefangenen erwartete, der für ein Verhör herbeigeschafft werden sollte. Er durfte kaum erwarten, daß Belanglosigkeiten wie Arbim seine Aufmerksamkeit vollends zu fesseln vermochten, während er sich auf eine solche Pflicht freute. Die Aussicht darauf verursachte ihm Übelkeit; zugleich erregte sie ihn. König Hexzion war ein glühender Verehrer von Schmerz, selbstverständlich nur als Betrachter.

Ah! Hexzion hörte die Wachen in der Ferne rufen. Er hievte den massigen Leib vom Diwan. Arbim lief los, um ihm seinen Umhang zu holen. Er steckte die Füße gerade in Sandalen, als Arbim auch schon zurückkam und ihm dabei half, das gräßliche Ding anzulegen. Ein Zarda-Krieger trug nur die Haut eines Tieres, das er eigenhändig erlegt hatte. Da ein König folglich nur ein Löwenfell tragen durfte, hatte Hexzion eine geeignete Legende in die Welt gesetzt, die erklärte, wie er zu dem seinen gekommen war. Er empfand das Fell als entsetzlich schwer, kratzig und übelriechend. Dafür verhüllte es seine Gestalt und verlieh ihm eine unleugbare Herrlichkeit.

Er hielt inne, um sich im Ganzkörperspiegel zu betrachten – wegen des Splitters, der in einer Ecke fehlte, waren zwei Männer ausgepeitscht worden. Ja, Herrlichkeit. Er besaß Breite und Tiefe. Hexzion zog den Schwertgurt ein wenig enger und die Mähne ein wenig höher, damit sie seine herabhängende Brust verbarg. Dann schaute er näher hin und stellte verärgert fest, daß sein Bartansatz schon wieder weiße Flecken aufwies. Darum würde sich jemand kümmern müssen, bevor er am nächsten Morgen vor das Zelt trat.

Er nahm die Krone von Arbim entgegen – einen bescheidenen Goldreif – und setzte sie so auf, daß sie die kahle Stelle verdeckte. Danach ging er auf den Vorhang zu, blieb aber noch einmal stehen und warf einen Blick auf das Mädchen, das die Einzelteile ihres Kostüms vom Teppich aufhob.

Hexzion bedachte sie mit einem freundlichen Lächeln. »Schlaf ein wenig. Kann sein, daß ich dich später brauche.« Sofern das Verhör gut verlief, schien dies sehr wahrscheinlich.

Der König schob sich durch den Vorhang und ging in die Vorkammer. Hier bestanden die Stühle aus solidem, widerstandsfähigem Eichenholz, die Teppiche waren schlichter. An einer Wand hing eine Karte.

Frenzkion wartete bereits. Als Gruß an seinen König schlug er mit dem Speer auf den Schild; dann verfiel er wieder in starre Reglosigkeit.

Wohlwollend musterte Hexzion ihn. Frenzkion Zorg war Schreckensherr der Gesichtslosen, der Elitetruppe der Armee von Wesnar – die letzte und einzige Sekte traditioneller Zarda-Krieger, die es in ganz Kuolien noch gab. Er war in das Fell eines eigenhändig erlegten Leoparden gehüllt, obwohl entweder der Leopard eher klein gewesen sein mußte oder Frenzkion alles außer einem Mindestmaß an Kleidung verschmähte. Diese Eigenheit stand ihm durchaus zu, denn sein Leib schien nur aus Muskelsträngen zu bestehen.

»Erfolgreich, Hauptmann?«

»Wie Ihr befohlen habt, Majestät, haben wir einen Gefangenen gebracht, einen jungen Mann.«

Hexzion rieb sich die fleischigen Hände. »Einen starken? Abgehärteten?«

»Einen drahtigen Jungen, Majestät. Er wirkt gesund.«

Wie immer erwiesen sich Frenzkions Züge als unergründlich. Die Gesichtslosen zupften sich Barthaare und Augenbrauen aus und tätowierten ihre Gesichter weiß und schwarz, so daß sie Totenschädeln ähnelten. Zudem schnitten sie sich die Nasen ab, um ihren Feinden gegenüber noch wilder zu erscheinen. Hexzion selbst hatte auf diese Traditionen verzichtet. Er fand es besser, Schmerzen zuzufügen als sie selbst zu erleben.

»Und seine Gefährten?«

Die Kieferpartie des Totenschädels verzog sich zu etwas, das man als zufriedenes Lächeln deuten konnte. »Die schlafen tief und fest und haben keine Ahnung, daß ihre Wache weg ist.«

»Hervorragend! Sorg dafür, daß die Männer, die den Gefangenen geholt haben, mit zusätzlicher Zeit bei den Frauen belohnt werden. Also, schaff ihn herein! Laß die Kohlenbecken bringen. Wir müssen doch herausfinden, wer diese Eindringlinge sind, oder?«

Die wahre Freude an der gegenwärtigen Lage bestand darin, daß die Fremden mit allergrößter Wahrscheinlichkeit unschuldige Händler darstellten, also würde es keine Geheimnisse aufzudecken geben. Gefangene, die allzu schnell bedeutende Informationen hervorsprudelten, waren stets eine Enttäuschung. Nur durch Leugnen zog sich ein Verhör unendlich in die Länge.

Hexzion ging gerade auf seinen Lieblingsstuhl zu, als

ihm auffiel, daß der Hauptmann sich nicht rührte. »Nun?«

»Die Eindringlinge lagern in zwei Gruppen, Majestät. Gewiß erinnert Ihr Euch an die Berichte, denen zufolge sie auf diese Weise reisen – vier in der Vorhut, dann sechzehn weitere in einiger Entfernung. Genauso lagern sie, ein gutes Stück voneinander entfernt.«

Der König runzelte die Stirn. Frenzkion mußte dem Umstand wohl eine gewisse Bedeutung beimessen, doch der Totenschädel blieb unergründlich. »Warum?«

»Der Gefangene hat bestätigt, daß es sich bei der kleinen Gruppe um Jaulscaths handelt, Majestät.«

»Beim Fluch des Poul! Ungeschulte Jaulscaths?«

»Das nehme ich an. Der Gefangene behauptet außerdem, daß die Reisegesellschaft weitere Verfluchte umfaßt.«

»*Verdammt!*« brüllte Hexzion. Während er sich die Sache durch den Kopf gehen ließ, klopfte er mit den Fingern auf die Rückenlehne des Stuhls. »Sie könnten etwas mit Raragash zu tun haben!«

»Gut möglich.«

»Vielleicht sind sie unterwegs nach Raragash!«

»Sie zogen in diese Richtung, Majestät.«

Die Akademie würde sich alles andere als erfreut zeigen, wenn er einen ihrer Mittelsmänner zu Tode folterte. Wie überaus ärgerlich! Hexzion fühlte sich betrogen. Was hatte er nur getan, um die Schicksalshüter derart gegen sich aufzubringen? Mit finsterer Miene funkelte er den Hauptmann an.

»Habt ihr ihn schon verletzt?«

»Noch kaum, Majestät. Er gab uns die Informationen sehr bereitwillig.«

»Lügt er?« fragte der König hoffnungsvoll.

»Das glaube ich nicht. Er trägt einen Zarda-Namen, ist aber kein Zarde.«

»Nun, steh hier nicht so herum! Laß Han a'Lith holen! Wir müssen die Wahrheit herausfinden.«

Zur Vorbereitung für das Verhör war der Gefangene ausgezogen, gefesselt und geknebelt worden. Er wurde hereingebracht und auf einen Stuhl gesetzt. Wie Frenzkion bereits gesagt hatte, handelte es sich um einen drahtigen Jungen, doch für Hexzions geübtes Auge schien wahrscheinlicher, daß er eher vor Angst sterben als für Unterhaltung sorgen würde.

Der Junge saß einfach da und starrte den König an; seine Augen quollen förmlich aus dem aschfahlen Antlitz. Er betrachtete noch nicht einmal das Zelt, um die Einrichtung zu bewundern.

Hexzion machte sich an den Werkzeugen zu schaffen und summte vor sich hin, während er Messer schärfte und die Eisen aussuchte, die er über dem Kohlenbecken zu erhitzen gedachte. Dann kam Frenzkion mit Han a'Lith zurück. Der plumpe alte Mann war offensichtlich aus dem Schlaf gerissen worden und zeigte sich schlechter Laune. Von einem Gesichtslosen geweckt zu werden, würde wohl jeden davon überzeugen, daß sein schlimmster Alptraum Wirklichkeit geworden war. Sein silbriges Haar und der graue Bart breiteten sich gleich Spinnweben in alle Richtungen aus. Der grüne Kittel schlug sich sowohl mit der blauen Hose als auch mit dem rötlichen Gesicht. Die Sandalen hatte er verkehrt herum an.

»Spart Euch eine Entschuldigung!« knurrte er. »Ich würde sie ohnehin durchschauen.« Stirnrunzelnd betrachtete er den Gefangenen; dann schlurfte er vor ihn hin, um ihm ins Gesicht zu sehen.

»Danke, Schreckensherr«, sagte Hexzion, wodurch er Frenzkion entließ. Den Gesichtslosen traute der König ebenso weit über den Weg wie jedem anderen, und diese Entfernung entsprach in etwa dem Abstand zwischen den Augenbrauen einer Wespe. Es gab keinen Grund, in Frenzkions Beisein Staatsgeheimnisse zu erörtern. A'Lith hingegen kannte natürlich alle Geheimnisse. Der dürre Junge hatte keine Antworten zu bieten. Er taugte höchstens für ein Verhör.

Die Zeltklappe fiel zu. Nun befanden sich nur noch die drei in der Kammer.

»Fragt!« brummte Han a'Lith. Er ließ sich auf einen Stuhl fallen und machte sich daran, die Sandalen richtig anzuziehen.

»Wie lautet dein Name, Junge?« wollte Hexzion wissen.

Der immer noch fest geknebelte Gefangene blickte ihn bloß erschrocken an; seine Augenbrauen zuckten auf und nieder.

»Polion Tharn«, antwortete Han a'Lith gelangweilt.

Die Augen des Gefangenen wurden noch größer, was eigentlich unmöglich schien.

»Was tust du in meinem Land?«

Han a'Lith richtete sich ein wenig auf. »Sie sind unterwegs nach Raragash. Sie haben Verfluchte dabei.« Seine Stimme klang zunehmend aufgeregter. »Wie viele, Junge? Welcher Shoolscath hat das von ihm behauptet? *Wer* hat die alte Frau geheilt? Tibal *wie*?«

Unfähig, auch nur ein Wort von sich zu geben, starrte der Gefangene ihn entsetzt an.

»Hör auf damit!« bellte Hexzion. »Ich ...«

»Nein, werdet Ihr nicht!« unterbrach ihn Han a'Lith kurz angebunden. »Seid ruhig. Dieser Ivielscath, den sie geschlagen hat ...?«

Er feuerte ein Dutzend weiterer, unverständlicher Fragen ab; dann lehnte er sich auf dem Stuhl zurück und fuhr sich mit beiden Händen durchs Haar. »Tja!« Sein Antlitz präsentierte sich noch röter als gewöhnlich. Verschlagen grinsend, schaute er zu Hexzion auf. »Sehr interessant! *Höchst* interessant! Diese Gruppe solltet Ihr besser zufrieden lassen, Majestät! O ja! Das solltet Ihr wirklich!«

»Erklär mir das!«

Han a'Lith kicherte. »Das kann ich nicht!«

»Laut Vertrag sollst du mir dienen, um ...«

»Aber gemäß den Bedingungen des Vertrages bin ich

nicht verpflichtet, Geheimnisse der Akademie preiszugeben. Nein, hier geht es um etwas Episches! Der Junge kennt kaum die Hälfte der Geschichte. Dies übersteigt bei weitem die Belange eines unbedeutenden Tyrannen wie Euch, Hexzion Garab!«

Hexzions Hand wanderte zu seinem Schwert.

Die Augen des alten Mannes verengten sich, doch er lachte schrill auf. »Nein, das könnt Ihr nicht! Ich kenne all Eure widerlichen, kleinen Geheimnisse und kann sie binnen eines Lidschlags im halben Lager verbreiten. Und wie lange erwartet Ihr weiterzuleben, wenn Ihr einem Berater aus Raragash Schaden zufügt? Hm? Ihr müßt diese Pilger weiterziehen lassen. Ich bestehe darauf. Zwei Mitglieder des Rates befinden sich unter ihnen! Ich bezweifle ohnehin, daß irgend etwas, das Ihr tut, sie aufhalten könnte – egal was!«

Aber diese Pilger ziehen doch so achtlos umher ...

Han a'Lith grunzte. Er legte die Stirn in Falten und strich sich über den Bart. »Ja, das tun sie, nicht wahr? Wenn die Armee von Mokth Euch in die Falle geht, befinden sie sich mitten auf dem Schlachtfeld! Tja, das geht nicht. Schickt einen Boten. Sie sollen einen Umweg über den Hochpaß einschlagen. Auf diesem Weg gelangen sie fast genauso schnell nach Raragash.«

Er stand auf und streckte dem König drohend einen Finger entgegen. »Tut, was ich sage. Andernfalls ist mein Vertrag null und nichtig! Das gilt auch für Nogin Saisith! Wir würden beide abziehen, und Ihr müßtet Raragash zu Euren Feinden zählen.«

Hexzion kämpfte gegen das Verlangen an, sein Schwert zu ziehen und dieses alte Würstchen in Stücke zu hacken. Aber wie sollte er ohne Han a'Lith erfahren, wann jemand mit dem Gedanken an Verrat spielte? Schlimmer noch, ein Leben ohne Nogin, den Ivielscath, würde bedeuten, daß er wieder all sein Essen vorkosten und Alpträume über Mordanschläge ertragen müßte. Zudem verhandelte er gerade wegen eines Muolscaths, der seine Abende mit Arbim und den anderen Frauen versüßen sollte.

Der Jaulscath grinste. »Ausgesprochen weise von Euch. Nun könnt Ihr den Jungen freilassen ...«

Der Junge wußte zuviel. Hexzion wollte wenigstens etwas vor der Katastrophe bewahren, in die sich die Nacht verwandelt hatte, wollte ihr wenigstens ein kleines Vergnügen abringen.

A'Lith zog bei dem Gedanken eine Grimasse und betrachtete den Gefangenen, in dessen Augen Hoffnung aufgeflammt war. »Nein, wir können ihn nicht gehen lassen. Er hat zuviel gehört. Verflucht! Ich hätte darauf achten sollen, was ich sagte. Hm! Erzähl mir noch einmal von dem Kampf in der Herberge, Junge.«

Der Junge blinzelte zweimal.

Die Miene des alten Mannes hellte sich auf, was auch immer er in den Gedanken des Gefangenen gelesen hatte. Kichernd wandte er sich wieder zum König um. »Hätte ich gewußt, was für ein Scheusal Ihr seid, Hexzion, ich hätte den Vertrag niemals angenommen. Aber ich schlage Euch einen Handel vor. Gemäß den alten Gesetzen der Zarda kann jeder Mann, der je einen anderen Mann auf ehrenhafte Weise getötet hat, einen ebenso ehrenvollen Tod für sich fordern, richtig?«

Mißtrauisch nickte Hexzion.

»Dachte ich mir. Auf den Jungen trifft das zu. Ja, wirklich! Also gebe ich Euch jemand anderen, mit dem Ihr spielen könnt, jemanden, der es weit mehr verdient als dieser Junge hier.«

»*Einen Verräter?*«

Der kleinwüchsige Mann machte eine Geste mit den schlaffen Händen. »Fast. Sie sind noch nicht ganz soweit, Euer Ableben zu planen, aber schon recht bald, und dann müßte ich sie Euch ohnehin melden.«

»Ich bin einverstanden!« rief Hexzion heiser. Nichts haßte er mehr als Verräter – zwielichtige, gesichtslose Feiglinge, die in der Nacht Ränke schmiedeten.

Han a'Lith deutete auf den Vorhang, hinter dem sich das Schlafgemach verbarg. »Dieses kleine Biest Arbim vergnügt sich in Hauptmann Olith' Bett. Kennt Ihr ihn?«

O ja! Ein großer, überheblicher, *starker* Reitereioffizier. Und Arbim? Hexzion erbebte. Oh, die beiden würden bezahlen! Und wie sie dafür bezahlen würden! Beide zusammen! Die schönsten Vorstellungen blitzten durch seinen Kopf.

Der Jaulscath schürzte die Lippen. »Beeilt Euch. Sie hat uns belauscht. Gerade versucht sie, unter der Hinterwand des Zeltes hindurchzuschlüpfen. Und dann ruft Schreckensherr Zorg und übergebt den Gefangenen den Gesichtslosen.«

40

Die Sonne war noch nicht aufgegangen, und ein dünner Nebelschleier hing im Tal; dennoch erhellte bereits ein mattes Licht das Durcheinander, das im Lager herrschte. Gwin hatte keine Ahnung, wer als erster erwacht und Alarm geschlagen hatte; sie war vollauf damit beschäftigt, Niad zu trösten. Die beiden saßen auf einem umgestürzten Baumstamm inmitten zertretenen Grases und umherliegender Zelte und Bündel. Fluchend und brüllend stolperten Männer zwischen den Birken umher. Bulion befand sich drüben bei den Pferden und stellte eine Truppe für eine weiträumigere Suche zusammen. Jasbur entfachte ein Feuer.

»Er hat es mir doch versprochen!« wimmerte Niad zum neunten oder zehntenmal.

»Ich bin sicher, er ist nicht aus freiem Willen gegangen«, lautete Gwins ewig gleiche Antwort, und jedesmal dachte sie, wie viel angenehmer der Gedanke doch wäre, er sei freiwillig davongelaufen.

Hufgeklapper ertönte. Sie sah, wie Ulpion über den Hügel südwärts davonritt, jemand anders nordwärts. War das klug? Der Feind, der Polion verschleppt hatte, wollte unerkannt bleiben. Ihn aufzuscheuchen konnte Polion in noch größere Gefahr bringen – vorausgesetzt, der Junge lebte noch, was nach Tibals Hinweisen der vorigen Nacht unwahrscheinlich war.

Eine rundliche, dunkelhaarige Frau watschelte schaukelnden, schwerfälligen Schrittes auf sie zu.

»Gwin *Saj*?«

»Wer bist du?« Gwin starrte die Frau einen Augenblick an. »Oh, Vaslar! Ich habe dich nicht gleich erkannt!«

»Ich mich auch nicht. Ich wollte dich fragen, ob du einen Spiegel hast.«

»Leider nicht. Du hast dich verändert! Sehr sogar.«

Vaslar war kleiner, dicker, älter. Ihre Augen waren dunkler, die Haare länger. Zuvor war sie groß gewesen, so daß ihre Behauptung, eigentlich ein Mann zu sein, nicht völlig aus der Luft gegriffen schien. Nun wirkte sie durch und durch mütterlich. Sie betastete ein an der Lippe prangendes Muttermal.

»Und nicht zum Besseren.« Der Awailscath seufzte. »Ich werde nie wieder ich selbst sein.«

»Hast du mit Jasbur darüber geredet?«

Angewidert verzog Vaslar das pummelige Gesicht und wandte sich ab.

»Oder mit Ordur?« fragte Gwin. »Warte! Nein, du wirst nie wieder dein altes Du sein, aber du hast die Möglichkeit, Tausende andere Menschen zu verkörpern. Wenn du lernst, mit deinem Schicksal zu leben, wird dein Dasein niemals langweilig sein. Betrachte es als Herausforderung, und mache das Beste daraus.«

Eine Weile verharrte Vaslar schweigend; dann drehte sie sich um und schaute Gwin entrüstet an. »Mut, meinst du? Willst du damit behaupten, es mangelt mir an Mut?«

»Ist es so?«

»Als Mann mangelte es mir nie daran.«

»Dann benutze ihn! Ohne Mut ist jedes Leben wertlos.«

»Hm. Danke! Was du sagst, klingt recht sinnvoll.« Vaslar straffte die Schultern, obwohl sie sich dafür kaum eigneten.

Jammernd wischte Niad sich mit dem Handrücken über die Augen. Bulion schritt auf sie zu; sein Antlitz glich einem Wirbelsturm. Auch er brauchte Trost. Er würde es sich niemals verzeihen können, sollte Polion etwas zugestoßen sein. Andere Männer schlurften auf die sich versammelnde Gruppe zu und gaben die fruchtlose Suche auf. Unter ihnen erblickte Gwin Wraxal Raddaith, der das Lager der Jaulscaths verlassen haben mußte, um herauszufinden, was der ganze Wirbel zu bedeuten hatte.

Der blonde, junge Mann war anscheinend Ordur. Auch er hatte sich seit gestern gewaltig verändert. Aufmerksam ließ er den Blick über die Gruppe wandern, als wöge er sie ab; als er Gwin bemerkte, nickte er ihr einen respektvollen Gruß zu und bedachte sie angesichts ihrer Reaktion mit einem neckischen Grinsen.

Gwin kam zu dem Schluß, daß Jasbur hocherfreut sein würde.

»Ruhe!« grollte Bulion, obwohl kaum jemand auch nur flüsterte. »Macht euch bereit, das Lager abzubauen. Wenn Ulpion und Zanion nichts finden, brechen wir auf.«

Niad heulte auf.

Er warf ihr einen finsteren Blick zu. »Du kannst sicher sein, daß ich ihn ebensowenig zurücklassen will wie du. Aber offensichtlich wurde er von jemandem verschleppt. Sofern er noch lebt, wird er gefangengehalten. Wir können unmöglich das gesamte nördliche Wesnar absuchen. Und wir dürfen uns keinesfalls trennen. Also kehren wir um und reiten zurück nach Hause. Vielleicht versteht man das als Geste unseres guten Willens, wer auch immer ...«

»Viel eher kommt es Selbstmord gleich, du großer Ochse!«

Alle starrten verblüfft und schweigend auf das pummelige Mütterchen, das gesprochen hatte.

Bulions Miene verfinsterte sich, sein Bart knisterte. »Wer, um alles in der Welt, bist du? Und woher kommst du?«

»Ich bin Vaslar Nomith, du hirnloser Strohkopf!«

»Ach ja? Ach so! Und was weißt du darüber, Weib?«

»Es ist doch ganz offensichtlich. Die Leute, die deinen Enkel entführt haben, sind dieselben, die auch die Bauernhöfe und Dörfer geräumt haben.«

»Und ich nehme an, du weißt, wer diese Leute sind?«

»Natürlich weiß ich es!« Der Awailscath stemmte die dicken Fäuste in die Hüften und streckte den runzligen Unterkiefer vor. »Menschen verlassen ihr Zuhause nicht freiwillig. Sogar die Sternenkrankheit hätte nicht jeden vertrieben – ein paar sture Seelen wären geblieben. Die Kranken wären gestorben und zumindest als Leichen zurückgeblieben. Daß keine Anzeichen von Gewalt zu entdecken waren, beweist, daß die drohende Macht unüberwindbar schien; die Menschen hatte keine andere Wahl. Es kann nur die Armee von Wesnar gewesen sein, sonst niemand! Wäre es die Armee von Mokth gewesen, hätte es Flüchtlinge gegeben, und wir hätten von der Invasion gehört.«

Für Gwin war durchaus einleuchtend, was Vaslar von sich gab.

Bulions augenscheinliche Wut verriet, daß es auch für ihn einleuchtend klang.

»Warum hast du uns das alles nicht schon gestern erzählt?«

Sie blitzte ihn mit strahlend weißen Zähen an. »Weil du mich nicht gefragt hast! Ich bin kein Soldat mehr, nur ein dämliches Weib, also will auch keiner meine Meinung hören.«

Bulion röhrte wie ein Stier auf und blickte sich nach

Wraxal um, dem zweiten Soldaten der Gruppe. »Stimmst du dem zu?«

Zwar hatte der Muolscath noch keine Zeit gehabt, sich zu rasieren, doch er war ordentlich gekleidet, in derselben grünen Kluft aus Kittel und Hose, in der Gwin ihn zum erstenmal gesehen hatte. Mittlerweile wirkte beides abgetragen, und ein Großteil der Farbe war ausgewaschen. Mit der ihm eigenen Miene, aus der geduldige Langeweile sprach, ließ er sich die Frage durch den Kopf gehen. »Sicher. Die Armee von Wesnar hat die Gegend von Augenzeugen gesäubert.«

»Augenzeugen? Augenzeugen von was?«

»Von was auch immer sie vorhaben. Wahrscheinlich einen Angriff auf Daling oder Mokth. Dieser Landstrich heißt nicht umsonst Hahnenkampfsenke. Auf der gegenüberliegenden Seite dieses Hügels könnten ohne weiteres zehntausend Mann versammelt sein.«

»Und hast du dir das schon gestern zusammengereimt?«

»Ich mußte es mir nicht zusammenreimen. Es ist offensichtlich.«

Bulion riß sich den Hut vom Kopf und schleuderte ihn zu Boden. »Du bist keine Frau! Was ist deine Entschuldigung, daß du es uns verschwiegen hast, du verdammte menschliche Statue?«

»Logik und der Trieb zur Selbsterhaltung«, erwiderte Wraxal gelassen. »Die Wesnarier wollen nicht, daß sich Gerüchte über ihre Pläne verbreiten. Wir stolpern in ihr Reich, werden aber in keiner Weise belästigt, also könnte es sein, daß die Wesnarier nichts dagegen haben, wenn Zeugen gen Nurz ziehen. Hätten wir kehrtgemacht, um zurückzureiten, hätten wir dadurch vermutlich einen Vergeltungsschlag herausgefordert. Es schien am sichersten, einfach weiterzureisen. Und da du genau das beschlossen hast, brauchte ich mich nicht einzumischen.«

»Und Polion?«

»Wurde verhört und ist wahrscheinlich tot.«

Niad heulte auf. Gwin drückte sie an sich. Männer stießen Flüche aus.

»So ist es«, erklärte eine neue Stimme.

Weder kreischte Gwin, noch schrie sie auf, doch sie war fast die einzige, der das gelang. Ein Neuankömmling stand zwischen den Bäumen am Rande des Lagers, nur ein paar Schritte entfernt. Sein Gesicht lag unter einer Totenkopfmaske verborgen, sein Körper glich jenem eines Athleten in Bestform und war in ein Leopardenfell gehüllt. In der Hand hielt er einen großen Lederschild, der annähernd rund wirkte, doch oben und unten spitz zusammenlief und ein Emblem aus fünf weißen Totenschädeln zeigte. Der Mann schien aus dem Nichts aufgetaucht zu sein.

»Halt!« brüllte Bulion und warf die Arme hoch. Alle anderen hatten zu ihren Schwertern gegriffen – doch der Neuankömmling hatte das seine bereits gezogen, in einem einzigen kurzen Aufflackern von Licht auf Stahl.

»Dummköpfe!« rief Bulion. »Er löscht mindestens vier von uns aus, bevor ihr ihn auch nur berührt. Steckt die Schwerter weg!«

Wraxal war es als einzigem gelungen, die Waffe zu ziehen; er steckte die Klinge zurück. Die meisten Tharns hatten gerade erst die Hand am Griff und ließen widerwillig los.

»Klug von euch«, meinte der Fremde leise. So mühelos wie gewöhnliche Menschen eine Weintraube verzehren, schwang er das eigene Schwert zurück in eine hinter dem Schild verborgene Scheide. »Ich hätte mir sechs Gegner zugetraut.«

»Du Ungeheuer!« kreischte eine Frauenstimme. »Du hast unsere Verwundeten abgeschlachtet!« Vaslar Nomith stürmte vor und rannte mit klauengleich erhobenen Händen auf den Neuankömmling zu. »Du hast meine Brüder ermordet! Du unmenschliches, ungezieferverpestetes . . .«

Überraschend behende schlang Bulion einen Arm um sie, als sie an ihm vorüberlief. Er schleuderte sie zurück. Wosion und Zanion fingen sie auf und hielten sie fest. Zunächst wehrte sie sich vergeblich, dann brach sie in Tränen aus.

»Abermals klug«, sagte der Fremde.

Ein plötzliches Grauen erfaßte Gwin – die Maske war keine Maske, und das Loch an der Stelle, wo eine Nase sein sollte, war tatsächlich ein Loch. Sein Schädel war weiß und haarlos. Nur die Ohren machten das Bild eines echten Totenschädels zunichte – aber ein Krieger brauchte gute Ohren. Hatte ein solches Ungeheuer Carp getötet?

Jene Tharns, die dem Mann am nächsten standen, wichen vor der Erscheinung zurück. Bulion bahnte sich einen Weg durch die Gruppe und trat vor, um den Fremden aus nächster Nähe zu betrachten. Selbst für alles Geld der Welt hätte Gwin sich nicht dazu durchgerungen.

»Ich bin Bulion Tharn. Du erinnerst mich stark an meinen Vater.«

»Rang und Sekte?«

»Todbringer bei den Herzfressern.«

Gefühle konnte dieser unmenschliche Abklatsch eines Gesichts unmöglich zeigen, doch die leichte Bewegung des Kopfes schien Überraschung zu verraten.

»Ich bin Frenzkion Zorg. Schreckensherr der Gesichtslosen. Dieser Junge, Polion?«

»Mein Enkel.«

»Ich bringe das hier zurück, wie der Brauch es verlangt.« Ohne die dunklen Augenhöhlen von Bulion abzuwenden, holte der Krieger einen schwarzen Stoffbeutel hervor, den er in der linken Hand gehalten haben mußte. Er schüttelte ihn. Kleider und ein Paar Stiefel fielen ins Gras. »Ich bin stolz, dir sagen zu können, daß er ehrenvoll starb.«

Niad schluchzte auf und vergrub das Gesicht an

Gwins Hals. Bulion schloß eine Weile die Augen, fast so, als betete er.

»Jaul rückläufig im Haus der Liebenden – Fluch den Feinden.« Die schnarrende Stimme gehörte Wosion.

Die Augen in den dunklen Höhlen schwenkten in seine Richtung. »Muol im Haus der Knochen: Schrecken von Totenschädeln.« Die Stimme des Kriegers klang ruhiger, beinahe sanft, dennoch schwang eine eigenartige, kalte Endgültigkeit darin mit. Ein solcher Mann mußte selten brüllen.

Bulion öffnete die Augen und funkelte ihn an. »Hat er das aus freiem Willen getan?«

»Diese Frage werde ich nicht beantworten«, erwiderte der Schreckensherr zornig. »Und du solltest wissen, daß du sie gar nicht erst zu stellen brauchst!«

Bulions Schultern sackten herab. »Er ist ein Kämpfer«, murmelte er.

Der Totenschädel bleckte die Zähne. »Natürlich. Hier sind eure Befehle: Ihr macht einen Bogen um Veriow und zieht nach Westen . . .«

»Wir wollen nach Hause.«

»Ihr werdet tun, was ich euch sage. Haltet euch südlich des Berges Traphz und überquert den Hochpaß nach Raragash.«

Störrisch richtete Bulion sich zu voller Größe auf, dennoch wirkte er neben dem todbringenden Krieger ausgezehrt und alt. Das Licht der aufgehenden Sonne betonte unbarmherzig den silbrigen Bart und den weißen Haarsaum rings um den kahlen Schädel. »Und wenn ich mich weigere?«

Frenzkion Zorg klopfte zweimal auf den Schild. Ein weiterer Krieger trat zwischen den Bäumen hinter ihm hervor, obwohl Gwin geschworen hätte, daß sich hinter den dürren Stämmen nicht einmal ein Eichhörnchen zu verstecken vermochte. Er hielt einen Speer in der Hand; auch er trug ein Fell um die Hüften, das allerdings nicht von einem Leoparden stammte, und auf seinem Schild prangten nur drei Totenschädel. Von ihrem Rangabzeichen und ein paar Narben abgesehen, glichen die beiden Männer einander wie ein Ei dem anderen.

»Angstmeister Zilion wird euch begleiten«, verkündete der Schreckensherr barsch. »Er ist angewiesen, Ungehorsam mit dem Tod zu bestrafen.«

Bulion seufzte. »Ihr seid wahre Zarda!«

»Woher will ein *Bauer* das wissen? Wer von euch ist Ordur?«

Die Umstehenden hatten wie versteinert ausgeharrt. Nun trat der blonde Mann vor. Er wirkte eher neugierig als eingeschüchtert.

Zorg zog eine kleine Schriftrolle aus dem Gurt und reichte sie ihm. Ordur wich einen Schritt zurück und öffnete sie. Einen Augenblick ruhten alle Blicke auf ihm . . .

Lautlos wie Schatten waren die beiden Zarda verschwunden.

»Beim Fluch des Poul!« murmelte Bulion und wischte sich mit dem behaarten Arm über die Stirn.

»Ich sah die Gesichtslosen bei Tolamin kämpfen«, erklärte Wraxal. »Nach etwa fünf Minuten wußte ich, daß die Schlacht verloren war. Die anderen Wesnarier sind nichts Besonderes, aber ein Gesichtsloser ist wertvoller als zehn gewöhnliche Männer.«

»Das sind keine Männer«, kreischte Vaslar, »keine Menschen. Sie sind Tiere. Weniger als Tiere!«

»Sie sind Kämpfer durch und durch. Töten ist ihr Leben. Verschwende deinen Haß nicht auf sie, Vaslar *Saj*. Die Schuld an den Verbrechen, die bei Tolamin begangen wurden, trägt Hexzion Garab. Der Krieg war einzig und allein seine Idee. Gott wird ihn dafür richten.«

Bulion stapfte durch das trockene Laub zurück zu der Stelle, an der Gwin immer noch Niad tröstete. Er zögerte. Dann bückte er sich und legte dem Mädchen die mächtige Pranke auf die Schulter. Mit ausgesprochen sanfter Stimme erklärte er: »Polion ist nicht tot.«

Ungläubig schaute Niad auf.

»Das war ein Ritual. Sobald ein Zarda sich einer Sekte verschreibt, gilt er für seine Familie und Freunde als tot. Deshalb gibt man ihnen seine Kleider und seine Besitztümer zurück.«

»Nein!« Niad riß sich von Gwin los und sprang auf. »Das hätte Polion niemals getan! Er hat mich geliebt und ...«

»Er hatte keine Wahl!« beharrte Bulion, immer noch mit leiser Stimme. »Eigentlich ist er gut drei Jahre zu alt, aber irgendwie haben sie wohl erfahren, daß er einen Mann getötet hat. Dadurch ist er berechtigt, bei ihnen aufgenommen zu werden!«

Auch Gwin erhob sich. »Und das Gerede von seinem ehrenvollen Tod?«

»Das ist eine rituelle Prophezeiung. Für einen Krieger gibt es keinen anderen Tod! Hast du gehört, wie ich sagte, Polion sei ein Kämpfer? Der Schreckensherr meinte: ›Natürlich‹. Polion lebt.«

»Das würde Polion niemals tun!« schrie Jukion und stürmte vor wie ein wilder Stier. »Sie müssen ihn gezwungen haben! Er wird fliehen. Er wird ...«

Sein Großvater schlug ihm ins Gesicht. »Idiot!« preßte er zwischen zusammengebissenen Zähnen hervor. Verblüfft taumelte Jukion zurück.

Dann erhob der alte Mann die Stimme und brüllte so laut, daß alle ihn hören konnten: »Das sind wunderbare Neuigkeiten! Versteht ihr denn nicht? Polion wurde in eine edle Sekte wahrer Zarda-Krieger aufgenommen! Er wird dem Zarda-Blut gerecht, das in seinen Adern fließt. Er geht einem ehrenvollen Tod entgegen und erhebt uns dadurch! Wir beweinen unseren Verlust und danken den Schicksalshütern für den Ruhm, den Polion über die ganze Familie bringt.«

Nach und nach verschwanden die ausdruckslosen, ungläubigen Blicke von den Gesichtern, als die Zuhörer begriffen. Unbehaglich schauten sie zu den Bäumen ringsum.

Bulion blinzelte traurig und umarmte Niad. Gwin ihrerseits umarmte ihren Gemahl, da sie überzeugt war, daß er mehr als jeder andere litt. Er hatte eines seiner Küken verloren.

Der alte Mann bückte sich, um den Hut aufzuheben, den er zuvor zu Boden geschleudert hatte. Nachdem er den Staub davon abgeklopft hatte, setzte er ihn auf. »Sattelt die Pferde! Eßt rasch noch einen Happen, dann brechen wir auf.«

Mittlerweile hatte Ordur zu Ende gelesen. Er schritt durch die Menge und überreichte Tibal Frainith die Nachricht. Tibal warf einen kurzen Blick darauf und nickte, als würde er bestätigt sehen, was zu lesen er bereits gewußt hatte. Dann ging er zum Feuer hinüber und warf die Schriftrolle in die Flammen. Kein Wort wurde gewechselt. Weshalb hatte der Schreckensherr den Verfluchten einen Brief übergeben? Argwöhnisch musterten die Tharns ihn mit finsteren Mienen.

Mit Niad im Schlepptau hielt Gwin den hageren Shoolscath auf dem Weg zu den Pferden auf. Er betrachtete sie mißtrauisch.

»Nun?« fragte sie. »Vermagst du, Niad zu trösten? Du veränderst die Zukunft in keiner Weise, wenn du ihr sagen kannst, daß ihr Mann zu ihr zurückkehren wird!« Gewiß würde er in einer Lage wie dieser die eine oder andere Lüge erzählen.

Doch Tibal schüttelte nur den Kopf und ging weiter.

Gwin wirbelte herum und blickte Ordur an, den auf seltsame Weise verwandelten jungen Mann. »Stand in dem Brief eine Erklärung? Was hast du uns zu sagen?«

Ordur grinste. Sonnenlicht gleißte auf seinem goldenen Haar. »Nur, daß es schön ist, zurück zu sein.«

41

Es war eine niedergeschlagene Gruppe, die aufsattelte und das Wäldchen verließ. Nachdem er Wraxal aufgetragen hatte, dem Troß mit dem Karren zu folgen und die Pferde ordentlich anzutreiben, übernahm Bulion mit Wosion an der Seite die Führung und ritt Richtung Norden. Kaum hundert Schritte lagen hinter ihnen, als eine unheilverkündende, fast nackte Gestalt vor ihnen auftauchte und warnend einen Speer in die Höhe hielt. Der Mann war aus einem Gebüsch hervorgesprungen, das kaum geeignet schien, einen Spatz zu verbergen. Er wirkte eher sehnig als muskulös und etwa gleich alt wie Polion. Auf seinem Schild prangte nur ein einziger Totenschädel.

Donner scheute vor der Erscheinung. Bulion brachte ihn wieder unter Kontrolle.

»Wir machen nur einen Bogen um den Karren!« brüllte er. »Es sitzen Jaulscaths darin. Wir wollen, daß sie hinter uns herfahren.«

Der Krieger schien kurz zu überlegen; dann trat er beiseite und ließ die Kavalkade vorbei. Nachdem die ersten Reiter sich nach Westen wandten, ging er zufrieden davon und war kurz darauf verschwunden.

Allzu weit konnte er sich nicht entfernt haben, wie Wraxal Raddaith feststellen mußte, als er ein paar Minuten später mit dem Karren, in dem Jojo und die beiden Kinder saßen, an jener Stelle vorüberkam. Die drei Jaulscaths brüllten vor Entsetzen auf. Sogleich beruhigte der Muolscath sie – und damit sich selbst, denn ihre Angst übertrug sich auf ihn. Dann, zwischen ihren verwirrten Fragen, empfing er die grausamen Gedanken des Mörders, der sich vorstellte, welchen Spaß er mit den Leuten im Karren haben könnte, wenn der Angstmeister nur das Zeichen gäbe.

Wraxal war im Laufe seines Lebens schon so mancher gewalttätige Mensch über den Weg gelaufen, doch diese Lust auf Zerstörung, nur um der Zerstörung willen, bestürzte selbst ihn. Er erinnerte sich an Tolamin und die Freunde, die bei dem wilden Angriff der Gesichtslosen gefallen waren.

Tolamin? Die Gedanken des Kriegers schlichen sich ein – fremdartig, beinahe metallisch, obwohl ein Teil jener unheimlichen Belustigung von Wraxals beruhigendem Einfluß herrührte. Er konnte seinen Einfluß auf keinen bestimmten Personenkreis lenken; deshalb unterdrückte er die Gefühle des Kriegers ebenso wie die Jojos und der Kinder, denn selbst ein Gesichtsloser war gegen einen Muolscath nicht gefeit. Die Gedanken selbst aber blieben unverändert, und der Mangel an Mitgefühl ließ sie zutiefst unmenschlich erscheinen.

Du warst bei der lustigen, feierlichen Übung in Tolamin dabei? Wir tanzten einen Totentanz, und unsere Feinde sangen dazu. Fröhliche Bilder von Mord, Vergewaltigung und Barbarei brachen hervor wie Eiter aus einer Wunde. Wraxal trieb die Pferde an und verstärkte sein Bemühen, das Entsetzen zu unterdrücken, das neuerlich von seinen Gefährten Besitz zu ergreifen drohte. Der Geist eines Zarda-Kriegers glich einer alptraumhaften Landschaft: Schmerz, Grausamkeit, Verstümmelung.

Nach ein paar Minuten gelangten sie außer Reichweite. Erstaunt stellte Wraxal fest, daß er zitterte und schwitzte. Es dauerte eine Stunde, ehe er den Griff um die Gefühlswelt seiner Gefährten allmählich lockern konnte.

Gwin ritt neben Niad und behielt sie aufmerksam im Auge. All die Fortschritte, die Niad gemacht hatte, seit Polion in ihr Leben getreten war, schienen wie weggeblasen. Nach nur einer Woche Ehe hatte ihr Mann sie verlassen. Ihre Selbstachtung war völlig zerstört; abermals hatten die Schicksalshüter sie verflucht. Ein unglücklicher Ivielscath konnte sich als höchst gefährlicher Zeitgenosse erweisen.

Die Tharns brüteten über ihren Verlust. Die Anführer mußten sich wohl schlimme Vorwürfe machen, weil sie nur eine Nachtwache aufgestellt hatten, obgleich der Feind mittels seiner unheimlichen Fähigkeit, sich ungesehen und ungehört fortzubewegen, wahrscheinlich alle zwanzig Augen- und Ohrenpaare überrumpelt hätte.

Vielleicht war Polion gezwungen worden, sich den Gesichtslosen anzuschließen; vielleicht hatte er es freiwillig getan. Die ganze Geschichte konnte eine Lüge und Polion bereits tot oder ein Gefangener sein. Was auch immer die Wahrheit sein mochte, für seine Familie war er offensichtlich verloren. Nun plagte sie unvermeidlich ein schlechtes Gewissen, da sie ihn zu wenig geschätzt hatten, solange er bei ihnen gewesen war. Jede Erinnerung an ein barsches Wort, das man zu Polion gesagt hatte, ließ sie aufstöhnen; der Gedanke an den Streich mit Bösebuchtdorf gar vor Schuldgefühlen zusammenzucken. Jukion zeigte sich durch und durch erschüttert und kauerte gleich einem Leichnam auf dem Pferd. Bulion war verbittert und untröstlich. Gwin verfluchte sich, diese verhängnisvolle Hochzeitsreise je vorgeschlagen zu haben.

Ob wirklich oder rituell – Polions Tod sorgte für den tiefsten Schmerz, während die Reisenden wie Rinder nach Westen getrieben wurden. Die Tharns fühlten sich ihrer Heimat so verbunden wie eine Schnecke ihrem Haus, doch nun lag ihr geliebtes Tal jenseits einer feindlichen Armee. Wie oder wann würden sie je zurückkehren? Das vergnügliche Abenteuer vom Vortag hatte sich in eine Reise in die Verbannung verwandelt.

Größtenteils trabten die Reiter trübsinnig vor sich hin, ohne innerhalb der Reihe die Position zu wechseln oder viel miteinander zu sprechen. Bald aber bemerkte Gwin, daß Wosion sich allmählich nach hinten zurückfallen ließ und sich unterwegs kurz mit jedem Paar unterhielt. Schließlich lenkte er das Pferd neben Niads. Der Pfad bot gerade Platz genug, daß drei Rösser nebeneinander reiten konnten. Zwar vermochte niemand zu sagen, was nun hinter dem Gebüsch lauerte, doch Unterhaltungen während des Ritts schienen selbst vor den hervorragenden Ohren der Kundschafter des Schreckensherrn sicher.

»Niad *Saj*«, begann der Priester mit der ihm eigenen, krächzenden Stimme. »Ich habe mit dem Awailscath Ordur gesprochen. Über den Brief wollte er nur sehr wenig sagen –wer ihn geschickt hat oder weshalb er an ihn gerichtet war. Doch er hat mir versichert, daß Polion keine Wahl hatte. Er legte den Eid mit einem Messer an der Kehle ab.«

Niad schniefte laut auf. »Dann wird er fliehen! Er wird zurück nach Hause finden oder sich nach Raragash durchkämpfen.«

Wosion blickte Gwin in die Augen und fragte sie stumm um ihre Meinung. Sie glaubte zu wissen, was als nächsten kommen würde. Und sie sah keinen Sinn darin, die Zuversicht des Mädchens zu zerstören. Sanft schüttelte sie den Kopf.

»Das können wir nur hoffen«, meinte der Priester. Sein frettchenartiges Antlitz verzerrte sich zu einem reumütigen Lächeln. »Klingt das merkwürdig für dich, Stiefmutter? Eines Zarden unwürdig? Lachst du jetzt über unser anmaßendes Verhalten?«

Carp hatte den verkrüppelten Priester als warmherzigen Mann beschrieben. Zum erstenmal fühlte auch Gwin sich ihm ansatzweise verbunden. Stets waren die Tharns stolz darauf gewesen, Zarda zu sein. Nun waren sie einem wahren Zarden begegnet und mußten feststellen, wie sehr die Zivilisation ihre Werte und Traditionen verrückt hatte. Wosion mußte durch diese Enthüllung tiefer erschüttert sein als alle anderen. Barbarische Vorfahren – das hörte sich romantisch an. Der freche, junge Polion mit abgeschnittener Nase war eindeutig keine romantische Vorstellung.

»Nein«, antwortete Gwin. »Ich finde dein Hoffen weder merkwürdig noch belustigend. Daling ist überzüchtet, die Gesichtslosen sind barbarisch. Ich klammere mich an den Glauben, daß es eine goldene Mitte gibt. Daß es eine Welt gibt, in der die Menschen zäh und auf sich selbst angewiesen sein können, ohne andere zu unterdrücken. Hielte ich deine Familie nicht für bewundernswert, hätte ich wohl kaum danach getrachtet, ein Teil davon zu werden.«

Kurz starrte Wosion sie mit seltsamem Blick an; dann nickte er dankbar und anerkennend.

Wenig später wurde der Pfad schmäler. Gwin gelang es, ihr Pferd in einen langsamen Schritt zu bringen. Wosion gesellte sich zu ihr und ließ Niad vorausreiten.

»Du hast wenig Hoffnung, daß Polion fliehen wird, oder?« fragte sie ihn.

Der Priester nickte grimmig. »Überhaupt keine. Nach dem zu schließen, was Vater mir über die Geschichten seines Vaters erzählt hat und was ich in Veriow gelernt habe ... überhaupt keine Hoffnung. Wenn Polion tatsächlich in die Sekte aufgenommen wurde, beobachtet man ihn drei Tage lang ununterbrochen. So hält man es immer, ganz gleich ob der Rekrut sich freiwillig gemeldet hat oder nicht – ich vermute, daß sich selten einer freiwillig meldete, sogar damals, in den alten Zeiten.«

Gwin schluckte einen scheußlichen Geschmack im Mund hinunter. »Und nach diesen drei Tagen?«

»Gehört er ihnen. Spätestens am vierten Tage ist er der Sekte treu ergeben. Er ist einer von ihnen. Warum das geschieht, begreife ich selbst nicht. Anscheinend schließt der neue Rekrut sich seinen Peinigern freudig an.«

Niad drehte sich um und spähte zu ihnen zurück. Gwin lächelte ihr aufmunternd zu und wartete, bis das Mädchen sich wieder umwandte.

»Ich verstehe es ebensowenig, aber ich glaube dir. Mir

wäre schleierhaft, was die Sekte zusammenhält, könnte sie ihren Mitgliedern nicht blinde Ergebenheit einbleuen, auf welche Weise auch immer.«

»Vielleicht hat der Rekrut das Gefühl, die Menschheit verlassen zu haben«, murmelte Wosion mehr zu sich selbst, »und findet sich mit den einzigen Kameraden ab, die ihm noch bleiben.« Traurig schüttelte er den Kopf. »Sollte Polion durch ein Wunder entkommen, werden sie ihn aufspüren. Und wenn sie ihm bis ans Ende der Welt nachjagen müßten, sie würden ihn erwischen, damit er einen ehrenvollen Tod sterben kann.«

»Was wohl einen gewaltsamen Tod bedeutet, nehme ich an.«

»O ja. Sie töten ihre eigenen Verwundeten. In diesem Fall ginge es um einen Einzelkampf: zwei Männer, zwei Schwerter. Ganz gleich, wie viele Männer sie bräuchten, sie *würden* ihn töten. Und sollten wir den Versuch unternehmen, ihn zu beschützen, würden sie auch uns töten. Natürlich ist Polion bereits tätowiert.«

Der Pfad wurde wieder breiter. »Ich glaube kaum, daß Niad das alles schon zu ertragen vermag«, meinte Gwin und trieb Morgenstern voran in die unvermittelt sich öffnende Lücke.

Gwin vermochte es ebensowenig. O armer Polion! Kein Wunder, daß Tibal um ihn getrauert hatte.

Sie wurden tatsächlich wie eine Herde getrieben. Sooft Bulion sich einer Weggabelung näherte, stand bereits einer der Gesichtslosen dort und wies ihm den Weg, den er einzuschlagen hatte. Manchmal war es Angstmeister Zilion selbst, der an dem Emblem mit drei Totenschädeln zu erkennen war, manchmal einer der anderen. Doch um wie viele es sich handelte, ließ sich unmöglich feststellen. Sie sahen alle gleich aus. Nur eines schien gewiß – sollten die Schafe versuchen, Reißaus zu nehmen, würden es genug Wölfe sein, um sie zu schlagen.

Der Weg führte durch Täler voller Hecken, Obstgärten und Getreidefelder, aber auch über sanfte Weidelandhügel, die überhaupt keine Deckung boten. Dennoch tauchten die Gesichtslosen regelmäßig an jeder Wegkreuzung auf. Eigentlich hätte Bulion sie längst abschütteln müssen, denn er trieb den Troß voran, so schnell er es wagte. Und doch hingen sie wie Kletten an ihnen, den ganzen Tag.

Gegen Nachmittag hatte die erste Bestürzung sich soweit gelegt, daß die Leute darüber reden konnten. Gwin ließ sich von Jasbur als Niads Trösterin ablösen und hoffte, daß neuer Zuspruch sich als hilfreich erweisen würde. Sie selbst ritt weiter nach vorn, um sich mit Tibal zu unterhalten. Tibal stellte überhaupt keine Hilfe dar. Allein schon deshalb, weil er sein gewohntes, fröhliches Grinsen zur Schau stellte. Als er Gwin anschaute, geriet sein Lächeln ins Wanken.

»Ich kann nicht trauern, Gwin. Ich weiß zwar, daß Polion in meinem Tagebuch erwähnt ist, aber ich kann mich nicht mehr an ihn erinnern. Was vergangen ist, ist vergangen.«

»Du hast letzte Nacht um ihn getrauert. Da habe ich versucht, dich zu trösten.«

»Auch daran erinnere ich mich nicht mehr. Aber ich kann dir sagen, daß wir bis Raragash keinen Ärger mehr bekommen. Hilft dir das?«

Es half, doch es war viel zuwenig.

Als Gwin schwieg, legte Tibal die Stirn in Falten. »Was immer ich letzte Nacht gesagt habe, es ist nicht einfach, ein Shoolscath zu sein. Sei froh über meine Vergeßlichkeit. Oder möchtest du lieber traurig zurückblicken? Möchtest du die Sorgen kommen sehen, ohne daß du sie abwenden kannst? Und glaubst du«, fügte er hinzu, »es wird keine weiteren Toten geben? Es geht hier nicht um Handarbeiten, Frau!«

Gwins Zorn loderte auf. »Ich hasse Handarbeiten! Trotzdem würde ich mir die Zeit wesentlich lieber damit vertreiben als mit *dem hier* – was auch immer es sein mag!«

Tibal wirkte verblüfft ob ihrer Unwissenheit. »Du schreibst Geschichte.«

Gwins Antwort bestand aus einer Unflätigkeit, wie sie ihr nie zuvor über die Lippen gekommen war.

Am späten Nachmittag ragte der Berg Traphz beeindruckend am Horizont auf, wenngleich Jasbur behauptete, er wäre noch wesentlich weiter weg, als es den Anschein hatte. Sie zogen wieder durch bewohntes Gebiet. Schafe grasten auf den Hügeln, Rinder auf den Weiden. Hunde rannten herbei und verbellten die vorüberziehenden Fremden. In der Ferne erblickten sie einige Leute, doch man gestattete ihnen keine Tuchfühlung mit ihnen. Jeder Bauernhof, an dem sie vorbeikamen, wurde von einer grimmigen, reglosen Gestalt mit Speer und Schild bewacht; jedem Dorf mußte sie ausweichen.

Als die Sonne tiefer sank, fragte Gwin sich, ob Shards Pferd abermals ein Hufeisen verlieren würde. Was diesmal jedoch nicht geschah.

Neben einem schmutzigen, schlammigen Bach in einem trostlosen Tal, in dem allem Anschein nach erst vor wenigen Jahren ein Feuer gewütet hatte, ließ Bulion den Troß anhalten. Bäume gab es hier nur in Form schwarzer Stümpfe; Häuser und Hecken waren hinweggerafft. Zwar gab es üppiges Gras, aber keinen Schutz vor dem eisigen Wind. Gwin war der Meinung, die Pferde könnten sie gewiß noch ein Stückchen weiter tragen, denn sie konnte sich keinen ungünstigeren Lagerplatz als diesen vorstellen.

Nicht nur sie hegte Zweifel. Noch bevor die Pferde abgesattelt waren, kam Angstmeister Zilion auf die

Gruppe zugerannt. Er näherte sich aus Westen, also mußte er vor ihnen gewartet haben. Gwin verspürte eine schadenfrohe Befriedigung darüber, daß er nun zu ihnen zurücklaufen mußte.

»Zieht weiter!« brüllte er wütend, sobald er sich in Hörweite befand. »Die Sonne scheint noch gut zwei Stunden.« Zum erstenmal hatte er gesprochen. Seine Stimme besaß denselben toten, tonlosen Klang wie die des Schreckensherrn Zorg.

Mit finsterer Miene wartete Bulion, bis der Krieger nähergekommen war. »Wir müssen eine Zeremonie vorbereiten.«

»Ah! Natürlich!« Der Krieger hielt inne und stellte den Speer ab. »Dann will auch ich einem gefallenen Kameraden die Ehre erweisen.«

»Es wäre mir lieber, du würdest es nicht tun.«

Der Totenschädel bleckte die Zähne. »Das kannst du dir nicht aussuchen.«

Bulion grollte, doch er konnte den Krieger nur mit Gewalt vertreiben, wodurch er die Gefahr heraufbeschwor, die gesamte Gruppe einem Massaker auszuliefern.

Schweigend wurden die Zelte aufgestellt und ein Feuer entfacht.

Als die Herrscherin über Tod und Leben sich im Dunstschleier am Horizont von Weiß in Blutrot verwandelte, setzten die Tharns sich in einem Halbkreis zusammen und betrachteten den Sonnenuntergang. Gwin und Niad packten gerade mit Jasbur Proviant aus, als Wosion herüberkam, um sie zu holen. Überrascht schauten sie auf.

Der Priester hatte den Hut abgenommen. Das stoppelbärtige Antlitz war grau vor Staub und wirkte gezeichnet und alt. »Wollt ihr euch zu uns gesellen?« fragte er traurig. »Das gehört zur Tradition.«

Die Frauen erhoben sich. »Ich glaube, das solltest du uns erst erklären«, meinte Gwin.

»Ein Begräbnis. Polion ist tot. Ich weiß, daß Begräbnisse in Daling aufwendige Feiern sind. Für die Qolier gleicht der Tod einem Entkommen, nicht wahr? Euer Gott errettet euch – er erhebt euch aus der Arena auf die Tribüne und beschützt euch auf ewig vor dem Treiben der Schicksalshüter. Für die Zarda bedeutet der Tod das Ende. Gleichgültig, ob mein Neffe noch atmet – für uns ist er tot. Ein toter Zarde verschwindet aus dem Gedächtnis seiner Familie und Freunde. Nun wollen wir all unsere Erinnerungen an ihn teilen.«

Sie begleiteten Wosion, um sich der Gruppe anzuschließen. Gwin setzte sich, Niad zur einen Seite, Bulion zur anderen. Er schenkte ihnen ein mattes Lächeln und nahm Gwins Hand in die seine.

Angstmeister Zilion kam herbei, um zuzuhören. Mit Speer und Schild bezog er ein Stück außerhalb des Halbkreises Stellung und verharrte dort reglos.

Wosion ergriff das Wort. Er erzählte von einem der unzähligen Streiche Polions. Nachdem er geendet hatte, sprach Bulion kurz über das heldenhafte Verhalten seines Enkels in der Herberge; danach gab auch er eine persönliche Erinnerung zum Besten und berichtete, wie er eines morgens Disteln in seinen Stiefeln fand. Als nächster versuchte es Jukion, doch seine Stimme versagte so häufig, daß er es aufgeben mußte. Dann kamen Zanion und die übrigen an die Reihe. Polion war der Floh der Familie gewesen. Durch seine Späße hatte er sich jedermanns Zorn und Rachegelüste zugezogen und sich mehr Strafen eingehandelt als sonst jemand, und nun erinnerte seine Familie sich gerade dieser Späße wegen am besten und liebsten an ihn.

Gwin dachte an Tibals unheilverkündende Prophezeiung, daß weitere Tote folgen würden.

Nachdem die Männer fertig waren, leuchtete nur noch ein schmaler Hauch von Pouls roter Scheibe über dem Gipfel des Berges Psomb. Alle Blicke richteten sich erwartungsvoll auf Niad, doch sie brachte es nicht fertig, irgend etwas zu sagen. Gwin beschloß, an ihrer Stelle zu sprechen. Sie spürte einen Kloß im Hals, doch sie mußte sich ihre Erinnerungen von der Seele reden. Sie hatte Polion gemocht. Und er hatte es verdient, daß man sich nicht nur der kindischen Scherze wegen seiner erinnerte.

»Ich wünschte, ich hätte den Jungen gekannt, den ihr gerade beschrieben habt«, begann sie. »Noch mehr wünschte ich, ich könnte den Mann kennenlernen, der er geworden wäre und nun nicht mehr werden kann. Als er sein Leben aufs Spiel setzte, um mich zu retten, eine Frau, die er nie zuvor getroffen hatte, erhaschte ich einen flüchtigen Blick auf diesen Mann. Und ich erinnere mich gut an den Morgen darauf, als Labranza Lamith ihm sagte, er spiele mit dem Feuer, indem er einem Ivielscath den Hof mache. Polion erwiderte: ›Ich spiele gern mit dem Feuer!‹ Dann nahm er Niad in die Arme und küßte sie. Allein dafür werde ich sein Andenken stets in Ehren halten.«

Die letzten Strahlen der Sonne verloschen, als würde sich ein Auge schließen.

Schweigend erhoben sich die Trauernden und zogen sich zurück. Irgend etwas stieß Gwin hart in den Rücken. Empört wirbelte sie herum. Es war der Schaft des Speers von Angstmeister Zilion gewesen. Unwillkürlich wich sie vor der unmenschlichen Fratze zurück.

Er kam näher. »Erzähl mir von dieser Rettung, Weib.«

Gwin leckte sich über die Lippen und blickte sich um. Den Arm um Niads Schultern gelegt, ging Bulion zurück zum Feuer und sprach dabei leise zu ihr. Ein oder zwei andere hatten Gwins Problem bemerkt, schauten jedoch nur herüber und wagten nicht, sich einzumischen. Sie wandte die Aufmerksamkeit wieder dem Krieger zu, der einer Antwort harrte.

Gwin erzählte ihm von dem Versuch, sie zu entführen. Zwar hatte sie selbst ziemlich wenig von Polions Taten gesehen, doch sie waren ihr oft genug geschildert worden. Während sie darüber berichtete, musterte sie den Zarden und seinen verstümmelten Abklatsch eines Gesichts. Er ist nur ein Mensch, sagte sie sich, ein Mensch wie jeder andere. Sie sah den Staub und den getrockneten Schweiß an ihm. Das Weiß war nicht aufgemalt. Jedes einzelne Haar war entfernt, die Farbe eintätowiert worden. Es mußte sich um einen langwierigen und schmerzlichen Vorgang handeln, wahrscheinlich schlimmer als das Entfernen der Nase. Sogar die Augenbrauen fehlten. Als Gwin erzählte, wie Polion nur mit einem Stuhl bewaffnet auf einen Schwertträger losgestürzt war, lächelte der Krieger anerkennend. Dabei stellte sie fest, daß seine Vorderzähne leicht gezackte Ränder aufwiesen. Also konnte er höchstens einundzwanzig sein, wahrscheinlich kaum älter als Polion.

Nachdem sie geendet hatte, lächelte er abermals. »Wie ich sehe, wird das königliche Blut seinem Ruf immer noch gerecht!«

»Ich habe dir doch gesagt, daß Polion tapfer ist. Nicht einmal vor einem Ivielscath hatte er Angst! Fürchtest du dich vor einem Ivielscath, Angstmeister?«

»Hüte deine Zunge, du Hexe, oder ich schneide sie dir ab.«

»Es ist leicht, eine unbewaffnete Frau einzuschüchtern! Eine Krankheit wäre ein angemessenerer Gegner für dich. Du und deine Freunde, ihr habt einer Verfluchten den Mann weggenommen. Ich schlage vor, du hältst dich außer Reichweite ihrer Macht. Andernfalls könntest du bald wirklich einen Totenschädel als Gesicht haben.«

Der Krieger schürzte die tätowierten Lippen. Dann wandte er sich um und schritt wortlos in westlicher Richtung davon. Gwin schaute ihm nach, bis er im Zwielicht verschwand.

Der kleine Sieg schmeckte ausgesprochen schal.

Die Reisenden befanden sich hoch über den dunstigen Ebenen des Flugoss, und ein frostiger Wind blies geradewegs vom Riesengebirge herab. Bald darauf kamen die Sterne zum Vorschein, und die Temperatur sank wie ein Stein in einen Teich. Gleich nach dem Abendessen zogen sich alle in ihre Zelte zurück und legten sich unter die Decken. Nur wenigen würde wirklich warm werden. Jasbur hatte sich den ganzen Tag über sehr dicht bei Ordur aufgehalten; wahrscheinlich würden die beiden sich in dieser Nacht noch näher kommen. Vielleicht würden auch Wraxal und Jojo sich aneinanderkuscheln und sich der seltsamen Geborgenheit hingeben, die ein Jaulscath und ein Muolscath einander zu bieten hatten, obwohl Gwin hoffte, sie würden auch Ephi und die kleine Kinimim bei sich schlafen lassen.

Gwin selbst hatte Bulion. Er war riesig und behaart, und es bereitete ihr großes Vergnügen, sich an ihn zu schmiegen. Sie wußte, daß er sie in dieser Nacht brauchte. Wahrscheinlich wußte sie es besser als er. Eng umschlungen lagen sie nebeneinander, doch vor der Liebe kam das Schäkern, und vor dem Schäkern kam das Reden.

»Diese Reise war meine Idee«, flüsterte sie. »Es tut mir aufrichtig leid.«

Leise brummte er ihr ins Ohr: »Nein, ich habe uns in diese Sache hier hineingeritten, und du hattest von Anfang an recht. Einen Steinwall aufzubauen und sich dahinter zu verstecken, verheißt keine Sicherheit.«

»Das habe ich nie gesagt ...«

»Dann hättest du es sagen sollen. Die Festung ist ein Fehler. Die beste Aussicht auf Sicherheit für die Familie besteht darin, daß wir zu kämpfen lernen. Wir müssen zwar keine Gesichtslosen werden, aber wir müssen unsere Männer ausbilden. Bogenschießen wäre ganz gut. Und sich wie die Gesichtslosen zu bewegen, unsichtbar und lautlos. Angreifer müssen vertrieben werden, bevor sie unsere Häuser überhaupt erreichen. Sobald wir zurück sind, kümmere ich mich darum. Schluß mit der Festung!«

Sie umarmte ihn noch inniger. »Mein schlauer, alter Bulle! Jasbur sagt, wir brauchen zehn Tage länger, um über den Hochpaß nach Raragash zu gelangen. Er wird nur selten benützt. Die Nordstraße ist einfacher.«

»Und ich habe mich mit Ordur unterhalten. Wir können über Nurz und Mokth zurückreisen – mit einem Boot den Flugoss flußabwärts nach Tolamin oder Daling.«

»Hm.« Gwin drehte sich nach. »Aber ich habe mit Vaslar gesprochen. Sie meint, wo eine Armee ist, findet man für gewöhnlich auch eine weitere. Die Hahnenkampfsenke zu durchqueren, dürfte ein schwieriges Unterfangen werden!«

»Wir kommen schon nach Hause!« widersprach Bulion mit fester Stimme. Dann zeigte er ihr, daß die Zeit ernsthafter Gespräche vorbei und die Zeit ernsthaften Küssens angebrochen war.

»Eine letzte Frage . . .«, keuchte Gwin atemlos.

Er kicherte. »Immer diese letzten Fragen! Was?«

»Der Angstmeister hat eine merkwürdige Andeutung über königliches Blut gemacht. Was hat er damit gemeint?«

»Nicht viel. Mein Vater gehörte einer Sekte namens Herzfresser an. Jeder Mann der Sekte war mit der königlichen Familie der Zarda verwandt. So entledigte man sich überschüssiger Prinzen. Letzten Endes *waren* die Herzfresser die königliche Familie. Pantholion selbst war Schreckensherr.«

»Soll das heißen, du stammst von Pantholion ab?«

»Schon möglich, obwohl sich die Vaterschaft innerhalb einer Kriegersekte kaum nachvollziehen läßt. Sie . . . nun, egal. Schon möglich.«

»Aber das erklärt es doch.«

»Was erklärt das?« Bulion hatte jegliches Interesse am Reden verloren und ging zu einer anderen Beschäftigung über. Ein gutes Zeichen. Ermutigend flüsterte Gwin ihm ins Ohr.

»Es erklärt, weshalb du der erste Kaiser eines neuen Imperiums wirst.«

»Also wirklich, Frau! Solltest du mich nur geheiratet haben, um Kaiserin zu werden, erwartet dich eine arge Enttäuschung.«

»Ich hatte gehofft, du würdest nicht dahinterkommen. Aber ich habe dich auch aus anderen Gründen geheiratet.«

»Zum Beispiel?«

»Oh . . . aus diesem. Und aus diesem . . .«

Und diesem.

42

Am nächsten Morgen setzten die Abenteurer die Reise fort und zogen auf die wolkenverhangene Pracht des Riesengebirges zu, deren Bild von ihrem derzeitigen Standort aus die schneebedeckten Gipfel der Berge Psomb und Traphz beherrschten. Wie schon am Vortag stand an jeder Straßenkreuzung ein Krieger bereit, um ihnen den Weg zu weisen. Sie bekamen keinen einzigen Bewohner des Landes zu Gesicht.

Der Schlaf hatte Kummer und Sorgen ein wenig abgestumpft. Über Polion wurde selten gesprochen, und ab und an konnte sogar jemand lachen. Das Leben mußte weitergehen.

Die drei Awailscaths schienen sich in ihren neuen Gestalten verfestigt zu haben. Vaslar verkörperte eine mollige, mütterlich wirkende Frau zwischen Vierzig und Fünfzig. Offenbar versuchte sie, Gwins Rat zu befolgen und das Beste aus der Lage zu machen – die Rolle zu spielen, die ihr die Schicksalshüter im Augenblick zugedacht hatten. Dennoch brummte sie mitunter, daß sie eigentlich Soldat sei, und gelegentlich rutschte ihr eine militärische Unflätigkeit heraus.

Jasbur hatte sich in eine schlanke, junge Schönheit von etwa dreißig Jahren verwandelt und warf den Männern verführerische Blicke zu, ganz besonders Jukion, der jedesmal wie ein schreckhaftes Fohlen zusammenzuckte, wenn er es bemerkte. Meist blieb sie dicht bei Ordur, als ob sie ihm mißtraute.

Am aufsehenerregendsten aber schien Ordurs Verwandlung. Er war nicht nur ein umwerfend gutaussehender junger Mann, sondern auch zweifelsohne ein ausgesprochen kluger. Das war schon mehreren aufgefallen. Alle fragten sich, wer wohl jene geheimnisvolle Nachricht geschickt hatte, und warum ausgerechnet an ihn, doch keinem war es gelungen, dem Awailscath eine Antwort zu entlocken. Schlüpfrig wie ein eingeseifter Aal, so beschrieb Bulion ihn neuerdings.

Nach einer Weile stellte Gwin fest, daß der neue Ordur sie offensichtlich mied.

Sie betrachtete dies als Herausforderung und legte sich einen Plan zurecht, um ihn in die Enge zu treiben, und zwar an einer Schmalstelle des Pfades, an der zu beiden Seiten Dornenbüsche wucherten und die kaum genug Platz für zwei Reiter nebeneinander bot. Dort würde er ihr nur schwer entkommen!

Allem Anschein nach hatte Ordur erraten, was Gwin vorhatte. Er begrüßte sie mit einem Lächeln strahlend weißer Zähne und einem funkelnden Blick blauer Augen. Wäre sie nicht eine glücklich verheiratete Frau gewesen, Ordur hätte ihr damit den Kopf verdreht gleich einer Windmühle. Und tatsächlich ertappte Gwin sich dabei, wie sie sich fragte, ob ihr Haar gut aussah und die Sonne ihrer Haut wohl nicht geschadet hatte. Unglaublich! Woher konnte Ordur wissen, welchen Eindruck er bei Frauen hinterließ, wenn er sein Gesicht doch noch gar nicht gesehen hatte?

»Mögen die Schicksalshüter auf dich herablächeln, Gwinim Tharn!«

»Fürs erste genügt mir dein Lächeln, Ordur *Saj*. Ich habe eine Frage an dich.«

»Das wundert mich nicht. Du bist eine Frau, die gern die Regeln des Wettkampfes kennt, richtig?« Er spielte mit ihr.

»Voll und ganz. Was ist mit Polion geschehen?«

»Die Gesichtslosen genießen es, ihre Fähigkeiten einzusetzen. König Hexzion liebt es geradezu, Gefangene zu verhören. Er hat die Gesichtslosen losgeschickt, um ihm ein Opfer zu besorgen.«

Gwin hatte von den berüchtigten Vergnügungen des Königs von Wesnar gehört. »Nein!«

»Glücklicherweise nein. Polion wurde nicht gefoltert – jedenfalls nicht im herkömmlichen Sinne. Der König wollte ihn töten lassen. Man bot Polion an, sich statt dessen den Gesichtslosen anzuschließen. Er hat sich für Letzteres entschieden. Das ist alles.«

»Bei den sieben Flüchen! Das ist ganz und gar nicht alles! Woher wußte Schreckensherr Zorg, daß Polion einen Mann getötet hatte?«

Ordurs Frohsinn verblaßte. Eine Zeitlang starrte er auf die Straße vor sich. Als sie das Tharn-Tal verlassen hatten, war er ein linkischer Reiter gewesen. Nun saß er mit der Mühelosigkeit eines erfahrenen, altgedienten Reitereisoldaten im Sattel.

»Ich vertraue dir ein Geheimnis an«, sagte er, »wenn du versprichst, es auch als Geheimnis zu betrachten.«

»Du meinst, ich soll dir versprechen, es niemals preiszugeben?«

»Nein. Du sollst nur klug entscheiden, wem du es weitererzählst.«

»Das würde ich zwar ohnehin, aber ich verspreche es trotzdem.«

Ordur nickte. Er trug keinen Hut, wahrscheinlich um den üppigen Schopf blonder Locken zur Schau zu stellen. Sein Haar war doppelt so lang wie noch vor zwei Tagen. »Dieser Brief, der euch alle so neugierig macht ... er stammte von einem Berater des Königs von Wesnar, einem Mann namens Han a'Lith – das ist natürlich ein pagaidischer Name.«

Gwin schluckte, wollte etwas erwidern und beschloß, noch zu warten.

»Han a'Lith dient am Hof von Wesnar, und zwar gemäß eines Vertrages zwischen dem König und der Akademie von Raragash.«

»Verflucht!«

Die Würfel rollen und fallen unaufhörlich, und Ogoals Wille offenbart sich ...

»Ich habe Jasbur gefragt, woher die Akademie Geld hat. Jasbur hat behauptet, sie wüßte es nicht.«

Ordur kicherte freudlos. »Sie mag wohl eine Ahnung haben, aber alles weiß sie nicht. Han a'Lith ist nicht der einzige Berater in Wesnar. Und wahrscheinlich kannst du dir vorstellen, daß Hexzion nicht der einzige König ist, der sich dieser Gunst erfreut. Labranzas Tentakel reichen in jede Ecke Kuoliens.«

Gwin ließ sich diese Mitteilung durch den Kopf gehen. Sie schien folgenschwer. Mit klirrendem Geschirr trotteten die Pferde den Weg entlang.

»Und diese Berater sind Verfluchte? Heiler, zum Beispiel?«

»Unter anderem.«

»Auch in Daling?«

Ordurs saphirblaue Augen verfinsterten sich. »Nein, der Statthalter von Daling schien dafür nie bedeutend oder reich genug zu sein. Das ist schade, denn sonst hätte er gewußt, daß er seine Verfluchten zu uns schicken soll. Aber fast alle anderen Anführer in Kuolien, und seien sie noch so belanglos, bedienen sich Labranzas Günstlingen. Labranza verschafft ihnen persönliche Sicherheit. Ihre Kunden glauben zwar, sie auszunützen, in Wahrheit aber werden sie von Labranza kontrolliert.«

»Was hat das mit Polions Tod zu tun?«

»Polion Tharn hatte dieses Geheimnis erfahren. Deshalb mußte er sterben.«

»Was?!«

Zornig schüttelte Ordur den Kopf. »Tragisch, nicht wahr? Er wäre nicht der erste gewesen. Han ist es gelungen, Polion das Leben zu retten, zumindest in gewisser Weise. Was ein Gesichtsloser weiß, spielt keine Rolle – sie reden ausschließlich untereinander. Aber ich glaube fast, der Tod wäre besser gewesen. Wenn eine Sekte den Tod eines Rekruten verkündet, meint sie das durchaus wörtlich. Der Mensch, den wir als Polion kannten, wurde ausgemerzt, und sein Körper dient nun der Sekte.«

Gwin schauderte. »Das ist grauenhaft!«

»Da bin ich voll und ganz deiner Meinung, und ich verwandle mich alle paar Wochen in einen neuen Menschen. Sich absichtlich so zu ...«

Er versuchte, das Thema zu wechseln. »Du behauptest, daß Menschen getötet werden, um ein Geheimnis zu wahren, und doch erzählst du es mir – so ohne weiteres?«

»Du bist eine Ausnahme. Nur sehr wenige wissen darüber Bescheid, selbst innerhalb der Akademie. Jasbur ist seit zwanzig Jahren meine Freundin und Geliebte; dennoch habe ich ihr noch nie soviel anvertraut wie dir gerade.«

Gwin stellte die offensichtliche Frage: »Und wer bist du?«

Die beiden saphirähnlichen Augen funkelten. »Ich bin ein Mitglied des Rates, so wie Tibal. Nein, nicht ganz so. Die meisten Ratsmitglieder werden auf Lebenszeit gewählt, da der Rat nur selten zusammentritt und so eine Art Dauerhaftigkeit geschaffen wird. Bei den Awailscaths sieht es ein wenig anders aus. Wir wählen unseren Vertreter jedesmal neu, wenn ein Treffen einberufen wird; denn der letzte, den wir wählten, könnte mittlerweile unfähig sein, seine Aufgaben zu erfüllen. Ich hatte bislang Glück. Noch nie fand ein Treffen statt, während ich ein sabbernder Idiot war wie neulich.«

Die Statue Pouls als Herrscher über Leben und Tod, die in der Herberge gestanden hatte, war kaum schöner gewesen als Ordur. Abermals ließ er sein nachgerade göttliches Lächeln aufblitzen. »Im Augenblick denke ich außergewöhnlich klar, was sich als nützlich erweisen könnte, sobald wir Raragash erreichen. Auch ohne Tibals Hilfe kann ich vorhersehen, daß uns dort Schwierigkeiten erwarten.«

Ein Stein rollte unter Morgensterns Huf. Gwin hielt sich an der Mähne fest und fand das Gleichgewicht wieder. Dann versuchte sie, den Faden wiederaufzunehmen. »Warum? Wir sind doch nur mitgekommen, um die Verfluchten zu begleiten. Wir wollen so schnell wie möglich zurück nach Hause ins Tharn-Tal. Warum sollten uns Schwierigkeiten bevorstehen?«

Ordur musterte sie argwöhnisch. »Ahnst du das denn wirklich nicht? Was die Rückreise angeht – Mokth und Wesnar stecken mitten in einem unverkündeten Krieg. Wollt ihr einfach über ein Schlachtfeld ziehen? Labranza könnte euch wahrscheinlich freies Geleit verschaffen und eine Eskorte zur Verfügung stellen, aber ich wette meine nächsten vier Gestalten, daß sie es nicht tun wird.«

»Hat das etwas mit dieser verrückten Prophezeiung zu tun, daß Bulion der Erneuerer sei?«

Ordur nickte.

»Aber das ist doch lächerlich! Er ist Bauer, und das will er auch bleiben. Er ist zu alt. Und überhaupt, wie kann man nur der Prophezeiung eines Shoolscath Glauben schenken? Sobald er sie ausspricht, verändert sich die Zukunft und wird damit ungültig.«

»Nicht unbedingt. Sie kann auch nur die Zukunft des Propheten verändern, nicht gleich den gesamten Verlauf der Geschichte. Wenn der Seher Glück hat, geschieht nicht einmal das. Ich kannte mal einen Shoolscath, der ...«

»Ordur!« rief Gwin aufgebracht. »Laß das Geschwätz. Ich muß dir etwas sagen. Ich höre Stimmen.«

»Ich hoffe, nur eine Stimme?«

»Warum überrascht dich das nicht?«

»Warum überrascht es dich immer noch? Sieh mal, du sagtest, du hättest eine Frage. Ich habe deine Frage beantwortet, Gwinim Tharn. Es war eine vielschichtige Frage mit zahlreichen Schattierungen, nicht wahr? Erweist du mir als Gegenleistung einen Gefallen?«

Gwin witterte eine Falle, doch bislang war Ordur recht großzügig mit Auskünften gewesen. »Gern. Welchen?«

»Versprich mir, keine Fragen mehr zu stellen, bis wir Raragash erreichen.«

»Warum?« Ordur warf den Kopf zurück und lachte schallend auf, wie ein kleiner Junge.

»Du Hund!« entfuhr es Gwin. »Aber ... Na schön. Du hast mich überlistet!«

»Das habe ich, ich geb's zu – und ich werde dir nicht verraten weshalb!« Seine Augen versprühten Frohsinn. »Ich habe gute Gründe dafür; außerdem solltest du mittlerweile in der Lage sein, selbst dahinterzukommen. Gewiß vertraust du deinen eigenen Schlüssen zehnmal lieber als jeder Geschichte, die ich dir auftischen könnte.«

Die Dornenbüsche hatten geendet, und der Pfad führte über grasbewachsene Hänge. Ordurs Roß schnellte pfeilgleich vor, und er galoppierte davon, während der Wind sein Lachen zu Gwin zurücktrug.

Dieser Mann war der gerissenste Charmeur, der Gwin seit langem über den Weg gelaufen war.

Während der Mittagsrast beschuldigte Jasbur die mütterliche Vaslar, Ordur schöne Augen zu machen. Auf Worte folgten Taten – die beiden weiblichen Awailscaths gingen wie tollwütige Katzen aufeinander los. Vier Tharns waren nötig, um sie zu trennen. Ordur wirkte höchst belustigt und keineswegs reumütig.

BUCH FÜNF,

DAS BUCH OGOAL

die für Glück steht,
die Flinke,
die Possenreißerin,
Herrscherin über die Geschicke

RARAGASH
Nach Om Balk, Nurz und
zur Hahnenkampfsenke
Akademie
IVIELS
OGOALS
Die Stadt
SHOOLS
Grün-
See
JAULS
MUOLS
AWAILS
Zum Hochpaß, nach
Wesnar und Da Lam

43

Mittlerweile schloß Bulion Tharn sich der Meinung seiner Frau an, daß Berge zum Betrachten, nicht aber zum Besteigen gedacht waren. Die Gebirgskette von Carmine bot einen ausgesprochen prächtigen Hintergrund für so manche Aussicht im Tal, insbesondere im Zwielicht, wenn sie sich rosa schimmernd vor dem zunehmend dunklen, östlichen Himmel abzeichnete. Das Riesengebirge an sich war vom Talboden aus nicht zu sehen, doch an klaren Tagen konnte man es vom Hochland aus erkennen. Bulion hatte stets angenommen, daß es sich lediglich um schneebedeckte Kuppeln handelte. Nun erfuhr er, daß er immer nur ihre Spitzen gesehen hatte, die auf langen Ketten niedriger Gipfel und Vorgebirge thronten. Ihre wahre Größe erstaunte ihn und erschöpfte die Pferde. Es dauerte Tage, bis sie die unteren Hänge des Berges Traphz erreichten und weitere Tage, um einen Bogen nach Westen zu beschreiben und an den Hochpaß zu gelangen. Dort erst drang die Gruppe in das eigentliche Riesengebirge vor und zog durch einen wahren Irrgarten düsterer Schluchten nordwärts Richtung Raragash.

Natürlich ging ihnen schon vorher der Proviant aus. Bulion erklärte das Problem Angstmeister Zilion, der verächtlich nickte. Die Gesichtslosen beschlagnahmten, was gebraucht wurde. Als die Kavalkade in die Nähe des nächsten Dorfes gelangte, stand bereits einer der Krieger neben einem Haufen Getreidesäcke und anderer Nahrungsmittel Wache. Da Bulion wußte, wieviel harte Arbeit diese Vorräte darstellten, wollte er dafür bezahlen. Der Krieger nahm das Geld und warf es in einen Graben.

Die Größe der Begleittruppe war besorgniserregend. Durch aufmerksames Beobachten hatte Bulion herausgefunden, daß sie aus mindestens sieben Mann bestand – dem Angstmeister und sechs Mördern. Es war eine starke Truppe, weit stärker, als Bulion für nötig erachtete, um neunzehn Zivilisten in Schach zu halten, darunter drei Kinder. Warum waren für eine derart leichte Aufgabe so viele Soldaten einer Feldarmee abgestellt worden, und weshalb hatte man einen Angstmeister als Anführer eingesetzt? Innerhalb einer Kriegersekte der Zarda gab es fünf Ränge – Mörder, Monster, Angstmeister, Todbringer und Schreckensherr. Normalerweise befehligte Zilion neunundvierzig Männer, nicht bloß ein halbes Dutzend. Bulion Tharn hatte keine Ahnung, weshalb man ihn und seine Gefährten für so wichtig hielt. Es erschien ... nun ja ... *übertrieben*.

Nachdem sie die Reisenden elf Tage wie eine Schafherde vor sich hergetrieben hatten, verschwanden die Gesichtslosen so unauffällig, wie sie gekommen waren. Sie verabschiedeten sich nicht, sie tauchten einfach nicht mehr auf. Wahrscheinlich hatte es nur Bulion selbst bemerkt, und er behielt diese Beobachtung bis zur Mittagsrast für sich.

Wenngleich die Sonne am Himmel stand, erfüllte eine schneidende Kälte die Luft. Windböen wirbelten Schlicksandasche ins Tal hinunter. Die kahle Landschaft wies keinerlei Bäume auf, und die Pferde fanden zwischen den Steinen nur karge Nahrung. Die Straße bestand lediglich aus einer Reihe alter, kaiserlicher Randsteine, die weit auseinander und größtenteils halb vergraben lagen. Seit zwei Tagen wanderten die Gefährten stetig bergauf; dennoch ragten zu beiden Seiten noch höhere Hügel auf, darüber wiederum schneebedeckte Kuppen, und im Hintergrund thronten weitere, abermals höhere Gipfel. Als einziges Anzeichen von Leben entdeckten sie am blauen Himmel ein paar schwarze Punkte. Jasbur behauptete, es handle sich um Adler, doch sie vermochte nicht zu sagen, wovon die Tiere sich ernährten.

In Decken eingehüllt, kauerte die Gruppe sich hinter

Felsblöcke, um sich gegen den Wind zu schützen, kaute trockenes Brot und aß kalte, sandig schmeckende Bohnen. Gesprochen wurde nur wenig. Die lange Reise hatte sie ausgezehrt – die meisten waren seit drei Wochen unterwegs. Bulion war auf sie alle stolz. Von ein paar Ausnahmen abgesehen, schien jeder noch schier unendlich lange weitermarschieren zu können. Die Pferde hingegen waren in einem bemitleidenswerten Zustand. Ordur und Jasbur hatten den anderen versprochen, sie würden den Krater noch vor Anbruch der Nacht erreichen, und Tibal Frainith hatte zustimmend genickt. Das Verschwinden der Gesichtslosen war eine weitere Bestätigung dieser Aussage.

Nun räusperte Bulion sich und verkündete laut, daß die Begleittruppe seiner Ansicht nach verschwunden wäre.

»Na endlich!« rief Jukion. Andere pflichteten ihm bei, und damit war das Thema erledigt. Ihnen allen fehlte die Kraft für lange Gespräche.

Gwin lächelte nur und kaute weiter.

Wie oft trat eine so bunt zusammengewürfelte Truppe von Gefährten eine solche Reise an? Die drei Jaulscaths kauerten in der Ferne an einem Grat. Als Bulion bemerkte, daß die Kinder zu ihm herüberschauten, winkte er. Sie winkten zurück. Seit einiger Zeit mußten auch die Kinder reiten. Der Karren war längst zu Bruch gegangen und zurückgelassen worden. Die Kinder taten Bulion leid, doch schon bald würde die Tortur ein Ende haben, und sie würden sich unter Leidensgenossen befinden.

Wraxal Raddaith saß wie üblich allein. Die beiden Ogoalscaths bildeten eine eigene kleine Gruppe. Shard hatte Mühe, in dieser Höhe zu atmen. Er brauchte die Rast dringender als jeder andere. Immerhin brachte er nun keine Pferde mehr zum Lahmen zu – tatsächlich hatte sich während der letzten Woche überhaupt kein Ogoalscath-Einfluß mehr bemerkbar gemacht. Zwar erfuhr einer der Awailscaths eine neuerliche Verwandlung, aber das konnte ebenso gut Zufall gewesen sein. Das letzte augenscheinliche Wunder hatten sie in jener Nacht erlebt, in der Thiswion den Bogen für ein paar Übungsschüsse spannte und plötzlich ein Elch mit flaumüberzogenen Geweih vor ihm aus den Büschen stolperte. Einfach köstlich!

Die beiden Ivielscaths ... Mandasil ging es besser; er zeigte sich weniger griesgrämig. Mittlerweile wurde er von den anderen Männer anerkannt. Gwin war der Meinung, ihre harten Maßnahmen hätten dazu beigetragen, Mandasil aus seinem Selbstmitleid zu reißen. Vielleicht hatte sie recht. Sie besaß unzweifelhaft die Gabe, mit Menschen umzugehen, also hatte er diese Behandlung wahrscheinlich gebraucht. Und Niad ... Polions Entführung traf sie natürlich härter als jeden anderen. Gwin kümmerte sich liebevoll um sie; so brutal sie zu Mandasil gewesen war, so zärtlich war sie zu Niad. Niad war jung, und junge Menschen galten als widerstandsfähig. Manchmal hegte Bulion die Hoffnung, sie würde ihn vielleicht doch mit einem weiteren Urgroßenkel erfreuen. Oberflächlich betrachtet, schien dies zwar höchst zweifelhaft, doch Bulion war zuversichtlich, daß Polion bereits vor der Hochzeit geübt hatte. Zumindest hatte Niads Verbitterung nicht dazu geführt, daß sich unter den anderen Fieber und Pocken verbreiteten, was laut Jasbur ohne weiteres hätte geschehen können.

Was die Awailscaths anging – Jasbur und Ordur hatten ihre Gestalt gefestigt, Vaslar Nomith hingegen hatte eine weitere Verwandlung durchgemacht. Zu seiner großen Freude verkörperte er nun wieder einen Mann. Zwar keinen richtigen Mann, eher einen hohlbrüstigen Wicht, aber das schien ihn wenig zu stören. Sowohl Nase als auch Zähne waren schief. Sein Lachen klang schauderhaft.

Als Vaslar eine Frau gewesen war, hatte Ordur ihr schöne Augen gemacht, um Jasbur zu ärgern. Nun war

Jasbur an der Reihe, und sie ließ keine Gelegenheit aus. Schamlos kicherten und grinsten sie und steckten die Köpfe zusammen, und gelegentlich lachte Vaslar grölend auf. Ordur seinerseits rächte sich, indem er um Gwin und Niad herumscharwenzelte und beide gleichermaßen mit seiner Aufmerksamkeit beehrte. Vorigen Abend war er sich beinahe mit Vaslar in die Haare geraten. Die ganze Angelegenheit wirkte äußerst kindisch und lästig.

Was für eine seltsame Truppe! Nein, die Verfluchten stellten lediglich Mitreisende dar. Die eigentliche Truppe bildeten die Tharns, und ihr Clanführer sonnte sich in ihrer Ausdauer, ihrem Können und der bedingungslosen Unterstützung, die sie ihm angedeihen ließen. Er hatte sie unnötigen Gefahren ausgesetzt, hatte seinen Enkel verloren, saß mit ihnen fern der Heimat fest – und kein einziger hatte sich beschwert. Nicht ein einziges Mal hatten sie gezögert, Bulion zu folgen. Sie mochten zwar keine Barbaren sein, dennoch verdienten sie es durchaus, Zarda genannt zu werden.

»Ordur?« fragte Gwin.

»Ja, o Perle des Morgens?«

Bulion ergriff einen großen, rauhen Lavabrocken und spielte mit dem Gedanken, den Awailscath zu erschlagen. Leider würde er dann wie ein eifersüchtiger, alter Narr dastehen. Und Gwin schien voll und ganz in der Lage, mit dem seltsamen Humor Ordurs umzugehen. Der Schönling wirkte nicht so schön wie sonst. Die kindlichen Augen waren rot gerändert, das Haar so dunkel wie das eines Tharns.

»Ist Raragash ein Berg oder ein Loch in der Erde?« erkundigte Gwin sich.

»Beides. Jetzt befinden wir uns auf Raragash, heute abend darin, und deine Anwesenheit ist eine Ehre für den gesamten Krater.«

»Dann ist es wohl an der Zeit, daß ich dir weitere Fragen stelle, oder?«

Ordurs selbstsicheres Lächeln verpuffte. »Mittlerweile

mußt du doch selbst auf die Antworten gekommen sein. Ich schlage vor, du behältst sie für dich.«

»Was wird geschehen?«

»Ich bin ein Awailscath, kein Shoolscath.«

»Weiche mir nicht dauernd aus! Was tun wir dort? Mit Labranza Lamith reden?«

Nun wirkte der Awailscath geradezu verschlagen. Unbehaglich schielte er zu Bulion; dann wandte er den Blick rasch wieder ab. »Ihr werdet Labranzas Aufmerksamkeit gewiß nicht entgehen. Sie wird von eurer Ankunft erfahren, noch bevor ihr den Kraterboden erreicht. Und sie wird über die Lage draußen Bescheid wissen – über den wahrscheinlichen Krieg in Wesnar – und darüber, was die Karpana gerade tun. Ich lege euch wärmstens ans Herz, auf der Hut zu sein.« Abermals spähte er zu Bulion.

Ebenso Gwin. Sie reichte das Messer an ihn weiter.

»Spielst du auf diesen Unsinn an, daß ich der Erneuerer sei?« fragte Bulion.

Ordur drehte sich leicht zur Seite, wodurch er Niad von der Unterhaltung ausschloß, obwohl sie ohnehin nicht zuzuhören schien. Mit leiser, nunmehr ernster Stimme erklärte er: »Ich glaube kaum, daß Labranza es für Unsinn hält, Bulion *Saj*. Ich bin sicher, deine Frau hat dir erzählt, was ich über unsere geschätzte Vorsitzende gesagt habe. Sie ist eine Frau, der Macht Freude bereitet – und sie besitzt bereits gewaltige Macht. Zweifellos ist sie der mächtigste Mensch Kuoliens, vielleicht mit Ausnahme des derzeitigen Anführers der Karpana. Ein neuer Kaiser würde das alles verändern, es sei denn, Labranza bringt es zustande, daß sie den Herrscher beherrscht. Es wäre wesentlich einfacher, dich zu töten, bevor Unangenehmes geschieht – Unangenehmes für sie, meine ich damit.«

»Das ist doch alles Pferdemist!«

»Vielleicht. Aber du hast dein Versprechen gehalten. Du hast die Verfluchten nach Raragash gebracht. Die

Gesichtslosen haben uns inzwischen verlassen. Warum kehrst du nicht samt Familie um und gehst zurück nach Süden? Das wäre für euch alle sicherer. Kämpft euch südwärts bis zur Küste durch und nehmt ein Boot zurück nach Daling.«

Bulion ließ den Blick über das Lager schweifen, insbesondere über die Tharns. Sie wirkten reisemüde. Allesamt präsentierten sie sich schwarz vor Asche, denn seit zwei Tagen hatten sie kein sauberes Wasser mehr gefunden. Die letzten paar Nächte hatte die Kälte sie gezwungen, dicht aneinandergeschmiegt zu schlafen. Sollte er wirklich von ihnen verlangen, das alles ohne Pause noch einmal durchzumachen? Nein. Und war er dumm genug zu glauben, die Gesichtslosen würden nicht in der Nähe warten, um sicherzustellen, daß sie ihre Aufgabe erfüllt hatten? Wahrscheinlich beobachteten sie ihn sogar genau in diesem Augenblick.

»Ich habe nicht die Absicht, Kaiser zu werden. Ganz und gar nicht!«

Unsicher wanderte Ordurs Blick zu Gwin. Sofern er sie dadurch auffordern wollte, etwas dazu zu sagen, weigerte sie sich.

»Manchmal lenken uns die Schicksalshüter in unerwartete Richtungen«, erwiderte er schlagfertig. »Und die Wahrheit kann unbedeutender sein als das, was man für die Wahrheit hält. Verstehst du, was ich meine?«

Hinter dem schmucken Äußeren verbarg sich derzeit ein beunruhigend gerissener Ordur. Bulion verstand sehr wohl.

»Du meinst, was Labranza glaubt, spielt eine größere Rolle als das, was ich glaube?« König Hexzion Garab von Wesnar jedenfalls war der Meinung, daß es eines Angstmeisters und sechs Mördern bedürfe, um Bulion Tharn im Auge zu behalten. »Und was ist, wenn in Daling tatsächlich Shoolscaths diesen Unsinn über mich vorhergesagt haben? Sie wurden verrückt, oder? So hieß es doch, nicht wahr?«

»So habe ich es gehört.«

»Dann haben sie also die Zukunft verändert! Ihre Prophezeiungen haben sich ganz von allein für ungültig erklärt.«

Ordur schüttelte den Kopf. »Erklär's ihm, Gwin.«

»Hm?« Gwin berührte mit dem Finger einen glänzenden Kiesel im Dreck. »Er hat recht, Liebster. Oder du irrst dich. Die Seher haben zwar ihre eigene Zukunft verändert, aber nicht unbedingt durch diese bestimmte Prophezeiung. Sie könnten auch sehr viele andere Dinge vorhergesagt haben. *Deine* Zukunft haben sie vielleicht überhaupt nicht verändert.« Sie biß sich auf die Lippe. »Ordur, weißt du, was Tibal darüber denkt?«

»Er schweigt sich aus.«

»Aber er ist mit einem höchst ausdrucksstarken Gesicht geschlagen, was für einen Shoolscath wirklich schlimm sein muß. Und erzähl mir bloß nicht, du hättest nicht versucht, darin zu lesen, denn ich habe dich beobachtet.«

Theatralisch faßte der Awailscath sich mit der Hand an die Stirn. »Frauen!«

»Beantworte meine Frage.«

»Warum? Wenn ich recht habe, bringe ich ihn vielleicht in Gefahr.«

»Du weißt warum.«

Ordur verengte die Augen und zog einen Schmollmund. »Du doch auch! Na schön. Ich glaube zu wissen, was Tibal denkt. Und ich glaube *nicht*, daß er in dir einen Kaiser sieht, Bulion Tharn. Und *deshalb* nehme ich an, daß ihr alle in ernster Gefahr schwebt. Wenn es nach Labranzas Willen geht, verläßt keiner von euch Raragash lebend. Ich bin nicht sicher, ob Tibal und ich Labranza aufhalten können.«

44

Als Bulion zum Aufbruch rief, war Gwin keineswegs geneigt, ihm zu widersprechen. Gefährlich oder nicht, sie sehnte sich nach einer Pause, nach der Gelegenheit, ein paar Tage auf eigenen Beinen zu gehen, anstatt in einem Sattel sitzend durchgerüttelt zu werden. Nie mehr wollte sie ein Pferd sehen, riechen oder gar reiten. Ordur hatte ihr versprochen, daß in Raragash genügend heißes Wasser zur Verfügung stehen würde; im Augenblick konnte Gwin sich nichts Schöneres vorstellen.

»Ich schlage vor, Wraxal und die Jaulscaths übernehmen die Spitze«, meinte Ordur nun.

Bulion warf ihm einen argwöhnischen Blick zu. »Wieso?«

»Weil Tibal darauf bestehen wird, als Letzter zu reiten. An der Kluft sind immer Späher postiert, und meist ist ein Jaulscath darunter. Wir müssen sie warnen, daß ein Shoolscath kommt.« Er lächelte entwaffnend, daß die strahlend weißen Zähne in dem schmutzigen Gesicht nur so blitzten. »Eine sehr alte Vorsichtsmaßnahme.«

Bulion zuckte mit den Schultern und rief nach Wraxal. Gwin trottete müde auf Morgenstern zu. Die Stute zeigte sich in wesentlich schlechterer Verfassung als Gwin selbst, und das mit gutem Grund. »Auf in die letzte Runde, altes Mädchen«, sagte Gwin beruhigend. »Bald hast du Zeit, die Hufe hochzulegen und dich auszuruhen.«

Nachdem der Troß sich wieder unterwegs auf dem Aschenpfad befand, ritt Gwin nach vorn, um sich an der Spitze der Hauptgruppe zu Bulion zu gesellen. Er schenkte ihr ein mattes Lächeln der Freude und Ermutigung. Die schwarze Dreckschicht schmeichelte ihm sogar ein wenig, da sein Bart nun nicht mehr silbrig wirkte. Dennoch war er immer noch der Clanälteste. Er war weit älter als sie alle, einschließlich Shard, und er verkörperte den Geist der Truppe, den unangefochtenen Anführer. Ohne übertrieben wagemutig zu werden, hatte er während der ganzen Reise unerschütterlichen Mut, Ausdauer und gute Laune bewiesen. Wenn ihr alter Mann es schaffte, schafften sie es alle. Wohin er sie auch führte – sie würden ihm folgen. Gwins Bewunderung für Bulion wuchs von Tag zu Tag. Sie hatte einen Giganten geheiratet.

Und nun mußte sie ihn neuerlich auf die Probe stellen. Vor zwei Wochen, als Ordur ihr das Geheimnis anvertraut hatte, daß die Akademie in das politische Geschehen Kuoliens verstrickt war, hatte sie dies Bulion unverzüglich mitgeteilt. Für sie hatte von Anfang an außer Frage gestanden, daß sie es Bulion sagen mußte, obwohl sie wußte, wie sehr er bei dem Gedanken trauern würde, daß Polion ein unschuldiges Opfer übler Intrigen geworden war. Ihre eigenen, dunklen Geheimnisse hingegen hatte sie ihm verschwiegen.

Seither brütete sie Tag und Nacht gleich einer Legehenne darüber nach, doch sie gelangte immer wieder zu demselben, unvermeidlichen Schluß. Die Stimme, das seltsame Verhalten Verfluchter in ihrer Gegenwart ... und vor allem die Erinnerung an die Nacht, in der ihre Kinder starben. Dort lag die Antwort; oder vielleicht kam es der Wahrheit näher zu sagen, dort wurzelte das Problem. Sie war ganz allein in der Herberge gewesen, denn alle anderen waren vor der Sternenkrankheit geflüchtet. Kurz vor Sonnenaufgang hatte Gwin die beiden winzigen Leichen in saubere Leintücher gewickelt und sie hinausgetragen, um sie auf die Straße zu legen, bis der Seuchenkarren vorüberkam, wie das Gesetz es verlangte. Danach war sie zurück in ihr Zimmer gegangen und auf dem Boden zusammengebrochen. Nachdem sie das Bewußtsein wiedererlangt hatte, war es ihr gelungen, sich zum Bett zu schleppen.

Nach ihrem gräßlichen Verlust und den vielen rastlosen Tagen schien eine kleine Ohnmacht keineswegs außergewöhnlich. Zumindest hatte Gwin sich das stets eingeredet, und auch heute noch besaß sie keinen Beweis für das Gegenteil. Und dennoch ... Sie konnte sich nur verschwommen daran erinnern, wie sie sich zum Bett gekämpft hatte. War es draußen heller oder dunkler als zuvor gewesen? War sie nur wenige Minuten oder einen ganzen Tag und eine ganze Nacht ohnmächtig gewesen? Bewußtlosigkeit galt als eine der Begleiterscheinungen der Sternenkrankheit. Schon vor Wochen hatte Wosion anklingen lassen, daß Gwin sich angesteckt haben könnte – nun war sie geneigt, ihm Glauben zu schenken.

Beim Mittagessen bestätigte Ordur ihre Befürchtungen. Es war an der Zeit, die Sorgen mit jemandem zu teilen. Gwin wartete, bis auch die letzten Nachzügler unterwegs waren und sie sich der vollen Aufmerksamkeit ihres Gemahls gewiß sein konnte.

»Liebster«, begann sie, »ich muß dir etwas gestehen.«

Mit geheuchelter Verblüffung blickte er sie an. Dann sagte er scherzhaft: »Ich will einfach nicht glauben ...« Er verstummte, als er bemerkte, daß Gwin es ernst meinte, und lächelte traurig. »Mach dir deshalb keine Sorgen, Nien. Ich habe es schon die ganze Zeit gewußt. Es spielt keine Rolle.«

»Soll das heißen, er hat es dir erzählt, während er sich weigerte, es *mir* zu erzählen?« fragte sie zornig. »Oder war es Tibal?«

Bulion runzelte die Stirn. »Nein. Es war Statthalter Imquin.«

Während die Hufe der Pferde auf den Steinen klapperten, ließ Gwin sich den bisherigen Teil der Unterhaltung durch den Kopf gehen. Bulion drehte sich nochmals im Sattel um und vergewisserte sich, daß niemand fehlte.

Gwin ergriff das Wort. »Weißt du, ich glaube, wir reden von zwei verschiedenen Paar Schuhen, du und ich. Hast du mit Ordur über mich gesprochen?«

»Mit Ordur? Nein. Warum?«

»Ich will über Flüche reden. Was hast du denn gedacht?«

Bulion nahm den Hut ab, legte ihn kurz auf Donners Mähne, wischte sich mit der schmutzigen Hand über die Stirn und schob den Hut wieder auf den Kopf. »Die Herberge.«

»Verdammt!« Die Herberge schien in ein anderes Leben zu gehören. »Die Herberge hatte ich fast schon vergessen ... was ist damit?«

»Na ja, der Statthalter hat mir gesagt, daß du sie eigentlich gar nicht besitzt. Du kannst sie nicht verkaufen. Aber es spielt keine Rolle, weil ...«

Gwin lachte auf. »Bulion Tharn! Beschuldigst du mich, dich nur wegen deines Landbesitzes geheiratet zu haben?«

Selbst unter dem Vollbart und einer Schicht dunklen Staubes gelang es ihm, peinlich berührt auszusehen. »Natürlich nicht! Aber ich dachte, du hättest ... ich meine, du könntest es ja nicht gewußt haben ...«

Sie lächelte. »Nein?«

Nach einer Weile lächelte er verlegen zurück. »Also gut. Ja, ich hielt dich für eine Mitgiftjägerin!«

Armer Bulion! Hatte er sie tatsächlich einer solchen Gemeinheit verdächtigt? Ein minderer Mann hätte es geleugnet. »Ich habe dich um deiner selbst willen geheiratet, du alter Gauner! Weil ich dich wollte. Der Statthalter meinte, daß mir das *Land* nicht gehört. Aber das Gebäude gehört mir sehr wohl – oder gehörte mir. Und die gesamte Einrichtung, die Kunstgegenstände, die zusammen mehr als das Gebäude wert sind. Und selbst wenn jemand anders das Land besitzt, kann er weder einen Fuß darauf setzen, noch die Herberge niederreißen oder sie betreiben. Er darf noch nicht einmal die Pacht in schwindelerregende Höhen treiben – dagegen gibt es Bestimmungen. Er kann höchstens die Leute fernhalten und so das Geschäft ruinieren, aber das ist auch schon alles. In diesem Fall käme es zu einem Gleichstand.«

Traurig schüttelte Bulion den Kopf, ohne Gwin anzuschauen.

»Nien, ich schäme mich! Ich habe dich tatsächlich verdächtigt . . .«

»Schon gut. Vergiß die Herberge. Sie bedeutet mir nichts mehr. Ebenso wenig das Geld. Was ich zu sagen habe, ist viel schlimmer. Vielleicht wärst du besser dran, hättest du tatsächlich eine Mitgiftjägerin geheiratet. Ich glaube nämlich, ich bin verflucht.«

»O nein! Das kann nicht sein! Ist dir Wosion schon wieder auf den Leib gerückt? Falls ja, dann schwöre ich, daß ich ihn erwürge – Krüppel hin, Krüppel her.«

»Ich habe mich mit Wosion unterhalten«, gestand sie. »Er hat sich als außerordentlich hilfsbereit erwiesen. Dein Sohn mußte mir versprechen, dir nichts zu sagen, weil ich dich nicht beunruhigen wollte, bis ich ganz sicher war. Und jetzt hat Ordur meine Befürchtungen bestätigt.«

»Ich glaube diesem Schönling kein Wort!«

Gwin holte tief Luft. »Es geht um die Worte, die er *nicht* gesagt hat! Hör zu. Ordur hat mich durch eine List dazu gebracht, ihm zu versprechen, keine weiteren Fragen zu stellen. Dann erinnerte ich mich daran, wie Tibal mich anflehte, keine Fragen zu stellen. Jasbur weiß weniger als die beiden. Sie krümmt und windet sich zwar – aber letzten Endes antwortet sie doch immer. Ich scheine in der Lage zu sein, Verfluchte dazu zu zwingen, mir die Wahrheit zu sagen.«

Das Ganze klang entsetzlich fadenscheinig, obwohl Ordur beim Mittagessen zugegeben hatte, daß er sich keiner ihrer Fragen verschließen konnte. Bulion zog lediglich eine Augenbraue hoch, da er wohl vermutete, daß noch mehr kam.

»Dann ist da noch Niad. Zu Hause im Tal konnte sie Sojim erst helfen, als ich dabei war. Sogar in der Nacht, in der sie dich geheilt hat – auch da geschah nichts, bis ich kam. Sie ließ einen Mann tot zusammenbrechen, weil er mich verschleppen wollte. Und weißt du noch, was mit Mandasil passiert ist?«

»Meinst du, du bist ein Ivielscath?«

»Nein. Ich habe nur das Gefühl, ihre Kräfte irgendwie zu verstärken, besser zu lenken. Ich glaube, bei anderen Verfluchten geht das auch. Es war meine Idee, Wraxal in unserer Hochzeitsnacht zu Jojo zu schicken. Ursprünglich wollte er nicht gehen, aber er ging. Zum Glück für alle! Du hast gesehen, wie er meine Fragen beantwortet, obwohl er sonst mit kaum jemand spricht. Und seit ich mir Gedanken über das alles mache, habe ich ein paar Dinge versucht. Ich habe Shard beiseite genommen und ihm erklärt, daß er keine Hufeisen mehr beeinflussen darf, weil er dadurch die Reise nur verlängert und alles noch schlimmer macht. Natürlich gab er vor, unschuldig zu sein, aber seither ist nichts mehr geschehen.«

»Ogoalscaths sind durch und durch unberechenbar! Das weißt du. Also ist das kein Beweis.«

»Vielleicht.« Gwin wünschte, sie könnte es glauben. »Ich habe Vaslar gesagt, sie müßte sich nur darauf konzentrieren, sich zu verwandeln, wenn sie wieder ein Mann sein will. Laut Jasbur funktioniert das nicht – in Vaslars Fall aber schon! Am nächsten Morgen steckte sie ... er ... inmitten einer weiteren Verwandlung! Jasbur behauptet, sie hätte noch nie so viele Verwandlungen binnen so kurzer Zeit erlebt.«

Der argwöhnische, alte Bauer prustete störrisch. »Wieder dasselbe – purer Zufall! Wenn ich mit den Fingern schnippe, regnet es. Es kann einen oder zwei Monate dauern, bis es funktioniert, aber es hat noch nie versagt.«

Dankbar gluckste Gwin.

»Wir sind alle ein wenig überreizt, Geliebte«, meinte er. »Ich glaube, du jagst einem Gespenst hinterher.«

Er wollte noch etwas sagen, doch ein gewaltiger Windstoß blies ihnen Staub ins Gesicht und erschreckte die Pferde. Mittlerweile ragten zu beiden Seiten des Pfades dunkle Felsen empor. Der Wind heulte durch die düstere

Schlucht und ließ Gwin frösteln. Mit der freien Hand hielt Bulion den Hut fest, drehte sich um, und warf abermals einen Blick auf sein Gefolge. Nachdem er zufrieden festgestellt hatte, daß es allen gutging, wandte er sich wieder Gwin zu. Er mußte das Heulen des Sturms überschreien.

»Gwin, Geliebte, du besitzt einfach die Gabe, mit Menschen umzugehen. Ich weiß nicht, was ich in den letzten zwei Wochen ohne dich gemacht hätte, und für einige der Verfluchten gilt das in noch viel höherem Maße – Niad, Mandasil ... Ich glaube eher, daß du ihnen zusätzliches Selbstvertrauen verleihst! Verflucht noch eins, du verleihst ja sogar *mir* Selbstvertrauen! Aber ich weigere mich zu glauben, daß mehr an der Sache dran ist.«

Mit tränenden Augen, den Mund voller Sand, versuchte Gwin, ihm von der Stimme zu erzählen. Auch das wollte Bulion nicht glauben. Er erkundigte sich, wann Gwin die Stimme gehört hatte. Zuletzt vor zwei Wochen, gestand sie – an dem Tag, als sie den Flugoss überquerten.

Bulion zuckte leichthin mit den Schultern. »Dann kannst du ruhig damit aufhören, dir den Kopf darüber zu zerbrechen. Stimmen zu hören, ist keineswegs ungewöhnlich. Du bist nicht verflucht, Gwin! Du sagst doch selbst, daß du kein Ivielscath bist. Du bewirkst keine Wunder, siehst nicht in die Zukunft und liest keine Gedanken. Seit ich dich kenne, hast du dich in keinen Mann verwandelt!« Er grinste sie an, wodurch er inmitten des schmutzverkrusteten Bartes große, gelbe Zähne entblößte. »Und ganz gewiß empfindest du Leidenschaft! Also bleibt nichts übrig!«

Sie nickte und sparte sich jedes weitere Wort.

Aber es blieb *doch* etwas übrig – ein Poulscath! Es mutete höchst merkwürdig an, daß die sieben Schicksalshüter nur sechs Flüche verteilten. Tibal Frainith hatte behauptet, daß die von Poul Verfluchten starben.

Wosion war nicht so sehr davon überzeugt. Er glaubte,

sich zu erinnern, daß es einen siebten Fluch gab, einen ausgesprochen seltenen. Er hatte davon durch eine beiläufige Bemerkung eines seiner Lehrer vor über dreißig Jahren davon erfahren, sagte er. Einzelheiten waren seinem Gedächtnis entfallen, und er weigerte sich, in dieser Angelegenheit Vermutungen anzustellen.

Es ergäbe durchaus Sinn. Poul galt als Herrscherin über das Schicksal. Die Sonne regierte die anderen Planeten, also bestand ohne weiteres die Möglichkeit, daß ein Poulscath, sofern es einen solchen Fluch gab, all die anderen Verfluchten beherrschte. An sich klang das wenig besorgniserregend. Verfluchte zu beherrschen, konnte sich als beachtlicher Vorteil erweisen, vor allem in Raragash. Was Gwin vielmehr beunruhigte, war der Umstand, daß alle anderen Flüche zwei Seiten besaßen. Heiler konnten auch Krankheit verbreiten. Gedankenleser trieben sich selbst und andere in den Wahnsinn. Seher durften niemals offenbaren, was sie vorhersahen. Und so weiter. Jeder Fluch hatte etwas Gutes, doch keiner stellte einen reinen Segen dar.

Was mochte die dunkle Seite *ihres* Fluches sein, sofern sie tatsächlich verflucht war? Warum wollte niemand darüber reden?

Gwin hatte die Leute aus Raragash von einem Südtor reden gehört, doch sie hatte keine Festung erwartet, kein hohes, überhängendes Bauwerk aus schwarzen Steinen, das sich von einer Seite der Kluft zur anderen spannte. Geschützpforten, Zinnen und hoch aufragende Schieferdächer verliehen dem Bollwerk ein bedrohliches Aussehen, das der düsteren Umgebung angemessen schien. Raragash, erinnerte sich Gwin, war ursprünglich ein Gefängnis gewesen.

Wie die Schicksalshüter selbst, begünstigte auch diese Festung keine Seite. Nach Raragash einzudringen, würde genauso schwer sein, wie daraus zu entkommen, denn der einzige Zugang auf dieser Seite bestand aus einer Türöffnung, die kaum genug Platz für ein Pferd bot. Als einziges Zeichen dafür, daß Besucher erwartet wurden oder willkommen waren, stand ein behelfsmäßiger Pfosten aus unbearbeitetem Holz zum Anbinden von Pferden bereit. Vier Rösser warteten dort. Von Wraxal oder den Jaulscaths aber fehlte jede Spur.

Bulion setzte eine finstere Miene auf. »Ihr bleibt lieber zurück, während ich mir das mal näher ansehe.«

»Sieh dich um, soviel du willst«, erwiderte Gwin sanft. »Jojo ist offensichtlich durch das Tor gegangen und weitermarschiert. Sie muß sich außerhalb unserer Reichweite befinden, sonst hätten wir es längst gemerkt. Das gilt auch für die Kinder. Ich bin schon gespannt darauf, wie du Donner dazu bringst, durch diesen Tunnel zu laufen.«

Bulion stieg ab und versuchte es, doch Donner schloß sich Gwins Meinung an. Störrisch stemmte er die Hufe in den Boden. Mittlerweile trudelten die anderen ein und grinsten, als sie sahen, wie ihr Clanführer sich damit abplagte, ein unwilliges Pferd voranzuzerren. Letzten Endes gelang es Ulpion mit List und Tücke, sein Roß in den Tunnel zu lenken, nachdem er ihm Scheuklappen angelegt hatte. Die anderen Tiere folgten ihrem Artgenossen mehr oder weniger bereitwillig.

Der Durchgang erwies sich als kühl und feucht. Das Hufgeklapper hallte von den Steinwänden wider. Gwin fielen Lücken in der Decke auf; sie vermutete, daß es sich dabei um Öffnungen handelte, durch die man Fallgitter und andere gräßliche Dinge auf unwillkommene Gäste niedersausen lassen konnte.

Am Ende des Tunnels befand sich ein brunnenähnlicher Hof, dessen einziger Reiz darin bestand, daß er Schutz vor dem Wind bot. Die Burg, die rings um den Platz unheilverkündend aufragte, wirkte durch und durch verlassen. Holztüren und Treppen hingen schief; Fenster glichen leeren, dunklen Öffnungen. Auf dem

Boden lag überall Müll verstreut, doch Gwin erblickte auch Pferdeäpfel, die noch nicht seit den Tagen des Kaiserreichs hier lagen. Unbehaglich warteten die Reisenden. Bulion schickte Ulpion und Zanion zurück, um die anderen Pferde zu holen.

Gwin beschloß, mitzugehen und ihnen zu helfen, doch als sie den Durchgang erreichte, versperrte ihr das Schlußlicht, Tibal Frainith, den Weg; er führte soeben sein Pferd herein. Gespenstisch hallte ihm seine Stimme voraus. »Willkommen in Raragash!«

»Ich sehe gar keine bunten Fähnchen!« meinte Gwin. »Kein Begrüßungskomitee? Wo sind die Jaulscaths?«

»Man wird sie in aller Eile weitergeführt haben. Wie du weißt, stellen ungeschulte Jaulscaths ein Problem dar.« Er schaute sich auf dem Hof um. »Am Südtor werden selten viele Wachen aufgestellt – es wird wenig benützt. Komm mit, es hat keinen Sinn, sich noch länger hier aufzuhalten.«

Der Ausgangstunnel erwies sich als ebenso schmal und dunkel wie der erste. Diesmal aber bereiteten die Pferde weniger Schwierigkeiten, als könnten auch sie nicht schnell genug aus der tristen Festung herauskommen. Draußen erwartete sie wieder Sonnenschein und Wind. Das Tal wurde breiter, der Pfad führte stetig bergab. Auf den Hängen zu beiden Seiten wucherte grünes Gestrüpp, das auf eine schönere Umgebung hoffen ließ.

Wraxal Raddaith saß auf einem Stein und stellte wie üblich uneingeschränkte Gleichgültigkeit zur Schau.

»Haben sie dich sitzenlassen?« fragte Gwin.

Er stand auf. »Es war kein Platz mehr im Karren.«

Tibal deutete in die Ferne, wo ein Wagen eilends den Hügel hinabrollte.

»Verstehe«, sagte Gwin. Obwohl sie wußte, daß Mitleid für Wraxal einer Verschwendung gleichkam, tat er ihr leid. Es schien ungemein kaltherzig, ihn nach allem, was er für die drei Jaulscaths getan hatte, zurückzulassen. Ohne Wraxal hätten sie Raragash nie erreicht.

»Ich nehme an, in ein paar Tagen kannst du Jojo wiedersehen, oder, Tibal?«

Tibals Augen funkelten verschmitzt. »Oh, sicher. Und es gibt hier noch jede Menge anderer weiblicher Jaulscaths. Wraxal wäre mit jeder davon zufrieden, nicht wahr?«

Der Muolscath zuckte mit den Schultern. »Schon möglich.« Es schien ihn wenig zu stören, daß Tibal sich über ihn lustig machte, sofern es ihm überhaupt bewußt war.

Bestürzt musterte Gwin den Shoolscath. Der aber zuckte nur entschuldigend mit den Schultern. »Du darfst Verfluchte nicht wie andere Menschen beurteilen. Daran wollte ich dich nur erinnern.« Grinsend faltete er die Hände, um ihr beim Aufsteigen zu helfen. Offensichtlich sprühte er vor guter Laune, was Gwin als beruhigendes Zeichen empfand.

Mit einem Seufzen, das sich verdächtig nach einem Stöhnen anhörte, schwang sie sich in den Sattel. »Wie weit ist es noch?«

»Etwa eine Stunde.« Elegant schwang er sich auf sein Pferd, eine Gestalt, die nur aus Armen, Beinen und einem jungenhaften Grinsen zu bestehen schien. »Dann sind wir zwar immer noch nicht am Kraterboden, aber zumindest dort, wo uns heiße Quellen, Essen und gemütliche Betten erwarten!«

»Wunderbar! Ist das ein Versprechen?«

Tibal lachte. »Das ist eine Prophezeiung! Vertrau mir.«

45

Und so begab es sich im Frühling des Jahres, daß des Ritters jüngster Sohn, der Knabe Losso, von der Sternenkrankheit befallen wurde, jedoch überlebte. Da der Junge keine Anzeichen eines Gebre-

chens erkennen ließ, ging Lomith zu seinem Gebieter und flehte ihn an: ›Laß meinen Sohn bei uns bleiben.‹ Sein Gebieter aber hielt sich an das Gesetz und verwehrte ihm seinen Wunsch mit den Worten ...

Seufzend schlug Labranza das schwere Buch zu, wodurch sie eine Staubwolke aufwirbelte. Sie hatte das alles bereits viele Male gelesen. Losso Lomith, Begründer der dritten Dynastie ... der Name klang ihrem eigenen, Lamith, überaus ähnlich, und sie gab sich gern dem Glauben hin, eine entfernte Nachkommin des großen Kaisers zu sein.

Es war ein schwüler, nahezu windstiller Tag. Bereits kurz nach Mittag gleißte die Sonne durch gräuliche Dunstschwaden. Labranza hatte ihre Kleider abgelegt und trug lediglich ein dünnes, schlichtes Umhangtuch, dennoch fühlte sie sich unangenehm verschwitzt. Ihr fiel auf, daß es sich um dasselbe Umhangtuch handelte, das sie in der Nacht ihrer Rückkehr angezogen hatte, und Ching ... Stirnrunzelnd überlegte sie, ob es das war, was sie brauchte. Seit zwei Wochen war sie zurück und hatte noch keine Zeit gehabt, sich zu erholen. Sie konnte Ching zu sich befehlen, auf daß er sich heute nacht um sie kümmerte. Zornig schüttelte sie den Kopf. Jede Frau, die zuließ, daß sie einen Mann *brauchte,* würde letzten Endes von einem Mann beherrscht. Ching war nur ihr Lakai, und das würde er auch bleiben. Was immer sie brauchte – dieser schlüpfrige Ching war es gewiß nicht.

Labranza hatte einen Stuhl und einen Tisch auf den schattigen Rasen vor ihrer Haustür gestellt und unmißverständlich befohlen, daß sie unter keinen Umständen gestört werden dürfe. Im Sommer war dies ihr Lieblingsplatz, um sich mit Problemen zu befassen. Drei oder vier Ziegen an langen Seilen weideten auf der Wiese. Ziegen waren stinkende, unangenehme Tiere, doch sie hielten Sämlinge und Blutsauger fern, so daß

Labranza in aller Ruhe unter freiem Himmel grübeln konnte. Über den Baumwipfeln waren die Dächer der Akademie zu erkennen – aus langer Gewohnheit saß Labranza in diese Richtung gewandt, so daß sie die Flaggenmasten im Auge behalten konnte. Einst war dies ein Gesellschaftsgarten gewesen. Immer noch stand inmitten der Bäume zu ihrer Linken ein kleiner Tempel, wahrscheinlich auch andere Gebäude. Schon seit langem trug sie sich mit dem Gedanken, die Wälder zu erforschen, um herauszufinden, ob sich noch Statuen oder andere wertvolle Relikte darin befanden. Es schien ihr nur immer an Zeit zu mangeln.

Ganz besonders jetzt. Ein geschichtsträchtiger Umbruch stand bevor. Sie fühlte, daß etwas, das Hunderte Jahre geschlafen hatte, bald erwachen würde – die blutrünstige Bestie des Krieges, die der Dichter Quirmoith beschrieben hatte.

Sirenenrufe locken die Kühnen.
Der gute Wille schmilzt wieder dahin,
Und das Gras erwartet das Blut der Hünen.

Labranza warf das Buch neben die vielen anderen, die den Boden rings um sie übersäten und wandte sich den Papieren zu, die sich auf dem Tisch unter kristallenen Briefbeschwerern stapelten.

Berichte aus Rurk, Mokth, Pagaid ... keine mehr aus Nimbudia. Vielleicht würde sie nie wieder etwas aus Nimbudia hören. Die Karpana hatten Ashtin geplündert. Sie hatten die nimbudische Armee bei Blicorn ausgelöscht, danach alles auf ihrem Weg überrannt und Städte wie Kerzen in Brand gesteckt, um ihren Vormarsch zu beleuchten. Nun zogen sie anscheinend nach Westen in Richtung Rurk. Zumindest zu dem Zeitpunkt, als die Berichte verfaßt wurden. Inzwischen könnte die Flut der Karpana bereits auch Rurk überschwemmt haben.

Wer würde als nächstes folgen? Tring oder Pagaid?

Den Text kannte sie mittlerweile auswendig, so oft hatte sie ihn schon gelesen. Sie fragte sich, ob der Mann, der ihn geschrieben hatte, wohl noch lebte. Die Karpana metzelten Verfluchte nieder, ohne mit der Wimper zu zucken.

Darin bestand das größte Problem. Die Akademie hatte all die unbedeutenden Kriege überlebt, die auf den folgenschweren Untergang des Kaiserreiches folgten. Monarch um Monarch hatte die Akademie für sich eingenommen. Sobald einer ihrer Günstlinge fiel, umwarb sie den jeweiligen Nachfolger. Mit den Karpana würde es sich anders verhalten. Mit den Karpana würde es keine Abmachungen geben – nicht zu Labranzas Lebzeiten. Erst wenn die Zivilisation diese Barbaren drei oder vier Generationen lang verweichlicht hatte – so wie es den Zarda widerfahren war –, würden sich vielleicht Möglichkeiten eröffnen. Zumindest schienen die Karpana nach Westen, nicht nach Süden zu marschieren. Solange Raragash keine Aufmerksamkeit auf sich zog, würde der Krater noch eine Weile verschont bleiben. Gegen eine barbarische Horde waren selbst die Kräfte des Schicksals machtlos.

Labranza schob den Bericht zurück unter den Stapel und las den nächsten. Unwichtiges Zeug! Auch diesen legte sie beiseite. Der nächste stammte aus Pagaid. Dank Chings raschem Entschluß erfreute sich König Por a'Win wieder bester Gesundheit. In der Vergangenheit hatte Por a'Win Labranzas Angebote samt und sonders ausgeschlagen, nun aber dürfte er sich zugänglicher zeigen, was einen Vertrag betraf. Sofern die Karpana seine Gedärme dort ließen, wohin sie gehörten.

Der nächste Bericht kam von Han a'Lith, der irgendwo in der Nähe von Veriow bei König Hexzion Garab weilte. Dieser fette Narr wartete immer noch darauf, daß Mokth in seine plumpe Falle tappte. Die Nachricht war zwei Wochen alt.

Bulion Tharn, der Erneuerer ... eine weitere Sorge, wenngleich sie unbegründet schien. Wahrscheinlich mähte der alte Mann irgendwo in Da Lam Heu oder pflückte Beeren und wußte gar nichts von diesen lächerlichen Prophezeiungen. Solange die Wesnarier und die Mokthier ihren Grenzstreit nicht beilegten, konnte sie keinen gedungenen Mörder entsenden, der sich seiner annehmen würde. Ein neues Kaiserreich schien nicht mehr so unvorstellbar wie noch vor ein paar Monaten. Wenn die Karpana die anderen Reiche ebenso so mühelos beseitigten wie Nimbudia, dann war ein Imperium der *Karpana* durchaus möglich. Für Bulion Tharn würde darin ebensowenig Platz sein wie für Labranza Lamith.

Schrill meckerte eine Ziege. Etwas, das sich nach einer kranken Katze anhörte, antwortete ihr. Labranza drehte sich im Stuhl herum und erblickte auf einem hohen, toten Ast am Waldrand einen Falken. Er wandte ihr den Kopf zu, als beobachtete er sie. Abermals krächzte er.

Sie blickte auf die Bücher hinab. Irgendwo darin verbarg sich die Antwort auf irgend etwas, dessen war Labranza sicher. Die Bibliothek der Akademie hatte schon zu Zeiten des Kaiserreichs als eine der umfangreichsten überhaupt gegolten, und mittlerweile waren zahlreiche andere in Zarda-Flammen aufgegangen. Leider hatten die Hüter der Bibliothek im Laufe der Jahre ihre Pflicht vernachlässigt und die Bände kunterbunt gemischt zurückgestellt, so daß es nunmehr unmöglich war, irgend etwas zu finden. Oft forderte Labranza ein bestimmtes Buch an, um etwas nachzuschlagen, doch nichts geschah. Manchmal ging sie selber hin und fand durch Zufall, wonach sie suchte; manchmal auch nicht.

Heute war ein altersschwacher Bibliothekar in einem Keller über eine Kiste voller Bücher gestolpert. Ihm fiel auf, daß sich darunter etwa ein Dutzend Werke befanden, die Labranza über die Jahre hinweg angefordert hatte.

Sie hatte zwar keine Ahnung mehr, warum sie diese

Bücher einst haben wollte, doch sie betrachtete den Verfall eindeutig als ein Zeichen Ogoals.

Deshalb befahl Labranza, die ganze Kiste zu ihr herüberzubringen. Sie breitete mehr als dreißig Bücher auf der Wiese aus. Von den meisten Werken hatte sie noch nie gehört; sie schienen völlig belanglos und erwiesen sich als wenig hilfreich. Weshalb sollte sie sich überhaupt für einen vor langer Zeit verstorbenen Kaiser interessieren?

Sollte sie es weiter versuchen oder warten, bis Ogoal sich am Himmel zeigte? Labranza versuchte es weiter.

Sie legte das Bündel Berichte beiseite und behielt nur ein Blatt, das sie zusammenknüllte. Dann schloß sie die Augen und konzentrierte sich. Sie dachte an diesen winzigen Lichtpunkt, der sich bald im Zwielicht zeigen würde, die Schicksalshüterin, mit deren Fluch sie geschlagen war. Zwar konnte man Ogoal noch nicht sehen, doch sie stand bereits am Himmel. Labranza wußte, daß es keinen Sinn hatte, zu Ogoal zu *beten*. Niemals lauschten die Schicksalshüter den Sterblichen. Dennoch konnte sie versuchen, ihren Geist der Macht, dem Einfluß zu öffnen. Nach wenigen Minuten verspürte sie ein merkwürdiges Kribbeln, eine wachsende Erregung. Gut! Das gelang ihr nicht oft. Vielleicht würde es diesmal funktionieren. Labranza ließ das Kribbeln stärker werden. Es durchflutete sie und schwoll an, bis all ihre Muskeln zu zucken begannen. Selten hatte sie dieses Gefühl so stark erlebt. Es sammelte sich und kroch in die Hand hinab, die das zerknüllte Papier hielt. Ihre Finger zitterten.

Dann krächzte neuerlich der Falke, diesmal ausgesprochen laut, so als hockte er auf dem Dach über ihr. Labranza schreckte hoch. Ihr Arm zuckte unwillkürlich. Das Papierknäuel stob in die Luft. Sie schlug die Augen auf und schaute, wo es zu Boden fiel. Wo, um alles in der Welt, war es? *Da!* Schon lag es auf einem kleinen, ziemlich zerschlissenen Buch am äußersten Rand der Wiese.

Labranza sprang aus dem Stuhl, um es zu holen, blieb

mit dem Fuß an der Kante eines dicken Einbands hängen und stürzte auf die Knie. Wütend suchte sie nach dem kleinen Buch. Dem Titel schenkte sie keinerlei Beachtung. Statt dessen schloß sie die Augen, schlug das Buch blindlings auf und hielt den Finger auf die Seite. Dann schaute sie hin. Die Schrift war uralt und verblaßt, kaum noch zu lesen.

... doch sollten sie aus irgendeinem Grund unterschiedlicher Ansichten sein, zu gleichen Teilen für und gegen ein Anliegen stimmen, so soll der Vorsitzende ein zweites Mal stimmen und dadurch die Angelegenheit beschließen.

Xxxiv Und weiter verfügen wir, daß in Abwesenheit ihres natürlichen Herrschers die Sechs unter sich einen Herrscher erwählen sollen, der ihre Versammlungen leitet und für die Durchsetzung des gemeinsamen Willens Sorge trägt, den sie in gemeinsamen Beratungen beschließen, wobei besagter Herrscher dieses Amt innehält, bis ihr natürlicher Herrscher zurückkehrt oder bis der Tod oder die Sechs, wie zuvor beschrieben, einen Nachfolger ernennen.

Ungläubig betrachtete Labranza den Einband. Er wies keinen Titel auf. Sie schlug die erste Seite auf.

Unser Wille
im Hinblick auf
die Verwaltung
unserer
neu gegründeten Akademie
von Rara Gash

In derselben Schrift ging es weiter: »Verfaßt durch diese unsere Hand in dieser unserer Stadt Qol am zweiunddreißigsten Tage des Poulsept, im Jahre des Kaiserreichs siebenhundertundvierzig.«

Schon wieder Losso Lamith! Dies war die Satzung der Akademie, in einer Version, die mindestens hundert Jahre älter sein mußte als jede, die Labranza bisher gesehen hatte. Es konnte sich durchaus um das Original handeln, das vielleicht sogar der Gründer selbst verfaßt hatte, dessen Hingabe an Einzelheiten als berüchtigt galt. Sie mußte das Buch mit Handschriftproben vergleichen lassen, die erwiesenermaßen vom Gründer stammten. Das Buch war unbezahlbar; Labranza hatte gar nicht gewußt, daß es überhaupt existierte. Selbst aus dem kurzen Abschnitt, den sie gelesen hatte, konnte sie entnehmen, daß es eindeutige Unterschiede zur derzeitigen Version enthielt. Und wer vermochte zu sagen, wann sich im Streitfall jemand diese Unterschiede zunutze machen würde?

Benommen von dieser Entdeckung, mühte Labranza sich auf die Beine und wankte zum Stuhl zurück. Sie hatte sich das rechte Knie aufgeschlagen und das Umhangtuch mit Grasflecken beschmutzt. Nun, da sie wußte, daß sich zumindest ein Schatz in jener vergessenen Kiste verbarg, wich sie den Büchern behutsam aus. Vielleicht fanden sich darunter noch weitere Juwelen.

Als sie sich hinsetzte und die Stelle, die sie entdeckt hatte, mit einem wahllos aus dem Poststapel gezogenen Brief kennzeichnete, fiel ihr wieder ein, was zu dieser Entdeckung geführt hatte – was genau sie getan hatte. Schon dreimal hatte sie nun aufs Geratewohl ein Buch ergriffen und aufs Geratewohl eine Seite aufgeschlagen, und dreimal war sie auf Losso Lomith gestoßen. Zunächst auf einen romantischen Bericht darüber, wie er als erster zur Rebellion gegen den grausamen Kaiser Urhin Sophith aufrief, danach auf die Geschichte, wie er als Kind nach Raragash verbannt wurde – und nun auf dies. Sofern sie nur einen Funken Vertrauen in ihren Ogoalscath-Einfluß setzen durfte – und auf den hätte sie jederzeit ihr Leben verwettet –, bestand kein Zweifel mehr. Die Antwort, die sie suchte, lautete *Losso Lomith.*

Aber warum, um der Schicksalshüter willen? Er war seit sechs Jahrhunderten tot.

Wie lautete eigentlich die genaue Frage?

Der Falke ließ ein schrilles Krächzen vernehmen. Labranza hob den Kopf, um ihn anzuschreien und sah, wie auf dem dritten Mast eine Flagge aufgezogen wurde. An den anderen beiden Masten prangten bereits Fahnen, die sich vor dem rötlichen Himmel im Westen kaum bewegten.

Sie vergaß Losso Lomith.

Drei lange, auf dem Dach der Akademie angebrachte Fahnenmasten, das Ende eines Signalnetzwerkes. Ähnliche Masten befanden sich in regelmäßigen Abständen auf dem Weg von der Akademie zur Stadt und von der Stadt zum Nord- und zum Südtor. Das System an sich war uralt. Welchen Zweck es ursprünglich auch erfüllt haben mochte, nun diente es nur noch dazu, Labranza vor bedeutenden Gästen zu warnen. Außerdem bot es jungen Menschen mit scharfen Augen, die andernfalls womöglich Ärger bekommen hätten, eine Verdienstmöglichkeit, und ihre Eltern waren dankbar für das Einkommen.

An allen drei Masten prangten Flaggen, doch der Wind war zu schwach, als daß man erkennen konnte, wie viele es waren. Wütend trommelte Labranza mit den Fingern auf das Buch. Dann erinnerte sie sich, was es darstellte, und legte es ehrfürchtig auf den Tisch. Die Masten befanden sich außerhalb ihrer Reichweite, deshalb konnte sie keinen ... Nun, vielleicht hatte sie das bereits, denn ein kurzer Windstoß fuhr durch die Fahnen. Vier am ersten, dem größten Mast, zwei auf dem mittleren, eine auf dem letzten.

Labranza entspannte sich. Erst da bemerkte sie, wie verkrampft sie gewesen war. Die häufig verwendeten Geheimzeichen kannte sie auswendig. Vier-zwei-eins bedeutete: »Mehr als sechs Verfluchte kamen durch das Südtor.«

Gute Neuigkeiten! Vielleicht handelte es sich um die Flüchtlinge aus Daling, die endlich einzutrudeln begannen. Das Nordtor hätte eine wesentlich einfachere Route dargestellt, aber vielleicht machte der Krieg einen Umweg erforderlich. Womöglich befanden sich sogar Jasbur und Ordur unter ihnen. Gewiß brachten sie Kunde von den Geschehnissen in der Hahnenkampfsenke.

Die Flaggen wurden wieder eingeholt, Mast für Mast, und Labranza wartete, ob eine weitere Botschaft folgte. Eigentlich sah sie keinen Grund dafür, abgesehen davon, daß die Jungen die Flaggen für gewöhnlich länger oben ließen. Ziel des Signals war natürlich die Akademie selbst gewesen. Wiederholt wurde das Signal nur als eine Art Empfangsbestätigung. Vielleicht hatte Labranza sogar ein früheres Zeichen verpaßt, obwohl sie es bezweifelte.

Ja, es folgte tatsächlich ein weiteres Signal. Ein beträchtliches Bündel bunter Fähnchen auf dem ersten Mast. Ein weiteres auf dem zweiten! Und mindestens zwei auf dem dritten! Wieviel es auch genau sein mochten – dies war kein Signal, das Labranza auswendig kannte.

Wehe, Wind, verdammt noch mal. *Wehe!*

Doch Labranza, die fluchend mit den Fingernägeln auf den Tisch trommelte, wartete vergebens. Die Flaggen bildeten ein unerkennbares Gewirr. Verdammt! Sie würde warten müssen, bis die Akademie ihr einen offiziellen Bericht herüberschickte.

Dann ein Windhauch ... Pause ... ein weiterer ... eine Bö. Ja! Fünf-vier-drei. Labranza hatte nicht die leiseste Ahnung, wofür Fünf-vier-drei stand. Wohin, bei Pouls Fluch, hatte sie nur das Signalbuch gelegt? Binnen eines Lidschlages war sie auf den Beinen und stürmte durch den Vorhang in das seltsam düstere Haus ... Verflucht, war es heiß hier drin! Labranza riß die Archivkiste auf und wühlte darin herum. Da sie es nicht gleich erblickte, kniete sie nieder und begann, systematisch Bücher, Tabellen und Schriftrollen herauszunehmen und auf den Boden zu legen, bis sie das dünne Heft fand, nach dem sie suchte.

Es war sehr alt, verblichen und brüchig. Sie mußte eine Abschrift anfertigen lassen, bevor es völlig auseinanderfiel. Sogleich blätterte sie drauflos. *Fünf-vier-drei: Das Ratsmitglied ist zurückgekehrt.*

Gleichermaßen verächtlich und erleichtert schnaubend, warf Labranza das Heft zurück in die Kiste und machte sich daran, die übrigen Dinge wieder einzuräumen. Ordur oder Tibal Frainith? Eigentlich hatte sie erwartet, Frainith in Raragash anzutreffen, als sie vor zwei Wochen zurückkam. Er hatte vorhergesagt, daß er sie hier treffen würde, also war es nur eine Frage der Zeit, bis er auftauchte. Sie hatte gar nicht gewußt, daß es ein Signal gab, um die Rückkehr eines Ratsmitgliedes anzuzeigen. Wie oft *das* wohl schon benutzt worden war?

Dann ... Vor Zorn über ihre eigene Torheit fluchend, sprang sie auf und rannte zurück zur Tür, gerade noch rechtzeitig, um zu sehen, wie die Flaggen auf dem ersten Mast eingeholt wurden – aber mittlerweile wehte der Wind. Eine weitere Botschaft. Fünf, fünf und fünf?

Labranza stürzte zurück zu der Kiste; diesmal wühlte sie wie von Sinnen darin und schleuderte die Bücher und Dokumente in blinder Hast beiseite, was ihr wenig half, da das winzige Heft zwischen den Spalten hinabglitt. Endlich hielt sie es wieder in Händen.

Die letzte Botschaft des Buches. *Fünf-fünf-fünf: Der Kaiser ist angekommen.*

Bestürzung!

Sie ging mit dem Buch zur Tür und zog den Vorhang beiseite, um es bei besserem Licht zu betrachten. Doch sie hatte sich keineswegs verlesen. Der Kaiser? Was, um alles in der Welt, sollte das bedeuten? Es mußte sich um einen Fehler handeln. Irgendein dummer Junge hatte die Zahlen verwechselt. Binnen weniger Minuten würde das richtige Signal aufgezogen werden. Weshalb also schlug ihr das Herz bis zum Hals?

Vielleicht sollte es *König* heißen. Als das System erstellt worden war – vielleicht sogar von Losso Lomith persönlich –, hatte es einen Kaiser, aber keine Könige gegeben. Dann jedoch erblickte Labranza in der Zeile darüber *Fünf-fünf-vier*. Ursprünglich hatte daneben gestanden: *Der Prinz ist angekommen*. Doch das Wort *Prinz* war durchgestrichen und in modernerer Handschrift durch *König* ersetzt worden.

Vielleicht war das Heft am Südtor einfach niemals ausgetauscht worden?

Du klammerst dich an Strohhalme, Labranza!

Abermals trat sie hinaus in den blendenden Sonnenschein und spähte mit zusammengekniffenen Augen zu den Fahnenmasten hinauf, die sich nun kahl präsentierten. Folgende Ankünfte waren gemeldet worden: Mindestens sechs Verfluchte, Tibal Frainith – oder vielleicht auch nur Ordur – und jemand, der sich am besten mit dem Signal für *Kaiser* beschreiben ließ.

Bulion Tharn! Der Erneuerer! Labranza hatte die Prophezeiungen von Daling Ordur gegenüber erwähnt, also wußte er davon. Der Jaulscath unter den Spähern hatte sie in den Gedanken der Neuankömmlinge gelesen. Ordur brachte Bulion Tharn mit! Das letzte Mal, als Labranza Ordur gesehen hatte, war er zwar ein tolpatschiger, hirnloser Flegel gewesen, aber inzwischen konnte – oder sie; bei Awailscaths konnte man das nie so genau wissen –, er längst wieder ein einigermaßen vernunftbegabtes Wesen verkörpern.

Die ganze Sache hörte sich höchst unwahrscheinlich an. Wirklich? Wenn dieser alte Mann tatsächlich ein geschichtsträchtiges Schicksal zu erfüllen hatte, mußte er bald damit beginnen. Warum ausgerechnet, indem er hierherkam? Hatte ihn jemand anders hergeführt, nicht Ordur? Vielleicht Tibal. Womöglich war der Shoolscath nach Da Lam gereist, um den Erneuerer zu holen. Dadurch hätte er die Zukunft nicht notwendigerweise verändert; schließlich konnte er vorhergesehen haben, daß er es tun würde. Tibal Frainith und Bulion Tharn ...

Ein Mann stürmte die Ecke des Hauses und bremste heftig, kam mit gemächlichen Schritten näher – Ching Chilith natürlich. Labranza hatte den *unmißverständlichen* Befehl erteilt, daß sie unter keinen Umständen gestört werden durfte. Sie war nicht angemessen gekleidet.

Wohingegen Ching vor Prunk nur so strotzte. Doch die scharlachrote Seide klebte ihm am Körper und wies an manchen Stellen Schweißflecken auf, die Ärmel hingen bis zum Boden hinab. Um den Hals trug er eine Goldkette, den Hut schmückten Fischadlerfedern. Juwelen und Ordensbänder funkelten. Noch nie hatte er gewagt, Labranza in diesem lächerlichen Aufzug unter die Augen zu treten, in dem er sich allen anderen zeigte. Selbst Losso Lomith konnte unmöglich prächtiger gekleidet gewesen sein.

»*Saj!* Wir haben Botschaften erhalten ... Verfluchte sind am Südtor.«

»Gut«, meinte sie und wandte sich ab.

Keuchend schnappte er noch ein paarmal nach Luft, während er näherkam. »Mit einem Ratsmitglied, *Saj* ... Frainith ... oder vielleicht Ordur ...«

Bestürzung! Labranza wartete, doch ohne sich umzudrehen, damit ihr Gesicht nicht ihre Gefühle verriet.

Schnaufend stand Ching nun unmittelbar hinter ihr. »Der Jaulscath am Südtor ist äußerst zuverlässig ... wir müssen glauben, was er sendet ... die Botschaft lautet, der Kaiser ... sollte wohl der Erneuerer heißen ... dieser Bulion Tharn, vor dem ich Euch gewarnt habe ...«

Zum erstenmal im Leben war Labranza wirklich sprachlos. *Ching? Ihr Lakai? Ihr Geschöpf!*

Wie konnte er es WAGEN!

Und dann legte er ihr die Hände auf die Schultern, berührte sie ohne Erlaubnis ...

»Alles wird gut!« japste er ihr ins Ohr. »Kommen erst morgen an ... wir können sie im Ostflügel unterbringen, *Saj!* Dann ... könnt Ihr Euch um sie kümmern! Für Euch ist das doch ein Leichtes, oder? ... Ein tragischer Unfall!«

Er besaß die Dreistigkeit, in ihren Privatbereich einzudringen, in all diesem lächerlichen Flitter vor ihr zu erscheinen, sie ohne ausdrücklichen Befehl zu berühren – und jetzt maßte er sich auch noch an, sie zu *trösten*?

Labranza wirbelte herum und riß sich aus seinem Griff los. Mit aller Kraft schlug sie ihm ins Gesicht. »Du Hund!«

Ching fiel keineswegs hintüber, wie sie erwartet hatte. Statt dessen beugte er sich nur zurück, bewegte die Füße jedoch kaum. Mit schwingender Faust ging sie auf ihn los. Doch er fing ihr Handgelenk ab und riß sie mit erstaunlicher Kraft nach vorn. Den anderen Arm schloß er um sie und zog sie an sich, von Angesicht zu Angesicht. Wo sie ihn getroffen hatte, leuchtete seine Wange bereits flammendrot, doch noch viel heller loderte in den haselnußbraunen Augen eine vollkommen unerwartete Wut.

»Das habe ich nicht verdient, Labranza!«

Zorn? Das Schoßhündchen zeigte die Zähne?

Labranza versuchte, sich zu befreien. Ching war kleiner als sie; vielleicht hatte sie deshalb stets angenommen, die Stärkere zu sein. Nun stellte sie fest, daß doch *er* der Stärkere war – der viel Stärkere. Nie hätte sie sich träumen lassen ... Er hielt sie in den Armen, und sie kam nicht frei. Ching schien sich kaum anstrengen zu müssen, um ihr Bemühen zu vereiteln. Labranza hatte nie bemerkt, daß er ihr körperlich überlegen war und sich ihr in der Vergangenheit nur willig untergeordnet hatte. Es war eine ärgerliche und demütigende Erkenntnis. Nie zuvor hatte sie ihn wütend erlebt.

»Ihr seid außer Euch!« knurrte er sie an. »Nur weil ich

Euch die schlechte Nachricht überbringe, müßt Ihr nicht gleich den Boten töten.«

»Nimm deine dreckigen Hände von mir!«

»Erst entschuldigt Ihr Euch!«

Entschuldigen? Bei Ching Chilith?

Bei dem Gerangel war Labranzas Umhangtuch vorn aufgerutscht. Einer der juwelenbesetzten Orden an Chings Uniformrock bohrte sich schmerzlich in ihre Brust. Hilflos hing sie in seinem Griff; sein heftiger Wutanfall hatte sich in Erregung verwandelt.

Labranza entspannte sich in seinen Armen, schloß die Augen und verzog den Mund. Sogleich lockerte er den Griff um sie und preßte die Lippen auf die ihren. Sie rammte ihm das Knie in den Unterleib.

So befreite sie sich von Ching Chilith und verwandelte ihn mühelos in ein sich windendes, mitleiderregend piepsendes Häufchen Elend. Höchst befriedigend.

Labranza schritt zum Tisch hinüber und ergriff das Regelbuch des Gründers. Nach kurzer Überlegung sammelte sie auch die Briefe ein. Dann ging sie damit ins Haus und sperrte alles in einen Kleiderschrank. Sie legte angemessenere Kleidung an. Schließlich verließ sie das Haus wieder und betrachtete ihren winselnden Schreiber.

Es war ihm gelungen, sich auf die Knie hochzurappeln, doch er hustete und würgte immer noch. Erbrochenes befleckte sein Prunkgewand, und sein Gesicht wirkte grün wie das Gras.

»Heb diese Bücher auf«, befahl Labranza, »und schichte sie ordentlich in die Kiste dort. Dann trägst du sie ins Haus. Wenn du das ganze Gewicht nicht tragen kannst, dann bring zuerst die leere Kiste hinein. Noch vor Sonnenuntergang bekomme ich deine Abschrift meines Signalheftes. Und sollte sich mir je die Frage beantworten, ob du eine zweite Abschrift angefertigt hast, lasse ich dich öffentlich garrottieren. An Freiwilligen dafür würde es kaum mangeln. Hörst du?«

Abermals würgte Ching; dann aber nickte er, ohne Labranza anzuschauen, während er beide Hände krampfhaft zwischen seine Beine preßte.

»Hast du Schlüssel machen lassen oder einfach die Schlösser geknackt?«

»Schlüssel«, wimmerte er.

»Bring sie mir. Was hast du sonst noch gestohlen?«

»Gar nichts, *Saj!*« Seine Stimme glich einem Krächzen.

»Muß ich dich erst treten, damit du mir richtig zuhörst?«

Sofort sank er vornüber mit dem Gesicht zu Boden. »Nein, nein, *Saj!* Ich habe nur abgeschrieben ... ein paar Anmerkungen gemacht ... ich bringe sie Euch, allesamt.«

»Tu das.« Sie wandte sich ab; dann hielt sie noch einmal inne. »Ich will, daß die Gäste im Ostflügel untergebracht werden, sobald sie eingetroffen sind. Sorg dafür.« Damit stapfte sie in Richtung Akademie davon.

46

Gwin wäre mit Freuden bis an ihr Lebensende im Gästehaus geblieben. Die natürlichen heißen Quellen, die weichen Betten, die von respektvollen Dienern aufgetragenen, schmackhaften Speisen – durch all diese Annehmlichkeiten waren ihr die Qualen der soeben beendeten Reise erst richtig bewußt geworden. Vor ihr lag zunächst die unheilvolle Labranza Lamith, danach der lange Weg zurück ins Tharn-Tal. Weder das eine noch das andere war eine erfreuliche Aussicht. Das Bauwerk, in dem sie sich befand, war eine Hütte aus unbearbeiteten Baumstämmen, rustikal und schlicht, doch daran konnte sie sich gewöhnen. Tibal Frainith hatte ihr erklärt, daß die ursprünglichen Gebäude aus der Kaiserzeit zusammengefallen waren, und zwar kurze Zeit, nachdem das Imperium dasselbe Schicksal ereilt hatte.

Als die Reisenden sich auf dem Hof versammelten, wurde offensichtlich, daß auch die Pferde ihre Unterbringung genossen hatten. Sie waren wieder sauber und hatten offenbar ausgiebig Hafer geschlemmt, denn sogar Morgenstern schien frisch und munter. Hufe klapperten, Männer fluchten, doch sowohl die Pferde als auch die Männer wirkten bei dem Gerangel durchweg gut gelaunt.

Gwin wollte gerade aufsteigen, als Jasbur sie am Arm packte.

»Ordur ist gegangen!«

»Ach ja? Wann?«

»In der Nacht! Er hat eines eurer Pferde genommen. Ich werde diesen Bastard *umbringen*!«

Gwin konnte ein Grinsen kaum unterdrücken. Jasbur verkörperte eine umwerfend schöne Frau, verhielt sich aber keineswegs so. Sie besaß den straffen Leib einer Tänzerin, kohlrabenschwarze Augen und seidiges Haar, doch ihr fehlte die Selbstsicherheit, die eigentlich damit einhergehen müßte. Sie kam mit der Rolle der Schönheit nicht zurecht – was verständlich schien; schließlich konnte sie nächste Woche schon wieder wie ein Preisboxer aussehen.

»Will er sich mit Labranza gegen uns verschwören?«

Offenbar hatte Jasbur an diese Möglichkeit gar nicht gedacht. Gedankenverloren legte sie die Stirn in Falten. »Ich dachte, er wäre auf der Suche nach einem anderen Bett.«

»Ich kann mir nicht vorstellen, weshalb er das tun sollte.«

Jasbur strahlte.

»Danke!« Stolz schwellte sie die Brust. »Und wenn ich's mir recht überlege, nach letzer Nacht kann ich mir das auch kaum vorstellen.«

»Da bist du ja, Gwinim!« rief Tibal, der sein Pferd

herüberführte. »Darf ich an diesem wundervollen Morgen dein Führer nach Raragash sein?«

»Natürlich!« Gwin vertraute dem hageren Shoolscath auf eine Weise, wie sie Ordur niemals vertrauen konnte, ganz gleich, wer er gerade sein mochte. Das lag vor allem an Tibals Wesen – unbekümmert und einfach –, doch es steckte auch Logik dahinter. Da Shoolscaths die Zukunft nicht zu verändern wagten, hatten sie durch Falschheit nichts zu gewinnen.

Verschmitzt grinste er. »Ich habe dir etwas Wichtiges zu sagen. Etwas, das du wissen solltest!«

»Das ist aber mal eine willkommene Neuigkeit! Was?«

»Es muß noch warten. Wo steckt denn unser edler Erneuerer?«

»Wenn du mich damit meinst«, brummte Bulion im Hintergrund, »schlage ich dir sämtliche Zähne ein.«

Fröhlich lächelnd, schob Tibal seinen Hut in einen verwegenen Winkel. »Tust du nicht!«

Angriffslustig reckte der alte Mann den Bart vor. »Sei dir da mal nicht so sicher! Ich kann gleichzeitig deine Zukunft und deine Visage neu gestalten.« Er zwinkerte Gwin zu.

Während sie vom Hof trabten, ritt der Shoolscath links neben Gwin und plapperte fröhlich vor sich hin. Bald kam das vertrauliche Gerede einer Art Liebäugeln gefährlich nahe. Gwin hoffte, daß Bulion sich nicht daran störte – sie genoß Tibals Aufmerksamkeit fast genausosehr wie die frischen Kleider und die angenehme Umgebung. Sie fühlte sich wieder wie eine Frau, nicht mehr wie eine Vogelscheuche. Die Gruppe hinter ihnen riß Witze und lachte, wie es nicht der Fall gewesen war, seit sie von zu Hause aufgebrochen war.

Die Sonne strahlte von einem mit kunstvoll wirkenden, kleinen Wölkchen verzierten Himmel. Raragash erwies sich als wundervoll, die Luft als warm und einlullend. Die Landschaft war bereits während des Abstiegs gestern atemberaubend schön gewesen. Nun wuchsen zu beiden Seiten dicht neben dem Pfad Bäume und blühende Büsche, deren Duft der Wind den Vorbeiziehenden um die Nasen blies. Obwohl die kopfsteingepflasterte, kaiserliche Straße an manchen Stellen durch leichte Erdbeben aufgebrochen war, bereitete sie ihnen keine Schwierigkeiten und wurde offenbar regelmäßig gewartet. Verglichen mit der kahlen Gegend von gestern wirkte die Umgebung wie ein Sommer nach dem Winter. Sie schläferte die Reisenden förmlich ein und verbannte Gedanken an womöglich lauernde Gefahren aus ihren Köpfen.

Durch all die neuen Eindrücke und Tibals Geplapper verging die Zeit so schnell, daß die Straße kaum den Kraterboden erreicht zu haben schien, ehe sie sich teilte und Tibal sein Roß zügelte.

»Wraxal *Saj!* Hier mußt du abbiegen. Das Dorf der Muolscaths befindet sich dort entlang. Sie haben niemanden geschickt, um dich willkommen zu heißen, aber das war ja zu erwarten.«

Ohne erkennbares Interesse betrachtete der Soldat den schmäleren Pfad, der sich zwischen den Bäumen verlor. »Wie weit ist es?«

»Etwa eine Stunde zu Fuß.«

Wraxal zog die Füße aus den Steigbügeln.

»Du brauchst nicht zu gehen!« brummte Bulion. »Nimm das Pferd als Zeichen meines Dankes. Für deine Hilfe stehen wir ohnehin tief in deiner Schuld.«

»Hilfe? Ich habe doch gar nichts für euch getan.« Wraxal schaute zu Tibal. »Kann ich hier ein Pferd gebrauchen?«

»Ich wüßte nicht wozu.«

»Wie weit ist es zu den Jaulscaths?«

Tibal grinste. »Überhaupt nicht weit.«

»Dann behalt dein Pferd, Bulion Tharn.« Geschmeidig sprang der Muolscath zu Boden, drückte Zanion, der ihm am nächsten stand, die Zügel in die Hand und marschierte davon, ohne ein weiteres Wort zu verlieren. Er hatte sich nicht einmal die Mühe gemacht, den Sattelgurt zu lockern, und Zanion stieg ab, um dies nachzuholen.

»Ist er nicht ein reizender Kerl?« fragte eine jugendliche Stimme.

Gwin zuckte zusammen, denn die Stimme hörte sich wie jene Polions an. Doch sie stammte von Tigon, dem jungen Ogoalscath. Die Tharns murmelten zustimmend und tauschten zornige Blicke.

»Er kann doch nichts dafür!« rief Tibal fröhlich. »Wenn ihr einen spaßigen Abend erleben wollt, besucht bloß nicht die Muolscaths. Für die bedeutet Frohsinn, an eine kahle Wand zu starren. Kommt weiter, Leute!«

Während sie in nahezu unveränderter Reihenfolge weiterzogen, meinte Gwin: »Ich wußte gar nicht, daß ihr die einzelnen Gruppen voneinander trennt.«

Tibal kicherte. »Du meinst, hier ist es wie im Zoo? Du hast recht! Es gibt kein Gesetz, nur Brauchtum. Die Verfluchten ziehen es natürlich vor, sich unter Ihresgleichen aufzuhalten. Wer möchte schon einen Muolscath mit versteinerten Zügen um sich haben? Die Muolscaths wiederum finden andere Leute schier unerträglich schwatzhaft und unvernünftig. Jaulscaths sind nirgends willkommen und bleiben auch lieber unter sich. Wie gefiele es dir, in einer Welt zu leben, wo jedermann seine geheimsten Gedanken aus voller Kehle herausbrüllt?«

So gesehen, schien die Trennung durchaus sinnvoll, dennoch bereitete Gwin der Gedanke Unbehagen. »Was genau spielt sich zwischen Menschen wie Wraxal und Jojo ab?«

»Kannst du das denn nicht erraten? Ohne Gefühle gehen Muolscaths vor die Hunde. Sie sind in der Lage, in anderen Menschen Leidenschaft zu entfachen, nicht aber in sich selbst oder in anderen Muolscaths. Dafür können sie die Leidenschaft von Jaulscaths aufsaugen.«

»Ja, aber was hat der Jaulscath davon?«

Er verdrehte die Augen. »Tja, es ist eben immer schön, begehrt zu werden.«

»Ahem!« Bulion räusperte sich. »Ich gebe zu, es war nicht ganz fein von mir, aber ich habe Wraxal dieselbe Frage gestellt.«

»Und was hat er geantwortet?«

»Jedesmal garantiert einen Höhepunkt.«

Tibal lachte. »Tja, da sieht man's mal wieder! Die Wollust! Ich wußte doch, daß es einen Grund dafür geben muß.«

Bulion runzelte die Stirn. »Ich dachte, ihr könntet den Verfluchten hier in Raragash helfen.«

»Einigen. Aber nicht den Muolscaths. Wir können sie lediglich mit Jaulscaths zusammenbringen, und dank Gwins glücklicher Eingebung hat Wraxal ja bereits Jojo gefunden.« Tibals Augen funkelten, als würde sich hinter der Bemerkung eine tiefere Bedeutung verbergen. »Jaulscaths hingegen können wir sehr wohl helfen. Ein ungeschulter Jaulscath hört deine Gedanken und schleudert sie zurück, nicht wahr? Man hört seine eigenen Geheimnisse, und die seinen, und die von allen, die sich in der Nähe befinden. Jaulscaths können lernen, das zu beherrschen, ganz besonders die Sache mit dem Zurückschleudern.«

Gwin und Bulion tauschten einen nachdenklichen Blick.

»Soll das heißen, sie lauschen einfach nur?« fragte sie. »Und man merkt es gar nicht?«

Auf seine beunruhigende Weise lächelte Tibal durch sie hindurch. »Ganz genau, Gwinim Tharn. Hat Ordur euch von den Beratern erzählt? König Hexzion Garab zum Beispiel beschäftigt einen geschulten Jaulscath, der ihn vor Verrätern warnen soll. Wahrscheinlich weiß niemand außer Hexzion selbst, worin Han a'Liths Aufgabe besteht. Auch Heiler sind sehr gefragt. Woher glaubt ihr, kommt all das Geld, um diesen Ort hier zu unterhalten?«

»Was ist mit dir? Ich dachte, Shoolscaths hätten entsetzliche Angst davor, daß Gedankenleser ihre Geheimnisse stehlen könnten.«

Tibals ausgemergelte Züge strafften sich. »Deshalb liegt unsere Enklave auch so weit wie möglich von der ihren entfernt.«

»Aber was ist mit dem Rat, den du erwähnt hast? Du bist doch Mitglied.«

Ernst nickte er. »Für mich stellt das eine Gefahr dar. Zum Glück tritt der Rat nur äußerst selten zusammen und besteht ausschließlich aus angesehenen, verantwortungsbewußten Leuten. Der in den Rat gewählte Jaulscath muß einen Eid leisten, daß er niemals die Gedanken eines Shoolscath liest, niemals etwas verrät, das er darin sieht, sich das Wissen nicht zunutze zu machen, falls er es doch tut, und so weiter. Trotzdem freue ich mich nicht auf das nächste Treffen.«

»Kannst du denn nicht vorhersehen, ob ein Jaulscath dein Vertrauen mißbrauchen wird?

»Nein, kann ich nicht! Dadurch würde ich die Zukunft verändern. Gemäß meiner Bestimmung kann ich so etwas niemals voraussehen.« Als eine weitere Abzweigung in Sicht kam, hellten Tibals kantige Züge sich auf. An der Kreuzung zügelte er sein Pferd. »Awailscaths nach links! Jasbur, es war mir eine Freude, dich kennenzulernen. Stell dich mir doch bei Gelegenheit wieder vor.«

Jasbur zog eine finstere Miene, entweder über Tibals Bemerkung oder über das unangenehme Lachen der Zuhörer. »Ich will Ordur! Wo steckt er?«

»Er ist beschäftigt, und du kannst die Krallen ruhig wieder einziehen, weil er keine Zeit hat, um mit anderen Schönheiten zu liebäugeln. Vaslar?«

Der frühere Soldat ritt vor. Sein häßliches Antlitz zuckte vor unterdrückten Gefühlen. »Zumindest weiß ich, wie man sich bedankt. Bulion *Saj*, ich schulde dir mein Leben. Du, Gwin *Saj*, hast mir meine geistige Gesundheit zurückgegeben. Das werde ich euch nie vergessen.«

Sein Tonfall klang weinerlich, seine Augen glänzten.

Zuviel Dankbarkeit war fast schlimmer als gar keine. Mit ausgesprochen rauher Stimme preßte Bulion hervor, daß Vaslar unterwegs weit mehr als seine Schuld bezahlt hätte und bestand darauf, daß er das Pferd behielt. Der Awailscath verabschiedete sich von jedem einzelnen und wurde dabei immer rührseliger, bis er schließlich ungehemmt weinte. Als Frau hatte er seine Gefühle wesentlich gekonnter verborgen. Obwohl das unablässige Zusammenschrumpfen der Gruppe allmählich die Stimmung trübte, seufzten alle erleichtert auf, als Vaslar endlich mit Jasbur dicht an seiner Seite die Waldstraße entlangritt. Offensichtlich versuchte sie schon wieder, mit ihm anzubändeln, wenngleich Gwin keine Ahnung hatte, was eine Frau an Vaslar finden konnte.

Sie konzentrierte sich wieder auf das vor ihr liegende Problem, wie sie Labranza Lamith begegnen sollte, der ungekrönten Königin dieses Reiches. Ordur war es gelungen, den Fragen zu entfliehen, die sie ihm nunmehr stellen durfte – und die er ihr beantworten mußte, sofern ihre Vermutung stimmte. Tibal Frainith Antworten abzuverlangen, käme einem Mord gleich. Aber gewiß durfte sie sich ganz allgemein über die gegenwärtige Lage mit ihm unterhalten, oder? Während sie sich im Geiste entsprechende Fragen zurechtlegte, deutete er auf die Überreste von Marmorsäulen zwischen den Bäumen. Ebenfalls durch Erdbeben zerstört, erklärte er.

»Sieht aus wie ein Palast!« bemerkte Bulion.

»Einige der Bauwerke kamen Palästen recht nahe.«

»Aber Raragash war doch ein Gefängnis!«

»Offiziell. Und in alten Zeiten, sehr alten Zeiten, traf das auch zu. Die Verfluchten wurden hier zusammengetrieben und sich selbst überlassen, ohne jede Hilfe. Kein Werkzeug, keine Ersatzkleider, nichts! Sie verrohten, wurden zu Tieren. Das Leben hier war wirklich gräßlich. Und dann kam ein vielversprechender Bursche namens Losso daher.«

»Der Kaiser?«

»Der künftige Kaiser.« Belustigt schaute der Shoolscath zu Gwin hinüber. »Das alles das werde ich eines Tages in einem Buch lesen – falls du dich fragst, woher ich es weiß. Losso entkam, was wahrscheinlich nicht allzu schwierig war, da Wege über die Felsen hinaufführen. Losso war über viele Ecken mit der kaiserlichen Familie verwandt, und selbst das nur durch Heirat, doch es gelang ihm, einen Aufstand zu entfachen und den Thron zu erlangen. Dann machte er sich daran, die Zustände in Raragash zu verbessern. Er gründete die Akademie.«

»Jetzt könnten wir in Kuolien auch einen Losso brauchen.«

»Nur – wo sollen wir einen finden?« fragte Tibal geheimnisvoll.

Die Bäume wurden immer lichter, die Straße verlief durch Felder.

Mit berufsbedingtem Interesse schauten die Tharns sich um und machten neidische Bemerkungen über die Fruchtbarkeit des Bodens. Die Stadt lag vor ihnen in Sichtweite. Sie hatte keinen Namen. Sie wurde einfach nur »die Stadt« genannt.

Wie viele Einwohner? wollte Bulion wissen.

An die tausend oder etwas mehr in der Stadt selbst, erwiderte Tibal, und mehrere hundert Gesegnete auf den Bauernhöfen ringsum. Zusammen mit den etwa fünfhundert Verfluchten zählte die Gesamtbevölkerung des Kraters weit über dreitausend Menschen.

»Wo kommen die denn alle her?« erkundigte sich Gwin.

Mit dem ihm eigenen, schelmischen Grinsen antwortete Tibal: »Na, wo alle Menschen herkommen! Verfluchte sind durchaus fruchtbar, meine Dame! Awailscaths können zwar keine Mütter werden, aber sie können Kinder zeugen.«

Bulion lachte auf, und Gwin wandte das Gesicht ab, um ihre plötzliche Schamesröte zu verbergen. Sie fragte sich, weshalb ausgerechnet Tibal die seltsame Gabe besaß, sie zum Erröten zu bringen. Andere Männer vermochten das nicht.

»Wir führen Verfluchte ein, ihre Kinder aus«, fügte er hinzu. »Aber viele bleiben auch. Früher einmal muß die Gegend viel dichter besiedelt gewesen sein. Die Akademie war riesig; in all diesen großen Häusern wohnten ungezählte Menschen. Das Kaiserreich zog junge Männer ein, um gegen die Zarda zu kämpfen. In der Folgezeit sah Raragash ziemlich verlassen aus.«

Gwin schaute ihn wieder an. »Hat die Akademie sich schon zu Zeiten des Kaiserreichs in die Politik eingemischt?«

»Genau deshalb wirst du ...« Sofern es sich um einen Versprecher handelte, fing Tibal sich rasch. »Genau deshalb werde ich dieses Buch lesen. Ich vorinnere mich nicht, die Antwort gefunden zu haben. Zweifellos wäre es ein gut gehütetes Geheimnis gewesen. Damals war Raragash bestimmt maßlos reich, und ich werde zu dem Schluß gelangen, daß man sich zumindest im Krankenhaus magischer Heilkräfte bediente. Da vorn kommt die Abzweigung für Shoolscaths, aber ich begleite euch zur Akademie. Labranza und mir steht noch eine niederschmetternde, heiße Auseinandersetzung bevor. Sie weiß es vielleicht noch nicht, aber ich schon.«

»Wer gewinnt?«

»Sie natürlich«, seufzte Tibal. »Und das ist keine Prophezeiung, sondern unvermeidlich.«

Gwin lachte.

»Dann erzählst du uns die Neuigkeiten besser gleich, bevor Labranza über dich herfällt!«

»Hm? Welche Neuigkeiten?«

»Du hast gemeint, du hättest uns etwas Wichtiges zu sagen.«

Mit ausdruckslosem Blick starrte Tibal sie an. »Hab' ich das? Ich erinnere mich nicht mehr. Dann muß ich es wohl schon gesagt haben.«

»Vielleicht. Aber du hast uns viel erzählt. Was davon war wichtig?«

»Woher soll ich das wissen? Ich erinnere mich an gar nichts mehr.«

47

Erst am späten Nachmittag lenkten die Tharns ihre müden Rösser die lange, kopfsteingepflasterte Prunkstraße zur Akademie empor. Hinter einem weitläufigen, kurz geschnittenen Rasen thronten verwinkelte Dächer mit blauen Schindeln über einem lichten Wäldchen. Dazwischen erhaschte die Gruppe bereits Blicke auf Marmorfassaden. Widerwillig gestand Bulion sich ein, daß er beeindruckt war.

Tibal Frainith faßte seine Gedanken in Worte, die ein schlichter Bauer niemals gefunden hätte.

»Seht euch das an! Auch in Daling stehen noch viele großartige Bauwerke, aber die umgebende Stadt engt sie ein und läßt sie weniger eindrucksvoll erscheinen, nicht wahr? Dieser Bau hier beherrscht alles. Seht euch nur diesen Hintergrund an!« Er deutete auf die atemberaubenden, grün überwucherten Felsen, die ringsum unglaublich hoch aufragten. »Seht ihr, wie er die Größe des Bauwerks unterstreicht, statt sie zu schmälern? Welches längst verstorbene Genie mag diesen Eindruck eingefangen und die Kühnheit besessen haben, ihn zu verwirklichen? Was für eine Überheblichkeit! Ein bewußter Gegensatz zwischen vergänglichem Schaffen und natürlicher Pracht! Nach menschlichen Maßstäben ist die Akademie gigantisch. In ihrer Umgebung aber wirkt sie winzig. Der Verstand ist zwischen den beiden Eindrücken hin- und hergerissen, und der ästhetische Widerspruch ist ehrfurchtgebietend.«

Gwin lachte. »Aber Tibal! Ich wußte gar nicht, daß du Kunstkritiker bist!«

»Oh, das alles werde ich irgendwo lesen. Aber es ist schon beeindruckend, oder? Ogoal hat das Gebäude oft genug erschüttert, aber bislang hat es seinen – ich meine, ihren Einflüssen standgehalten.«

Inzwischen waren nur noch die Tharns und der Shoolscath übrig. Ihre Gefährten waren unterwegs allein oder in Paaren fortgegangen. Tigon und Shard waren zu den anderen Ogoalscaths geritten. Niad und Mandasil hatten sie in die Obhut eines mütterlich wirkenden Ivielscaths gegeben. Das war der schwerste Abschied von allen gewesen. Immer wieder mußte Gwin versprechen, Niad bald zu besuchen und keinesfalls abzureisen, ohne sich von ihr zu verabschieden. Bulion versprach ihr dasselbe und versicherte dem Mädchen, es sei jederzeit eingeladen, ins Tal zurückzukehren. Sie trug seinen Namen und hatte ihm das Leben gerettet. Vielleicht keimte sogar sein Urgroßenkel in ihrem Leib.

Nun fühlte Bulion sich müde, hungrig und unwohl. Er mußte sich sehr zusammenreißen, um Tibal gegenüber freundlich zu bleiben, der unablässig mit Gwin kokettierte. Offenbar genoß sie seine Gesellschaft. Die beiden wirkten noch genauso frisch wie zu Beginn des Rittes. Niedergeschlagen erinnerte Bulion sich daran, daß er zehn Jahre älter war als die beiden zusammen. Ihm blieb nur noch wenig Zeit, um sich seiner Braut zu widmen, und wenn er nicht mehr war, würde sie einen neuen Mann finden, einen Mann in Tibals Alter – schlank, humorvoll, gebildet.

Er war ein eifersüchtiger, alter Narr.

Ja, er war eifersüchtig! Bulion beneidete den jüngeren Mann um die Jahre, die noch vor ihm lagen, ungeachtet dessen, daß Bulion all diese Jahre bereits auf Erden verbracht hatte – womit, daran konnte er sich kaum noch erinnern. Sie waren unwiderruflich verloren und verlebt. Die Schicksalshüter stellten die Sonnenuhr niemals zurück. Shool mochte Tibal wohl verflucht haben, indem sie sein Gedächtnis umkehrte; dennoch würde er altern, wie jeder andere auch. Poul verteilte gleichermaßen Leben und Tod, jedem Wesen einmal. Selbst ein Ivielscath war nicht imstande, die Krankheit Alter zu heilen.

Das Geheimnis bestand darin, jeden einzelnen Tag zu genießen. Vergangenheit und Zukunft waren trügerisch.

Bulion wußte, daß er nicht als einziger Trübsal blies. Gwin wurde im Augenblick von Tibal abgelenkt, die anderen aber ritten in gedrücktem Schweigen dahin. Der Abschied von den Verfluchten hatte die Tharns daran erinnert, daß noch jemand fehlte. Einer, der mit ihnen aufgebrochen war, würde nicht ins Tal zurückkehren. Daß es den Betroffenen selbst inzwischen nicht mehr kümmerte, schien nur ein schwacher Trost. Er war älter als ein gewöhnlicher Rekrut gewesen; deshalb fiel die Verwandlung ihm bestimmt schwerer, aber mittlerweile war sie vollzogen. Wo immer er auch sein mochte, was immer er auch tun mochte – Polion Tharn war Mörder bei den Gesichtslosen geworden, falls er noch lebte. Seine Kameraden stellten seine einzige Familie dar; seine Blutsverwandten würden ihn kaum noch kümmern.

Am Fuße eines Hügels mit Marmorstufen, die zu kolossalen Säulen emporführten, zügelten sie die Pferde. Die Größe des Bauwerks wirkte überwältigend und niederschmetternd. Kein lebend Wesen war in Sicht, nur eine riesige Bronzestatue auf einem Sockel, die mit einem verwitterten Arm auf die gegenüberliegende Kraterseite deutete. Eine Taube hockte auf der ausgestreckten Hand, eine weitere auf dem Kopf. Offenbar benützte das Federvieh diesen Platz schon seit vielen Generationen.

»Das ist der alte Losso.« Tibal sprang so mühelos aus dem Sattel, als wäre er eben erst aufgestiegen. »Ob er wirklich solche Muskelberge besaß – nun, darüber läßt sich streiten. Die Schriftrolle steht für Weisheit, die gesprengte Kette für die Freiheit, die er den Verfluchten schenkte. Die eingeschränkte Freiheit.«

»Ein häßlicher Vogel«, meinte Gwin, als Tibal ihr beim Absteigen half. »War er wirklich so grün? Und immer noch kein Begrüßungskomitee?«

»Eigentlich sollte hier schon jemand sein. Für gewöhnlich wird hier immer jemand sein. Ich meine, für gewöhnlich *ist* hier immer jemand. Labranza treibt wohl ihre Spielchen.« Mit gerunzelter Stirn wandte er sich Bulion zu. »Willst du jemanden zurücklassen, der sich um die Pferde kümmert? Vorerst droht keine Gefahr.«

Bulion teilte Jukion und Ulpion diese Aufgabe zu und erklomm mit Gwin an seiner Seite die Stufen. Verflucht, war er steif! Tibal legte ein höllisches Tempo vor. Genau wie damals, als er zum Statthalter von Daling gerufen worden war – Treppen zeigten den Unterschied zwischen alten und jungen Männern auf.

»Puuh!« rief Gwin. »Langsamer, du langbeinige Mißgeburt! Ich fühlte mich, als hätte ich den ganzen Tag das Pferd getragen statt umgekehrt.« Sie blieb stehen und drehte sich um. »Sieh mal, Bull! Von hier aus überblickt man den gesamten Krater. Unglaublich, nicht wahr? Eine verborgene Stadt, ein verlorenes Reich der Magie! Wie sind wir nur hierher geraten?«

Genauer gesagt ging es um die Frage: Wie sollten sie hier wieder wegkommen?

»Vermutlich durch Glück«, erwiderte Bulion. »Ich liebe diese Luft«, fügte er hinzu und atmete tief ein. *Und dich auch.*

In der Eingangshalle hätte ein Großteil des Tharn-Tales Platz gefunden, samt Bäumen und allem Drum und Dran. Bogengänge zu allen Seiten gaben den Blick frei auf Höfe und in der Ferne verschwindende Säulengängen. Das bloße Ausmaß war atemberaubend, und doch erkannte man auf den zweiten Blick leere Sockel, rissige Mauern und aufgebrochene Pflaster.

Gwin schaute zum Dach empor und stöhnte. »Kommen hier gelegentlich Wolken durch? Und was ist mit dem Rest der Gesimse geschehen?«

»Frag lieber, was mit den Menschen geschehen ist, die darunter standen«, entgegnete Tibal vergnügt. »Ich schätze, die haben sich ziemlich erschlagen gefühlt. Guten Tag, Ordur *Saj*.«

»Die Flaggen haben euch schon angekündigt.« Der Awailscath hatte sich von einer Marmorbank erhoben und schritt auf sie zu. Er war der einzige Anwesende. Sein Kittel und seine Hose sahen aus, als hätte er darin geschlafen, aber nach seinem zerzausten Haar, den blutunterlaufenen Augen und dem golden schimmernden Stoppelbart im hübschen Gesicht zu schließen, hatte er wahrscheinlich überhaupt nicht geschlafen. Unverhohlen mißtrauisch musterte ihn Gwin.

»Jasbur verdächtigt dich, fremden Röcken hinterherzujagen.«

»Ich wünschte, ich hätte es so schön gehabt.« Ordur schaute sich um. Nachdem er zufrieden festgestellt hatte, daß die übrigen Tharns damit beschäftigt waren, mit offenen Mündern die Architektur zu bestaunen, kam er näher, so daß ihn außer Gwin nur Bulion und Tibal hörten. »Ich habe mit verschiedenen Leuten gesprochen. Fast den ganzen Tag habe ich in der Bibliothek verbracht. Labranza habe ich noch nicht getroffen. Stell deine Fragen, Gwin.«

Seine Geradlinigkeit überrumpelte Gwin. Sie blinzelte kurz; dann fragte sie: »Gibt es Poulscaths?«

Er nickte und fuhr sich mit den Fingern durchs Haar. »Anscheinend. Es gibt Aufzeichnungen über ein paar Leute mit magischen Kräften, die keinen der sechs anderen Flüchen entsprechen. Aber es gibt sie sehr, sehr selten – und ich kann die Bücher nicht finden!«

»Ist das Labranzas Werk?«

»Hoffentlich nicht. Wahrscheinlich sind sie nur verlorengegangen. Ich habe niemanden gefunden, der noch weiß, was darin stand. Es ist wie bei Menschen mit zwei verschiedenfarbigen Augen – eigentlich darf es so etwas nicht geben, aber wen kümmert es schon? Ich wünschte, ich könnte hilfreicher sein.«

»Ich auch! Du mußt doch wenigstens eine Ahnung haben!«

Ordur schaute flehentlich zu Tibal, der ihm jedoch keine Unterstützung gewährte. »Ich glaube, es hat etwas mit Kontrolle zu tun, mit Macht über andere Verfluchte. Ich weiß, daß ich mich entsetzlich fühle, wenn ich deinen Fragen auszuweichen versuche, Gwin – als hätte mir jemand in den Bauch getreten. Sieh mich nicht so an! Ich gebe doch mein Bestes!«

»Was für Macht? Nur die Macht, aus Verfluchten Antworten herauszuquetschen?«

»Viel, viel mehr. Weißt du noch, wie du Mandasil verprügelt hast? Eigentlich hättest du an Ort und Stelle mit gräßlichen Kopfschmerzen umkippen müssen. Du hast ihn dazu gezwungen, einen Ausschlag zu heilen, den er selbst verursacht hatte; in ganz Raragash gibt es niemanden, der das vermag, abgesehen vielleicht von den Muolscaths. Du hast dafür gesorgt, daß wir gesund geblieben sind, als Niad am Boden zerstört war, weil sie ihren Mann verloren hatte. Ein ungeschulter Ivielscath in solcher Gemütsverfassung hätte uns alle vernichten müssen. Ich bin sicher, es war dein Werk, daß es nicht dazu kam.«

Bulion lauschte mit wachsender Bestürzung. Zwar nahm er an, daß der blonde Mann die Wahrheit sprach – dennoch weigerte er sich unwillkürlich, das alles zu glauben. »Unsinn!« Er wagte es nicht, sich die Folgen auszumalen, sollte Gwin tatsächlich verflucht sein.

»Ich habe Ordur erzählt, daß ich eine Stimme hörte«, meinte Gwin ernst. »Er schien keineswegs überrascht zu sein.«

»Darüber konnte ich leider nichts in Erfahrung bringen.« Ordur krümmte sich. »Hör auf, Gwin! Ich versuche es doch!«

Sofern er sich verstellte, tat er es sehr gekonnt. Von seinem überheblichen Gehabe war längst nichts mehr zu bemerken. »Ich suche weiter nach den Büchern!« Flehentlich, schmerzverzerrt, wandte er sich an Bulion. »Ich habe dich gewarnt, daß du in Gefahr schweben könntest, *Saj*, aber ich glaube, deine Frau schwebt in wesentlich größerer Gefahr. Was immer wir auch tun, Labranza darf *unter keinen Umständen* von all dem erfahren!«

Gwin wirkte eher wütend als ängstlich. »Vielleicht weiß sie es ja schon?«

Ordur zuckte mit den Schultern. »In Raragash dauert ein Niesen länger, als ein Geheimnis geheim bleibt. Sollte der Jaulscath am Südtor bei irgend jemandem von uns einen Gedanken an Poulscaths aufgeschnappt haben, weiß es Labranza inzwischen mit Sicherheit. Deshalb wollte ich früher nicht darüber reden!«

»Macht über Verfluchte zu besitzen, hört sich nicht übel an. Wo ist der Haken?«

»Keine Ahnung! Ich weiß nicht, ob es überhaupt irgend jemand weiß. Es gab nie genug Poulscaths, um viel über sie in Erfahrung zu bringen. Es gibt keine Schulungshandbücher für sie. Wenn du wirklich ein Poulscath bist, mußt du ohne fremde Hilfe lernen, mit deinen Kräften umzugehen.«

Bulion legte einen Arm um Gwin. »Das kannst du zu Hause im Tal ebenso gut wie hier!«

Sie schmiegte sich in seine Umarmung, wandte die Aufmerksamkeit jedoch keinen Augenblick von dem Awailscath ab. »Poul ist die Herrscherin über das Leben. Der Mann, der in der Herberge starb ... war ich das?«

Ordur zögerte; dann verzog er zuckend das Gesicht. »Möglich! Ein Ivielscath erweist sich ausgesprochen selten als derart tödlich; und Poul ist auch Herrscherin über den Tod.«

»In dieser Hinsicht solltest du wohl besser keine Versuche machen, Geliebte«, meinte Bulion und versuchte zu verbergen, wie unbehaglich ihm zumute war. Gwins

Geschick im Umgang mit Verfluchten, sogar mit Ogoalscaths, schien mehr als bloß Zufall zu sein. »Behalten wir es für uns. Ich glaube, er sagt die Wahrheit.«

Inzwischen hatte Wosion die geflüsterte Unterhaltung bemerkt und humpelte mit Zanion im Schlepptau herüber, um der Sache auf den Grund zu gehen.

Ordur lächelte Gwin matt an. Auch sie war besorgt und versuchte, sich nichts anmerken zu lassen. »Das hoffe ich für ihn! Aber ich schätze, du hast recht. Ich werde vorerst damit aufhören, ihm auf die Zehen zu steigen.«

Bislang hatte Tibal geschwiegen. Nun blühte er auf. »Was hast du über den Krieg herausgefunden?«

Schmollend schaute der Awailscath ihn an. »Warum interessiert dich das denn?«

»Dann sag es mir«, forderte Gwin ihn auf.

»Wenig! Labranza bekommt ununterbrochen Berichte, aber sie sperrt sie weg. Gerüchte besagen, daß die Karpana Nimbudia wieder in eine Wüste verwandelt haben. Wesnar und Mokth haben ihren Streit beigelegt, um abzuwarten, was passiert – aber wie gesagt, das sind alles nur Gerüchte.«

Zufrieden nickte Tibal. »Und jetzt erzähl ihnen von unserem Rat.«

Ordur ballte die Hand zur Faust, aber er antwortete. »Par a'Ciur verlangt ein Treffen. Bislang weigert sich Labranza. Sie ist der Meinung, die Kriege hätten nichts mit Raragash zu tun.«

Erwartungsvoll zog Tibal die Augenbrauen hoch. Ordur bedachte ihn nur mit einem finsteren Blick. Eine lange Pause entstand ... Alle schienen auf ein Stichwort zu warten.

»Nun?« fragte Gwin und schaute vom einen zum anderen.

Lächelnd blickte Tibal zu Bulion.

»Sag es, Liebster«, forderte Gwin ihn auf.

»Was soll ich sagen?«

»Was immer du gerade gedacht hast.«

Verärgert zuckte Bulion mit den Schultern. »Ach, ich habe mich nur gefragt ... falls Labranza uns wirklich Schwierigkeiten bereitet ... ich habe mich nur gefragt, wer wohl ihre Gegner sind und mir gedacht, wir könnten uns mit ihnen verbünden.«

»Ich bin so froh, daß jemand diesen Vorschlag unterbreitet«, murmelte Tibal.

Ordur rieb sich die Augen. »Das hätte ich tun sollen. Aber ich schlafe fast schon im Stehen ein! Auf jeden Fall ein guter Gedanke! Wir alle könnten uns doch morgen mit den anderen treffen.« Eine Zeitlang musterte er Tibals kantige, ungewohnt unergründliche Züge. »Heute abend?«

»Besser.«

»Mehr? Du verlangst noch mehr? Wenn du mich zwingst, meinen Verstand zu benutzen, veränderst du dadurch die Zukunft und die Gegenwart ... Ah! Die beschlußfähige Mehrheit?«

Tibal grinste. Die beiden Männer waren einander nicht besonders freundlich gesinnt, doch sie schienen Verbündete zu sein bei dem, was auch immer gerade vor sich ging; überdies schienen sie auf der Seite der Tharns zu stehen – was immer das bedeuten mochte.

»Wie viele Stimmen braucht ihr?« fragte Bulion.

»Vier. Der Rat besteht aus sechs Mitgliedern, und Labranza kann bei einem Gleichstand zweimal stimmen.«

»Mir wäre lieber, wenn Ziberor aus dem Spiel bliebe«, meinte Tibal. »Sie ist ohnehin ein hoffnungsloser Fall.«

Ordur nickte und hielt sich die Hand vor den Mund, als er gähnte. »Sollte ich einschlafen, darfst du für mich wählen. Außerdem bin ich nicht sicher, ob ich überhaupt ein Stimmrecht besitze. Um Mitternacht? Wo?«

»Im Ostflügel«, schlug Tibal vor. »Bring Baslin mit, und wenn du ihn auf dem Pferd festbinden mußt.«

»Sein Pferd würde sinnvollere Beiträge leisten.«

Respektvoll verneigte Ordur sich vor Gwin und stapfte davon. Er schien es ziemlich eilig zu haben.

Bulion bemerkte, daß seine Frau ihn eingehend musterte.

»Ich will nach Hause«, flüsterte sie. »Mehr als alles andere!«

»Dann sind wir schon zwei.«

»Da kommt jemand«, murmelte Wosion.

Endlich! Der Neuankömmling war klein und pummelig und wies die dunkle Hautfarbe eines Nurziers auf. Er trug eine narzissengelbe und kobaltblaue Livree, die noch aus der Kaiserzeit stammen mußte, denn etwas Vergleichbares hatte Bulion erst einmal gesehen: im Palast von Statthalter Imquin. Von den bestrumpften Waden bis hinauf zur Halskrause bot er einen durch und durch lächerlichen Anblick. Entweder war er von Natur aus hochmütig oder verlegen, weil er in einem derart üppig mit Spitzen und Rüschen besetzten Aufzug ertappt wurde; auf jeden Fall stellte er eine *entsetzlich* herablassende Miene zur Schau.

»Dies ist Privateigentum!« verkündete er. »Was habt ihr hier zu suchen?«

Bedrohlich starrten die Tharns auf ihn hinab.

Tibal schnaubte verächtlich. »Schenkt diesem Laffen keine Beachtung! Ich bringe euch in die üblichen Gästegemächer. Und du, Bursche – kümmere dich um ihre Pferde. Du brauchst Ching nicht zu berichten, daß die Leute angekommen sind, die er erwartet; selbstverständlich weiß er es schon. Kommt mit.«

Die braunen Wangen des Lakaien färbten sich rötlich. »Das dürft Ihr nicht!«

»Ich darf und ich tue es. Fall du es nicht weißt, ich bin Ratsmitglied Tibal Frainith. Und jetzt lauf! Der Wunderknabe erwartet dich.«

Damit stolzierte Tibal davon und ließ den Mann stehen. Die Tharns folgten dem Shoolscath.

48

Rasch lief er durch die riesige Halle zu einem der hohen Bögen und trottete ein paar Schritte durch einen Laubengang aus Marmorsäulen, auf dessen einer Seite sich eine Wand mit Basreliefs befand, auf der anderen ein Hof mit Garten. Völlig in seine Probleme vertieft, bemerkte Bulion nur am Rande, daß viele der behauenen Platten gesprungen, die Grasflächen erdig und die Blumenbeete unkrautüberwuchert waren.

Tibal kicherte und wurde unvermittelt langsamer. »Unnötig, unsere Kraft zu vergeuden! Wir müssen ohnehin denselben Weg zurück.«

»Ich verstehe das nicht«, brummte Wosion, der zu den anderen aufschloß. »Warum bereitet uns Labranza *Saj* solchen Kummer?«

Bulion seufzte. »Ganz einfach. Während der letzten hundert Jahre haben Dutzende Männer versucht, die Menschen davon zu überzeugen, sie seien der nächste Kaiser, der Erneuerer.«

»Und?«

»Und ich bin der erste, der versuchen muß, die Menschen zu überzeugen, daß er es nicht ist.«

Heiser lachte der Priester auf. »Tja, *ich* glaube dir.«

»Ich auch«, pflichtete Zanion ihm bei. »Voll und ganz!«

»Euer Vertrauen ist rührend, Jungs.«

»Wir stehen alle hinter dir, Großvater«, bekräftigte Thiswion. »Natürlich, um dich zu stützen, nicht, um dich zu drängen.«

Augenzwinkernd mischte Gwin sich in die Unterhaltung. »Wollt ihr wohl damit aufhören? Ich sehe mich schon als Kaiserin in einem langen Kleid aus purpurner Seide, richtiggehend *erdrückt* von Juwelen und *unglaublich* dekadent.«

Dann alle:

»Ja, ich auch!«

»Und wir alle müßten Erzherzöge werden.«

»Mindestens!«

»Wie wäre es mit Brankion als Thronfolger?«

Es war schön, sich auf die Unterstützung der Familie verlassen zu können.

Tibal Frainith, der immer noch an der Spitze marschierte, stieß einen würgenden Laut aus und stolperte. Zanion fing ihn an einem Arm auf, Bulion am anderen. Seine Knie knickten ein. Der Kopf kippte zurück, und er verdrehte die Augen.

»Er ist ohnmächtig!« brüllte Wosion. »Legt ihn hin ...«

»Nein!« gellte Gwin. *»Er muß in Bewegung bleiben! Hebt ihn hoch und lauft!«*

Ihre herrische Stimme schnalzte wie eine Peitsche und duldete keinen Widerspruch. Gehorsam machten die beiden Männer sich davon, den Shoolscath durch den Kreuzgang zu schleifen, so schnell sie nur konnten. Die anderen folgten ihnen. Wosion humpelte aufgeregt als letzter hinterdrein.

Als sie ermüdeten, rief Gwin: *»Schneller!«* Bulion stolperte. Thiswion drängte ihn beiseite und nahm seinen Platz ein.

»Das ist weit genug!« rief Gwin von hinten.

Und tatsächlich, Tibals Augen waren wieder klarer geworden. Seine Helfer stützten ihn zwar noch, doch seine Beine bewegten sich wieder. Er wirkte unsicher und verwirrt.

»Was, um alles in der Welt, ist denn los?« grollte Bulion.

Sabbernd, zuckend murmelte Tibal irgend etwas.

Bulion wandte sich Gwin zu und erschrak, als er sah, wie blaß sie war. »Liebling? Was geht hier vor sich?«

Kopfschüttelnd kam sie auf ihn zu und legte einen Arm um ihn.

Sie zitterte am ganzen Leib. »Ich glaube, wir müssen weitergehen.«

»Tja, du scheinst es zu wissen.« Die Mienen der anderen spiegelten Bulions eigene Besorgnis wider. »Tibal? Alles in Ordnung?«

»Hm? Was ist ... ist passiert?«

»Wir wissen es nicht. Du bist einfach umgekippt. Gwin?«

»Ich weiß es auch nicht.«

»Aber wie ... Egal.« Bulion spürte, daß es sich schon wieder um eines der Geheimnisse der Verfluchten handelte. Sollte es ihm je gelingen, seine Frau wohlbehalten zurück ins Tal zu bringen, würde er künftig jeden Verfluchten Kuoliens mindestens eine Wochenreise weit von ihr fernhalten.

»Tut mir leid«, murmelte Tibal. Er versuchte, sich das Kinn an der Schulter abzuwischen; dann entzog er Thiswion seinen Arm und wischte die Spucke mit dem Handrücken ab. »Mein eigener, dummer Fehler. Gehen wir weiter.« Zwar wirkte er immer noch etwas unsicher, doch er erholte sich rasch.

»Jetzt weiß ich's!« rief Gwin. »Du hast die Zukunft verändert.«

Ohne sich umzudrehen, nickte er. »Gleich geht's mir wieder besser.«

Wosion hatte sie eingeholt und einen Teil des Gesprächs gehört. »Aber er hat doch gesagt, wir bräuchten uns nicht zu beeilen!«

»Stimmt!« Tibal löste sich aus Zanions Griff. »Dabei sollte ich es mittlerweile besser wissen. Wir gehen hier entlang und dann denselben Weg zurück.« Verlegen blickte er in all die besorgten Gesichter. »Ich wollte uns ein wenig Anstrengung ersparen, aber ich hätte es wirklich besser wissen müssen. Ihr habt alles wieder ins rechte Lot gerückt. Ich bin wieder auf dem Damm. Danke.«

Damals im Tal hatte Tibal erklärt, daß kleine Veränderungen große Auswirkungen haben konnten. Aber wie war es bloß möglich, daß sich das gesamte Leben eines

Menschen veränderte, weil er einen Flur entlang und wieder zurück lief?

»Es war Gwin!« meinte Wosion. »*Oder*?«

Niemand antwortete.

Bulion war davon überzeugt, daß es die Stimme seiner Frau gewesen war, die jene Befehle gebrüllt hatte; dann aber betrachtete er ihr entsetztes Antlitz und beschloß, keine Fragen zu stellen. »Natürlich war sie es«, erwiderte er. »Gut gemacht, Liebling.«

Wortlos umarmte sie ihn.

Inzwischen hatten sie fast das Ende des Ganges erreicht. An einer Seite begann ein weiterer Korridor, dessen Ende nicht zu erkennen war.

»Etwa hier«, sagte Tibal, der wieder ganz wie er selbst klang.

Ein Schrei ertönte aus der Ecke, aus der sie gerade kamen. »Frainith!«

»Da ist er ja.«

Alle wandten sich um. Ein Mann stand am unteren Ende der Stufen zur Eingangshalle und starrte ihnen nach.

»Nicht antworten. Er soll zu uns kommen«, meinte Tibal.

»Frainith! Bring sie zurück!« Die hohe Stimme hallte gespenstisch durch den Säulengang.

»Sie wollen sich erst frisch machen!« rief Tibal zurück.

»Du führst sie in die falsche Richtung!«

Sehr zur Belustigung seiner Gefährten grinste Tibal. »Nein«, brüllte er. »Ich kenne den Weg.«

Leise knurrend, begann der Neuankömmling, ihnen zu folgen. Langsam näherte er sich. Eingedenk der Worte des Shoolscaths, verharrten die anderen und warteten.

Als er noch näherkam, stellte Bulion erstaunt fest, daß es sich um einen Jungen handelte. Sofern es sich nicht um seine gewöhnliche Hautfarbe handelte, wies das Antlitz tiefe Sonnenbräune auf; sein Haar schimmerte im selben hellbraunen Ton. Der helle, grünblaue, kunstvoll gefertigte Kittel unterstrich den Farbton. Der Junge war noch prächtiger gekleidet als der Lakai, den sie zuvor in der Halle getroffen hatten, gleich einem Prinzchen aus der Blütezeit des Kaiserreiches. Die geschlitzten Ärmel reichten fast bis zum Boden, der Saum bauschte sich über seine Hüften, über der Brust und dem flachen Bauch jedoch lag das Gewand eng an. Von den Schnallen der weichen Stiefel bis hinauf zum glitzernden Kragen prangte ein Vermögen an Gold und Juwelen.

Er ging merkwürdig gekrümmt und schien mit beiden Füßen zu hinken.

Höhnisch grinsend, beobachtete Tibal, wie er langsam näherkam. Die anderen tauschten fragende Blicke.

Als der jugendliche Fürst gerade nah genug war, um sich normal verständigen zu können, hielt er inne. »Du führst sie in die falsche Richtung!«

»Weiß ich«, erwiderte Tibal freundlich. »Aber es hat dich aus deiner Jauchegrube gelockt, du widerlicher kleiner Scheißhaufen.«

Der Junge funkelte ihn an. »Besinne dich deiner Manieren!«

»Besinn du dich deiner. Knie dich gefälligst nieder! Bulion *Saj,* ich habe dir noch gar nicht unsere heißen Schlammgruben gezeigt. Sie sind berüchtigt und unvorstellbar ekelerregend. Sie stinken, blubbern und stoßen ohne Unterlaß faulige Gase aus, wie Gedärme voll heißem Kot. Und doch sind sie ein wesentlich angenehmerer Anblick als das, was du gerade vor dir siehst.«

Völlig verblüfft zuckten die Tharns zusammen.

Der Junge errötete, doch Tibal legte erst richtig los.

»Das ist Ching Chilith! Ching Chilith gehört zu der Sorte Dreck, die man sich schaudernd vom Stiefel kratzt. In Raragash ist Ching Chilith die Stimme Gottes. Offiziell ist Ching Chilith Labranza Lamith' Schreiber, in Wirklichkeit aber ist er ihr Sklave für die Drecksarbeit, ihr Befehlsverteiler, ihr Vollstrecker. Außerdem ist Ching Chilith ihr Schoßhündchen, ihr Liebessklave. Auf Befehl besteigt er sie, und keine anständige Frau würde sich ihm auch nur nähern. Ist euch aufgefallen, wie Ching Chilith geht, Freunde? Jeder andere mit dieser heiklen Verletzung würde sich ins Krankenhaus begeben und einen Ivielscath bitten, ihn zu heilen. Aber Ching Chilith weiß, daß kein Ivielscath in Raragash bereit wäre, ihn zu berühren, geschweige denn, ihn von seinem Leiden zu erlösen. Zudem will er nicht, daß jemand erfährt, was ihn plagt. Ching Chilith leidet an ...«

»Schweig still!« kreischte der Junge.

»Ich will aber nicht schweigen«, widersprach Tibal in ungebrochen giftigem Tonfall. »Viel lieber möchte ich mich übergeben, weil ich dich ansehen muß.«

»Das wirst du noch bereuen, Frainith.«

»Oh, sagst du einem Shoolscath die Zukunft voraus? Tja, ich weiß, daß ich von dir nichts zu befürchten habe, du unreifer, schmarotzender Wurm. Ihr werdet noch merken, Freunde, daß Ching Chilith vor allem anderen ein unglaublicher *Feigling* ist!« Mit erhobener Hand sprang Tibal vor.

Der Junge taumelte nach hinten, krümmte sich und wimmerte laut auf.

»Mann, ist mir schlecht«, knurrte Tibal und wandte sich ab. »Ich schäme mich einzugestehen, daß diese menschliche Eiterbeule in Raragash lebt. Es ...«

»Ich glaube, wir haben deinen Standpunkt begriffen«, unterbrach Bulion ihn barsch. Nie zuvor hatte er den Shoolscath so erlebt. Gwin sah gleichermaßen verwirrt und empört aus. An sich hätte eine derartige Schimpfkanonade wenig überzeugend gewirkt, doch des Opfers mangelnder Widerspruch verlieh Tibals Worten Gewicht. Hätte jemand versucht, einen Tharn in ähnlicher Weise zu beschimpfen, er wäre wohl kaum über den ersten Satz hinausgekommen.

»Zum Glück muß ich diesen fauligen Gestank nicht länger ertragen«, fuhr Tibal fort. »Ich besuche die gute Labranza. Im Vergleich zu diesem Abschaum finde ich sie geradezu angenehm.« Mit den ihm eigenen, langen Schritten marschierte er los.

Erschrocken, in weinerlichem Tonfall brüllte Ching ihm nach: »Die Vorsitzende darf unter keinen Umständen gestört werden!«

»O doch!« rief Tibal über die Schulter zurück, ohne stehenzubleiben.

Der Junge wischte sich über die Stirn; dann versuchte er, in ungebrochen weinerlichem Tonfall eine Erklärung abzugeben. »Ich bin Privatsekretär der Vorsitzenden Labranza Lamith, und sie hat mir aufgetragen, euch in der Akademie willkommen zu heißen.«

Bulion stellte sich vor und musterte Ching Chilith eindringlich, um festzustellen, ob sein Name eine Reaktion hervorrief. Dem war nicht so. Als war Ching entweder nicht über die lächerlichen Prophezeiungen unterrichtet oder gut vorbereitet. Danach machte er den Jungen mit Gwin und den anderen bekannt ...

Hochmütig nickte Ching jedem von ihnen zu. Sein Selbstvertrauen kehrte zurück. »Bitte folgt mir. Ich lasse euch in eure Gemächer im Ostflügel geleiten. Die Vorsitzende bedauert, daß dringende Belange sie daran hindern, euch heute zu empfangen, aber sie hofft, daß sie es morgen einzurichten vermag.«

»Ich kann's kaum erwarten«, knurrte Bulion. Gwin musterte ihn mit gerunzelter Stirn. Verachtung für Ching Chilith schien ansteckend zu sein.

49

Gwin war keineswegs überrascht, daß der Ostflügel an die Herberge zur Phoenix-Straße erinnerte. Bauwerke aus der Kaiserzeit verfügten stets über einen Innenhof. Selbstverständlich war alles viel größer, mit drei Geschossen statt nur zweien, und prunkvoller, mit Balkonen und Treppen aus Marmor statt aus Holz. Überall ragten Säulen auf. Die Besucher wurden zu Zimmern im obersten Stockwerk geführt – kühlen, geräumigen Zimmern mit hohen Decken. Gemächer, die eines Königs würdig gewesen wären.

Aber ...

Aber Gwin lief ein Schauder über den Rücken. Sie brauchte keine magischen Kräfte, um sich an diesem Ort unbehaglich zu fühlen, nur die Augen und den Verstand, mit denen sie geboren war.

Bulion warf seinen Hut auf das große Bett und setzte sich auf die Kante. Erschöpft vom Treppensteigen, rang er nach Luft. Gedankenverloren schaute er Gwin an und kratzte sich am Bart. »Ich habe da eine Frage.«

Natürlich hatte er eine Frage, aber das war nur eines von zwei Problemen, und bei einem der beiden ging es um Leben oder Tod.

»Ja, Liebster. Und ich will sie dir gern ausführlich beantworten – aber nicht ausgerechnet jetzt.«

Gwin war viel zu angespannt, um sich zu setzen. Stattdessen ging sie zu den Fenstern hinüber, die eine atemberaubende Aussicht auf den Krater boten. Flüchtig betrachtete sie die gesprungenen Fresken an der Wand. Dann fuhr sie mit dem Finger über einen der vier riesigen, mit Schnitzereien verzierten Holzschränke, in denen die Gäste wohl ihre Kleider unterbringen sollten – ganze zwei Satteltaschen voll. Sie ging zurück zur Tür und besah sich die Neigung des sauber polierten Eichenholzfußbodens. Danach begab sie sich wieder auf den Balkon, lehnte sich vorsichtig auf die Balustrade und schaute hinab auf den Hof. Er schien groß genug, um einer mittleren Stadt als Marktplatz zu dienen und präsentierte sich größtenteils überwuchert mit wild wachsenden Bäumen und undurchdringlichem Gestrüpp. Hier und da ragte eine vereinzelte Statue in seltsamem Winkel aus dem Dickicht, gleich einem Menschen, der in einer hohen, grünen Brandung badet. In der Mitte bemerkte Gwin einen großen, vollkommen trockenen Brunnen.

Ein Geröllhaufen auf der gegenüberliegenden Seite entpuppte sich als die Überreste einer Treppe und zweier Balkone. Da noch kein Unkraut darauf sproß, mußte die Treppe irgendwann in den letzten paar Jahren eingestürzt sein. Einige Säulen fehlten gänzlich, zahlreiche andere standen schief. Überall erblickte Gwin durchhängende Dächer und krumme Wände. Dieser Ort war eine *Todes*falle!

Stimmen rissen sie aus ihren Gedanken. Jukion und Ulpion kamen auf den Balkon. Sie schien von der Umgebung zutiefst beeindruckt zu sein.

»Da seid ihr ja!« Zanion trat aus der angrenzenden Tür. Flüchtig lächelte er zunächst die beiden an, dann Gwin. Er sah aus, als hätte er etwas auf dem Herzen.

»Kommt mal alle kurz her«, rief Gwin. Sie führte die drei zurück ins Zimmer. »Wärt Ihr wohl so gnädig, Euch einen Augenblick zu erheben, kaiserliche Majestät?«

»Köpfen sollte man dich!« brummte Bulion, stand aber auf. »Was hast du vor?«

»Es wäre doch sinnlos, in eine Familie voller Muskelschmalz einzuheiraten, ohne es sich gelegentlich zunutze zu machen. Wärt ihr strammen Burschen so nett, das Bett für mich hier herüber zu ziehen? Nein! Ziehen, nicht schieben.«

Quietschend bohrte das Bett die Krallen in die Dielen, doch gegen die vereinten Kräfte der Tharns war es machtlos. Es bewegte sich.

»Da!« rief Gwin zufrieden. »Staub! Und Fußabdrücke? Wie seltsam, unter einem Bett Fußabdrücke zu finden! Hier müssen aber ziemlich kleine Leute leben.«

Niemand wirkte auch nur im geringsten erstaunt, was Gwin ein wenig ärgerte.

»Schlußfolgerung?« fragte Zanion. »Diese Zimmer standen leer, und zwar bis . . .«

»Bis heute morgen, nehme ich an.«

Wissend lächelte Bulion. Er war nicht dumm; auch ihm war aufgefallen, was Gwin aufgefallen war, doch er überließ es ihr, sich darüber den Kopf zu zerbrechen. »Tibal Frainith meinte, er hätte uns etwas Wichtiges zu sagen.«

»Er sprach von mindestens drei Erdbeben.«

»Aber wenn er vorhersieht, wie wir durch ein Erdbeben sterben, kann er uns nicht warnen, ohne die Zukunft zu verändern.«

»Nein.« Zu diesem Schluß war Gwin schon früher gelangt, und sie glaubte, Bulion ebenfalls. »Indem er uns scheinbar gewarnt hat, zeigt er uns, daß er auf unserer Seite steht. Ich glaube, ich wäre ohnehin zu demselben Schluß gekommen.«

Wosion stand an der Tür. »Ich jedenfalls schon. Und dabei habe ich gar nicht gehört, was er sagte.«

»Entschuldigt mich«, meinte Jukion. »Ich glaube, ich mache einen langen, langen Spaziergang.«

Bulion setzte sich wieder aufs Bett. »Diese Gebäude steht hier seit Hunderten von Jahren, und wir sind in ein paar Tagen wieder weg.«

»Ich bin in ein paar *Minuten* weg!« fuhr Gwin ihn an. Ihre Nerven waren gespannt wie die Saiten einer Fiedel. »Hast du vergessen, daß Labranza ein Ogoalscath ist? Sie braucht kein Erdbeben. Sie kann diesen Steinhaufen allein dadurch zum Einsturz bringen, daß sie ihn finster anschaut.«

Besorgt erwartete sie Bulions Entscheidung. Er war ein stolzer, störrischer und bodenständiger Mann, der ungern vor Schatten davonlief. Mürrisch strich er sich über den Bart. »Es hat geheißen, wir bekämen gleich etwas zu essen. Ich bin hungrig.«

»Nehmen wir uns, was wir wollen, und gehen damit hinunter in den Hof. In der Mitte ist ein offener Platz. Dort würde ich mich beim Essen wesentlich sicherer fühlen.«

»Auch heute nacht beim Schlafen?«

»Ja!«

Bulion legte die Stirn in Falten.

»Die Bediensteten werden gewiß tratschen«, schaltete Wosion sich ein. »Mag sein, daß wir unsere Gastgeberin verärgern, aber wenn magische Kräfte im Spiel sind, Vater, vertraue ich dem Urteil meiner lieben Stiefmutter.«

Dankbar lächelte Gwin. Wie Carp einst meinte, man durfte den griesgrämigen, kleinen Priester nicht nach seinem Äußeren bewerten. Mittlerweile mochte Gwin ihn; und er schien sie mittlerweile anzuerkennen.

Bulion zuckte mit den Schultern, als gäbe er sich geschlagen, obwohl er noch mit keinem Wort zugestimmt hatte. »Na schön! Wir lagern also draußen auf dem Hof. Aber gebt ja nicht mir die Schuld, wenn es Regen gibt. Und jetzt raus mit euch.« Er erhob sich.

Während die Männer hinausmarschierten, schaute Bulion fragend zu Gwin. Schweigend standen sie einander gegenüber, bis das Zimmer leer war. Nun zu dem anderen Problem. War sie immer noch verheiratet? Schließlich war er ein strenger, traditionsverhafteter Mann.

»Tibal?« Sie ging hinüber ans Fenster, da sie einfach nicht stillhalten konnte. »Du willst über Tibal reden. Ich weiß auch nicht viel mehr als du.« *Stimme. Hilf mir! Gib mir einen Rat!* Keine Antwort.

»Warum hast du gesagt, wir müßten ihn in Bewegung halten. Woher wußtest du es?«

Der Augenblick der Wahrheit. »Ich wußte es nicht. Nicht ich habe gesprochen. Es war die Stimme. Ich habe kein Wort gesagt.«

Sie drehte sich ihm zu, um zu beobachten, wie er sich verhielt. Würde er ihr glauben? Wenn ja, würde er sie zurückweisen? Es wäre sein gutes Recht und mit Abstand das Klügste, was er tun konnte. Niemand brauchte den Ärger, den sie nunmehr verkörperte. Er konnte und sollte sie hier in Raragash zurücklassen, so wie Niad und die anderen. Er selbst sollte in das Tal zurückkehren. Der Krater wäre um eine neue Verfluchtenenklave reicher, eine Enklave aus nur einem Poulscath, der ein Dorf ganz für sich allein hätte. O Bulion! Wenn Gwin im letzten Jahr etwas gelernt hatte, dann war es die Erkenntnis, daß Menschen nicht für die Einsamkeit geschaffen waren. Jedenfalls nicht sie. Ein halbes Paar war wesentlich besser als gar keines. *Bulion!*

Zurückhaltend nickte er. »Das habe ich vermutet. Die Stimme klang wie deine, aber irgendwie doch nicht ganz so.«

Erleichterung! Hoffnung! Zumindest hielt er sie nicht für verrückt, wenngleich dies vermutlich die beste Lösung wäre. »Jukion hat sie auch einmal gehört.«

»Und heute haben wir sie alle gehört.« Langsam brach ein Lächeln unter dem Bart hervor. »Also bist du verflucht. Aber das bedeutet keineswegs, daß du nicht geliebt wirst.« Er breitete die Arme aus.

Gwin stürzte auf ihn zu. »Es macht dir nichts aus?«

Er drückte sie fest an sich. »Ob es mir nichts ausmacht? Natürlich macht es mir etwas aus! Wie würdest du dich fühlen, wenn du herausfindest, daß der Mensch, den du mehr liebst als alles andere, verflucht ist? Aber es könnte schlimmer sein, viel schlimmer! Was auch immer dich befallen hat, es ist nicht so entsetzlich wie die anderen Flüche, oder? Du läufst nicht herum und machst Menschen krank oder bringst diese Ruine zum Einsturz oder ...«

» ... verwandelst dich in einen Mann?« Sie küßte ihn, bevor er lachen konnte. Aber ein Poulscath zu sein, war womöglich schlimmer als das alles. Niemand wußte es genau.

Die beiden hielten inne, um Luft zu holen. Gwin stellte ihre Frage. »Laut kaiserlichem Recht ist unsere Ehe nunmehr null und nichtig. Deshalb ...«

Bulion entfuhr eine ungewöhnlich unflätige Bemerkung über kaiserliches Recht.

»Auch nach Zarda-Recht, behauptet Wosion.«

»Dann irrt er sich! Wenn ein Partner verflucht war, hatte der andere das Recht, die Ehe aufzulösen. Aber es war nicht zwingend. In unserem Fall wird es überhaupt nicht geschehen. Ich lasse dich nicht mehr los, also spielt es überhaupt keine Rolle.«

Regen in der Wüste! Abermals hatte Bulion Tharn die Prüfung bestanden. Mit ihm an ihrer Seite würde sie alles durchstehen, was die Schicksalshüter ihr auferlegten.

»Außerdem können auch Verfluchte Kinder bekommen.« Bulions Augen verrieten zwar, daß die Bemerkung scherzhaft gemeint war, doch Gwin wußte, daß Bulion Tharn sich mehr als alles andere wünschte, ein weiteres Kind zu zeugen. Sollten die Schicksalshüter ihm noch einen letzten Wunsch gewähren, bevor er starb, er würde sich ein Kind wünschen – vorzugsweise einen Sohn, doch er würde auch mit jedem anderen Geschlecht zufrieden sein. Kaiserehren hingegen bedeuteten ihm überhaupt nichts.

Gwin lachte und rang gleichzeitig nach Luft. »Mir stehen noch mindestens acht weitere Monate zu! Ich versuch's auch gern weiter – aber nicht hier drin! Du bringst das Gebäude noch wahrscheinlicher zum Einsturz als Labranza.«

50

Noch nie hatte Labranza Lamith jemanden ermordet. Gewiß, sie hatte den Tod von Menschen bewirkt, doch niemals absichtlich. Dasselbe mußte wohl für jeden gelten, der längere Zeit bedeutende Macht ausübte – ob König, ob General. Wenngleich Labranza um die Gefahren wußte, hatte sie Boten ausgeschickt, die nie zurückkehrten; sie hatte Männern wie Hexzion Garab magisches Geleit zur Verfügung gestellt, das diese einsetzten, um Gegner auf abscheuliche Weise niederzumetzeln; sie hatte die Heilkräfte von Ivielscaths verwendet, um das Leben von Menschen zu retten, die später entsetzliche Grausamkeiten begingen. Man konnte durchaus die Ansicht vertreten, ein Teil der Schuld für derartige Todesfälle sei Labranza Lamith anzukreiden, dennoch war es immer noch etwas anderes, als bewußt zu töten. Zweifellos waren ein paar Menschen durch unerwartete Nebenerscheinungen verschieden, während Labranza ihre eigenen magischen Kräfte eingesetzt hatte, doch das galt für jeden Ogoalscath. Selbst die begabtesten konnten ihre Kräfte niemals gänzlich beherrschen. Labranza hatte nicht darum gebeten, verflucht zu werden. Und sie hatte noch nie jemanden absichtlich getötet.

Und sie hatte keineswegs vor, jetzt damit anzufangen.

Weshalb also wanderte sie mitten in der Nacht allein umher?

Poul war längst untergegangen. Kurz darauf waren Awails dünne Sichel und Ogoals winziger Schein hinter der dunklen Kraterwand emporgestiegen. Nun, während die Welt schlief, machten die Sterne den Schicksalshütern Muol, Jaul und Shool den Hof. Nur die Fledermäuse stießen ihre schrillen Schreie aus.

Labranza war allein in ihrem erdbebensicheren Haus gewesen, hatte sich im Bett hin- und hergewälzt und konnte einfach nicht einschlafen. Für gewöhnlich betrachtete sie dies als Problem anderer Menschen. Höchstens einmal im Jahr hatte sie Schwierigkeiten beim Einschlafen. Wenn so etwas vorkam, befahl sie sonst stets Ching zu sich, aber im Augenblick war Ching für diese Art der Pflichterfüllung ungeeignet. Beinahe bereute sie es, obwohl er die Lektion bitter nötig gehabt hatte.

Labranza stand auf, zog sich an und ging nach draußen, um über das sternenbeleuchtete Gelände der

Akademie zu schlendern. Solange sie sich von den Bäumen fernhielt, würde sie genug sehen. Ihr Ogoalscath-Einfluß würde sie vor Schwierigkeiten bewahren – wahrscheinlich.

Natürlich konnte er sie ebensogut in Schwierigkeiten bringen, aber damit hatte sie sich längst abgefunden. Schneller als alle anderen Verfluchten gewöhnten Ogoalscaths sich an, mit der Unberechenbarkeit und Endgültigkeit ihres Fluches zu leben.

Die Nacht war warm und ruhig, doch sie bot Labranza keine Antworten.

Zu viele Wellen spülten über sie hinweg. Der lächerliche Streit mit Tibal Frainith zum Beispiel. Er hatte von ihr verlangt, eine Sitzung des Rates einzuberufen, doch er weigerte sich, den Grund dafür zu nennen und wies lediglich auf offensichtliche Dinge wie den Krieg hin, der die Akademie in keiner Weise berührte. Andeutungsweise hatte er sie beschuldigt, die Tharns umbringen zu wollen, indem sie die Gruppe im Ostflügel unterbrachte – natürlich ohne ihr zu verraten, ob sich etwas Tragisches ereignen würde. Shoolscaths waren unmöglich. Man konnte einfach keine vernünftigen Schlüsse aus ihren Taten ziehen, da diese sich nicht auf Vernunft gründeten. Oft handelten Shoolscaths zum eigenen Nachteil, weil sie sich der Zukunft fügen mußten. Letzten Endes hatte Frainith den kürzeren gezogen; Labranza hatte ihn hinausgeworfen, aber vermutlich wollte er genau das erreichen.

Zu viele Wellen. Die Neuigkeiten waren schlecht: Die Karpana wandten sich nach Süden. Aller Wahrscheinlichkeit nach hatten sie erkannt, daß der Westen Kuoliens die fetteste Beute bot und Rurk sich als Sackgasse erweisen würde. Der schnellste Weg zum Reichtum führte durch Mokth, Nurz und Hamdish. Gleich einem Erdrutsch würden sie vorüberdonnern, so wie vor einem Jahrhundert die Zarda, und hinter sich Ödland zurücklassen, das spätere Generationen besiedeln konnten.

Neue Königreiche würden entstehen wie grüne Triebe nach einer Feuersbrunst.

Labranza hatte beschlossen, sich wegen der Karpana keine Sorgen zu machen. Sollten sie sich entschließen, Raragash anzugreifen, gab es absolut nichts, was sie selbst oder sonst jemand dagegen tun konnte. Sollte es geschehen, geschah es eben. Sie und die Akademie würden zu existieren aufhören. Wenn man sich ständig mit Gedanken an den Tod trug, verlor man die Freude am Leben.

Deshalb dachte sie gar nicht mehr an die Karpana und überlegte statt dessen, was sie wegen Bulion Tharn unternehmen sollte, dem Erneuerer. Es war ihre Pflicht, die Akademie zu verteidigen und zu schützen. Ein neues Kaiserreich verhieße schwere Einschränkungen für ihre Unabhängigkeit oder gar ihr Ende. Bulion Tharn stellte eine Gefahr dar. Daß ihm ein Schicksal als Erneuerer vorhergesagt worden war, bedeutete noch lange nicht, daß dieses Schicksal unabwendbar war. Jeder Seher wußte, daß die Zukunft verändert werden konnte. Die Schicksalshüter hatten ihr, Labranza, Bulion Tharn ausgeliefert. Sie wäre dumm, würde sie eine solche Gelegenheit ungenützt verstreichen lassen.

Deshalb hatte Labranza Bulion und sein Gefolge im brüchigen Ostflügel unterbringen lassen.

Sie forderte lediglich die Schicksalshüter heraus: Hier ist er – wollt ihr ihn? Raragash wurde alle paar Monate von kleineren Erdbeben erschüttert. Die meisten Menschen erlebten sogar einen oder zwei heftigere Erdstöße mit. Das nächste größere Beben würde den Ostflügel in einen Schotterhaufen verwandeln. Vielleicht reichte dafür sogar ein starker Sturm. Sollte nichts dergleichen geschehen, konnte Labranza Bulions Abreise mühelos um fünf oder zehn Jahre verzögern; bis dahin würde er zu alt sein, um ein Kaiserreich noch von einem Hühnerstall zu unterscheiden. Weiter gedachte Labranza nicht zu gehen.

Weshalb also fühlte sie sich heute nacht so rastlos?

Versuchung?

Ein kleiner Spaziergang würde gewiß nicht schaden. Ohne bewußtes Zutun ihrerseits, hatten ihre Füße sie am Ostflügel vorbeigetragen, was irgendwie keine Überraschung darstellte. Dunkel und wuchtig zeichnete der Gebäudeteil sich gegen den Himmel ab und verdeckte einen ganzen Sternenabschnitt. Zwischen ihr und dem Ostflügel erstreckte sich eine freie Wiese, doch Labranza würde *keinesfalls* noch näher hingehen. Sie glaubte kaum, daß sie das Dach ohne gewollte Anstrengung zum Einsturz bringen würde, obwohl sie nie mehr gewagt hatte, den Ostflügel zu betreten, seit das letzte Erdbeben ihn baufällig werden ließ. Sie glaubte kaum, daß sie den Flügel überhaupt zum Einsturz bringen konnte, wenn sie es wirklich versuchte. Und sie würde es auch *nicht* versuchen.

Sollte sie es doch tun, würde man es herausfinden. Labranzas Pflichten bedingten, daß sie sich mit Jaulscaths traf – zwar nicht oft, aber doch manchmal. Wenn ein verbündeter König einen Jaulscath als Berater wünschte, mußte jemand einen Jaulscath auswählen. Für gewöhnlich wickelte Labranza solche Angelegenheiten über Ziberor ab, die sie als verschwiegene und zuverlässige Mitstreiterin betrachtete, da Ziberor wußte, daß Labranzas Beweggründe ehrlich waren und ihr nur das Wohlergehen der Akademie am Herzen lag. Natürlich mußte die Ratsvorsitzende mitunter auch unangenehme Entscheidungen fällen. Dafür hatte Ziberor Verständnis und behielt für sich, was sie aus Labranzas Gedanken erfuhr. Aber selbst Ziberor würde vorsätzlichen Mord nicht verschweigen.

Jeder, der sich wissentlich mit einem Jaulscath traf, dachte unwillkürlich an Dinge, an die er eigentlich nicht denken wollte. Deshalb durfte Labranza keine bewußte Handlung vornehmen.

Sollten die Schicksalshüter ein Erdbeben schicken, das

den gesamten Krater erschütterte, wäre das nicht ihre Schuld. Über solche Kraft verfügte nicht einmal sie.

Aber wenn sie eine ausgesprochen gute Entschuldigung hätte, sich nahe am Ostflügel aufzuhalten, und dann vielleicht noch eine ebenso gute Entschuldigung, ihren Zauber aus einem anderen Grund anzuwenden ... Nein, das würde Ziberor durchschauen. Und wenn Labranza nun einfach die Beherrschung verlor? Wenn ein Ogoalscath die Beherrschung verlor, konnte alles geschehen. Aber warum sollte sie ausgerechnet zu einem so günstigen Zeitpunkt die Beherrschung verlieren? Nein, auch das würde nicht klappen.

Mord kam nicht in Frage.

Kein einziges Licht war im Ostflügel zu erkennen. Wie alle dummen Bauern waren die Tharns wohl bei Sonnenuntergang zu Bett gegangen. Labranza Lamith sollte es ihnen gleichtun, obwohl ihr nie im Leben weniger nach Schlaf zumute gewesen war.

Ein leises Geräusch durchbrach die Stille. Zuerst war es zu leise, um es zu erkennen; es hörte sich aber irgendwie vertraut an. Dann beschlich Labranza das Gefühl, daß der Laut nicht hierhergehörte, und schließlich vernahm sie Hufgeklapper. In diese Richtung? Wer hatte um diese Zeit noch etwas hier zu suchen? Dringende Neuigkeiten würden am Morgen mit den Flaggen angezeigt. Verbrecher gab es in Raragash nicht, weil die Jaulscaths sie ausnahmslos aufspürten. Und selbst wenn, würden sie die Akademie meiden.

Wenige Minuten später brachen drei Reiter in gemächlichem Trab aus den Bäumen hervor und steuerten auf den Eingang zum Ostflügel zu. Wer kam da zu später Stunde, um sich mit Bulion Tharn zu verschwören? Es gab keinen anderen Grund, sich der Akademie von dieser Seite zu nähern. Und es gab niemanden, gegen den zu verschwören sich lohnte, abgesehen von der Vorsitzenden des Rates. Wie konnten die Reiter es wagen?

Narren! Sie mußten sich vollkommen in Sicherheit

wiegen. Die Aussichten, daß die Ratsvorsitzende höchstpersönlich und ohne Laterne über das Gelände streifen würde und dazu noch die Reiter bemerkte, waren geringer als eins zu einer Million. Die Aussichten, daß die Ratsvorsitzende ihnen folgen und sich unentdeckt so nahe anschleichen konnte, daß sie hören würde, was die Reiter besprachen, standen schlechter als eins zu zehn Millionen.

Doch wenn es sich bei der Ratsvorsitzenden um einen Ogoalscath handelte, war alles möglich. Labranza Lamith wartete, bis die Eindringlinge abgestiegen und hineingegangen waren; dann schlich sie eilig über die Wiese und folgte ihnen.

51

In seiner Blütezeit mußte der Hof wunderschön gewesen sein. Ein Jahrhundert Vernachlässigung hatten den Rasen und die Blumenbeete in einen Dschungel verwandelt – einen Dschungel, durch den sich tunnelähnliche, gepflasterte Pfade wanden; im Dschungel selbst lebten Menschen aus gehauenem Stein. Das Herzstück hatte einst ein kreisförmiger Brunnen gebildet, in dem aus drei Bronzedelphinen Wasser spritzte. Nun lag er trocken da, eine runde Grube mit dem Durchmesser eines Zarda-Hauses, bedeckt mit moosiger Erde. Aus den drei Delphinen waren zwei Delphine und einige Ersatzteile geworden.

Gwin beharrte darauf, daß dies bis zur Regenzeit eine ausreichend bequeme Zuflucht darstellte. Auf dem weichen Moos würden sie gut schlafen.

Bulion erkundigte sich, was den mit Spinnen, Skorpionen und Tausendfüßlern sei.

Nun, abgesehen davon, erwiderte Gwin.

Und wenn nun tatsächlich ein Erdbeben käme? fragte der junge Thiswion.

Gebäude fielen nicht *seitüber*, erklärte Gwin, Gebäude fielen *in sich zusammen*. Der Hof wäre so breit, daß der Schutt nicht bis in die Mitte gelangen würde. Sie erzählte von ihrer Großmutter, die beim großen Beben im Jahre 62 unverletzt geblieben war, obwohl sie auf der Straße zwischen zwei einstürzenden Häusern gestanden hatte. Das Schlimmste, was sie zu erwarten hätten, wären herabrieselnde Ziegelbröckchen, und einen Großteil davon würden die Bäume abfangen. Jukion überprüfte die Standfestigkeit der Bronzedelphine. Beide machten einen ziemlich stabilen Eindruck.

Nach dem Abendessen, als die Sonne schon fast unterging, verkündete Gwin, daß sie verflucht sei, daß dies ein Geheimnis bleiben müsse und daß sie noch nicht wüßte, was ein Poulscath zu tun vermochte oder zu tun hatte. Jukion, Ulpion und Thiswion schauten hilfesuchend zum klugen Zanion, zu ihrem Priester, der sich mit solchen Dingen auskennen sollte und zum alten Mann selbst, der die Entscheidungen traf. Als keiner der drei übermäßig besorgt wirkte, zuckten die Jungen nur linkisch mit den Schultern und meinten, es täte ihnen leid, das zu hören. Offensichtlich betrachteten sie Gwin mittlerweile als Familienmitglied, als eine von ihnen. Familien hielten auch in schlechten Zeiten zusammen. Gwin verschluckte sich beinahe an dem Kloß in ihrem Hals.

Bulion teilte ihnen mit, daß gegen Mitternacht ein wichtiges Treffen stattfinden würde, zu dem sie herzlich eingeladen wären. Ulpion meinte zu Thiswion, daß dieser dann endlich einmal so lange aufbleiben dürfte wie die Erwachsenen, wodurch er ein freundschaftliches Gerangel vom Zaun brach. Bei Einbruch der Dunkelheit sammelte Jukion Äste und Zweige und entfachte inmitten der Grube ein Feuer. So warm eine Nacht auch sein mochte, ein Feuer gestaltete sie einfach freundlicher.

Rings um die Flammen sprachen die Tharns über die Reise, die nunmehr hinter ihnen lag und darüber, was wohl zu Hause im Tal vor sich gehen mochte. Funken stoben auf und segelten empor wie winzige Sterne. Niemand erwähnte die lange Heimreise. Niemand erwähnte Polion.

Einer der livrierten Bediensteten kam und zeigte sich besorgt darüber, daß die geschätzten Gäste die ihnen zugewiesenen Gemächer verschmähten. Bulion erkundigte sich, ob Gäste immer hier untergebracht würden. Der Lakai antwortete ausweichend. Bulion entließ ihn. Schließlich konnte der Mann nichts dafür.

Dann traf Tibal Frainith ein. Er mußte gebückt durch die Tunnel laufen, in die das Unterholz die gepflasterten Wege verwandelt hatte. Der Shoolscath wirkte bedrückt, was als äußerst schlechtes Zeichen galt, und er zeigte sich wortkarg. Als Gwin ihn über sein Treffen mit Labranza befragte, starrte er sie nur verständnislos an – da es schon Stunden zurücklag, hatte er es vergessen. Über die Vergangenheit konnte er nicht reden, und über die Zukunft wagte Gwin ihn nicht zu befragen. Die meiste Zeit saß Tibal einfach da und blickte Gwin wehmütig an, ohne einen Laut von sich zu geben.

Schließlich hellte seine Miene sich auf, und er wandte die Aufmerksamkeit einem anderen überwucherten Pfad zu. Einige Minuten später erblickten sie Ordurs blondes Haar im flackernden Feuerschein, als er sich näherte, ebenfalls gebückt.

Er richtete sich auf und schaute sich verärgert um. »Unter Gastfreundschaft verstehe ich etwas anderes, Bulion *Saj*.«

»Ich auch. Aber es scheint mir besser als das, was uns angeboten wurde.«

Zwei weitere Leute traten aus dem Unterholz hervor und wurden den übrigen vorgestellt.

Par a'Ciur war eine kleine, zerbrechlich wirkende Frau mit silbrigem Haar und selbstbewußtem Auftreten. Ihre

Augen wirkten scharf; sie gab sich freundlich, aber entschlossen. Par war die Vertreterin der Ivielscaths im Rat und Leiterin des Hospitals von Raragash. Sie dankte den Tharns dafür, daß sie Niad und Mandasil in ihre Obhut gebracht hatten und berichtete, daß die beiden sich gut einfanden. Gwin mochte die Frau auf Anhieb.

Baslin Diblichith war ein vierschrötiger, stämmiger Mann, der aus Steinblöcken zu bestehen schien. Sogar neben den Tharns wirkte er gewichtig und massiger als jeder von ihnen. In seinen Bewegungen lag weder Anmut noch Elan; in seinen Augen gähnte dieselbe Leere, die sie schon von Wraxal Raddaith kannten. Er sah wie ein Mann von etwa fünfundvierzig Jahren aus, doch Gwin vermutete, daß er viel älter, aber auch viel jünger sein konnte. Sowohl das Gesicht als auch den Schädel überzogen graue Stoppeln, als würde er sich in regelmäßigen Abständen den gesamten Kopf rasieren und sich nicht darum kümmern, wie er die übrige Zeit aussah. Als er mit den Besuchern bekanntgemacht wurde, nickte er nur kurz. An Gwin zeigte er einen Hauch Interesse, an den anderen überhaupt keines.

Schwerfällig ließ er sich auf den Rand der Grube sinken. »Diese Vorgehensweise ist höchst ungewöhnlich. Mir ist schleierhaft, was sie bringen soll, und ich nehme nur unter Protest daran teil.«

»Ich nicht«, sagte der Ivielscath. Sanft wie ein Vogel auf einen Zweig setzte sie sich neben Gwin. »Zunächst einmal finde ich, wir müssen darauf bestehen, daß unsere Gäste in ordentliche Gemächer gebracht werden. Sie in einer Todesfalle wie dieser hier unterzubringen, erscheint mir geradezu verbrecherisch. Heißt du diese Vorgehensweise der Vorsitzenden gut?«

»Nein«, gestand Baslin.

»Von all unseren Mittelsmännern in Kuolien strömen Berichte herein, aber die Vorsitzende weigert sich, sie irgend jemandem zu zeigen, selbst anderen Ratsmitgliedern. Billigst du diese Vorgehensweise?«

»Pah! Nein, das ist eindeutig unangemessen.«

»Und die Prophezeiungen über den Erneuerer? Betrachtest du sie als unbedeutende Angelegenheit?«

»Seit hundert Jahren tauchen immer wieder selbsternannte Erneuerer auf. Noch kein einziger war mehr als ein kleinkarierter Kriegshetzer.«

»Aber ich glaube kaum, daß je zuvor ein Erneuerer von Shoolscaths angekündigt wurde.« Sogleich schaute Par a'Ciur zu Tibal. »Ratsmitglied, hältst du die Angelegenheit für wichtig?«

Es war eine scharfsinnig formulierte Frage. Matt lächelte Tibal im flackernden Schein des Feuers. »Für äußerst wichtig.« Die Tharns tauschten verblüffte Blicke. Keiner von ihnen hatte diese wilden Gerüchte jemals ernst genommen. Gwin wurde bewußt, daß sie selbst sehr wohl daran glaubte und überlegte, wann sie damit begonnen hatte.

»Na also! Dann ist doch offensichtlich, daß der Rat so bald wie möglich zusammentreten sollte, oder?« Ohne eine Antwort abzuwarten, wandte die alte Frau sich Bulion zu. »Verzeih, wenn ich das so sage, *Saj*, aber du scheinst dein Schicksal ein wenig spät im Leben gefunden zu haben.«

»Ich hab' mir dieses Schicksal nicht ausgesucht«, brummte Bulion. »Mir liegt einzig und allein das Wohlergehen meiner Familie am Herzen. Ich bin sicher, daß es sich um einen Irrtum handelt.«

»Da unsere Vorsitzende dich anscheinend zu ermorden versucht, sieht sie das wohl anders.«

»Also, hör mal!« widersprach Baslin mit soviel Nachdruck, wie jemand seiner Art gerade aufzubringen vermochte. »Jetzt siehst du aber Gespenster.«

»Ich sehe aus jedem Zweig, der im Feuer knackt, ein Gespenst huschen! Dieser Ort kann jeden Augenblick einstürzen. Und was ist mit den Karpana? Wir haben schon lange befürchtet, daß sie den Zarda über den Nildu folgen. Der Zeitpunkt kann kein Zufall sein.«

»Zufälle geschehen immer wieder«, gab Baslin entschieden zurück.

Die kleine Frau knisterte vor Zorn. »Dummkopf!«

Ordur hatte den Wortwechsel mit einem zufriedenen Lächeln verfolgt. »Aber auch die Karpana sind keine unbedeutende Angelegenheit! Die Könige von Kuolien müssen dazu gebracht werden, sich gegen sie zu vereinen.«

Dem großen Mann war die Bemerkung nur ein verächtliches Schnauben wert. »Ebenso gut könnte man versuchen, eine Herde Krokodile zum Erdbeerenpflücken zu bewegen.«

»Trotzdem müssen wir es versuchen«, fuhr der Awailscath ihn an. »Die Akademie hat Einfluß auf sie alle – zumindest auf alle Könige im Osten und auf einige im Westen, obwohl wir vor denen kaum erwarten dürfen, daß sie rechtzeitig hier sind, um noch zu helfen. Es liegt an uns, der Verwaltung der Akademie, diesen Einfluß zu nützen. Die Könige müssen dazu gebracht werden, sich zu vereinen, bevor es zu spät ist.«

»Und diesem Bauern sollen wir wohl die Verantwortung über die Gesamtheit ihrer Armeen anvertrauen?«

Bulion zog eine finstere Meine, was unlogisch schien, da er diesen Zynismus im Grunde teilte. Es war die beleidigende Art des Muolscaths, die ihm widerstrebte. Gwin drückte seine Hand. Die übrigen Tharns grinsten unbehaglich, als vermuteten sie dahinter einen Witz. Ordur schaute nachdenklich zu Tibal, der sich unergründlich zeigte.

»Ohne mich zu einer Prophezeiung hinreißen zu lassen«, meinte Tibal mit stiller Belustigung, »kann ich ruhigen Gewissens darauf hinweisen, daß die Könige ihre Armeen einem Bauern ebenso wahrscheinlich zur Verfügung stellen würden wie jedem anderen.«

Eine kurze Pause entstand, während die anderen den Sinn der Aussage zu begreifen versuchten.

Gwin beugte sich dicht zu ihrem Gemahl und flüsterte

ihm ins Ohr: »Du könntest ihnen befehlen, uns nach Hause zu begleiten und im Tal eine große Parade abzuhalten, und sie dann entlassen.«

»Pst!« zischte Bulion, doch er war unverkennbar belustigt.

Schlichtend hob die kleinen Par a'Ciur die zarte Hand. »Besinnen wir uns des eigentlichen Anliegens. Wir versuchen hier nicht, Probleme zu lösen, wir versuchen nur, sie zur Sprache zu bringen, und zwar anläßlich einer offiziellen Versammlung des Rates, die einzuberufen Labranza sich beharrlich weigert. Laut Satzung kann eine Versammlung entweder von der Vorsitzenden oder von einer Mehrheit der übrigen Mitglieder beschlossen werden. Wir sind vier. Wenn wir uns einig sind, daß eine Versammlung erforderlich ist, bleibt Labranza nichts anderes übrig.«

»Ich glaube kaum, daß deine Zahlen stimmen«, warf Baslin ein. »Die Awailscaths wählen für jedes Treffen ein neues Ratsmitglied. Ordur muß erst als ihr Vertreter bestätigt werden. Folglich sind wir nur drei.«

Sie lächelte ihn an, wobei sie kerngesunde Zähne entblößte. »Aber wenn es nur fünf stimmberechtigte Ratsmitglieder gibt, bilden drei trotzdem eine Mehrheit.«

Baslin runzelte die Stirn; dann nickte er. »Richtig.«

Aus der Erfahrung mit Wraxal Raddaith hatte Gwin gelernt, daß es keinen Sinn hatte, mit Muolscaths zu streiten. Sie dachten dermaßen logisch, daß sie einem den ganzen Spaß am Gewinnen verdarben.

Die alte Dame schien das wenig zu stören. »Ich möchte euch vorwarnen, daß ich auch den Vorsitz zur Sprache bringen werde. Ich habe mein Vertrauen zu Labranza verloren. Es ist an der Zeit, daß sie zurücktritt.«

Ordur stieß einen leisen Pfiff aus. »Aber wer soll sie ersetzen? Ich gewiß nicht. Du? Für gewöhnlich hat der Jaulscath den Vorsitz inne, aber Ziberor würde das Amt ablehnen, solange Labranza es will. Du, Baslin?«

»Niemals! Ein Versuch, die Könige zu vereinen, ist

zum Scheitern verurteilt, da bin ich sicher. Außerdem würde ohnehin niemand für mich stimmen, nicht einmal ich selbst.«

»Tibal?«

Der Shoolscath schüttelte den Kopf. »Ich werde niemals Vorsitzender.«

»Par?«

Die feurige kleine Frau seufzte. »Ich will das Amt nicht, aber ich glaube, ich könnte es ebenso gut erfüllen wie Labranza.«

Ein Knurren drang aus den Büschen. Alle sprangen auf. *»Oh, ganz gewiß, nicht wahr?«* grollte eine tiefe Stimme. Unterholz raschelte und knackte. Labranza brach aus dem Gestrüpp hervor. Gwin hatte ganz vergessen, wie groß die Frau war. Bedrohlich ragte sie über ihnen auf. Sie stand außerhalb des Beckens, alle anderen saßen darin. Das Licht des Feuers und ihre unverhohlene Wut ließen Labranza übermenschlich groß erscheinen. Die Kratzer in ihrem Gesicht und die Zweige in ihrem Haar taten der herrischen Erscheinung keinen Abbruch. Sogar die Tharns schreckten vor ihr zurück. Zielbewußt stürzte sie sich auf das schwächste Glied der Kette ihrer Gegner.

»Baslin Diblichith! Hältst du es für angemessen, daß ein Ratsmitglied wie du nachts im Gebüsch umherschleicht und sich gegen die rechtmäßige Befehlsgewalt verschwört?«

Der Muolscath schürzte die Lippen. »Nein.«

War es denn angemessener, umherzuschleichen und zu lauschen?

»Meinst du nicht, die Entscheidung, ob eine Versammlung einberufen werden muß, sollte derjenigen überlassen sein, die dafür verantwortlich ist und die entsprechenden Tatsachen kennt?«

»Da hast du wohl recht.«

»Also sagst du dich von dieser erbärmlichen kleinen Verschwörung los?«

»Ja, Labranza *Saj*.«

Triumph flammte in den Augen der großen Frau auf. »Bitte komm mit mir. Ich sorge dafür, daß du heute nacht ein ordentliches Quartier erhältst.«

Gehorsam erhob sich Baslin und stieg aus dem Becken. Oh, wie schlau! dachte Gwin. Da ging die Mehrheit hin – mit einem einzigen, geschickten Schachzug hatte Labranza den Aufstand niedergeschlagen. Tibal biß die Zähne zusammen. Ordur stand der Mund offen.

Jetzt! rief die Stimme in Gwins Kopf.

Sie zuckte zusammen. Niemand anders schien sie gehört zu haben. »*Was jetzt?*«

Es ist an der Zeit, deine Befehlsgewalt auszuüben.

Welche Befehlsgewalt? Gwin sprang auf. »Labranza *Saj*!« Zwar vertraute sie der Stimme, doch sie hatte keine Ahnung, was als nächstes kommen würde.

Labranza hatte sich bereits umgedreht, um Baslin zu folgen. Sie hielt inne und blickte bedrohlich über die Schulter zurück. »Ah! Gwin Solith, wenn ich mich recht erinnere.«

»Gwin Tharn inzwischen.«

»Tatsächlich? Und welcher von diesen strammen jungen Burschen ist der glückliche Bräutigam?«

Das reichte. Oh, und wie das reichte!

»Wenn du wirklich nicht weiß, wer mein Mann ist, Lamith, dann bist du des Amtes unwürdig, das du bekleidest. Er möchte gern vor einer Versammlung des Rates sprechen und . . .«

»Da muß ich ihn aber enttäuschen.« Labranza wandte sich um und duckte sich unter dem Astgewirr hindurch.

Nicht doch seine Befehlsgewalt, Dummerchen! Deine.

»Halt! Komm zurück! Labranza Lamith, ich wünsche, daß du sobald wie möglich eine Versammlung des Rates einberufst. Ordur, wann wäre das frühestens möglich?«

»Bei Sonnenuntergang«, antwortete Ordur mit ersticktter Stimme, als hätte jemand ihm die Hand in den Rachen gestopft.

»Ich verlange, daß du für Sonnenuntergang eine Versammlung des Rates anberaumst.« Bei Mandasil hatte es gewirkt, aber würde es auch bei dieser furchterregenden Frau wirken?

Vor Überraschung offenbar völlig sprachlos, taumelte Labranza. Wie ein Ochsenfrosch schien sie sich aufzublähen. Ihre Augen traten vor, ihr Mund bewegte sich, doch kein Laut drang über die Lippen. Gwin spürte, wie Labranza sich gegen etwas aufbäumte, doch es war nicht Gwins Willen, gegen den sie sich wehrte. Sie kämpfte gegen etwas, das viel größer war als sie beide.

»Antworte!«

»Na gut!« krächzte Labranza. »Ich bin einverstanden.« Alles weitere, was sie zu sagen versuchte, ging im gewaltigen Lärm unter, als der Ostflügel rings um sie einzustürzen begann.

BUCH SECHS,

DAS BUCH JAUL

die für Vernunft steht,
die Bedachte,
die Strahlende,
Herrscherin über Wahrheit und Lüge,
die Recht und Gerechtigkeit schafft und hinwegrafft

Der Vormarsch der KARPANA
23. Puoltag bis 35. Muoltag 101
Berge der Gnade
Parth 27I
Nilda 23P
Ashtin 23J
Wimimin 27A
Groim 28S
Nost 24I
Billcorn 24A
Posint 25S
Abswain 29O
Ab Sor 26M
Nulin 29M
Perdoin 38A
Grumir-See
Karpana wenden sich zurück zum Jed
Thiaru 32J
Isthiop 33J
Jed 31M
Osmir-See
Rashtri 34O
Chil Pan
Gehmain 35M
Chan San
Om Balk
Raragash
Hahnen-kampf-senke
Farka
Flugoss

52

Bulion Tharn molk Kühe. Ein unendlich langer Stall voller Kühe erstreckte sich vor ihm, und alle Tiere brüllten lauthals danach, gemolken zu werden. Blutrote Milch quoll aus dem Eimer und troff auf seine Stiefel. Knietief stand er in Blut, und immer noch floß es aus dem Euter, aus dem Eimer, von überall her. Ein Meer von Blut flutete durch den Stall, durch eine Welt voller Kühe. Völlig unmöglich. Er mußte träumen.

Mit einem Seufzer der Erleichterung schlug er die Augen auf. Das Dach war in solider, vertrauter Holzbauweise errichtet aber rechteckig, nicht rund. Das Sonnenlicht flutete durch die Fenster statt unter den Traufen herein ... aber es würde reichen. Schweißnaß lag Bulion in dem weichen Bett; er kam vor Hitze fast um. Die Erinnerung setzte ein. Er befand sich in den Gästeunterkünften, die er zuvor nur bei Laternenlicht gesehen hatte. Aus dem Winkel des Sonneneinfalls zu schließen, mußte es bald Mittag sein. Noch nie im Leben hatte Bulion so lange geschlafen. Vermutlich hatte er deshalb vom Kühemelken geträumt. Er streckte den Arm aus und stellte fest, daß er allein war.

Rasch setzte er sich auf – zu rasch. Seine Kleider hingen über einem Stuhl. Gwins fehlten. Bulion schüttelte die Decke ab und schwang sich aus dem Bett.

Das Gemeinschaftszimmer erwies sich als langes Zimmer mit Bänken und Holztischen, die auf einem gekachelten Boden standen. In den Dachsparren nisteten Schwalben. Zwitschernd flogen sie durch offene, unverglaste Fenster ein und aus. Auf der einen Seite erblickte man die weitläufigen Gästeunterkünfte, auf der anderen die Rückseite der Akademie. Den Geröllhaufen, der bis gestern noch der Ostflügel gewesen war, konnte man von hier aus nicht erkennen.

Wosion und Tibal Frainith saßen zusammen am gegenüberliegenden Ende des Raumes. Wosion schien in Gedanken verloren; der Shoolscath las in seinem Tagebuch. Als Bulion näherkam – wobei er sich tunlichst bemühte, sich keine Eile anmerken zu lassen –, schauten sie auf.

Wosions frettchengleiches Grinsen hätte ein Kaninchen auf zweihundert Schritte gelähmt. »Schönen Nachmittag, Vater! Hast du gut geschlafen?«

»Wo ist Gwin?«

»Ah. Sie macht einen Spaziergang. Sie sagte, sie müßte über einiges nachdenken.«

»Sie hat sich lange mit Par *Saj* unterhalten«, erklärte der Shoolscath, aus dessen kantigen Zügen Belustigung sprach.

»Und ihr habt sie gehen lassen?« grollte Bulion. »Ganz allein?«

Sein Sohn zuckte mit den Schultern. »Sie wollte keine Begleitung.«

»Dummköpfe! Seit gestern schwebt sie hier in ernster Gefahr!«

»Thiswion behält sie im Auge«, entgegnete Wosion ungerührt.

Schon besser! Bulion sank neben ihm auf die Bank. »Ich hoffe, er hat sein Schwert oder seinen Bogen mitgenommen?«

»Er hat *Jukion* mitgenommen! Und Ulpion kundschaftet den Weg für sie aus. Der Junge könnte sich unbemerkt an einen Hasen heranschleichen und ihn an den Ohren kitzeln. Also entspann dich! Obwohl du heute ja ohnehin noch nichts anderes getan hast, oder? Es ist noch ein bißchen Essen übrig. Zanion sieht gerade nach den Pferden.«

Bulion fühlte sich unvergleichlich alt und nutzlos. Angewidert betrachtete er die schalen Überreste des

Frühstücks – Früchte, Brot, Schinken, Käse, allesamt ebenso unvergleichlich alt und nutzlos. Fliegen labten sich daran. Nachdem sie sich an dem Essen gütlich getan hatten, schwirrten sie ruckelnd davon und wurden flugs von vorüberfliegenden Schwalben verspeist. Wosion ergriff einen Krug und füllte einen Tonbecher mit einer schäumenden Flüssigkeit, die nach Hefe und Hopfen roch. Mit den Fingern schöpfte er ein paar Insekten heraus; dann reichte er seinem Vater den Becher.

Bulion kostete. Lauwarm, aber recht gut. »Was hast sie von Par a'Ciur erfahren?«

Das zögernde Schweigen wirkte alles andere als ermutigend.

»Gwin kommt jeden Augenblick zurück«, sagte Tibal rasch. »Sie wird es dir erklären. Par ist eine wundervolle alte Dame, und dazu ausgesprochen weise. Ich bin sicher, sie hat ihr die Neuigkeit so schonend wie möglich beigebracht.«

»Könnte mich wohl einer von euch beiden Strohköpfen einweihen?«

Wosion seufzte. »Es bestätigt, woran ich mich zu erinnern glaubte. Einem alten Glauben zufolge ... eigentlich eher einer Theorie zufolge ...«

»Das Problem mit Poulscaths ist«, sprang Tibal ein, »daß *niemand* viel über sie weiß. Sie sind äußerst selten und sitzen nicht herum, so daß man sie untersuchen könnte. Gwin wird das am besten erforschte Beispiel eines ... Na, egal.«

»Wollt ihr endlich mit der Sprache herausrücken!« brüllte Bulion.

Nachdenklich rieb Wosion sich die Nase. »Pantholion. Selbst zu seiner Zeit kursierte ständig das Gerücht, er wäre ein Poulscath.«

Krachend ließ Bulion den leeren Becher auf den Tisch niedersausen. Er hatte das Gefühl, als wäre sein Herz zu Boden gefallen.

»Und Losso Lomith war ebenfalls einer«, fügte Tibal

hinzu. »Der erste, über den es Aufzeichnungen gibt. Bevor er die Akademie gründete, wußte niemand viel über Schicksalsmächte, und natürlich wollte *er* sich nicht von der Akademie untersuchen lassen, als er Kaiser war.«

»Bei den sieben Flüchen!« flüsterte Bulion.

»Sehr treffend, Vater.« Wosion grinste spöttisch. »Oder sollte ich besser ›Eure Majestät‹ sagen?« Fragend schaute er zu Tibal. »Es gab doch noch nie eine Kaiserin, oder?«

»Eine herrschende Kaiserin? Nein, obwohl man ein oder zwei Kaiser gemeinhin lediglich für Galionsfiguren ihrer Gattinnen hielt. Und daß Zarda eine Frau als Führer anerkennen würden, scheint mir noch unwahrscheinlicher, oder?«

Bulion schlug mit der Faust auf den Tisch. Geschirr klirrte. Seine Gefährten zuckten zusammen. Er beugte sich zu dem Shoolscath vor und brüllte: »Willst du damit voraussagen, daß meine Frau mich als Marionettenkaiser benützen will?« Unvorstellbar!

Tibal lehnte sich auf der Bank zurück. »Nein, *Saj*! Das will ich damit keineswegs voraussagen. Ich meine, ich sage nie etwas voraus.« Seine hohlen Wangen waren kalkweiß. Was konnte einem Shoolscath nur eine derartige Reaktion entlocken?

»Du lügst, du verfluchter, rückwärts denkender, alles verdrehender Prophet!«

»Nein, *Saj*! Ah, da ist Gwin!«

Bulion stemmte sich auf die Beine und verlor fast das Gleichgewicht, als er sich umdrehte, um seine Frau zu begrüßen. Sie umarmte ihn; dann trat sie einen Schritt zurück und musterte ihn eingehend.

»Wie ich sehe, haben sie dir die schlechte Nachricht schon erzählt! Keine rosigen Aussichten, was?« Sie ging zur Bank hinüber und setzte sich.

»Sollen wir beide hinausgehen?« Erwartungsvoll legte Wosion beide Hände auf den Tisch. Tibal verharrte reglos.

»Nein, ihr könnt ebenso gut bleiben«, erwiderte Gwin. »Setz dich, Liebster.«

Bulion gehorchte. »Pantholion?« stöhnte er. »Losso Lomith?«

Gwin nickte. Sie wirkte ein wenig fahler als sonst, aber durchaus beherrscht. »Wie es scheint, befinde ich mich in erlesener Gesellschaft. Ein oder zwei weitere ...« Sie biß sich auf die Lippe und ließ den Satz unbeendet. »Alles in Ordnung, Tibal?«

Sie begann, mit einer Feige zu spielen und sie mit einem Finger um die eigene Achse zu drehen. »Poul ist Herrscherin des Schicksals. Mit Par a'Ciurs Worten ausgedrückt, ist ein Poulscath ein Fels im Strom der Geschichte. Alle anderen werden wie Blätter von der Strömung mitgerissen. Ein Poulscath hingegen stemmt sich gegen den Strom und lenkt ihn in eine neue Richtung.«

Eigentlich war es offensichtlich. Die lächerlichen Prophezeiungen über ihn als Erneuerer, die Hinweise darauf, daß seine Frau von Poul verflucht war – es mußte zusammenhängen. Eines führte zum anderen.

»Pantholion drückte es so aus«, setzte Wosion an: »›Ich bin der Stamm, meine Untertanen sind die Blätter. Sie sind Regentropfen; ich bin der Wind. Sie ...‹« Unbehaglich lächelte er seinen Vater an und verstummte.

»Hast du eine Wahl?« Bulion erkannte die eigene Stimme kaum wieder. »Kannst du dich der Ehre verwehren? Oder bist du gezwungen, dein Schicksal zu erfüllen? Ziehst du jetzt los und bezwingst die Karpana ... bezwingst den ganzen stinkenden Kontinent und setzt mich auf einen Thron?«

Schweigend drehte Gwin die Feige in die andere Richtung.

Die beiden anderen Männer beobachteten sie aufmerksam. Wosion zeigte sich unverhohlen besorgt, obwohl er sich seine Gefühle äußerst selten anmerken ließ. Tibal Frainith hatte seine Furcht wieder abgeschüttelt und stellte die übliche, huldvolle Miene zur Schau, die Bulion mittlerweile kannte und haßte und ihm am liebsten mit der Faust aus dem Gesicht gewischt hätte. Ständig schlich diese lange, geheimnisvolle Bohnenstange um Gwin herum und starrte sie vernarrt, mit Mondkalbaugen an. Bulion hatte entschieden genug von dem Shoolscath.

»Ich nehme an, ich könnte aufhören«, murmelte Gwin und starrte auf die Feige, »aber dadurch würde ich vielleicht die Karpana auf uns ziehen. Ich sehe keine Möglichkeit, einfach hier wegzureiten und wohlbehalten zurück nach Hause ins Tal zu gelangen.«

Eine Zeitlang war das Summen der Fliegen das lauteste Geräusch. Selbst die Schwalben schienen innezuhalten, um zu lauschen. Dann riß Bulion sich zusammen und legte den Arm um Gwins Schultern. »Das ist der Haken?«

Ohne von der Feige abzulassen, schmiegte sie sich an ihn. »Wahrscheinlich. Niemand weiß es. Par a'Ciur glaubt, sich an ein oder zwei vermeintliche Poulscaths zu erinnern, die sich ihrer Berufung verweigerten. ›Bedeutung erlangten sie nicht gerade‹, waren ihre Worte.«

»Und was geschah mit ihnen?«

»Sie starben.« Gwin schauderte. »Auf ungewöhnliche Weise. Das scheint der Haken zu sein. Hat man den Pfad erst beschritten, gibt es kein Zurück mehr.«

»Dann beschreite ihn einfach nicht!«

Gwin rollte die Feige weg.

»Das hat sie bereits, Vater«, erklärte Wosion. »In dem Augenblick, als sie Daling verließ. Weißt du noch, wie die Verfluchten sich um sie scharten?«

Kurz hob Gwin den Kopf und schaute Bulion an. »Oder hat es bereits begonnen, als ich Niad bat, dich zu heilen? Oder als Tibal am Tag zuvor kam? Er traf als erster ein. Damals hörte ich auch zum erstenmal die Stimme.«

»Was hat Tibal eigentlich damit zu tun?« Wütend funkelte Bulion den hageren Mann an. Diese lästige, junge Mißgeburt!

»Glaub mir«, entgegnetete Tibal mit sanfter Stimme, »wenn ich es dir sagen könnte, wenn ich dir auch nur einen Hinweis geben könnte, würde ich es mit Freuden tun, Bulion *Saj*. Natürlich sehe ich Unglück und Trauer voraus, aber würde ich versuchen, dies abzuwenden, wäre das verheerend für . . .«

»Ich kenne dieses Gewäsch schon in- und auswendig!«

». . . für mich, und vielleicht würde ich auch den Ruhm zunichte machen, den Gwin erlangen wird.«

Ruhm? *Ruhm?* Was für ein selbstsüchtiger, alter Narr war er nur, daß er sich um das eigene Wohlergehen, die eigene Selbstachtung sorgte, wenn Gwin die Möglichkeit hatte, Ruhm zu erlangen?

»Ruhm?« Er zog sie fester an sich. »Ist es das, wonach du strebst? Ruhm?«

Gwin antwortete nicht. Noch nie hatte Bulion sie so merkwürdig still erlebt. Einige Schwalben segelten herein, worauf die Nestlinge ein gieriges Gezwitscher anstimmten.

»Als erstes und als letztes«, meldete Wosion sich zu Wort, »brachte man mir in Veriow bei, daß es die höchste Pflicht eines Priesters ist, seiner Herde dabei zu helfen, sich mit dem Willen der Schicksalshüter abzufinden. Nie zuvor war es schwerer für mich, diesen Rat zu erteilen, und niemals fand ich ihn weniger tröstlich.«

Gwin sprach, als hätte sie ihn überhört. »Nein, ich will keinen Ruhm, Liebster. Ich will, was du willst – zurück ins Tal und in Frieden leben. Aber im Augenblick haben wir keine Wahl. Entweder widersetze ich mich Labranza Lamith weiterhin und versuche, sie zu bezwingen, oder wir unterwerfen uns ihrer Gnade. Was hättest du lieber, Bulion? Du entscheidest.«

Er wußte nicht, was er sagen sollte. Wer sich der Gnade dieser dieser Frau unterwarf, mußte mit harten Konsequenzen rechnen. »Lieber würde ich Eier rasieren, um mir den Lebensunterhalt zu verdienen, als diesem Weib zu vertrauen. Ich glaube, vorerst mußt du weitermachen, Liebste.«

Gwin warf ihm einen Seitenblick zu. »Siehst du jetzt, worauf es hinausläuft? Eins führt zum anderen. Jede Entscheidung zieht weitere Entscheidungen nach sich und zieht mich tiefer hinein. Niemand kann von dem Tiger heruntersteigen.«

Zanion war hereingekommen und näherte sich der bestürzten, kleinen Gruppe am Tisch, aber niemand beachtete ihn.

»Das stimmt«, pflichtete Wosion ihr bei. »Pantholion wollte sein Volk vor den Karpana retten. Er führte es über den Nildu und bat das Kaiserreich, ihm irgendwo ein sicheres Fleckchen zuzuweisen. Als Gegenleistung bot er Lehnstreue an. Das Kaiserreich aber fürchtete ihn, schlug ihm die Bitte ab und versuchte, die Zarda zurückzudrängen. Pantholion wehrte sich. Letzten Endes überrannte er Qol und zerschmetterte das Kaiserreich, zerstampfte alle, die sich gegen ihn erhoben, zerquetschte alles und jeden, bis nichts mehr übrig war.«

»Und bei Losso war es umgekehrt?« fragte Bulion niedergeschlagen.

Gwin antwortete. »Bei Losso war es genauso. Raragash war damals eine Senke voller Wilder. Losso erkannte, daß er ihr Herrscher werden konnte. Ursprünglich wollte er nur entkommen und wie ein normaler Mensch leben statt wie ein Tier. Das Kaiserreich machte Jagd auf den geflohenen Verfluchten. Er war gezwungen, sich zu wehren. Letztlich riß er den Thron an sich, und sein Geschlecht führte das Kaiserreich zur Blüte.«

»Diese beiden hatten Erfolg, Liebste. Erzähl mir von denen, die versagten! Wie es scheint, erkennt man einen Poulscath erst, nachdem er tot ist.«

»Das sind genau Labranzas Worte!« rief Tibal vergnügt dazwischen. »Sie wird heute abend die Versammlung des Rates einberufen, aber sie wird dich nicht teilnehmen lassen, Gwin. Du mußt beweisen, daß du ein Poulscath bist, und das ist unmöglich. Jedenfalls sagt das Labranza. Ohne Beweis wird auch Baslin stur bleiben – und damit hat Labranza die Mehrheit, die sie braucht.«

Gwin ergriff die Feige und biß hinein. »Vielleicht. Sowohl Losso als auch Pantholion stiegen zu Ruhm auf, als die Zeit reif dafür war. Für mich könnte sie kaum reifer scheinen als jetzt. Aber was ist schlimmer? Zu versuchen, eine Armee gegen die Karpana auf die Beine zu stellen, oder sich in diesen Hügeln zu verstecken und zu beobachten, wie die Barbaren ein Königreich nach dem anderen dem Erdboden gleichmachen? Kuolien wird so oder so in Blut ertrinken. Welcher Weg verheißt weniger Blutvergießen?«

Bulion besann sich seines Traumes über die unendlich vielen Kühe.

»Nicht einmal ein Shoolscath kann die Antwort darauf wissen«, erwiderte Tibal.

Mit gerunzelter Stirn musterte Gwin ihn. »Der Rat tritt bei Sonnenuntergang zusammen?«

Unruhig schluckte er, so daß sein Adamsapfel auf und ab hüpfte. »Vergiß nicht, Gwin, ich bin wie die anderen – ich muß deine Fragen beantworten. In diesem Fall ist das nicht schlimm, aber bitte, bohre nicht weiter.«

»Tut mir leid.«

»Ja, bei Sonnenuntergang. Ordur ist losgezogen, um sich von den Awailscaths als deren Vertreter bestätigen zu lassen. Von dieser Seite droht keine Gefahr – Jasbur hat entsprechend vorgesorgt. Ziberor hat eine lange Anreise.«

Was aber konnte die Versammlung des Rates bewirken? Labranza brauchte nur zwei Stimmen. Den Muolscath hatte sie unter Kontrolle, und diese Ziberor galt als ihre stärkste Verbündete. Auch andere würden sich womöglich auf ihre Seite schlagen, um der unbekannten Bedrohung zu begegnen. Bulion fiel auf, daß Gwin ihn mit seltsamer Miene anstarrte – fragend? Herausfordernd?

»Dieser ganze Poulscath-Unsinn!« rief sie. »Warum bringst du dein verrücktes Weib nicht ins Bett und hämmerst ihr ein wenig Verstand ein?«

»Jetzt? Am hellichten Tag?«

Sie löste sich aus seiner Umarmung und erhob sich. »Ich gehe auf jeden Fall ins Bett. Heute nacht habe ich wenig geschlafen.« Damit marschierte sie stolz und erhobenen Hauptes davon.

Bulion stand auf und eilte ihr nach. Als er die Tür öffnete, schaute er zurück zu den anderen. Wosion blickte empört drein. Zanion lächelte anerkennend. Tibal Frainith hatte das Gesicht in den Händen vergraben.

53

Wäre es möglich gewesen, Gwin Vernunft einzuhämmern, wie sie es vorgeschlagen hatte, wäre es Bulion gewiß gelungen. Er übertraf sich selbst. Gwin genoß das Ereignis, so lange es dauerte, doch die Schicksalshüter ließen sich nur kurz verdrängen. Gwins Hoffnung, anschließend sanft in den Schlaf zu gleiten, erfüllte sich nicht. Nachdem ihr Bettgefährte wieder zu Atem gekommen war, schlug sie vor, gemeinsam Niad zu besuchen. Zum Hospital war es nur ein kurzer Spaziergang über einen Weg, den sie am Tag zuvor entdeckt hatte. Bereitwillig stimmte Bulion zu.

Ungerecht, ungerecht! Die Schicksalshüter waren so grausam. Bulion Tharn hatte nichts getan, daß er dies alles verdient hätte. Er strebte die Kaiserwürde nicht an – im Gegenteil. Allein die Vorstellung, eine Marionette seiner Frau zu sein, war ihm ein Greuel. Nahm Gwin ihr Schicksal an, würde sie dadurch ihren Mann vernichten.

Lehnte sie es ab, würde sie vielleicht ihn *und* sich selbst vernichten. War es möglich, den Tiger nur ein kurzes Stück zu reiten und danach gefahrlos abzusteigen?

Die Stimme war der Schlüssel.

»Über Poulscaths weiß ich so gut wie nichts, meine Liebe«, hatte Par a'Ciur gesagt, »nur das, was ich gelesen habe, und das ist ziemlich wenig. Niemand weiß viel über sie. Aber ich glaube, diese Stimme, die du hörst, bist in Wahrheit du, dein innerstes Selbst, dein Schicksal, das sich erfüllen möchte. Gäbe es für dich eine Schulung wie für andere Verfluchte, würdest du wohl als erstes lernen, diese Stimme zu rufen.«

Doch während Gwin im Bett gelegen und Bulion neben ihr gekeucht hatte, antwortete die Stimme auf keinen ihrer Rufe. Als sie hingegen durch den Wald zum Hospital schlenderten, meldete sie sich. Gwin vernahm ein leises Rascheln im Unterholz ...

Tharns. Tu so, als hättest du sie nicht bemerkt.

»Was ist denn so lustig?« erkundigte sich Bulion.

»Nur die Leute.«

Anständige, aufrichtige Leute. Es war so verkehrt, zu lachen! Sie war nun eine Schachfigur des Schicksals, jemand, der die Geschichte beeinflußte, der durch Blut watete. Gelächter sollte unter ihrer Würde sein. Es wirkte unangebracht gegenüber den Tausenden von Menschen, die sie töten würde, gegenüber all den Armeen, die sie vernichten würde.

Wahnsinn!

Freudig begrüßte Niad ihre Besucher. Sie trug ein nurzisches, kornblumenblaues Kleid; besser hätte etwas von Menschenhand Gefertigtes unmöglich zu ihren Augen passen können. Sie setzte sich mit ihren Gästen in einen Obstgarten, wo Bulion eine unratsam große Menge Pfirsiche verschlang. Aufgeregt erzählte Niad den beiden von ihren bisherigen Lernerfolgen; es wäre ganz einfach, meinte sie. Ein Jaulscath gab die Anweisungen aus dem Verstand eines Ivielscath unmittelbar an den ihren weiter. Man hatte ihr bereits gestattet, ein schlimm verletztes Knie zu heilen. Es war wirklich nichts dabei. Es war lediglich eine Frage der geistigen Einstellung; man mußte nur aus tiefster Seele helfen wollen.

Natürlich. Der Beweggrund war der Schlüssel ...

»Gwin *Saj*?«

Gwin ertappte sich dabei, daß sie tagträumend, gedankenverloren ins Leere starrte. »Bulion, Liebster, glaubst du, wir können einen von Labranzas kleinen Helfern für uns gewinnen? Ching Chilith zum Beispiel, aus offensichtlichen Gründen?«

»Tibal hält nicht viel von ihm.«

»Das stimmt. Zumindest scheint es zu stimmen. Aber Ching Chilith kennt offenbar sämtliche Falltüren und alle im Keller versteckten Leichen an diesem Ort. Heute morgen, als du ... nicht da warst, kam er vorbei. Angeblich, um sich zu erkundigen, ob unsere Unterkünfte zufriedenstellend seien. Ich glaube eher, um zu spionieren.«

Bulion grunzte nur.

»Sein Gesicht war von Runzeln überzogen wie eine Backpflaume, und er hinkte stärker als je zuvor.«

»Gestern machte er den Eindruck, als hätte er einen Leistenbruch.«

»Oder etwas Schlimmeres.«

Niads große, blaue Augen weiteten sich. »Du willst, daß ich versuche, einen Leistenbruch zu heilen?«

»Nein. Ich will, daß Mandasil es versucht. Ich glaube, es ist kein Leistenbruch.«

»Aber Mandasil ist ebenso unerfahren wie ich, Gwin *Saj*! Sogar noch unerfahrener!« Mit fester Stimme fügte Niad hinzu: »Außerdem gibt es hier viele wunderbare Heiler.«

Ja, die gab es. Dennoch hatte Gwin etwas anderes im Sinn.

»Aber er macht sich ganz gut«, gab Niad zu. »Er hat einen alten Mann aus Chan San geheilt, der eigens dafür herkam. Der Mann war fast blind. Mandasil heilte sein zweites Auge, nachdem ein Lehrer das erste geheilt hatte.«

»Hol ihn«, bat Gwin das Mädchen.

Gwin ließ Bulion als Wache vor der Tür zurück, um empörte Schriftführer, Lakaien, Günstlinge und Untersekretäre fernzuhalten und führte Mandasil geradewegs in Ching Chiliths palastähnliche Schreibstube. Zwischen all den Tischen, Statuen, Armleuchtern, Schaukästen, Zierschirmen, bemalten Krügen und kunstvoll gearbeiteten Diwans aus der Kaiserzeit war kaum genug Platz, um sich zu bewegen. Teppiche zierten die Wände; die Brücken erwiesen sich als knietief. Für einen so jungen Mann hatte Ching schon reichlich Beute eingeheimst. Tibals Anschuldigung, er sei Labranzas Liebhaber, wirkte weit hergeholt. Viel wahrscheinlicher war er ihr Sohn, ihr Kronprinz, ob anerkannt oder nicht.

Den einzig freien Platz im Zimmer bot das große Schreibpult. Wütend, mit gerunzelter Stirn lugte Ching Chilith dahinter hervor wie ein Erdhörnchen aus seinem Bau.

Sein Gewand stellte ein buntes Sinnbild uneingeschränkter Anmaßung dar. Zornig, jedoch wenig überzeugend, herrschte er die Eindringlinge an; er mußte bereits erfahren haben, daß Gwin den Schlüssel der ganzen Tharn-Angelegenheit verkörperte und der Erneuerer nur eine Nebenerscheinung war. Was sie in Bulions Nähe natürlich unter keinen Umständen zugegeben hätte.

»Was soll das bedeuten?« knurrte Ching abschließend – genauso, wie er begonnen hatte.

»Dieser Mann ist ein Ivielscath. Er wird dich von deinem Leiden befreien.«

Chings haselnußbraune Wangen nahmen die Farbe reifer Granatäpfel an.

»Das ist nicht nötig!«

Gwin stieß sich vom Boden ab und schwang sich auf den Rand des Schreibpults. »Betrachte es als einen Gefallen. Ich habe gehört, was Tibal Frainith gestern angedeutet hat. Ich habe keine Ahnung, wer dir das angetan hat und aus welchem Grund. Und es ist uns auch egal – nicht wahr, Mandasil?«

»Es gibt nichts . .«, setzte Ching an.

»Ich habe auch Tibals häßliche, spöttische Bemerkung gehört, du wärst so unbeliebt, daß du es nicht wagst, einen Heiler um Hilfe zu bitten. Tja, Mandasil ist gerade erst in Raragash eingetroffen. Deinen Namen hat er erst vor kurzem von mir erfahren. Er ist dir gegenüber völlig unvoreingenommen. Stimmt's, Mandasil?«

»Versuchst du, mich zu bestechen?« fragte Ching.

»Wie gesagt – wir tun dir nur einen Gefallen. Nicht wahr, Mandasil?«

Die Granatapfelfarbe verblaßte zu einem Zitronengelb. »Ein *ungeschulter* Ivielscath?«

»Aber ein höchst begabter. Schon in der Vergangenheit habe ich seine Bemühungen erfolgreich in die richtige Richtung gelenkt. Nicht wahr, Mandasil?«

Ching leckte sich über die Lippen. »Was hast du getan?« Er wirkte wenig überzeugend.

»Du mußt es doch schon gehört haben. Ich bin ein Poulscath. Gewiß sind mittlerweile Gerüchte im Umlauf, oder? Alle Verfluchten müssen mir gehorchen. Wenn ich Heilen! sage, dann heilen sie auch. Darf mein Freund dich nun untersuchen, während ich mich umdrehe, oder müssen wir dich erst zu Boden zerren?«

Mandasil war zwar nicht groß, doch der Kittel und die kurze Hose ließen einiges an Körpermasse erahnen. Der junge Mann straffte die Steinmetzschultern und spannte die Armmuskeln. Sein Lächeln verriet wenig Verstand, dafür um so mehr das Bestreben, Gwin *Saj* zu gefallen.

Ching gab sich geschlagen. »Dreh dich um«, forderte er sie auf.

Gwin betrachtete die Wandteppiche.

Hinter ihr stieß Mandasil einen Pfiff aus. »Allein der Anblick schmerzt! Hat dich ein Pferd getreten oder so was? Ich fange mit diesem Bluterguß an der Hüfte an.«

Nach einer kurzen Weile ... »Na also! So groß sollten sie eigentlich sein, oder?«

Schließlich kicherte der Ivielscath. »Probier heute nacht mal aus, wie er sich im Einsatzfall verhält. Fertig, Gwin *Saj*.«

Über das ganze Gesicht strahlend wie ein kleiner Junge, kam er zu ihr herüber. Ohne sich umzudrehen, ging Gwin auf die Tür zu. Mandasil hatte gewaltige Fortschritte gemacht. Nur noch wenig erinnerte an den verbitterten Flegel von vor drei Wochen. Es mußte wohl am Lebensinhalt liegen – nun, da er wußte, daß er die Macht zu heilen besaß, hatte sein Leben wieder einen Sinn.

Gwins Leben hatte viel zu viel Sinn. Ungeschulte Poulscaths waren schlimmer als ungeschulte Ivielscaths. Ivielscaths konnten einzelne Menschen schädigen, sie aber würde ganze Völker auslöschen.

Von Ching Chilith hatte sie noch kein Wort vernommen. War er in Ohnmacht gefallen? War er zu verlegen, um zu sprechen? Oder zu verängstigt? Zu wütend? Mit Mandasil im Schlepptau ging sie hinaus und zog die Tür hinter sich zu; immer noch gab Ching Chilith keine Silbe von sich, nicht einmal ein schlichtes »Danke.«

54

Kurz vor Sonnenuntergang trafen sich die Tharns im Gemeinschaftsraum, um auf ihre Verbündeten aus dem Rat zu warten, damit sie dann alle gemeinsam bei der

Versammlung erscheinen konnten. So zumindest lautete der Plan.

Doch der Plan schlug fehl.

Die Männer trugen ihre Schwerter. Den ganzen Tag hatten sie Gwin nicht aus den Augen gelassen. Sie fragte sich, ob dies wohl ein Teil ihres Schicksals war – für den Rest ihres Lebens bewacht zu werden.

Par a'Ciur schneite herein. In der königlich-blauen Robe wirkte sie wie eine kleine Kaiserin. Das Granatdiadem, das ihr silbriges Haar schmückte, hätte sich eigentlich mit dem Blau schlagen müssen, was seltsamerweise aber nicht der Fall war. Stirnrunzelnd schaute sie sich in dem großen Zimmer um. »Kein Ordur? Kein Tibal?«

»Ich nehme an, die werden gleich kommen«, meinte Gwin.

Die alte Dame setzte sich neben sie und legte ihr die zarte Hand auf den Arm. Aufgeregt beugte sie sich vor. »Ich habe nochmals Losso Lomith' Memoiren durchgesehen. Dabei fiel mir auf, daß er des öfteren Ausdrücke verwendet wie ›Mein Schicksal befahl mir ...‹ und ›Abermals vernahm ich den Ruf des Schicksals!‹«

»Also hörte er auch eine Stimme?«

Pars dünner Hals wackelte, als sie nickte. »Genau!«

»Tja, ich wünschte, meine Stimme würde mir ein paar Fragen beantworten!«

»Pah, meine Liebe! Ich glaube kaum, daß sie dir jemals Fragen beantworten wird. Sie wird dir nur sagen, was zu tun ist. Und ich schätze, du mußt dich einfach damit *abfinden*, daß es dein Schicksal ist.«

Kein Beweggrund? Das konnte durchaus ein Problem werden. Gwin wollte kein Schicksal. Sie wollte nur nach Hause.

Par begann zu zappeln. »Also, was glaubst du, wo diese verfluchten Verfluchten stecken? Wir kommen noch zu spät.«

Das Getrampel schwerer Stiefel ertönte draußen – vieler Stiefel. Das Klirren von Metall näherte sich. Bewaffnete Männer strömten durch beide Türen herein, während weitere draußen die Fenster verdunkelten. Sie trugen Panzerhemden im uralten Stil der Kaiserzeit. Die Farbe war überwiegend abgeblättert oder mit Rost überzogen; der ausgebleichte Federschmuck auf den Helmen wirkte angenagt.

Die Tharns sprangen auf und griffen zu den Schwertern.

Jukion hingegen hob eine Bank hoch und brachte sie gleich einem Stock in Anschlag. »Laßt sie mich niederschlagen!« grollte er. »Einmal auf dem Boden, stehen die nicht mehr auf.«

»Nein! Ihr könnt nicht gegen den ganzen Krater antreten!« rief Gwin. Ein Blutbad wäre die Folge. So lächerlich die Kluft der Soldaten wirkte, wie viele Jahrhunderte alt sie auch sein mochte – wenn auf diesem beengten Raum eine Truppe Eisenmänner mit einer Schar Bauern zusammenstieß, würden die Bauern in Stücke gerissen. Die Soldaten selbst konnten mit geschlossenen Augen siegen.

Auch Bulion hatte das erkannt. Knurrend stimmte er Gwin zu. Widerwillig stellte Jukion die Bank zurück.

Linkisch, halb erdrückt vom Gewicht der Rüstung, wankte ein Offizier herein. Das Visier war offen, doch er hielt das Schwert schlagbereit. Schwerfällig stapfte er auf die Gruppe zu und verlor beinahe das Gleichgewicht, als er stehenblieb.

»Ratsmitglied a'Ciur? Meine Männer werden Euch zum Treffen begleiten.«

Steif erhob sich Par und richtete sich zu voller Größe auf, so daß sie dem Mann etwa bis zur Hälfte des mit Rostflecken übersäten Brustpanzers reichte. »Das ist doch unerhört! Woher habt ihr nur diese lächerlichen Relikte, die ihr da tragt? Und wo sind die Ratsmitglieder Ordur und Frainith?«

»Ich nehme an, sie erwarten Euch im Sitzungssaal, *Saj*.« Unbehaglich schlug er die Augen nieder. »Ich habe meine Befehle.«

Der Ivielscath ließ ein Geräusch vernehmen, das sich anhörte wie: »*Paaah!* Und was ist mit meinen Freunden hier?«

»Meine Anweisungen lauten, daß sie bleiben sollen, wo sie sind.« Die Züge des Offiziers ließen erkennen, daß er sich in der Rüstung förmlich wand. Er schaute sich nach dem wahrscheinlichen Anführer um. »Bulion Tharn *Saj*?«

Bulion knurrte und nickte.

»Ihr könnt eure Waffen behalten, wenn du mir dein Wort gibst, daß sie nicht gezogen werden.«

Gwin schaute sich um. Inzwischen waren mindestens vierzig Soldaten erschienen. »Gib ihm dein Wort, Liebster.«

Bulions Antlitz leuchtete rot vor Zorn. »Wir haben wohl keine andere Wahl, oder? Du hast mein Wort, Unteroffizier.«

»Hauptmann!«

»Was auch immer. Sag deiner Vorgesetzten, daß ich von ihrer Gastfreundschaft wenig halte.«

Der unglückliche Soldat schien beinahe geneigt, Bulion zuzustimmen.

Erleichtert – und mit einigen Schwierigkeiten – nickte er. »Ratsmitglied, bitte?«

»Paaah!« machte Par a'Ciur abermals. Sie klopfte Gwin auf die Schulter. »Das ist einfach lächerlich! Darüber wird gleich als erster Tagesordnungspunkt abgestimmt, und wir lassen dich holen, bevor über irgend etwas anderes gesprochen wird!« Zornig marschierte sie an dem Hauptmann vorbei zur Tür.

Der Offizier wandte sich klirrend und schnaufend um; dann wankte er langsam voran und stapfte hinter Par a'Ciur her. Gwin fragte sich, ob der Mann je zuvor eine Rüstung getragen hatte.

Sie setzte sich. Widerwillig taten die Männer es ihr gleich.

Nach einer Weile durchbrach Bulion die unangenehme

Stille. »Wie schätzt du die Aussichten der kleinen Dame ein?«

»Schlecht. Alles hängt von Baslin ab. Er wird allem zustimmen, das logisch klingt. Ich glaube, Labranza kann ihm ihre Denkweise aufschwatzen. Der erste Tagesordnungspunkt wird eine Verschiebung sein.« Labranza hatte die Versammlung nur unter Protest einberufen; sie hatte nicht versprochen, daß Lösungen dabei herauskommen würden. Nachdenklich betrachtete Gwin die Wachen. »Glaubst du, mein Einfluß auf Verfluchte läßt sich auch auf Gesegnete anwenden?«

»Keine Ahnung. Aber ich halte dies für keine gute Gelegenheit, es auszuprobieren. Ein toter Poulscath hilft niemandem außer dieser Schlampe Labranza.«

Wenn Bulion schon Schimpfwörter benutzte, mußte ihn eine nie zuvor gekannte Wut erfüllen. Alle schauten zu Gwin. Als sie Labranza von Angesicht zu Angesicht niedergerungen hatte, war sie zur Anführerin der Tharns geworden, denn sie wußten, daß ihr alter Clanführer sich auf dem Schlachtfeld der magischen Kräfte außerhalb seiner Gefilde befand. Sie erwarteten ihre Rettung durch Gwin. Schließlich hatte sie ihnen das alles auch eingebrockt, vermutete Gwin. Das Problem war nur, daß sie sich auf den Rat verlassen hatte. Einen anderen Plan hatte sie sich nicht zurechtgelegt. Würde Labranza sie alle aus Raragash verbannen, auf daß sie ihr Glück im Kriegsgebiet versuchten mußten? Oder würde die Vorsitzende des Rates die Tharns in ein Verlies stecken und den Schlüssel einschmelzen lassen?

»Warum gehorchen sie dieser Labranza?« fragte Thiswion aufgebracht. »Sie ist doch keine Königin.«

Wosion antwortete ihm. »Sie verkörpert die rechtmäßige Befehlsgewalt. Sie kontrolliert das Geld, die Macht und den Ruhm. Es ist unglaublich schwer, Tyrannen zu stürzen, so böse sie auch sein mögen.«

»Ich glaube nicht, daß sie wirklich böse ist«, widersprach Gwin. »Sie genießt nur ein gewisses Ansehen, das sie behalten möchte. Dies hier ist ihr Herrschaftsgebiet. Wenn sie zugibt, daß mir ein Sitz im Rat zusteht, verliert sie ihre Mehrheit. Du hast doch Par a'Ciur letzte Nacht gehört – die nette alte Dame würde auf der Stelle mich als Vorsitzende vorschlagen.«

»Du würdest die Aufgabe der Vorsitzenden weit besser erfüllen als ich die des Kaisers.« Wahrscheinlich meinte Bulion die Bemerkung als Scherz, doch niemand lächelte.

Gwin wurde bewußt, daß sie Labranza vielleicht nie wiedersehen würde. Die Vorsitzende würde zwischen dem Poulscath und den übrigen Verfluchten in Raragash eine Mauer aus Stahl errichten. Gwin hatte ihre Gelegenheit in jener Nacht verstreichen lassen, als die Frau ihrer Gnade ausgeliefert war. Der Einsturz des Ostflügels hatte sie abgelenkt.

Draußen ging der Tag zur Neige; die Sonne versank hinter den Felsen. Geflüster auf dem Gang ... Stiefel scharrten an der Tür. Es war immer noch hell genug, um den Jungen zu erkennen, der sich an den Wachen vorbeidrängte und herübereilte. Aha! Gwin sprang auf und kam ihm auf halbem Weg entgegen.

Natürlich handelte es sich um Ching Chilith. Er hatte die Prunkgewänder zugunsten eines schlichten Kittels und einer gewöhnlichen Hose abgelegt, wodurch er noch jünger als sonst wirkte. Sechzehn? Er *mußte* einfach älter sein! Mit beiden Händen umklammerte er ein Buch. Er verhielt sich gleichermaßen ängstlich und heimlichtuerisch. Ching hielt inne; dann wich er einen Schritt vor Gwin zurück, so als scheute er sich, ihr zu nahe zu kommen.

»Bist du es wirklich?« flüsterte er.

Unwillkürlich senkte auch Gwin die Stimme. »*Was* bin ich wirklich?«

»Ein Poulscath?«

»Ich glaube schon. Warum?«

Ching schaute sich um. Neugierig starrten die Tharns

ihn an. Ebenso die Wachen. »Labranza wird mich umbringen!«

»Nicht, wenn ich es verhindern kann!« rief Gwin und bemühte sich verzweifelt, Selbstvertrauen auszustrahlen. »Gehe ich recht in der Annahme, daß du dich besser fühlst?«

Ching errötete. »O ja, *Saj*! Ich bin dir sehr dankbar! Deshalb bin ich hier.« Abermals blickte er sich furchtsam um und schien kurz davor, Reißaus zu nehmen.

»Was ist das für ein Buch?«

»Das hier? Oh!« Andächtig legte er es auf einen Tisch. »Das hier ist ... ein Wunder, *Saj*! Ich wußte gar nicht, daß es dieses Buch überhaupt gibt. Labranza befahl mir, die Handschrift zu überprüfen. Das Buch ist echt! Keine Ahnung, woher sie es hat.«

»Und worum handelt es sich?«

Die Augen des Jungen weiteten sich. »Es ist die ursprüngliche Satzung der Akademie! Geschrieben vom Gründer persönlich!« Behutsam schlug er das Buch auf. »Und sieh nur *hier*, Gwin *Saj*! Wo sie ein Lesezeichen eingelegt hatte!«

Allmählich beschlich Gwin eine gewisse Erregung angesichts dieser magischen Fügung – oder was auch immer es sein mochte. Mit zusammengekniffenen Augen betrachtete sie die verblaßte, undeutliche Schrift. Sie würde eine gute Woche brauchen, das alles zu entziffern! Das Buch mußte an die sechshundert Jahre alt sein! Ihr schwirrte der Kopf. »Das Licht ist zu schlecht. Sag mir, was da steht.«

»Die ursprünglichen Verfahrensregeln des Rates!« flüsterte Ching und hörte sich dabei durch und durch ehrfürchtig an.

»Es ist nicht der Tod, dem der siebte Stuhl gebührt, oder?«

»Nein, *Saj*! Er gebührt dir! Ich meine, dem Poulscath! Sieh nur, was im Buch steht ... Ich nehme an, damals wußten sie es noch nicht. Sie wußten nicht, wie selten

Poulscaths sind. Der Gründer schrieb, daß alle sieben Gruppen einen Vertreter wählen sollten und der Poulscath ihr natürlicher Herrscher wäre. Genauso steht es hier – natürlicher Herrscher!«

Gwins Herz schlug schneller. Daß sie den Schreiber der Vorsitzenden auf ihre Seite ziehen konnte, überstieg ihre kühnsten Träume. Also konnte sie mit Sicherheit ausschließen, daß Labranza Chings Mutter war. »Wenn es sein muß, kann ich ohne weiteres herrschen! Kannst du mich hinbringen?«

Ching zögerte und fummelte in der Tasche herum. »Hier habe ich eine Befugnis ... Ich habe ihre Unterschrift gefälscht, *Saj*!«

»Oh.« Das konnte unangenehm werden.

Kläglich starrte Ching sie an. Die jungenhaften Augen waren groß, unschuldig, sorgenvoll und sie wiesen eine merkwürdige Farbe auf, wie Birkenholz. »Wirst du mich beschützen? Sonst tötet sie mich! Ich weiß, daß sie mich tötet!«

Tobende Gewissensdämonen stürmten von allen Seiten auf Gwin ein. Dies schien die Lösung zu sein, die sie brauchte.

Doch wenn sie die Gelegenheit beim Schopf packte, trieb sie ihren Helfer vielleicht in den Untergang oder gar in den Tod. Gwin würde Raragash wieder verlassen; Ching hingegen würde bleiben. *»Stimme? Ist das mein Schicksal? Gehe ich mit ihm?«*

Natürlich, antwortete die Stimme. Sie klang zuversichtlich, aber das war immer der Fall.

»Kehre ich unversehrt zurück?«

Natürlich.

Wie unfehlbar mochte dieser magische Führer sein? Ein Schicksal war eine sehr persönliche Angelegenheit. Pläne konnten rasch durchkreuzt, hinterlistige Fallen mühelos aufgestellt werden.

»Wenn ich Vorsitzende bin, ist es Labranza nicht mehr! Also wird sie dir nichts anhaben können. Und ich werde sie dazu zwingen, so wie ich sie gezwungen habe, die Versammlung des Rates einzuberufen.«

Ching keuchte. »Das war dein Werk?«

»So ist es. Letzte Nacht, kurz bevor das Dach einstürzte und die Mauern in sich zusammenfielen. Weißt du, sie hat es alles andere als gern getan.«

»Und ich habe mich schon gefragt, warum sie ihre Meinung geändert hat.«

»Tja, darum! Und jetzt ...« Gwin bemerkte die argwöhnischen Blicke der Tharns. Freiwillig würden sie Gwin wohl kaum gehen lassen, denn selbstverständlich konnte es sich auch um eine Falle handeln. Labranza konnte durchaus einen Mörder gedungen haben, der mit dem Messer in der Hand nur darauf lauerte, daß sie sich von ihren Beschützern entfernte.

So etwas entspräche voll und ganz dem Wesen der Vorsitzenden.

Andererseits ...

Andererseits nichts. Entweder ging sie mit ihm, oder ihre Knochen würden in Raragash begraben. Oder beides.

»Ich schwöre, daß ich dich beschützen werde, Ching *Saj*. Ich kümmere mich um meine Freunde. Aber jetzt schnell raus hier, bevor meine Gefährten begreifen, was wir eigentlich tun.«

»Ja, *Saj*! rief Ching eifrig. Er holte ein Dokument hervor. »Damit kommst du zur Versammlung durch. Bitte achte darauf, daß es Labranza nicht in die Hände fällt. Ich muß das Buch zurückbringen, bevor sie merkt, daß ich es genommen habe.«

55

Nachdem er Gwins Befugnisschreiben eine Zeitlang mißtrauisch beäugt hatte, gelangte der Torhüter offenbar zu dem Schluß, daß die Urkunde echt sein mußte und zerrte eine der beiden riesigen Doppeltüren auf. Sie öffnete sich gerade so weit, daß Gwin hindurchschlüpfen konnte, hinein in das Allerheiligste der Akademie. Bollernd schloß die Tür sich wieder. Trübes Licht umfing Gwin. Einen Augenblick fürchtete sie, tatsächlich in eine Falle getappt zu sein, in ein Verlies. Die Luft roch schal und sauer und nach Lampenöl. Einzelheiten schälten sich aus dem Halbdunkel. Lampen, die an Goldketten von der unsichtbaren Decke herabhingen, warfen einen fahlen Schein auf die sechs Gesichter, die sich umgedreht hatten, um zu sehen, wer es wagte, die Versammlung des Rates zu stören.

Gwin wußte, daß dies der älteste Teil der Akademie war, der noch vor der Zeit übertriebenen Prunks und importierten Marmors entstanden war. Dennoch war die Kammer in ihren Augen überraschend unscheinbar, gleich einem Keller mit Wänden und Fußböden aus dunklem Basalt. Der Raum war kaum groß genug für den Tisch und die sieben Stühle. Der Tisch war dreieckig – die unbesetzte Unterseite wies zu Gwin; auf jeder der beiden anderen Seiten saßen drei Ratsmitglieder, und an der Spitze stand ein leerer Thron. Nein, der Tisch war kein Dreieck, sondern ein Herz. Auch der Raum selbst war herzförmig, die Einrichtung schwarz wie Kohle. Das schwarze Herz von Raragash ... welcher widernatürliche Verstand mochte diesen schlechten Scherz wohl ersonnen haben?

Gwin erblickte Labranza zu ihrer Linken und ging nach rechts. Zügig schritt sie zwischen den Stuhllehnen und den tiefschwarzen Mauersteinen vorbei auf den leeren Sitz an der Spitze des Herzens zu. Ob es sich nun um einen Thron handelte oder nicht, jedenfalls war es der größte der Stühle, und dies allein bestätigte, was Ching ihr erzählt hatte. Tibal beachtete sie kaum. Zurückgelehnt saß er neben Labranza saß und hatte den Mund zu einem süßsauren Lächeln verzogen. Auch die kleine Par a'Ciur, die neben Tibal nachgerade winzig wirkte, aber genauso breit grinste, nahm sie kaum wahr.

»Eindringling!« grollte Labranza. »Wie bist du ... Torhüter!«

Gwin versuchte, den riesigen Stuhl vom Tisch wegzuschieben und stellte fest, daß sie sich mit dem ganzen Gewicht dagegen stemmen mußte, um ihn zu bewegen. Gräßlich knirschend schabten die Beine über den Steinboden. »Es ist mein gutes Recht, hier zu sein!« Ihre Stimme klang wenig überzeugend. Sie zwang sich zu einem ruhigeren Tonfall. »Als einziger Poulscath des Kraters erhebe ich hiermit Anspruch auf diesen Sitz des Rates.«

»Unsinn! Beweise es!« Abermals öffnete Labranza den Mund, um nach dem Torhüter zu rufen.

»Allein der Umstand, daß dieses Treffen überhaupt stattfindet, sollte dir Beweis genug sein.«

Die große Frau funkelte sie finster an. »Das ist kein Beweis!«

»Dann soll sich der gesamte Rat zu meinem Anspruch äußern.« Gwin stellte soviel geheucheltes Selbstvertrauen zur Schau, wie sie aufzubringen vermochte. Sie stand vor dem Thron und stützte sich mit beiden Fäusten auf die glatte, schwarze Holzoberfläche des Tisches. Sie wünschte, sie hätte etwas anzuziehen gehabt, das dem Anlaß besser gerecht wurde als ein abgetragener Kittel und eine Reithose. Zugute halten konnte man Gwins Kleidung lediglich, daß sie sauber war, wohingegen Labranza vor Juwelen und Silbersatin nur so glitzerte.

Triumph legte sich auf die Züge der Vorsitzenden. »Wir haben in dieser Angelegenheit bereits abgestimmt.

Aber wir können dir ruhig eine Lektion in guten Manieren erteilen, indem wir noch einmal in deiner Anwesenheit abstimmen.« Bedrohlich spannte sie die Muskulatur der männlich wirkenden Kiefer. »Wie bist du überhaupt hierhergekommen?«

»Darüber unterhalten wir uns gleich als erstes, nachdem alle Vertreter auf ihren Plätzen sind. Tibal, stimmst du für mich?«

»*Ich* leite die Abstimmung!« kreischte Labranza. »Ratsmitglied Tibal Frainith?«

Tibal zwinkerte Gwin zu. »Ich stimme mit ›Aye‹ für Poulscath Tharn.«

»Ratsmitglied Par a'Ciur?«

»Aye.«

»Ratsmitglied Ordur?«

»Aye.« Ordur, der zusammengesunken unmittelbar links neben Gwin saß, wirkte besorgt und völlig übermüdet.

Wie vorherzusehen, knurrte Baslin: »Naye!«

»Aye«, verkündete die nächste, noch bevor sie aufgerufen wurde.

Es mußte sich um Ziberor handeln, den Jaulscath, der unmittelbar gegenüber der Vorsitzenden saß. Zum erstenmal musterte Gwin sie eingehend. Ziberor war eine große, dürre und unförmige Frau. Stocksteif hockte sie auf dem Stuhl. Ihr kurz geschorenes Haar war dunkel, ihr Gewand unauffällig, ihre Züge schlaff, faltig und fleckig. Zudem wirkten sie merkwürdig beweglich und zuckten ständig, als krabbelten unter der Haut Maden umher. Nahtlos und ohne besonderen Anlaß, wechselten sie von einer Miene zur nächsten. Wie es hieß, verloren Jaulscaths den Verstand ...

Langsam schaukelten die Laternen an den Ketten hin und her, doch es herrschte kein Luftzug, der dies verursachen könnte.

Mitten in die Stille hinein grollte Labranza: »Was?«

Unaufhörlich musterte der Jaulscath Gwin, grinsend,

blinzelnd, schmollend. »Ich habe einen Eid geschworen, mein Tun durch nichts beeinflussen zu lassen, das ich aus den Gedanken unseres Shoolscath erfahre, Labby. Das hindert mich aber nicht daran, in deinen herumzuschnüffeln. Ich stimme mit Aye, und du weißt weshalb.«

Gwin hatte ganz vergessen, daß ihre Gedanken gelesen wurden. Ein flüchtiges Bild von Bulion, wie er heute morgen im Bett gelegen hatte ... dann verdrängte sie es aus ihrem Kopf. Sie hatte keine dunklen Geheimnisse und keine Zeit, sich darüber Sorgen zu machen, wenn dem so wäre.

Ratsmitglied Ziberor gelang es, gleichzeitig zu grinsen und finster dreinzublicken.

Baslin richtete sich im Stuhl auf und räusperte sich gedehnt. »Ich fürchte, deine Bemerkung an sich könnte als Vertrauensbruch betrachtet werden, Ratsmitglied, aber unter den gegebenen Umständen bin ich der Meinung, ich sollte meine Wahl widerru...«

»Halt die Klappe!« brummte Labranza. »Unnötig. Du bist angenommen, Tharn.«

Gwin nahm Platz. Ihre Knie zitterten. Sie versuchte erst gar nicht, den Stuhl an den Tisch zu ziehen. Der siebte Sitz ... auf dem der Tod saß.

»Ich danke euch allen. Nun, wie ich höre, übernimmt der Poulscath gemäß den Richtlinien des Gründers ohne besondere Abstimmung den Vorsitz dieses Rates.«

»Ich kann mich nicht erinnern, in der Satzung so etwas gelesen zu haben«, warf Baslin ein.

»Bestätige meine Auslegung doch bitte, Ogoalscath«, forderte Gwin Labranza auf.

Hätte ein begabter Bildhauer einen Granitblock in Muol verwandelt, die Herrscherin des Hasses, hätte der Gesichtsausdruck der Statue zweifellos Labranzas Miene geglichen. Kurz schloß sie die Augen und verzog beinahe schmerzlich das Gesicht. Dann setzte sie wieder den bösen Blick auf und murmelte: »Das stimmt.«

»Verflucht!« rief Ordur.

Par a'Ciur klatschte fröhlich in die Hände.

Unerwartet wie ein Schwall eisigen Wassers überkam Gwin die Erkenntnis, was sie soeben vollbracht hatte. Dies war Zauberei! Dies war die magische Kraft eines Verfluchten! Zum erstenmal glaubte sie wirklich daran. Mit einem harten Blick als einziger Waffe hatte sie eine Tyrannin gestürzt und Raragash in Besitz genommen. Wie lange würde sie diesen Zustand aufrechterhalten können?

Rasch faßte sie sich wieder und wandte sich den anderen zu, die sie allesamt anstarrten. Nur Tibal und der Muolscath zeigten sich nicht erstaunt.

»Danke. Erhebt irgend jemand Einwände? Wenn nicht, übernehme ich hiermit den Vorsitz dieser Versammlung.«

Schweigen. Labranzas Hände lagen weithin sichtbar auf dem Tisch. Scheinbar unwillkürlich ballten sie sich ohne Unterlaß zu Fäusten. Gwin sehnte sich nach Bulions gelassener Weisheit und Unterstützung, doch sie würde diese Sache allein durchstehen müssen.

»Zu deiner Frage, wie ich hierherkam, Ratsmitglied Labranza Lamith – das ist meine Angelegenheit. Ich wünsche, daß du dich hoch und heilig verpflichtest, dich an niemandem zu rächen, der mir geholfen hat, auf welche Weise auch immer.«

Die Wahrscheinlichkeit war groß, daß Labranza haargenau wußte, wer Gwin geholfen hatte.

»Verräter? Du beschützt Verräter?«

»Des einen Verräter ist des anderen Pfad zur Erleuchtung. Habe ich dein Wort?«

»Wer den einen verrät, verrät auch den anderen!«

»Mein Problem. Schwör es!«

Labranza erbebte, doch diesmal wehrte sie sich weniger heftig gegen den Zwang. »Ich schwöre es.«

Die Spannung schien sich aufzulösen. Ordur gähnte. Andere lehnten sich auf den Stühlen zurück. Das Vorgeplänkel war vorüber, und sie konnten sich wichtigeren

Dingen zuwenden. Es versprach, eine lange Sitzung zu werden.

Was sollte Gwin nun tun? Pferde und sicheres Geleit durch die gegnerischen Armeen verlangen, um ins Tal zurückzukehren? Unmöglich! Selbst die geballte Macht Raragashs vermochte die sichere Heimreise der Tharns nicht zu gewährleisten. Zudem konnte ihr Zuhause sich als Todesfalle erweisen, falls die Karpana sich nach Süden wandten.

Verlange einen Bericht über die derzeitige Lage, forderte die Stimme sie auf.

Darauf wäre ich selbst gekommen. »Ratsmitglied Lamith, welche Neuigkeiten gibt es über die Karpana?«

Zwar behielt die große Frau den haßerfüllten Blick bei, doch sie begann bereitwillig: »Sie haben Nimbudia in Schutt und Asche verwandelt. Bei Wirnimin stießen sie mit der rurkischen Armee zusammen und haben sie in die Flucht geschlagen. Danach kehrten sie um. Laut meinen letzten Informationen, die etwa zwei Wochen alt sind, marschieren sie in südwestlicher Richtung, anscheinend nach Mokth.«

Die ehemalige Vorsitzende war wirklich bestens unterrichtet. Und immer noch brandgefährlich.

»Haben wir eine Karte hier?« fragte Gwin. »Na, egal. Nehmen wir an, Raragash wäre ihr Ziel. Wie lange bräuchten sie bis hierher?«

Einige Ratsmitglieder tuschelten bestürzt, Labranza aber kannte die Antwort. »Sechs oder sieben Wochen. Der Gepäckzug hält sie auf. Zwar schicken sie Kampftruppen aus, um Städte im Umkreis von einem Tagesritt zu plündern, der Hauptkörper aber kommt nur langsam voran.«

»Verstehe«, murmelte Gwin. Also blieben bestenfalls sieben Wochen, um eine Armee auf die Beine zu stellen, die einem mächtigeren Feind als den Zarda gewachsen war – den Zarda, die das Kaiserreich zu Fall gebracht hatten. Ein paar Monate Erfahrung als Wirtin der Herberge zur Phoenix-Straße schienen keine ausreichende Vorbereitung dafür. »Ist es möglich, Raragash zu befestigen?«

Labranza prustete ungläubig.

»Das Nordtor ist vor Jahrhunderten eingestürzt«, erklärte Baslin. »Selbst wenn wir es wiederaufbauen, die Tore waren dafür bestimmt, Menschen einzuschließen, nicht fernzuhalten. Dies ist ein sehr großes Tal, keine Festung. Es gibt viele . . .«

Labranza unterbrach Baslins fruchtlosen Vortrag. »Die Antwort lautet nein!«

Soviel dazu! meinte die Stimme. *Jetzt erkundige dich über mögliche Verbündete.*

»Wie verhalten sich die Könige?«

Labranza zuckte mit den massigen Schultern. »Die streiten sich natürlich. Sie haben ihre Truppen zusammengetrommelt, aber das ist auch schon alles. Jeder hat an jeden geschrieben und um Unterstützung und Lehnstreue gebeten. Und jeder will den obersten Kriegsherrn spielen. Niemand ist bereit, sich unterzuordnen.«

»Wir müssen einen Führer finden, der für alle annehmbar ist.«

»Wohl deinen Mann?«

Gwin lachte. »Du meine Güte, nein!« Sie bemerkte die Überraschung auf den sechs Gesichtern – eigentlich auf vier Gesichtern, denn aus Ziberors rastlosen Zügen ließ sich gar nichts ablesen, und Tibal zeigte sich niemals überrascht. »Bulion ist Bauer, kein Soldat. Nun, lassen wir die Frage nach dem Führer vorerst beiseite und wenden wir uns der Streitmacht zu, die er befehligen soll. Bitte erläutere uns die Möglichkeiten, Ratsmitglied Lamith.«

Labranza schwieg eine Weile, entweder, um sich zu sammeln, oder um Gwin einzuschätzen. »Es gibt nur drei – Nurz, Mokth und Wesnar.«

»Unsinn!« rief Baslin dazwischen und kratzte über seine Bartstoppeln.

»Tatsache. Nimbudia ist vernichtet. Und ganz gleich, ob Rurk eine weitere Armee aufstellen kann, um die geschlagene zu ersetzen – sie würde sich auf der falschen Seite des Feindes befinden. Esran und Da Lam sind bedeutungslos. Pagaid und Pirain liegen zu weit entfernt, um uns rechtzeitig zu erreichen; dasselbe gilt für die westlichen Königreiche. Hamdish pflegt die Tradition, nur die eigenen, befestigten Städte zu bemannen und weigert sich seit jeher, Truppen außerhalb seiner Grenzen einzusetzen.« Die große Frau starrte Baslin vernichtend an; dann bedachte sie Gwin wieder mit einem überheblichen Blick.

Gwin war beeindruckt. Mangel an Wissen und Überlegung war jedenfalls nicht der Grund dafür gewesen, daß Labranza sich weigerte, Raragash in diesen Krieg zu verwickeln. Wahrscheinlich war sie zu dem richtigen Schluß gekommen. »Das alles klingt durchaus einleuchtend. Was ist mit den dreien?«

»Den Königen oder ihren Armeen?«

»Sowohl als auch.«

»Quilm Urnith ist ein friedfertiger Mann. Er regiert Mokth seit achtzehn Jahren und vermeidet es nach Möglichkeit, sich auf einen Krieg einzulassen. Durch die Zerstörung Tolamins hat Wesnar ihm seine Verbindung zum Meer abgeschnitten; deshalb hat er widerwillig eine Armee aufgestellt. Mit Wesnar auf der einen und den Karpana auf der anderen Seite muß er sich sehr unwohl in seiner Haut fühlen.«

»Also dürfte er zugänglich für vernünftige Argumente sein?«

»Zumindest zugänglicher als die anderen. Die Mokthier pflegen in vielerlei Hinsicht die Traditionen Qols. Unter Umständen würden sie den Versuch, ein neues Kaiserreich zu errichten, sogar unterstützen – natürlich unter der Voraussetzung, daß es ihrer Herrschaft untersteht.«

»Natürlich«, pflichtete Gwin ihr bei. Sollte die Bemerkung ein hinterlistiger Rippenstoß gewesen sein? Oder ein Zeichen, daß Labranza versuchte, mit ihr zusammenzuarbeiten? »Wie viele Männer haben sie?«

»Zehn- oder zwölftausend.«

»Und Wesnar?«

»Etwa gleich viel, aber die Wesnarier sind Zarda und deshalb kampffreudiger. Allein die Gesichtslosen wären ein ebenbürtiger Gegner für jedes der anderen Reiche.«

»Und deren König ist Hexzion Garab.«

»Der berüchtigte Hexzion Garab«, fügte Par a'Ciur hinzu.

»Ein unvorstellbarer Schleimbeutel, ein Blutsauger«, stimmte Labranza ihr zu. »Hexzion stellt ein Hindernis dar. Niemand wird ihm vertrauen oder sich mit ihm verbünden.«

Nach den Geschichten zu urteilen, die Gwin über diesen König gehört hatte, konnte sie sich dem nur anschließen. »Und Nurz?«

Während Labranza eine Zeitlang überlegte, trommelte sie mit den Fingern auf die schwarze Tischplatte. »Die Nurzier waren nie richtige Qolier. Sie galten immer als widerwilliger Teil des Kaiserreichs. Seit dessen Fall haben sie ihre eigene Kultur auf bemerkenswerte Weise wiederhergestellt. Ihre Armee ist größer – fünfzehn- oder zwanzigtausend Mann –, und nurzische Bogenschützen waren stets gefürchtet. Das Problem ist ihr König, Wung Tan. Er liegt im Sterben. Unsere Heiler können lediglich seine Schmerzen lindern. Sein Sohn ist noch ein Kind, und die Gatten seiner Töchter strotzen vor Ehrgeiz. Trotz der Karpana vor den Toren steht Nurz unmittelbar vor einem Bürgerkrieg.«

Gwin wartete auf einen Ratschlag ihrer Stimme. Als keiner kam, meinte sie: »Also könnten wir bestenfalls vierzig- oder fünfzigtausend Mann aufbringen. Wie zahlreich sind die Karpana?«

»Etwa eine Million.«

»*Nein!*«

Höhnisch grinste Labranza über Gwins unverhohlenes Erschrecken. »Doch. Einschließlich der Frauen und Kinder. Etwa ein Fünftel davon sind Krieger.«

Also war ihnen der Feind selbst im günstigsten Fall fünf zu eins überlegen.

»Wer ist ihr Anführer?«

»Ein Häuptlingsrat.«

»Dann haben wir etwas, das sie nicht besitzen!«

Baslin rieb sich das stoppelbärtige Kinn. »Und das wäre?«

»Einen Poulscath!« antwortete Gwin und fragte sich, ob irgend jemand über weniger Zuversicht verfügte als sie selbst. »Labranza *Saj*, ich gratuliere dir zu deiner Einschätzung der Lage.«

»Findest du sie denn schwierig? Eigentlich ist die Lage doch ganz einfach.«

Schlampe! »Dann wenden wir uns jetzt dem schwierigen Teil zu. Keiner der Könige eignet sich zum obersten Heerführer. Wenn wir uns schon mit einem Soldaten niedrigeren Ranges zufriedengeben müssen, für wen sollen wir uns entscheiden?«

Baslin und Ordur sprachen den Namen gleichzeitig mit der Stimme in Gwins Kopf aus: *Frenzkion Zorg.*

»Was! Warum?« Schaudernd erinnerte Gwin sich an die abscheuliche Erscheinung. Sie hielt ihn für einen Mörder und keinen Feldherrn.

»Er ist Schreckensherr der Gesichtslosen«, erklärte Labranza.

»Das weiß ich selbst. Ich habe ihn kennengelernt. Aber warum ausgerechnet er?«

»Er ist Schreckensherr der Gesichtslosen«, wiederholte Labranza. »Das allein reicht als Grund. Wenn es überhaupt jemandem gelingt, uns zum Sieg zu führen, dann Zorg.«

»Würden Mokth und Nurz ihn anerkennen? Würden sie ihre Armeen seinem Befehl unterstellen?«

Labranza überlegte kurz. »Zorg würden sie vielleicht

vertrauen, sofern er seinen Eid als Krieger leistet. Schließlich ist die Lage so schlimm, daß selbst die Wesnarier nicht mehr so furchteinflößend wirken. Aber sie werden ihn niemals anerkennen, solange er Hexzion treu ergeben ist.«

Ich glaube, wir beide müssen uns ein wenig über Hexzion Garab unterhalten. Inzwischen wurde die Stimme lästig, fast ein Ärgernis; vermutlich ein Zeichen dafür, daß Gwin ihr Schicksal angenommen hatte.

Ich glaube, ich weiß, worauf du hinauswillst, gab sie zurück, *und es gefällt mir ganz und gar nicht!* »Besteht die Möglichkeit, Hexzion zu überreden, den Schreckensherrn aus seinen Diensten zu entlassen, damit er dem Staatenbund dienen kann?«

Labranza schüttelte nur angewidert den Kopf. Die Lampen schwangen zunehmend wilder hin und her.

Tibal Frainith kicherte, um die Aufmerksamkeit auf sich zu ziehen. »So weit ich mich vorinnere, besteht das Problem darin, daß Freund Hexzion sich möglicher Gegner ein wenig zu eifrig entledigte. Erst nachdem er alle sein Blutsverwandten ermordet hatte, stellte er fest, daß er dadurch Vetter Zorg in den Rang des Thronfolgers erhoben hatte. Vorerst droht ihm aus dieser Richtung keine Gefahr – ein Krieger bricht seinen Schwur niemals. Aber Hexzion wäre ein Dummkopf, würde er Zorg von diesem Schwur entbinden. Hexzin ist zwar verrückt, aber auf andere Weise.«

Das alles hatte die Stimme gewußt.

Ziberor faßte den Gedanken in Worte. »Und wenn Hexzion stirbt, wird Zorg König von Wesnar?« Sie zwinkerte und blinzelte Gwin zu, als wollte sie darauf hinweisen, wo sie diesen bösen Gedanken aufgeschnappt hatte.

Krachend ließ Labranza die Faust auf den Tisch niedersausen. Die Lampe über ihrem Kopf zuckte wie eine besessene Wanze hin und her. »Nein! Hexzion hat ein Abkommen mit uns! Brechen wir ihm gegenüber unser

Wort, wird uns kein König je wieder vertrauen. Wir verlieren alles, wofür wir gut hundert Jahre gearbeitet haben.«

Gwin verharrte eine Weile schweigend und musterte in der Düsternis die sechs Gesichter. Ordur schlief beinahe schon, und auch Gwin brauchte eine Pause. Sie sollte die Sitzung bis zum nächsten Morgen vertagen. Zum Nachdenken hatte sie mittlerweile ohnehin genug.

»Welche Berater haben wir dem König von Wesnar zur Verfügung gestellt?«

»Einen Jaulscath und einen Ivielscath. Und er möchte auch einen Muolscath anwerben.«

»Wieso, um alles in der Welt, einen Muolscath?«

Baslin grunzte. »Vermutlich für seine Orgien.«

Gwin fühlte sich, als würde sie an einem stürmischen Tag auf einen Abgrund zutaumeln. »Wie lauten die Pflichten des Jaulscath?« wollte sie wissen.

»Des Verrats verdächtige Personen zu befragen und König Hexzion Garab vor Meuchelmördern zu warnen.«

»Meuchelmörder? Ist das der genaue Wortlaut?«

Labranza machte schmale Augen. Sie schaute über den Tisch zu Ziberor.

Dann sagte sie: »Ich glaube, der Vertrag bezieht sich nur auf Verräter.«

Gwin seufzte. Gewiß mußte es nicht so weit kommen?

O doch, und du weißt es! Wieso stört dich ein einzelner Mord, wenn du einen groß angelegten Krieg planst?

Sie schenkte der Stimme keine Beachtung. »Die Sitzung ist vertagt. Wir nehmen die Gespräche morgen früh wieder auf. Danke.«

56

Mit der Geduld eines Geiers, der über einer Gruppe Tattergreise kreist, hockte Ching Chilith auf einer äußerst unbequemen Steinbank in einer Gartenlaube. Von hier aus konnte er die Türen zur Ratskammer beobachten, ohne sich allzu nahe bei dem widerwärtigen Torhüter aufhalten zu müssen, der nach Alter stank und ihn mit einem gehörigen Mangel an Respekt behandelte. Die Versammlung würde wahrscheinlich noch die ganze Nacht dauern, und allein der Umstand, daß Gwin Tharn nicht schon längst vor die Tür gesetzt worden war, verriet Chilith, daß sie ihren Kampf gewonnen hatte. Die Führung hatte gewechselt. Sie mußte fürwahr ein Poulscath sein.

Von Zeit zu Zeit schlenderten Leute den dunklen Flur entlang. Die meisten von ihnen hatten Laternen dabei und trugen selbst hier in Raragash schlichte Zarda-Kittel und -Hosen; einige aber präsentierten sich besser gekleidet – in Livreen, nurzischen Roben oder altertümlichen qolischen Hemdblusen. Im allgemeinen zeigten sie sich überrascht, als sie Ching sahen, den sie ohne seine Prunkgewänder erst auf den zweiten Blick erkannten. Dann gingen sie wortlos an ihm vorüber. Wer sich traute, grinste dabei. Vermutlich würden sie noch höhnischer grinsen, wenn sie wüßten, daß seine Lehrmeisterin soeben entmachtet worden war. Sollten sie doch. Wer zuletzt grinste, grinste am besten. Ching Chilith war noch lange nicht am Ende.

Uralte Angeln quietschten, und zu Chings Überraschung schwangen die Türen auf. Er hatte erwartet, daß die Versammlung wesentlich länger dauern würde. Sogleich erhob er sich und ging hinüber, während der Torhüter Laternen bereitzustellen begann.

Labranza trat als erste heraus. Sie sah sich um und

erblickte Ching, wandte sich ab und ergriff eine Laterne. Wortlos stapfte sie in entgegengesetzter Richtung davon. Genau das hatte er von ihr erwartet.

Dieses Miststück Ziberor kam als nächste. Genüßlich stellte Ching sich vor, wie sie in einem modrigen Verlies bei lebendigem Leibe geröstet wurde. Wahrscheinlich durchschaute Ziberor das Bild und erspähte dahinter die Gedanken, die Ching vor ihr verbergen wollte, aber er hoffte, sie würde es zu schätzen wissen. Sie folgte Labranza.

Auch der Muolscath kam allein heraus. Danach folgten Ordur und die alte Frau, die innehielten, um dem runzligen Torhüter für die Laternen zu danken. Danach zogen sie aufgeregt tuschelnd im Lichtkegel von dannen, der durch die Schatten davonschwebte.

Als letzte trat die neue Vorsitzende mit diesem verabscheuungswürdigen Shoolscath an der Seite heraus. Ching zögerte.

Er wollte sich eine weitere Schimpfkanonade von Tibal Frainith ersparen, zumindest vor Gwin Tharn. Eines Tages würde dieses überlange, in die Zukunft schauende Knochengerippe bitter für das flegelhafte Verhalten büßen, zu dem er sich gestern hinreißen ließ. Shoolscaths ließen sich nicht wie gewöhnliche Menschen überlisten, aber man konnte sie dazu bringen, die Zukunft zu verändern. Diese Katastrophe konnten selbst Shoolscaths nicht vorhersehen. Es würde sich zwar als schwer erweisen, doch mit Hilfe eines Jaulscaths sollte es durchaus machbar sein. Und selbst wenn nicht, so verriet Tibals inbrünstiger Haß doch, daß es Ching irgendwann gelingen *würde,* ihn auszustechen. Eigentlich war es beinahe ein Versprechen für die Zukunft.

Durch diesen Gedanken mit neuer Zuversicht erfüllt, näherte Ching sich den beiden.

»O verflucht!« rief Frainith. »Ich wußte doch, daß hier irgend etwas stinkt.«

Streng runzelte Tharn die Stirn. »Wenn wir hoffen wollen, diese Sache gut zu überstehen, müssen wir alle zusammenhalten, Tibal.«

»Ich verstehe deine Abneigung gegen mich nicht, Ratsmitglied«, meinte Ching traurig. »Ich bin sicher, sie beruht auf einem Mißverständnis.«

»Mir wird gleich schlecht. Wir sehen uns morgen, Gwin.« Ohne sich die Mühe zu machen, die Laterne zu ergreifen, die der Torhüter ihm entgegenhielt, stapfte Frainith in die Dunkelheit davon.

Tharn ließ sich die Lampe geben und dankte dem muffigen Greis. Ching nahm ebenfalls eine Laterne und folgte ihr.

»Ich bin die neue Vorsitzende, wie du es vorhergesagt hast«, sagte sie.

»Ich bin hocherfreut, das zu hören, Frau Vorsitzende. Die Schicksalshüter haben uns heute nacht gesegnet.«

»Die Schicksalshüter handeln durch uns Menschen, und ich bin dir äußerst dankbar für deine Hilfe. Ich werde alle Hilfe brauchen, die ich bekommen kann, egal von wem. Ich wollte Labranza *Saj* ihres Amtes nicht entheben. Persönlich habe ich ja nichts gegen sie. Aber ich hoffe, du bist bereit, als mein Schreiber zu dienen und mich ebenso umsichtig und zuverlässig zu unterstützen wie Labranza.«

»Es wäre mir eine unbeschreibliche Ehre, Frau Vorsitzende. Ich freue mich bereits darauf, Euch nach bestem Wissen und Gewissen zu dienen. Für Labranza zu arbeiten, war nicht immer einfach.« Die Bemerkung hätte zweifellos den Preis für die maßloseste Untertreibung seit dem Ende der Kaiserzeit verdient. Labranza hätte Chings Gewäsch auf Anhieb durchschaut, der Poulscath hingegen ging ihm prächtig auf den Leim.

Sie lächelte. »Ich hoffe, mit mir wirst du es leichter haben. Sieh bloß zu, daß ich dich nicht zu hart anpacken muß!«

»Ich will nur dienen, *Saj*. Ihr könnt jederzeit voll und ganz über mich verfügen. Ich habe Euren Erfolg vorhergesehen. Hier ist ein Beschluß, der Eure Befehlsgewalt bestätigt, damit ihr heute nacht keinen Ärger bekommt. Morgen können wir Eure Ernennung natürlich öffentlich kundtun.«

Mit der freien Hand ergriff sie die Schriftrolle. »Ist die Urkunde zufällig von meiner Vorgängerin unterschrieben?«

»Sieht ganz so aus«, gestand er.

»Ja? Tatsächlich? Ching, bis wir einige Erfahrung im Umgang miteinander gesammelt haben, würde ich es vorziehen, alle meine Unterschriften selbst zu leisten, in Ordnung?«

Davon würde sie bald geheilt sein – eine Woche lang täglich drei- bis vierhundert Schriftstücke würden sie schon bald eines besseren Belehren. Ob sie wohl zu den Menschen gehörte, die für Humor zugänglich waren?

»Selbstverständlich, Frau Vorsitzende! Ich muß Eure Handschrift ohnehin erst üben.«

Sie lachte. Lachte! Labranza hätte den Kerl vermutlich bewußtlos geschlagen.

Die beiden gelangten an das Ende der Treppe und durchquerten das Atrium im Westen. Sterne übersäten den Himmel; die Milchstraße endete in einer gezackten Linie am Kraterrand.

»Ich lege mich jetzt schlafen«, meinte Tharn. »Morgen wird ein anstrengender Tag. Ich nehme an, diese Fälschung hier reicht aus, um die Wachen vom Gästehaus zu verscheuchen?«

»Die habe ich bereits entlassen, Frau Vorsitzende. Ich habe Eurem Gatten versichert, daß Ihr in keinerlei Gefahr schwebt, sondern nur sehr beschäftigt seid.«

»Du siehst ja alle meine Wünsche voraus!«

»Das ist meine Pflicht, Frau Vorsitzende.«

»Nun, hier ist ein Wunsch, an den du wohl kaum gedacht haben wirst. Er ist ziemlich dringend.«

»Ja?«

»Einer der Verfluchten, die mit mir nach Raragash

kamen, war ein Awailscath namens Vaslar Nomith. Kannst du ihn noch heute nacht holen lassen, oder muß das bis morgen warten?«

Nein, daran hatte er tatsächlich nicht gedacht. Ein Awailscath? Weshalb sollte jemand einen Awailscath brauchen? Man konnte sich nie darauf verlassen, der Person zu begegnen, die man erwartete.

»Da heute kein Mondschein herrscht, wage ich nicht, einen Reiter auszuschicken, *Saj*. Vielleicht ist es noch nicht zu spät für Laternensignale, obwohl die Wächter ihre Aufgabe nicht immer ernst genug nehmen. Sollte die Nachricht heute nacht nicht mehr durchkommen, können wir morgen die Flaggen benützen. Ich schicke die Botschaft ans Südtor, von dort aus kann dann jemand ins Awail-Tal reiten. Der Mann ... Ihr sagtet doch ›er‹, nicht wahr? ... dürfte gegen Mittag hier sein.«

»Hervorragend! Ich glaube, er könnte uns äußerst nützlich sein.«

Einen Augenblick überlegte Ching, ob sie ihn absichtlich quälte; dann aber besann er sich, daß er nicht Labranza vor sich hatte. Dies war in der Tat eine *nette* Frau, und sie konnte unmöglich wissen, was Geheimnisse für ihn bedeuteten.

»Ein Awailscath, Frau Vorsitzende? Ich glaube kaum, daß jemand schon einmal Verwendung für einen Awailscath gefunden hat.« Labranza setzte Awailscaths selbstverständlich als Spione ein. Sie konnten immer wieder an denselben Ort zurückkehren und sich unerkannt damit vertraut machen. Was immer dieser Poulscath im Sinn hatte, es hörte sich nach etwas anderem an.

»Ich vielleicht schon.«

Gemeine Schlampe! Sie würde es ihm nicht sagen!

»Da ist sie ja!« schrie eine Stimme.

Von panischer Angst erfüllt, wirbelte Ching herum. Drei Männer rannten auf die beiden zu. Sein Selbstvertrauen schmolz dahin. Keine Gewalt! Bitte, keine Gewalt! Nein! Nein!

»Tigon!« rief Tharn. »Was machst du denn hier? Wraxal? Und Vaslar!«

Sie kannte diese Leute! Keuchend entspannte sich Ching; sein Herz hämmerte immer noch wie ein verhungernder Specht. Mit knapper Not hatte er verhindern können, daß seine Hose naß wurde. Er hob die Laterne.

Der erste war nur ein pickeliger Junge mit Stupsnase; der zweite ein häßlicher, schmächtiger Mann mit gebrochener Nase und abstehenden Ohren; der dritte wies den unverkennbar leeren Blick eines Muolscath auf.

»Wir wollten nachsehen, wie es dir geht, *Saj*!« rief der Junge überschwenglich. »Wir haben uns zufällig auf der Straße getroffen! Ist das nicht merkwürdig?«

»Hört sich ganz so an, als wäre das dein Werk, du junger Racker!«

»Vielleicht!« Er grinste. »Nein, unmöglich. Wraxal muß als erster losgegangen sein, dann Vaslar und ...«

»Na, auf jeden Fall freue ich mich, euch alle zu sehen!« unterbrach sie ihn. »Ching, vergiß, worum ich dich gerade gebeten habe. Das ist Ching Chilith ... Wraxal Raddaith, Vaslar Nomith, Tigon ... Ich habe deinen Nachnamen vergessen, Tigon! Tut mir leid!«

Chings Gehirn arbeitete auf Hochtouren. Wenn der Junge ein Ogoalscath war, wurde Unerwartetes geradezu normal. Sogar, daß der Awailscath von allein auftauchte, nach dem sie verlangt hatte, erschien kaum ungewöhnlich. Aber ein Muolscath?

Anscheinend kam Tharn derselbe Gedanke. Eingehend musterte sie das ausdruckslose Antlitz. »Was führt dich hierher, Wraxal?«

»Eigentlich dasselbe. Mir fiel ein, daß ich vergessen hatte, mich für deine Hilfe zu bedanken. Und ich war neugierig, wie es dir geht.«

Um Ching herum drehte sich alles. Ein Muolscath, dem etwas *leid* tat? Ein Muolscath, der sich für jemand anderen *interessierte* – oder sich überhaupt um irgend etwas kümmerte?

»Tja, ich freue mich, euch zu sehen«, wiederholte Tharn. »Was tut sich so im Muol-Tal?«

»Sie bauen Gemüse an.«

»Das ist alles? Und wie geht es Jojo?«

Eine Pause entstand. Dann meinte dieser Wraxal: »Danach hätte ich mich wohl erkundigen sollen.«

»Wahrscheinlich«, erwiderte Tharn traurig. »Aber ich kann dein militärisches Wissen auf jeden Fall gut gebrauchen. Und du, Vaslar ... Was ich von dir will, ist nicht einfach. Vielleicht kannst du ihm dabei helfen, Tigon ... Ching, von hier an kenne ich den Weg. Ich bringe meine Freunde zu den Gästeunterkünften. Vergiß das mit Vaslar. Morgen früh habe ich sehr viel für dich zu tun.«

Entlassen! Und sie wollte ihm nicht verraten, welche Verwendung sie für einen Awailscath hatte! Um seinen Zorn zu verbergen, verbeugte Ching sich unterwürfig. Das beherrschte er hervorragend, obwohl er es selten tun mußte. Bei Labranza verfehlte es seine Wirkung, und die meisten anderen Menschen hatten sich vor *ihm* zu verbeugen.

Zähneknirschend zog er von dannen. Wozu brauchte sie einen Awailscath? In welcher Hinsicht würde ihr ein Ogoalscath nützlich sein? Und der dort konnte noch nicht einmal geschult sein! Während der zehn Jahre in Labranzas Diensten hatte Ching noch nie von einer Möglichkeit gehört, Awailscaths zu beeinflussen.

Als er sicher war, daß seine Laterne sich außer Sicht befand,rannte er los.

Es brannte noch Licht in Labranzas Haus, als Ching sein Ziel erreichte. Er klopfte an den Türpfosten. Er schwitzte und rang nach Luft, was aber nur zum Teil daran lag, daß er gerannt war. Mit der gewohnten Mischung aus Furcht und Sehnsucht erwartete er ihre Antwort. Bei Labranza stellte sich nie die Frage, ob sie guter oder schlechter Laune war, sondern nur, wie schlecht ihre Laune war. Nachdem sie heute nacht von dieser aufstrebenden, lästigen Hure entmachtet worden war, würde ihre Laune wahrscheinlich schlechter sein, als Ching sich überhaupt vorzustellen vermochte. Diese Aussicht war beängstigend und erregend zugleich. Schauder der Furcht und Erwartung durchzuckten seine Brust; seine Hände bebten, sein Unterleib schmerzte vor freudiger Erwartung.

»Herein!«

Ungestüm schob er den Vorhang beiseite. Labranza hatte sich gerade gewaschen. Nun trocknete sie sich mit einem Handtuch das Gesicht ab; wie zum Hohn präsentierte sie sich Ching von der Hüfte aufwärts nackt. Vermutlich bedeutete dies, daß sie ihn unbefriedigt fortschicken würde.

»Es hat funktioniert!« rief er.

Labranza schleuderte das Handtuch weg und funkelte ihn an. »Bist du drin?«

»Ja! Ja! Sie hat mir geglaubt!« Er ging näher, obwohl er wußte, wie gefährlich dies war, solange Labranza ihn nicht dazu aufforderte. »Ich wollte Euch nicht glauben, aber ich habe mich geirrt.« Er hielt inne und erzitterte angesichts ihres Mienenspiels.

»Wessen kleiner Junge bist du denn nun, Ching Chilith?«

Er sank auf die Knie. »Eurer natürlich! Ich verachte sie! Sie ist schwach, schwach, schwach! Ich hasse sie für das, was sie Euch angetan hat. Sie ist eine verweichlichte, vermessene, katzbuckelnde Giftschlange!«

Labranza ergriff sein Stirnhaar und riß ihm den Kopf in den Nacken, um sein Gesicht zu betrachten. »Du bevorzugst starke Frauen?«

Ching versuchte zu nicken, doch sie hielt ihn zu fest. Sie zerrte so heftig an seinen Haaren, daß ihm Tränen in die Augen traten. »Ja«, flüsterte er.

Labranza lächelte. »Ja was?«

»Ja, bitte!« murmelte Ching.

57

»Bevor du einen Krieg planst, mußt du entscheiden, weshalb du ihn austragen willst. Was hoffst du zu erreichen, wenn du siegst? Was geschieht, wenn du überhaupt nicht kämpfst?« Unverwandt starrte Wraxal Raddaith Gwin über den Tisch hinweg an. Sein schattenumwölktes Gesicht wirkte wie aus Eichenholz geschnitzt. »Und was geschieht, wenn du verlierst?«

Die Flammen zweier Kerzen, die auf dem Tisch standen, flackerten munter.

Zu beiden Seiten des Tisches saßen dicht gedrängt fünf Personen. Gwin spürte Bulions beruhigenden Arm um sich und musterte die ernsten Gesichter ihrer Gegenüber: der große Jukion mit ausgesprochen düsterer Miene; Wosion, dessen Antlitz nur aus einer Nase und einem zynischen Lächeln zu bestehen schien; der gefühlsleere Wraxal; der junge, sommersprossige Tigon mit großen Augen; der krumme, häßliche Vaslar Nomith mit Sorgenfalten auf der Stirn.

Insekten umschwirrten die Kerzen; draußen in der Finsternis der Nacht zirpten Grillen, eine Eule stieß ihren klagenden Ruf aus.

»Die Karpana aufzuhalten«, sprach Gwin. »Das ist unser Ziel. Sie nach Nimbudia zurückzudrängen. Sie haben es ohnehin schon zerstört, also können sie es ruhig behalten. Wenn wir nicht kämpfen, werden wir wohl alle sterben.«

»Vielleicht ziehen sie ja einfach an uns vorbei«, brummte Bulion. »Die Reiche im Westen versprechen fettere Beute.«

Wraxals tote Augen richteten sich auf ihn. »Vielleicht. Aber denke an die Menschen, die heimatlos werden, wenn die Karpana das Land verheeren. Ganze Flüchtlingshorden werden versuchen, ihrem Vormarsch zu entkommen. Vergleichsweise dünn besiedelte Gebiete wie Da Lam und Esran werden überrannt.«

Wosion lächelte freudlos. »Sie werden eine wahre Lawine lostreten, nicht wahr? Eine Million Karpana vertreiben zwei oder drei Millionen Kuolier, die ihrerseits wieder weitere vertreiben.«

Da sich niemand mehr zu Wort meldete, sagte Gwin: »Die Mokthier sind die nächsten – wir dürfen nicht tatenlos zusehen, wie sie in die Flucht geschlagen und verdrängt werden. Wie Labranza richtig sagte, sind sie gewiß am ehesten darauf bedacht, ein Bündnis einzugehen.«

»Wäre ich Quilm Urnith«, warf Wraxal ein, »ich würde bereits mit den Karpana verhandeln und ihnen freies Geleit durch mein Land anbieten.«

»Würden die Karpana darauf eingehen?«

»Wahrscheinlich nicht, aber es wäre den Versuch wert.« Wraxal hielt kurz inne; dann fuhr er mit der ihm eigenen, nüchternen Betrachtung der Dinge fort. »Wenn du dich zum Kampf entschließt, mußt du rasch handeln. Aber stell dich auf einen langen Krieg ein. Du besitzt nicht die nötige Truppenstärke, um die Karpana zurückzuschlagen. Mit dem, was dir zur Verfügung steht, kannst du bestenfalls darauf hoffen, ihren Vormarsch zu verlangsamen oder sie abzulenken. Stellst du dich ihnen auf offenem Feld und überlebst, hast du einen bemerkenswerten Sieg errungen, der dir das nötige Ansehen verschafft, um die westlichen Königreiche für deine Sache zu begeistern. Du mußt Land gegen Zeit eintauschen. Du mußt dich der Taktik der verbrannten Erde bedienen, Felder niederfackeln, Städte aufgeben und Flüchtlinge zurück in die Marschroute der Invasoren treiben. Du mußt alle Männer zwischen sechzehn und sechzig Jahren zusammentreiben, ihnen Stöcke in die Hand drücken und die meisten von ihnen in den Tod schicken. Du wirst Blut vergießen wie Wasser. Wenn du stark genug bist, werden die Karpana letzten Endes zu

Friedensverhandlungen bereit sein. Doch zuvor werden sie dich vermutlich in Grund und Boden trampeln.«

»Du zeichnest ein düsteres Bild«, meinte Gwin. »Ich stelle es nicht in Frage, aber es besteht nur aus Tatsachen – schwarz und weiß. Ich aber will Farbe! Menschen sind nicht bereit, für Tatsachen zu kämpfen oder zu marschieren. Sie entscheiden mit dem Herzen, nicht mit dem Kopf. Jukion, du bist ein anständiger, friedliebender, vernünftiger Bauer. Was sagst du dazu?«

Der große Mann kratzte sich am Kopf. »Ich? Du fragst mich? Zanion dort drüben, der ist schlauer als ...«

»Nein, ich will deine Meinung hören.«

Jukion war kein großer Denker, doch er gab sich alle Mühe. Er straffte die Züge und zupfte sich am Bart; dann zuckte er mit den Schultern. »Zusehen, wie meine Kinder sterben? Oder wie Shupyim vergewaltigt wird? Aus dem Tal vertrieben werden? Und dann trotzdem sterben? Darauf gibt es nur eine Antwort.«

»Du wirst kämpfen?«

Er grinste. »Wie ein eingekreister Bär.«

Gwin ließ den Blick in die Runde schweifen. »Ulpion?«

»Bis zum letzten Blutstropfen.«

»Thiswion?«

»Das gilt auch für mich.«

Bulion drückte Gwin, schwieg aber.

»Irgendwelche Einwände?« Gwin wartete. Sie hatte sich einen neuen Lebensinhalt gewünscht, hatte dabei aber mehr an ein friedliches Leben mit vielen kleinen Tharns gedacht. Nun hatte ihr Leben eine größere Bedeutung, als sie sich vorstellen konnte. Eine zu große, als daß Gwin sie ertragen konnte?

Nein. Sie mußte es wenigstens versuchen. Anderenfalls würde sie sich auf ewig als Versagerin fühlen.

Sie ließ das Fallbeil herabsausen. »Also gut, wir kämpfen!«

Na endlich!

Gwin schenkte der Stimme keine Beachtung. »Wraxal, wer kann uns anführen?«

»Das hast du uns doch schon gesagt – Frenzkion Zorg.«

»Aber was unternehmen wir gegen den König?« erkundigte sich Wosion. »Was unternehmen wir gegen Hexzion Garab?«

Draußen gurrte gespenstisch die Eule.

Eins führte zum anderen. Schritt für Schritt drängte Gwins Schicksal sie eine Straße entlang, auf der sie nicht wandeln wollte. Sie schaute zu Vaslar Nomith. Als sie ihn zum erstenmal gesehen hatte, war er eine große, stämmige Frau gewesen. Danach eine kleinere, ältere Matrone.

Nun war er wieder ein Mann, aber ein rückgratloser und unscheinbarer – wohl kaum ein Held. Er behauptete, einst Soldat gewesen zu sein. Ob er wieder einer werden konnte?

»Vaslar, du hast doch an jenem Morgen Schreckensherr Zorg gesehen.«

Vaslar nickte und stieß sein schrilles, unangenehmes Lachen aus, doch Gwin wußte, daß er damit lediglich sein Unbehagen zu verschleiern suchte. »Ein gräßlicher Mann!«

»Awailscaths sind nicht bloß eine willkürliche Ansammlung von Körperteilen. Sie schlüpfen in die Gestalt echter Menschen. Ich will, daß du dich in Schreckensherr Zorg verwandelst.«

Entweder hatten die anderen dies erwartet, oder sie waren zu verblüfft, um etwas zu sagen, denn Schweigen breitete sich aus.

Vaslar schauderte. »Ich gäbe keinen überzeugenden Schreckensherrn ab, ganz gleich, wie ich aussehen würde.«

»Vielleicht erlebst du ja eine Überraschung!«

»Aber im Dorf hat man mir gleich als erstes beigebracht, daß ich lernen müßte, mit meinem Fluch zu leben. Es gäbe keine Möglichkeit, daß ich Einfluß darauf nehme, wer ich sein möchte, also ...«

Gwin lächelte: beruhigend, zuversichtlich, geheuchelt. »Für gewöhnlich stimmt das. Aber nicht, wenn ein Poulscath die Hand im Spiel hat. Auch die Magie eines Ogoalscath könnte helfen. Deshalb will ich, daß du dir heute nacht ein Zimmer mit Tigon teilst. Vor ein paar Wochen sagte ich dir, du könntest dich in einen Mann verwandeln, wenn du wolltest, und das hast du ja auch getan.« Vielleicht nicht gerade in einen Prachtkerl, aber ...

Er ist genau, was du brauchst – dumm, bereitwillig und gutgläubig.

Auch diese Bemerkung überging Gwin. »Ordur bekam seinen Verstand zurück, als ich ihn benötigte. Jetzt brauche ich einen Doppelgänger von Schreckensherr Zorg.«

Bulion ließ einen zweifelnden Laut vernehmen. »Und was willst du tun, wenn du ihn hast?«

»Ich werde Nurz und Mokth auffordern, Botschafter herzuschicken, um einen Vertrag zu unterzeichnen. Wir lassen den falschen Schreckensherrn Zorg einen feierlichen Eid schwören, daß er dem Bündnis treu dienen und die Armeen ausschließlich gegen die Karpana einsetzen wird. Danach schicken wir den Vertrag an den echten Zorg und ...«

»Nein«, unterbrach Bulion seine Frau, »nein, nein und nochmals nein! Zorg würde nicht darauf hereinfallen. Mit einem Krieger treibt man keine solchen Spielchen! Wahrscheinlich würde er dir den halben Trupp der Gesichtslosen auf den Hals hetzen, weil du seine Ehre besudelt hast.«

Das habe ich dir doch gleich gesagt! Warum hörst du nicht auf mich?

Eine Motte hauchte ihr Leben in einem Flammenblitz über einer Kerze aus.

Die Eule klagte.

Es gab noch eine Möglichkeit, wie ein Doppelgänger

Zorgs ihnen nützlich sein konnte, aber daran wagte Gwin kaum zu denken.

»Morgen«, meinte Bulion, »erwartet uns ein weiterer schwerer Tag. Ich schlage vor, wir gehen alle zu Bett.«

»Gute Idee.« Gwin lächelte die ernsten Gesichter an. »Ich danke euch allen aufrichtig für eure Hilfe.«

»Aber wir haben doch gar nichts getan«, murmelte Jukion.

»Ihr habt mit gesundem Menschenverstand gedacht und geredet«, entgegnete Gwin. »Und das brauche ich, um nicht den Verstand zu verlieren.«

58

Beim ersten Schimmer des Morgengrauens lag Gwin Tharn bereits wach im Bett. Bulion schnarchte volltönend an ihrer Seite. Die einzige Möglichkeit, die Karpana aufzuhalten, bestand darin, ein Bündnis zu schaffen. Gwin war überzeugt davon, daß das Schicksal ihr nur aus diesem Grund die Macht über die Akademie verliehen hatte, über jenes geheime Netzwerk, das Labranza Lamith und ihre Vorgänger aufgebaut hatten. Das große Hindernis war Hexzion Garab. Keiner der anderen Könige würde ihm Vertrauen schenken, und ausgerechnet Hexzion hatte jener Mann die Treue geschworen, den Gwin und die anderen brauchten – Frenzkion Zorg. Sie mußten etwas gegen den König von Wesnar unternehmen. Doch allein der Gedanke verursachte Gwin Übelkeit. Würde sie diesen grauenvollen Schritt tun, würde sie selbst verachten.

»Stimme? Wer bist du?«

Ich bin du. Dein Schicksal, nehme ich an. Die Stimme klang belustigt. *Gwin Tharn als historische Notwendigkeit.*

»Mache ich Bulion wirklich zum Kaiser?«

Diesmal entstand eine beträchtliche Pause. *Du bist ein Poulscath, kein Shoolscath. Ich kann nicht in die Zukunft sehen.*

»Was kannst du dann?«

Warnen, beraten, ermutigen.

Beim Beraten spielten Moralvorstellungen offensichtlich eine recht geringe Rolle. Wie lange würde sie diesen Zustand ertragen müssen?

Für den Rest deines Lebens. Du hast doch gehört, was Wraxal Raddaith gesagt hat.

War ein Sieg diesen Preis überhaupt wert?

Selbstverständlich! Die Alternative besteht darin, kampflos zu sterben. Wenn du kämpfst, überleben vielleicht die Frauen und Kinder. Und die Männer kämpfen für Hoffnung.

»Hoffnung? Woher beziehen sie Hoffnung?«

Von dir natürlich.

»Warum von mir? Bbestimme jemand anders für diese Aufgabe!«

Gwin erwartete keine Antwort, doch sie bekam eine.

Ich habe bereits zuviel Mühe auf dich verwandt. Ich gab dir Ordur, als du ihn brauchtest. Erinnerst du dich an den Knoten in Sojims Brust? Ich verschaffte dir Mandasil, an dem du deinen Einfluß ausprobieren konntest; ich habe Vaslar Nomith in einen Mann verwandelt, um dir deine Macht vor Augen zu führen. Und ich habe dir Bulion Tharn geschenkt.

»Warum? Nur damit er mich hierher nach Raragash brachte? Ist er denn nicht mehr für mich? Ist er bloß ein Kutscher, der mich zu meiner Bestimmung befördert?«

Ganz und gar nicht. Du bist nur ein Mensch. Die Stimme schien dies zu bedauern. *Menschen brauchen jemanden zum Lieben. Einer allein ist viel weniger als die Hälfte eines Paares. Es hat keinen Sinn zu leiden, um sein Glück zu finden. Nur das Glück Verliebter rechtfertigt Opfer. Deine Liebe zu Bulion verbindet dich mit der Menschheit. Ich habe ihn sorgfältig ausgewählt, einen Mann, dem du vertrauen kannst – den Mann, den du brauchtest.*

»Brauchtest? Meinst du nicht, daß ich ihn jetzt mehr brauche als je zuvor?«

Er dient dir noch immer. Alle dienen dir. Jeder gehorcht deinen Geboten, denn du bist ein Poulscath. Du wirst sie alle benützen. Jeder von ihnen erfüllt seinen Zweck. Was können sie mehr verlangen?

»Tibal?« dachte sie. *»Welchen Zweck erfüllt er? Tibal kennt seine Rolle, kann aber nicht entsprechend handeln.«*

Auch Tibal Frainith hat seinen Zweck. Er kennt ihn und ist zufrieden damit.

Gwin fragte sich, ob die Stimme sie je belog. Ohne Bulion wäre sie nicht hier, und sie liebte ihn. Aber wie würde er sich verhalten, wenn seine Frau in die Tiefen der Politik eintauchte und die Wogen des Krieges immer näher an sein geliebtes Tal schwappten?

Die Stimme schwieg.

Sojim? Warum hatte sie Sojim erwähnt?

Ah! Schreckensherr Zorg war eine Schlüsselfigur, aber Wung Tan war eine weitere. Starb der König von Nurz, starb mit ihm die Hoffnung auf ein Bündnis. Er kränkelte an etwas, das Labranzas Ivielscaths nicht zu heilen vermochten. Das hörte sich verdächtig ähnlich wie Sojims Leiden an. Nur ein Poulscath konnte ihm helfen.

Draußen war es fast schon hell. Es wurde Zeit, aufzustehen und ein oder zwei weitere Schlachten zu schlagen. Die Ratsversammlung sollte kein Problem darstellen – Gwin würde lediglich ihre Entscheidung verkünden. Briefe an die Könige, andere Briefe an die Berater aus Raragash ... und das Problem mit Zorg mußte auf die eine oder andere Weise gelöst werden. Und danach?

»Ich habe vor, heute alle Dörfer zu besuchen und mit jeder Verfluchtengruppe zu reden.«

Gute Idee, aber dafür brauchst du mindestens zwei Tage.

»Und danach muß ich nach Chan San und König Wung heilen? Wie lange wird diese Reise dauern?«

Mindestens drei Tage.

Vielleicht, sagte sich Gwin, solltest du einen schnellen

Boten vorausschicken, um anzukündigen, daß Hilfe unterwegs ist ...

Die Stimme ließ ein körperloses Kichern vernehmen. *Das würde Wungs rasches Ableben gewährleisten.*

»So schlimm ist es?«

Ziemlich schlimm. Ein Nest voller Skorpione. Ching Chilith nimmst du mit.

Einen Augenblick zeigte Gwin sich verwirrt. *»Warum soll er nicht hierbleiben und sich in Raragash um alle anfallenden Belange kümmern?«*

Ein junger Skorpion, erklärte die Stimme. *Solange du hier bist, solltest du ihm nur bedingt vertrauen. Solange du fort bist, überhaupt nicht. Labranza kann sich dir nicht widersetzen, Ching aber ist kein Verfluchter. Laß Labranza hier, um die Akademie zu verwalten, und nimm Ching Chilith mit nach Chan San.*

Weshalb sollte Ching Chilith ...

Jemand brüllte gellend. Eine Tür krachte.

Gwin war aus dem Bett gesprungen und zog sich an, noch ehe Bulion sich aufgerichtet hatte. Stimmengewirr erhob sich draußen. Gwin war bereits an der Tür, als Bulion rief: »Warte! Wenn es dringend ist, bist du vielleicht die letzte, die sie im Augenblick brauchen.« Er streifte den Kittel über den Kopf.

»Stimmt!« gab Gwin zu und wartete, bis er sich fertig angezogen hatte. Dann ergriff er sein Schwert; Gwin ließ ihn vorausgehen.

Inzwischen hörten die Stimmen sich ruhiger an. Sie kamen aus dem Gemeinschaftsraum. Alle Männer schienen dort zu sein, die meisten nackt, viele mit Schwertern. Den Blick durch die Tür versperrte Jukion, der selbst einen recht aufsehenerregenden Anblick bot.

Bulion gab ihm einen Klaps auf den Rücken. »Was soll die Aufregung? Wer hat da geschrien?«

»Tigon.« Jukion drehte sich um, sah Gwin und besann sich, daß er nichts am Leibe trug. Rasch schlich er davon und versteckte sich hinter Wosion. Andere, die dasselbe

Problem hatten, setzten sich an die Tische. Durch die plötzliche Bewegung offenbarte sich Gwin und Bulion der Grund für den ganzen Aufruhr.

»Ich habe ihn erschreckt«, erklärte eine rauhe, tonlose Stimme. Es mußt natürlich Vaslar Nomith sein, aber er war gut einen Kopf größer als noch am Vortag und besaß kräftige Muskeln. Seine Nase war fast gänzlich verschwunden. Weiße Flecken überzogen sein Gesicht und verliehen ihm das Aussehen eines Verseuchten, wodurch er beinahe noch furchterregender wirkte als ein echter Gesichtsloser. Daß er nackt war, schien ihm völlig gleichgültig zu sein. Die Fäuste in die Hüften gestemmt, stand er da und erwiderte die Blicke der anderen mit einer Mischung aus Belustigung und Verachtung, der typischen Überheblichkeit eines Zarda-Kriegers. »Bist du mit der Verwandlung zufrieden?«

Bulion schritt um ihn herum, betrachtete ihn von allen Seiten, als begutachtete er ein zum Verkauf stehendes Pferd und ließ in keiner Weise erkennen, daß etwas Ungewöhnliches vor sich ging. »Sie ist zwar noch nicht abgeschlossen, aber bislang wirklich beeindruckend.«

Vaslar verzog die Lippen zu einem schauerlichen Lächeln der Zufriedenheit. »Bin ich ein überzeugender Frenzkion Zorg?«

Gwin ließ sich auf eine Bank fallen. Sie kannte die Stimme. Und zwar von Polions Begräbnis.

»Nein.« Bulion klopfte dem Krieger auf die Brust. »Du bist Angstmeister Zilion. Ich erinnere mich an diese Narbe an deinem Arm, und da erscheint eine weitere.«

Der Krieger setzte eine düstere Miene auf. »Habe ich versagt, Gwin *Saj*?«

»Geh und zieh dir etwas an«, befahl sie.

Er bebte vor Zorn; dann aber wirbelte er herum und schritt den Flur entlang davon.

Bulion kam zu Gwin herüber. »Enttäuscht?« Schmerz und Argwohn lagen in seinen Augen.

»Vielleicht kann er uns trotzdem nützlich sein.«

Er wartete. Sie alle warteten. Allesamt anständige Männer. Gwin wollte ihnen unter keinen Umständen ihre Schuld aufbürden. Ohne irgend jemandem in die Augen zu sehen, stand sie auf.

»Ich habe das Gefühl, ich habe den falschen Weg eingeschlagen.« Sie schritt auf den Durchgang zu, um Vaslar zu folgen.

»Gwin!« rief Bulion.

»Ich darf nicht zulassen, daß er den gesamten Krater in Angst und Schrecken versetzt.«

»Gwin, warte!«

Sie ging weiter. »Ich bin gleich zurück. Muß nur kurz mit ihm reden.«

Der Krieger band gerade den Lederriemen seiner Hose zu und kam aus einer Tür. Er wich zurück in das Zimmer; Gwin trat ein und schloß die Tür. In drei der vier Betten hatte jemand geschlafen. Sie standen sehr dicht nebeneinander, so daß kaum Platz zum Stehen blieb. Gwin fragte sich, in welchem Bett wohl Tigon gelegen hatte. Aufzuwachen und einen Gesichtslosen neben sich zu sehen, würde wohl jedem einen unsäglichen Schreck einjagen.

Allein, daß sie dem Mann im Augenblick so nahe war, weckte Unbehagen in ihr.

»Bist du Zilion oder Vaslar Nomith?«

Er kicherte kehlig. »Vaslar.«

Aber nicht der Vaslar vom Vortag – kein schwächlicher Durchschnittsmann mit dem Lachen eines Esels. Gefahr flackerte in seinen Augen.

»Und wem bist du treu ergeben?«

»Dir. Ich habe dir gestern gesagt, wie dankbar ich dir bin. Hast du mich verwandelt . . . in das hier?«

Nein, ihr Schicksal hatte ihn verwandelt. Gwin überging die Frage. »Du hast bei Tolamin zwei Brüder verloren.«

Ein grausames Knurren entrang sich seiner Kehle. Grimmig lächelte er. »Und jetzt kann ich sie rächen?«

»Es wird ausgesprochen gefährlich, in höchstem Maße unrat...«

»Mach dir darüber keine Gedanken, Gwin *Saj*! Ich habe jetzt Zilions Nerven. Sag mir nur wie!«

»Ich weiß nicht wie.«

»Soll ich Zorg töten?« Abermals lächelte er, und Gwin erblickte die jugendlichen Zähne mit den feinen Zacken, die ihr am echten Zilion aufgefallen waren.

»Nein! Ich brauche Zorg. Das Problem ist der König. Weißt du noch, wie Wraxal dir gesagt hat, daß Hexzion die Verantwortung für die Geschehnisse in Tolamin trägt?«

Der Krieger erbebte. »Dann will ich Hexzion gern für dich töten! Mit Freuden! Wie?«

»Ich sage doch schon, ich weiß nicht wie! Aber wenn du zu seinem Lager reist und einen Ogoalscath mitnimmst, ergibt sich vielleicht eine Gelegenheit. Vaslar, das ist unglaublich gefährlich ...«

»Erzähl mir nichts von Gefahr – sonst muß ich dich schlagen. Ich tue der Welt einen Gefallen und bringe dir sein Herz, *Saj*!«

BUCH SIEBEN,

DAS BUCH
POUL

die für Schicksal steht,
die Große,
Herrscherin über Leben und Tod,
die Bewegende,
Königin des Tages

Die Schlacht von
GEHMAIN
KARPANA
Nach Rashtri
N
E
W
S
Jaulscaths
NURZ
MOKTH
Oyoalscaths
GESICHTSLOSE
WESSNAR
Muolscaths
Nach Chil Pan
Map by Steve Palmer

59

Zutiefst besorgt dachte Han a'Lith über die drei Briefe nach, die ausgebreitet auf dem Bett lagen. Er hatte sie alle zur selben Zeit erhalten, von annähernd derselben Quelle; dennoch enthielten die Briefe höchst widersprüchliche Mitteilungen. An Zweischneidigkeiten war Han nicht gewöhnt. In den fast sechzig Jahren, die er nun schon an der Sternenkrankheit litt, hatte er den Verstand jedes Menschen zu lesen vermocht, der sich näher als hundert Schritte an ihn herangewagt hatte. Gewißheit hatte sein Leben bestimmt. Doch anders als Menschen konnten Schriftstücke lügen.

In dem Zelt, das er sich mit Nogin Saisith teilte, war es erstickend heiß. Trotzdem war der Vorhang geschlossen, weil draußen ein Sandsturm tobte. Han hockte sich auf einen von zwei überaus ungemütlichen Stühlen; Paing Non, der ein wohlverdientes Bier trank, nahm auf dem anderen Platz. Er war vier Tage lang wie der Teufel geritten, und es grenzte an ein Wunder, daß er nun hier war. Der junge Nogin lag auf dem Bett, die Arme hinter dem Kopf verschränkt. Er starrte an die Decke und gab sich lüsternen Gedanken hin.

Die Männer waren von einer Armee äußerst gelangweilter Krieger umgeben, deren Gedanken wie Wespen durch den Verstand des Jaulscath schwirrten. In der Ferne übertönte das Klirren von Schwertübungen das unflätige Gebrüll eines Ausbilders. Seit zwei Wochen lagerte die Armee nun schon hier bei Wuvilth, davor drei Wochen bei Veriow – ständig wartend und in Bereitschaft.

Daß die Mokthier in Wesnar einfallen würden, war inzwischen sehr unwahrscheinlich; dennoch scheute sich König Hexzion, den Truppenverband aufzulösen oder sich gar nach Udil zurückzuziehen. Statt dessen hatte er sogar die Reservestreitkräfte zu sich befohlen. Die Karpana marschierten nach Süden und trieben eine wahre Flüchtlingsflut vor sich her. In Mokth herrschte bereits das Chaos. Wesnar mußte die Hahnenkampfsenke unter allen Umständen halten. Sollte diese Grenzlinie je durchbrochen werden, würden die Invasoren die Verteidiger ins Meer drängen. Eben dies hatte Pantholion vor hundert Jahren getan.

Drei Briefe ...

Han wandte die Aufmerksamkeit wieder dem Boten zu, der sie überbracht hatte, einem drahtigen Mann von etwa dreißig Jahren, der viel mehr nach einem Zarda aussah, als der nurzische Name vermuten ließ. Doch als Han ihn das letzte Mal getroffen hatte, war er ein untersetzter Qolier gewesen. Dennoch bestand kein Zweifel daran, daß der Mann war, wer zu sein er behauptete. Er kannte die Losungswörter; außerdem glichen seine Gedanken denen Paing Nons. Menschen konnten Han nicht belügen, nur Papier.

»Wer hat dir die Briefe gegeben?«

»Der Schreiber Ching Chilith.« Paings Züge blieben unverändert, doch er dachte: *Warum fragt er? Was stört den fetten, alten Knacker denn diesmal wieder?* Er wußte nicht, was genau der Brief enthielt, obwohl er einiges davon erraten konnte. In Raragash herrschte helle Aufregung über die Entmachtung von Labranza Lamith und den Amtsantritt der neuen Vorsitzenden, die Gerüchten zufolge ein Poulscath war. Gleichzeitig mit Paing waren vor drei Tagen sämtliche Boten losgeschickt worden, und man hatte zusätzlich neue rekrutiert. Paing war durchaus neugierig, doch im Augenblick war er kein besonders wißbegieriger Mann.

Der erste Brief war die offizielle Bekanntmachung des Machtwechsels, an Han und Nogin gerichtet, unterschrieben von der neuen Vorsitzenden und gegengezeichnet von Labranza Lamith. Der Brief schien echt zu sein. Er war hastig, in ungewohnter, schlecht leserlicher

Handschrift verfaßt, was jedoch verständlich schien, da zahlreiche Exemplare dieser Bekanntmachung benötigt wurden.

»Hast du die neue Vorsitzende kennengelernt?«

»Hab' sie kurz gesehen. Recht hübscher Anblick.« Flüchtig streifte Begierde durch Paings Gedanken, doch Nogins ausschweifenden Ergüssen kam er nicht einmal nahe. »Angeblich soll sie ein Poulscath sein!«

Einen Augenblick wandte der am Boden liegende Nogin die Aufmerksamkeit der Wirklichkeit zu. »Ich habe noch nie einen Poulscath getroffen. Was können die denn?«

»Niemand weiß viel über Poulscaths«, erklärte Han. »Pantholion könnte einer gewesen sein. Der letzte bestätigte Fall in dieser Gegend war eine Frau, die in den letzten Tagen des Kaiserreichs den Bauernaufstand in Rurk anführte.«

»Und was geschah mit ihr?«

»Sie vertraute einem Geleitbrief des Statthalters und verlor gänzlich den Kopf.«

»Oh.« Der Verstand des Ivielscath wandte sich anderen Dingen zu, und Han sperrte seine Gedanken wieder aus. Nogins Problem waren seine Jugend und der Mangel an Möglichkeiten, diese auszuleben. In ein, zwei Tagen, wenn er verzweifelt genug war, würde er wieder die Frauen der gewöhnlichen Armee aufsuchen. Doch im Grunde genommen war er ein anständiger junger Mann, und diese mitleiderregenden, häßlichen Weiber stellten wirklich nur eine letzte Zuflucht dar. Die einzig andere Möglichkeit in dieser Wildnis boten die Frauen der Gesichtslosen, doch wer sich mit denen einließ, würde sich wahrscheinlich wünschen, er hätte sich für eine angenehmere Todesart entschieden – zum Beispiel, langsam über einem offenen Feuer geröstet zu werden.

»Diese neue Vorsitzende«, erkundigte sich Han, »ist sie verheiratet?«

Verständlicherweise zeigte der Bote sich verblüfft.

Wieso will der alte Geißbock das wissen? Sie würde sich nie und nimmer mit ihm einlassen. Und selbst wenn – er könnte ja doch nichts mit ihr anfangen. »Ja, ich glaube schon.« Verschwommene Bilder eines großen, älteren Mannes ...

Das war alles. Han entdeckte keinen Hinweis darauf, daß Bulion Tharn in Raragash übermäßige Aufmerksamkeit auf sich gelenkt hatte. Also waren die Prophezeiungen über den Erneuerer geheimgehalten worden oder in der Aufregung untergegangen, die das Erscheinen eines Poulscaths mit sich gebracht hatte. Natürlich bestand kein Zweifel daran, daß es sich bei den zwei Tharns um jene Leute handelte, auf die Han in den Gedanken des jungen Polion gestoßen war, der sich nun bei den Gesichtslosen befand. Vermutlich hatte Han als erster Mensch Kuoliens erfahren, daß die Schicksalshüter einen Poulscath gesandt hatten. Es war ihm in dem Augenblick klargeworden, als er erfuhr, daß jemand einen Ivielscath gezwungen hatte, ein Leiden zu heilen, das der Ivielscath selbst verursacht hatte. Hans Bericht über diese Angelegenheit lag immer noch in seiner Kiste und harrte eines Boten. Nun war die Mitteilung nutzlos. Unnötig, die neue Vorsitzende vor ihrer eigenen, bevorstehenden Ankunft zu warnen.

Der erste Brief schien glaubwürdig.

Der zweite hingegen ganz und gar nicht.

> *Von Gwin Nien Tharn, Vorsitzende der Akademie, an Han a'Lith, Berater am Hof von König Hexzion Garab.*
> *Ich grüße Dich, Han!*
> *Aus dem Brief, den Du vor zwei Wochen an Ratsmitglied Ordur gesandt hast, schließe ich, daß die beiliegende Bekanntmachung Dich schwerlich überraschen wird. Ich bin gewillt zu glauben, daß Du in jener Nacht nach bestem Gewissen gehandelt hast. Was Polion Tharn widerfahren ist, werden keine Schritte gegen Dich eingeleitet. Berichte*

mir unverzüglich, sobald Du etwas über ihn erfährst. So es Dir möglich ist, sprich mit ihm und erkundige Dich, ob er in sein früheres Leben zurückkehren möchte.
Du kannst dem König die Bekanntmachung zeigen oder sie ihm vorenthalten, je nachdem, was Dir ratsam erscheint. Seltsame Zeiten erfordern seltsame Taten, und die Akademie hat sich zum Handeln entschlossen, indem sie ein Bündnis gegen die Karpana errichtet. Wir alle sind uns bewußt, daß dies einen Traditionsbruch darstellt.

Es verriet auch das Gedankengut eines Poulscath. Poulscaths waren die Astlöcher im Holz der Geschichte.

Du kannst unseren Bemühungen am besten dienen, indem Du an Deinem Posten verbleibst und weiterhin Deine Pflicht erfüllst, den König vor Verrätern zu bewahren. Ich lege Dir nahe, Dich in dieser Hinsicht an den genauen Wortlaut des Vertrages zu halten. Bedenke – der Text wurde so formuliert, daß die Vertreter der Akademie unter keinen Umständen in außenpolitische Angelegenheiten verwickelt werden dürfen. Was die Akademie selbst unternimmt, darf Deine Verantwortung in keiner Weise beeinflussen.

Gefertigt in Raragash, 31. Muoltag 101
Gwin Nien Tharn,
Vorsitzende des Rates

Neugier flammte in Paings von der Reise erschöpftem Verstand auf. Er hatte bemerkt, wie besorgt Han sich über die Briefe zeigte.

»Hast du dein Bier ausgetrunken?« fragte Han. »Dort drüben, ganz in der Nähe, ist ein Badeloch. Um diese Tageszeit dürfte es noch einigermaßen sauber sein. Der Massenansturm kommt erst.«

Er will mich loswerden, der alte Bastard. »Sicher«, meinte Paing. »Gute Idee.«

Er trat hinaus in gleißendes Sonnenlicht und staubschwangeren Wind. Der Gestank nach Schweiß und Pferd, der das Zelt erfüllte, ließ merklich nach. Han wischte sich über die feuchte Stirn.

Nogin Saisith riß sich aus seinen Erinnerungen an sinnliche Abenteuer. Offenbar hatte er aufmerksamer zugehört, als Han bemerkt hatte. »Was ist denn nun so schrecklich?«

Han reichte ihm den ersten Brief. Er war noch unentschlossen, ob er ihm auch die beiden anderen zeigen sollte. Er konnte behaupten, daß es sich um persönliche Schreiben handelte. Da Nogin aber wußte, daß Han keine Familie besaß und Jaulscaths keine Freunde hatten, würde er den Heiler damit wohl kaum täuschen. Vielleicht würde Nogin vorgeben, ihm zu glauben; denn er war eine schlichte Seele und ging Schwierigkeiten aus dem Weg, falls sich die Möglichkeit bot.

»Interessant! Was noch?« Der Ivielscath gab Han die Kundmachung zurück. Wortlos reichte Han ihm den zweiten Brief. Indes las er den dritten noch einmal durch.

> *Vertraulich an Han a'Lith.*
> *Die Akademie benötigt dringend Hilfe. Binnen einer Woche oder zehn Tagen wird von Chan San aus eine Gruppe von nur fünfunddreißig Personen nach Jarinfarka aufbrechen. Wahrscheinlich befindet sich darunter eine bewaffnete nurzische Eskorte. Da die Gruppe auf ihrem Weg notwendigerweise wesnarisches Gebiet streift, sollst Du Seine Majestät um freies Geleit ersuchen und seine Antwort unverzüglich an Schreiber Chilith weiterleiten. Die Gruppe wird an blauen Flaggen oder einem anderen vereinbarten Zeichen zu erkennen sein.*
> *Erkläre Seiner Majestät, daß die nurzische Abord-*

nung Mokth davon zu überzeugen versucht, eine Schneise zwischen den beiden Reichen zu schaffen, so daß die Karpana ungehindert nach Süden ziehen können, um Wesnar anzugreifen.
Uns liegen bereits Berichte über Greueltaten vor, die von umherziehenden Banden heimatloser Flüchtlinge begangen wurden. Überlebende gibt es so gut wie nie.
Als Zeichen ihres Entgegenkommens erwägt die neue Verwaltung, die Gebühren für die Dienste eines Muolscaths auf ein Drittel des bisher von Seiner Majestät verlangten Betrages zu senken. Erstatte unverzüglich mittels des Überbringers dieses Briefes Bericht.
Per Vollmacht.

Mittlerweile hatte Nogin das zweite Schreiben zu Ende gelesen. Schrill ertönten Alarmglocken in seinem Kopf. »Aber das bedeutet doch ...« *Mord! Verräter, aber keine Eindringlinge? Politischer Mord! Unmöglich – wie, um alles in der Welt, sollte sich ein Mörder in dieses Lager einschleichen?* »Was hältst du davon?«

»Daraus geht hervor«, erwiderte Han ruhig, »daß meine Pflicht lediglich darin besteht, den König vor seinen Untergebenen zu beschützen. So ist es immer gewesen. Was ein Herrscher gegen einen anderen zu unternehmen versucht, ging Raragash nie etwas an.«

»Ich glaube, ich verstehe«, meinte der Junge. Geistiges Gelächter – *Einem häßlicheren Haufen Scheiße könnte es kaum widerfahren.*

»Ich glaube, ich verstehe es auch«, sagte Han. Der zweite Brief war einfach. Es war der dritte, der Han so bestürzte. Abermals verglich er die Handschrift mit Labranzas Unterschrift auf dem ersten Brief. Beides stimmte überein. Labranzas Handschrift kannte Han gut genug; deshalb war die Botschaft auch nicht unterschrieben. Doch die mörderische Absicht, die sich hinter den

Worten verbarg, entsprach keineswegs ihrer Art. Vieles an der Botschaft wirkte höchst zweifelhaft. Mit keiner Silbe wurde erwähnt, was so offensichtlich daraus hervorging. Sofern es sich unbestreitbar um Labranzas Handschrift handelte, konnte die neue Vorsitzende jede Verantwortung von sich weisen.

»Was steht in dem anderen Brief?« fragte Nogin vom Boden herauf.

»Nichts, das dich auch nur im geringsten interessieren würde.«

Bei den sieben Flüchen! Noch mehr Verrat? »Wahrscheinlich hast du recht«, pflichtete der Ivielscath ihm hastig bei. *Der alte Knabe versucht, mich zu beschützen. Ich habe ihn noch nie so aufgeregt erlebt.*

»Ich glaube, ich sollte jetzt um eine Audienz bei Seiner Majestät ansuchen. Wenn Paing Non zurückkommt, dann sag ihm, daß ich ihm Botschaften nach Chan San mitgeben muß.«

»Chan San? Du meinst, er kehrt nicht nach Raragash zurück?«

Han stieß einen leisen Fluch aus, während er diesen tödlichen dritten Brief zurück in den Kittel stopfte. Paing hatte das nicht ausgesprochen, sondern nur gedacht. »Nein, er reitet nach Chan San, sobald er von hier aufbricht. Die Vorsitzende Tharn und der Schreiber Chilith haben sich dorthin begeben – aber ich denke, diese Informationen sollte hier eher geheim bleiben.«

»Oh, schon verstanden!« flüsterte Nogin. »Richte dem König meine besten Grüße aus. Und sollte er einen Schlaganfall erleiden, während du mit ihm sprichst, dann zögere nicht, mich recht bald holen zu lassen.«

»Nächste Woche, meinst du?«

»Man soll schließlich nichts überstürzen.« Damit schloß Nogin die Augen und gab sich wieder wollüstigen Gedanken hin.

In allen Richtungen verschwand die Ebene in einem Dunstschleier. Han fragte sich, ob die gesamte Horde der Karpana womöglich unbemerkt vorbeischleichen konnte.

Er trottete zwischen den Zelten hindurch, kniff die Augen gegen das grelle Sonnenlicht zusammen und blinzelte wegen des allgegenwärtigen Staubes. Das Gras war längst fortgetrampelt, so daß bei jedem Windstoß rosa Wölkchen vom Boden aufstoben. Eine Gruppe Soldaten, von düsteren Gedanken erfüllt, marschierte im Laufschritt an Han vorbei. Er kam an einem Maultierzug vorüber, der Vorräte ins Lager brachte. Er beobachtete einen Straftrupp, der neue Latrinen aushob. Mutlose Niedergeschlagenheit breitete sich im Lager aus. Armeen sollten niemals zum Stillhalten und Warten verurteilt sein.

Sollte er Hexzion Garab den Brief zeigen oder ihm nur davon erzählen? Wahrscheinlich würde das fette Scheusal die Botschaft nur dann glauben, wenn es sie mit eigenen Augen sah. Andererseits – wenn Hexzion sie in die Hände bekam, würde er sie in Zukunft vermutlich für Erpressungen benutzen.

Han überlegte, wer die ins Ziel gefaßten Opfer tatsächlich sein mochten. Er mißtraute der Geschichte einer nurzisch-mokthischen Verschwörung gegen Wesnar. Hexzion würde ihr vielleicht auf den Leim gehen, da sie jener Art von Verrat entsprach, der er selbst gern frönte. Ja, wahrscheinlich würde er den Köder schlucken. Er würde der Akademie nur allzu gern einen Gefallen erweisen, da er unbedingt einen Muolscath wollte, und der Tod von fünfunddreißig unschuldigen Menschen würde ihn völlig kalt lassen.

Wer immer diesen tödlichen, dritten Brief verfaßt hatte, mußte den Verstand einer Viper besitzen. Er entsprach einfach nicht Labranzas Stil.

Das Lager war quadratisch angelegt, wobei die Zeltreihen und staubigen Straßen den königlichen Hof umgaben. Dort wuchs noch ein wenig Gras in einem kleinen, rechteckigen Park mit scharf abgegrenzten Rändern. In der Mitte des Rasens, ein gutes Stück vom gemeinen Fußvolk entfernt, stand eine großflächige Gruppe von Pavillons mit Wänden aus scharlachroter Seide und Dächern aus güldenem Stoff. Darüber wehten bunte Standarten. Inzwischen war das Gewebe verblaßt und von Staub überzogen, wie alles andere, doch der einzige Zweck, den die wesnarische Armee erfüllte, bestand darin, diesem weichen und unschätzbaren Gehirn als bewaffneter Schädel zu dienen. Hier residierte der König mit seinen Konkubinen, Liebesknaben und Speichelleckern.

Da der Eingang sich auf der gegenüberliegenden Seite befand, schickte Han sich an, um die Anlage herumzugehen. Zwar hätte er mühelos über den niedrigen Zaun aus Pfosten und Seidentauen steigen können, doch diese Abkürzung erschien ihm geradezu tödlich unratsam. Am äußeren Rand der Rasenfläche stand alle drei Schritte ein mit Schild und Speer bewaffneter Krieger der Gesichtslosen. An den Fersen der Männer klebte Gras, an den Zehen Dreck. Gelegentlich fuhr der Wind durch die Fransen ihrer Fellkilte, als wollte er beweisen, daß die Krieger nicht aus Stein gemeißelt waren, so reglos standen sie da. Rings um die totenschädeligen Soldaten nahm das Leben im Lager seinen Fortgang; die Gesichtslosen aber rührten sich nicht. Bei dieser Hitze mußte eine solche Pflicht einer unsäglichen Qual gleichkommen. Hans Augen brannten bereits von dem Staub, und er war erst seit kurzem hier draußen. Er konnte sich den Schweiß abwischen, Fliegen verscheuchen, Sand ausspucken. Das alles war den Wachen untersagt.

Der Anblick der Mörder erinnerte Han daran, daß man von ihm erwartete, Polion Tharn ausfindig zu machen und freundlich mit ihm zu plaudern. Wie einfach dieser Befehl Gwin Tharn in Raragash doch erschienen sein mußte – im ruhigen, kultivierten Raragash, wo jeder Tag einem lauen Frühlingsnachmittag glich! Denn erstens war es schwierig, einen Gesichtslosen vom anderen zu unterscheiden, und es gab mehr als zweitausend davon. Zweitens ließen sie sich selten dazu herab, mit einem Normalsterblichen zu reden. Und drittens erfreuten sich nur wenige geistiger Gesundheit im üblichen Sinne des Wortes. Krieger vom Schlage der Zarda waren im Kampf deshalb so todbringend, weil die meisten ohnehin selbstmordgefährdet waren – was die Krieger selbst wahrscheinlich gar nicht wußten, ein Jaulscath hingegen schon.

Gewiß war Polion Tharn mittlerweile dermaßen verwandelt, daß man ihn äußerlich nicht mehr erkennen konnte. Doch ein Jaulscath erkannte Menschen ebensogut am Verstand wie am Gesicht. Eine Menschenmenge nach vertrauten Gedanken zu durchforsten war so einfach, wie nach einem vertrauten Antlitz Ausschau zu halten, wenn nicht noch einfacher. Im Augenblick befand Han sich vermutlich in der Reichweite von mindestens hundert Kriegern. Obwohl er sich ständig des Gedankengemurmels der Menge bewußt war, konnte er dies mühelos unterdrücken, was er für gewöhnlich auch tat. Nun, nachdem er sich gestählt hatte – gleich einem Taucher, der in kaltes Wasser springt –, *öffnete* er sich dafür. Das geistige Gemurmel schwoll zu einem donnernden Gebrüll der Wut und der Verzweiflung an, aus dem die Gedanken der Gesichtslosen als mißtönende Schreie hervorstachen. Ihr gepeinigtes Inneres war ebenso verstümmelt wie ihre Gesichter.

Während Han sich vor Ekel wand, zwang er sich, in dem entsetzlichen Tumult nach etwas Vertrautem zu suchen. Er spürte Schreckensherr Zorg und zog rasch an ihm vorbei. Es war hoffnungslos – er würde höchstens selbst wahnsinnig werden. Halt! ... Inmitten dieses Wirbels aus Wahrheit gewordenen Alpträumen entdeckte er ein Bild von sich selbst. Jemand dachte an ihn. Han erkannte sogar verschwommen, wer es war. Der Junge mußte ihn kommen gesehen haben, also befand er sich zweifellos unter den Wachen auf dieser Seite der Anlage – ein Zufall, der eines Ogoalscaths würdig gewesen wäre.

Am ganzen Leib zitternd, obwohl es einer der heißesten Tage war, an die er sich erinnern konnte, ging Han a'Lith näher und schritt die Reihe der menschlichen Statuen ab wie ein Offizier, der seine Truppen inspiziert. Kein Muskel zuckte, aber die vom Staub geröteten Augen in den totenschädelgleichen Gesichtern verfolgten jede seiner Bewegungen. Verachtung strömte Han aus ihren Gedanken entgegen: Verachtung für sein Alter, Verachtung für seinen schlaffen Leib, Verachtung für einen Zivilisten. Han wies alle Merkmale auf, die kein Zarda-Krieger aufwies und keines jener Merkmale, der sie sich rühmten. Natürlich stellte ihre Geringschätzung nur verschleierten Neid dar, obwohl ihnen der Unterschied nicht bewußt war. Wie konnten sie einen Mann nicht beneiden, der nie ertragen mußte, was sie ertragen hatten und immer noch ertrugen? Die Gesichtslosen unterdrückten derlei tiefgründige Überlegungen, damit die Wahrheit nicht die dünne Schale der Illusion zerschmetterte. Sie bildeten sich zu vollkommenen Kriegern aus – ein übermenschlicher Verstand in einem übermenschlichen Körper.

Nur ein Mann der Sekte verdankte seine Qualen unmittelbar Han a'Lith. Der Strom des persönlichen Hasses war versiegt, als der Denker den Jaulscath aus den Augen verlor; als sie einander nun anblickten, brach der Haß abermals mit der Gewalt einer Springflut hervor. Hätte Han sich auf seine Augen verlassen müssen, hätte er den Jungen niemals erkannt. Schon jetzt wirkte er an Brust und Armen kräftiger – insgesamt größer, zäher. Dennoch war er noch ein Neuling – sein Kilt schien aus ein paar Kaninchenpelzen zusammengenäht zu sein; weder die Enthaarung noch die Tätowierungen waren abgeschlossen. An manchen Stellen im Gesicht war die

Haut wund und eitrig, mit Kalk übermalt und schwarz vor Fliegen. Eine Mischung aus rosa Staub und Schweiß überzog seinen Körper; auf dieser klebrigen Schicht tummelten sich ganze Heerscharen von Insekten. Seine Augen glichen blutigen Wunden und boten einen fast ebenso abscheulichen Anblick wie das Loch, wo einst seine Nase gewesen war.

»Hallo, Polion.«

Zum erstenmal gestattete man dem Töter Polion, den König zu bewachen. Es war eine große Ehre für jeden Bruder. Für Polion war es zudem ein Zeichen der Anerkennung seiner Bemühungen – er empfand unglaublichen Stolz darüber, daß man ihn schon jetzt für würdig erachtete. Und nun kam dieser fette, alte Zivilist daher und sprach ihn an – eine Schande sondergleichen. Unzumutbar! Weiß traten die Knöchel um den Speer hervor; sein Verstand explodierte gleich einem Vulkan.

Han würgte und war entsetzt über die eigene Dummheit, doch noch größeres Entsetzen bereitete ihm dieser plötzliche Blutdurst. Han sah seinen Tod, den nur der Gehorsam zur Bewegungslosigkeit verhinderte – und dieser Gehorsam zerbröckelte und zerbröselte vor seinen Augen. Der Jaulscath schrie auf. Seine Knie gaben nach, und er fiel vor den nackten Füßen des Jungen in den Staub.

Töter Polion schaute nicht hinab. Für kurze Zeit war er verwirrt, wie ein Spürhund, der die Fährte verloren hat; seine Gedanken tasteten sich vor. Dann erfaßte ihn eine Woge der Befriedigung. Es schien durchaus angebracht, daß der fette, alte Gedankenleser vor einem Krieger wie ihm im Staub kroch. Die Hand um den Griff des Speers entspannte sich ein wenig. Seine Brüder, die zu beiden Seiten drei Schritte von ihm entfernt standen, wußten, was vor sich ging, und es würde ihnen gefallen.

All diese Gedanken bekam Han mit. Noch war er am Leben, doch jede plötzliche Bewegung konnte dies sehr schnell ändern. Er fuhr sich mit der Zunge über die

Zähne, um sie vom Staub zu befreien. »Ich bin nur hier, um dir zu deiner Beförderung zum Wächter zu gratulieren, Töter Polion.«

Befriedigung.

»Und dabei bist du erst seit etwas mehr als zwei Wochen Krieger!«

Gewaltige Befriedigung.

Erstaunt über die Reaktion, die Han hervorrief, fuhr er fort: »Das ist eine sehr hohe Auszeichnung!«

Erregung. Die Freude des Jungen grenzte tatsächlich an sexuelle Erregung – Wertschätzung mußte eine seltene Erfahrung für ihn sein.

Han rappelte sich auf die Knie und verharrte, als er spürte, wie der Zorn wieder aufflackerte. Löwenzähmen für Anfänger ... »Und ich wollte mich vergewissern, daß du in der Sekte glücklich bist.«

Fehler!

Ein geistiger Aufschrei, der Han fast betäubte. Eine solche Frage würde Töter Polion sich niemals durch den Kopf gehen lassen, er durfte sie sich nie durch den Kopf gehen lassen. Denn diese Frage konnte zu Zweifeln führen, zu einem Mangel an Treue, zu Feigheit und dem Unvermögen, sich seiner Brüder würdig zu erweisen ... *Glücklich?* Wie konnte er nicht glücklich sein? Nach seiner Einführung waren die Tage und Nächte voller Schmerz, Erniedrigung und Entmenschlichung gewesen. Er wurde verstümmelt, um den Schlaf gebracht, gedemütigt, brutal mißhandelt. Aber man bot ihm die Aufnahme in die Sekte an. Die Männer, die ihn quälten, hatten in der Vergangenheit dieselbe Tortur über sich ergehen lassen und wollten ihn zu einem der Ihren machen. Dann würde seine Schmach sich in Stolz verwandeln. Seine Peiniger würden zu seinen Brüdern und ihm helfen, so zu werden wie sie: tapfer, grausam und stark. In seiner Schwäche, Erschöpfung und Verzweiflung hatte Polion Tharn sich an den einzigen Strohhalm geklammert, der sich bot. Nun durfte er niemals daran zweifeln, die richtige Entscheidung getroffen zu haben; anderenfalls wäre alles umsonst gewesen, was er erlitten hatte. *Glücklich?* Als Mitglied der Gesichtslosen galt man als Inbegriff der Männlichkeit. Wie konnte er nicht glücklich sein?

Entsetzt ließ Han vor diesem Ansturm unerträglicher Qualen das geistige Fallgitter herabsausen und sperrte die Gedanken aus. Zurück blieb ein verängstigter alter Mann, der sich vor einem Wahnsinnigen am Boden wand.

Ohne die Lippen zu bewegen, befahl der Junge ihm: »Lauter!«

Han wiederholte die Frage.

»Lauter!«

Han schrie: *»Ich wollte mich davon überzeugen, daß du in der Sekte glücklich bist.«*

»Lauter!«

Han brüllte die Frage aus voller Kehle heraus.

»Lauter!«

Der Verstand des Jungen glich einem leeren Raum. Er konnte nur den Pfad weitergehen, den er gewählt hatte. Das Spiel hatte weder ein Ende noch ein Ziel – außer dem Tod.

Ein Schatten tauchte neben Han auf. »Du sprichst im Dienst, Töter?«

Erleichtert stöhnte Han auf und mühte sich auf die Beine. Es war Schreckensherr Zorg persönlich, unverwechselbar durch das Emblem der fünf Totenschädel auf dem Schild.

»Ja, *Saj*!« erwiderte der Krieger.

»Kennst du die Strafe dafür, Töter?«

»Ja, *Saj*!«

»Wie lautet die richtige Antwort, wenn jemand versucht, eine Wache des Königs abzulenken?«

»Tod, *Saj*.«

»Mhm. Aber du wußtest, daß dieser Zivilist ein Freund des Königs ist?«

Mit beinahe unmerklichem Zögern antwortete Polion: »Ja, *Saj*! Aber bei allem Respekt, *Saj*, das entschuldigt nicht, ...«

»Ich entscheide, was das entschuldigt und was nicht. Melde dich bei deinem Angstmeister.«

Zum Salut schlug der Krieger den Speer gegen den Schild, wirbelte herum und trabte im Laufschritt davon.

Han wurde bewußt, daß er zitterte und Übelkeit verspürte, mittlerweile mehr aus Schuld denn aus Angst. Es wäre weit besser gewesen, den Jungen König Hexzion zu überlassen – dann hätten die Qualen zumindest nach ein paar Stunden ein Ende gehabt.

»Ich habe den Mann nur zufällig erkannt, Schreckensherr, und wollte mich kurz mit ihm unterhalten. Ich hätte wissen müssen, daß er Wachdienst hatte und mein Handeln unangebracht war. Ich entschuldige mich bei ihm und Euch ...«

»Tu es nie wieder.« Damit machte Zorg auf dem Absatz kehrt.

Hastig humpelte Han hinter ihm her. »Schreckensherr, dieser Mann ... Er wird bestraft für das, was *ich* getan habe?«

»Selbstverständlich.«

»Das ist ungerecht! Es war nicht seine Schuld!«

Zorg hielt inne und wandte sich im zu. Die Augen in dem Totenschädelantlitz funkelten. »Er hätte dich töten sollen. Meldest du dich freiwillig, morgen an seiner Statt Spießruten zu laufen?«

Vehement schüttelte Han den Kopf. Er widerstand der Versuchung, tiefer in Zorgs Verstand zu graben. Das hatte er einmal getan und danach eine Woche lang nicht geschlafen. Allein die unbedeutenden Gedanken an der Oberfläche erwiesen sich als schlimm genug.

»Schade«, meinte der Schreckensherr. »Hätte dir wahrscheinlich ungemein gutgetan. Aber es hätte ihm ohnehin nicht geholfen. Seine Kameraden würden dafür sorgen, daß er die Strafe verbüßt. Er hätte selbst darauf bestanden. Hast du hier sonst noch etwas zu suchen? Seine Majestät ist beschäftigt, falls du dorthin wollest.«

Gleich einem Blitz durchzuckte Han eine Eingebung. Zweifellos wußte Frenzkion Zorg von der Ankunft des Boten Paing. Zorg wußte alles, kümmerte sich auch um alles. Gewiß würde Hexzion das Problem ohnehin Zorg übertragen.

Der Jaulscath fingerte in der Tasche seines Kittels herum. »Ich wollte Majestät nur eine Nachricht überbringen. Eine höchst vertrauliche Nachricht. Außerdem ist sie ziemlich dringend, da ich die Antwort des Königs unverzüglich zurückschicken soll.« Es war eine höchst geschickte Abkürzung. Han konnte ruhigen Gewissens leugnen, die Angelegenheit je mit dem König besprochen zu haben. Der König konnte leugnen, je davon gehört zu haben. Sollte die Aufmerksamkeit sich danach auf Zorg richten, konnte dieser behaupten, jemand sei wegen Unachtsamkeit hingerichtet worden, und damit wäre die Sache erledigt.

Der Schreckensherr nahm den Brief entgegen und schien ihn mit einem einzigen Blick zu lesen. Zwar besaß er keine Augenbrauen, die er emporziehen konnte, dafür hoben sich die schwarzen Ränder rund um die Augen leicht. Er reichte Han das Papier zurück.

»Eine höchst unbedeutende Angelegenheit, kaum eines Königs würdig! Du kannst berichten, daß man sich der Sache annehmen wird. Die Nordpatrouillen werden angewiesen, nach blauen Flaggen Ausschau zu halten und entsprechend vorzugehen.«

»Das ist sehr freundlich von Euch, Schreckensherr.«

»Es ist mir ein Vergnügen, Han *Saj*.« Zorg verzog die Lippen zu einem Lächeln, wobei er die Zähne entblößte. Er meinte es durchaus ernst. Seiner Ansicht nach würde es eine gute Übung für die jungen Burschen werden.

60

»Er ist *geschichtet*!« rief Thiswion. »Er ist *zusammengesetzt*!«

Für Bulion sah es wie ein zerbrochener Reifen oder eine Planke eines völlig zerstörten Bootes aus. Er hatte sich doch tatsächlich beim Dösen überrumpeln lassen, am hellichten Nachmittag, wie ein verbrauchter Greis. Eben diesen Umstand versuchte er zu verschleiern, indem er zustimmend nickte und krampfhaft nach einer klugen Bemerkung suchte.

Wahrscheinlich war sein Großneffe ohnehin zu aufgeregt, um es zu bemerken. »Der Mittelteil besteht natürlich aus Holz. Eibenholz. Sowohl aus Kernholz als auch aus Splintholz, genau wie unsere Bögen. Aber sie beschichten den Rücken mit *Bein*, siehst du? Und das hier ist *Horn*! Schau dir nur diese Handwerkskunst an! Ist der Bogen nicht *prachtvoll*?«

Thiswion selbst gab einen recht prachtvollen Anblick ab. Er kniete in nurzischen Hosen auf dem Boden, die in farbenprächtigen Mustern aus Gold, Scharlachrot und Pfauenblau bis zu seinen Fußknöcheln hinabwallten. Die offene Weste leuchtete smaragdgrün, kanariengelb und scharlachrot; das Rot biß sich gräßlich mit Thiswions ingwerfarbenem Bart und Brusthaar. Die Büsche hinter ihm erstickten förmlich in Blüten von grellem Purpur. Im Haar trug er eine orangefarbene Rose. Im gleißenden Sonnenlicht sah er in dieser Farbenflut beinahe lächerlich aus.

Die Farben waren ein Teil des Problems, das Bulion mit Chan San hatte. Die Menschen kleideten sich wie Schmetterlinge. Sie versahen die seltsam geformten Gebäude mit Kacheln und Mosaiksteinchen in jedem nur erdenklichen Farbton. Sogar die Karren auf den Straßen glichen bemalten Wunderwerken. Wohin man sich auch wandte, überall erblickte man wahre Farborgien, die an eine Versammlung bunter Papageien erinnerten. Überdies hörte die Stadt sich ungewohnt an; überall vernahm man den plappernden, nurzischen Dialekt. Und sie roch ungewohnt nach seltsamen Gewürzen und Speisen. Sie war übervölkert und viel zu hektisch, voll von umherwuselnden Nurziern. Bulion mußte zwar zugeben, daß die Menschen durchaus freundlich zu sein schienen; dennoch wirkten die Massen brauner Gesichter fremdartig auf ihn.

»Aha. Ist er kaputt?«

»*Kaputt?* Aber nein, Onkel! Er soll so aussehen. Das ist ein *reflexiver* Bogen! Hier, ich spanne ihn mal. Man muß ihn gar nicht unbedingt entspannen, wie unsere Bögen, aber es zeugt von schlechten Manieren, so damit durch die Straßen zu laufen.« Ächz! »Da, siehst du? Wenn ich ihn spanne, biegt er sich nach hinten.«

Bulion rieb sich die Augen und betrachtete den Bogen mit zweifelndem Blick. Er wirkte immer noch unförmig. »Weit kann man mit so einem kleinen Ding gewiß nicht schießen.«

»Aber Onkel! Er ist *geschichtet*! Und der Hornbesatz an den Enden sorgt für zusätzliche Spannung, siehst du? Ein damit abgeschossener Pfeil durchschlägt mühelos auf dreihundert Schritt Entfernung eine *Rüstung*! Ich habe auf *vier*hundert ins Schwarze getroffen. Und Jukion hat fast *sechs*hundert Schritte weit geschossen! Kein Wunder, daß sogar die Zarda die Nurzier fürchteten.«

Die Bemerkung grenzte an Ketzerei, doch Bulion war nicht zu einem Streit aufgelegt. Er hatte einen schalen Geschmack im Mund und fühlte sich vom Schlafen in der Sonne völlig zerzaust. »Sobald wir ins Tal zurückkommen, mußt du versuchen, solche Bögen zu fertigen.«

»Verflucht!« rief Thiswion verächtlich. »Nicht in zehn Jahren könnte ich lernen, einen so guten Bogen zu bauen. Aber wir *brauchen* sie! Und die Pfeile ... Hör zu, Onkel! Seitdem so viel über Krieg geredet wird, sind die Preise zwar in die Höhe geschnellt, aber die Bogenmacher haben immer noch welche zu verkaufen. Ich habe mich nach dem Preis für fünfzig Bögen und fünfhundert Pfeilspitzen erkundigt, und Wosion hat ihn noch heruntergehandelt ...« Er hielt inne. Unvermittelt war Kummer in die blauen Augen getreten.

»Wie viel?«

»Äh ... zwölfhundert Kronen. Das entspricht etwa zweitausend Daling-Taler, vielleicht ein bißchen mehr.«

Bulion wandte den Blick ab. Über den grünen und purpurnen Dächern war in der hitzeflimmernden Ferne verschwommen die makellose Kuppe des Berges Psomb zu erkennen. Von der Straße unterhalb der Terrasse drang das Gerumpel von Karren und das Gebrüll von Kamelen herauf. Ein Vogel, den Bulion nicht kannte, zwitscherte in den Büschen hinter ihm.

»Du glaubst wohl, ich schleppe so viel mit mir herum, falls ich mal das dringende Bedürfnis nach einer kleinen Mahlzeit verspüre, wie?« Als sie abgereist waren, belief sich der Familienschatz auf zwei- bis dreihundert Daling-Taler.

»Gwin ...«, setzte Thiswion an.

Im Tempel von Daling wartete ein Vermögen auf Gwin, doch sie kam nicht an das Geld heran. Wahrscheinlich konnte sie sich aus dem Säckel von Raragash bedienen, wenn und falls sie dorthin zurückkehrte. Bulion ging davon aus, seine Frau jederzeit um Geld bitten zu können. Schließlich war das kein Verbrechen. Sein Stolz durfte bei einer so heiklen Angelegenheit wie dem Kauf von guten Bögen keinesfalls ein Hindernis sein. Aber eine Frau um Geld anbetteln?

»Schlechte Zeiten stehen bevor, Onkel. Die Festung wird uns wenig nützen, wenn die Karpana kommen, oder?«

»Falls das geschieht, wird uns überhaupt nichts mehr nützen, Junge.«

»Aber angenommen, die Karpana kommen nicht.

Dann müssen wir uns immer noch wegen der Flüchtlinge Sorgen machen, nicht wahr? Mit solchen Bögen könnten wir einige hundert zurückschlagen! Sogar vom Rücken eines Pferdes aus kann man damit schießen, Onkel! Wir könnten die Flüchtlinge aus dem Tal verjagen.«

Der Junge hatte nur allzu recht. Die Festung war lächerlich und nutzlos, war es immer schon gewesen, und der arme Brankion arbeitete vermutlich nach wie vor Tag und Nacht schweißüberströmt daran. Sofern das Tal nicht ohnehin schon bedroht war, würde es noch vor dem Winter soweit sein, und Bulion sollte sich *dort* aufhalten, statt hier in Nurz tatenlos herumzuliegen und zu schlafen.

»Wo ist Wosion?« erkundigte er sich, weil ihm nichts Besseres einfiel.

»Mit den anderen unten bei den Zielscheiben. Sogar Wosion kann mit diesen Bögen schießen, Onkel.«

»Ich komme ein bißchen später und schaue euch zu.«

Das Leuchten in Thiswions Augen erlosch. »Ja, Onkel.« Sichtlich enttäuscht, stand der Junge auf und stapfte durch die grell-bunten Büsche davon.

Bulion stieß einen langen Seufzer der Verzweiflung aus. Er war zu alt, um auf der Suche nach Abenteuern die Welt zu durchstreifen. Eine Woche lag zurück, seit sie Raragash verlassen hatten, und vor etwa drei Wochen hatte er das Tal zum letzten Mal gesehen, doch es kam ihm wie eine Ewigkeit vor. Nie im Leben war er mehr als sechs oder sieben aufeinanderfolgende Nächte in der Fremde gewesen, und selbst das nur selten. Er hatte Heimweh.

Und er langweilte sich. Dies war der vierte Tag, den er im nurzischen Palast zubrachte, und er hatte rein gar nichts zu tun. Jedes Mahl erwies sich als Festessen, jeder Tag als Ferientag. Er aß zuviel von den stark gewürzten Speisen und trank zuviel von dem widerwärtigen Wein. Bedienstete katzbuckelten vor ihm, Höflinge grinsten über ihn, zwar hinter seinem Rücken, aber trotzdem. Er schlief auf Seidenlaken. Beharrlich weigerte er sich, Blumen im Haar zu tragen, wie alle anderen. Er war der Gatte der Hexe, ein geduldeter Niemand, so unbedeutend, daß er nicht einmal in Gefahr schwebte, in die mörderischen Intrigen verwickelt zu werden, die sich durch die Paläste sterbender Könige rankten. Er sorgte sich um Gwin, die neue Hoffnung für Wung Tans Leben gebracht und sich damit zur Zielscheibe der zahlreichen Splittergruppen gemacht hatte, die in den Schatten ihre Ränke schmiedeten.

Im Augenblick war sie irgendwo, um den alten Knaben zu heilen. Ihr Mann konnte nichts tun, um ihr zu helfen. Eigentlich gab es für ihn überhaupt keinen Grund, hier zu sein. Allenfalls wäre er gern durch die unglaublichen Palastgärten geschlendert und hätte Ableger von den Obstbäumen genommen, die ihm aufgefallen waren: Pflaumen, Pfirsiche, Äpfel, Quitten, Kirschen, Walnüsse und Aprikosen. Die könnten sie im Tal in den Obstgärten gebrauchen.

Bulion wollte nach Hause. Mehr als alles andere wollte er nach Hause ins Tal. Er wollte seine Urgroßenkel lachen hören, beobachten, wie das Getreide wuchs, mit dem Pferd über die Hügel reiten und die Aussicht genießen. Auch Gwin wollte er dort haben. Und er wünschte sich inbrünstig, Thiswion zu Hause dabei zuzuschauen, wie er mit seinem Zauberbogen schoß und all die anderen jungen Männer zu Bogenschützen ausbildete.

Doch zwischen dem Tharn-Tal und Bulion Tharn lag Kriegsgebiet. Selbst die fähigsten Kuriere der Akademie kamen nicht durch die Hahnenkampfsenke, jedenfalls nach Aussage des schmierigen Ching. Nachrichten wurden verschickt, doch Antworten blieben aus. Wo ein einzelner Reiter auf einem schnellen Pferd versagte, wäre eine Gruppe Bauern binnen kürzester Zeit Aas für die Geier. Wie Unkraut wucherte Gefahr aus dem Boden.

Noch waren die Karpana nicht hier; auch die vor ihnen flüchtenden Menschenmassen waren noch nicht gekommen. Dennoch begannen Recht und Ordnung bereits zu zerbröckeln, und Probleme keimten auf.

Die Welt veränderte sich. Bulion war zu alt, um sich noch anzupassen. Als vor einem Monat die Schmerzen in seinem Zahn aufgelodert waren, hätte er wissen müssen, daß seine Zeit gekommen war. Damals hätte er sterben können, zufrieden mit seinem Lebenswerk. Nun mußte er vielleicht mitansehen, wie es zerstört, das Tal dem Erdboden gleichgemacht, seine Familie hingeschlachtet wurde. Oder schlimmer noch ... Vielleicht würde er in einem fremden Land vor Gram vergehen, während er nur von der Katastrophe erfuhr, statt selbst dort zu sein, um mit dem Schwert in der Hand zu sterben, wie es sich für einen Zarda geziemte.

Er war der Sohn eines Zarda-Kriegers und hatte noch nie einen Menschen getötet – was würde sein Vater wohl von ihm halten? Todbringer Gamion der Herzfresser, wir könnten dich jetzt brauchen, oder einen wie dich! Von all deinen dreihundert Nachkommen, Vater, setzt allein Polion die Tradition fort. Der Weg eines Kriegers ist hart, doch harte Zeiten erfordern harte Männer. Stell dir nur den jungen Polion vor, mit seinem Schild, seinem Speer und seinem Schwert ...

Unter einem schattigen Baldachin auf einer anderen Terrasse des Palastes lehnte König Wung Tan sich im seinem Rollstuhl zurück und bettete den Kopf mit geschlossenen Augen auf scharlachrote Kissen. Wie es sich für einen Monarchen geziemte, war der Stuhl groß und hoch, beinahe ein Thron. An jeder Seite saß ein Ivielscath und hielt des Königs Hand. Diener wedelten mit Fächern über dem königlichen Haupt. Gwin Tharn saß zu seinen Füßen auf einem Stuhl und bekam gerade noch ein wenig von dem kühlen Luftzug ab. Wachen, Ärzte und

Höflinge hatten sich in angemessener Entfernung versammelt und beobachteten die Szene mit tiefem Mißtrauen.

Gwin war erstaunt darüber gewesen, wie klein Wung war. Aus irgendeinem Grund erwartete man, daß Könige körperlich große Männer waren. Wung wirkte älter, als er tatsächlich war. Haare und Bart waren verfrüht ergraut, das düstere Antlitz präsentierte sich ausgemergelt und als Folge der Krankheit schwer gezeichnet. Die königlich blauen Seidengewänder hingen lose an einem ausgezehrten Körper. Dennoch erholte sich Wung; mit jedem Tag schien er kräftiger zu werden, wobei die Schmerzen schwanden.

Nachdem die Vorsitzende der Akademie samt ihrem Gefolge aus Verfluchten eingetroffen war, ließ sich die Wurzel des Übels erstaunlich schnell ermitteln. Glücklicherweise hatte sie Ziberor mitgenommen. Einige Leute hatten den Hof unverzüglich verlassen und waren seither verschwunden: des Königs älteste Tochter, ihr Gatte, ein paar königliche Vorkoster und Nim Thong, der Jaulscath. Verfluchte ließen sich ebenso bestechen wie gewöhnliche Menschen. Nim hatte zweifellos gewußt, daß den Speisen des Königs Gift beigemischt wurde. Obwohl Gwins Befehlsgewalt als Vorsitzende der Akademie nicht die oberste Rechtsprechung umfaßte, verhängte sie eigenmächtig die Todesstrafe über den Verräter. Es war ohnehin eine leere Geste; die Aussichten, eines flüchtigen Jaulscaths habhaft zu werden, schienen gleich Null, und nur Raragash durfte von dem schrecklichen Geheimnis erfahren, anderenfalls wäre der Ruf der Akademie für immer zerstört. Labranza würde vermutlich einen Schlaganfall erleiden, wenn sie die Neuigkeiten erfuhr.

Wung Tan war zwar klein, aber äußerst scharfsinnig. Daß seine Tochter während seiner Krankheit abreiste, war unerklärlich gefühllos. Wung mußte ahnen, was geschehen war, hatte bislang aber noch nichts unternommen, die Übeltäter zu fassen. Gwin hoffte, daß seine Klugheit ihm nicht alle denkbaren Lösungen des Problems Hexzion Garab vor Augen geführt hatte. Auch sie war eine Königsmörderin oder rechnete zumindest damit , bald eine zu sein.

Willst du wohl aufhören, darüber nachzugrübeln? fuhr die Stimme sie an. *Der Mann ist ein blutrünstiges Ungeheuer. Er hat Tolamin vernichtet. Tausende ließ er hinmetzeln, einschließlich deines Mannes. Hunderte tötete er mit eigener Hand auf unvorstellbar schreckliche Weise. Er verdient wesentlich Schlimmeres, als Vaslar Nomith ihm antun wird.*

Dieselbe Unterhaltung führte sie mehrmals am Tag. *»Trotzdem werde ich eine Mörderin sein. Was ist daran ehrenvoll?«*

Du wirst mit Sicherheit ganze Heerscharen töten, die es weit weniger verdienen als Hexzion Garab, aber immer in dem Bestreben, Tausenden weiteren Menschen dasselbe Schicksal zu ersparen. Du bist ein Poulscath, ein Wirbelwind, der Böses tun muß, um Gutes zu tun – das ist Teil deines Fluches. Nachdenklich fügte die Stimme hinzu: *Man kann keine Küken ausbrüten, ohne die Eierschalen zu zerbrechen.*

»Aber nehmen wir an, Vaslar und Hitham versagen? Wir hätten doch längst etwas hören müssen. Sie sind zur selben Zeit wie wir aus Raragash aufgebrochen.«

Die Stimme stieß einen verzweifelten Laut aus, den allerdings nur Gwin hörte, und nicht einmal sie hörte ihn richtig. *Das schlimmste an einem Krieg ist das Warten – das weißt du genau. Früher oder später wirst du lernen, geduldig zu sein. Also kannst du dich ruhig gleich daran gewöhnen.*

Noch vor einem Monat war Gwin Wirtin einer Herberge in Daling gewesen. Nun war sie jemand, der sich in die Politik zwischen verschiedenen Reichen einmischte, jemand, der das Schicksal bestimmte – und womöglich eine politische Mörderin. Gewiß, diese Betätigung war interessanter, umfaßte jedoch einige störende moralische Fragen.

An der Seite des Königs bewegte Par a'Ciur sich auf

dem Stuhl, als wäre sie vom langen Stillsitzen steif geworden. Ihr Sitz war viel niedriger als der ihres Patienten; gewiß ermüdete ihr Arm allmählich. Ungeachtet ihres Alters hatte sie darauf bestanden, nach Chan San mitzukommen. Gwin betrachtete sie als willkommene Bereicherung der Gruppe, denn keiner wußte mehr über die Kräfte eines Ivielscaths als sie. Mit Ausnahme von Labranza war der gesamte Rat in Chan San vertreten.

Die Heilerin zur Linken des Königs war Niad. Obwohl ihre Ausbildung gerade erst begonnen hatte, wollte Gwin sie unbedingt dabei haben, weil ihre erfolgreiche Heilung der alten Sojim bewies, daß sie auf Gwins magische Befehlsgewalt ansprach. Ob der König nun von Par und Niad zusammen oder nur von einer der beiden geheilt wurde, spielte keine Rolle. Aller Wahrscheinlichkeit würde Wung Tan nun, da er kein Gift mehr verabreicht bekam, auch von alleine genesen. Wichtig war nur, daß er sich erholte und im Königreich wieder Ruhe einkehrte.

Wung Tan schlug die Augen auf und lächelte zu Par hinunter. »Vielleicht sollten wir eine kleine Pause einlegen?«

»Wie Majestät wünschen.«

Er kicherte. »Kranke Könige besitzen ebensowenig Majestät wie jeder andere, Par *Saj*. Leibdiener?«

Die Heilerinnen erhoben sich. Bedienstete eilten mit einem Becher Fruchtsaft für den König herbei, Ärzte schoben ihm die Kissen zurecht. Gwin fragte sich, wo Bulion wohl steckte. Wahrscheinlich schaute er den Bogenschützen beim Üben zu. Die Tharns zeigten sich allesamt fasziniert von der berühmten Bogenkunst der Nurzier.

Wung winkte den Kanzler samt seinem unvermeidlichen Bündel Dokumente fort.

»Wie es das Brauchtum verlangt, wollen wir nun Iviel danken.« Wungs Stimme klang den Umständen entsprechend dünn und schwach, als er im munteren Singsangdialekt der Nurzier sprach; wie förmlich er redete, hing von der Zahl der Zuhörerschaft ab. »Frau Vorsitzende, würdet Ihr uns die Ehre geben, uns zum Schrein des Morgensterns zu schieben?«

Gwin zeigte sich von der Aufforderung überrascht, gab jedoch die einzig mögliche Antwort. Mit finsteren Mienen wichen ihr Höflinge aus, als sie zur Rückseite des fahrbaren Thrones schritt. Obwohl die Räder mißtönend über den gekachelten Boden knirschten, rollte der Stuhl leichter, als sie erwartet hätte. Gwin schlug einen dicht von blühenden Weinreben überhangenen Weg ein.

»Hast du die Neuigkeiten schon gehört, Gwin?« fragte der König. Erst jetzt wurde ihr bewußt, daß sein Kopf sich auf gleicher Höhe mit dem ihren befand und sie sich zum Schieben vorbeugen mußte. Eine seltene Gelegenheit für ein vertrauliches Schwätzchen. »Daß die Karpana am Fluß Jad zur Umkehr gezwungen wurden?«

»Das ist ja wundervoll!«

»Kommt ganz auf den Standpunkt an«, entgegnete Wung Tan trocken. »Nun müssen sie in östlicher Richtung um den Osmir-See herum ausweichen. Die Mokthier werden damit keine Freude haben.«

»Aber ein Sieg ist ein Sieg!«

Er seufzte. »So werden wir es natürlich auch darstellen. Aber eigentlich hat unsere Garnison lediglich die Spähtrupps lange genug aufgehalten, um die Brücke niederzureißen. Dabei haben wir tausend Mann verloren. Zehntausende Flüchtlinge haben keine Möglichkeit mehr, dem Vormarsch der Karpana zu entrinnen. Ich fürchte, auch die werden keine Freude haben.«

»Du mußt auch die gute Seite sehen, *Saj*. Wie leicht hätten sie die Garnison überrumpeln und die Brücke unversehrt in ihren Besitz bringen können.«

Abwehrend winkte Wung Tan mit einer kindergroßen, braunen Hand ab. »Sie können den Fluß immer noch mit Leichen füllen, um ihn zu überqueren, aber ich glaube, das werden sie nicht tun. Eine so gewaltige Horde muß ständig in Bewegung bleiben, um nicht zu verhungern.«

»Wie viel Zeit haben wir noch, bis sie um den See herummarschiert sind?«

»Schwer zu sagen. Ich vermute, ihr Troß hat sich im Laufe des Vormarsches in die Länge gestreckt. Nun, da sie auf Widerstand stoßen, nehmen sie sich vielleicht die Zeit, auf die Nachzügler zu warten. Aber, wie gesagt, das ist nur eine Vermutung.«

Die Unterhaltung brach ab, als sie an das untere Ende einer Treppenflucht gelangten. Sogleich standen ein Offizier und vier kräftige Wachen bereit, um den Stuhl hinaufzutragen. Natürlich stammte der Palast aus der Kaiserzeit – in den letzten hundert Jahren war kein Gebäude dieser Größenordnung mehr entstanden –, doch die nurzischen Könige hatten es verwandelt. Sie ließen die Kultur ihrer Ahnen wiederauferstehen und hüllten es in funkelnde Kacheln, bis jede Außenfläche einem Kaleidoskop blendender Farben glich.

Oben angelangt, schob Gwin den Stuhl weiter. Auf diese Ebene schien ungehindert die Sonne herab; überall blühten bunte Blumen. Männer mit Eimern gossen das Gras.

»Ich bin zu einer Entscheidung gelangt«, erklärte Wung. »Wenn meine Herrscherkollegen einem vereinten Vorgehen gegen die Karpana zustimmen, schließe ich mich ihnen an.«

»Das ist eine außergewöhnlich gute Neuigkeit«, meinte Gwin höflich. Die Entscheidung kam keineswegs unerwartet. Der eine Woche zurückliegende Versuch der Karpana, den Fluß Jad zu überqueren, galt als Beweis dafür, daß sie nach Westen zu marschieren gedachten, wozu sie entweder Nurz oder Wesnar überrollen mußten. Dennoch empfand sie Wungs Zustimmung als willkommen, vorausgesetzt, er knüpfte nicht zu viele Bedingungen daran.

Wung fuhr fort: »Wie du richtig sagtest, ist Schreckensherr Zorg die logische Wahl für den Führer des Bündnisses. Bei entsprechenden Zusagen werde ich seiner Erneuerung zustimmen – für einen strikt begrenzten Zeitraum. Ich habe keine Lust, zugunsten König Hexzion Garabs von meiner eigenen Armee entmachtet zu werden. Kollege Hexzion ist wie ein Skorpion im Kleiderschrank. Man weiß nie, wo er auftauchen wird.«

Gwin zog es vor, nicht über Hexzion zu reden, ja noch nicht einmal an ihn zu denken. »Ich hoffe, wir können ihn überzeugen, dem Bündnis beizutreten und Zorg aus seiner Treuepflicht zu entlassen – natürlich für einen strikt begrenzten Zeitraum.«

»Hast du ihn schon gefragt?«

»Das erschien uns verfrüht, bevor wir wußten, ob du und König Quilm Urnith zustimmen würden. Eure Reiche liegen zwischen ihm und dem Feind.«

Am oberen Ende einer weiteren Treppenflucht brachte sie den Stuhl zum Stehen. Dieselben Männer erwarteten sie, als hüteten sie die Stelle schon seit Stunden. Sie mußten gerannt sein wie die Wahnsinnigen, um vor Gwin und dem König hier zu sein. Als sie den Stuhl umdrehten, um ihn hochzuheben, schaute der König Gwin an.

»Wir können alle nur hoffen. Heute morgen hast du eine Depesche aus Wesnar erhalten.« Die tief zerfurchten Züge verzogen sich zu einem fragenden Lächeln.

Gerissener, alter Gauner! »Eure Majestät sind ausgesprochen gut informiert.«

»Eine Überlebensvoraussetzung«, erwiderte Wung Tan trocken, »und dennoch wissen wir nie alles, was wir wissen sollten.«

Am Fuße der Treppe, als sie sich wieder außer Hörweite der Wachen befanden, sagte Gwin: »Wesnar hat meine Ernennung zur Vorsitzenden anerkannt. Und ... Ich muß gestehen, ich selbst hätte nicht daran gedacht, aber mein Schreiber ist einer jener fähigen Untergebenen, die meine Bedürfnisse vorausahnen. Als wir die Bekanntmachung verschickten, legte er ein Gesuch um freies Geleit bei, falls wir eine Abordnung nach Mokth entsenden würden. Heute haben wir die Zusage freien Geleits durch die Hahnenkampfsenke erhalten.«

»Von Quilm hast du noch nichts gehört?«

»Nein. Wie mein Schreiber vorhersah, brenne ich inzwischen darauf, ihm persönlich einen Besuch abzustatten.« Die Stimme bestand darauf, daß eine Reise nach Mokth unerläßlich sei.

»Freies Geleit hin oder her, wir stellen dir mit Freuden eine Eskorte zur Verfügung.«

»Das ist sehr freundlich von dir. Natürlich muß ich noch hier warten, bis du wieder ganz gesund bist.«

Wung seufzte. »Ich glaube, du hast getan, was nötig ist. Wenn du so nett wärst, mir deinen Jaulscath hierzulassen, um mich zu beschützen, wird meine Genesung wohl auch in deiner Abwesenheit voranschreiten.«

Eine kaum verhohlene Anspielung auf Gift. Gwin widersprach ihm höflich, obwohl auch sie überzeugt war, hier nicht länger gebraucht zu werden. Er schnitt ihr das Wort ab.

»Nein, du mußt gehen. Die Zeit ist entsetzlich knapp. Die Schlacht am Jad fand am Muoltag statt – vor einer Woche. Wer weiß, wo die Horde sich mittlerweile befindet?«

Inzwischen hatten sie ihr Ziel erreicht, den Schrein. Die Nurzier hatten die Huldigung der Schicksalshüter wiedereingeführt, eine Tradition, die von den Qoliern jahrhundertelang unterdrückt worden war. Die Stadt quoll über vor Tempeln der verschiedensten Erscheinungsformen von Ogoal, Jaul und den anderen; allein der Palast verfügte über Dutzende kleine Schreine und Kapellen. Was Wosion und Bulion gleichermaßen mißfiel. In einer Ecke der Terrasse stand ein Alabasterabbild einer nackten Frau – Iviel als Heilerin. Ein kleiner Springbrunnen gurgelte in einem Becken davor. Blumenopfer häuften sich zu ihren Füßen.

Die Terrasse lag ein wenig höher als die Straße; der

Lärm geschäftigen Treibens drang über die Balustrade herauf.

Ein Voliere voller Kakadus an einer Seite sorgte für einen Hintergrundchor schriller Schreie. Der Brunnen klimperte und plätscherte.

»So!« rief Wung fröhlich. »Jetzt komm her und setz dich auf den Rand dort, damit ich dich sehen kann.« Die eingesunkenen Augen leuchteten, als Wung beobachtete, wie Gwin reagierte. Munter richtete er sich auf. »Für ein ungestörtes Schwätzchen ist dies der beste Platz auf dem ganzen Palastgelände.«

Lächelnd gehorchte Gwin. »Wie ich sehe, bist du kräftiger, als du nach außen hin vorgibst.« Diese gerissene, kleine Natter!

Er kicherte. »Vorsicht ist eine weitere Überlebensvoraussetzung. Es gibt da etwas, das ich mit dir besprechen möchte. Ich glaube, du hast bei deiner grandiosen Planung etwas übersehen. Weißt du, wie sie dich hier im Palast nennen?«

Gwin ließ sich auf dem Rand des Steinbeckens nieder. »Die Hexe. Aber das spielt keine Rolle.«

Belehrend wackelte er mit einem dürren Finger vor ihrem Gesicht. »O doch! Gewiß, Höflinge sind einigermaßen vernünftig, aber die Landbevölkerung hegt eine tiefsitzende Furcht vor den Verfluchten. Bedenke, daß unsere regulären Armeen keinesfalls ausreichen. In den nächsten Wochen müssen wir jeden strammen Landburschen antreten lassen, den wir finden können. Gewiß hoffst du nicht ernsthaft, die Karpana in einer einzigen Schlacht zu vernichten, oder? Nach dem ersten Zusammenstoß werden wir weitere Männer auftreiben müssen, um unsere Verluste wettzumachen. Erwartest du, daß die Männer des östlichen Kuoliens zu den Waffen greifen, weil du es ihnen befiehlst, Gwin Tharn? Daß sie einer Frau in den Kampf folgen?«

»Ich habe vor, die Fäden hinter dem Vorhang zu ziehen, *Saj*.«

»Scharfe Augen sehen durch den Vorhang hindurch. Und du bist verflucht.«

»Das war Pantholion auch.«

»Möglich, aber er gab es nie zu!« Gestreng runzelte der kleine Mann die faltige Stirn. »Und er war ein Krieger. Nurz war bereits zivilisiert, als Qol noch aus verstreut liegenden Lehmhütten bestand. Sechsmal versuchte das Kaiserreich, uns zu erobern. Fünfmal schlugen wir es zurück. Letzten Endes beschloß Qol, hier indirekt zu herrschen und ließ uns unsere eigenen Könige behalten. Gewiß, sie waren allesamt nur Marionetten, aber Nurz blieb ein eigenständiger Staat innerhalb des Kaiserreichs. Davon gab es nur wenige. Meine eigene Familie war älter als die karithische Dynastie.«

Das ist wichtig! meldete die Stimme sich zu Wort.

»Bündnisse wecken keine Gefolgstreue, Gwin.« Aufmerksam beobachtete der König ihre Reaktion. »Wer will sein Blut schon für ein Komitee vergießen? Wer außer den Gesichtslosen würde für Frenzkion Zorg kämpfen?«

Gwin nickte und fühlte einen Schauder der Erregung, als die einzelnen Teile sich plötzlich zusammenfügten. »Wir brauchen eine Galionsfigur?«

Nun nickte der König. »Nurz könnte eine Galionsfigur als Kaiser anerkennen. Ich würde ihm als unserem Oberherrn die Treue schwören – und genau das ist ein Kaiser im Grunde genommen. Selbstverständlich muß er seinerseits schwören, die Eigenständigkeit von Nurz anzuerkennen. Er besäße keine wirkliche Befehlsgewalt, aber er wäre ein gemeinsamer Nenner, ein Symbol. Männer gehen für Symbole in den Tod.«

»Das ist ein unglaublich großzügiges Angebot, Majestät!« Sie hoffte, daß ihr Argwohn nicht allzu offensichtlich zu Tage trat. Welcher Herrscher setzte seine Eigenständigkeit schon freiwillig aufs Spiel?

»Dies ist eine höchst nurzische Vorgehensweise. Wir haben die Qolier überdauert. Wir haben die Zarda überlebt. Nun beginnen wir, auf unsere Weise von neuem zu erblühen. Noch könnten wir die Früchte unserer Bemühungen ernten. Ich will nicht, daß hundert Jahre Fortschritt von den Karpana zerstört werden. Ein Scheinkaiserreich wäre dafür kein zu hoher Preis.«

Noch vor einem Monat hatte Gwin mit dem Müller um den Mehlpreis gefeilscht. Nun verhandelte sie mit Herrscherdynastien. »Hast du jemanden für die Rolle der Galionsfigur im Sinn, *Saj*?«

Wung lächelte. »Dein Gatte hat mich letzte Nacht zutiefst beeindruckt. Er gehört einer der seltensten Arten überhaupt an – den aufrechten Menschen.«

Bulion? Was, in aller Welt, würde er wohl dazu sagen?

»Aber er ist doch nur ein Bauer!«

»Er ist ein Clanführer! Leg ihm eine purpurne Robe an, setz ihm eine Krone auf und hiev ihn auf ein schneeweißes Pferd – die Menschen werden sich für ihn die Lungen aus dem Leib jubeln. Er entspricht der Idealvorstellung eines wohlwollenden Kaisers. Dann kannst du hinter dem Vorhang deine Fäden spinnen, Hexe Gwin. Du wirst die Frau des Kaisers sein, und niemand wird deine Anwesenheit in Frage stellen.«

Mit einem Schlag ergaben die lächerlichen Prophezeiungen einen Sinn. Der Kaiser mußte kein Kriegsherr sein. Schließlich konnte er Männer anwerben, die seine Armeen für ihn befehligten.

»Aber all die selbsternannten Erneuerer ...«, meinte Gwin fragend.

»Die sind es falsch angegangen! Sie haben versucht, um des eigenen Ruhmes willen Macht zu erlangen. Kuolien aber will jemanden, der die Treue der Menschen verdient und bereit ist, ihren Bedürfnissen zu dienen.«

»Warum hast du mir nichts davon gesagt?« fragte Gwin die Stimme.

Es war keine übermäßige Eile geboten. Wung Tan hätte sich möglicherweise widersetzt. Nun, da er selbst darauf gekommen ist, hat er sich gewissermaßen auch selbst überzeugt.

»Ich werde die Angelegenheit äußerst vorsichtig zur

Sprache bringen müssen, *Saj*«, meinte Gwin. »Bescheidenheit mag vielleicht noch seltener sein als Aufrichtigkeit, aber mein Mann wünscht sich gewiß keine Krone auf dem Haupt.«

»Ich bin sicher, du kannst ihn überreden«, entgegnete der kleine Mann. »Nimm ihn mit nach Mokth, und finde heraus, was Quilm Urnith von ihm hält. Sag ihm, wenn er bereit ist, bin ich es auch. Menschen kämpfen für Ideale. Wir können uns den Karpana mit dem alten Ideal eines Kaiserreichs widersetzen, der Rückkehr des Goldenen Zeitalters!« Scheinbar erschöpft lehnte Wung sich auf dem Stuhl zurück. »Ein Kaiserreich der Zarda würde gewiß Anklang finden ... aber über Hexzion Garab können wir uns den Kopf zerbrechen, wenn die Zeit dafür reif ist, nicht wahr?«

Er ahnte es – o ja, und wie er es ahnte!

Ihren Gemahl zum Kaiser erklären? Es würde schwierig werden, ihn dazu zu überreden. Und selbst wenn es einfach wäre ... »Du hast gesagt, du würdest Schreckensherr Zorg für eine begrenzte Zeit als Kriegsführer anerkennen. Ist das eine weitere Eigenschaft, die für meinen Mann spricht, Majestät? Sein Alter? Er sollte gerade noch lange genug leben, bis der Krieg zu Ende ist, aber nicht viel länger?«

Einen Augenblick wich Wung Gwins Blick aus. »Auch das ist eine Überlegung«, gestand er.

Bulion schleuderte den Speer, und ein weiterer Karpane fiel kreischend. Er brüllte seinen Triumph heraus und hörte, wie die Kameraden seinen Treffer bejubelten. Schulter an Schulter standen sie in einer Reihe, Waffenbrüder, die gemeinsam über die verstreut liegenden Leichen voranmarschierten. Wie Stroh schnitten sie die wilden Feinde um. Bulion war stark und unermüdlich, ein Zarda-Krieger in der Blüte seiner Jugend. Und da war Gamion, Todbringer der Herzfresser, der sich Tränen des Stolzes über seinen jüngsten Sohn aus dem Gesicht wischte, seines geliebten Jungen, der sich seiner Ahnen würdig erwies. Und dort war Polion, über und über mit Blut bespritzt; bewundernd lachte er über seines Großvaters Tapferkeit. Pantholions Blut strömte durch seine Adern ...

»Gibt es ein Gewitter?« fragte Gwin. »Oder ist es nur ein Schnarchen, das ich da höre?«

Bulion öffnete ein Auge. Seine Gattin hockte auf dem Rand des anderen Stuhles und beugte sich vor, die Hände auf die Knie gestützt.

Er grunzte. »Ich höre nichts.«

Sie grinste. »Dann muß es wohl Einbildung gewesen sein. Bist du zu schläfrig zum Reden?«

»Schläfrig? Ich bin überhaupt nicht schläfrig. Ich denke bloß nach.«

Ihr Lächeln wurde wehmütig. »Denkst du an das Tal? Ich sehne mich auch danach, Liebster, glaub mir. Aber genau dafür kämpfen wir doch, nicht wahr? Um all die Tharn-Täler in sichere Orte für friedliebende Menschen zu verwandeln.«

Vielleicht. Bulion hegte immer noch den Verdacht, daß gewisse Leute das Kaiserreich wiederbeleben und ihn auf den Thron setzen wollten. Er gähnte und streckte sich.

»Ich habe unten an den Zielscheiben nach dir gesucht«, meinte Gwin vergnügt. »Die Jungs sind alle ganz außer sich über diese komischen nurzischen Bögen.«

»Sie sind besonders stark, weil sie geschichtet sind«, erklärte Bulion weise.

»Ich habe Wosion versprochen, Wung zu bitten, uns ein paar davon mitzugeben.«

Eine Bauersfrau, die sich mit Königen duzte! Wehmütig betrachtete er ihr Lächeln, ihre schlanken Arme, die Wölbungen ihrer Brüste unter dem kurzen, silbrigen und kobaltblauen Kleid. Ihr Haar war immer noch zu kurz für eine Zardin, doch sie trug einen Kranz weißer Gänseblümchen darin. Gwin war die vollkommene Frau, stark aber zart, selbstsicher bei Tag, leidenschaftlich bei Nacht. Hier in Nurz nannte man sie die Hexe, doch Bulion liebte sie. Sie heilte Könige, die schon im Sterben lagen, und – so vermutete er – ließ gesunde ermorden. Mittlerweile fürchtete er sie, diese von Poul Verfluchte, diese Schmiedin des Schicksals. Die Turteltaube hatte sich vor seinen Augen in einen Adler verwandelt, aber er liebte sie immer noch. Und er glaubte kaum, daß sie noch lange ihm gehören würde.

»Wie geht es ihm heute?«

»Wung? Oh, dem alten Knaben geht's viel besser!«

»Er ist zehn Jahre jünger als ich.«

Sie zuckte zusammen. »Nun, das sieht man ihm aber nicht an! Hör zu, Liebster – ich muß nach Mokth reisen.«

»Du?« Bulion richtete sich im Stuhl auf. »Jetzt hörst du mir mal zu! Du kannst nicht alles selber machen! Du bist auch nur eine Frau ...«

»Ich bin ein Poulscath, der erste seit hundert Jahren.« Traurig schüttelte sie den Kopf. »Ich habe nicht darum gebeten, aber so ist es nun mal. Wenn Quilm Urnith Angst hat, kann ich ihm mit einem Muolscath ein wenig Rückgrat einhauchen. Sollte er sich mit dem wahnwitzigen Gedanken tragen, allein gegen die Karpana anzutreten, kann ich ihn zur Vernunft bringen. Wenn ich gehe, kann ich ihn für unsere Sache gewinnen, davon bin ich überzeugt. Es dauert nur ein paar Tage.«

»Sofern du ihn findest.«

Sie zuckte mit den Schultern. »Stimmt. Hoffen wir, daß er sich noch in Jarinfarka aufhält – vor ein paar Wochen war er noch dort.«

»Aber wenn nicht einmal Kuriere durchkommen ...«

Triumphierend lächelte sie. »Wung hat uns eine Eskorte versprochen. Und Ching Chilith hat Hexzion Garab einen Geleitbrief abgerungen. Wir brechen morgen früh auf. Du willst doch nicht etwa hierbleiben, oder?«

»Natürlich nicht.« Bulion war nicht sicher, was er eigentlich wollte. »Können Wosion und die anderen auch mitkommen?«

»Selbstverständlich. Sobald wir die Hahnenkampfsenke wohlbehalten durchquert haben, können sie nach Süden zum Tal reiten. Ich bin sicher, die Familie macht sich längst Sorgen um uns.« Bekümmert musterte sie ihn. »Aber du kommst mit mir nach Jarinfarka, großer Bulle, oder?«

Seufzend wandte er sich ab und starrte ins Gebüsch, ohne es wirklich zu sehen. »Nien, wenn du von diesem Tiger absteigen willst, ist jetzt die letzte Gelegenheit.«

Ohne sie anzuschauen, wartete er, bis sie etwas erwiderte.

»Noch nicht.«

»Du bist jederzeit willkommen, ins Tal zurückzukehren.«

Als keine Antwort kam, schaute er sie wieder an. Ihre Augen glänzten mehr als sie sollten. Sie schien tatsächlich den Tränen nahe.

»Du willst mich?« fragte er. »Wozu? Ich kann dir nicht helfen. Ich bin nur ein fetter, alter Bauer.«

»Du bist mein Mann. Du hilfst mir, indem du an meiner Seite bleibst und mich liebst. Ich schaffe das nicht allein. Zwingst du mich, zwischen dir und meinem Schicksal zu wählen? Die Karpana werden das Land, die Menschen, einfach alles vernichten. Und du kannst sehr wohl helfen! Wenn du mit an Quilms Hof kommst und ...«

»Du suchst eine Kaisermarionette? Jemanden, dem das Volk zujubelt und den die Könige nicht fürchten müssen? Jemanden, der auf einem weißen Roß umherreitet und jedermanns Großvater spielt, während du unbemerkt in meinem Schatten schaltest und waltest?«

Fassungslos starrte sie ihn an. »Woher ... Wie kommst du darauf?«

»Es war ziemlich offensichtlich, seit du zum erstenmal

von einem Bündnis geredet hast.« Er wünschte, sie wäre ein wenig früher damit herausgerückt.

»Mir ist es nicht eingefallen! Es war Wung Tans Idee!« Sie erhob sich aus dem Stuhl, kniete sich neben ihn und ergriff seine Hand. »Bulion, ich schwöre, ich hab' mir das nicht ausgedacht! Bis vor einer halben Stunde hatte ich keine Ahnung davon!«

»Na schön«, meinte er barsch. »Ich glaube dir.« Stimmte das? »Aber ich spiele nicht mit. Ich bin keine Marionette, Gwin. Dafür bin ich zu alt. Ich reite nach Hause.«

»Keine Marionette! Ein Symbol dessen, wofür wir kämpfen. Weißt du, weshalb Wung an dich dachte? Er sagte, du seist . . .«

»Mir ist völlig gleich, was dieser verdorrte, braune Affe gesagt hat. Ich reite nach Hause. Ich werde nicht den Kaiser spielen, nicht einmal für dich. Ich liebe dich, Nien. Ich werde dich immer lieben, Fluch hin, Fluch her. Aber ich werde dich nicht mit dem Rest der Welt teilen.«

Sie sank zurück auf die Fersen und neigte den Kopf. Bulion fragte sich, ob sie wohl gerade mit ihrer Stimme des Schicksals sprach. Dann meinte sie: »Uns bleibt noch eine Woche, bevor du dich entscheiden mußt. Versprichst du mir, darüber nachzudenken? Und daß wir noch einmal darüber reden?«

»Nein«, entgegnete er. »Ich habe darüber nachgedacht. Ich habe mich entschieden. Reite deinen Tiger, so weit du mußt, aber ich steige hier ab.«

61

An jenem Abend berief Gwin eine Versammlung des Rates ein. Die Gästeunterkünfte des Palasts boten dafür ein wesentlich angenehmeres Umfeld als der düstere

Keller der Akademie in Raragash. Breite Bogenfenster wiesen auf eine Terrasse mit Obstgarten hinaus und ließen grünliches, von den Bäumen gefiltertes Licht und die fremdartigen, würzigen Düfte von Chan San hereinfluten. Papageien kreischten im Geäst. Überall funkelten Farben, draußen wie drinnen – von Teppichen, gepolsterten Diwans, gekachelten Wänden und blühenden Kriechpflanzen, die sich auf jeden Baum rankten. Selbst der kleinste Tisch war scharlachrot und smaragdgrün bemalt. Die bunt gekleideten Bediensteten im Hintergrund würden den Beratungen lauschen und den Würdenträgern des Palasts Bericht erstatten, doch das war unvermeidlich.

Als Gwin mit Bulion den Saal betrat, erhob sich die versammelte Runde. Als einzige andere Frau war die kleine Par a'Ciur anwesend, die verschmitzt lächelte und einen respektvollen Knicks machte. Wie zur Antwort streckte Bulion seiner Frau den Arm entgegen. Gwin legte die Hand darauf. Gemeinsam stolzierten sie durch den Saal und erwiderten die Verbeugungen der Männer mit einem gestelzten Nicken, ganz so wie ein Kaiser und eine Kaiserin aus dem Goldenen Zeitalter. Es erwies sich als bittersüßes Vergnügen. Bulion zeigte ihr deutlich, was er von höfischen Ehrenbezeugungen hielt.

Das geheuchelte Zeremoniell bot Gwin Gelegenheit, ihr Gefolge zu betrachten. Zwei Ratsmitglieder fehlten. Ziberor schlich irgendwo durch die königlichen Gemächer und suchte nach Anzeichen weiteren Verrats. Aus Achtung vor Tibal hatte Gwin keinen zusätzlichen Jaulscath aus Raragash mitgebracht, was sich nunmehr als unglücklicher Fehler erwies, da Wung Tan wünschte, daß Ziberor zurückblieb, als Ersatz für Nim Thong, ihren treulosen Vorgänger, der sich aus dem Staub gemacht hatte. Für die Reise nach Mokth stand somit kein Gedankenleser zur Verfügung.

Labranza Lamith war in der Akademie geblieben. Sofern ihre Berichte der Wahrheit entsprachen, kümmerte sie sich hingebungsvoll darum, Verfluchtengruppen zusammenzustellen, die im Bedarfsfall ausströmen und ihrer Sache dienlich sein sollten.

An Labranzas Stelle übernahm ein Gauner namens Orth Qolith die Vertretung der Ogoalscaths. Sein jugendliches Aussehen wurde von Pockennarben und einem derzeit leicht bläulichen Auge getrübt, das noch an eine ordentliche Tracht Prügel erinnerte. In der Nacht, als Orth eintraf, ließ er sich dummerweise dazu hinreißen, mit einigen Palastwachen Würfel zu spielen. Ihr verständlicher Unmut über sein unwahrscheinliches Glück äußerste sich darin, daß sie ihn nachgerade in seine Einzelteile zerlegten – zumindest behauptete es Niad. Ihr zufolge hatten Par und sie Orth nicht geheilt, sondern im wahrsten Sinne des Wortes zusammengeflickt. Doch statt reumütig wirkte er geradezu vergnügt.

Neben ihm saß stoisch Baslin Diblichith, der Muolscath. Alle trugen eine farbenprächtige nurzische Tracht, doch Baslin besaß entweder keinerlei Sinn für Farben, oder es war ihm egal, wie er aussah. Sein Anblick schmerzte in den Augen.

Im Gegensatz dazu erstrahlte Ordur förmlich in Silber und Blau, wodurch die Augen und das güldene Haar vollendet zur Geltung kamen. Wie ein waschechter Prinz lag er ausgestreckt auf einem gepolsterten Diwan. Ordur schien das Palastleben mehr als jeder andere zu genießen – und trieb Jasbur vor Eifersucht fast in den Wahnsinn.

Neben ihm befand sich Ching Chilith mit einem Bündel Papier in der Hand. Er war stehengeblieben. Wenn er dadurch Unterwürfigkeit zeigen wollte, hatte er vergessen, sich dementsprechend zu kleiden. Selbst in diesem Palast wäre jeder Pfau neben Chings grellen, purpurnen und grünlich gelben Gewändern vor Neid erblaßt.

Und schließlich war da noch Tibal Frainith, der sich als viel zu groß für seinen Stuhl erwies. Der knochige Leib steckte in abgetragenen Zarda-Kleidern, die in dieser bunten Gesellschaft auf merkwürdige Weise fehl am

Platz wirkten. Seine Anwesenheit stellte eine Überraschung dar, denn unmittelbar nach der Ankunft in Chan San war er verschwunden. Gwin sah den Shoolscath seither zum erstenmal. Sie hatte seine ansteckend gute Laune vermißt.

»Willkommen, Fremder! Wo hast du dich die letzten Tage herumgetrieben?«

Tibal, der mißmutig seine Zehen betrachtete, schaute auf. Griesgrämig erwiderte er: »Ich kann mich nicht erinnern«, und starrte wieder zu Boden.

Die anderen tauschten besorgte Blicke. Gwin konnte sich gerade noch eine Frage verkneifen, ehe sie ihr herausrutschte. Wenn Tibal Unheil am Horizont sah, durfte er es nicht sagen und sie ihn nicht fragen. Sie hoffte, er schmollte nur deshalb, weil er sich im selben Raum wie Ching Chilith aufhalten mußte.

»Die Sitzung ist eröffnet!« verkündete Gwin. »Gibt es etwas Wichtiges zu berichten, bevor wir über die Reise nach Jarinfarka sprechen? Ching?«

Gewichtig blätterte der Schreiber zwischen den raschelnden Dokumenten herum. »Einem Gerücht zufolge hat Seine Majestät eine Nachricht aus Hamdish erhalten, Frau Vorsitzende.« Fragend zog er die unsichtbaren Augenbrauen hoch.

»Das ist mir neu.«

Er lächelte dünn, sichtlich erfreut darüber, daß er beweisen konnte, der bessere Schnüffler zu sein. »Natürlich muß die Nachricht vor Eintreffen Eures Briefes abgeschickt worden sein, *Saj*. Soweit ich in Erfahrung bringen konnte, steht darin nur, was ohnehin zu erwarten war – Hamdish bedauert, daß die Barbaren im Osten wüten und erwägt, zwecks gemeinsamer Verteidigung Truppen zu entsenden, sofern eine dahingehende offizielle Aufforderung in Hamdish eintrifft.«

»Aber es wären zu wenige Truppen, und sie kämen zu spät?«

»Davon gehe ich aus.«

»Äußerst gerissen von denen«, warf Baslin ein. »Die Städte von Hamdish sind gut befestigt. Wenn die Karpana darauf aus sind, die westlichen Königreiche zu unterwerfen, werden sie wahrscheinlich daran vorbeiziehen und keine Zeit mit Belagerungen verschwenden.«

Eine für die nüchterne Logik eines Muolscath typische Bemerkung. Niemand äußerte sich dazu, obwohl Ordur angewidert die Lippen schürzte.

»Zudem heißt es, Hamdish hätte seine Grenzen dichtgemacht«, fügte Ching hinzu.

An Gwins Seite ließ Bulion sein vertrautes Grollen vernehmen. »Wodurch sie verhindern wollen, daß überhaupt je ein Hilfegesuch eintrifft? Erbärmliche, schleimige Feiglinge, diese Hamdisher.«

»Der Ruhm wird unser sein!« rief Gwin leidenschaftlich. Sie entwickelte zunehmend die unangenehme Neigung, sich überschwenglicher Klischees zu bedienen. Bisweilen ertappte sie sich dabei, sogar so zu denken. »Aber ich bin sicher, unsere Muolscaths können Kuriere durch die Grenzlinien schleusen. Nicht wahr, Baslin?«

»Gewiß, *Saj*. Indem wir die Wachen für dich in dämlich grinsende Jammerlappen verwandeln.«

»Dann rede ich mit Wung Tan. Nurz hegt keine besondere Liebe für Hamdish. Wenn sie nicht unsere Freunde sein wollen, können sie nur unsere Feinde sein. Wir stellen ihnen ein Ultimatum – entweder arbeiten sie jetzt mit uns zusammen, oder wir fallen mit der vereinten Armee des Bündnisses über sie her, sobald wir mit den Karpana fertig sind. Das sollte sie eigentlich zur Vernunft bringen.«

Du lernst! meinte die Stimme anerkennend.

»Sonst noch etwas?«

»Der Bericht von Labranza *Saj*?« fragte Ching.

»Ich glaube, den kennt schon jeder.«

Freudlos schaute Tibal auf. »Ich nicht.«

Mit mißfälligem Blick reichte ihm Ching das Schriftstück.

Der Bericht war durchaus ermutigend. Niemand wußte mehr über den verdeckten Einsatz magischer Kräfte als Labranza Lamith. Gwin hatte sie damit beauftragt, eine Hilfstruppe der Verfluchten zusammenzustellen – einen Trupp Ivielscaths, um Verwundete zu heilen, Jaulscaths, um Informationen einzuholen und so weiter. Anscheinend gingen die Vorbereitungen zügig voran, was Gwin in höchstem Maße freute, da es bedeutete, daß die Verfluchten immer noch die Begeisterung an den Tag legten, die Gwin im Zuge ihres Blitzbesuches der Kraterdörfer in ihnen geweckt hatte. Folglich dauerte ihr Einfluß auch noch an, nachdem sie weg war ... vorausgesetzt natürlich, Labranza erzählte die Wahrheit.

»Eines wird dir auffallen, Tibal. In dem Bericht haben die Shoolscaths eine gemeinsame Erklärung abgegeben. Sie sagen einen langen, aber letztendlich erfolgreichen Feldzug voraus.«

Alle warteten auf Tibals Reaktion. Zum erstenmal wirkte er nicht mehr ganz so mißmutig. »Weiß ich doch längst«, erwiderte er ironisch.

Sogar Baslin brachte bei dieser Bemerkung des Shoolscath ein Grinsen zustande, aber plötzlich verfiel Tibal wieder in jene Mutlosigkeit, ungeachtet der Erheiterung, die er bewirkt hatte.

»Na schön«, meinte Gwin. »Wir brechen im Morgengrauen auf. Wie ich erfahren habe, ist es ein leichter und ungefährlicher Tagesritt nach Om Balk. König Wung hat versprochen, uns von dort aus eine Eskorte zur Verfügung zu stellen. Mit ein wenig Glück sind wir in weiteren vier Tagen in Jarinfarka. Mein Mann und meine Familie werden uns verlassen, sobald wir den Flugoss überquert haben.« Sofern sie Bulion nicht vorher zur Vernunft brachte. »Schreiber Chilith bleibt hier, um sich der Briefe und Botschaften anzunehmen. Par *Saj* und Jaulscath Ziberor werden ebenfalls hierbleiben. Wir brauchen einen anderen Heiler, Par.«

Die kleine Dame nickte. »Pang ist ausgesprochen

begabt. Außerdem hegt er eine mir unverständliche Liebe zu Pferden.«

»Gut. Was ist mit den anderen?«

Sie nickten – Ordur, Baslin, Orth ... Tibal starrte weiterhin auf den Teppich.

»Und Jasbur?« erkundigte sich Ordur.

»Ich möchte die Gruppe möglichst klein halten.« Gwin sah keine Notwendigkeit, einen weiteren Awailscath mit auf die Reise zu nehmen. Auch was Ordur betraf, sah sie eigentlich keine Notwendigkeit, abgesehen davon, daß sie ihn als treuen und scharfsinnigen Verbündeten betrachtete.

Trotzig streckte er das Kinn vor. »Beide oder keiner, Gwin *Saj*! Wir sind schon zusammen, seit du auf allen vieren gekrabbelt bist, oder noch länger. Sollten wir uns je trennen, besteht die Gefahr, daß wir uns nicht mehr erkennen, wenn wir uns wiedersehen.«

»Tut mir leid! Das hatte ich vergessen. Natürlich kann Jasbur uns begleiten!«

»Danke.« Er verzog das Gesicht. »Ehrlich gesagt, bin ich froh, sie aus dem Palast zu bekommen. Hast du bemerkt, wie sie sich ständig zur Schau stellt? Dieses schamlose Flittchen!«

»Sofern meine Augen mich nicht täuschen«, warf Par a'Ciur gestreng ein, »stellst du dich selbst ganz schön zur Schau, Ratsmitglied Ordur! Dieses junge Ding in dem roten Kleid letzte Nacht – oder vielleicht sollte ich besser sagen, dieses junge Ding *mit* dem roten Kleid ...«

Heiterkeit erschien in Ordurs blauen Augen. »Na ja, wir Awailscaths lernen, das Leben so zu nehmen, wie es kommt. Es wäre sinnlos, in einem solchen Körper zu stecken und keinen Spaß damit zu haben.«

Alle lachten, sogar Bulion, der wenig von Treulosigkeit hielt. Nur Baslin behielt den ihm eigenen, fischgleichen Blick bei.

Humor war nicht seine Stärke.

»Tibal?«

»Ich komme mit«, antwortete der Shoolscath seufzend und ohne aufzublicken.

Unüberlegterweise fragte Gwin: »Was ist denn los?«

Tibal warf ihr einen entsetzten Blick zu. »Gwin!«

»Tut mir leid! Vergiß die Frage! Wenn du etwas vorhersiehst, dann muß es eben so geschehen. Mach dir deshalb keine Sorgen.«

Aber Gwin *würde* sich Sorgen machen, wie auch die anderen. In so gedrückter Stimmung hatte sie Tibal das letzte Mal in jener Nacht erlebt, als Polion verschleppt wurde.

»Ich bin überzeugt, daß euch keine Gefahr droht«, meldete Ching Chilith sich zu Wort. »Ihr habt eine bewaffnete Eskorte aus Nurz und einen Geleitbrief aus Wesnar dabei.«

Bulion brummte. »Pah! Wie können wir auf etwas vertrauen, was dieser Hexzion sagt?«

Ordur legte die Stirn in Falten. »Gute Frage! Zeig mir mal diesen Geleitbrief.«

Ching kramte in dem Papierbündel und runzelte verärgert die Stirn. »Anscheinend habe ich ihn nicht dabei, Ratsmitglied. Es steht ausdrücklich darin, daß die Grenzwachen euch ungehindert passieren lassen. Und in Gebieten, durch die Patrouillen aus Wesnar streifen, trefft ihr gewiß auf keine Räuber, das versichere ich euch.«

Gwin schaute zu Bulion, zu Ordur und schließlich in Tibals triste Züge. Diese drei waren die klügsten Männer im Saal. Keiner von ihnen wirkte überzeugt.

»Ja, aber Hexzion selbst ist schlimmer als jeder Räuber.« Gwin durfte dem König von Wesnar unter keinen Umständen trauen, und sie hatte Mörder ausgeschickt, die ihn töten sollten – wurden sie gefangen und als ihre Handlanger enttarnt, brauchte es keinen Hexzion Garab, um den Geleitbrief zu zerreißen. »Vielleicht sollten wir uns die Zeit nehmen, nördlich an der Großen Schlammsenke vorbeizuziehen.«

»Das würde Wochen dauern, *Saj*!« Ching lächelte verbindlich. »Ich habe mir die Freiheit genommen, dem Ansuchen eine Art Bestechungsgeschenk beizufügen.«

Gwin wußte, daß Ching seinen Verantwortungsbereich recht großzügig auslegte. »Was für ein Bestechungsgeschenk?«

»Ich gab an, daß die Akademie ihm die gewünschten Dienste eines Muolscaths zur Verfügung stellen und die nächsten fünf Jahre auf sämtliche Gebühren verzichten würde. Mir ist bewußt, daß ich damit meine Befugnisse überschritten habe, Frau Vorsitzende, aber es scheint mir im Augenblick ein geringer Preis für die Freundschaft des Königs.«

»Du magst wohl recht haben, aber mir wäre lieber, daß solche Entscheidungen entweder vom Rat oder von mir getroffen werden.« Gwin wandte sich an Bulion. »Was meinst du dazu?«

Er zuckte mit den Schultern. »Hört sich schon besser an. Aber gar keine Gebühren klingt fast schon wieder unglaubwürdig.«

»Ich bin sicher, es wird keine Probleme geben«, beharrte Ching. »Solange ihr die blauen Flaggen deutlich zeigt, damit seine Leute euch erkennen.«

»Stimme?« dachte Gwin. *»Was sagst du?«*

Geh ruhig, antwortete die Stimme. *Alles wird gut.*

62

Als die Sonne hinter dem Riesengebirge versank, das sich dunkel am Horizont abzeichnete, ergriff der Krieger Schild und Speer und erhob sich behende. Es war Zeit zum Aufbruch.

Verzweifelt schaute Hitham Kinith zu ihm auf. »Du bist verrückt!«

»Das fasse ich als Kompliment auf«, entgegnete Vaslar, »und lasse dich am Leben.« Das war nur teilweise ein Scherz. Vaslar hatte restlos genug von dem Ogoalscath, einem Zivilisten – unter sich bezeichneten Krieger die Zivilisten als Halbmenschen. Eine Woche in Hithams Gesellschaft reichte vollauf, um in einem richtigen Mann Mordlust zu wecken.

»Noch einen Tag! Versuchen wir es noch einen Tag!«

»Wir haben schon viel zuviel Zeit verschwendet. Ich rate dir, jetzt loszulaufen und erst stehenzubleiben, wenn du umfällst.«

Seit vier Tagen lagerten sie nun schon in diesem Gebüschhain in der Nähe von Wesnar – so dicht sie es wagten, so dicht, wie es gerade noch klug war. Nachts waren sie näher herangegeschlichen. Jeden wachen Augenblick übte Hitham seinen Ogoalscath-Einfluß aus, um sich und Vaslar Glück zu bringen. Bislang hatten seine Bemühungen zu keinem Erfolg geführt. Eigentlich hätte Hexzion Garab in seinem Streitwagen vorbeirollen müssen, so daß Vaslar ihn mühelos mit dem Speer treffen konnte, aber das war nicht geschehen. Es war überhaupt nichts geschehen, noch nicht einmal eine Ente war vorbeigekommen, um für sie ein Ei zu legen. Als Herbeibeschwörer unwahrscheinlicher Ereignisse schien Hitham Kinith ein völliger Versager zu sein.

»Du schaffst es nie und nimmer ins Lager«, widersprach der Ogoalscath. »Sie werden dich töten!«

Vaslar schwenkte den Speer mit ausgestrecktem Arm, so daß die Spitze unmittelbar vor den Augen seines Gefährten schwebte. Obwohl der Schaft ein ziemliches Gewicht besaß, hielt er ihn starr wie einen Ast, der aus einer Eiche wächst. »Das spielt keine Rolle. Verstehst du es denn immer noch nicht?«

Vorsichtig lehnte Hitham sich zurück. »Doch, ich verstehe. »Du bist nicht du selbst, sondern ein Krieger.«

»Und im Vergleich zu mir bist du ein Nichts! Stimmt's?«

»Wenn du meinst ... Ja, stimmt.«

Um der Wahrheit die Ehre zu geben, mußte Vaslar dem Ogoalscath zugestehen, daß er durchaus ein Mann war. Unterwegs hatte er wacker mit Vaslar Schritt gehalten, bis er vor Erschöpfung zusammenbrach. Er hatte sich weder bei Tag über die Hitze, noch bei Nacht über die Kälte beklagt. Gemessen an Durchschnittsmenschen war Hitham bemerkenswert. Doch er war nun mal kein Krieger, und deshalb zählte er nicht.

Vaslar schulterte den Speer und marschierte ohne weiteres Wort in das Zwielicht davon. Sobald er das Gebüsch hinter sich gelassen hatte, begann er zu hinken.

Nach zehn Minuten gelangte er in Sichtweite des Lagers, wo mehr Lichter brannten und regeres Treiben herrschte, als er erwartet hatte. Es sah so aus, als würde die Armee sich darauf vorbereiten, bei Sonnenaufgang loszuziehen.

Ein Dreiviertelmond schwebte dicht über den gespenstischen Gipfeln des Riesengebirges; die Sterne leuchteten vor einem vollkommen schwarzen, vollkommen klaren Himmel. Der eisige Wind biß in Vaslars nackte Haut und drohte, ihm Ohren und Zehen zu erfrieren. Er weidete sich an dem Unbehagen. Er war nicht mehr Vaslar Nomith, er war Angstmeister Zilion. Sein Körper fühlte sich unglaublich zäh und stark an. Als Feldwebel der Wache von Daling hatte er sich seiner hervorragenden körperlichen Verfassung gerühmt, doch im Vergleich zu der Kampfmaschine, in der er nun steckte, war er damals ein Schwamm gewesen. *Diesem* Leib war nichts unmöglich. Er ermüdete nicht; er strotzte vor Kraft. Vaslar fragte sich immerzu, wie er sich beim Liebesakt mit einer Frau bewähren würde.

Trockenes Sommergras raschelte und knisterte unter seinen bloßen Füßen. Der Schild aus Holz und Leder zerrte an seinem linken Arm, die Speerstange lag schwer in seiner Hand, das Schwert schlug ihm gegen die Hüfte.

Als letztes Mittel – falls er entwaffnet werden sollte, bevor er sich dem König nähern konnte – hatte er ein kleines Messer und ein Würgeseil unter dem Wildlederkilt versteckt, doch mit beidem würde die Mission sich nur höchst unbefriedigend erfüllen lassen. Die Klinge des Speers bestand aus einem messerscharfen Stahlblatt von der Größe einer menschlichen Hand. Vaslar sehnte sich danach, diese Klinge in Hexzion Garabs Wanst zu stoßen. Und dann ein paarmal herumzudrehen.

Der Verstand des Kriegers arbeitete noch besser als der Körper. Das Stechen der Steine unter den hornhautüberzogenen Fußsohlen, der Schmerz der Kälte an Ohren und Fingern – dies alles betrachtete er als Beweis seiner Ausdauer. Er wollte Hexzion heute nacht töten und dann kämpfend untergehen. Nie zuvor hatte Vaslar das Gefühl wahrer Blutlust erlebt. Er empfand es als berauschend.

Tat er dies, um seine Brüder zu rächen, oder weil Gwin Tharn es von ihm verlangte? Weder, noch. Er tat es, weil er es tun wollte. Könige waren die wertvollste Beute überhaupt.

Mittlerweile waren die Wachen am Tor in Sicht. Sie würden die erste Prüfung darstellen. Danach erwarteten ihn Wachen vor dem Lager des Königs, vielleicht sogar weitere darin. Er würde sich den Weg hinein erschwindeln oder erkämpfen. Anschließend zu entkommen, war ein anderes, wahrscheinlich unlösbares Problem.

Vaslar besaß Zilions Verstand, nicht aber dessen Wissen und Gedächtnis. Somit mußte er sich auf sein Äußeres und einige Erkenntnisbrocken verlassen, die er erlangt hatte, als er bei Tolamin ein paar Gefangene bewachte. Dabei hatte er ihren Gesprächen in der Zelle gelauscht. Außerdem hatte er beim anschließenden Verhör geholfen, einem langen, grausamen und höchst fruchtlosen Verfahren. Er erinnerte sich noch teilweise an ihr Gerede – ›Halbmensch‹ zum Beispiel. ›Dicker Fisch‹ war ihre Bezeichnung für Hexzion Garab gewesen, und die Gesichtslosen nannten sie ›Brüder‹ oder ›wahre Männer‹.

Die Wachen erwiesen sich als gewöhnliche Soldaten, Halbmenschen. Sie würden keine Fragen stellen, wenn ein ›Bruder‹ erschien. Doch falls Vaslar auf dem Weg ins Lager dem echten Angstmeister Zilion über den Weg lief, kam es zur Katastrophe. Zilions Vorgesetzte stellten eine weitere Gefahr dar – vor allen, falls der echte Angstmeister sich außerhalb des Lagers aufhielt, vielleicht auf Raubzug war. Sinnlos, sich darüber Sorgen zu machen. Schon bei Tageslicht schien es schwer genug, einen Gesichtslosen vom anderen zu unterscheiden.

Die Wachen am Tor beobachteten, wie er sich näherte, rührten sich jedoch nicht. Vaslar wartete auf einen Anruf, eine scharfe Frage. Statt dessen klopften Speere zum Salut gegen Schilde. Ungehindert marschierte Vaslar-Zilion durch das Tor. Natürlich schien es undenkbar, daß ein gewöhnlicher Mensch sich freiwillig verstümmelte, um in die Rolle eines Gesichtslosen zu schlüpfen.

Der Eindringling folgte einem staubigen, unebenen Pfad, den zu beiden Steiten Zelte säumten. Ja, es herrschte zuviel Lärm, zuviel Betrieb. Die Armee befand sich in Aufbruchstimmung; folglich hatte Vaslar gut daran getan, nicht länger zu warten. An der ersten Ecke bog er ab und machte sich daran, das Lager zu erkunden.

Bald sah er eine Gruppe Gesichtsloser auf sich zukommen, einen Standardtrupp, der sich aus sechs Tötern und einem Monster zusammensetzte. Der Anführer hob den Speer zum Salut; Vaslar erwiderte die Geste. Anscheinend entsprach dies den Gepflogenheiten, denn die Gesichtslosen marschierten weiter. Er überlegte, was er tun sollte, wenn er auf einen Höherrangigen stieß – einen Todbringer oder gar den Schreckensherrn persönlich. Kurze Zeit später grüßten ihn zwei Halbmenschen, indem auch sie nur den Speer hoben, woraus Vaslar schloß, daß der Salut mit Speer und Schild lediglich bei offiziellen Gelegenheiten üblich war.

Vaslar hatte Glück. Er streifte durch das Lager, ohne auf einen einzigen höherrangigen Gesichtslosen zu treffen. Doch abgesehen davon, daß er mittlerweile fest davon überzeugt war, daß die Armee das Lager abbrach, hatte er nichts erreicht. Er steuerte das Zentrum an, den königlichen Pavillon. Wie Säulen standen rings um die Anlage Krieger, im Abstand von drei bis vier Schritten, doch sie dienten lediglich der Abschreckung. Sie schenkten Vaslar keinerlei Beachtung, als er auf der Suche nach dem Eingang an ihnen vorübermarschierte.

In den königlichen Zelten brannte noch Licht. Vaslar hatte damit gerechnet, daß so spät abends alle schlafen würden, einschließlich des Königs. Sollte gerade eine Besprechung stattfinden, schrumpften seine Erfolgsaussichten; dann war sein Unterfangen nahezu aussichtslos. Er hätte den Ogoalscath mitnehmen sollen.

Das Tor war leicht zu finden. Ein ganzer Fackelwald erhellte den Eingang, um Licht auf etwaige Besucher zu werfen. Ein halbes Dutzend Gesichtslose standen Wache. Vaslar genoß das heftige Pochen seines Herzens und das prickelnde Gefühl der Todesnähe in vollen Zügen und schritt auf sie zu. Ein Krieger stellte sich ihm in den Weg. Zwar hatte er keinen Speer, doch das Emblem aus drei Totenschädeln auf dem Schild verriet, daß auch er Angstmeister war.

»Losungswort?«

»Angstmeister Zilion. Ich komme gerade von einer Patrouille zurück und habe dringende Neuigkeiten für den dicken Fisch.«

Auf dem totenschädelgleichen Antlitz konnte sich keine Regung zeigen, dafür schlich sich ein schärferer Ton in die Stimme. »Das Losungswort!«

»Ich sage doch, daß ich es nicht kenne.«

»Erstatte deinem Todbringer Bericht!«

»Ich finde ihn nicht, und es ist dringend.«

Der echte Angstmeister musterte ihn eine Zeitlang. »Dann geh zu Todbringer Guzion.«

»Den finde ich auch nicht.«

Überraschenderweise kicherte der Krieger. »Bruder, weißt du eigentlich, was mit mir geschieht, wenn ich dich ohne das Losungswort hereinlasse?«

Vaslar war ziemlich sicher, bereits ein toter Mann zu sein, doch die Herausforderung gefiel ihm. »Ich wage nicht, mir vorzustellen, was mit dir geschieht, wenn du mich davon *abhältst*, meine Neuigkeiten unverzüglich dem dicken Fisch zu berichten.«

»Hm.« Der Krieger stampfte mit dem Fuß ins Gras. »Du schättigst mich, Bruder, sagen wir, mein Sechser wird dich enthülsen.«

Verflucht! Wie lautete die richtige Antwort auf dieses Kauderwelsch?

»Das gilt auch für mich, Bruder.«

»Koch dich. Also tödlich. Leg dein Eisen ab, und ich bring' dich rein.«

Vaslar legte Speer und Schild ab, schnallte das Schwert los und fügte es der Sammlung hinzu. Er fühlte das Messer an seinen Weichteilen. Er spürte die Kraft in seinen Armen. Sollte er in Hexzion Garabs Reichweite gelangen, würde er seine Mission doch noch erfüllen.

An der Seite des Kriegers schritt er über den Rasen auf den Pavillon zu. Keiner sprach ein Wort. Die flackernden Lichter deuteten darauf hin, daß der König noch wach war; anderenfalls wäre Vaslar vermutlich gar nicht so weit gekommen.

Der Eingang lag im Dunkeln. Eine Stimme drang heraus: »Name und Anliegen.«

Vaslars Begleiter hielt inne. »Angstmeister Ambozion mit einem Spion.«

»Warte hier.«

Vaslar ballte die Hände zu Fäusten und zwang sich, gleichmäßig zu atmen. »Was ist das für ein Spiel? Du kennst mich doch, Ambozion.«

Das Kichern, das der Antwort vorausging, klang beinahe freundschaftlich. »Ich kenne Zilion. Zilion ist zwar nicht gerade einer der Klügsten, aber zumindest erinnert er sich an den Namen seines Todbringers. Außerdem würde er lieber sterben, als den Speer abzulegen. Willst du noch mehr hören?«

Vaslar schwieg. Von hier aus erblickte er gut fünfzig nackte Rücken und ebenso viele Speere. Nun schienen die wie versteinert ausharrenden Krieger rings um die Anlage ein wesentlich eindrucksvolleres Hindernis zu bilden als von draußen. Es gab kein Entrinnen. Ambozion hatte sich nicht einmal die Mühe gemacht, das Schwert zu ziehen.

Er hatte versagt! Der Tod bedeutete ihm wenig – selbst Feiglinge starben –, aber das Versagen hinterließ einen gräßlichen Geschmack im Mund.

»Bring den Spion herein«, befahl eine andere Stimme aus der Dunkelheit.

Der Raum war rechteckig und wurde von Laternen erhellt, die von den Dachpfosten hingen. Das gleichmäßig zerdrückte Gras auf dem Boden verriet, das darauf Teppiche gelegen hatten und erst vor kurzem entfernt worden waren. Die Einrichtung bestand lediglich aus einem Tisch und einem Stuhl. Auf dem Tisch lag eine Landkarte.

Der Mann auf dem Stuhl trug einen Kilt aus Leopardenfell. Sein Antlitz glich einem Totenschädel. Eindringlich starrte er die Neuankömmlinge an.

Dann schwang er sich auf die Beine und ging mit zwei anmutigen Schritten auf sie zu. Er hob den Arm und neigte eine Lampe, so daß mehr Licht in Vaslars Gesicht schien.

Der Awailscath ließ die Musterung über sich ergehen. Hexzion hielt sich offenbar in einem der inneren Gemächer auf. Das Problem war inzwischen weniger der Angstmeister mit dem Schwert. Das Problem war vielmehr, an Schreckensherr Zorg vorbeizukommen. Vaslar wußte, wie schnell der Mann war.

»Erstaunlich!« murmelte Zorg. Er ließ die Lampe los.

Der Schreckensherr war etwas größer als Zilion. Sein rechtes Auge tränte wegen einer Entzündung.

»Er kam schnurstracks auf das Tor zu und verlangte, König Hexzion Garab zu sprechen, *Saj*«, erklärte Ambozion. »Wahrscheinlich ein gedungener Mörder.«

»Höchstwahrscheinlich. Gut gemacht, Angstmeister. Du bist entlassen.«

Ambozion schlug sich mit der Hand auf die Brust und verließ den Raum.

Zorg ging zurück zu dem Stuhl. »Du hattest vor, König Hexzion zu töten?«

»Ganz und gar nicht. Ich habe eine dringende Nachricht für ihn, Schreckensherr.«

»Woher kennst du mich?«

»Ich ... Ihr wurdet mir bei Tolamin gezeigt.«

»Und du erkennst mich wieder, nachdem du mich nur einmal aus der Ferne gesehen hast, vor über einem Jahr? Ausgerechnet mich? Ich habe zweitausendvierhundert Brüder, die mir gleichen wie ein Ei dem anderen. Wie ist dir diese Verkleidung gelungen? Dein Gesicht ist nicht tätowiert, sondern irgendwie gebleicht. Ich nehme an, du bist ein Awailscath?«

Vaslar überlegte eine Weile. Schließlich erwiderte er: »Ja.«

»Warst du bei der Gruppe der Tharns? Natürlich, deshalb kennst du mich. Warst du vielleicht die Frau, die den Wutanfall bekam? Und du hast Zilion gesehen. Hast du dich so in seinen Doppelgänger verwandelt? Ich wußte gar nicht, daß Awailscaths dazu in der Lage sind.«

Wenn es Vaslar gelang, ihn weiter am Reden zu halten, würde seine Wachsamkeit vielleicht ein wenig nachlassen. Im Augenblick wirkte er ziemlich entspannt, doch der Awailscath wußte, daß der Schreckensherr flinker sein konnte als der Leopard, dessen Fell er trug.

»Normalerweise können wir das auch nicht, *Saj*. Es ist einfach passiert. Ich habe bei Tolamin zwei Brüder verloren ...« *Ups*. Jetzt hatte er etwas Falsches gesagt.

Zorg nickte. »Also hattest du doch vor, den König zu töten. Wie wolltest du anschließend entkommen?«

Vaslar zuckte mit den Schultern. »Darüber hätte ich mir Gedanken gemacht, wenn es soweit gewesen wäre.«

»Du siehst nicht nur aus wie ein Krieger – du denkst auch wie einer, nicht wahr?«

»Ja, Schreckensherr.«

Zorg rieb sich das entzündete Auge. »Wie fühlt es sich für einen Halbmenschen an, sich plötzlich in einen Gesichtslosen zu verwandeln?«

»Wunderbar.«

»Das kann ich mir vorstellen. Hast du eine Ahnung, was für ein Tod dich jetzt erwartet?«

»Ich werde ihn hinnehmen wie ein Krieger.«

»Und wenn wir dich in Ketten legen, bis du dich wieder verwandelst?«

»Bitte, tut das nicht. Laßt mich jetzt sterben, solange ich ehrenvoll sterben kann. Ich könnte mich sogar wieder in eine Frau verwandeln!«

»Das wäre natürlich noch grausamer!« Zorg musterte ihn eine Zeitlang.

Irgend etwas an seinem Gehabe ließ darauf schließen, daß er belustigt war. Wahrscheinlich malte er sich die Hinrichtung aus.

»Wolltest du Hexzion Garab töten oder den König von Wesnar?«

Vaslar zeigte sich verwirrt über die Frage, hinter der sich etwas Bedeutsames zu verbergen schien. »Nur Hexzion Garab. Er ist ein Monster!«

»Für gewöhnlich betrachte ich dieses Wort als Kompliment«, erwiderte Zorg ungerührt, »und ich bin überzeugt, das galt auch für Hexzion. Bedauerlicherweise stürzte er gestern aus dem Streitwagen und brach sich das Genick. Ich bin der neue König von Wesnar.«

Also hatte der Ogoalscath doch Erfolg! Hitham hatte sogar mehr erreicht, als er zu hoffen gewagt hatte. Der fette Misthaufen war tot! Für Vaslar war diese Neuigkeit befriedigend und ungemein lustig zugleich. Grölend lachte er auf.

Schweigend wartete der Schreckensherr, bis der Awailscath wieder verstummte. »Darf ich daraus schließen, daß mir keine Gefahr von dir droht?«

»Ja, *Saj*! Vorsitzende Gwin will, daß Ihr die Armeen gegen die Karpana anführt.«

Zorg seufzte. »Ich weiß – auch ich habe Spione. Meine Kuriere sind bereits unterwegs zu ihr. Aber was soll ich jetzt mit dir anstellen? Ich bin nicht sicher, was die Strafe dafür ist, einen Gesichtslosen nachzuahmen, aber es sollte ein langsamer Tod sein. Dasselbe gilt für Spione und gedungene Mörder.«

»Bei Tolamin habe ich Männer getötet«, erklärte Vaslar hoffnungsvoll. »Berechtigt mich das zu einem ehrenvollen Tod?«

»Nicht unter den gegebenen Umständen. Aber ich kann deine Beweggründe nicht verurteilen. Außerdem bewundere ich deinen Mut.« Zorg stand auf und betrachtete den Gefangenen. Sein Totenschädelantlitz wirkte unsagbar bedrohlich. »Wache!«

Eingedenk der Gesichtslosen, die zu foltern er bei Tolamin geholfen hatte, gelobte Vaslar, so zu sterben wie sie.

Ein Krieger tauchte neben Vaslar auf und salutierte vor dem Schreckensherrn. »*Saj?*«

»Bring diesen Tölpel zum Tor des Lagers. Nimm ihm den Kilt ab, den er unberechtigterweise trägt. Zeig ihm den Weg nach Westen. Dann trittst du ihm in den Hintern, so fest du kannst, und läßt ihn laufen.«

63

Die Stallungen der Kasernen von Om Balk unterschieden sich kaum von anderen – hölzerne Tore in Steinwänden, Heu und Stroh, Wassertröge und Schubkarren, Männer, die umherstanden und miteinander plauderten, Jungen, die große, kräftige Rösser führten, das Geklapper von Hufeisen auf Kopfsteinpflaster.

Und der Geruch. Nicht zu vergessen der Geruch.

Mutlosigkeit im frühmorgendlichen, feuchtkalten Zwielicht.

In einem schattigen Winkel stand Tibal Frainith mit vor der Brust verschränkten Armen und überkreuzten Beinen an eine Regentonne gelehnt. Trübselig beobachtete er das Treiben. Schon wenn Gwin ihn anschaute, fröstelte sie. Tibal hatte kein Gramm Fett auf den Knochen; wie konnte ihm um diese Tageszeit nur mit Kittel und Hose warm genug sein?

Kornett Seep Nung zeigte sich begeistert von Bulion. Der Hof füllte sich mit Rössern. Lauthals fluchte Jukion über ein Pferd, das sein Bein nicht heben wollte. Ordur war noch nicht zu sehen, doch Jasbur war bereits erschienen und turtelte mit einigen Stallburschen.

Vielleicht lag es an Tibals Gesichtsausdruck, vielleicht an dem hohen, schrillen Singsang von Kornett Seep, vielleicht an der stark nach Pferd riechenden Luft – jedenfalls fühlte Gwin sich entschieden unwohl in ihrer Haut. Eine böse Vorahnung? War Tibals Niedergeschlagenheit womöglich ansteckend?

Sie hoffte, Seep würde sie nicht zu sehr ablehnen. Er war überaus jung, überaus begeistert bei der Sache und herausgeputzt wie ein Pfau. Was ihm an Größe fehlte, glich sein Helmschmuck mehr als aus – er ähnelte einer riesigen, roten Feder mit Sporen. Seine Uniform war ein scharlachrotes und blaues Wunderwerk, durch das er sich von den in Grün und Gold gekleideten Reitersoldaten unterschied. All ihre Rösser präsentierten sich prächtig geschmückt mit pailettenbesetztem Geschirr und Rangabzeichen. Seep Nung hatte zwar Befehle, doch wie auch immer sie lauteten, er zeigte wenig Interesse daran, eine Frau zu eskortieren. Seine Aufmerksamkeit galt ausschließlich Bulion, dem er lang und breit erklärte, wie sicher die Reisegruppe in seiner Obhut wäre. Zudem versuchte er herauszufinden, weshalb er weithin sichtbar blaue Banner tragen lassen mußte. Selbstverständlich war Bulion klug genug, es ihm nicht zu sagen. Er nickte nur höflich und stellte eine gleichbleibend verbindliche Miene zur Schau, fuhr sich dabei jedoch ziemlich oft durch den Bart.

Nein, es war weder das Geplapper des Kornetts, noch Tibals unverhohlene Trübsinnigkeit, die Gwin so beunruhigte. Vielleicht hatte sie bei dem gestrigen Ritt einen leichten Sonnenstich abbekommen, obwohl es eine durchaus angenehme, kurze Reise gewesen war, die sie auf einer gut erhaltenen Straße aus der Kaiserzeit durch eine schöne Landschaft geführt hatte. Es mußte wohl der Stallgestank sein, der ihr so zusetzte.

Sie fragte sich, ob Tibal wohl ein Plätzchen mit frischerer Luft gefunden hatte, überließ Bulion dem jämmerlichen Kornett und ging zu dem Shoolscath hinüber. Er begrüßte sie mit einem dermaßen ausdruckslosen Blick, als hätte er sich soeben in einen Muolscath verwandelt.

Verwirrt fragte sie: »Alles in Ordnung mit dir?«

»Mir geht's gut.« Er zuckte zusammen. »Nein. Ich fühle mich lausig, miserabel.«

»Ich bin selbst nicht ganz auf der Höhe. Vielleicht war der Eintopf gestern ...«

»Nein. Daran liegt es nicht.«

Abwägend musterte sie ihn. Ordur gegenüber hatte sie einst erklärt, daß Tibal seine Gefühle für gewöhnlich ziemlich offen zur Schau stellte. Heute jedoch gab er sich augenscheinlich alle Mühe, sie zu verbergen, was ein alles andere als ermutigendes Zeichen schien. »Du mußt nicht mitkommen, wenn du nicht willst.«

»Was ich will, hat niemals Einfluß darauf, was ich tue. Das weißt du doch. Wosion hat ein paar interessante Neuigkeiten für dich.«

Bisweilen empfand sie Tibal Frainith als den aufreibendsten Menschen, dem sie je begegnet war. Zweifellos hatte er Wosion nur erwähnt, damit sie ihm keine weiteren Fragen stellte. Bei anderen Gelegenheiten wiederum war seine uneingeschränkt gute Laune Balsam für wunde Seelen. Er trug die Bürde, die ihm die Schicksalshüter auferlegt hatten, mit Fassung und ohne sich je zu beklagen. Sie sollte ihm wirklich keine zusätzlichen Probleme bereiten.

Gwin drehte sich zu dem kleinen Prediger um, der mit dem Pferd an den Zügeln zu ihr herüberhumpelte. Das aufgeregte Funkeln in seinen Augen bestätigte Tibals Prophezeiung. Er schien selten guter Dinge zu sein ... war sein Haar vor einem Monat, als er mit einem sterbenden Vater nach Daling kam, auch schon so grau gewesen?

»Guten Morgen, Mutter!«

»Guten Morgen, Sohn. Heraus damit! Was hat denn heute so ein Feuer unter deinen Schwanzfedern entfacht?«

Er rümpfte die lange Nase. »Ein höchst würdeloser Vergleich für einen angesehenen Priester.«

»Nicht halb so würdelos wie das, was ich gleich sagen will.«

»Na, wenn das so ist ... Es kursiert das Gerücht, Hexzion Garab sei tot.«

Gwins Herz setzte ein oder zwei Schläge aus. Sie schaute zu Tibal, der eine Augenbraue hochzog und mit den Schultern zuckte.

»Tatsächlich?«

Er nickte. Sie betrachtete den wissenden Schimmer in Wosions Augen. »Irgendwelche Einzelheiten?«

»Nein. Ein höchst glücklicher Zufall für deine Sache, Mutter.«

»Es ist nicht meine Sache. Es ist unsere Sache. Ich meine, es geht um unser aller Wohl. Du weißt schon, was ich sagen will.« Natürlich konnte es sich nur um einen Zufall handeln, doch das Gefühl verlorener Unschuld verursachte ihr Übelkeit – aber keine Gewissensbisse! Wegen dieses Unmenschen würde sie keine Schuld in sich aufkeimen lassen. Und es gab keinen Grund, die Fassung zu verlieren.

»Es ist eine Sache der Gerechtigkeit. Kuoliens Luft ist ohne diesen Kerl sauberer.« Wosion bleckte die Zähne. »Ein Priester sollte so etwas wohl nicht sagen, aber ich hoffe, jemand hat Hexzion mit einer stumpfen Säge in Stücke geschnitten. Sollte ich den Täter je kennenlernen, würde ich ihn herzlich umarmen.« Er lächelte selig.

»Ich kann auch nicht gerade behaupten, daß ich um ihn trauere. Glaubst du, die Schicksalshüter haben ihm heimgezahlt, was mit Polion geschehen ist?«

»Vielleicht, vielleicht. Sofern nur ein Tausendstel der Geschichten stimmt, die sich um ihn ranken, gab es jede Menge heimzuzahlen.«

Bulion hatte sich von Kornett Seep Nung losgeeist und überprüfte gerade Donners Sattelgurt. Hatte er die Neuigkeit schon erfahren? Wie auch immer Wosion die Angelegenheit betrachten mochte, Bulion mißbilligte Mord.

Mittlerweile waren die übrigen Verfluchten eingetrudelt: Baslin, Pang, Orth. Ordur hatte Jasbur von ihren Gefährten weggezerrt; dabei bezichtigte sie ihn lautstark, letzte Nacht auf schändliche Weise mit den Schankdamen kokettiert zu haben. Tibal war wortlos davongestapft.

64

In den wilden Gefilden der Hahnenkampfsenke verhielten Reisende sich zumeist übervorsichtig, doch auf unbestreitbar nurzischem Gebiet würde ihre Wachsamkeit vermutlich nachlassen. Deshalb führte Angstmeister Ozion seinen Trupp fast bis vor die Tore von Om Balk. Dadurch ging er ein beträchtliches Wagnis ein, doch den Verwegenen lächelte das Glück.

Sorgfältig wählte Ozion den Ort für den Hinterhalt aus. Einen besseren Platz hätte er sich kaum erträumen können. Nur ein ausgesprochen scharfes, militärisches Auge würde erkennen, daß sich an dieser Stelle, die auf den ersten Blick wie ödes Grasland wirket, die Gelegenheit für eine Falle bot. Die Straße fiel leicht ab – das war alles. Es gab weder Bäume noch sonst eine erkennbare Deckung, und deshalb auch keinen Anlaß zu übermäßiger Vorsicht. In Wahrheit aber war die Mulde tiefer als sie zu sein schien; in der Mitte hatte sich ein Sumpf gebildet, aus dem die Männer trinken konnten, wenn es sein mußte.

Das Riedgras war mehr als kniehoch und verbarg mühelos fünfzig Gesichtslose. Und das Beste daran war, daß das Gras zu licht wuchs, um ein Versteck für Flüchtlinge zu bieten. Ozions Befehle sahen keine Überlebenden vor. Er war gewissenhaft.

Zwei Nächte und einen Tag hatte er bereits hier verbracht. Vielleicht mußte er noch viele Tage ausharren. Er war geduldig.

Sowohl nach Osten als auch nach Westen hatte er uneingeschränkte Sicht. Das einzige, was seine Pläne stören könnte, wäre eine andere Gruppe, die zur selben Zeit wie seine Opfer durch die Senke ritt, doch angesichts der sehr wenigen Reisenden schien dies unwahrscheinlich. Kam jedoch eine andere Gruppe, hatte sie

Pech. Ozion ging davon aus, daß »keine Überlebenden« auch »keine Zeugen« bedeutete. Er war gründlich.

Genau in der Mitte der Mulde erstreckte sich der Schlamm des Sumpfes bis über die Straße. An dieser Stelle würden die Reiter auf den Boden achten, deshalb wollte Ozion die Falle hier zuschnappen lassen. Die älteren Krieger postierte er ganz außen, um etwaige Opfer einzufangen, die zu entfliehen versuchten. Die Jüngeren plazierte er unmittelbar am Ort des Geschehens. Es galt als Tradition, den Grünschnäbeln bei solchen Ausflügen die Gelegenheit zu bieten, erstmals zu töten – und die Schicksalshüter mögen Anfängern beistehen, die Angstmeister Ozions Erwartungen nicht erfüllten! Er war gnadenlos.

65

Zwischen Chan San und Om Balk ähnelte die nurzische Landschaft einem grünen Teppich voller Obstgärten und Bauernhöfe. Östlich von Om Balk jedoch änderte sich dies schlagartig. Die alte, aber noch befahrbare Straße aus der Kaiserzeit wand sich durch wilde Ausläufer der Hügel des Riesengebirges empor. Hie und da legten unkrautüberwucherte Ruinen grausames Zeugnis davon ab, daß Pantholion einst diesen Pfad entlanggekommen war. Das Hochland bestand aus kahlen Weiden, auf denen vereinzelt braune Rinder grasten. In den Schluchten wucherten Buchen, Pappeln und Stechginster – hervorragend für einen Hinterhalt geeignet, erklärte Kornett Seep Nung schrill, aber noch bestünde keine Gefahr. Sobald sie weiter von Om Balk entfernt wären, würde er entsprechende Sicherheitsvorkehrungen treffen.

Seep und seine zwölf Reitersoldaten schienen ein mehr als ausreichender Schutz für sieben Verfluchte und sechs männliche Tharns, Gwin aber plagte ein schlechtes Gewissen. Sofern die Gerüchte stimmten und Hexzion tot war, sollte der furchterregende Zorg nunmehr König sein. Wenn er herausfand, wer für seine Nachfolge verantwortlich zeichnete und sich durch seine Ehre verpflichtet fühlte, den Tod seines Vetters zu rächen, schwebte sie überall in ernster Gefahr. Sein Reich zu betreten, käme praktisch Selbstmord gleich. Zum wiederholten Male wünschte sie, mehr Jaulscaths aus der Akademie mitgebracht zu haben. Niemand vermochte, einen Jaulscath in einen Hinterhalt zu locken.

Seep und Bulion führten den Zug an, gefolgt von vier der nurzischen Bogenschützen, wobei die ersten beiden die blauen Banner hielten. Ordur und Jasbur ritten nebeneinander und zankten immer noch. Unmittelbar hinter ihnen befand sich Orth Qolith – der in Om Balk der Versuchung der Würfel widerstanden hatte. Danach folgte der Rest der Tharns. Wosion und Zanion stritten über irgend etwas, Thiswion lachte grölend über die Bemerkungen Pang Twoos, eines Ivielscaths. Pang war ein kleiner Mann mit einer überaus großen Nase und einem recht derben Sinn für Humor. Da er von Par a'Ciur ausgebildet und empfohlen wurde, konnte man ihn getrost für einen fähigen Heiler halten.

Gwin hatte beschlossen, sich von Bulion fernzuhalten. Wenn er feststellte, wie sehr er sie vermißte, würde er seine beharrliche Weigerung, sie nach Jarinfarka zu begleiten, vielleicht noch einmal überdenken.

Sehr zu ihrem Ärger fand sie sich neben Baslin wieder, mit dem man sich etwa so angeregt wie mit einer Farnflechte unterhalten konnte. Andererseits würde er sich in einem Kampf wahrscheinlich als nützlicher erweisen als Kornett Seep. Sein Kittel war von verblaßtem Purpur, der breitkrempige Zarda-Hut gelb, die Hose braun. Da erst Jaultag war, prangten graue Bartstoppeln in dem schlaffen Gesicht. Baslin scherte sich jeden Muoltag den gesamten Schädel.

Gwin durchbrach die unangenehme Stille. »Angenommen, eine Räuberbande greift uns an. Könntest du sie mit derartigem Schrecken erfüllen, daß sie in alle Richtungen davonrennen?«

Mit geschürzten Lippen dachte er eingehend über die Frage nach. »Ja. Aber ich würde jeden außer mir selbst beeinflussen. Was hätte es für einen Sinn, beide Seiten in kreischende Idioten zu verwandeln?«

»Hm. Ja. Das ist allerdings ein Problem.«

»Ich wäre eher geneigt, beide Gruppen mit übermäßiger Teilnahmslosigkeit zu erfüllen – sie in einen selbstzufriedenen Dämmerzustand zu versetzen, der jedes Blutvergießen unmöglich macht.«

»Hört sich nach einer guten Idee an.«

»Dann allerdings bestünde das Problem darin, unserer Seite genug Ansporn einzuflößen, um die Reise fortzusetzen, ohne in unseren Angreifern Feindseligkeit und Gier wiederaufflammen zu lassen.«

»Tja, ich glaube, wir sollten diese Sache lieber vergessen«, meinte Gwin leise.

»Weshalb halten unsere Anführer? Was meinst du?«

Tatsächlich hatten Seep und Bulion auf einem Hügelkamm die Pferde gezügelt. Der Kornett piepste seinen Männern zu, sie sollten die Bögen spannen. Gwin stand in den Steigbügeln auf. Eine beachtliche Reitergruppe kam ihnen den Hügel herauf entgegen.

Gwin stockte das Herz. Die wesnarische Armee auf Rachefeldzug? Um Gesichtslose handelte es sich zwar gewiß nicht, doch Wesnar verfügte auch über gewöhnliche Truppen. Dann schrie sie vor Freude auf, wodurch sie Morgenstern erschreckte.

»Blaue und goldene Banner! Eine mokthische Abordnung!«

Zutiefst erleichtert sank sie zurück auf den Sattel. Ihre Briefe an Quilm Urnith waren also doch angekommen, und hier nahte die königliche Antwort. Sie mußte gar nicht die weite Reise nach Jarinfarka antreten, um sich mit dem König zu treffen. Warum hatte Tibal Frainith ihr das nicht einfach erklärt, statt sie in Angst und Schrecken zu versetzen?

Kronprinz Quoso Urnith war ein vierschrötiger Mann im Alter zwischen dreißig und vierzig Jahren. Er trug eine schlichte, zweckmäßige Rüstung. Im Gesicht prangte eine Hakennase, und in den Augen lag genug düstere Überheblichkeit, um die Sonne gefrieren zu lassen. Als Gwin von seinen mißtrauischen Wachen endlich durchgelassen und von Bulion vorgestellt wurde, erkannte sie, daß der Prinz gar nicht abgestiegen war. Man erwartete von ihr, daß sie sich mit einem polierten, gepunzten Lederreitstiefel in einem silbernen Steigbügel unterhielt.

»Ich verlange, mit Seiner Majestät König Wung Tan von Nurz zu sprechen«, erklärte der Prinz hochmütig.

»Der alte Knabe ... Ich bin überzeugt, es wird Seiner Majestät eine Ehre sein, Euch gebührend zu empfangen, königliche Hoheit.«

»Das bin ich auch.« Die verächtlich blickenden Augen sogen sie auf und spuckten sie aus. »Ihr seid also die neue Vorsitzende der Akademie? Labranza Lamith ist eine eindrucksvolle Frau.«

»Eine wahre Streitaxt!« erwiderte Gwin rücksichtslos. Sie fühlte, daß Bulion neben ihr zuckte, aber nicht aus Zorn, wie sie vermutete. Er stand eher kurz davor, in schallendes Gelächter auszubrechen, als ihre Würde gegen die spitzen Bemerkungen des Adeligen zu verteidigen.

Der Prinz zeigte wenig Verständnis für schnodderige Äußerungen dieser Art. »Tatsächlich? Nun, Eure gute Absicht, ein Bündnis anzuregen, ist durchaus anerkennenswert, wenngleich ohne Zweifel unnötig.«

»Ohne jeden Zweifel. Heute morgen kursierten in Om Balk massenhaft Gerüchte, daß Hexzion Garab tot sei.«

Während der Prinz diese neue Information überdachte, betrachtete er den Horizont. Gwins Nacken wurde allmählich steif vom ständigen Emporstarren.

»Interessant ... falls es stimmt, was Ihr sagt«, erklärte er schließlich.

»Ich habe aus hervorragender Quelle erfahren, daß die Geschichte wahr ist.«

Der Prinz ließ sich dazu herab, auf Gwin hinunterzuschauen. »Aus welcher Quelle?«

»Von einem Shoolscath.«

»Shoolscaths sagen nie die Zukunft voraus.«

»Für mich schon«, gab sie spitz zurück. »Hoheit, meine Freunde und ich waren unterwegs, um Euren geschätzten Vater zu besuchen. Eure Ankunft macht unsere Reise unnötig. Gewährt Ihr uns die Ehre, Euch nach Chan San zu begleiten?«

Die emaillierte Brustplatte des Prinzen hob und senkte sich bei einem Achselzucken. »Wenn Ihr wollt.«

»Das wollen wir ...« Gwin drehte sich zu Bulion um – und sah die Katastrophe.

Das größte Problem stellte Seep Nung dar. Ohne ihn hätte Gwin vielleicht etwas erreicht.

Als die mokthische Abordnung weiterritt, blieben die Nurzier zurück und standen inmitten einer Herde farbenfroh geschmückter Pferde auf der Straße. Der Kornett hatte seine Befehle. Er sollte eine Gruppe durch die Hahnenkampfsenke begleiten. Zumindest war es eine angenehme Abwechslung vom öden Kasernenleben. Vielleicht war es sogar sein erstes unabhängiges Kommando, obwohl Gwin klug genug war, ihn nicht zu fragen. Er wollte weiter. Seine Männer wollten weiter. Die Pferde wollten weiter.

Bulion wollte weiter.

Gwin riß ihm Donners Zügel aus der Hand und warf sie dem nächstbesten Reitersoldaten zu. Dann packte sie ihren Mann am Arm und zerrte ihn von den anderen weg zum Straßenrand. Grasland erstreckte sie vor ihnen, bis es am Horizont mit dem Himmel verschmolz. Irgendwo hinter dieser windgepeitschten Öde lag sein Zuhause, dem sein ganzes Herz gehörte.

»Bulion, wir haben es geschafft!« zischte sie. »Mokth muß verzweifelt auf ein Abkommen brennen, wenn der Kronprinz persönlich erscheint. Tibal hat bestätigt, daß Hexzion tot ist. Das bedeutet, Zorg kann uns einen Eid schwören. Wir müssen nur noch die einzelnen Fäden verknüpfen, und schon haben wir unser Bündnis!«

Traurig und bekümmert blickte er sie mit sanften Augen an. »*Dein* Bündnis. Noch magst du deinen Namen vielleicht nicht in die Geschichtsbücher gestempelt haben, Liebste, weil Historiker lieber über ungestüme, harte Männer schreiben, aber die Ehre gebührt dir. Wenn es tatsächlich schon vollbracht ist, dann laß uns doch gemeinsam nach Hause reiten.«

»Ja, ja! Aber ich brauche noch ein paar Tage. Vier? Drei! Gerade genug, um mich zu vergewissern, daß Zorg mit uns zusammenarbeitet und die anderen ihn anerkennen.« Angespannt musterte sie ihren Gatten ... und begriff, daß es vergebens war. Ein schwacher Mann wurde nicht Clanführer. Bulion hatte für Gwin so weit nachgegeben, wie er konnte, nun aber stieß sie an sein felsiges Inneres. Nun *konnte* er keinen Zoll mehr nachgeben. Sie hatte versagt.

»Jetzt«, erklärte er. »Die Reiterei bringt uns sicher durch die Hahnenkampfsenke, und zwar *jetzt*. Ich will nach Hause – und zwar *jetzt*. Komm mit mir. *Jetzt*.«

»Nur noch ein paar Tage! Du würdest doch auch niemals etwas unerledigt lassen.«

Bulion schüttelte den Kopf. Er wollte nach Hause zu seiner Familie, zu seinem Lebenswerk.

»Nien, es wird nie erledigt sein. Du kannst nicht von dem Tiger absteigen.«

»Ich schwör's! Nur noch ein paar Tage, bis das Bündnis besiegelt ist.«

Er seufzte. »Dann komm nach, sobald du fertig bist. Der Prinz bringt dich wohlbehalten an den Flugoss. Du bist jederzeit im Tal willkommen, Nien. Und ich werde dich immer lieben.«

»Stimme! Hilf mir!«

Du bist jetzt stark genug, es ohne Bulion zu schaffen. Du hast ihn nur zu Anfang gebraucht. Er hat seinen Zweck erfüllt.

»Nein! Nein! Bulion, ich brauche dich!«

Wieder schüttelte Bulion den Kopf. »Nicht mehr. Ich liebe dich, und ich werde dich immer lieben. Aber ich fürchte, der Tiger ist nicht der einzige Haken an deinem Fluch, mein Augapfel.«

»Was soll das heißen?«

»Schicksal ist berauschend. Schicksal ist wie königliche Götterspeise. Schon jetzt bist du nicht mehr die Frau, die ich vor einem Monat geheiratet habe.«

»Was soll das heißen?« rief sie abermals. »Das ist doch lächerlich! Natürlich bin ich noch dieselbe Frau.«

»Hexzion Garab ist tot. Wie ist er gestorben?«

Sie umarmte ihn, so daß sie ihm nicht in die Augen blicken mußte. »Ich weiß es nicht. Wirklich nicht.«

»Bist du überrascht?«

Die Reitersoldaten stiegen auf.

»Nein«, gestand sie. »Na schön, vielleicht habe ich dazu beigetragen. Ich weiß es noch nicht. Ich gebe zu, daß ich es versucht habe. Machst du mir einen Vorwurf daraus? Zumindest ist Polion dadurch gerächt.«

»Du hast es nicht für Polion getan«, widersprach er sanft. »Und ich bin nicht sicher, ob das, was mit Polion geschah, nicht auch sein Gutes hat. Wie es scheint, werden bald viele unserer jungen Männer in den Krieg ziehen müssen. Polion hat bessere Aussichten, ihn zu überleben, als alle anderen. Er setzt eine Tradition fort. Es tut mir nicht leid, wieder einen Zarda-Krieger in der Familie zu haben.«

Bestürzt trat sie einen Schritt zurück. »Bulion!«

»Könnte ich ihn jetzt sehen, wäre ich wahrscheinlich sehr stolz auf ihn.«

»Das ist ja schrecklich!«

»Wirklich? Polion würde das anders sehen. Ich wette, er selbst ist mächtig stolz auf sich. Noch vor ein paar Tagen hast du geschworen, einen Krieg gegen die Hamdisher vom Zaun zu brechen, wenn sie nicht tun, was du von ihnen verlangst.«

»Ach, das ist doch lächerlich! Das war nur eine leere Drohung. Sie werden ihr ohnehin keine Beachtung schenken.«

»Wung Tan wird sie wohl kaum vergessen. Sollte sich je die Gelegenheit ergeben, wird er dich beim Wort nehmen.«

»Dann werde ich aber nicht mehr da sein. Ich hatte genug Schicksal. Ich habe den Anstoß zu einem Bündnis gegeben, und jetzt verlange ich nur noch von dir, daß du wartest, bis es besiegelt ist.«

Lächelnd schüttelte Bulion den Kopf. »Geh und rette die Welt, Nien! Der Name Tharn wird ruhmreich in die Geschichte eingehen, und darauf bin ich stolz. Die Schicksalshüter haben dich dafür auserkoren, Großes zu vollbringen, aber jetzt sind Könige und Armeen deine Wegbegleiter, keine Bauern wie wir. Wir haben dir geholfen, das alles ins Rollen zu bringen, und darüber bin ich froh, aber jetzt brauchst du uns nicht mehr.«

»Ich brauche meinen Mann, Bulion Tharn! Vergiß die Sache mit der Galionsfigur. Versteck dich, wenn du willst und sei einfach da, wenn ich einen Freund, wenn ich Liebe brauche. Ganz allein kann ich unmöglich . . .«

Sie schleuderte Kieselsteine an einen Berghang. Abermals umarmte sie ihn und legte den Kopf auf seine Schulter. »Du hast recht. Ich muß mich entscheiden, nicht wahr? Nun, ich entscheide mich für dich. Glaub mir! Binnen einer Woche bin ich zu Hause!«

Eng umschlungen verharrten sie; keiner wollte den anderen loslassen.

»Ich hätte ein besseres Gefühl«, sagte Bulion schließlich, »wenn ich wüßte, daß dich ehrliche, aufrichtige Tharns beschützen. Wenn du sicher bist, daß es nur eine Woche dauert, lasse ich Jukion und Wosion bei dir. Sie bringen dich wohlbehütet nach Hause.«

Schweigen ... Pferde stampften und schnaubten im Hintergrund.

Dieser schlaue, gerissene alte Gauner!

Gwin seufzte. »Das wäre ihnen gegenüber ungerecht. Schließlich wollen sie auch nach Hause zu ihren Familien.«

Bulion löste sich aus ihren Armen und bedachte sie mit einem traurigen Blick. »Eine weitere Woche würden sie auch noch verschmerzen.«

»Na ja ... ich nehme an, es könnten auch zwei werden ... ich werde ausreichend beschützt, Liebster.«

»Auch zwei Wochen könnten sie verschmerzen«, beharrte Bulion stur.

Er glaubte ihr nicht!

»Tja, wenn du sicher bist, daß sie nichts dagegen haben ...« Sie beobachtete, wie Freude und Erleichterung in seine unansehnlichen Züge traten. »Ich meine es ernst, Liebster! Egal, was kommt, ich kehre nach Hause zurück.«

Er umarmte sie so fest, daß er sie beinahe erdrückte. Als sie Jukion und Wosion auf Bulions Vorschlag ansprachen, meinten beide im Brustton der Überzeugung, sie würden gern noch ein oder auch zwei Wochen als Gwins Leibwächter bleiben. Muskeln und Verstand – mehr hätte Gwin sich kaum erträumen können.

Die Reitersoldaten erwarteten bereits ungeduldig den Aufbruch. Alle stiegen in die Sättel. Gwin beobachtete, wie Bulion mit Zanion, Ulpion und Thiswion davonritt und sich bald in einen gleißenden Schemen verwandelte; verblüfft stellte sie fest, wieviel Bulion ihr schon jetzt, nach kaum einem Monat bedeutete. Aus der Ferne hörte sie ihn brüllen:

»Wir stellen dir ein Licht ins Fenster!«

»Verschwendet keinen kostbaren Talg!« schrie Jukion ihm nach. »Tharns brauchen keine Kerzen, um den Weg nach Hause zu finden.«

66

Offenbar hatte Tibal Frainith Gwins Trennung von ihrem Mann vorhergesehen, doch warum regte er sich darüber so auf? Wußte er etwa, daß sie länger dauern würde, als Gwin annahm? Sie konnte ihn nicht fragen, denn Tibal, der sich seltsamer als je zuvor verhielt, hatte seinem Pferd die Sporen gegeben und preschte in wildem Galopp voraus. Erst etwa eine Meile vor ihnen, für Fragen unerreichbar, wurde er langsamer und ritt im gleichen Tempo weiter wie die anderen.

Die Mokthier besaßen bessere Pferde und legten eine beachtliche Geschwindigkeit vor. An der nächsten Erhebung erhaschte Gwin einen Blick auf das Schlußlicht der Mokthier; in der Ferne schimmerten die Türme von Om Balk. Dann führte die Straße in eine Mulde hinab, und sie verlor sowohl den Reiter als auch die Türme aus den Augen.

»Stimme?«

Was?

»Ich kann doch von dem Tiger absteigen, oder? Ich kann nach Hause gehen, wann immer ich will.«

Du bist ein freier Mensch. Ich eröffne dir lediglich Möglichkeiten.

Gut! Damit war das geregelt.

Weshalb also empfand sie eine solche Unruhe? Wegen Tibals befremdlichen Verhaltens? *»Ich habe Bulion mein Wort gegeben. Ich habe noch nie ein Versprechen gebrochen und werde auch dieses nicht brechen.«*

Na also!

»Du bist bekümmert, Gwin *Saj.*«

Gwin schreckte aus ihren trübsinnigen Gedanken hoch und stellte fest, daß sie wieder neben Baslin Diblichith ritt, der sie mit ausdruckslosem Blick musterte.

»Ich bin verliebt. Das würdest du nicht verstehen.«

»Nein. Liebt dein Mann dich denn nicht?«

»Doch, das tut er, aber er hat zu Hause viele Verpflichtungen. Er reitet voraus, und ich folge ihm in ein paar Tagen.«

Gwin dachte, das Thema damit beendet zu haben, doch nach einer Weile meldete der Muolscath sich neuerlich zu Wort. »Du gibst dein Schicksal als Poulscath für diesen Mann auf?«

»Damit triffst du genau ins Schwarze. Äußerst scharf beobachtet.«

»Ist das denn nicht gefährlich?«

»Inwiefern? Für mich ist es viel sicherer, zu Hause am Herd zu stehen, als mich irgendwo in der Fremde in den Kampf ziwchen Königreichen einzumischen. Wenn du damit meinst, daß ich die Welt in Gefahr bringe, muß ich dir widersprechen. Ich bin kein General. Ich verstehe rein gar nichts von Kriegführung.«

»Ich meine gefährlich für ihn – deinen Mann. Du ziehst ihn deinem Schicksal vor, und vielleicht möchte dein Schicksal nicht links liegengelassen werden.«

Gwin zuckte zusammen. So hatte sie es noch nie betrachtet. Baslin war zwar gefühlstot und hatte ein Gesicht, das einem Wackelpudding glich, aber vielleicht war er gar nicht so dumm, wie er aussah. Ihr fiel ein, daß Wraxal Raddaith mit demselben Fluch geschlagen war und dennoch seinen Verstand behalten hatte. Natürlich hatte er wahrscheinlich schon von vornherein mehr davon besessen.

»Stimme? Wirst du Bulion etwas antun?«

Du vermenschlichst mich zu sehr. Ich bin keine Person. Ich bin nur dein geschichtlicher Ausdruck.

Mittlerweile stand die Sonne hoch am Himmel und brannte grell von einem wolkenlosen Himmel. Ein heißer Wind wehte. Gwin schauderte. *»Du weichst der Frage aus!«*

Ich bin das Genie, das dich leitet, könnte man vielleicht auch sagen, fügte die Stimme nachdenklich hinzu.

»Dann leite jemand anders! Ich kehre zurück ins Tal, und das ist endgültig! Wenn du Bulion verletzt, hilft dir das in keiner Weise – es würde meinen Entschluß nur festigen! Sobald der Vertrag unterzeichnet ist, bin ich weg!«

Ordur schrie auf. Sie hatten die tiefste Stelle einer langen Sohle erreicht. Tibal war einige Zeit zuvor hinter der nächsten Kuppe verschwunden, nun aber kam er in rasendem Galopp zurück, wild auf das Pferd einpeitschend, zurück. Etwas an der Art, wie er im Sattel saß, wirkte merkwürdig ... Gwin rammte die Sporen in Morgensterns Rippen. Die Stute preschte vor und rannte donnernd die uralte Straße entlang. Kurz darauf überholte Ordur Gwin in noch schnellerem Galopp.

Er kam gerade noch rechtzeitig, um Tibal aufzufangen, der seitwärts aus dem Sattel kippte. Ungestüm bäumten die beiden Rösser sich auf. Gwin zügelte Morgenstern und sprang zu Boden. Sie verschätzte sich, stürzte der Länge nach hin und verlor fast das Bewußtsein, als sie auf der gepflasterten Straße aufschlug. Dann waren plötzlich die anderen da – aufgeregt durcheinanderplappernd halfen sie ihr auf die Beine und Tibal vom Pferd. Der kleine Pang Twoo ergriff den Shoolscath mit erstaunlicher Kraft und legte ihn ins Gras.

»Tibal!« rief Gwin. »Tibal, was ist denn los?« Sie ließ sich neben ihm nieder. Sie hatte sich den Knöchel verstaucht, die Knie aufgeschlagen und rang nach Luft.

Die Augen in Tibals gräulichen Antlitz rollten wild hin und her.

Sein Mund zuckte.

»Kann nicht!« murmelte er geifernd. »Egal!«

»Was ist egal? Was ist denn los?«

Pang hielt Tibals Kopf. »Offenbar erziele ich überhaupt keine Wirkung, Gwin *Saj*. Das verstehe ich nicht.«

»Tibal? Sag uns, was los ist.«

Seine Worte klangen fast zu undeutlich, daß man sie zverstehen konnte. »Mir ... mir ist ... egal, was geschieht. Muß ... muß dich warnen, Nien. Kann dir das nicht antun.«

Eine Lawine der Angst überrollte Gwin und ließ sie schaudern. »Wovor mußt du mich warnen, Tibal?«

Er verdrehte die Augen; dann konzentrierte er sich auf sie. »Kann nicht .. zusehen, wie du leidest. Muß warnen ... Hinterhalt. Verrat.«

»Hinterhalt?« *Bulion? Er ritt in einen Hinterhalt?*

»Verflucht!« rief Ordur. »Er prophezeit! Er verändert seine Zukunft!«

»Bulion!« kreischte Gwin und quälte sich auf die Beine. »Wir müssen Bulion warnen!« Sie erblickte Morgenstern. Jasbur hielt die Pferde. Hastig humpelte Gwin los. Mit der wunden Hand versuchte sie, den Sattelknauf zu ergreifen. Bulion war in Gefahr ...

Tiefe Ruhe umhüllte sie wie eine schwere Decke. Angst und Schrecken zerrannen. Offenbar ritten Bulion und die anderen in einen Hinterhalt, deshalb mußten sie gewarnt werden. Aber es schien unlogisch, daß sie, Gwin, diese Aufgabe übernehmen sollte – sie hatte sich bei dem Sturz verletzt. Zudem konnte der Anschlag ihr gelten; schließlich war sie nur deshalb umgekehrt, weil sie durch einen glücklichen Zufall den Prinzen getroffen hatte. Daß sie nun der Gefahr regelrecht nacheilte, war unlogisch und unangebracht.

Diesen ruhigen Entschluß hatte Gwin nicht selbst gefaßt. Der Muolscath wirkte auf sie ein, Baslin. Gwin mißbilligte sein Einschreiten. Sie würde ihm befehlen, damit aufzuhören, und er würde ihr gehorchen müssen.

Doch Baslin saß bereits im Sattel. »Haltet sie zurück!« sagte er. »Ich warne die anderen.« Er riß das Pferd herum und preschte im Galopp davon.

Alle beobachteten gelassen, wie er davonritt, bis er etwa hundert Schritte entfernt war. Dann erwachten sie schlagartig. Wosion und Jukion sprangen in die Sättel und preschten wie von Dämonen gehetzt hinter Baslin her.

Ordur schlang von hinten den Arm um Gwin und hielt ihr die Hand über den Mund. Sie wehrte sich und versuchte zu beißen, zu treten, zu schreien.

»Hör mir zu!« flüsterte er ihr ins Ohr. »Es ist am vernünftigsten, wenn Baslin geht. Sollte er in Gefahr geraten, kann ihm nichts geschehen. Und er kann die Warnung ebenso gut überbringen wie du. Wenn ich dich jetzt loslasse – wirst du dich dann ruhig verhalten? Und versprichst du, uns keine Befehle zu erteilen?«

Gwin wand sich und zappelte, doch Ordur erwies sich als unüberwindbar stark. Dann erblickte sie Tibal – bewußtlos lag er auf dem Rücken. Sie zwang sich zur Ruhe.

Ordur ließ sie los.

»Er ist fort«, verkündete Pang heiser. »Er atmet zwar noch, aber ich kann ihn nicht zurückholen.«

Gwin humpelte hinüber und sank abermals neben Tibal auf den Boden. »Tibal? Tibal Frainith?«

Blicklos rollten seine Augen zurück. Speichel rann ihm aus dem Mund, Lippen und Zunge bewegten sich, doch außer einem hohlen Röcheln gab er keinen Laut von sich.

»Er versteht dich nicht«, sagte Pang. »Und er kann nicht sprechen. Sein Verstand hat sich aufgelöst, Gwin *Saj*. Er hat seine Zukunft verändert und seine gesamte Vorinnerung verloren. So etwas kann ich nicht heilen.«

Tibal! O Tibal!

»Stimme? Was ist mit ihm geschehen?«

Die Stimme schwieg.

»Er hat seine Zukunft verändert – nur durch diese paar Worte?«

Der Ivielscath zuckte mit den Schultern. »In ein paar Worten kann große Bedeutung liegen. In Raragash habe ich so etwas schon einmal erlebt. Er muß sein gesamtes künftiges Leben verändert haben, also weiß er nichts mehr darüber. Er weiß überhaupt nichts mehr. Sein Verstand ist ... fort.«

Gwin packte den Bewußtlosen an den Schultern, als wollte sie ihn schütteln. »Tibal, du Dummkopf! Warum hast du den Mund nicht früher aufgemacht? Warum hast du bis zum allerletzten Augenblick gewartet, du ... du *Feigling*!«

»*Saj!*« Pang Twoo zeigte sich bestürzt.

»Er ließ Bulion und die anderen weiterreiten, obwohl er wußte, daß Gefahr lauerte!« rief Gwin verzweifelt. »Er ließ sie alle weiterreiten!«

»Aber er ist ein Shoolscath, *Saj*! Die Zukunft zu verändern, ist für ihn gleichbedeutend mit Selbstmord.«

»Ein Leben für sechs – und die der Reitersoldaten! Er hätte früher reden sollen!« Wild starrte sie um sich und suchte nach Unterstützung, erblickte aber nur Spiegelbilder ihrer eigenen Empörung und Verwirrung in den Gesichtern von Orth, Jasbur und Ordur.

Pang streckte die Hand aus und berührte Gwins vor Schmerz pochenden Knöchel. Sogleich strömte ein kühles, angenehmes Gefühl hinein. Doch der Blick des kleinen Mannes wirkte nun merklich frostiger als zuvor.

»Ich glaube, den anderen wird nichts geschehen«, meinte er. »Da es Tibal gelungen ist, die Zukunft zu verändern, wird die Warnung wohl rechtzeitig ankommen.«

»Stimme, ist das richtig?«

Keine Antwort.

»Stimme!«

Immer noch keine Antwort.

»Vielleicht«, erwiderte Gwin. »Aber er könnte auch nur die eigene Zukunft verändert haben, indem er mit dem Pferd umkehrte. Unsere hingegen könnte unverändert geblieben sein.« Unsere und Bulions.

Hatte sie ihren Mann vernichtet, indem sie sich ihrem Schicksal zu widersetzen versuchte?

Immer noch reglos auf dem Rücken liegend, brabbelte Tibal wirr vor sich hin.

»Es war schon tapfer von ihm, überhaupt etwas zu sagen, *Saj*«, wiederholte Twoo beharrlich.

Ein Buch lugte aus der Tasche von Tibals Kittel hervor. Gwin zog es heraus. Natürlich handelte es sich um sein Tagebuch. Er hatte es immer und überall dabei. Wie sie feststellte, war es in kleiner, ordentlicher Schrift fast vollgeschrieben. Nur ganz hinten befanden sich noch ein paar leere Seiten. Gwin schlug die erste Seite auf.

Tibal Ambor Frainith,
Raragash
Persönlich und vertraulich

27. Poultag 96
Dies ist mein dritter Band. Die ersten beiden liegen im obersten Fach meines Schrankes. Mit diesem Buch beginne ich an meinem Lieblingsdatum. In fünf Jahren von heute an stehe ich Nien zum erstenmal von Angesicht zu Angesicht gegenüber. Wie soll ich nur weitere fünf Jahre durchhalten? Nun, wie ich sehe, bin ich seit fünfzehn Jahren verflucht, also habe ich bereits drei Viertel der Tortur überstanden. Habe ich schon immer das Gefühl, daß mein Leben erst beginnt, wenn ich sie treffe, oder werden die Qualen zunehmend schlimmer, je näher der Zeitpunkt rückt?

Gwin sog die Luft ein und schlug das Buch zu. Sie betrachtete Pangs stirnrunzelnde Züge und Orths verwirrte, mißbilligende Miene. Dann blätterte sie zum Ende der Einträge und stellte fest, daß er die letzten zwei Tage nichts geschrieben hatte.

Warum nicht? Für gewöhnlich ließ er keinen Tag aus. Was war so schlimm gewesen, daß er sich gescheut hatte, es aufzuschreiben? Shoolscaths konnten nicht vorhersehen, daß sie die Zukunft verändern würden ... aber vielleicht wußten sie im voraus, daß sie in Versuchung gerieten.

Waren Tibals Gedanken so gräßlich gewesen?

Gwin blätterte zurück, bis sie das Datum fand, das sie suchte.

> *27. Poultag 101*
> *Heute ist der große Tag! In weniger als einer Stunde gehe ich zur Herberge in der Phoenix-Straße und trete ihr endlich gegenüber. Sie wird davor stehen und mit einem Besen die Straße fegen, genau so, wie ich mich schon mein ganzes Leben an sie vorinnere. Meine Tagebücher sind voll davon, und nun scheinen mir diese Einträge um so kostbarer, weil meine Zeit mit ihr von nun an immer kürzer wird. Ich trauere jedem vergessenen Augenblick nach. Ich zittere wie ein kleiner Junge. Ich werde einen entsetzlichen Trottel aus mir machen ...*

Wütend schlug sie das Buch zu. »Narr!« Sie bückte sich und stopfte es zurück in die Tasche des bewußtlosen Shoolscaths. »Idiot!«

Verständnislos starrten die Verfluchten sie an.

»*Saj?*« fragte der junge Orth.

»Er hat von mir erwartet ...« Sie schauderte. Tibal hatte geglaubt, er könnte Bulions Platz einnehmen! Ein paarmal hatte er versteckt darauf hingewiesen. Er hatte zu ihr gesagt, ihnen stünde eine lange, gemeinsame Zukunft bevor. Natürlich hatte er nicht gewagt, es offen auszusprechen. O nein! Da er wußte, daß es Bulions Schicksal war, heute zu sterben, hatte Frainith *Saj* geschwiegen und erwartet, letztendlich seine Witwe zu heiraten.

»Oh, du Narr!« rief sie. »Du verrückter, verfluchter Narr! Hast du geglaubt, ich könnte dir das je verzeihen?«

Doch Tibal hatte den nötigen Mut aufgebracht ... noch rechtzeitig?

Bitte, Gott, laß es noch rechtzeitig gewesen sein!

Hätte er versagt, läge er doch jetzt nicht so auf dem Boden, oder?

Was hatte die Stimme über Bulion gesagt? *Du bist jetzt stark genug, es ohne ihn zu schaffen.*

»Stimme!« rief Gwin zum Himmel empor. »Ich tue es! Laß Bulion zurück nach Hause ins Tal. Ich folge ihm nicht! Ich gebe ihn auf.«

Die Männer tauschten verängstigte Blicke.

Die Stimme schwieg.

Nur Gras und Straße und Himmel.

Sie schrie in den Wind: »Stimme! Ich unterwerfe mich! Ich werde dir, meinem Schicksal dienen! Nur verschone Bulion! Ich reite den Tiger, wohin immer du willst!«

Pang stand auf und ging auf sie zu. »Gwin, *Saj* ...«

»Halt dich da raus! Oh, tut mir leid. Ich bin völlig außer mir. Bulion wird nichts geschehen, oder? Die Shoolscaths haben doch vorhergesagt, daß er Kaiser wird! Ihm *darf* nichts geschehen. Ich meine, wie sollte ich je mit meiner Schuld fertig werden, wenn ihm etwas zustieße? Oder Wosion und den anderen? Und Tibal? Verschone sie, Stimme! Ich unterwerfe mich. Ich tue alles, was du verlangst. *Ich werde den Tiger reiten!*«

67

Schmerzlich heiß brannte die Sonne auf den Rücken des Angstmeisters herab. Der faulige Gestank des Sumpfes war bereits durchdringend und würde im selben Maße wie die Hitze ansteigen. Ungeziefer krabbelte über seine Haut.

Er genoß das Unbehagen. Es zeugte davon, daß er am

Leben und ein Mann war. Tote litten nicht. Schwache erduldeten nichts.

Er lag ausgestreckt auf dem Bauch. Sein Kinn ruhte auf den Unterarmen. Der Rand des gepflasterten Pfades befand sich nur drei Spannen weit entfernt. Ohne den Kopf merklich zu bewegen, überblickte er sowohl die Straße nach Westen als auch die nach Osten. Ein Schilfbüschel vor ihm erzitterte, wenn er ausatmete, doch selbst den geduldigen Bussarden, die am Himmel über ihm vor Pouls Antlitz ihre Schleifen zogen, wäre dies entgangen. Reglosigkeit war das Geheimnis der Unsichtbarkeit. Jeder Krieger der Sekte konnte stundenlang still liegen. Erlernt wurde diese Fähigkeit auf Ameisenhügeln.

Auf der Straße herrschte nur geringer Verkehr. Vor einer Weile war eine großes Kontingent mokthischer Soldaten vorbeigekommen – unfähige Halbmenschen, die unmittelbar durch eine Truppe Gesichtsloser ritten, ohne auch nur ansatzweise etwas davon zu bemerken. Hätten Ozions Befehle gelautet, Mokthier zu töten, sie wären gestorben, bevor sie noch gewußt hätten, wie ihnen geschah. Aber den König würde diese Abordnung gewiß interessieren. Heute abend wollte Ozion einen Boten ausschicken, um die Neuigkeiten zu übermitteln. Männer standen ihm dafür ausreichend zur Verfügung. Sieben Siebenerschwadrone waren mehr als genug, um nur fünfunddreißig Nurzier zu vernichten. In Anbetracht des Überraschungsmoments könnten sie sogar unter zweihundert ein Blutbad anrichten. Erst bei dreihundert kämen Ozion leichte Bedenken.

Er bemerkte, daß dicht an seiner linken Seite ein Mann neben ihm lag. Ganz langsam drehte er das Gesicht in die Richtung. Völlige Reglosigkeit war schlecht für die Kampftauglichkeit der Männer; deshalb hatte Ozion ihnen entsprechende Übungen verordnet. Jeder Mann mußte sich mindestens einmal täglich bei seinem unmittelbaren Vorgesetzten melden und einmal beim Angstmeister persönlich. Sie alle wußten, was ihnen bei der Rückkehr ins Lager blühte, sollte Ozion auch nur ein Schilfrohr zucken sehen.

Der Angstmeister musterte das Totenschädelgesicht neben sich. Er erkannte den Jungen, dessen Antlitz noch nicht völlig verheilt war – der Grünschnabel der Truppe, obwohl er in Wahrheit bereits zwei oder drei Jahre älter war als einige der anderen. Ein vielversprechender Bursche. Lernte schnell. Ein kleines Lob konnte nichts schaden.

»Gut«, flüsterte Ozion. »Das war sehr gut, Töter. Ich habe keinen Laut gehört.«

Der Junge war schlau genug zu schweigen. Hocherfreut über die Anerkennung schloß er die Augen.

Sogleich schlug er sie wieder auf.

Auch Ozion hörte es – Hufgetrappel. Seine Augen schwenkten herum. Eine Gruppe Reiter in Zweierreihe näherte sich aus Westen ... auch Banner sah Ozion, doch sie befanden sich noch zu weit entfernt, um die Farbe zu erkennen.

»Ruhig!« zischte er.

Blaue Banner.

»Das sind die Opfer. Die Ehre gebührt dir. Wiederhole, was ich euch eingetrichtert habe.« Verärgert fühlte er, wie sein Puls sich beschleunigte.

Eine rote Zungenspitze strich über die weiß tätowierten Lippen. »*Saj,* Ihr ruft: ›Töte!‹ Ich springe auf und schleudere den Speer. Auf den ersten Mann auf dieser Seite.«

»Genau. Und jetzt entspanne dich. Atme langsam.«

Beinahe beneidete Ozion den Jungen. Niemand vergaß seinen ersten Mord. So wie beim erstenmal war es später nie wieder, und als erster den Speer zu schleudern, machte die Erfahrung um so berauschender. Das Entsetzen, der Schrecken auf den Gesichtern der Opfer, wenn der Tod vom Boden aufspringt; ihr Grauen angesichts der plötzlichen Erkenntnis, daß noch zahlreiche andere lauern mußten, wo jener eine aufgetaucht war ... Ozion schwelgte in Erinnerungen.

Ein Speer war eine wunderbare Waffe. Man konnte ihn schleudern. Man konnte damit zustechen. Man hatte eine viel größere Reichweite als mit einem Schwert oder einem Viertelstab. Im Vergleich zu Speeren waren Schwerter Kinderspielzeug.

Die Reiter nahten im schnellen Trab heran. Vom Boden aus wirkten die Rösser riesenhaft groß. Nurzische Reiterei, allesamt voller funkelnder Orden und herausgeputzt wie adelige Witwen. Noch nicht einmal die Bogen hatten sie gespannt! Nur achtzehn oder zwanzig Mann, kaum genug für Ozions Jungen, richtig warm zu werden. Er hatte gehofft, es würden mehr sein. Der erste vorn auf der gegenüberliegenden Seite war ein rot gekleideter Laffe mit einer riesigen Schmuckfeder auf dem Helm. Hätte Ozion Zeit gehabt, was nicht der Fall war, hätte er es genossen, diesen Gecken seinen Federschmuck fressen zu lassen, bevor er starb.

Vier Zivilisten reisten mit der Gruppe; alle vier waren Männer. Sie wirkten wie Zarda-Bauern, was an sich schon verachtenswert schien. Der erste vorn, der neben Rothöschen ritt, war ein stämmiger, alter Kerl mit weißem Bart. Weshalb eskortieren ein Dutzend der besten nurzischen Soldaten ein paar Bauern? Und weshalb wollte der Schreckensherr, daß sie starben? Doch Ozion interessierte keine der beiden Fragen. Seine Aufgabe bestand darin, zu handeln; Die Bestimmung der Opfer war, zu sterben.

Da kamen sie ...

Fressenszeit für die Bussarde. Jetzt! Das Gemetzel. Konnte beginnen. »Töte!« befahl er leise.

Nichts geschah.

Ozion blickte zur Seite. Der Mund des Jungen stand offen.

»Töte!« zischte Ozion in schärferem Tonfall und fast normaler Lautstärke.

Immer noch nichts.

Verflucht! Er würde es selbst tun müssen. Die Hand ergriff den Speer. Die Muskeln spannten sich.

Da erwachte der Junge zum Leben. Binnen eines Lidschlags war er aufgesprungen und schleuderte den Speer. Voll ungläubigem Entsetzen fuhren die Köpfe der Opfer zu diesem Sensenmann herum, der scheinbar aus der Erde emporgeschossen war. Sein Einsatz galt als Signal. Ringsum schnellten ähnliche, totenschädelgesichtige Krieger aus dem Riedgras hoch; Speere schwirrten durch die Luft. Pferde bäumten sich auf, wieherten angsterfüllt, taumelten und stürzten mitsamt den Reitern. Männer griffen nach den Säbeln und Bogensehnen, doch kein einziger Pfeil wurde angelegt. Mit gezückten Schwertern stürmten die Gesichtslosen vor. Klingen schlugen aufeinander, doch die überlebenden Reitersoldaten waren zahlenmäßig hoffnungslos unterlegen. Pferde mit durchgeschnittenen Kniekehlen brachen unter ihnen zusammen; wenig später starben auch sie. Blut, schrecklich viel Blut. Zwei Männer versuchten zu fliehen, rannten zurück nach Westen. Speere wurden losgeschleudert und schlugen in die Körper. Noch ein paar letzte Schreie. Ein reiterloses Pferd verschwand am Horizont.

Erledigt. Nicht schlecht – es konnte kaum eine Minute gedauert haben. Erleichtertes, erregtes Gelächter erhob sich, als die Spannung sich löste. Männer liefen umher, sammelten ihre Speere wieder ein, töteten die restlichen Pferde und stachen wiederholt auf die Körper ihrer Opfer ein, um sicherzustellen, daß tot waren.

Angstmeister Ozion schritt mit Schild und Speer vor. Der Junge war nicht weit gegangen. Er watete durch das Blutmeer und starrte auf die leblosen Körper hinab – anscheinend nur auf die der Zivilisten.

»Töter!«

Der Junge zuckte zusammen und wirbelte herum. *»Saj!«*

Ozion trat dicht vor ihn hin und sprach mit leiser Stimme. Er hatte sich noch nicht entschieden ... »Du hast nicht gehandelt, als ich den Befehl gab.«

Angsterfüllt schürzte der Junge die Lippen.

»Nun?« fragte Ozion. »Irgendeine Entschuldigung?«

»Äh ... Angst zu versagen, *Saj*.«

Blut klebte an seinem Schwert; auch seine Gliedmaßen und sein Gesicht waren über und über damit bespritzt. Nachdem der Junge erst losgelegt hatte, hatte er tüchtig zugelangt.

»Außerdem hast du nicht auf den Mann geschossen, der uns am nächsten ritt. Du hast den Speer auf den Offizier geschleudert.«

Falls er dies leugnete – falls er behauptete, auf den Bauern gezielt zu haben –, wäre er ein Lügner, und zwar ein toter Lügner.

Die Augen des Jungen wanderten zu der Leiche, die ihm am nächsten lag. Es war der weißbärtige, stämmige Greis. Der Junge schaute zurück zu Ozion.

»Der vorderste Reiter auf der näheren Seite war ein Zivilist, *Saj*. Ich meine, er hatte keinen Bogen. Mir wurde gesagt ...«

Verflucht! »Du mißachtest meine Befehle?« Bislang hatte der Junge sich als guter Rekrut erwiesen.

»Nein, *Saj*!«

»Ist das Pferdeblut auf deinem Schwert?«

Der junge betrachtete die Klinge. »Nein, *Saj*. Es stammt von einem der Reitersoldaten. Eigentlich von zweien, *Saj*, aber ich glaube, einen habe ich nur verwundet.«

»Hast du etwas dagegen einzuwenden, Zivilisten zu töten?«

Hastig schüttelte der Junge den Kopf. »Nein, *Saj*. Aber diese hier ... Sie waren ... Nein, *Saj*.«

Nun, abgesehen davon war es ein netter kleiner Tötungsausflug gewesen. Wäre doch schade, gutes Material zu verschwenden. Vielleicht wurde Ozion auf seine alten Tage ja auch weich. Er würde den Burschen verschonen. Allerdings würde er es ihn nicht vergessen lassen. »Sobald wir zurück sind, meldest du dich zur Bestrafung!«

»Saj!«

Ozion griff nach der Pfeife und gab das Signal zum Rückzug.

68

Als sich der Nebel in Gwins Verstand zu lichten begann, befand sie sich fast schon an den Toren von Om Balk. Stetigen Schrittes trug Morgenstern sie voran. Gwin war in einer Art Dämmerzustand geritten, bis sie die geschäftigen Marktbuden und Stände vor den Stadtmauern erreichten. Die Städter begutachteten die ausgestellten Töpfe, Körbe und Kleider und feilschten heftig. Bauern verkauften ihre Waren und schacherten um Vieh. Bulion hätte das genossen ...

Gwin zügelte ihr Pferd, drehte sich um und wartete auf die anderen. Jasbur und Orth, die beiden leichtesten, saßen zusammen auf dem Rotschimmel. Pang und Ordur ritten neben Tibal – das letzte Mal, als Gwin hingeschaut hatte, stützten sie ihn zwischen sich, nun jedoch saß er aufrecht. Zwar hielt er die Zügel noch nicht selbst, doch er umklammerte mit beiden Händen den Sattelknauf und starrte immer noch mit wirrem Blick um sich. Gwin beobachtete, wie er mit zitternder Hand auf das reiterlose, von Baslin geführte Pferd deutete und eine Frage stellte. Ordur antwortete ihm.

Tibal erholte sich; er hatte die Zukunft nicht verändert.

Es war knapp gewesen, sehr knapp. Hätte Baslins Gaul nicht gelahmt oder wäre Wosions Pferd eine Winzigkeit schneller gerannt, wäre die Warnung vielleicht rechtzeitig angekommen. Baslin hatte noch gesehen, wie die Angreifer gemächlich davontrotteten, doch sie befanden sich bereits zu weit entfernt, als daß er sie eindeutig hätte erkennen können.

Zumindest behauptete er das, aber er hatte unzweifelhaft von einem *gemächlichen Trotten* gesprochen. Zudem hatte er eine Truppe beschrieben, keine Horde, und den Hinterhalt als beängstigend fehlerlos ausgeführt bezeichnet; sämtliche Opfer waren auf der Stelle tot. Das alles hörte sich wesentlich mehr nach den Gesichtslosen als nach einer namenlosen Bande herumstreunender Räuber an. Die Leichen waren nicht geplündert worden, was ebenfalls gegen hergelaufene Diebe sprach. War ihr eigentliches Ziel Gwin Tharn gewesen? Im Geiste vernahm sie Bulions ungläubiges Schnauben. Die Gesichtslosen machen keine Fehler, hätte er gesagt; sie erkennen eine Frau, wenn sie eine sehen. Nurzische Truppen auf nurzischem Gebiet hinzumetzeln, kam einer regelrechten Kriegserklärung gleich und würde künftige Hinterhalte ungleich schwieriger gestalten.

Das Blutbad mußte einen anderen Sinn gehabt haben – vielleicht Vergeltung für König Hexzions Tod, weil die Wesnarier glaubten, Nurz wäre darin verwickelt. Wenn dem so war, hatten Gwins Bemühungen, ein Bündnis zwischen den drei Königreichen zu schaffen, womöglich offene Feindseligkeit zwischen zwei der drei Beteiligten entfacht. Oder hatte Wesnar an die Prophezeiungen geglaubt, denen zufolge Bulion der Erneuerer geworden wäre, und Schritte unternommen, um dies zu verhindern?

Es kümmerte Gwin wenig. Nichts spielte noch eine Rolle. Bulion war tot. Ermordet. Wosion und Jukion waren am Schauplatz der Untat geblieben, um die Raben fernzuhalten, bis Hilfe eintraf. Die Verfluchten untersagten Gwin, zurückzureiten und die Leichen zu sehen, und ihr hatte die Kraft gefehlt, sich ihnen zu widersetzen.

Als die anderen sie erreichten, zügelten sie die Pferde.

Mit finsterer Miene musterte sie Tibal. Sie gab sich keine Mühe, ihre Verachtung zu verbergen. Wirr starrte Tibal zurück; seine Augen schienen unabhängig voneinander hin und her zu rollen.

»Wie geht es dir?« fragte Gwin.

Mit dem knochigen Handrücken wischte er sich Geifer vom Mund. »Wir suchen nach Prinz Quoso Urnith, oder?«

Dieser verdammte, verabscheuungswürdige Shoolscath! Warum hatte ihn der Mut nicht ein paar Minuten früher gepackt?

»Er scheint sich zu erholen, *Saj*«, meinte Pang, »aber er ist immer noch verwirrt. Ich nehme an, die Ereignisse haben ihn noch nicht eingeholt.«

»Seidenhändler?« murmelte Tibal vor sich hin. »Die Seidenhändler bringen entsetzliche Kunde. Sie weiß es noch nicht.« Er rieb sich über die gerunzelte Stirn.

Ordur verdrehte die Augen. »Wir müssen der Garnison Bericht erstatten, Gwin, und dafür sorgen, daß jemand losreitet . . . um . . .«

»Bitte kümmere du dich darum.«

Er nickte, schaute zu Tibal, um sich zu vergewissern, daß der Shoolscath auch sicher im Sattel saß, dann lenkte er das Pferd von ihm weg.

Bulion war tot. Hätte sie doch nur überzeugender auf ihn eingeredet und ihn dazu bewogen, noch für ein paar Tage mit ihr zurückzukommen . . . Nein. Es gab kein Mittel gegen die Verfügungen der Schicksalshüter. Aber es gab Vergeltung. Vergeltung war immer möglich. Ihre Jaulscaths würden den Schuldigen für sie aufspüren.

»Wer hat es getan, Tibal?« wollte sie wissen. »Hexzion? Zorg?«

»Niemand, der so wie Quoso stirbt, sollte sich so überheblich geben.«

»Labranza?«

Die Miene des dürren Mannes hellte sich auf. »Fälscht ihre Handschrift!«

»Ching? Ching Chilith?«

»Chilith!« rief Orth, der junge Ogoalscath. »Ja, *Saj*, ja! Er ist Labranza geradezu hörig, und du hast sie entmachtet! Ching ist ein schleimiger Hund.«

»Hat jemand den Geleitbrief gesehen?« fragte Jasbur. »Irgend jemand?«

»Er hat Hexzion einen Muolscath versprochen«, brummte Baslin.

Ching!

»Ich werde ihn auf kleiner Flamme rösten!« knurrte Gwin. »Ich verfüttere ihn bei lebendigem Leibe an die Schweine. Tibal! Bekomme ich Rache für den Mord an Bulion?«

Er schaute hinaus auf die sonnenbeschienenen Ebenen. »Warten wir auf Seidenhändler?«

Offensichtlich hatte Gwin von ihm keine Hilfe zu erwarten. Sie sollte Ordur folgen und ihm helfen, die Angelegenheit mit der nurzischen Garnison zu klären, die angesichts der Neuigkeiten gewiß völlig außer sich sein würde. Anschließend mußte sie sich mit Wosion um Beerdigungen kümmern, bevor sie nach Chan San zurückkehren und mit Ching Chilith abrechnen konnte.

Gerade als sie Morgenstern antreiben wollte, beantwortete Tibal unvermittelt ihre Frage.

»Rache? Nein, *Saj*. Du bekommst nur Gerechtigkeit.«

Gerechtigkeit war kein Regen in der Wüste.

69

»Zwanzigtausend und keinen Mann mehr!« grollte Prinz Quoso Urnith. »Im Königreich meines Vaters gibt es keine dreißigtausend kräftigen Männer!«

Seit Stunden traten sie auf der Stelle. Gwin fühlte sich elend, niedergeschlagen und erschöpft, obwohl sie so gut wie kein Wort gesprochen hatte. Der Saal war geräumig, zudem luftig und hell, dennoch empfand sie ihn als stickig. Und bedrückend.

Die Tische bildeten ein hohles Rechteck. Am Kopf, sofern man von einem Kopf sprechen konnte, saßen Wung Tan und ein Dutzend Nurzier mit braunen Gesichtern und in prächtigen, farbenfrohen Trachten. Der weißhaarige König war der kleinste Mann im Raum. Aus diesem Grund, oder weil er der Gastgeber war, hatte er sich selbst den größten Stuhl zugewiesen. Er wirkte ebenfalls erschöpft und ausgezehrt. Das Verhandeln überließ er seinen Ministern.

Zu seiner Linken saß die Abordnung aus Mokth, die der Prinz anführte. Ihre Gewänder erwiesen sich als schlichter, glichen aber eher kaiserlichen Hemdblusen als Kitteln. Am meisten hatte bislang Quoso geredet. Er hatte sich abwechselnd zurückhaltend, herablassend, überheblich, duldsam, liebenswürdig, zornig, vernünftig, tobend, erzürnt und großzügig gezeigt. Erreicht hatte er rein gar nichts.

Ihm gegenüber, rechts von Wung, saßen drei Männer aus Wesnar, nur drei. Zwei von ihnen waren etwas älter – ein Soldat in Uniform und ein Zivilist in einer schlichten Zarda-Tracht, die Bulion gefallen hätte. Sie schienen belanglos, und bisher hatte keiner der beiden ein Wort gesprochen. Der dritte war ihr neuer König, Frenzkion Zorg. Schild und Speer hatte er abgelegt, aber er trug immer noch lediglich das Leopardenfell, in dem Gwin ihn zuletzt gesehen hatte. Nur selten nahm er Platz. Zumeist stand er mit vor der Brust verschränkten Armen da.

Sein verstümmeltes Gesicht verriet nichts. Kein einziges Mal erhob er die Stimme; dennoch beherrschte er den Saal. Er war die Verkörperung des Wilden, ein Symbol für die Barbarei, die neuerlich ihre Schatten auf die sonnigen Länder Kuoliens warf.

»Dreißigtausend«, wiederholte er. »Voll bewaffnet. Ihr

könnt die Garnisonen aus den Städten abziehen, denn Garnisonen sind nutzlos.«

Quoso musterte ihn mit finsterer Miene. »Dann fünfundzwanzigtausend. Das ist mein letztes Wort.«

»Und meines.« Zorg gab seinen beiden Gefährten ein Zeichen und wandte sich um. Sie erhoben sich, um ihm zu folgen.

»Majestät!« rief Wung Tan. »Wir können uns in dieser Frage doch gewiß einigen, oder?«

Zorg hielt inne und schaute zurück. »Ich habe meine Bedingungen genannt. Wenn sie Euch nicht gefallen, wähle ich einen besseren Weg. Die Karpana werden durch Mokth und Nurz wüten und sich westwärts nach Hamdish wenden. Sobald sie fertig sind, sammle ich die Trümmer auf.«

»Woher wißt Ihr denn, daß sie Euch nicht auch angreifen?« brüllte Quoso.

»Dieses Wagnis gehe ich ein. Aber ich weiß mit Sicherheit, daß sie Euch angreifen werden. Euch allen noch einen schönen Tag.«

Jetzt! rief die Stimme.

Gwin sprang auf. Und nun? Sie hatte darauf beharrt, daß auch die Vertreter Raragashs der Besprechung beiwohnen müßten. Zu ihrem Erstaunen durften sie nicht nur dabeisein, man gestand ihnen denselben Status wie den übrigen drei Abordnungen zu, so daß sie die vierte Seite des Rechtecks bildeten. Dies war eine erstaunliche Ehre, doch was sollte sie damit anfangen? Sie quälte sich auf die Beine und stützte sich mit den Fäusten auf den Tisch. »König Frenzkion!«

Zorg war fast schon an der Tür. Abermals drehte er sich um; ein Totenschädel starrte Gwin quer durch den Raum an. Sie dachte an Tod, Blut, verstümmelte Leichen im Gras . . . Seit zwei Tagen war Bulion tot. Gwin riß sich zusammen.

»Majestät, würdet Ihr mir Euer Angebot noch einmal vorlesen?«

Der Barbar zuckte mit den Schultern und sagte etwas zu dem älteren Zivilisten. Der Greis eilte allein zurück zum Tisch und breitete eine Schriftrolle aus. In klagendem Tonfall verkündete er die verhaßten Bedingungen von Wesnar – unheilvoll genaue Angaben über die Armeen, die bereitgestellt und Zorgs persönlichem Befehl unterstellt werden mußten, die ungeheuren Zuwendungen an Gold und Lebensmitteln, die Anerkennung Zorgs als obersten Kriegsherrn, bis die Karpana sich zurückzogen – oder für den Zeitraum von drei Jahren, was immer zuerst eintrat –, die höchst verschwommenen Zusagen, die Zorg selbst abgab . . . Die Forderungen kamen einer Unterjochung, einer Kapitulation gleich. Sie schienen unannehmbar.

Nachdem der Mann geendet hatte, herrschte Schweigen im Saal.

Mit dem Fuß stieß Gwin Baslins Schienbein an. »Eure Majestät, königliche Hoheit – diese Bedingungen sind zwar hart, aber immer noch besser als die völlige Zerstörung durch die Horden der Karpana! Wollt Ihr das Angebot nicht noch einmal überdenken?«

Für einen Augenblick fühlte sie gar nichts. Worauf wartete der Muolscath?

Zorgs Bedingungen waren gewiß besser als die Alternative. Und ein Kriegsherr mußte sich auf die volle Unterstützung seiner Verbündeten verlassen können. Zorg galt als kampferprobter Krieger, als unangefochtener Meister. Ohne Zorg drohte ihnen allen die Vernichtung.

»Nun ja, in der Not muß der Teufel eben Fliegen fressen«, meinte Wung Tan und ließ ein königliches Kichern vernehmen.

»Mag mein Vater mich auch häuten, er wird zumindest ein schärferes Messer verwenden als die Karpana«, stimmte Quoso zu.

Mit einem Seufzer der Erleichterung sank Gwin zurück auf den Stuhl. Auch Zorg schritt zurück auf seinen Platz. Er warf Gwin einen unergründlichen Blick zu, ehe er sich an die anderen wandte. »Ich will keinen der Verbündeten beleidigen. Sollten meine Bedingungen Punkte enthalten, die Euch besonders stören, meine Herren, bin ich bereit, Änderungen in Betracht zu ziehen – geringfügige Änderungen.«

Ups! Zuviel! Selbst Krieger waren nicht gegen Vernunft gefeit, wenn ein Muolscath sie ihnen einflößte. Gwin trat Baslin noch einmal.

Er mißverstand das Zeichen. Gwin fühlte eine Woge des Zorns.

Quoso schlug mit der Faust auf den Tisch. »Nein! Sparen wir unsere Kraft für den Kampf gegen den Feind! Wir müssen diesen barbarischen Abschaum bis auf den letzten Mann auslöschen und zurück in die Wildnis treiben, aus der er kam!«

»Dem stimme ich zu!« rief Wung Tan in weinerlichem Tonfall über den sich erhebenden Tumult hinweg. »Gebt uns den Vertragsentwurf, Bruder Frenzkion, auf daß wir ihn hier und jetzt besiegeln und unsere jungen Männer aussenden, damit sie Schulter an Schulter gegen einen gemeinsamen Feind fechten und neue Meilensteine des Mutes und der Zivilisation setzen, hier in unserem geliebten ...«

Gnadenvollerweise ging diese Flut an Schwülstigkeiten in aufgeregtem Getöse unter, als Prinz Quoso auf den Tisch kletterte und in das Rechteck sprang. Noch bevor er auf dem Boden landete, schwang auch Zorg sich über den Tisch, und die beiden Männer umarmten einander. Die übrigen Anwesenden standen auf und jubelten. Ein paar stimmten »Tod den Barbaren!« an.

Und Gwin mußte die Verfluchten Kuoliens vereinen, um dabei zu helfen, dieses niedere Ungeziefer zu vertilgen ...

»Alles in Ordnung, Gwin *Saj*?« flüsterte Ordur.

»Ich brauche etwas frische Luft. Das machst du gut«, tuschelte sie Baslin zu. »Bearbeite sie noch so lange weiter, bis sie unterschrieben haben.« Damit erhob sie sich und lächelte ihre Helfer an – Par a'Ciur, Orth, Ziberor und die anderen. Sie überließ es ihnen, nach bestem Wissen weiterzuverhandeln. Unbemerkt schlich sie sich in dem patriotischen Krawall davon, auf Ordurs Arm gestützt.

Er führte sie nach draußen zu einem grünen Fleckchen, wo sie sich unter einem Apfelbaum auf eine Bank setzen konnte, die von blütenübersäten Hecken umgeben war. Die Luft roch frisch und würzig. Der Lärm der Stadt und des Palasts verschwand im Hintergrund und wurde übertönt vom Gezwitscher der Vögel in den Büschen.

»Das ist aber ein lauschiges Plätzchen!« meinte sie und stellte fest, daß sie alleine war. Wohin war Ordur nur verschwunden? Doch sie war froh, ganz für sich zu sein. Schon wieder trug sie ein weißes Trauerkleid – zwei Ehemänner binnen eines Jahres.

O Bulion! Um drei Tage hatte sie ihn gebeten. Gebraucht hatte sie nur zwei. Warum hatte er nicht warten können?

Deine Arbeit ist noch nicht getan. Sie hat gerade erst angefangen.

»Glaubst du denn wirklich, ich wäre weggelaufen, um ins Tal zurückzukehren?«

Die Stimme schwieg. Die Frage hatte keine Bedeutung. Bulion war tot. Gleiches galt für Ching Chilith, aber das brachte die anderen nicht zurück. Wosion und Jukion waren bereits unterwegs nach Hause, um die traurige Nachricht zu überbringen. Ein weiteres Kontingent nurzischer Reitersoldaten begleitete sie. Zudem hatten sie wieder einen Geleitbrief dabei – diesmal einen echten.

Bulion hatte etwas viel Besseres verdient. *»Er brachte mich nach Raragash, aber er wollte nicht den Kaiser spielen, also hast du ihn einfach weggeworfen wie einen alten Topf?«*

Du hast ihm einen zusätzlichen Monat und viel Freude geschenkt.

»Aber er war trotz allem nur mein Kutscher?«

Er war mehr als das. Er war unersetzlich.

Eine knochige Hand faßte über ihre Schulter und hielt ihr einen Becher Orangensaft hin. »Einen kalten Zitrustrunk, Gwin *Saj*?«

»Wunderbar! Genau was ich ...«

Sie erkannte die Hand, die Stimme. Dennoch war sie zu durstig, um das Getränk abzulehnen. Während sie trank, kam der Mann um sie herum und hockte sich vor ihr ins Gras.

»Ich weiß, wie sehr du den Saft genießt.« Er schlug die langen Beine übereinander und musterte sie wehmütig, wie ein Sammler, der eine kostbare, zerbrechliche Antiquität betrachtet, die er sich nicht leisten kann.

Kaum vorstellbar, daß sie den Kerl einst gemocht hatte!

»Ich habe dir doch ausdrücklich gesagt, daß du mir nie wieder unter die Augen treten sollst, Frainith *Saj*.«

Tibal schluckte schmerzlich. »Glücklicherweise hast du es nicht als Befehl formuliert. Es ist wichtig. Ich habe eine Prophezeiung für dich.«

»Du kannst nicht prophezeien!« *Zumindest nicht früh genug, um damit Gutes zu tun.*

Er setzte ein süßsaures, schiefes Lächeln auf. »Ich kann es, wenn ich vorhersehe, *daß* ich prophezeie! In diesem Fall trifft das zu, und es ist wichtig. Frag mich nicht, warum es diesmal anders ist. Ich habe keine Ahnung.«

»Bekommt Zorg den Vertrag, den er will?«

»Voll und ganz.«

»Er ist ein harter Verhandler.«

»Das muß er auch sein! Er weiß, daß er die Karpana keinesfalls vernichten und wahrscheinlich auch nicht dorthin zurücktreiben kann, wo sie herkamen. Also muß er sich damit zufriedengeben, sie woanders hinzulenken, sofern es ihm überhaupt gelingt – aber wohin soll er sie lenken? Wer soll von ihnen zermalmt werden? Er muß völlig freie Hand haben, anderenfalls zerbricht das

Bündnis binnen einer Woche. Bekommt er freie Hand, hält das Bündnis.«

Tibal Frainith zeigte sich von einer ganz neuen Seite – als uneingeschränkt prophezeiender Seher. Ein derartiges Verhalten schien für einen Shoolscath so unerhört, daß Gwin zu dem Schluß kam, er müßte lügen. Andererseits fiel ihr kein Grund ein, warum ein Shoolscath lügen sollte.

»Darf ich dir Fragen stellen?«

Er zog eine Augenbraue hoch. »Nur zu.«

»Wer gewinnt den Krieg?«

»Du. Letzten Endes. Aber bis dahin ist es ein langer und holpriger Weg. Was ich dir eigentlich erzählen wollte: Die erste große Schlacht findet bei Gehmain statt, am 35. Muoltag.« Er grinste kurz. »Weißt du eigentlich, daß Frenzkion Zorg seinen rechten Arm geben würde, um dieses Datum zu erfahren? Jetzt kannst du es ihm verraten.«

»Ich glaube, du solltest besser aufhören«, meinte sie unbehaglich. »Eigentlich will ich die Zukunft gar nicht kennen.«

»Aber ich muß dir einen Teil davon erzählen!« Tibal deutete mit dem Daumen über die Schulter. »Zorg ist gerade unterwegs, dich um Rat zu fragen. Er hat Bedenken wegen der Großen Schlammsenke – auf welcher Seite soll er seine Armee postieren? Wohin werden die Karpana sich wenden, wenn sie den Osmir-See hinter sich gelassen haben?«

»Und?«

»Nach Westen! Sie brennen Rashtri nieder und ziehen nach Westen. Sie sind langsamer geworden. Zorg kann seine Streitmacht teilen und beiderseits der Schlammsenke Stellung beziehen. Dadurch wird die Versorgung wesentlich einfacher.«

»Gehst du denn kein Wagnis ein, indem du all diese Prophezeiungen preisgibst?«

»Nicht in diesem Fall. Das ist so, als erzählte ich dir,

daß Poul morgen aufgeht. Es wird geschehen, und nichts kann daran etwas ändern. Ich kenne die Zukunft, Gwin! Die gesamte Zukunft.«

Er starrt sie an, und Gwin fühlte, wie sie errötete. »Ich weiß, was du für die Zukunft hältst, Frainith *Saj*, und du irrst dich gewaltig. Wenn damit das Geschäftliche erledigt ist, dann geh!«

Er seufzte, stand auf und zog von dannen.

Einen Augenblick später schritt Frenzkion Zorg durch die blühenden Büsche.

Gwin hatte die Möglichkeit, dem Krieger anzubieten, sich neben sie auf die Bank zu setzen, oder aber mit seinen leopardenfellbehangenen Lenden zu reden. Statt dessen stand sie auf. Doch selbst so fühlte sie sich im Schatten seiner Überheblichkeit geradezu winzig. Er verkörperte rauhe, muskelbepackte Männlichkeit, war fast nackt und stand viel zu dicht vor ihr. Sie versuchte, nicht auf das gräßliche Loch in seinem Gesicht zu starren.

Er faltete die Arme vor der Brust und sprach in dem barschen, unangenehmen Tonfall, an den sie sich noch erinnerte: »Ich komme, um dir mein Beileid auszusprechen, Witwe Tharn.«

»Es waren Eure Männer, die ihn getötet haben!«

Der Totenschädel verzog den Mund. »Dein Mann starb nicht durch meinen Willen. Ich wurde ebenso getäuscht wie dein Jaulscath, der mir die Nachricht überbrachte. Wenn du mir den Täter übergibst, kannst du sicher sein, daß er grenzenlos leiden wird.«

Das Funkeln in seinen Augen ließ sie schaudern. Ach, könnte Bulion doch wieder an ihrer Seite sein! »Ich würde ihn Euch überlassen, wenn ich könnte. Er starb sehr plötzlich, als ich letzte Nacht den Palast betrat.«

Nur wenig vermochte den Schreckensherrn zu erschüttern, doch bei dieser Bemerkung fuhr er zusammen. »Wie?«

Gwin zuckte mit den Schultern. »Ich kam ihm wohl zu nahe. Anscheinend ist es höchst unratsam, sich mit mir anzulegen. Ching war schon der zweite, der das feststellen mußte.«

Zorg musterte sie einen Augenblick abschätzend. Dann lachte er, wobei er kräftige Zähne und unerwartet rosiges Zahnfleisch entblößte. »Das will ich mir merken! Hegst du einen Groll gegen mich?«

Eine Weile dachte sie über das klaffende Loch in ihrem Leben nach. »Nein. Ihr seid ein verabscheuungswürdiger Mörder, aber jetzt brauchen wir Männer wie Euch. Ich nehme zur Kenntnis, daß Ihr von dem Verräter hinters Licht geführt wurdet und werde Euch Bulions Tod nicht vorhalten.«

»Dann werde ich dir Hexzions Tod nicht vorhalten.«

Diesmal zuckte Gwin zusammen. Hatte Hitham Kinith König Hexzion Garab tatsächlich getötet? Sie wußte es nicht und würde es nie erfahren, aber sie hatte den Ogoalscath ausgeschickt, um es zu versuchen. Das allein verhieß genug Schuld. »Also sind wir quitt.«

»Ich treffe nur selten weibliche Mörder. Du machst mich neugierig.«

»Ihr hingegen interessiert mich überhaupt nicht.«

»Schade. Es wäre eine völlig neue Art gewesen, einen Pakt zu besiegeln. Solltest du je Lust verspüren, etwas Fremdartiges auszuprobieren, dann frag mich einfach. Nun, Poulscath *Saj,* was trägst du zu der Sache bei? Am Sitzungstisch wurden dir königliche Ehren zugestanden. Wie viele Legionen kannst du uns verschaffen?«

»Ich habe Euch das Abkommen verschafft.«

»Das habe ich ja nun. Was kannst du mir noch geben, Hexe?«

Gwin wußte noch nicht, inwiefern ihre Hilfe nützlich sein konnte. Wie sehr vermochte sie andere Verfluchte tatsächlich zu beeinflussen?

»Euer Interesse überrascht mich, Majestät. Ich dachte, der Ehrenkodex eines Kriegers ließe keine Einmischung magischer Kräfte in einer gerechten Schlacht zu.«

»Pah! Wenn du das dachtest, bist du ein noch dümmeres Frauenzimmer, als ich erwartet hatte. Der Zweck eines Krieges besteht darin, die gegnerischen Streitkräfte so schnell und vollkommen wie möglich zu zerstören, unter Einsatz aller zur Verfügung stehenden Mittel. Du hast diese Konferenz in einen Jahrmarkt verwandelt – ausgezeichnet! Du tötest Menschen – meinen Vetter und deinen Verräter. Kannst du auch eine Armee zerschmettern?«

»Nein. Ich weiß, was wir zu bewirken vermögen, aber nicht, auf welche Reichweite.« Hastig fuhr sie fort, bevor er sie neuerlich anknurren konnte: »Ich bin nicht einmal sicher, ob mein Gesandter etwas mit Hexzions Unfall zu tun hatte ... Aber ich kann Euch eine nützliche Prophezeiung anbieten. Gewiß fragt Ihr Euch, ob Ihr Eure Armee östlich oder westlich der Großen Schlammsenke postieren sollt. Habe ich recht?«

Schweigen. Dann faltete Zorg die Arme auseinander und kam näher auf sie zu. »Rede weiter!« fuhr er sie an.

Gwin taumelte vor dem Tiergeruch zurück, den er verströmte. »Die Karpana kommen um den Osmir-See herum und brennen Rashtri nieder. Danach wenden sie sich nach Westen. Ihr habt Zeit, Eure Streitmacht zu teilen.«

»Wo stoßen wir mit ihnen zusammen?«

»Das möchte ich lieber für mich ...«

»*Wo?*«

»Bei Gehmain.«

»Wo liegt das?«

»Keine Ahnung. Ich ...«

Das Gras bewegte sich unter ihren Füßen. Gwin wurde es verschwommen vor den Augen, und das Zwitschern der Vögel hörte sich plötzlich wie heftiges Regenprasseln an. Tibal kam hinter dem Apfelbaum hervor, fing sie auf und setzte sie behutsam auf die Bank. Sie fühlte, wie Par a'Ciurs kühle, tröstliche Hände ihr Gesicht umfaßten. Die Welt verfestigte sich, wurde klarer. Das Vogelgezwitscher und der Sonnenschein kehrten zurück.

Frenzkion Zorg hatte sich nicht gerührt. Lediglich die Arme hatte er wieder vor der Brust verschränkt. Verächtlich starrte er auf sie herab. »Muß ich daraus schließen, daß du diesen Kriegsrat verschieben willst?«

»Verflucht!« stammelte sie. »Ich weiß nicht, was mit mir los ist!«

»Nein?« murmelte Par. »Ich schon.«

»Was?« O nein! Gwin schaute Tibal ins Gesicht und brauchte gar nicht erst zu fragen. *O Bulion, Liebster, du hast es geschafft! Du hast es wirklich geschafft! Und du wußtest es gar nicht.*

»Ein strammer, gesunder Knabe«, erklärte Tibal sanft.

Der Shoolscath mußte es schon sein Leben lang wissen. *Verdammt seist du dafür, daß du Bulion sterben ließt. Verdammt! Verdammt! Verdammt!*

70

Sofern Tibal die Wahrheit sagte, blieben ihnen noch zwei Wochen und drei Tage, um sich vorzubereiten. Das war nicht annähernd genug Zeit, aber so wie im übrigen Leben gab es auch im Krieg kein Mittel gegen Shool. Gwin reiste neuerdings in einer Kutsche, und bald arbeitete und schlief sie auch darin. Zunächst stattete sie Ragash einen kurzen Besuch ab; danach fuhr sie nach Norden, hinter den Armeen her.

Als sie Chan San zum zweitenmal verließ, stellte sie verärgert fest, daß ihr nurzischer Kutscher von Tibal Frainith ersetzt worden war. Sie spielte ernsthaft mit dem Gedanken, ihm als Poulscath den Befehl zu erteilen, für immer aus ihrem Leben zu verschwinden, doch aus irgendeinem Grund fielen die Worte nie.

Tibal erwies sich als begabter Kutscher; in vielerlei Hinsicht eerwies er sich als talentiert. Nur selten verspürte Gwin ein Bedürfnis, bevor Tibal es bereits befriedigte – Essen, Schreibpapier, Landkarten, einen Muolscath, einen Kurier, einen Ivielscath, Labranzas letzten Bericht, Decken, saubere Kleider, einen Jaulscath, ein tröstendes Lächeln, Rettung vor Frenzkion Zorgs Tyrannei ... schon wieder Essen? Es konnte doch unmöglich schon wieder Zeit dafür sein, oder?

Aber wichtiger als dies alles war, daß er Gwin Zuversicht gab. Wenn Tibal Frainith fuhr, brauchte Gwin sich unterwegs keine Sorgen zu machen, von Räuberbanden überfallen zu werden. Von Rüsselkäfern im Brot bis hin zur derzeitigen Stellung der Karpana, nichts würde Tibal je überraschen. Fast immer war er guter Laune. Trübte sich seine Stimmung, wußte Gwin, daß sich Unheil zusammenbraute.

Zwei Wochen und drei Tage voll hektischen Versuchen und Vorbereitungen ... Niemand bezweifelte, daß Verfluchte Schaden anzurichten vermochten. Offenbar konnten sie mit Hilfe eines Poulscaths noch mehr Schaden anrichten, aber wieviel mehr? Raragash verfügte nur über ein paar hundert Verfluchte, und die durften keinesfalls verschleudert werden wie Pfeilspitzen.

Die Gelehrten der Akademie besaßen in dieser Hinsicht zwar keinerlei Erfahrung, doch sie konnten beratend helfen, falls die richtigen Fragen gestellt wurden, die es zu beantworten galt. Ließ sich die Reichweite auf Geheiß eines Poulscaths vergrößern? Wenn ja, um wieviel? Half es zu üben? Brachte eine Gruppe mehr zustande als ein einzelner Verfluchter? Mußte Gwin persönlich anwesend sein? Und so weiter, und so fort. Jaulscaths konnten geheime Pläne des Feindes in Erfahrung bringen, Ogoalscaths eine wahre Flut von Unglücken entfesseln, um den Gegner zu behindern; Muolscath konnten seine Truppen demoralisieren und entmenschlichen – aber all diese Kräfte nützten wenig, solange sie sich auf die üblichen hundert Schritte Reichweite beschränkten. Könnte eine Bootsladung Ivielscaths von der Mitte des Osmir-Sees aus die Reiterei der Karpana samt und sonders mit Rosenadern beschlagen, wäre der Krieg so gut wie gewonnen. Bedauerlicherweise stellte sich heraus, daß dies nicht möglich war. Zwar erhöhte sich die Reichweite, doch es war zuwenig, als daß die Verfluchten in sicherer Entfernung vor den Bogenschützen und der Reiterei des Feindes hätten arbeiten können. Die Schlachten mußten nach wie vor mit Stahl ausgetragen werden.

Sofern dieser entsetzliche Krieg überhaupt etwas Gutes hatte, dann war es der Umstand, daß Gwin keine Zeit zum Trauern blieb.

Eh sie sich's versah, brach der 35. Muoltag an, und sie befand sich auf dem verhängnisvollen Schlachtfeld bei Gehmain.

Beim ersten Tageslicht forderte draußen eine Wache jemanden auf, sich zu erkennen zu geben. Unvermittelt erwachte Gwin und verharrte fröstelnd und verkrampft unter der Decke. Sie lag ganz still, da sie wußte, was wahrscheinlich geschehen würde, wenn sie sich bewegte. Niemand sollte versuchen, gleichzeitig Krieg zu spielen und ein Kind zu bekommen, ganz besonders nicht am frühen Morgen.

Die Kutsche schaukelte leicht, als jemand die Stufe erklomm. O nein! Dann öffnete sich die Tür, und Sonnenlicht funkelte auf Niads goldenem Haar.

»Gwin *Saj*?« flüsterte sie atemlos und streckte ihr eine Hand entgegen.

Gwin ergriff sie sofort. »Gesegnet seist du!« Nun würde alles gut. Solange sie die erste Stunde auf die Heilerin zurückgreifen konnte, würde sie den Rest des Tages schon irgendwie überstehen.

Sie richtete sich auf und schaffte Platz für Niad, wobei sie dem aufgeregten Geschnatter des Mädchens keinerlei Beachtung schenkte. Mit einer Hand bürstete Gwin sich das Haar, als sie draußen plötzlich Lärm hörte. Da wußte sie, daß die Körperpflege warten mußte, bis die Schlacht gewonnen oder verloren war. Sie schlang sich einen Mantel um die Schultern. Die beiden Frauen traten hinaus ins feuchte Gras.

»Was ist das, im Namen der Schicksalshüter?« Als sie in der Nacht zuvor eingetroffen waren, herrschte bereits pechschwarze Dunkelheit.

»Das ist eine Windmühle«, antwortete eine Männerstimme.

»Tibal! Ich brauche dich nicht!«

»Doch, du brauchst mich. Mehr, als du dir vorstellen kannst. Komm mit. Du fängst damit an, die Truppen zu inspizieren.«

Bisweilen erwies sich seine Gabe als äußerst lästig. Es klang so, als hätte sie keine Wahl. Vermutlich hatte sie die auch nicht. Gwin war einfach nur mürrisch und halb verschlafen. Irgendwo in der Ferne wirbelte gleichmäßig eine Trommel, was Gwin daran erinnerte, daß hier und heute Tausende von Menschen sterben würden. Ein kalter Windstoß erfaßte sie. Er fühlte sich nach Regen an, und schwarze Wolken verdunkelten den Himmel. So manche Schlacht war durch Schlamm und feuchte Bogensehnen entschieden worden.

Niad drückte ihre Hand. »Schau! Iviel!«

Der Morgenstern stand tief am östlichen Himmel und ging bereits im hellen Licht des goldenen Sonnenscheins unter.

»Ein gutes Zeichen!« Flüchtig dachte Gwin an Wosions endlose Sterndeuterei.

Rings um sie befanden sich Zelte und geschäftig umherrennende Menschen. Gwin ließ sich von Tibal herumführen und bemühte sich, eine anmutige und zuversichtliche Führerin zu verkörpern. Die Leute aus Raragash hatten ihr Lager ganz oben auf einem niedrigen Felsvorsprung errichtet. Außer ein paar älteren Wachen, die allesamt erleichtert über ihren vergleichsweise harmlosen Dienst zu sein schienen, waren keine Soldaten zu sehen.

Da war Par a'Ciur, die den Krankenbetreuungstrupp zusammenstellte. Noch einmal wiederholte Gwin ihren Befehl, daß die Ivielscaths unter allen Umständen bei ihrer bewaffneten Eskorte bleiben mußten und sich keinesfalls dem Kampfgeschehen nähern durften.

Da war das abgeschiedene Häufchen Zelte der Jaulscaths, für die Ziberor verantwortlich war. Ein Schlachtfeld verhieß für Gedankenleser unvorstellbare Qualen, und nur wenige hatten sich zum Dienst bereit erklärt. Doch als Kundschafter waren sie von unschätzbarem Wert. Zorg wußte vermutlich besser über die Pläne und Truppenbewegungen des Feindes Bescheid als je zuvor ein General in der Geschichte Kuoliens.

Da war Wraxal, der mit stoischer Ruhe das Kontingent der Muolscaths befehligte. Sie brauchten keine Ermutigung – sie kannten keine Furcht und stellten die unbesorgtesten Menschen bei Gehmain dar. Die Weisen Raragashs besaßen keine Aufzeichnungen darüber, daß Muolscaths sich je zuvor für irgend etwas eingesetzt hätten.

Da war Labranza Lamith, die das Lager der Ogoalscaths leitete. Die vereinte Horde der Karpana hätte die große Frau nicht davon abbringen können, diese Aufgabe zu übernehmen.

Der Fluch der Awailscaths brachte bei einer Schlacht herzlich wenig; dennoch waren viele der Gestaltwandler mitgekommen, um sich als Laufburschen, Boten oder Köche zu betätigen ... um irgend etwas zu tun, das ihrem natürlichen Herrscher, dem Poulscath helfen würde.

Abgesehen von Tibal waren keine Shoolscaths anwesend. Viele hatten sich zum Dienst mit der Waffe gemeldet; schließlich wußten sie, daß sie nicht im Kampf sterben würden, sonst hätte der geistige Verfall, der in ihren letzten Lebensjahren einsetzte, sie bereits daran gehindert, überhaupt Soldaten zu werden. Doch laut Tibal wußten einige von ihnen, daß sie schwer verwundet würden.

»Das war's«, meinte er fröhlich, als die letzten Verfluchten sich auf ihre Posten begaben. »Nun kannst du zusehen, wie das Gemetzel beginnt. Ich nehme an, du willst kein Frühstück. Ich weiß, daß du keines willst.«

Gwin umfaßte Niads Hand fester. »Natürlich will ich kein Frühstück. Was, im Namen Pouls, ist das?«

»Das ist eine Flagge.«

»Das sehe ich selbst! Wessen Flagge? Ein weißer Sonnenaufgang auf blauem Hintergrund? War das nicht Pantholions Emblem?«

Tibal lächelte, und die ersten Sonnenstrahlen ließen sein Gesicht leuchtend wirken. »Jetzt ist es deines – vorübergehend.«

Er köderte sie; deshalb verkniff sie sich die Frage. Der Shoolscath führte sie über das taufeuchte Gras zum Rand des Felsvorsprunges; zum erstenmal schaute sie hinab auf das Schlachtfeld.

»Da sind sie«, meinte er düster. »Das ist der beste Überblick über den Feind, den du je bekommen wirst. Die Karpana.«

Verflucht! Gwin hätte diese dunkle Masse für einen Wald gehalten.

Doch sie bewegte sich bereits, gleich einer Wolke oder einem Meer, und kam langsam, aber unaufhaltsam näher. Die Größe der Heerscharen erfüllte Gwin mit Entsetzen. Eine so gewaltige Horde hatte sie sich nicht vorgestellt. Sie spürte, wie Niad erzitterte. Jemand rief ihren Namen ...

»Gwin! Gwin *Saj*! Frau Vorsitzende!« Eine ausgezehrte Frau kam linkisch über das Gras gelaufen. Sie war alt und runzelig und völlig außer sich. Das graue Haar flog ihr wild um den Kopf, die Augen blickten wirr. »Du mußt mir helfen! Du mußt ihn aufhalten!«

»Holla!« rief Gwin, wich einen Schritt zurück und hob

die freie Hand. »Beruhige dich! Wen aufhalten? Und wer bist du?«

»Ordur natürlich!« kreischte die Frau. Sie war so aufgeregt und hatte so wenig Zähne im Mund, daß die Worte kaum zu verstehen waren. »Er hat mir versprochen, er würde bleiben und mir im Essenszelt helfen! Jetzt ist er fort. Jasbur ist weg; er hat ein Schwert mitgenommen und ist unterwegs, um sich den Nurziern anzuschließen! Er wird fallen, ich weiß es!« Sie rang die knochigen Hände.

Ordur? Endlich begriff Gwin. »Oh! Ich wußte nichts von eurer Verwandlung. Weder von deiner, noch von ihrer ... seiner. Ich glaube kaum, daß ich ihn aufhalten kann, oder?« Tausende Frauen in Kuolien kämpften mit derselben Sorge, doch Ordur hatte sich als wahrer Freund erwiesen. Und sofern ihre Menschenkenntnis sie nicht völlig im Stich ließ, war Ordur immer noch eine wahre Freundin.

Gehässig wandte sie sich an Tibal. »Wenn du schon beharrlich hier herumhängst, kannst du dich auch nützlich machen. Was geschieht mit Jasbur?«

Er zuckte mit den Schultern. »Jasbur kommt unversehrt zurück. Versprochen.« Er versteifte sich und schloß die Augen.

»Oh! O danke, Tibal! Du weißt gar nicht, wieviel mir das bedeutet.« Ordur schlang die Arme um den Shoolscath und küßte ihn leidenschaftlich. Dann wischte sie eine Träne fort und zog von dannen; immer noch wehte ihr Haar wild im Wind.

»Das Leben ist niemals langweilig«, murmelte Tibal und wischte sich mit dem Handrücken über den Mund. »Knoblauch zum Frühstück?«

»Wie kannst du nur so fröhlich sein?«

»Weil es ein *wundervoller* Tag ist!« Er strahlte sie an.

»Wundervoll für dich vielleicht.« Abermals schaute sie auf das Feld hinunter, das sich unter ihnen ausbreitete. Inzwischen waren die Karpana merklich nähergerückt;

man konnte bereits Reiterei und Infanteristen voneinander unterscheiden. Die Anzahl der Feinde erschreckte Gwin. »Überhaupt nicht wundervoll für all die jungen Männer dort unten. Söhne, Ehemänner, Geliebte, Väter, Brüder. Wie viele von ihnen haben heute den letzten Sonnenaufgang erlebt?«

»Insgesamt nur etwas mehr als zweiunddreißigtausend, dreizehntausend auf unserer Seite und ...«

»Wie kannst du nur so kaltblütig sein!«

»Ich bin ein Shoolscath. Wir müssen kaltblütig sein, sonst werden wir verrückt.«

Indem man beispielsweise Bulion kaltblütig in den Tod ziehen ließ. Gwin spürte einen Stich im Herzen.

Während ihr Blick über die Armee des Bündnisses schweifte, sank ihr Mut. Sie sah die Banner der drei Königreiche auf einem Hügel wehen, der sich die Straße entlangzog und das sanft abfallende Tal in zwei Hälften teilte. Auf dieser leichten Erhebung harrte ihre Armee der Vernichtung, die auf sie zumarschierte.

»Tibal! Ist das alles?«

»Na ja, jedenfalls alles, was die Karpana sehen können, nicht wahr? Und viele von denen sind mit Holzprügeln bewaffnete Bauern. Sie haben so gut wie keine Chance, aber sie wirken wie ...«

»Gibt es noch mehr? Es muß einfach mehr geben!«

»Ich nehme an, ein paar mehr haben wir schon noch.«

»Erinnerst du dich, was mit Ching Chilith passiert ist?«

Tibal gluckste schadenfroh. »Nein, aber ich werde darüber lesen. Mal sehen. Die Karpana teilen sich in vier Kolonnen. Eine versucht, diesen Felsvorsprung einzunehmen, weil sie glaubten, die Flagge hätte etwas zu bedeuten. Aber dort unten in den Bäumen hocken die Jaulscaths; deshalb wird die Kolonne in völliger Verwirrung auseinanderbrechen – es ist schwer, tapfer zu sein, wenn man weiß, daß die Kameraden ebenfalls von Schrecken erfüllt sind.

Die zweite Kolonne erstürmt den kleinen Hügel. Sie läuft den nurzischen Bogenschützen genau in die Pfeile. Die anderen beiden Kolonnen versuchen es über die Flanken. Die Gesichtslosen verstecken sich in einer Schlucht hier zu unserer Rechten. In einem Wäldchen auf der gegenüberliegenden Seite verbergen sich Verfluchte. Da drüben, hinter einem weiteren Hügel, wartet die mokthische Armee, und der Rest des Wesnarier bildet die Rückendeckung – von hier aus kannst du sie nicht sehen.«

Niad kicherte vergnügt und drückte Gwins Hand.

»Zorg hat sie überlistet!« rief Gwin ehrfürchtig.

»Zorg erringt einen unglaublichen Sieg! In gewisser Hinsicht ist der Sieg *zu* überwältigend.«

»Was, um alles in der Welt, soll das denn heißen?«

»Die Karpana haben noch nie einen solchen Schlag erlitten. Von nun an sind sie vorsichtig – ganz besonders, was Verfluchte angeht! Schlimmer noch, sie brechen nach Süden und Osten aus. Mokth und Daling werden überrannt; die westlichen Königreiche lassen in ihrer Wachsamkeit nach. Sie nehmen an, die Gefahr sei vorüber, doch weit gefehlt, verdammt weit gefehlt. Sogar die Nurzier verlieren ihre Angst und wähnen sich in Sicherheit.« Er zuckte mit den Schultern und spähte erwartungsvoll an Gwin vorbei. »Aber ein Sieg ist ein Sieg, und ich schätze, ohne diesen Sieg könntest du dich unmöglich von der Niederlage bei Acher erholen ...«

Tibal schien zu aufgeregt, um zu schweigen, und legte vor Gwin die Geschichte bloß.

»Da Lam? Aber doch nicht das Tharn-Tal?«

Tibal seufzte. »Ganz Da Lam.«

»Dann muß ich die Tharns warnen, Tibal! Es ist immer noch meine Familie! Um Bulions willen ...«

Angst blitzte in den Augen des Shoolscath auf. »Später! Dafür ist noch Zeit ... wenn es offensichtlich wird. Falls du es schon vorher tust ...«

Gwin nickte. »Also später.« Sie mußte ihm vertrauen,

anderenfalls würde sie ihn zerstören. Das Tal geplündert? Oh, den Schicksalshütern sei Dank, daß Bulion diesen Tag nicht mehr erleben mußte!

Als Gwin spürte, wie Niad erschrocken zusammenzuckte, drehte sie sich um und erblickte zwei Gesichtslose, die auf sie zurannten – nackte Krieger mit Speeren und Schilden. Ihre Leiber wiesen die vollständige Kriegsbemalung auf und glichen bleichen Skeletten.

Auf dem Schild des Anführers prangte ein Emblem , das aus zwei Totenschädeln bestand. Keuchend salutierte er. »Hexe, ich bringe eine Botschaft vom obersten Feldherrn.«

»Ich bin Gwin Tharn, falls du mich . . .«

»Dem obersten Feldherrn bereiten die Regenschauer Kopfzerbrechen. Er will, daß die Ogoalscaths zu den nurzischen Bogenschützen wechseln und sie trocken halten.«

Gwin wußte nicht einmal, wo die Ogoalscaths im Augenblick postiert waren. Solche Dinge hatte sie samt und sonders Zorg überlassen. Und weshalb mußte sie für ein solches Manöver ihre Erlaubnis erteilen?

»Stimme, soll ich seinem Wunsch nachkommen?«

Ja.

Noch bevor sie den Mund öffnen konnte, reichte Tibal ihr ein Blatt Papier und einen Holzkohlestift. Gwin drehte Niad herum, benützte ihren Rücken als Schreibunterlage und kritzelte hastig: »Labranza, gehorche diesem Mann. Gwin.«

Der Krieger riß ihr den Zettel aus der Hand, brüllte seinen Gefährten an und stürmte im Laufschritt davon.

Der andere aber stellte den Speer ab und lehnte sich darauf. Er keuchte immer noch; heftig hob und senkte sich seine Brust.

»Ich grüße dich, Niad«, sagte er leise.

Gwin taumelte einen Schritt zurück und spürte, wie Tibal den Arm um sie legte. Zornig stieß sie ihn weg.

»Polion?« flüsterte Niad.

Der unkenntliche Totenschädel nickte. »Ich grüße auch dich, Großmutter.«

»Polion ...« Gwins Magen begann zu brodeln. Polion wirkte größer, stärker und genauso bedrohlich wie die anderen Gesichtslosen. Er war alles andere als der freche Bengel, den sie so kurz gekannt und den Niad geliebt hatte.

Mit einemmal wurde ihr speiübel, und es war nicht die gewöhnliche morgendliche Übelkeit. Selbstverständlich war Polions Nase verschwunden, und sein Antlitz war schwarz und weiß. Was mußte er für Qualen durchlitten haben!

»Du weißt doch, was mit Großvater passiert ist?« fragte er geradeheraus.

Sie nickte.

»Es ging sehr schnell.«

»Du warst *dort*?«

Das Totenschädelgesicht zuckte. »Ich hätte sie nicht retten können.«

»Nein.« Gwin schauderte. »Davon bin ich überzeugt.«

»Ein Krieger muß Befehlen gehorchen.«

»Ja.«

»Nun dann ...« Er zuckte mit den Schultern. »Ich muß in die Schlacht.« Er hob den Speer und wollte sich umdrehen.

Niad kreischte auf. »Polion!«

Er blickte sie an. »Schönheit! Hast du wieder geheiratet, Schönheit?«

»Nein. Ich bin immer noch deine Frau!«

»Du bist meine Witwe. Man hat dir doch gesagt, daß ich tot bin.« Er entblößte die Zähne. »Wer weiß, vielleicht ist es heute wirklich soweit?«

»Ich liebe dich immer noch.«

Er zögerte. »Du kannst mich nicht lieben.« Er wirkte verunsichert. Vielleicht wollte er ihr glauben.

»Ich liebe dich wirklich, Polion. Kann ich denn nicht mehr deine Frau sein?«

»Du willst eine unserer Frauen werden? Meine und die meiner Brüder?«

Gwin versuchte, etwas zu sagen, doch sie spürte, wie ihr Galle in die Kehle stieg. Sie biß die Zähne zusammen.

»Könnte ich ... *hauptsächlich* deine sein?« fragte Niad.

»Nein. Wir teilen alles. Und alles gleich. Willst du das wirklich, Niad?«

Sie schüttelte den Kopf. »Nein. Du?«

Die gezeichneten Züge verzerrten sich auf unergründliche Weise. »Nein. Nein, ich ... ich glaube nicht, daß ich das möchte.« Er klang beschämt.

»Vielleicht kann ich deine Nase heilen, Polion.«

»Nein! Ich bin ein Gesichtsloser und stolz darauf! Denkst du, ich will wieder ein *Bauer* werden? Sie brüsten sich damit, Zarda zu sein und haben keine Ahnung, wovon sie eigentlich reden. Halbmenschen. Pah!«

»Ich werde dich immer lieben.«

»Ich muß gehen.«

»Ich werde dich immer lieben!«

»Bei Pouls Fluch!« Durch das Loch in seinem Gesicht gab er ein seltsames, schmatzendes Geräusch von sich. »Nur Todbringer dürfen eigene Frauen haben. Es wird ein langer Krieg ... Wenn ich nicht sterbe ... Bist du bereit, so lange zu warten?«

»Ja!« rief Niad. »Ja! Ich werde warten.«

Er lachte verbittert. »Schlechte Aussichten. Viele Jahre.«

»Ich werde warten ...« Sie flüsterte etwas, das sich auf merkwürdige Weise wie »Fröschlein« anhörte.

Polion entblößte die Zähne. »Ich habe nichts zu verlieren. Sollte es wirklich geschehen ... komme ich dich holen, *Kodi*.«

Niad trat einen Schritt auf ihn zu. Er wich zurück, wollte sich umzudrehen ...

»Töter Polion!« herrschte Tibal ihn an.

»Shoolscath?« meinte der Krieger zögerlich.

»Normalerweise gebe ich keine ... Du überlebst diesen Tag. Du richtest ein beachtliches Blutbad an. Und du wirst befördert – Monster Polion.«

Polion jauchzte auf. Er sprang in die Luft und preschte wie ein Windhund davon, schwenkte den Speer und brüllte vor Freude.

Gwin und Niad fielen einander in die Arme.

Gwin stand neben ihrer Kutsche. Die Karpana überzogen die Landschaft wie Ameisen, strömten vorwärts und teilten sich in vier Kolonnen, so wie Tibal es prophezeit hatte. Fuß- und Hufgetrampel, Trommelwirbel und Kriegsgeschrei vermischten sich zu einem einzigen, tiefen Grollen, das dem Rauschen der See ähnelte. Hörner ertönten von dem kleinen Hügel, auf dem die Banner des Bündnisses flatterten. In wenigen Augenblicken würde das Gemetzel beginnen. Das Gras von Gehmain würde sich blutrot färben.

Niad war zu den Umkleidezelten gegangen, um sich darauf vorzubereiten, die ersten Verwundeten zu behandeln. Tibal legte neuerlich den Arm um Gwin und hielt sie fest. Sie versuchte, sich zu befreien; seine Kraft überraschte sie.

»Laß los!«

Tibal tat, wie ihm geheißen. Er mußte ihr gehorchen.

Sie erspähte Bewegung auf dem kleinen Hügel, als die Nurzier sich bereit machten, den anstürmenden Schwall der Feinde abzuwehren. Dort würde das erste Blut fließen.

»Ich habe mich oft darüber gewundert, daß du mir vergibst«, flüsterte Tibal ihr ins Ohr. »Meine Tagebücher sind voll von der Frage: Wie kann sie mir je verzeihen, daß ich ihren Mann in den Tod reiten ließ? Ich habe nie vorhergesehen, was ich an jenem Tag tat, und natürlich kann ich mich nicht mehr daran erinnern, aber es steht geschrieben, daß ich es schließlich doch versucht habe. Es war zu spät – auch das weiß ich. Wahrscheinlich gelingt es dir wohl nur deshalb, mir zu vergeben: Weil ich es versucht habe.«

Gwin erwiderte nichts. Ein Horn ertönte unten im Tal. Die Erde erzitterte unter den Füßen der Karpana.

Tibal fuhr fort: »Ich bin sicher, Bulion Tharn war ein anständiger Mann, obwohl ich mich nicht mehr an ihn erinnere. Ich bin überzeugt davon, daß er dich aufrichtig geliebt hat, aber er hatte auch andere Verpflichtungen – seine Familie, seine Aufgaben als Clanführer. Die Liebe eines Poulscaths erfordert alles, was ein Mann besitzt, Leib und Seele. Ich gehöre dir; ich bin deine Rüstung, dein Schoßhund, dein Schild, dein Schatten, dein Sklave. Von jetzt an bis zu meinem Tod führe ich kein eigenes Leben mehr. Ich bin nur noch eine Erweiterung von dir – und anders möchte ich es nie wieder haben.«

Gwin wirbelte zu ihm herum. »Tibal Frainith! Mein Mann liegt kaum unter der Erde! Zwei Ehemänner in weniger als einem Jahr – glaubst du, ich verzehre mich nach einem dritten? Machst du mir gerade einen Heiratsantrag, oder unterbreitest du mir nur ein eindeutiges Angebot? Für was für eine Frau hältst du mich eigentlich?«

Ihr Wutausbruch schien ihn kaum zu kümmern. »Für eine glückliche Frau, denn du hast schon früh im Leben all dein Pech verbraucht. Die Schicksalshüter halten fast nur noch Freude für dich bereit. Keine Nacht dauert ewig, Gwin. Poul geht immer wieder auf. Iviel heilt Fleisch, doch Shool heilt Seelen. Wenn du mich nicht um dich haben willst, mußt du mir nur befehlen zu verschwinden. Oder befiehl mir, mich umzubringen, wenn meine Anwesenheit dich so sehr stört – wenngleich mir das ein wenig engstirnig erschiene.«

Gwin ertappte sich dabei, daß sie beinahe lächelte und wandte sich rasch ab, damit er es nicht bemerkte. Wahrscheinlich würde sie eines Tages wieder heiraten. Sie war nicht für die Einsamkeit geschaffen; außerdem brauchte Bulions Sohn einen Vater.

Aber jetzt war es noch viel zu früh, sich überhaupt mit solchen Gedanken zu befassen.

»Ich kann warten«, sagte Tibal. »Ich habe mein ganzes Leben gewartet. Willst du wissen, in welcher Nacht es geschieht? An welchem Ort? Die Farbe der Bettvorhänge? Den Wein, mit dem ich deinen Widerstand breche?«

Ein Pfeilschwall schnellte von den Verteidigern auf dem Hügel los. Die Vorhut der Kolonne der Karpana löste sich in Chaos auf. Nur Augenblicke später drang das singende Geräusch unzähliger Bogensehnen herüber, die gleichzeitig losgelassen wurden. Kurz darauf erhob sich ein tosender Lärm, der nur das Geschrei Hunderter von Männern sein konnte.

»Warum sollte ich dich belügen? Anderen Menschen kannst du nicht trauen, einem Shoolscath hingegen schon. Wenn ich sage, daß ich dich glücklich machen werde, weiß ich ganz genau, wovon ich spreche. Uns steht ein langes, gemeinsames Leben bevor, Gwin, und ich werde dich immer lieben. So viele glückliche Vorinnerungen, daß ich gar nicht weiß, wo ich anfangen soll ... Dein Geburtstag, an dem die Ogalscaths Blüten regnen lassen, der Triumph nach Hanfold, die Reise zu den Kristallinseln, die Kinder, der Tag, an dem Todbringer Polion kommt, um seine Braut zu holen ...«

Der erste Schwall der Karpana war zurückgefallen, und die Hügel waren übersät mit toten Kriegern und Pferden.

»Verflucht, Tibal! Das ist nicht die rechte Zeit, um über solche Dinge zu reden!«

»Es ist genau die rechte Zeit. Dies ist das Ende einer Epoche und der Beginn einer neuen. Siehst du all diese Männer da unten? *Sie* sind verflucht, Nien, nicht wir! Ihr Fluch ist ein Krieg, den sie nicht wollten. Wir sind gesegnet und werden noch reicher gesegnet.« Er zögerte. »Erinnerst du dich an den Tag, an dem wir uns zum erstenmal trafen?«

»Ja.«

»Habe ich wirklich einen Dummkopf aus mir gemacht? Ich meine, so einen richtigen liebeskranken Trottel?«

»Nein. Ganz und gar nicht. Ich hatte das Gefühl, du wärst ein wenig ... na ja, merkwürdig. Anders als andere Männer, aber keinesfalls ein Trottel.« Und ihre Stimme hatte gesagt: *Es hat begonnen.*

Erleichtert seufzte er. »Jetzt ist es heraus. Endlich kann ich es dir sagen. Vorher war das ja aus offensichtlichen Gründen unmöglich. Du wirst mich heiraten, Nien – letzten Endes.«

»Mußte mein Mann deshalb sterben?«

Bekümmert verzog er das Gesicht. »Nein. Dein Mann mußte sterben, weil du ein Poulscath bist und nichts und niemand sich deinem Schicksal in den Weg stellen darf. Nur du kannst Kuolien retten.«

»Das glaube ich nicht.« Sie drehte sich wieder um und beobachtete den Verlauf der Schlacht.

Die am nächsten befindliche Kolonne machte sich daran, den Hang unter ihr zu erklimmen. Sollte Tibal sich geirrt haben, was die Jaulscaths in den Bäumen betraf, oder sollten statt der Karpana die Jaulscaths selbst in Panik verfallen, würden Tibals Vorhersagen ihnen wenig nützen.

Doch bislang hatte er stets recht behalten. Auf der gegenüberliegenden Talseite steckte der linke Flügel der Karpana augenscheinlich in Schwierigkeiten. Die Reiterei war in einen Sumpf geraten, die Formation der Infanterie zerbrach. In der Talmitte wagten die Angreifer einen zweiten Sturm auf den Hügel. Die Geräusche, die aus dem Tal aufstiegen, glichen denen einer Brandung – Schreie, Jubel, klirrende Schwerter, schnalzende Bogensehnen, das alles vermischte sich zu einem gewaltigen, unablässigen Donnergrollen.

»Entsetzlich! Ich hasse das!«

»Gewöhn dich daran«, meinte Tibal, »denn dies ist

weder die letzte noch die schlimmste Schlacht. In gewisser Weise ist es die beste.«

»Warum überhaupt? Warum ich?«

»Weil die Schicksalshüter es so verfügt haben. Du bist der Erneuerer.«

Verblüfft drehte Gwin sich zu ihm um. »Was? Ich? Es gab noch nie eine Kaiserin! Die Zarda würden sich niemals ...«

»Ich habe nicht behauptet, daß du Kaiserin wirst. Ich sagte, du bist der Erneuerer. Du bewirkst das zweite Kaiserreich, Gwin. Hast du das noch nicht begriffen?« Er lächelte tröstend und so aufmunternd, wie es im Schatten der Tragödie möglich war, die sich unter ihnen entwickelte.

»Ich werde nicht Kaiserin? Wer dann? Sag bloß nicht, ich tue das alles, um Frenzkion Zorg zum Kaiser von Kuolien zu machen!«

»Zorg fällt nächstes Jahr bei Acher – aber damit hast du nichts zu tun. Du bist woanders, tust etwas anderes.«

»Dann ...« Sie wandte den Blick ab. »Krieg! Ich will keinen Krieg!«

»Wir müssen uns mit dem abfinden, was die Schicksalshüter für uns bereithalten, Nien.«

»Warum ich? Ich weiß noch nicht einmal, was ich hier überhaupt soll!«

»Du bist ihr Ansporn. Im Augenblick zwar noch nicht so sehr, aber nach Acher ...«

»Und was habe ich davon?« rief sie. »Wofür tue ich das alles?«

»Für den nächsten Kaiser natürlich.«

Er legte den Arm um sie und drückte sie an sich. Diesmal wehrte Gwin sich nicht.

DAS JAHR EINS

Die Historiker sind sich weitgehend einig über das Gründungsdatum des zweiten Kaiserreiches. Der berühmte Gurmil Psarith vertrat zwar beharrlich die Meinung, die Schlacht bei Gehmain im Jahre 101 gelte als Zeitpunkt der Gründung, spätere Vertreter seiner Zunft aber haben seine Ansichten samt und sonders verworfen und sie als Streben nach akademischer Anerkennung abgetan. Obwohl Gehmain einen bemerkenswerten Erfolg für das junge Bündnis darstellte, das letztlich zum Kern der neuen Ordnung werden sollte, wurde an jenem Tag bloß ein kränkliches Kind geboren, das nur mit Mühe und Not die verheerende Niederlage bei Acher im Frühling des Jahres 102 überlebte.

Widersinnigerweise waren ausgerechnet das Ausmaß dieser Niederlage und die Greueltaten, die von den Karpana im Zuge der Zerstörung Da Lams begangen wurden, die Auslöser dafür, daß die westlichen Königreiche sich dazu aufrafften, ihren Brüdern im Osten Hilfe zu senden. Im Frühling des Jahres 103 gelang dem solchermaßen verstärkten Bündnis bei Hanfold ein bedeutender, wenngleich nicht entscheidender Schlag gegen die Barbaren. Es bedurfte der genialen Gwin Frainith, um dem behäbigen Bündnis einen gemeinsamen Nenner zu geben, indem sie am Vorabend der Schlacht ihren kindlichen Sohn vor den versammelten Armeen emporhob und ihn zum Kaiser erklärte. Später wurde seine Herrschaft ab diesem Zeitpunkt anerkannt, und mangels einer besseren Lösung legten die Historiker diesen Tage als Entstehungsdatum des Kaiserreiches der Zarda fest.

Zunächst galt der Junge nur als Galionsfigur, die niemand ernst nahm, obwohl die Legende, er stamme von Pantholion ab, weithin Glauben fand. Im selben Maße, in dem die Siege sich häuften, begann das Kaiserreich Gestalt anzunehmen. Als die kleinen Königreich zerfielen, entsandte Frainith Mittelsmänner, um sie der Befehlsgewalt des Kaiserreiches zu unterstellen.

Durch den Vertrag mit den Karpana im Jahre 110, die Unterwerfung des Staatenbundes von N'sam im Jahre 113 und den Fall von Podmansha im Jahre 115 festigte die ursprüngliche Scheinregierung ihre Glaubwürdigkeit. Danach weitete das Kaiserreich seine Grenzen durch Kriege und Diplomatie beständig aus, wenngleich dieser Vorgang auch einige Rückschläge umfaßte. Die letzte ernste Bedrohung für die Existenz des Reiches, die Union des Westens, wurde im Jahre 120 zerschlagen.

Zu diesem Zeitpunkt hatte Kaiser Bulion Tharn natürlich längst begonnen, aus dem Schatten seiner Mutter hervorzutreten und seine Armeen selbst anzuführen.

ENDE

ÜBER DEN AUTOR

Dave Duncan wurde 1933 in Schottland geboren. Nach dem Studium an der Universität von St. Andrews zog er 1955 nach Kanada, um als Geologe auf den Erdölfeldern im Westen des Landes zu arbeiten. Heute lebt er als Schriftsteller mit seiner Frau in Calgary, Alberta, in Kanada.